테스

토머스 하디 지음 | 이동민 옮김

소담출판사

이동민

경희대 국문학과를 졸업하고 잡지사 기자를 거쳐 번역일에 종사하고 있다.
역서로 『안데스의 음모』, 『히치콕 서스펜스 걸작선』, 『백정들의 미사』, 『세월 속에 피는 꽃』,
『질투』, 『로스카의 딸』, 『어둠의 소리』, 『명상이란 무엇인가』 등 다수가 있다.

sodampublishingcompany

BESTSELLERWORLDBOOK 47

테스

펴낸날 | 1994년 3월 19일 초판 1쇄
　　　2003년 4월 20일 초판 21쇄

지은이 | 토머스 하디
옮긴이 | 이동민
펴낸이 | 이태권
펴낸곳 | 소담출판사
　　　서울시 성북구 성북동 178-2 (우)136-020
　　　전화 | 745-8566~7 팩스 | 747-3238
　　　e-mail | sodam@dreamsodam.co.kr
　　　등록번호 | 제2-42호(1979년 11월 14일)

ISBN 89-7381-047-2 00840
● 책 가격은 뒤표지에 있습니다

www.dreamsodam.co.kr

BESTSELLERWORLDBOOK 47

Tess of The D'urbervilles

Thomas Hardy

둘은 마치 약속이라도 한 듯
결혼 이후의 지난날에 대해서는 침묵을 지켰다.
암담했던 그 시절은 혼돈 속에 가라앉아,
그런 시절은 전혀 없었던 것처럼 현재와 지난 며칠 동안만이
그 혼돈을 뒤덮어 주고 있었다.

Tess of The D'urbervilles

차례

제1부 처녀

1

5월 하순 어느 날 저녁 무렵, 중년 사내 하나가 블랙모어 분지의 말로트 마을을 향해 걸어가고 있었다. 그는 샤스톤에서 집으로 가고 있는 중이었다. 그의 걸음걸이는 심하게 비틀거렸고, 이따금 무슨 생각을 하는 것처럼 고개를 끄덕끄덕하곤 했다. 그의 한쪽 팔에는 빈 계란 바구니가 걸려 있었고, 보풀이 많이 생기고 차양 부분이 완전히 낡은 모자를 쓰고 있었다. 이윽고 그는 잿빛 암말을 탄 나이 지긋한 목사와 마주쳤다. 목사는 혼자 콧노래를 흥얼거리고 있었다.

"안녕하세요, 목사님!"

바구니를 걸친 사내가 먼저 인사를 건넸다.

"안녕하시오, 존 경(卿)!"

목사의 대답에 사내는 걸음을 멈추고 돌아섰다.

"저 목사님, 지난번 장날에도, 그리고 지금도 제게 존 경이라고 하신 것 같은데……."

"그랬던 것 같군."

"저는 잭 더베이필드라고 하는 보잘것없는 행상인일 뿐인데, 만나실 때마다 저에게 '존 경'이라고 부르시는 까닭이 무엇입니까?"

목사는 한두 걸음 말을 다가 세웠다.

"단순히 그냥 그렇게 부른 것뿐일세."

목사는 잠시 망설이다가 곧 말을 이었다.

"실은 향토사(鄕土史)를 다시 엮느라고 족보를 뒤적이다 우연히 발견한 게 있네. 난 고고학에 관심이 많다네. 그런데 더베이필드, 자넨 정말 모르고 있었나? 자네가 더버빌이라는 유명한 고대 기사의 직계 상속자라는 걸 말일세. 배틀 사원의 기록에 따르면, 정복왕 윌리엄을 따라 노르망디를 건너온 그 유명한 기사 페이건 더버빌 경이 바로 자네의 직계 조상이라네."

"……전혀 들어 본 기억이 없는데요."

"이건 정말이라네. 어디 잠깐 이쪽으로 얼굴을 돌려 보게나. 옆모습을 똑똑히 볼 수 있도록. 틀림없이 더버빌의 골격에서 나온 코와 턱이군. 하긴 좀 격이 떨어지긴 하지만. 자네 조상은 분명 노르망디의 에스틀마빌라 경(卿)이 글래모간서를 정복했을 때 그것을 도운 12명의 기사 중 한 사람이었음이 확실해. 그 집안은 여러 파로 갈라져서 잉글랜드의 이 일대 장원들을 소유했는데, 그들의 이름이 스티븐슨 왕 시대의 국고 문서에 적혀 있다네. 존 왕 때는 기사 자선단에 장원을 바칠 만큼 제법 부유했던 집안도 있었지. 또한 에드워드 2세 때, 자네 조상 브라이언이라는 분은 웨스트민스터로 초청을 받아 귀족 고승 회의에 참석한 적도 있었지. 올리버 크롬웰 시대로 접어들면서 가세가 다소 기우는 듯했지만, 뭐 그다지 걱정할 만한 정도는 아니었어. 찰스 2세 때는 충성의 공로로 '떡갈나무 기사' 칭호까지 받았단 말일세. 사실 자네 집안은 몇 대에 걸쳐 존 경으로 행세했었다네. 아마 기사라는 칭호가 남작 칭호처럼 세습제라면, 자넨 존 경이 됐을 게 아닌가. 사실 옛날엔 아버지가 기사면 자식도 기사가 됐거든."

"원 별 말씀을 다……."

"그러니까 말이야" 하며 목사는 채찍으로 자기 다리를 한 번 탁 치고는 이야기의 끝을 맺었다.

"잉글랜드에서 자네 가문에 비길 만한 집안은 아마 몇 안 될 걸세."

"그것 참. 그게 사실일까요? 저는 하찮은 천민으로 해마다 이곳저곳을 떠돌며 살아왔습니다요. 그런데 목사님, 저희 가문에 대해서 세상 사람들이 언제부터 얼마나 알고 있을까요?"

목사는, 자기가 알기에는 그 사실이 세상 사람들의 머리에서 잊혀진 지 이미 오래되었으므로 그것을 지금 기억하는 사람은 거의 없을 거라고 말했다. 목사 자신이 족보 조사를 한 것은 지난해 봄부터였는데, 그때 마침 더버빌 가문의 흥망성쇠를 살피던 중 어느 날 우연히 존의 짐 마차에 적혀 있는 더베이필드라는 이름이 눈에 띄어 그 뒤부터 그의 조상에 관해 자세하게 조사해 본 결과 마침내 확신을 얻게 되었다고 말했다.

"이미 지나간 과거의 일을 들추어내서 자네 마음을 혼란스럽게 만들 필요가 없다고 생각했는데……. 하지만 가끔씩 말해 주고 싶은 충동을 억제할 수 없을 때가 있다네. 난 자네가 그 일에 관해 이미 알고 있었다고 생각했지."

"하긴 저희 집안이 블랙모어로 이사 오기 전에는 지금보다 형편이 좋았다는 얘기를 몇 번 들은 적이 있어요. 하지만 아무리 그렇다 해도 '지금은 집에 말이 한 마리밖에 없는데 그때는 두 마리 정도쯤 있었겠지'라고만 생각했지요.

저희 집에는 낡아 빠진 은수저 한 벌과 조각난 도장 하나가 있습니다만, 원 그 따위가 무슨 소용이란 말입니까? 하지만 제가 그 유명한 더버빌 가문의 핏줄이라면……. 하기야 저의 증조부님도 말 못할 사정이 있어서였는지, 어디서 이사 왔는지를 좀처럼 말해 주시지 않았어요. 외람된 말씀이지만 저희 가문은 지금 어디서 무얼 하며 살고 있을까요?"

"어느 곳에도 살고 있지 않네. 이 고장의 명문으로는 혈통이 끊어진 셈이지."

"섭섭한데요."

"그래, 소위 엉터리 족보처럼 가문이 끊겼다는 거야. 이를테면 몰락했단 말일세."

"그러면 저희 조상들의 묘지는 어디에 있나요?"

"킹즈비어 삽 그린힐이라는 곳이네. 퍼백 산의 대리석제 지붕 밑에 입상(立像)이 있는 납골당 안에 자네 조상들이 나란히 묻혀 있다네."

"그러면 저희 집안의 가옥이나 땅들은 남아 있나요?"

"있긴 뭐가 있겠나?"

"네? 그럼 한 평의 땅도 없을까요?"

"이젠 아무것도 남지 않았다네. 아까도 말했지만 자네 가문엔 자손도 많고 땅도 많았어. 여기만 하더라도 킹즈비어와 셔튼, 밀포드, 렐스테드, 웰브리지 등에 자네 소유로 된 것이 있긴 있었지만, 이미 지나간 과거 일이야."

"우리 가문이 예전같이 다시 일어설 순 없을까요?"

"그거야 알 수 없는 일 아니겠나?"

"그렇다면 어떡하면 좋을까요, 목사님?"

더베이필드는 잠시 생각한 끝에 물었다.

"어쩌긴 뭘 어쩌겠어. '오, 용사는 쓰러졌도다!' 하면서 그때가 좋았지 하고 생각하며 그저 조용히 살아가는 게지. 기껏해야 향토사가나 족보 학자들에게나 흥밋거리가 될 뿐이야. 이 고장 농가들 중에도 자네 가문에 뒤지지 않는 훌륭한 집안이 좀 있다네. 그럼 이만."

"트링감 목사님, 오늘 이 일을 인연 삼아 저하고 술이나 한잔 하시겠어요? 퓨어 드롭 주막에 기막힌 술이 있다네요. 하긴 롤리버네 집 술맛을 따라갈 수는 없겠지만요."

"아냐, 고맙긴 하지만 오늘은 사양하겠네. 더베이필드, 자넨 벌써 꽤 취한 것 같네."

이야기를 마치고 말을 몰고 가면서, 목사는 경솔하게 쓸데없는 말을 꺼낸 것에 대해 다소 후회하는 듯했다. 목사가 가 버리자 더베이필드는 생각에 몰두한 채 몇 걸음 걷다가 길가 풀숲에 바구니를 내려놓고 앉았다. 얼마 후 한 젊은이가 길 저편에서 나타나 더베이필드가 왔던 길을 걸어오고 있었다. 젊은이는 더베이필드가 손짓하자 빠른 걸음으로 다가왔다.

"이봐, 이 바구니 좀 들어 주게. 그리고 내 부탁도 좀 들어주었으면 좋겠네."

나뭇가지처럼 바싹 마른 젊은이는 얼굴을 찌푸렸다.

"존 더베이필드 씨, 대체 당신이 뭔데 이래라저래라 명령을 하고, 나더러 '이봐'라고 하는 거요? 내가 당신 이름을 알고 있는 것처럼 당신도 내 이름도 알고 있지 않나요?"

"내가 왜 그러는지 자넨 잘 이해 못할 걸세. 그건 비밀이니까, 비밀이라고! 자, 내가 부탁하는 말이나 잘 듣고 연락이나 해 주게. 이봐 프레드, 자네가 들어도 상관없으니 말인데, 비밀이란 딴 게 아니고 내가 명문의 후예라는 거야. 이 사실은 오늘 낮, 아니 저녁에 우연히 알게 된 거라네."

더베이필드는 매우 즐거운지 들국화가 피어 있는 둑 위에 벌렁 드러누웠다. 젊은이는 믿을 수 없다는 듯 누워 있는 더베이필드를 머리에서 발끝까지 쭉 훑어보았다.

"존 더버빌 경, 이게 바로 나란 말이야. 기사가 남작과 같다면 말이지. 사실 기사도 남작이긴 하지만. 나에 대한 얘기가 역사책에 죄다 씌어 있다고. 자네 킹즈비어 삽 그린힐이라는 데를 아나?"

"네. 그린힐 장에 가본 적은 있어요."

"그래, 그곳 교회당 밑에 우리 조상님들이 묻혀 있다는 말이야."

"거긴 읍내가 아니에요. 아무튼 내가 갔을 땐 아주 보잘것없는 조그만 고장이던데요."

"글쎄, 그런 거야 상관할 바가 아니야. 문제는 그게 아니라고. 요는 거기 교구의 교회당 밑에 내 자랑스런 조상들이 잠들어 계신다는 거지. 쟁쟁했던 조상들이 쇠줄로 엮은 갑옷이랑 금은 보석에 뒤덮여, 묵직하고 큼직한 연관 속에 누워 계신단 말야. 이곳 웨섹스 지방이 비록 넓다 해도 나보다 당당하고 드높으신 조상을 가진 사람은 그 누구도 없을 거라고."

"네에?"

"자, 저 바구니를 들고 어서 말로트 마을로 가라고. 그리고 퓨어 드롭 주막에 들러서, 지금 당장 마차를 보내 날 집으로 모셔 가라고 전해 주게. 그리고 작은 병에다 럼주 한 되를 채워서 마차 편으로 보내 주고, 술값은 내 이름으로 달아 두라고 해. 그 다음엔 저 바구니를 갖고 우리 집으로 가서 마누라더러 빨래 따위는 할 필요가 없으니 내가 돌아올 때까지 그냥 가만히 기다리라고 해, 좋은 소식이 있다고 말야."

영문을 몰라 멍하니 서 있는 젊은이에게 더베이필드는 선뜻 주머니에서 좀처럼 만져 보기 힘든 1실링짜리 한 개를 꺼내 내밀었다.

"자, 이건 수고비로 하게."

돈을 보자 그런 심부름 따위를 할까 보냐고 생각했던 젊은이의 태도가 달라졌다.

"잘 알겠습니다, 존 경. 고맙습니다. 또 다른 분부는 없습니까, 존 경?"

"집에 가거들랑 일러 둬. 저녁은 염소 새끼 구이가 좋다고 말야. 아니면 소시지도 상관없고, 그것도 안 되면 내장 요리라도 좋다고 해."

"네, 존 경."

젊은이가 바구니를 집어들고 막 떠나려는데, 마을 쪽에서 악대들의 연주 소리가 들려왔다.

"저건 뭐지?" 하고 더베이필드가 물었다.

"나 때문이 아닌가?"

"저건 부인회 놀이예요, 존 경. 댁의 따님도 회원이잖아요."

"그랬군. 그보다 더 엄청난 일을 생각하느라 깜빡 잊었구먼. 자, 어서 말로트 마을로 가서 마차나 보내 줘. 그러면 내가 마차로 행차를 해서 부인회를 사열할지도 모르니까."

젊은이는 곧 떠났다. 더베이필드는 저녁 햇살을 받으며 들국화가 피어 있는 풀밭에 드러누워 꽤 오랫동안 기다렸다. 그러나 사람의 그림자는 보이지 않았다. 푸른 산기슭에 둘러싸인 이곳에서 들을 수 있는 소리라곤 희미하게 들려오는 악대 소리뿐이었다.

2

말로트 마을은 수려한 블랙모어 골짜기의 동북쪽 계곡 사이에 자리잡은, 사방이 산으로 둘러싸인 외진 마을이었다. 런던에서 불과 네 시간 거리지만, 아직은 유람객들이나 풍경 화가들의 발길이 닿지 않은 깨끗하고 아담한 마을이었다. 여름철 가뭄 때만 아니라면 사방으로 둘러쳐진 구릉 꼭대기 어느 곳에서나 이 분지의 모습을 자세히 살펴볼 수 있었다. 궂은 날씨에 안내자 없이 섣불리 이 분지 속으로 찾아든 사람들은 비좁고 꾸불꾸불한 진창길에서 큰 곤욕을 치러야만 했다.

심한 가뭄에도 들판이 누렇게 물들어 본 적이 없고, 또 샘이 메말라 본 적이 없는 이 비옥한 고장은 햄블돈 힐, 빌배로, 네틀콤 타우트, 독베리, 하이 스토이, 버브 다운 등의 여러 봉우리로 이루어진 거대한 백악질의 산맥과 이어져 있었다. 만약 한 여행자가 해안에서부터 숱한 구릉과 밭을 지나 20마일 가량 북쪽으로 터덜터덜 걸어오다가 갑자기 이 같은 단애에 부딪힌다면, 이제까지 지나온 마을과는 너무나도 판이한 시골 풍경이 한 폭의 그림처럼 눈앞에 펼쳐진 걸 보며 경이와 환희를 한꺼번에 맛볼 수 있을 것이다.

뒤를 돌아다보면 구름이 까마득히 피어 올라 있고, 햇볕은 사방 어디든 둘러싸고 있다고 할 만큼 넓은 들판 위에 사뭇 내리쬐었다. 오솔길들은 하얗게 드러나 보였고 나뭇가지로 만든 산울타리는 나직하기만 했다. 아울러 주위의 공기는 마냥 맑기만 했다. 이곳 분지 안의 세계는 너무나 아담하고 섬세한 규모로 꾸며져 있었다. 말이나 기를 수 있을 만한 소규모 목장을 산꼭대기에서 내려다보면, 그 산울타리와 맞닿은 초록색 풀밭이 마치 초록색 그물이 펼쳐져 있는 것처럼 보였다. 아래로 보면 달콤한 잠에 취한 듯한 대기가 담청색 빛깔까지 띠고 있어 모두가 똑같은 빛깔로만 보였다. 저 멀리 보이는 지평선의 짙은 군청색은 그래서 더욱 조화를 이루는 것 같았다. 경작지라고는 극히 드물었고, 또한 있다 하더라도 비좁은 것뿐이었다. 사방을 크게 둘러보면 무성하게 초목으로 뒤덮인 언덕과 골짜기들이 보다 큰 산과 골짜기의 품속에 안긴 것같이 보였다.

이런 곳이 바로 블랙모어라는 마을이었다. 이 마을은 지형적으로도, 역사적으로도 흥미 있는 마을로, 헨리 3세 때의 기이한 전설로 일찍부터 '흰 사슴의 숲' 이라고 불렸다. 사냥을 나선 왕이 잡으려다가 살려 준 아름다운 흰 수사슴을 토머스 드라린드라는 사람이 죽여 버린 죄로 많은 벌금을 바쳤다는 이야기가 전설로 전해 오고 있었다. 최근까지도 이곳에는 울창한 수목이 자리잡고 있었다. 산허리에 아직도 살아남은 붉은 떡갈나무 숲과 쭉 뻗은 삼림대, 많은 목장들이 이곳저곳에 그늘을 지어 주고 있는 고목 속에서 지금도 옛날의 흔적을 일깨워 주고 있었다.

비록 숲은 사라졌으나 그 숲 속에서 벌어졌던 몇 가지 풍습은, 옛 모습을 잃긴 했지만 아직도 남아 그 명맥을 유지하고 있었다. '5월의 무도' 같은 것은 '부인들의 들놀이' 라고 하는 행사로 형태를 달리해 옛 흔적을 보여 주고 있었다. 이 행사의 진정한 매력을 느끼는 사람은 행사 참가자보다 오히려 마을의 젊은이들이었다. 해마다 많은 참가자들이 무리를 이루어 걷고 춤추는 '5월의 무도' , 그 행사의 참가자들은 예외 없이 전부가 여자라는 점이 특이했다. 풍년을 축하하고 노래하는 축제이기도 한 이 행사는 다른 지방에서는 이미 자취를 감추었지만, 이곳 말로트 지방에서만은 일종의 종교적인 모임으로 수백 년에 걸쳐 계속돼 왔고 지금도 이어지고 있었다.

이 모임의 참가자들은 모두가 흰옷을 입었는데 그것은 오래된 관습이었다.

여자들은 두 사람씩 짝을 지어 교구 안을 행진하곤 했다. 모두 흰옷이었지만, 푸른 울타리와 담쟁이덩굴이 엉킨 집을 배경으로 행진하는 그 여자들에게 햇빛이 비칠 때면 흰옷들이 저마다 다른 빛깔을 내곤 했다. 어떤 옷은 백색에 가까웠지만 푸른빛이 도는 것도 있고, 노인들이 입고 있는 옷은 누런빛이 도는 조지 왕조 시대의 구식 옷이었다.

참가자 모두가 흰옷을 입었다는 것 외에 부인들이나 처녀들의 오른손엔 껍질을 벗긴 버드나무 가지가, 왼손엔 한 묶음의 하얀 꽃다발이 들려 있다는 것 또한 이색적이었다. 그 버드나무 가지의 껍질을 벗기는 일과 꽃을 고르는 일은 각자가 스스로 정성껏 했다.

모임의 참가자 중에는 몇 사람의 중년 부인과 늙은이도 있었는데, 오랜 세월을 살아온 그녀들의 반백의 머리카락과 얼굴의 주름은 이와 같은 화려한 분위기엔 어울리지 않는 것 같았다. 어찌 젊고 아름다운 처녀들만 하랴. 그들의 풍성한 머리카락은 햇빛에 반사되어 금빛, 검은빛 또는 갈색으로 반짝이고 있었다. 그들 중에는 매력적인 눈매를 가진 처녀도 있었고, 코가 잘생긴 처녀, 입술과 몸매가 빼어난 처녀도 있었으나 이 모든 것을 다 갖춘 처녀는 찾아보기 힘들었다. 그들은 많은 사람들의 시선에 익숙지 못한 시골 처녀들이라, 뭇사람들의 시선 앞에서 부끄러움으로 고개도 제대로 가누지 못했다. 모든 동작이 수줍음 덩어리였다.

태양이 처녀들의 머리 위에서 밝게 빛나고 있는 것처럼 그녀들의 가슴속에도 또한 태양이 반짝반짝 빛나고 있었다. 그것은 아득한 동경, 사랑, 희망 같은 것들이었지만 가슴속의 그 태양 때문에 그들은 쾌활하고 아름다웠으며, 그들을 보는 사람들 또한 즐거웠다. 참가자의 행렬은 퓨어 드롭 주막의 모퉁이를 돌아 나와 큰길에서 샛길로 빠져서 목장으로 이어지고 있었다. 그때 한 처녀가 말했다.

"어머, 테스 더베이필드! 저기 마차타고 오시는 분, 너희 아버지 같은데."

행렬 속의 한 젊은 처녀가 고개를 돌렸다. 첫눈에도 아름다운 처녀라는 걸 알 수 있었다. 그처럼 아름다운 처녀는 그녀밖에 없을 것 같았다. 금방이라도 터져 버릴 것 같은 함박꽃 같은 입술과 커다란 눈동자는, 그녀의 얼굴에 나타난 빛깔과 윤곽 위에 훨씬 더 강렬한 표정을 만들어 주기에 충분했다. 머리에 매단 빨간 리본은 흰옷만의 행렬 속에서 더욱 두드러져, 누가 보아도 금방 테스란 걸 알아낼 수 있었다.

테스가 고개를 돌렸을 때, 더베이필드는 퓨어 드롭 주막집의 이륜 마차를 타고 한길을 올라오고 있었다. 그 마차는 팔꿈치까지 소매를 걷어 올린 억세 보이는 곱슬머리의 여자가 몰고 있었다. 이 여자는 퓨어 드롭 주막집의 하녀였다. 무슨 일이라도 즐겨 하는 이 쾌활한 하녀는 때로는 말을 돌보는 일에서부터 마부 노릇까지도 아무렇지도 않은 듯 하곤 했다. 더베이필드는 몸을 뒤로 젖힌 채 유쾌한 듯 눈을 지그시 감고 박자에 맞춰 머리 위로 손을 저으면서 시를 읊듯 나직하게 흥얼대고 있었다.

"내 선조들은 오늘도 킹즈비어의 궁전 같은 묘소에 잠들어 계시도다. 훌륭한 기사이셨던 조상님들이 거기 연관 속에 고이 잠드셨노라."

테스를 제외한 회원들은 그 모습을 보고 키득거렸다. 아버지가 다른 사람들의 조롱거리가 되자 테스의 두 뺨은 수치와 분노로 빨갛게 달아올랐다. 그녀는 변명하듯 조급히 말했다.

"아버진 지금 피곤하셔서 그래. 단지 그뿐이야. 그리고 우리 말은 오늘 쉬어야 하기 때문에 마차를 빌려 타고 오시는 거야."

"테스 넌 아무것도 모르고 있으니 다행이야. 너희 아버진 오늘 장이 파하자 얼큰하게 한잔 걸치신 거라고. 호호호."

"얘! 계속해서 우리 아버질 조롱하면 너희들과 한 발자국도 같이 걷지 않을 거야." 하고 테스가 외쳤다.

테스는 두 뺨뿐만 아니라 온 얼굴과 목덜미까지도 빨갛게 달아올랐다. 그녀의 두 눈에는 어느새 눈물이 고였다. 테스의 그런 모습을 본 친구들은 더 이상 아무 말도 하지 않았다. 행렬은 다시 질서를 되찾았다. 자존심이 몹시도 상한 테스는 아버지가 왜 그런 말을 했는지 알고 싶은 마음을 억누르고 일행과 함께 풀밭 울타리로 걸음을 옮겼다. 그러는 동안 그녀는 마음이 가라앉아 버들가지로 옆의 친구를 찌르기도 하고 어느 때와 마찬가지로 재잘거리기도 했다.

이 무렵의 테스는 세상 물정을 전혀 모르는, 감정에 따라 행동하는 철부지 아가씨였다. 마을 학교를 다녔으나 그녀의 말투에는 사투리가 약간 배어 있었다. 이 마을 사투리의 특징은 'ur' 라는 음절로 대충 말할 수 있는 음색으로 대부분의 사람들의 말에서 느낄 수 있는, 어느 발성에 못지않게 풍부한 성량을 가진 것이었다. 그러한 음절을 발음하는 테스의 주홍빛 입술은 아직 그 윤곽이 뚜렷한 편은 아니었으며, 입을 다물 때마다 아랫입술이 윗입술의 중간쯤을 밀어 올리는 듯한 귀여운 버릇이 있었다.

테스의 그런 얼굴에는 어릴 적의 모습이 아직도 남아 있었다. 아름다운 그 모습 속에선 이따금씩 열두 살 때의 모습이 두 뺨 위에 나타났고, 아홉 살 때의 모습이 두 눈 속에서 반짝였으며, 때로는 굴곡진 입술 위로 다섯 살 때의 모습이 나타나기도 했다. 하지만 그런 사실을 제대로 발견하는 사람은 거의 없었다. 그리고 그런 일을 생각해 내는 사람은 더 더욱 없었다. 다만 몇 사람만이, 그것도 낯선 사람이 우연히 이 마을을 지나가다가 테스를 바라보면서 그 신선하고 해맑은 아름다움에 매료되어, 어디서 또 이런 처녀를 만나 볼 수 있을까 하고 생각할 정도이며, 대부분의 사람들은 그녀를 그림처럼 아름다운 시골 처녀로만 생각할 뿐 그 이상으로는 보지 않았다.

이윽고 행렬은 정해진 장소에 도착했다. 곧이어 춤이 시작되었다. 그들 중에 남자는 아무도 없었으므로 처음에는 여자들끼리 춤을 추었으나, 저녁이 가까워오자 일을 끝낸 남자들과 타지에서 여행 온 남자들이 흥미로운 표정으로 여자들 주위로 몰려들었다.

그 남자들 가운데 어깨에 조그만 배낭을 걸치고 손에는 반지르르한 지팡이를 든 상류 계급의 젊은 사내 셋이 끼여 있었다. 얼굴이 서로 닮았고 짐작되는 나이 차이로 보아 그들이 형제 간이란 걸 누구나 쉽게 짐작할 수 있었다. 맏이인 듯한 남자는 흰 넥타이에 목까지 닿는 조끼를 입고 좁은 차양이 달린 모자를 쓴 부목사의 정장 차림이었고, 둘째는 평범한 대학생 같은 모습이었다. 그리고 막내로 보이는 남자는 겉모습만 가지고는 어떤 인물인지 판단하기가 어려웠다. 그의 눈초리나 옷차림에서 풍기는 거침없고 편안한 인상으로 보아 그가 아직 이렇다 할 직업이 없는, 무슨 일이건 닥치는 대로 할 듯싶은 학생 신분임을 짐작할 수 있을 뿐이었다.

이들 삼형제는 우연히 만나게 된 마을 사람들에게, 성령 강림절 휴가를 이용하여 블랙모어 골짜기를 도보 여행 하는 중이며 지금 동북쪽에 있는 샤스톤 마을을 떠나 서남쪽으로 가는 길이라고 자기들을 소개했다. 그들은 길가의 문에 기대서서 왜 처녀들이 흰옷을 입고 춤을 추는지 마을 사람에게 물었다. 그들 중 나이가 든 두 형은 오래 지체할 생각이 없어 보였는데, 막내 동생만은 남자 파트너 없이 여자들끼리만 춤을 추는 모습에 흥미를 느꼈는지 서둘러 떠나려는 기색이 전혀 없었다. 이윽고 그는 메고 있던 배낭과 손에 들었던 지팡이를 울타리 위에 올려놓고는, 스스럼없이 울타리 문을 열고 안으로 들어섰다.

"에인절, 너 뭐 하려는 거야?"

"저 아가씨들과 함께 춤을 추고 싶어요. 형님들도 같이 추지 않을래요? 잠깐만이라도 함께 추고 싶어요. 오래 걸리진 않을 거예요."

"안 돼. 말도 안 되는 소리 그만 해." 하고 맏형이 말을 받았다.

"많은 사람들 앞에서 시골 말괄량이들과 춤을 추다니, 만일 누구 눈에 띄기라도 하면 어쩌려고 그래? 자, 어서 떠나자. 꾸물거리다가는 날이 저물어서야 스타워 캐슬에 도착하겠다. 거기밖에는 머무를 데가 없어. 게다가 잠자기 전에 『불가지론반박(不可知論反駁)』을 한 장(章)쯤 읽어야 돼. 일부러 그 책을 갖고 왔단 말야."

"알았어요. 5분 안에 따라갈 테니 형님들 먼저 가세요. 곧 따라갈게요, 펠릭스 형님."

두 형은 동생이 쉽게 따라올 수 있도록 그의 배낭을 가지고 마지못해 떠났다. 셋째는 곧장 잔디밭으로 들어갔다.

"정말 안됐군요."

춤이 잠시 멈추자 그는 그의 곁에 가까이 있는 처녀들에게 다정하게 말을 건넸다.

"여러분의 파트너들은 어디 있지요?"

"아직 일이 끝나지 않았나 봐요. 이제 곧 다들 몰려올 거예요. 그때까지만 파트너가 돼 주시겠어요?"

"좋습니다. 하지만 나 혼자서야 원. 아가씨들은 이렇게 많은데……."

"혼자라도 전혀 없는 것보다는 낫잖아요. 여자들끼리만 춤을 춘다는 건 싱겁기 짝이 없는 일이에요. 껴안지도 못하고 끌어 안기지도 못하거든요. 자, 어서 파트너를 고르시지요."

"얘, 너무 버릇없이 굴지 마."

한 처녀가 부끄러운 듯이 말했다. 청을 받은 청년은 처녀들을 두루 돌아보며 춤 상대를 골라 보려 했지만, 모두가 비슷해 보여 고르기가 난처했다. 그래서 맨 먼저 손이 닿는 처녀를 택하기로 했다. 이 처녀는 자기가 뽑혔으면 하고 은근히 기대한, 처음 말을 걸었던 그 처녀도 아니었고, 또한 테스 더베이필드도 아니었다. 문벌도, 조상들의 유골도, 묘비문도, 더버빌 가문 특유의 모습도 아직까지는 테스에게 그 어떤 도움도 주지 못하는 것 같았다. 그러한 것들은 하잘것없는 농가의 딸들을 따돌리고 젊은 청년과 함께 춤을 즐길 정도의 행운조차도 테스에게 베풀어 주지 않았다. 빅토리아 왕조 시대의 가난한 노르망디 혈통이란 겨우 이 정도의 가치밖엔 없었다.

친구들을 따돌리고 청년에게 뽑히게 된 처녀가 누구인지는 알 수 없지만, 이날 저녁 맨 처음 청년과 짝을 지어 춤을 출 수 있었던 영광으로 친구들로부터 부러움을 한 몸에 받았다. 그런데 청년이 들어가 한 처녀와 춤을 추기 시작하자 그때까지 구경만 하고 있던 마을 청년들이 용기를 내어 하나 둘씩 무리 속에 끼어들기 시작했고, 짝을 지은 젊은이들 덕분에 무도회는 마침내 활기를 띠기 시작했다. 나중엔 가장 못생긴 처녀까지도 파트너가 생겨 그들 모두가 춤을 추며 청춘을 만끽했다.

교회당의 시계가 울리자 그 청년은 갑자기 떠나야겠다고 말했다. 춤에 취해 먼저 갔던 형들을 깜빡 잊고 있었던 것이다. 그가 막 무리에서 빠져나오려고 할 때 그의 시선이 테스에게 멈추었다. 그는 그녀의 커다란 눈망울에서 자기를 선택해 주지 않은 것에 대해 다소 원망하는 듯한 의미가 서려 있음을 발견할 수 있었다. 청년도 테스를 일찍 발견하지 못한 것이 무척이나 유감스러웠다. 그는 안타까운 마음을 지닌 채 목장을 떠났다.

오래 지체했던 청년은 형들을 따라잡기 위해 쏜살같이 서쪽의 좁은 길을 따라 골짜기를 지나서 다시 고개로 올라갔다. 아직 형들과 만나진 못했으나 걸음을 잠시 멈추고 숨을 몰아쉬며 뒤를 돌아보았다. 울타리 속의 푸른 풀밭에서 흰옷을 입은 처녀들이 여전히 춤을 추며 빙빙 돌고 있었다. 처녀들은 이미 자기의 존재 따위는 잊어버린 양 유쾌하게 춤을 추고 있었다. 오직 한 처녀만을 제외하고는 모두가 그랬다.

흰옷을 입은 처녀 하나가 춤추는 무리와는 조금 떨어져 울타리 옆에 우두커니 서 있었다. 그녀가 서 있는 위치로 보아 자기가 무리를 떠나올 때 보았던, 함께 춤을 추지 못한 바로 그 처녀임을 알 수 있었다. 그녀를 미처 발견하지 못했던 것은 우연이고 사소한 일이기는 하지만, 그녀가 그것에 대해 섭섭해한다는 사실을 그는 직감적으로 알아차릴 수 있었다. 그녀와 춤을 추었더라면 이름이라도 알 수 있었을 텐데 하는 아쉬운 마음이 들었다. 저렇듯 다소곳하고 풍부한 표정의 처녀, 희고 얇은 옷에 감싸인 부드러워 보이는 처녀, 생각하면 생각할수록 미련이 남았지만 이제는 어찌해 볼 수 없는 일이었다. 청년은 그러한 미련을 떨쳐 버리려는 듯 총총히 걸음을 재촉했다.

3

테스 더베이필드는 그 일을 그리 쉽게 가슴속에서 몰아낼 수가 없었다. 춤을 청해 온 남자들은 물론 많았으나 얼마 동안은 다시 춤출 마음이 생기질 않았다. 아, 시골 사내들이란 어쩌면 그렇게 그 낯선 청년처럼 근사한 말 한마디 할 줄 모를까! 언덕 위로 멀어져 가는 낯선 청년이 노을 속으로 사라져 버리자,

그녀는 비로소 가슴속에 남아 있던 서운함을 떨쳐 버리고 상대를 청하는 마을 남자와 춤을 추었다.

그녀는 밤이 이슥해지도록 친구들과 어울려서 얼마간 흥겹게 춤을 추었으나, 아직 사랑을 모르는 나이인 만큼 멜로디에 맞춰 춤추는 즐거움만 느낄 뿐이었다. 가끔 사랑에 빠진 젊은 남녀가 춤추는 모습을 보기도 했지만, 남자들에게 사랑의 고백을 받고 그의 가슴에 안겨 버린 처녀의 가책이니, 쓰디쓴 단맛이니, 즐거운 괴로움이니 하는 것들이 자기에게 일어나리라고는 생각조차 하지 않았다. 마을의 젊은이들이 서로 자기의 파트너가 되기 위해 다투는 것도 단순히 재미있는 구경거리일 뿐이었고, 그들의 싸움이 지나치면 테스는 오히려 점잖게 타이르기까지 했다.

테스는 좀더 늦은 시간까지 놀 수도 있었지만 문득 아버지의 이상한 모습과 행동이 생각나 무리에서 빠져나와 집을 향해 발걸음을 옮겼다. 집 가까이 왔을 때 귀에 익은 음률이 들려왔다. 그것은 집안에서 흘러나오는 소리였다. 규칙적으로 돌 바닥 위에서 세차게 요람을 흔드는 소리와, 그 소리에 맞춘 경쾌한 무도곡 가락의 「얼룩소」라는 노래가 흘러나왔다. 더베이필드 부인이 억센 목소리로 흥에 겨워 부르는 노래였다.

나는 보았네.
저 멀리 푸른 숲 속에
누워 있는 암소를.
님이여 어서 오라.
그곳으로 안내하리니…….

요람을 흔드는 소리와 노랫소리가 동시에 멈추더니 별안간 드높이 외치는
말소리가 들려왔다.

"하느님의 축복이 있기를. 우리 아기의 예쁜 두 눈에, 그리고 보드라운 두
볼에도, 버찌 같은 입에도, 큐피드 같은 다리에도, 온몸에 고루고루 축복을 내
리소서."

기도가 끝나자마자 요람 소리와 더불어 「얼룩소」의 노랫소리가 그 뒤를 이
었다. 그것은 오래전부터 테스에게 익숙해진 일상의 정경이었고, 그녀가 방안
에 들어갔을 때 본 것도 바로 그러한 일상의 정경이었다.

즐거운 그 노랫소리와는 달리 가난이 구석구석 배어 있는 방안 분위기는 테
스의 마음을 더없이 우울하게 만들었다. 풀밭에서의 즐거웠던 축제—새하얀
옷과 꽃다발, 버들가지와 춤, 낯선 청년에게 순간적으로 느꼈던 애틋한 그리
움, 그러한 모든 것들—가 방안을 겨우 밝히고 있는 희미한 촛불을 보는 순간
비현실적인 꿈으로 느껴졌다. 좀더 일찍 돌아와서 엄마를 도와 드릴걸 하는
후회가 그녀의 가슴을 아프게 했다.

테스가 집을 나갈 때 그랬듯이, 엄마는 여러 아이들에게 둘러싸인 채 이번
주일 내내 밀린 빨래를 하기 위해 빨래통 앞에 서 있었다. 그녀가 지금 입고 있
는 흰옷도 엄마가 그저께 빨아 준 것이었다. 습기 있는 풀에 스친 모양인지 옷
자락에 파란 물이 들어 있는 것을 보고 테스는 좀더 조심할걸 하는 뉘우침으
로 가슴이 아팠다. 늘 그렇듯이 더베이필드 부인은 빨래통 곁에서 한 발로 몸
을 지탱하고 한 발로는 갓난아이가 잠들어 있는 요람을 흔들어 대고 있었다.
오랜 세월 동안 여러 아이들을 잠재웠던 요람은 이제 낡을 대로 낡아 거의 편
편해져 있었다. 그래서 더베이필드 부인이 하루 종일 일하고 노래하고 그러고
도 남은 힘으로 흔들대를 밟을 때면, 바람이 세찬 요동을 치기 시작했고 요람

속의 아기는 이리저리 굴러다니곤 했다.

요람이 덜커덩거리며 흔들리고 있었다. 촛불은 춤추듯 흔들거렸다. 팔꿈치로 물을 뚝뚝 흘리며 여전히 노래를 흥얼거리는 더베이필드 부인은 딸을 천천히 바라보았다. 젊었을 때부터 노래를 좋아했던 그녀는 바깥 세상에서 블랙모어 골짜기로 흘러 들어온 새 노래의 가락을 한 주일 내에 익혀 흥얼거리곤 했다. 비록 많은 아이들을 낳아 기르느라 고생한 흔적이 역력한 그녀였지만, 아직도 그녀의 얼굴에는 젊은 시절의 신선함과 아름다움이 희미하게나마 살아있었다. 테스가 자랑할 수 있는 빼어난 용모도, 기사의 혈통이나 역사 때문이 아니라 그녀의 엄마로부터 이어받은 것인 듯했다.

"엄마, 제가 할게요." 하고 테스가 상냥하게 말했다.

"아니, 그보다는 옷을 갈아입고 빨래 짜는 걸 도와 드릴게요. 전 벌써 다 끝난 줄 알았어요."

더베이필드 부인은 오랜 시간 동안 혼자서 일했다는 사실을 그리 불쾌하게 여기지는 않았다. 사실 그녀는 그런 일로 테스를 야단치는 일은 거의 없었다. 일이 많으면 다음날에 하면 그만이었으므로 테스가 도와주지 않는 것을 별로 마음에 두지 않았다. 더구나 오늘 밤 더베이필드 부인은 여느 때보다 훨씬 기분이 좋아 보였다. 그녀의 표정에는 꿈꾸는 듯한 황홀감마저 감돌았다.

"이제 왔니?"

더베이필드 부인은 노래를 끝까지 다 부른 후 딸에게 말했다.

"네 아버지를 모시러 갔으면 싶은데……. 아니, 그보다 할 얘기가 있다. 네가 알면 깜짝 놀랄 일이야. 자랑하고 싶을 거고."

더베이필드 부인은 사투리가 심했다. 그래서인지 런던에서 교육받은 여교사 밑에서 초등학교를 졸업한 딸은 집에서는 약간씩 사투리를 썼고 밖에서나 점잖은 사람에게는 표준어를 썼다.

"제가 나간 뒤에 무슨 일이 있었어요?"

"그래."

"사실은 오늘 오후에 아버지를 봤어요. 마차를 타고 뽐내시던걸요. 그 일하고 무슨 관계라도 있어요? 말도 안 되는 소릴 하시면서⋯⋯. 난 창피해서 쥐구멍에라도 들어가고 싶었다고요."

"그것도 다 이유가 있어서 그런 거란다. 글쎄 우리가 이 지방에서 제일 훌륭한 가문이란 걸 알게 됐지 뭐냐. 아무튼 우리 조상은 저 올리버 그람블 때보다도 더 오랜, 오랑캐들이 살던 아득한 옛날부터 내려온 가문이란다. 비석이랑 납골당, 문장, 방패도 있고 말이다. 성 찰스 시대에는 기사 칭호도 받았다는구나. 애, 멋진 일 아니니? 남들은 술 때문이라고 하지만 아버지가 마차를 타고 돌아온 것도 다 그것 때문이란다."

"정말 기쁜 일이네요. 그런데 그게 우리한테 무슨 좋은 일이라도 생기게 해주나요?"

"당연히 그렇고 말고. 이제 우리한테 굉장한 일들이 닥칠 테니 두고 보렴. 이 소문이 퍼지기만 하면 우리와 지체가 같은 사람들이 마차를 타고 줄을 이어 찾아올 게야. 아버지가 샤스톤에서 돌아오는 길에 그 사실을 알게 되셨다는구나."

"아버진 지금 어디 계세요?"

엄마는 대답 대신 엉뚱한 말을 했다.

"아버진 오늘 샤스톤에서 진찰을 받으셨어. 다행히도 폐병은 아니지만 심장 주위에 지방층이 생겼대."

더베이필드 부인은 물에 젖은 엄지손가락과 집게손가락을 굽혀 C자 모양을 만들어 보이며 말을 계속했다.

"의사가 이런 말을 했다는구나. 지금 당신 심장은 전부 막혀 버렸소. 이 부분만 아직 열려 있는데, 이것이 이렇게 맞붙어 버리면……" 하며 더베이필드 부인은 손가락으로 완전히 동그라미를 만들었다.

"그렇게 되면 당신은 이 세상 사람이 아닐 것이오. 더베이필드 씨, 당신의 생명이 얼마나 남았는지는 누구도 예측할 수 없습니다. 글쎄, 의사가 그렇게 말했다지 뭐냐."

테스의 큰 눈이 놀라움으로 더 크게 떠졌다. 이렇듯 갑작스럽게 훌륭해졌는데, 아버지는 그 영광을 다 누리기도 전에 세상을 떠나시게 될는지도 모른다니…….

"그런데 아버진 지금 어디 계세요?"

테스는 다시 물었다. 더베이필드 부인은 애원하는 듯한 표정을 지었다.

"얘, 짜증을 내선 안 돼. 가엾은 그 양반은 목사님한테 그 얘기를 듣고 아주 신이 나서 반 시간쯤 전에 롤리버 술집으로 가셨어. 내일은 꿀벌 통을 싣고 떠나야 하니까 기운을 얻으시려는 게지. 집안 지체가 아무리 높아졌다 해도 갖다 줄 건 갖다 줘야지. 길이 머니까 오늘 밤 12시가 넘으면 떠나셔야 한다고."

테스는 두 눈에 눈물을 글썽이며 짜증스럽게 소리쳤다.

"기운을 얻으려고 술집에 가시다니, 하느님 맙소사! 엄만 왜 아버지를 말리지 않았어요?"

그녀의 날카로운 비난과 짜증은 방안의 세간과 촛불과 가까이에서 놀고 있는 아이들과 더베이필드 부인의 얼굴까지도 겁에 질리게 했다. 풀이 죽은 더베이필드 부인은 변명하듯 조그만 소리로 말했다.

"그런 게 아니야. 난 좋다고는 하지 않았어. 네 아버지를 모시러 가려고 네가 돌아오길 기다리고 있었어. 집 볼 사람이 있어야 하니까."

"제가 가겠어요."

"네가 가선 소용이 없어, 테스."

엄마가 그러시는 이유를 잘 알고 있었으므로 테스는 더 이상 우기지 않았다. 더베이필드 부인은 옆 의자에 미리 준비해 둔 웃옷을 걸쳐 입고 모자를 썼다

"이『운세통감』은 바깥 광에다 갖다 두어라."

낡고 두꺼운『운세통감』이 탁자 위에 놓여 있었다. 그 책은 더베이필드 부인이 늘 가까이 두고 펼쳐 보곤 했기 때문에 글자 있는 데까지 가장자리가 너덜너덜하게 낡아 있었다. 테스가 그 책을 집어드는 것을 보고 더베이필드 부인은 집을 나섰다.

주책스러운 남편을 찾아 술집으로 가는 일은 더베이필드 부인에겐 매우 기분 좋은 일이었다. 그것은 어쩌면 많은 아이들과 바쁜 집안일에 시달리는 그녀에게 남아 있는 하나뿐인 위안인지도 몰랐다. 롤리버 술집에서 남편을 찾아내, 그 옆에 한 시간이고 두 시간이고 앉아 있으면 이런저런 집안일과 아이들 걱정이 까맣게 잊혀졌다. 세상의 갖가지 근심이라고는 도무지 모르던 유년 시절로 되돌아간 듯 마음이 평온해지곤 하는 것이었다. 저녁노을처럼 아름다운 후광이 그녀 자신의 생활 위에 곱게 드리워지는 듯한 기분마저 들기도 했다. 그러한 때, 삶의 고달픔이라든가 자질구레한 근심 같은 것은 오히려 이해하기 어려운 관념처럼 비현실적으로 느껴져 더 이상 가슴을 압박하지 않았고, 집에서 기다리는 어린아이들도 귀찮은 존재가 아닌, 없으면 안 될 혈육으로 느껴지곤 했다. 또한 한없이 단조로운 일상 생활도 그런대로 낭만이 있는 것처럼 여겨졌으며, 남편 곁에 앉아 옛날에 그가 사랑을 구했을 때를 상상하면 그를

이상적인 남자로서만 생각했던 처녀 시절이 떠올라 유쾌해지기도 했다.

어린 동생들과 집에 남아 있던 테스는 먼저 『운세통감』을 바깥 광으로 가지고 나가 그것을 이엉 밑에 밀어 넣었다. 더베이필드 부인은 우스울 정도로 그 낡은 책을 무서워해 밤에는 절대 그 책을 방안에 두지 않았고, 점을 친 후에는 반드시 원래 위치에 갖다 놓곤 했다. 엄마의 그런 행동이 테스에게는 이상스럽기만 했는데 그것은 세대 차인지도 몰랐다. 미신과 민속, 사투리와 구전 민요 등 사라져 가는 모든 것들에 대한 잡다한 지식을 가진 엄마와 근대 교육을 받은 딸 사이에는 거의 2백 년이라는 시간 차가 있었다. 그들이 같이 있을 때는 제임스 1세 시대와 빅토리아 여왕 시대가 나란히 존재하는 듯한 느낌마저 주었던 것이다.

책을 갖다 놓고 뜰의 좁은 길을 돌아오는 동안 테스는 엄마가 무얼 점쳐 보기 위해 그 책을 보았을까 곰곰 생각했다. 오늘 일어난 그 사건과 관련된 것일 거라고 어렴풋이 짐작은 했지만 그것이 바로 자신의 일신과 관계 있으리라고는 상상조차 못했다. 테스는 곧 그 일을 잊어버리고 잔뜩 쌓여 있는 집안일을 시작했다. 다른 동생들은 모두 잠들었고, 아홉 살 난 사내 동생 에이브러햄과 열두 살이 넘은 여동생 리자 루가 테스의 일을 거들어 주었다.

테스의 바로 아래 동생 둘은 갓난아이 때 죽었으므로 테스는 동생들과 나이 차가 많이 벌어졌고, 그 때문에 동생들에겐 언니나 누나라기보다는 엄마와 같은 존재였다. 동생 에이브러햄 아래로 두 여동생과 세 살 난 사내아이, 그리고 갓난아이가 있었다. 이 어린 생명들은 모두 더베이필드라는 배의 선객들이었다. 그들은 의식주와 건강, 그리고 삶, 그 모든 것을 더베이필드의 두 어른에게 완전히 의존하고 있었다. 만약에 더베이필드 부부가 고통과 불행과 굶주림과 질병과 죽음을 향해 뱃길을 돌린다면 갑판 밑에 있는 여섯 명의 어린 부속품들도 하는 수없이 같은 운명을 맞이할 수밖에 없었다.

어둠은 점점 깊어 가는데 아버지도 엄마도 돌아오지 않았다. 테스는 이따금 창문으로 말로트 마을을 내다보았다. 마을은 막 잠들려 했다. 하나 둘씩 촛불과 램프가 꺼져 가고 있었다.

"에이브러햄!"

테스는 남동생을 불렀다.

"모자 쓰고 롤리버 술집에 가서 엄마랑 아버지가 왜 여태 안 오시는지 알아보고 와. 넌 밤이라서 무섭거나 하진 않지? 어서 갔다 와, 응?"

소년은 순순히 일어나 밖으로 나갔다. 그러나 다시 반 시간이 지났는데도 아무도 돌아오지 않았다. 엄마, 아버지처럼 에이브러햄도 롤리버 술집의 덫에 걸려 버린 모양이었다.

"아무래도 내가 직접 가 봐야겠어."

테스는 자리에서 일어섰다. 여동생 리자 루는 벌써 깊이 잠들어 있었다. 테스는 잠든 동생들만 남겨 둔 채 문을 잠그고 밖으로 나왔다. 캄캄하고 어두운 길을 걸어 그녀는 롤리버 술집으로 향했다.

4

인가가 드문드문 흩어져 있는 마을 끝에 자리잡은 롤리버 술집은 마을에서 단 하나뿐인 술집이었지만, 실은 주류 판매 허가만 났을 뿐 이곳에서 손님들이 술을 마시는 것은 합법적으로 허가받지 못한 곳이었다. 그래서 술 마시러 오는 손님들을 위한 시설은 형편없었다. 마당 울타리에 철사로 묶은 선반 같은 판자가 유일하게 허락받은 시설이었다. 낯선 길손들은 그 판자 위에 술잔을 올려놓기도 하고, 뿌연 먼지가 피어 오르는 길바닥에 술 찌꺼기를 버리면 폴리네시아 군도와 비슷한 모양의 얼룩이 남는 걸 보면서 가게 안에 제발 편히 쉴 자리가 만들어졌으면 하고 바랐다.

그런 마음은 마을 토박이 손님 또한 다를 바 없어서, 술집 주인 롤리버 씨는 사용하지 않는 위층 침실을 토박이 손님들을 위한 안식처로 제공했다. 큼직한 창문에 두툼한 숄이 가려져 있는 롤리버 술집의 이층 방에는, 오늘 저녁에도 10여 명의 술꾼들이 모여 있었다. 말로트 마을 주변에 살고 있는 그들은 모두 롤리버 술집의 단골 손님이기도 했다. 마을 저쪽 끝에 허가받은 퓨어 드롭 술집이 있긴 했지만, 거리상 이용하기가 불편했을 뿐만 아니라 롤리버 술집의 다락방에서 마시는 술만큼 훌륭하지 못했으므로 이곳에 모이기로 합의를 보았던 것이다. 그들은 침대 위나 궤짝, 세면대, 걸상 등 각자 편한 곳에 아무렇게나 걸터앉아 술을 마시고 있었다. 밤이 깊어서인지 모두 꽤나 취했고 기분은 하늘 꼭대기에라도 닿을 듯 들떠 있었다. 취한 그들의 눈에는 방의 초라한 세간과 창문에 드리워진 숄이 왕궁의 사치스러운 가구와 화려한 커튼으로 여겨졌고, 옷장의 놋쇠 손잡이도 황금빛 노커로 보였으며, 조각한 침대 다리는 솔로몬 전당의 우아한 기둥으로 보여 그들은 모두 황제가 된 듯한 기분이었다.

더베이필드 부인은 집에서 나와 총총걸음으로 여기까지 왔다. 앞문을 열고 들어선 뒤 캄캄한 아래층을 지나 어색하지 않게 문고리를 벗기고는 층층대의 문을 열었다. 그녀는 휘어진 계단을 천천히 올라갔다. 겨우 맨 꼭대기에 다다라 환한 불빛을 받으며 모습을 드러내자 침실에 모인 술꾼들의 시선이 일제히 그녀에게로 집중되었다.

"부인회 들놀이도 끝나고 해서 말이지요, 오늘 밤 한턱 쓰려고 몇몇 친한 사람을 초대했어요."

발자국 소리를 듣고 안주인이 큰 소리로 말하면서 층계를 기웃거렸다.

"아니 이게 누구야? 더베이필드 부인이잖아! 난 또 깜짝 놀랐잖아요. 관리가 아닌가 하고 말이에요."

더베이필드 부인은 그곳에 모인 여러 사람들과 간단한 동작으로 인사를 나누고는 남편에게 다가갔다. 남편은 무엇엔가 정신이 팔려 혼자 콧소리로 흥얼거리고 있었다.

"어느 누구에게도 뒤지지 않는 나의 가문! 킹즈비어 삽 그린힐에는 우리 조상의 묘지가 있지. 우리보다 훌륭한 뼈대의 가문이 웨섹스 지방에 또 어디 있으랴!"

"여보, 사실은 그 일로 문득 생각난 것이 있는데 대단한 계획이라고요."

더베이필드 부인은 쾌활한 음성으로 남편에게 속삭였다.

"여보, 존! 내가 안 보여요?"

그녀는 남편을 팔꿈치로 건드렸지만 남편은 꿈꾸듯 듯 몽롱한 시선으로 콧소리만 계속 흥얼거리고 있었다.

"쉿! 조용히 해요. 만일 관청 사람이라도 지나가는 날에는 허가장을 빼앗기게 된다고요."

안주인이 말했다.

더베이필드 부인은 그녀에게 물었다.

"우리 집 일에 대해 이 양반이 얘길 했나요?"

"네, 듣긴 들었어요. 그런데 그런 일로 돈이라도 생기나요?"

더베이필드 부인은 거들먹거리며 대답했다.

"그건 비밀이에요. 마차를 탈 신세까지는 못 되더라도 그 신분에 가까이 간다는 건 만족스런 일일 거예요."

큰 소리로 말하던 그녀는 목소리를 낮추어 남편에게 속삭였다.

"당신한테 그 얘기를 듣고 줄곧 생각해 봤어요. 저 사냥터 숲 끝에 있는 트랜트리지라는 곳에 더버빌이라는 돈 많은 부인이 살고 있다고요."

"뭐라고?"

"더버빌 부인이요. 그 부인은 분명히 우리와 친척일 거예요. 난 테스를 그 집에 보내 우리가 한집안이라는 사실을 알릴 작정이에요."

"그래, 그 말을 들으니까 기억이 나는군. 하지만 그 부인도 우리 가문에 비하면 우습지. 아마 노르만 왕조 시절보다 훨씬 전에 우리 가문에서 분가해 나간 집안일 게야."

그들이 이 문제에 관해 이런저런 이야기를 나눌 때 꼬마 에이브러햄이 들어왔다. 아들이 들어온 것도 알아차리지 못한 채 그들 부부는 이야기를 계속했다.

"그 부인은 상당한 재산을 가지고 있어요. 그리고 우리 딸애를 마음에 들어 할 거예요. 좋은 일이라 생각지 않아요? 친척끼리 서로 왔다갔다하면 말이에요."

"그래, 우리 모두가 일가라고 나서야 해."

"누나가 그 집으로 가게 되면 우리 모두가 가서 만나 볼 수 있는 거지? 까만 나들이옷을 입고 그 아줌마 마차를 타고 말이야."

침대 아래서 에이브러햄이 신이 나서 끼어들었다.

"아니, 넌 어떻게 여길 왔지? 어린애는 어른들 일에 참견하는 게 아니야. 엄마, 아빠 얘기가 끝날 때까지 계단에서 놀고 있어."

에이브러햄에게 주의를 주고 나서 그들은 다시 소곤거렸다.

"테스를 그 친척 집에 꼭 보내야 한다고요. 그 애라면 분명히 그 부인도 마음에 들어하실 거예요. 그렇게 되면 그 애가 지체 높은 사람과 맺어질 수도 있는 일이고요."

"정말 그럴까?"

"『운세통감』으로 그 애의 운수가 그렇게 맞아떨어지던걸요. 그 애가 오늘 얼마나 예뻤는지 당신이 봤어야 했는데. 보드라운 살결하며, 꼭 공작 부인 같았어요."

"그 앤 뭐라 합디까?"

"그 애한테는 아직 아무 말도 안 했어요. 하지만 좋은 배필을 만날 수 있는 기회를 마다할 리가 없지요."

"테스는 성미가 까다로운 아이라서……."

"그래도 바탕은 착한 애라고요. 그 일은 내가 알아서 할게요."

그들끼리 주고받는 대화였지만, 주위 사람들은 그들이 중요한 이야기를 하고 있다는 것과 그들의 맏딸인 테스의 앞날에 좋은 일이 있을지도 모른다는 것을 어렴풋하게나마 눈치채고 있었다.

"테스는 순수하고 예쁜 아이지. 하지만 테스에 관해서 더베이필드 부인도 '마룻바닥에서 파란 엿기름 싹이 트지 못한다'는 걸 마음에 새겨 두어야 할 텐데……."

술꾼 가운데 한 사람이 혼자 중얼거렸다. 그가 한 말은 특별한 뜻이 담긴 이 지방 속담이었는데 아무도 새겨듣는 사람이 없었다. 다시 방안은 여러 사람들의 말소리로 시끌벅적해졌다. 얼마 후 아래층에서 계단을 밟고 올라오는 발소리가 들렸다.

"오늘 들놀이 행진에 이어서 즐기려고 제가 청한 몇 분의 손님들이에요."
하고 안주인은 예고 없이 나타나는 사람들 때문에 미리 준비해 둔 말을 판에
박은 듯이 지껄여 대다가 깜짝 놀랐다. 그것은 막 피어나려는 꽃봉오리 같은
테스의 모습이 문 앞에 나타났기 때문이었다. 그녀의 모습은 중년 남녀로 들
어찬 술 냄새 풍기는 방안 분위기와는 완전히 딴판이었다. 그녀의 까만 눈에
책망의 빛이 나타나기 전에 더베이필드 부부는 서둘러 일어났다. 층계를 내려
가는 그들의 등 뒤에서 롤리버 부인이 소리쳤다.
"소리 내지 말고 조용히 가세요. 허가장 뺏기고 불려 다니고 하는 건 생각하
기도 싫으니까요. 그럼 안녕히들 가세요!"
테스와 엄마는 아버지를 부축하고 집으로 돌아왔다. 사실 그는 오늘 별로
술을 많이 마시지 않았다. 늘 마시는 주량—주일 날 오후 교회에 갈 때 걸음걸
이가 조금도 흐트러지지 않고, 동쪽을 향해 무릎을 꿇고 예배도 드릴 수 있는
주량—의 4분의 1 정도밖에 마시지 않았지만, 고매하신 존 경은 허약한 체질
때문에 극히 소량의 술에도 이처럼 비틀거리는 것이었다. 그의 걸음걸이는 신
선한 공기를 쐬는 순간 더 비틀거리면서 방향 감각을 잃은 사람처럼 동으로
서로 마구 발길을 내딛었고, 부축하던 더베이필드 부인과 테스도 덩달아 비틀
거렸다. 그 광경은 우스꽝스러우면서도 결코 희극적이지만은 않은 색채를 띠
고 있었다. 테스와 더베이필드 부인은 이 강요된 탈선과 비틀거림이 장본인인
아버지와 에이브러햄은 물론 그들 자신에게도 자연스러운 것인 양 꾸미려고
몹시도 애를 썼다. 그들이 거의 집에 다다랐을 때 더베이필드는 궁색한 모습
의 자기 집을 보고 마치 용기라도 내 보려는 듯 다시금 큰 소리로 중얼거렸다.
"킹즈비어에는 우리 가문의 묘지가 있다네!"
"좀 조용히 하세요. 당신 집안만 옛날에 훌륭했던 게 아니에요. 우리 마을에

도 남부끄럽지 않은 조상을 가진 집안이 많다는 사실을 알아야 돼요. 그네들도 지금은 우리와 같은 형편이지만, 난 지체 높은 집안에서 태어나지 않은 덕분에 이런 생활도 부끄러울 게 하나 없다고요."

"이봐, 당신 집안에서도 옛날에 왕비가 나왔을지도 몰라. 당신 성격에서 그걸 짐작할 수 있지. 다만 우리 집안보다 더 형편없이 몰락해 버린 것뿐이라고."

테스는 조상보다 현재의 문제에 더 신경이 쓰였다.

"아버지, 이러다가는 내일 아침 벌통을 갖고 떠나지 못하실 거예요."

"나 말이냐? 괜찮아. 한두 시간만 지나면 거뜬해질 거야."

더베이필드는 자신에 차 말했다.

집으로 돌아온 그들이 잠자리에 든 것은 11시가 넘어서였는데, 토요일 장이 열리기 전에 더베이필드가 케스터브리지의 소매상에 벌통을 배달하려면 적어도 새벽 2시에는 일어나 길을 나서야만 했다. 거기까지는 20~30마일이나 되는 험하고 거친 길이어서 짐 마차도 그리 속력을 낼 수 없기 때문이었다. 1시 반이 되자 테스와 동생들이 자고 있는 널따란 침실로 더베이필드 부인이 들어왔다.

"테스, 딱하게도 아버지가 못 가실 것 같구나."

엄마가 문을 열고 방으로 들어오는 소리에 눈을 뜬 테스는 반은 잠들고 반은 깬 상태로 부스스 몸을 일으켜 멍하니 앉았다.

"하지만 누구라도 가긴 해야지요. 벌써 제철이 지나서 다음 주 장날까지 기다릴 수가 없다고요. 오늘 장에 가지 않으면 결국은 벌통을 처분하지 못하게 된다고요."

"혹시 대신 가 줄 젊은 사람이 없을까? 어제 너하고 춤추고 싶어하던 젊은이

중에서라도……."

다급해진 더베이필드 부인이 곰곰이 생각한 끝에 테스의 마음을 떠봤다.

"싫어요, 그건 절대로 안 돼요. 만약 그렇게 한다면 마을 사람들이 왜 아버지가 장에 못 가셨는지 다 알게 된다고요. 그런 창피한 일이 어딨어요? 에이브러햄과 함께라면 제가 갈 수도 있어요."

테스는 의연하게 말했다. 엄마도 결국 테스의 의견에 찬성했다. 엄마가 에이브러햄을 깨워 옷을 입히는 동안 테스도 서둘러 옷을 갈아입었다. 이윽고 테스와 에이브러햄은 초롱불을 들고 마구간으로 갔다. 덜컹거리는 작은 짐 마차에는 이미 짐이 단단히 묶여 있었다. 테스는 짐 마차만큼이나 볼품없는 프린스란 말도 끌어냈다. 모든 살아 있는 생물이 잠들어 있는 시간에 느닷없이 바깥으로 끌려나온 가엾은 말은 영문을 모르겠다는 듯 초롱불과 두 사람을 둘러보았다.

둘은 초롱불을 마차의 짐 위에 걸어 놓은 다음 말을 몰기 시작했다. 그들은 기운 없는 프린스를 혹사시키지 않으려고 말 어깨 옆에 붙어 서서 말과 함께 걸었다. 기운을 내기 위해 초롱불 아래서 빵을 먹기도 하고 이야기도 하면서 부지런히 어둠을 헤쳐 나갔다. 그들은 긴 언덕길을 지나고 스타워 캐슬의 작은 마을을 지나 지형이 다소 높은 곳에 이르렀다. 그들이 있는 곳 왼쪽으로는 하늘을 찌를 듯한 높은 산이 있었다. 그들은 그곳에서부터 짐 마차 앞에 올라타 느슨하게 경사진 길을 내려가기 시작했다.

"테스 누나!"

한동안 아무 말 없이 골똘히 생각하고 있던 에이브러햄이 무언가를 말하려는 듯 말문을 열었다.

"왜, 에이브러햄?"

"우리가 훌륭한 가문의 자손이라는 사실이 누나는 기쁘지 않아?"

"뭐 별로."

"그렇지만 신사하고 결혼하게 되는 건 기분 좋은 일이잖아."

"뭐라고?"

"우리한테 굉장한 부자 친척이 있는데, 그 집에서 누나를 신사한테 시집보내 줄 거래."

"나를? 굉장한 부자 친척이라니, 우리한테는 그런 친척이 없어. 어떻게 어린 네가 그런 생각을 하게 됐지?"

"롤리버 술집에서 엄마, 아빠가 하는 얘길 들었어. 트랜트리지란 마을에 우리 친척뻘 되는 부자 아줌마가 산대. 엄마 말로는 누나가 그 부자 아줌마한테 친척 간이라고 나서기만 하면 그 아줌마가 누나를 신사하고 결혼시켜 줄 거래."

테스는 말없이 깊은 생각에 잠겼다. 에이브러햄은 옆에서 계속 혼자 지껄여 댔다. 그는 벌통에 몸을 기댄 채 하늘을 쳐다보며 별에 대해 생각나는 것들을 이야기했다. 하늘에 깔린 수많은 별들은 짐 마차를 타고 가는 가엾은 두 오누이와는 아무 상관도 없다는 듯 새까만 허공 한복판에서 싸늘한 빛을 발하고 있었다. 에이브러햄은 저 반짝이는 별들이 얼마나 먼 곳에 있느냐고 묻기도 하고, 별 저쪽에는 하느님이 계시냐고도 물었다. 그러나 어린 그는 자연의 신기함보다도 자기 혼자의 상상에 더욱 관심이 큰 듯싶었다. 가령 테스가 신사한테 시집을 간다면 저 별들을 네틀콤 타우트만큼이나 가깝게 바라볼 수 있는 근사한 망원경을 살 만한 돈이 생기냐고 묻기도 했다. 온 집안 식구들의 뇌리에 아로새겨진 듯한 이야기가 새삼스럽게 튀어나오자 테스는 더는 견딜 수 없을 것 같았다.

"그런 소린 그만둬!"

테스가 화를 내자 에이브러햄은 얼른 말머리를 돌렸다.

"누나, 별들도 자신들의 세계가 있다고 했지?"

"그래."

"그 세계도 우리가 사는 세계와 똑같을까?"

"아마 그럴 거야. 가끔 별이 우리 집 사과나무에 달려 있는 사과처럼 느껴질 때가 있어. 별들은 사과처럼 거의가 싱싱하고 허물이 없어. 어쩌다 벌레 먹은 것도 있긴 하지만."

"우리들 별은 어느 쪽이지? 벌레 먹은 거야, 아니면 싱싱한 쪽이야?"

"벌레 먹은 쪽이지."

"싱싱한 별이 저렇게 많은데 하필이면 벌레 먹은 쪽이라니……. 우린 운이 좋은 편은 아니구나."

"그래."

"만일 우리가 싱싱한 별을 골랐다면 우린 어떻게 되었을까?"

에이브러햄이 진지한 목소리로 물었다.

"아마 아버진 기침을 하지 않으실 거고, 이번처럼 장에도 못 갈 정도로 취하지도 않으셨을 거야. 엄만 늘 일에 바쁘지 않으셔도 될 거고……."

"누난 처음부터 부잣집 아가씨일 테니까 신사한테 시집을 가야지만 부자가 되는 일도 없을 거고."

"얘, 이제 그만 하자. 그런 얘긴 더 이상 하고 싶지 않아."

혼자 생각에 골몰하던 에이브러햄이 꾸벅꾸벅 졸기 시작하자 테스는 말을 모는 데 익숙지 않았지만 동생이 자는 것을 방해하지 않으려고 혼자 말을 몰기로 했다. 그녀는 동생이 말에서 떨어지지 않게 하려고 벌통 앞에 자리를 만들어 준 다음 고삐를 쥐고 말을 몰기 시작했다. 말은 힘도 없고 온순했으므로 쉽게 마차를 몰고 갈 수 있었다. 테스는 벌통에 등을 기댄 채 혼자 생각에 잠겼다. 최근 자신의 주변에서 일어난 일들로 마음이 착잡했다. 아버지가 자랑하는 가문과 엄마가 공상하는 신사 청혼자, 모두가 헛된 망상으로 여겨졌다. 마차가 가고 있는 길 주위의 나무와 울타리들도 이 세상의 것이 아닌 환상처럼 여겨졌고, 때로 뺨을 스쳐 가는 바람은 시간적인 역사, 공간적인 우주와 서로 교감하는 슬픈 영혼의 탄식처럼 여겨졌다.

생각에 골몰한 나머지 테스는 시간이 얼마만큼 흘렀는지 의식하지 못하고 있다가 깜빡 잠이 들었다. 테스는 마차가 쿵 하는 충격으로 흔들리자 눈을 번쩍 떴다. 마차는 테스가 깜빡 잠이 들었던 곳에서부터 매우 멀리 떨어진 곳에서 멈춰 있었다. 어디선가 여태까지 한 번도 들어 본 적이 없는 나지막한 신음 소리가 들렸고, 뒤이어 "이것 봐!"라고 하는 누군가의 외침이 들려왔다. 마차 옆에 걸려 있던 초롱불은 꺼져 있었고, 대신 그보다 훨씬 밝은 초롱불이 그녀의 얼굴을 비추었다. 마구(馬具)는 길을 막고 있는 그 무언가에 얽혀 있었다.

무언가 큰일이 벌어졌다는 직감이 순간적으로 스쳐 갔다. 급히 마차에서 뛰어내린 그녀는 무서운 사실을 발견하고는 온몸을 부르르 떨었다. 아버지의 가엾은 말 프린스가 피를 흘리며 간신히 몸을 지탱하고 서 있었다. 그 끔찍한 사고는 아침 우편 마차가 평소와 마찬가지로 쏜살같이 오솔길을 달려오다가, 불도 없이 느릿느릿 오고 있던 테스의 짐 마차에 부딪히는 바람에 일어난 사건이었다. 우편 마차의 뾰족한 수레 채 끝이 불쌍한 말의 가슴을 정통으로 찔러, 그 상처에서 흘러나온 붉은 피가 그대로 길바닥으로 쏟아지고 있었다.

절망감에 사로잡힌 테스는 달려나가 상처 구멍을 손으로 막아 보았으나 얼굴과 옷으로 피가 튀기만 할 뿐이었으므로 넋을 잃고 멍하니 서 있었다. 겨우 몸을 지탱하던 말이 마침내는 땅으로 쓰러지고 말았다. 그제야 우편 마차의 마부도 테스에게로 와서 그녀와 함께 아직 온기가 남아 있는 프린스의 몸뚱이에서 마구를 풀기 시작했다. 그러나 말은 이미 죽어 버린 다음이라 더 이상 손을 쓸 필요가 없었다. 마부는 단념한 듯 아무런 상처도 입지 않은 자기 말에게로 돌아갔다.

"이건 아가씨 실수야. 난 우편물을 배달해야 하니까 아가씨가 여기서 짐을 지키고 기다리고 있어야겠어. 되도록이면 빨리 도와줄 사람을 보내 주지. 곧 날이 밝을 테니까 무서워하지 않아도 돼."

그는 마차를 몰고 급히 가 버렸다. 테스는 그 자리에 우두커니 선 채 기다렸다. 멀리서 동이 터 오고 새들이 재잘대며 울타리 위로 날았다. 저 멀리까지 뻗어 있는 좁은 길은 밝아 오는 아침 햇살 속에서 뿌옇게 모습을 드러냈다. 테스는 창백하게 질린 얼굴로 그 길 한쪽에 서 있었다. 해가 떠오르자 무지갯빛으로 엉겨붙은 피 웅덩이가 햇빛에 반사되어 프리즘 같은 무수한 색채로 영롱한 빛을 냈다. 프린스는 눈을 반쯤 뜬 채 꼿꼿한 모습으로 그 옆에 조용히 누워 있었다. 테스는 그 광경을 보면서 울음을 터뜨릴 것 같았다.

"이건 모두 내 잘못이야, 내 탓이라고……. 우린 이제 무엇으로 살아가지? 에이브러햄, 에이브러햄!"

테스는 그때까지도 잠에서 깨어나지 않은 동생을 흔들어 깨웠다. 눈을 뜨고 일어나 사태를 파악한 에이브러햄의 어린 얼굴에는 노인네가 되어 버린 것처럼 깊은 주름살이 잡혔다.

"프린스가 죽었어. 이젠 마차를 몰고 갈 수 없게 됐다고. 어저께만 하더라도 난 춤을 추고 떠들고 했는데……. 난 어쩌면 이렇게 멍텅구리일까."

테스는 넋 나간 사람처럼 혼자 중얼거렸다. 에이브러햄도 슬픈 표정으로 따라 중얼거렸다.

"이건 우리가 벌레 먹은 별에서 살고 있기 때문일 거야."

둘은 침묵 속에서 도움을 줄 사람들이 도착하기를 기다렸다. 그 시간이 마치 영원처럼 길고 지루하게 느껴졌다. 이윽고 말발굽 소리가 들렸다. 우편 마차의 마부가 약속했듯, 그들을 도우러 스타워 캐슬 가까운 곳에 사는 한 농부가 기운이 세어 보이는 작은 말을 끌고 다가왔다. 벌통을 실은 짐 마차에 프린스 대신 새 말을 매고 짐을 시장으로 운반해 갔다. 그날 저녁, 빈 마차가 다시 사고 현장으로 돌아와, 하루 종일 도랑 속에 누워 있던 프린스의 시체를 싣고 말로트 마을로 향했다. 프린스의 말굽은 위로 뻗쳐지고 말편자는 석양을 받아 번쩍이면서 흔들렸다.

테스는 그보다 일찍 집으로 돌아갔다. 부모님께 이 사건을 어떻게 말해야 할지 막막하기만 했다. 집에 도착하여 부모님의 얼굴을 보는 순간 그들이 이미 사실을 알고 있다는 것을 눈치채고는 다소 마음이 놓였지만, 말을 몰다가 졸아서 생긴 자신의 부주의에 대한 죄책감은 쉽사리 사라지지 않았다. 가난한 그들에게 이 사고는 치명적이었는데도 더베이필드 부부는 테스를 야단치지 않았다. 워낙 가난과 불행에 익숙해 온 터라 오히려 태연할 수 있었는지도 모른다.

가죽을 취급하는 폐마상이 프린스는 늙은 말이라 가죽 값으로 겨우 2, 3실링밖에 지불할 수 없다고 하자 더베이필드는 단호하게 말했다.

"좋아, 난 프린스를 팔지 않겠어. 그깟 몇 푼 안 되는 돈은 저희들이나 가지라고 해. 이래 봬도 우리는 명문의 자손이라고! 내게 충실했던 이놈을 이제 와서 그런 헐값에 팔아 치우고 싶지는 않아."

다음날 그들은 곡식을 심기 위해 땅을 팔 때보다 더 열심히 땅을 팠다. 말을 밧줄로 묶어 무덤까지 끌고 갔다. 장례 행렬을 뒤따르면서 에이브러햄과 리자루는 흐느껴 울었고, 슬픔이 어린 호프와 모데스티의 울음소리는 마당 담벼락을 울렸다. 파 놓은 구덩이 아래로 프린스가 떨어지자 모두들 무덤 가에 둘러선 채 침묵 속에서 내려다보고만 있었다. 그들은 이제 밥벌이 일꾼을 잃었다. 이제 그들은 어떻게 생계를 이어 나갈 것인가.

"프린스는 천당에 간 거야?"

에이브러햄이 흐느끼며 말했다. 아버지가 삽으로 흙을 덮기 시작하자 아이들은 다시 울음을 터뜨렸다. 테스만이 울지 않았다. 자기의 부주의로 말이 죽었다는 죄책감으로 그녀의 얼굴은 창백하게 질려 있었다.

5

말에 생계를 의지해 왔던 더베이필드 가(家)의 행상은 그날부터 당장 타격을 입게 되었다. 그런대로 살아 나가고 있던 집안에 기분 나쁜 곤경의 그림자가 드리워지기 시작했다. 이 고장에서 게으르다고 소문이 나 있는 더베이필드는 충분히 일할 만한 능력이 있었으나, 일거리가 필요한 때에 맞춰 생기는 것이 아닌 데다가 그는 날품이나 일상적인 노동에 익숙지 않았기 때문에 간혹 일거리가 생긴다 해도 끈기 있게 해내지를 못했고, 그래서 그들의 곤경은 더욱 심해 갔다. 자신의 잘못으로 집안이 곤경에 처한 데 대해 심한 죄책감을 느끼고 있는 테스는 어떻게든 부모님을 돕고 싶어 혼자 곰곰이 생각하고 있었다. 그때 더베이필드 부인이 자신의 생각을 테스에게 말했다.

"사람한테도 오르막이 있고 내리막도 있는 법이란다. 이런 때 우리 혈통에 대해 알게 된 건 어쩌면 불행 중 다행이라고 할 수 있지. 지금이 바로 우리가 친척을 만나 봐야 할 때야. 저쪽 숲 끝에 더버빌 부인이라는 갑부가 살고 있어. 그분은 틀림없이 우리 친척일 게야. 네가 그 부인을 찾아가 우리가 한뿌리라는 사실을 밝히고, 우리 사정이 어려우니 도와 달라고 부탁해 보면 어떻겠니?"

"난 그러기 싫어요. 그런 친척이 있다면 서로 알고 지내는 걸로 족해요. 도움 같은 건 받기 싫어요."

"넌 그 부인의 마음에 꼭 들 거야. 그 부인은 또 도와주고 싶어할 거고. 그뿐 아니라 생각지도 않은 좋은 일이 생길지도 모르잖아."

테스는 죄책감 때문에 엄마의 의견을 따르려고 마음먹고 있기는 했지만 엄마가 왜 그런 허황된 계획에 혼자 들떠 있는지 이해할 수가 없었다. 혹시 엄마는 더버빌 부인이 덕이 높고 인자한 부인이라는 말을 남들한테 듣고서 그런 엉뚱한 생각을 하게 되었는지도 모른다. 그러나 테스는 자신이 부잣집 마님의 가난한 친척 역할을 해야 한다는 사실에 몹시도 자존심이 상했다.

"그럴 바에야 차라리 일자리를 찾겠어요."

"여보, 이 문제는 당신이 결정하세요. 당신이 가라면 갈 거예요."

뒤에 있는 남편을 돌아보며 더베이필드 부인이 말했다.

"난 내 자식이 처음 보는 친척 집에 찾아가서 도움을 청하는 걸 원치 않아. 난 지체 높은 집안의 가장이니까 체통에 어울리게 처신해야지."

테스에겐 가지 않아도 좋다는 아버지의 생각이 자기 마음속의 반감보다도 더 괴로웠다. 그녀는 슬프게 중얼거렸다.

"하긴 말이 죽은 건 제 책임이니까, 제가 뭐든 해야겠다는 생각을 하고 있어요. 그분을 찾아가는 것도 아무렇지 않게 해낼 수 있어요. 그렇지만 그 부인에게 도움을 청하는 건 제게 맡겨 주셔야 해요. 그리고 엄마, 그분이 절 신사와 결혼시켜 준다느니 하는 그런 생각은 하지 마세요. 그건 잘못 생각하시는 거예요."

"옳은 말이다, 테스."

아버지가 점잖게 말하자 엄마가 반문했다.

"누가 너한테 그런 말을 하던?"

"제 생각일 뿐이에요. 어쨌든 제가 내일 그곳에 가 보겠어요."

이튿날 아침 일찍 테스는 샤스톤이라는 언덕 위의 마을까지 걸어갔다. 그곳에서 포장마차를 탔는데, 그 마차는 소문으로만 들었던 더버빌 부인이 살고 있는 트랜트리지 마을을 지나가는 마차였다. 그날 아침 테스를 태운 마차는 그녀가 태어나고 자라난 골짜기의 동북쪽 산하를 가로질러 가고 있었다. 블랙 모어 골짜기는 테스에겐 전세계나 다름없었다.

어린 시절 테스는 말로트 마을 어귀나 높은 층층대에서 마을을 내려다보곤 했는데, 그때 그토록 신비롭게 여겨졌던 광경이 지금도 여전히 신비롭게 여겨졌다. 그 시절의 테스는 날마다 자기 방 창문 가에서 멀리 샤스톤 마을의 탑과 마을과 저택들을 바라보곤 했는데, 집집의 창문들이 저녁 햇살을 받아 등불처럼 반짝이는 광경은 더없이 아름다운 풍경이었다. 테스는 물론 그 마을이 어떻게 생겼는지도 몰랐고, 마을 주변의 분지와 주변조차도 자세히 알지 못했다. 그 당시 테스는 친구들에게 인기가 많았다. 테스가 같은 나이 또래의 친구들과 셋이서 어깨동무를 하고 학교에서 집으로 돌아가는 모습은 마을 어디에서나 볼 수 있는 광경이었다. 가운데에 끼인 테스는 색깔이 바랜 털 스웨터에 바둑판 무늬의 분홍빛 사라사 앞치마를 두르고 무릎에 구멍이 뚫린 긴 양말을 신은 채 늘씬한 걸음걸이로 걸어가곤 했다. 그때의 머리카락은 흙빛에 가까웠다. 양쪽의 친구들이 테스의 허리에 팔을 감으면 테스는 둘의 어깨에다 팔을 얹곤 했다.

어린 시절 블랙모어 골짜기를 떠나 본 적이 없었던 테스는 성장하면서 집안 사정을 알게 되자, 구제할 수 없는 집안의 궁색함은 엄마가 무책임하게 낳아 놓은 아이들 때문이라는 생각을 하게 되었다. 사실 그 많은 아이들을 양육하는 일은 어렵고 벅찬 일이었는데, 더베이필드 부인은 그 벅찬 일을 떠맡을 만한 능력이 없었다. 테스는 하느님의 섭리에 따라 줄줄이 태어난 가족들 가운데 하나 더 보태어진 어린아이에 지나지 않았던 것이다. 자연히 테스는 엄마 역할을 대신 떠맡지 않을 수 없었다. 학교를 졸업하자마자 이웃 농가에 가서 품을 팔아 집안을 도왔다. 시간이 지날수록 집안의 무거운 짐은 테스의 가냘픈 두 어깨에 얹혀졌고, 따라서 테스가 더베이필드 집안의 대표로서 더버빌 저택으로 가는 것은 어쩌면 당연한 일인지도 몰랐다.

테스는 트랜트리지의 네거리에 다다르자 마차에서 내려 언덕을 걸어 올라 체이스로 향했다. 그녀가 전해 들은 바로는 바로 이 체이스 기슭에 더버빌 부인의 영지인 슬로프 저택이 있다고 했다. 그곳을 향해 천천히 걸어가는 테스에게 붉은 벽돌로 지어진 문지기 집이 먼저 눈에 띄었다. 그 옆문을 지나 마차 길이 구부러지는 곳에 이르자 본채 건물이 모습을 드러냈다. 멀리 체이스의 온화한 하늘빛 풍경을 배경으로 문지기 집과 같은 붉은 벽돌 건물이 빨간 제라늄 꽃처럼 산뜻하게 지어져 있었다. 넓은 온실이 언덕 아래 관목 숲까지 이어져 있었고, 그 저택 뒤로 최신 기구를 갖춘 마구간은 교회의 분당에 비할 만한 위엄이 있어 보였다. 잔디밭에는 요란한 장식의 천막을 쳐 놓았는데, 그 입구가 테스를 향해 열려 있었다. 이 영지 안의 모든 것은 잘 정돈되고 풍요로워 보였으며 갓 만들어 낸 새 동전 같은 인상을 주었다.

순진한 테스는 놀란 기색으로 굽은 자갈길의 모퉁이에 멍하니 서 있었다. 그녀는 자신이 어디까지 왔는지 깨닫지 못한 채 여기까지 온 것인데, 와 보니 자신의 생각과는 완전히 달랐다.

"우리 가문은 아주 오래된 가문인데 이건 새집이잖아!"

테스는 혼자서 중얼거렸다. 그녀는 친척임을 주장하라던 엄마의 말에 선뜻 따르지 말고 집 근처에서 일자리를 얻을걸 하는 후회를 했다.

이 슬로프 저택을 소유하고 있는 더버빌 집안은 처음에는 자칭 스토크 더버빌이었지만, 사실은 보수적인 이 지방에서는 쉽사리 찾아볼 수 없는 특이한 집안이었다. 늘 술에 취해 비틀거리는 존 더베이필드가 옛 더버빌 집안의 유일한 직계 자손이라는 목사의 말은 틀리지 않았다. 그때 목사가 스토크 더버빌 집안은 존과 같은 정통 더버빌 집안이 아니라는 사실을 말해 주지 않은 것은 실수인지도 몰랐다. 그들은 자신들의 부에 어울리는 더버빌이라는 가문 이름을 갖다 붙인 것뿐이었다.

얼마 전에 죽은 시몬 스토크 노인은 영국 북부에서 장사(고리대금업을 했다는 말도 있다.)로 재산을 모은 뒤 이곳 남부 시골에 정착하기로 마음먹었다. 그는 장사꾼이었던 자신의 신분을 감추고, 멋없는 자신의 본래 성보다는 좀 특별한 성을 가지고 새 출발 하고 싶었다. 그래서 대영 박물관에 가서 이제부터 그가 영주하려는 지방의 명문 가운데서 완전히 몰락해 버렸거나 거의 사라져 버린 집안들에 관해 연구한 기록 문서를 조사했다. 그리고 그 많은 가문 중에서 더버빌이라는 가문이 유달리 그의 마음을 끌었고, 그의 가문은 남부 지방에 영주하자마자 곧 더버빌 가문이 되어 버렸다. 이리하여 그는 자신과 자신의 상속자를 위해 본래 이름에다 영원히 더버빌이란 이름을 덧붙였던 것이다. 그러나 그렇다고 해서 그가 완전히 엉뚱한 사람은 아니었다. 새로운 바탕

위에다 자기 집안의 족보를 이룩하는 데에서 적당히 지체 높은 가문과 혼인 관계를 맺거나 귀족을 일가로 삼기는 했으나, 터무니없이 어울리지 않는 직위는 하나도 연결시키지 않았다.

불행히도 테스와 그녀의 부모는 이런 사실을 알지 못했다. 바로 이것이 그들의 불행의 원인이었는데, 그들은 성을 고칠 수 있다는 사실조차 알지 못했던 것이다. 수려한 용모는 행운일 수 있지만 가문이란 자연의 섭리일 뿐이라고 생각했다.

더버빌 저택 앞에서 테스는, 수영을 하려는 사람이 물에 뛰어들까 말까 망설이는 것처럼 주저하고 있었다. 이때 천막 안에서 한 사람이 나왔다. 훤칠한 키의 그 젊은 남자는 담배를 피워 물고 있었다. 그의 얼굴빛은 검었고 사나워 보이는 두툼한 입술 위에 끝이 뾰족하게 말려 올라간 수염을 기르고 있었다. 나이는 스물넷 정도로 보였는데, 대담하게 눈동자를 굴리는 모습이 왠지 야만스러운 느낌을 주었다. 그는 길옆에 선 채 안절부절못하는 테스에게로 다가와 경쾌한 음성으로 물었다.

"예쁜 아가씨, 뭘 도와 드릴까요? 아, 날 그렇게 무서워할 건 없어요. 난 더버빌입니다. 혹시 날 만나러 온 건 아닌가요? 아니면 어머니를?"

그 젊은 친척은 그곳 저택과 정원이 그랬던 것처럼 테스의 상상과는 어긋난 모습을 하고 있었다. 테스는 더버빌 가문의 특징적인 용모를 모두 갖춘 늙고 위엄 있는 얼굴의 친척, 오랜 세월에 걸친 일족의 역사와 영국의 역사가 주름진 얼굴에 그림처럼 나타나 있는 그런 친척을 상상했던 것이다.

"전 댁의 어머님께 용무가 있어요."

테스는 용기를 내어 말했다. 최근에 세상을 떠난 스토크 노인의 외아들 알렉―가짜 가문의 현 주인―이 호기심으로 가득 찬 눈초리로 테스에게 물었다.

"어머니는 몸이 불편하셔서 만날 수가 없어요. 어머니 대신 내가 그 용건을 들었으면 하는데, 대체 무슨 용무지요?"

"용무가 아니고……."

"그럼 그냥……."

"아녜요, 말씀드리기가 거북할 뿐이에요."

테스는 자기의 심부름이 다소 우스꽝스럽게 느껴졌다. 게다가 낯선 알렉이 두렵기도 하고 이곳 저택에 와 있다는 사실이 불안스럽기도 해서 자신도 모르게 장밋빛 입술을 움직여 살짝 미소 지었다. 수줍어하는 듯한 테스의 그 모습이 가무잡잡한 알렉을 매혹시켰다.

"너무 어처구니가 없는 용무라서 말씀드릴 수가 없어요."

"괜찮아요, 난 그런 걸 좋아하니까. 어서 말해 봐요, 아가씨."

"엄마가 가 보라고 하셨어요. 저도 그런 생각이 있었고요. 사실 저는 댁과 우리 집이 먼 옛날에는 한가족이었다는 것을 말씀드리러 온 거예요."

"흠, 가난한 친척이란 말이지요?"

"네."

"스토크 집안?"

"아뇨, 더버빌 집안이에요. 지금은 성이 변해서 더베이필드가 된 우리가 더버빌 집안이라는 증거는 여러 가지가 있어요. 고고학이나 족보를 연구하시는 분도 그렇게 말씀하시고요. 그리고 아주 낡은 인장이 있는데, 방패형의 문장(紋章) 위에 사자가 뒷발로 서 있고 그 위쪽에 성이 새겨져 있어요. 그리고 굉장히 낡은 은수저 한 벌도 있는데, 가운데가 국자처럼 오목하고 같은 성의 무늬가 새겨져 있어요. 하지만 너무 낡아서 어머닌 완두콩 수프를 젓는 데 그걸 쓰고 계시지요."

"은빛 성 무늬는 분명히 우리 가문을 나타내는 상징이지요. 그리고 우리 집 문장은 앞발을 들고 덤비는 사자가 틀림없고요."

"우린 더버빌 가문 중에서는 가장 오래된 집안이고, 어머닌 일가 댁과 가까이 지내야 한다고 하셨어요. 게다가 저희는 불행한 사고로 말을 잃었거든요. 그래서……."

"그건 좋은 일이네요. 그러니까 예쁜 아가씨, 친척으로서 인사를 하러 온 거란 말이지요?"

알렉은 테스가 얼굴을 붉힐 정도로 빤히 그녀를 바라보며 상냥하게 물었다. 테스는 주저하며 대답했다.

"그런 셈이에요."

"그래요, 그거야 아무 상관 없어요. 집이 어디지요? 그리고 아가씬 무얼 하지요?"

테스는 집안 사정을 간략히 이야기하고는, 올 때 타고 온 마차 편으로 되돌아갈 것이라고 덧붙여 말했다.

"그 마차가 돌아와 트랜트리지 네거리를 지나려면 아직 시간이 꽤 남았군요. 그동안 정원이나 산책하지 않을래요, 예쁜 사촌 누이?"

테스는 되도록이면 빨리 볼일을 끝내고 집으로 돌아가고 싶었으나 젊은이가 너무 진지한 태도로 나오는 바람에 하는 수 없이 고개를 끄덕였다. 그는 테스와 함께 잔디밭과 꽃밭과 화초용 온실을 돌아본 다음 과수원 겸 과일용 온실로 그녀를 안내했다.

"딸기 좋아해요?"

"네, 익은 딸기를 좋아해요."

"이곳 딸기는 벌써 다 익었어요."

더버빌은 몸을 구부려 여러 가지 종류의 딸기를 따서 테스에게 건네주었다. 그러다가 탐스러운 '영국 여왕' 종의 특별히 잘 익은 딸기를 따더니 꼭지를 쥐고 그녀의 입 가까이에 갖다 댔다. 테스는 얼른 그의 손과 자기 입술 사이를 손가락으로 막았다.

"싫어요, 제가 직접 먹을래요."

"괜찮아요, 먹어 봐요."

그가 고집을 부렸기 때문에 테스는 난처한 표정으로 입을 벌려 딸기를 받아 먹었다.

그들은 온실 속을 거닐며 얼마 동안 시간을 보냈다. 테스는 조금은 즐거운 마음으로, 조금은 내키지 않는 마음으로 더버빌이 주는 딸기를 받아먹었다. 그녀가 더 이상 딸기를 먹을 수 없게 되자 그는 테스의 조그만 바구니에 딸기를 가득 채워 주었다. 그들이 장미 나무가 서 있는 곳을 지나치게 되었을 때 그는 꽃을 꺾어 주면서 가슴에 꽂으라고 했다. 테스가 가슴에 더 이상 꽃을 꽂을 수 없게 되자 그는 꽃봉오리 한두 개를 더 따서 손수 그녀의 모자에 꽂아 주고 자신의 친절함을 보여 주려는 듯 바구니에도 장미꽃을 수북이 담아 주었다. 이윽고 그는 손목시계를 들여다보며 말했다.

"이제 뭘 좀 먹고 나면 샤스톤으로 가는 마차를 탈 시간이 될 거예요. 이리 와요, 먹을 것을 가져올 테니까."

알렉은 다시 테스를 잔디밭의 천막 안으로 안내했다. 그는 그녀를 혼자 남겨 두고 천막 바깥으로 나가더니 점심 식사를 담은 바구니를 들고 나타나 직접 테스 앞에 펼쳐 놓았다. 아마도 두 사람만의 즐거운 만남을 하인들로부터 방해받고 싶지 않았음이 분명했다.

"괜찮다면 담배를 피우고 싶은데……."

"괜찮고 말고요."

그는 천막 안에 퍼지는 담배 연기를 통해 그녀가 천진스럽게 식사하는 광경을 지켜보고 있었다. 그 담배 연기 뒤에 자기 인생의 비극이 숨겨져 있으리라고는 꿈에도 생각하지 못한 테스는 무심히 가슴에 꽂힌 장미꽃을 내려다보고 있었다. 무지개처럼 다채로운 그녀의 젊은 시절에 핏빛으로 뚜렷하게 흔적을 남기게 될 그 비극은 그녀의 외모에서부터 잉태되고 있었다. 엄마에게 물려받은 성숙한 자태—아직 관능미를 풍길 정돈 아니지만 풍만한 모습과 무르익은 육체의 완벽한 아름다움—가 바로 그 비극의 시작이었고, 알렉이 테스에게서 눈길을 돌리지 못하는 것 또한 그런 이유 때문이었다.

테스는 곧 점심을 끝내고 일어섰다.

"이제 그만 가 보겠어요."

"그런데 이름이 뭐지요?"

마차가 지나다니는 길까지 그녀를 바래다주면서 알렉이 물었다.

"말로트 마을의 테스 더베이필드예요."

"그런데 집에서 부리던 말이 죽었다고 그랬지요?"

"제 실수였어요. 전 부모님께 어떻게 해 드려야 좋을지 모르겠어요."

테스는 눈물을 글썽이며 프린스가 죽게 된 이유를 자세히 이야기했다.

"나도 테스를 도울 방법에 대해 생각해 보겠어요. 어머니가 틀림없이 당신에게 일자리를 주실 거예요. 그런데 테스, 더버빌에 대한 얘기는 그만두는 게 좋겠어. 그저 더베이필드면 그것으로 족한 게 아니겠어요?"

"저도 그 이상은 바라지도 않아요."

그녀는 더버빌 가문의 자손답게 위엄 있는 목소리로 말했다. 두 사람이 붉은 벽돌로 된 문지기의 집이 아직 보이지 않는, 철쭉꽃과 침엽수 사이의 길다란 차도의 모퉁이까지 왔을 때, 알렉은 테스에게로 얼굴을 기울이고 키스를 하려다가 아직은 안 된다고 마음을 고쳐먹은 듯 그녀를 그대로 보내 주었다. 그것은 운명적인 사건의 시초였다. 만약 그녀가 알렉과의 만남의 의미를 깨달 았다면, 어째서 자신은 그날 올바르고 성실한 남자를 만나는 대신 알렉 같은 엉뚱한 남자를 만나 비극의 굴레를 뒤집어쓰게 되도록 운명 지어졌을까 반문 했으리라. 그러나 테스는 자기가 알고 있는 사람들 가운데서 바람직한 남자에 게서는 거의 잊혀지게 된, 한낱 순간적인 인상밖에 주지 못했음을 깨달았다.

신중하게 세운 계획이라도 잘못된 판단으로 실행에 옮긴다면 기대하던 성 과를 얻을 수 없는 것처럼, 사랑해야 할 사람은 사랑할 수 있는 제때에는 좀체 나타나지 않게 마련인지도 모른다. 사랑하는 사람들이 서로 만나기만 하면 행 복해질 수 있을 때에도 자연의 섭리는 쉽게 인간들에게 그 방향을 가르쳐 주 지 않으며, 또한 인간들이 질문을 던져도 역시 대답조차 해 주지 않기 때문에 마침내 이와 같은 숨바꼭질이 벌어지게 되는 것이리라. 다가올 인류의 진화 과정이 그 절정에 이를 경우에도 이러한 착오가 보다 더 섬세한 직관이나 보 다 더 치밀한 사회 구조의 상호 작용의 힘으로 시정될 수 있을까가 궁금할 뿐 이다.

더버빌은 천막으로 돌아가 의자에 걸터앉아서는 웃음을 지으며 생각에 잠 겼다. 순간 그는 크게 웃음을 터뜨렸다.

"거참, 희한한 일도 다 있군! 하하하. 한데 그 계집엔 정말 너무 예쁘단 말 야."

6

언덕을 내려가 트랜트리지에 닿은 테스는 곧 샤스톤으로 가는 마차에 올라 탔다. 마차가 달리기 시작하자 그녀는 밖을 내다보는 일도 없이 무슨 생각에 골똘히 잠겨 있었다. 승객 가운데 한 사람이 날카로운 말투로 그녀에게 말을 걸었다.

"당신은 마치 꽃다발 같군요. 아직 5월 초순인데 장미가 벌써 활짝 피었네!"

모자와 가슴에 꽂은 장미꽃과 손에 들린 바구니에 가득 찬 딸기와 장미꽃이 다른 사람의 눈에 어떻게 보이는지를 깨달은 테스는 얼굴을 붉히며 꽃은 선물로 받은 것이라고 변명하듯 말했다. 그녀는 사람들의 눈치를 보면서 슬그머니 모자에 꽂은 꽃을 뽑아 바구니에 넣었다. 그녀가 다시 생각에 잠겨 고개를 아래로 했을 때 가슴에 꽂았던 장미꽃 가시가 그녀의 턱을 찔렀다. 블랙모어 사람들이 다 그렇듯이 미신을 강하게 믿는 그녀는 가시에 찔린 것이 불길하게 생각되었다. 그것은 그녀가 그날 처음으로 느낀 불길한 예감이었다.

샤스톤에서 마차를 내린 테스는 말로트 마을까지 5, 6마일이나 되는 길을 걸어서 가야 했다. 더베이필드 부인은 테스에게 만약 피곤해서 걸을 수 없게 되면 이곳에 사는 친구인 농사 짓는 아주머니네 집에서 하룻밤 신세를 지라고 일러 주었다. 테스는 엄마 말대로 그곳에서 하룻밤을 머무르고 이튿날 낮에야 집으로 돌아왔다. 집안으로 들어선 그녀는 들떠 있는 엄마의 표정을 보고 집안에 무슨 일이 있었음을 눈치챘다.

"테스, 난 일이 이렇게 될 줄 알았어. 내가 잘될 거라고 하지 않던."

"대체 무슨 일이 있었기에 그러세요?"

약간 지쳐 있는 테스에게 어머니는 유쾌한 음성으로 대꾸했다.

"그 집 사람들이 너한테 홀딱 반했단 말이다."

"엄마가 그걸 어떻게 알아요?"

"편지를 받았어. 더버빌 부인이 자기가 소일 삼아 하는 조그만 양계장 일을 네게 맡기고 싶다는 거야. 그리고 널 친척으로 맞이하겠대."

"하지만 난 그 부인을 만나지도 못한걸요."

"그래도 누구건 만났겠지?"

"그 부인의 아들을 만났어요."

"그 사람이 널 친척으로 생각하든?"

"확실히 모르겠지만 날 보고 사촌 누이라고 불렀어요."

"내 그럴 줄 알았어. 그러니까 아들한테 얘길 듣고 네게 일을 맡기려는 모양이다."

더베이필드 부인은 의기양양하게 말했다. 테스는 애매하게 대꾸했다.

"그렇지만 그 일을 잘 해낼지 모르겠어요."

"시골에서 자란 네가 그 일을 못 해낸다면 누가 해내겠니. 그리고 말이다, 네게 그런 일을 시키는 건 신세지고 있다는 부담을 주지 않으려는 것뿐일 거야. 아무럼 친척인데 마구 일을 시키겠니?"

테스는 무슨 생각에 잠긴 듯하다가 말했다.

"아무리 생각해도 이상해요. 그런데 편지는 누가 썼어요?"

"더버빌 부인이 쓴 편지지. 자, 여기 있다."

편지는 3인칭으로 씌어진 더베이필드 부인 앞으로 보내 온 간단한 것이었는데, 테스가 양계장 일을 도와주었으면 좋겠다는 것과, 그 일을 승낙만 한다면 좋은 방도 주고 일을 잘하면 보수도 두둑하게 주겠다는 내용이 전부였다.

"어머나! 이것뿐이에요?"

"그럼 벌써부터 그 부인이 두 손을 벌리고 너를 껴안고 키스라도 해 줄 줄 알았니?"

"난 엄마, 아버지랑 함께 집에 있고 싶어요."

테스는 밖의 풍경을 바라보며 나직하게 말했다. 더베이필드 부인이 무엇 때문이냐고 물었다.

"이유는 말하고 싶지 않아요. 엄마, 난 정말 가고 싶지가 않아요."

그 문제는 일단 보류되었다. 그리고 일주일이 지났다.

어느 날 저녁, 테스가 이웃집으로 간단한 일거리를 찾으러 갔다가 헛걸음만 하고 돌아왔을 때, 어린 동생이 방안을 껑충껑충 뛰어다니면서 떠들고 있었다.

"멋진 신사가 왔다갔다고!"

즐거움을 감추지 못한 어머니가 서둘러 설명했다. 더버빌 부인이 테스가 양계장 일을 도와주러 올 건지에 대해 확답을 바라고 있기 때문에 그의 아들이 말로트 마을을 지나는 길에 그 여부를 알아보려고 들렀다는 것이다.

"지금까지 그 일을 맡고 있던 사람이 성실치가 못해서 그만두게 했대. 그 댁 도련님은 네 외모를 보고 훌륭한 처녀가 틀림없다고 믿었다는구나. 그 사람은 분명히 네가 네 몸뚱이만한 금덩이의 값어치는 있다고 보는 것 같아. 글쎄, 그 사람이 네게 반해 버린 모양이야."

자신을 하찮은 존재라고 생각하고 있던 테스는 낯선 사람이 자기를 그처럼 칭찬해 준 사실에 기분이 나쁘지는 않았다.

"그 집에 가서 제가 할 일이 무엇인지 그것만 확실하게 안다면 언제라도 가겠어요."

"그 사람 아주 잘생겼더라."

"제가 보기에는 잘생기지 않았던데요."

테스는 냉정하게 대꾸했다.

"네가 그 집에 가든 안 가든 네 맘에 달린 거지만 말이다, 그 사람 멋진 다이아몬드 반지를 끼고 있더라."

엄마의 말이 끝나자마자 창가에 앉아 있던 에이브러햄이 명랑하게 말을 이었다.

"나도 봤어. 그 사람이 콧수염을 만질 때마다 반지가 반짝반짝 빛나던걸. 그런데 엄마, 그 사람은 왜 자꾸 콧수염을 만질까?"

"다이아몬드 반지를 뽐내려고 그러는 거야."

의자에 앉아 있던 존 경이 잠꼬대하듯 중얼거렸다.

"밖에 나가 잠깐 생각 좀 해 보고 올게요."

테스가 방을 나가자 더베이필드 부인이 남편에게 말했다.

"여보, 그 집 사람들은 테스가 마음에 꼭 들었나 봐요. 그런데 저 애는 뭘 망설이는지 모르겠어요. 이런 좋은 기회를 놓치려 하다니, 어리석기 짝이 없는 짓이라고요."

"난 그 애를 보내고 싶지 않아. 내가 직계 후손이니까 그들이 우릴 찾아오는 게 예의에 맞는 일이지."

"아녜요, 그 앨 보내야 한다고요. 그 친척 젊은이가 테스를 굉장히 마음에 들어하는 눈치더라고요. 그 젊은이가 테스를 사촌 누이라고 불렀다지 않아요. 테스가 그 젊은이와 결혼만 한다면 조상이 누리던 부귀영화를 다시 누리게 될지도 모른다고요."

생각이 모자라는 부인의 말에 존 더베이필드도 관심이 있는 눈치였다.

"그럴지도 모르지. 그 청년은 직계 후손과 결혼해서 자기 가문의 혈통을 이

어가려 할 수도 있는 거라고. 귀여운 테스, 단 한 번 찾아가서 이처럼 좋은 행운을 가져오다니!'

그 사이에 테스는 생각에 잠긴 채 뜰을 거닐다가 말의 무덤까지 가 보고 왔다. 그녀가 집안으로 들어오자 엄마가 다그쳐 물었다.

"테스, 어떻게 할 생각이지?"

"그 부인을 직접 만나 보고 올 걸 그랬어요. 어떻게 하면 좋을지 모르겠어요. 하지만 내가 말을 죽였으니까 엄마, 아버지가 하라는 대로 하겠어요. 그 남자와 한집에서 사는 건 정말 싫지만."

말이 죽은 뒤 테스가 부자 친척 집에 살러 가는 것을 은근히 바라고 있던 동생들은 그녀가 가기 싫어하며 망설이자 울먹이면서 그녀에게 비난의 말을 서슴없이 퍼부었다.

"누나는 그 집에 가기만 하면 귀부인이 될 텐데. 귀부인이 되는 것도 싫은가 봐. 이젠 힘센 말을 살 수도 없고, 갖고 싶은 것을 살 수 있는 금화도 가질 수 없게 됐잖아. 누나는 맛있는 음식을 먹고 좋은 옷을 입고 싶지 않다는 거야?"

엄마도 가난한 살림살이에 대한 하소연을 늘어놓으며 아이들 말에 장단을 맞추었다. 아버지만이 중립적인 태도를 취하고 있었다. 견디다 못한 테스가 드디어 입을 열었다.

"그 집에 가겠어요."

"정말 잘 생각했다. 이건 다시 오지 않을 좋은 기회라고."

엄마의 얼굴에 환한 미소가 번졌다. 테스의 승낙으로 엄마는 어느새 딸의 결혼식에 관한 환상을 머리에 떠올렸다. 테스는 씁쓸하게 웃었다.

"난 단지 돈을 벌기 위해 그 집에 가려는 것이지 다른 생각은 추호도 없어요. 이런 우스꽝스러운 얘기, 이웃 사람들에겐 절대로 하지 마세요."

그 청년이 한 말을 속이 후련하도록 마음껏 떠들고 싶어 온몸이 근질근질한 상태였기 때문에 더베이필드 부인은 그러겠다고 약속할 수가 없었다. 어쨌든 일은 일단 매듭 지어졌다. 테스는 그쪽에서 원하기만 하면 언제든지 가겠다는 편지를 띄웠다.

곧 더버빌 부인에게서 답장이 왔다. 부탁을 들어주어 고맙다는 것과, 이틀 후에 짐 마차를 산마루까지 보낼 테니 준비를 하고 있으라는 내용이 남자 글씨 같은 필체로 씌어 있었다. 더베이필드 부인은 믿을 수 없다는 듯 투덜거렸다.

"짐 마차라니? 친척을 위해서라면 승용 마차 정도는 보내야지."

일단 결정을 내리고 나니 테스는 마음이 편안해졌다. 일을 해서 자기 힘으로 아버지에게 말을 사 드릴 수 있다는 사실이 기뻐 그녀는 기분 좋게 집안일을 거들었다.

앞으로 자신에게 어떤 일이 닥칠지 짐작조차 하지 못한 그녀는, 학교 선생이 되고 싶어했던 자신의 소망과는 상관없는 엉뚱한 곳으로 자신이 끌려가고 있다고 막연히 생각했을 뿐이었다. 엄마보다도 오히려 사려 깊은 테스는 자기의 결혼 따위는 생각해 본 적이 없었다. 한없이 경솔한 테스의 엄마는 자기 딸이 태어났을 때부터 적당한 짝을 찾고 있었는지도 모른다.

7

친척 집으로 가기로 약속된 아침, 테스는 동이 트기도 전에 눈을 떴다. 숲 속의 잠든 듯한 어둠이 아직 가시기 전 예언자와 같은 단 한 마리의 새만이, 저야

말로 적어도 하루의 정확한 시간쯤은 잘 알고 있다는 듯이 맑은 소리로 지저 귀고 있을 뿐 나머지 새들은 마치 그 새가 틀렸다는 듯 조용히 침묵을 지키고 있었다. 그녀는 식사하기 전까지 2층 방에서 짐을 꾸렸다. 일요일에 입는 외출 복까지 챙겨 넣은 다음 입고 있던 옷을 그대로 입은 채 아래층으로 내려오자 더베이필드 부인이 말했다.

"오랜만에 친척 집에 가는데 옷 꼴이 그게 뭐냐?"

"그 집에 놀러 가는 게 아니라 일하러 가는 건데요, 뭐."

"그래도 남의 집에 갈 때는 단정하게 입어야지."

"알았어요, 엄마 말대로 할게요."

테스는 아무래도 좋다는 듯 나직하게 말했다. 더베이필드 부인은 딸의 고분 고분한 태도에 만족한 듯했다. 그녀는 다른 때보다 더 정성스럽게 딸의 머리 를 곱게 땋아 주었다. 그리고 보통 때 달던 리본보다 더 예쁘고 커다란 분홍빛 리본을 달아 준 다음, 지난번 들놀이 때 입었던 화려한 흰옷을 딸에게 입혔다. 흰옷에 감싸인 풍만한 육체와 탐스럽게 땋아 내린 머리가 어린 나이임에도 테 스를 성숙한 처녀처럼 보이게 했다.

"어머, 양말 뒤축에 구멍이 났잖아."

"양말 구멍쯤은 아무것도 아니야. 구멍이야 뭐래나! 내가 처녀 시절엔 예쁜 모자만 쓰고 있으면 귀신이 아닌 다음에야 양말 구멍을 들여다보는 사람은 아 무도 없었으니까."

어머니는 화가가 몇 걸음 뒤로 물러서서 자기 그림을 바라보듯 감탄의 눈길 로 딸을 아래위로 살펴보았다.

"얘, 네 눈으로 네 모습을 한번 봐라. 너무너무 예쁘구나."

손거울밖에 없는 시골 사람들이 늘 그렇듯이, 엄마는 유리창 뒤로 검은 천을 늘어뜨려 딸을 위해 큰 거울을 만들어 준 다음 남편에게로 가 자랑을 늘어놓았다.

"여보, 우리 딸애가 어쩜 저렇게 예쁘지요? 그 청년이 우리 테스를 사랑하지 않고는 못 배길 거예요. 하지만 테스에게 그 젊은이 얘기는 하지 않는 게 좋아요. 성질이 까다로운 애라서 그 젊은이에게 반감을 품을지도 모르고, 가지 않겠다고 변덕을 부릴지도 모르니 말이에요. 하여튼 우리가 그 집안과 친척이라는 사실을 알게 된 건 정말 다행한 일이라고요. 이번 일이 잘된다면 우리에게 그 사실을 일러 주신 목사님께 꼭 인사를 드려야겠어요. 참 친절한 분이세요."

그러나 더베이필드 부인은 딸이 가야 할 시간이 다가오자 딸에게 옷을 입힐 때의 설렘은 사라지고 뭔가 소중한 것을 빼앗긴 듯 허전한 기분이 들어 정거장까지 딸을 배웅하기로 마음먹었다. 그녀는 테스의 짐을 수레에 실어 먼저 내보낸 다음 외출 모자를 썼다. 그러자 동생들이 서로 따라가겠다고 졸랐다.

"누나를 배웅하러 저쪽 언덕까지만 갔다 올 거야. 누나는 이제 멋쟁이 사촌 신사와 결혼하게 된다고. 좋은 옷도 입게 되고……."

엄마의 말에 테스는 얼굴을 붉히고는 엄마 쪽을 돌아보며 말했다.

"엄마, 그런 말 좀 하지 마세요. 그런 소리는 이제 듣기도 싫으니까 제발 하지 말라고요."

"얘들아, 누나는 부자 친척 집으로 일하러 가는 거야. 돈을 많이 벌면 튼튼한 말도 살 수 있고 말이야."

더베이필드 부인은 이내 말을 바꾸었다. 테스는 확 잠긴 음성으로 작별 인사를 했다.

"아버지, 안녕히 계세요."

테스는 목멘 소리로 말했다.

"그래, 잘 가거라."

존 경은 과음한 아침 술 탓으로 꾸벅꾸벅 졸다가 일어나서 딸의 출발을 축하한다고 말했다.

"나도 그 친척 집 젊은이가 같은 핏줄인 너를 귀여워해 주면 좋겠구나. 테스야, 그 집에 가거들랑 이렇게 말해라. 우리 집안은 옛날의 높은 신분에서 완전히 몰락했기 때문에 작위는 팔아 주겠다고 말이야. 값도 적당하게 말이야."

"1천 파운드 아래론 안 돼요!"

더베이필드 부인이 소리쳤다.

"가서 그렇게 얘기해라. 1천 파운드라면 팔겠다고. 아냐, 조금 덜 받아도 괜찮겠어. 나같이 보잘것없는 가난뱅이보다 그 젊은이한테 작위가 잘 어울릴 테니까, 1백 파운드면 넘겨주겠다고 해라. 난 적은 돈 갖고 치사하게 굴진 않아. 50도 좋고 20도 좋다고 해. 그래 20파운드. 가문의 체면도 있으니까 그 아래로 깎으면 안 되겠지?"

눈에 눈물이 가득 괴고 말문이 막혀 테스는 하고픈 말을 한마디도 못한 채 급히 밖으로 나왔다. 엄마와 동생들이 따라 왔다. 동생들은 양쪽에서 테스의 팔을 하나씩 잡고, 굉장한 일을 하러 가는 사람을 보는 것처럼 누나의 얼굴을 자꾸 쳐다보며 오르막길이 시작되는 산기슭까지 갔다. 테스는 트랜트리지에서 마중 나오는 마차를 그 언덕 위에서 탈 예정이었는데, 말의 피로를 덜기 위해 그곳으로 정한 것이었다. 그 언덕 위에는 테스의 짐을 손수레에 싣고 미리 떠났던 청년만이 앉아서 마차를 기다리고 있었다.

"여기서 잠깐만 기다리면 곧 마차가 올 거다. 아, 저기 마차가 온다!"

언덕 위로 불쑥 나타난 마차가 짐수레를 지키고 있는 청년 앞에 멈추어 섰다. 테스는 가족들과 서둘러 작별 인사를 하고 언덕길을 오르기 시작했다. 이미 그녀의 짐을 다 실은 마차가 있는 데로 테스가 다가가고 있을 때, 언덕 숲 속에서 또 한 대의 마차가 나타났다. 그 마차는 깜짝 놀라 쳐다보고 있는 테스 옆에 가서 멈추었다. 그제야 더베이필드 부인은 두 번째로 나타난 마차가 먼 젓번 것처럼 보잘것없는 것이 아니고 단장이 잘된 멋지고 새로운 이륜 마차란 걸 알았다.

말을 몰고 있는 사람은 나이가 스물서넛쯤 되어 보이는 젊은이였다. 입에는 여송연을 물고 차양 없는 멋진 모자를 썼으며, 담갈색의 오뚝 선 칼라가 달린 양복에 흰 넥타이 차림을 하고 갈색 승마용 장갑을 끼고 있는 그 청년은, 두 주일 전에 테스의 회답을 들으려고 더베이필드 부인을 찾아왔던 바로 그 멋진 젊은이였다. 더베이필드 부인은 어린아이처럼 손뼉을 쳤다. 청년은 잠깐 아래를 내려다보다가 다시 그쪽으로 눈길을 돌렸다. 그것이 무엇을 뜻하는 것인지 그녀가 짐작 못할 리가 없었다.

"저 사람이 누나와 결혼할 거야?"

새로 나타난 이륜 마차를 보며 어린아이처럼 기뻐하는 엄마를 향해 막내아들이 물었다. 더베이필드 부인은 새로 나타난 마차에 타고 있는 청년과 이야기를 나누고 있는 딸에게 시선을 준 채 고개를 끄덕였다. 부인의 눈에는 테스가 주저하고 있는 것처럼 보였다. 아니, 주저하기보다는 심하게 불안에 떨고 있는 것 같았다. 청년이 마차에서 내려 테스에게 빨리 타라고 재촉하는 듯했다. 테스의 얼굴이 언덕 아래 서 있는 가족에게로 향했다. 이윽고 그녀는 마음을 정한 듯 재빨리 마차에 올라탔다. 자신의 잘못으로 말이 죽었다는 죄책감 때문에 얼른 마음을 정해 버린 것 같았다. 청년도 테스를 따라 마차에 오르더니 그녀 옆자리에 앉아 채찍을 휘두르기 시작했다. 마차는 순식간에 짐 마차를 앞지르더니 고개 너머로 사라져 버렸다. 테스의 모습이 보이지 않게 되자 막내가 입을 씰룩거리더니 울음을 터뜨렸다.

"난 불쌍한 누나가 귀부인이 되러 가지 말기를 바랐는데……."

다른 아이들도 덩달아 울음을 터뜨렸다. 집으로 돌아오는 더베이필드 부인의 눈에도 눈물이 글썽였다. 그날 밤 잠자리에 누워 한숨을 쉬는 그녀에게 남편이 무슨 일이냐고 물었다.

"나도 잘 모르겠어요. 다만 테스를 보내지 말았으면 더 좋았을걸 하는 생각이 들었어요."

"이젠 그런 생각 해 봐야 소용없는 일이야."

"하지만 그건 다시 오지 않을 좋은 기회였어요. 만약 테스가 다시 돌아올 수만 있다면 그때는 그 청년이 정말 착한 사람인지, 그 집 사람들이 그 애를 친절하게 대해 줄 것인지 알아보고 난 다음에 그 앨 보내겠어요."

"이미 지나간 일이야."

존 더베이필드가 무뚝뚝하게 대꾸했다. 더베이필드 부인은 스스로를 위로하려는 듯 이렇게 말했다.

"이젠 하는 수 없지요, 뭐. 그 앤 뼈대 있는 가문의 애니까 자기가 가진 장점을 잘 이용할 거예요. 그렇게만 된다면 그들과도 잘 어울릴 수 있고 그 청년과도 꼭 결혼하게 될 거예요. 그 청년이 테스한테 푹 빠진 건 틀림없는 사실이니까."

"테스의 장점이 도대체 어떤 거야? 더버빌 가문?"

"바보 같은 소리 말아요. 내 처녀 시절처럼 예쁜 그 애 얼굴을 말하는 거라고요."

8

테스 옆에 앉은 알렉은 테스의 짐을 실은 짐 마차를 까마득하게 앞지르면서 첫 번째 산비탈로 쏜살같이 말을 몰았다. 산마루에 다가갈수록 확 트인 경치가 눈앞에 펼쳐졌다. 테스가 살던 마을이 점점 멀어지면서 소문으로 듣기만 했던 잿빛 마을이 보였다. 마차가 산마루에 이르자 여기서부터 1마일 가량이나 곧게 뻗은 긴 내리막길이 보였다. 테스는 불안한 눈빛으로 알렉을 쳐다보았다. 천성이 용감한 그녀라 할지라도 사고가 난 다음부터는 마차에 대해 불안감을 가지고 있었다. 마차가 조금만 흔들려도 가슴이 두근거릴 정도여서 그녀는 알렉이 마차를 거칠게 모는 것이 내내 마음에 걸렸다.

"내리막길은 천천히 몰 거지요?"

테스는 불안한 듯 물었다. 더버빌은 그녀를 한번 쳐다본 다음 크고 흰 앞니로 담배를 물고는 의미심장하게 웃어 보였다.

"왜 그러죠, 테스? 테스는 용감한 사람인 줄 알았는데. 난 내리막길에선 늘 전속력으로 달려요. 그건 용기를 북돋우는 데 가장 좋은 방법이죠."

"하지만 지금은 그럴 필요가 없지 않아요?"

알렉은 고개를 저었다.

"거기에는 두 가지 이유가 있지요. 나도 나지만, 이 녀석 팁이 문제라고요. 성질이 워낙 괴팍하거든."

"팁은 누굴 말하는 거지요?"

"저 암말 말이오. 저놈이 좀 전에 아주 험상궂은 표정으로 나를 노려봤는데, 못 봤소?"

"누굴 놀리시는 거예요?"

"놀리다니? 저 말을 다룰 수 있는 사람은 세상에 나 하나뿐이오. 아무도 못 당해요. 만약 그럴 수 있는 사람이 있다고 하면 그게 바로 나란 말이오."

"왜 저런 말을 몰고 다니시지요?"

"하긴. 팁은 사람을 죽인 일이 있소. 내가 산 다음에도 나를 죽일 뻔했다고. 그리고 또 내가 저놈을 죽일 뻔했고. 저놈은 지금도 성질이 아주 고약한 데다 사납고 성미 급하기가 이를 데 없지. 그래서 저놈 뒤에 타고 있으면 목숨이 위태롭다니까."

말은 마침 내리막길을 달리기 시작했다. 말의 성질이 본래 사나워서인지 아니면 더버빌이 거칠게 몰아서인지 말은 미친 듯이 달리기 시작했다. 아래로 내려갈수록 점점 더 빠르게 달렸다. 바퀴는 윙윙 소리를 내며 돌았고 좌석은 풍랑을 만난 배처럼 심하게 흔들렸다. 말발굽에서는 마치 부싯돌을 부딪칠 때와 같은 불꽃이 번쩍였다. 좁다란 비탈길이 순식간에 커다랗게 확대되어 눈앞으로 닥쳐오고, 대나무를 쪼갠 듯한 양쪽 길옆 둑이 두 사람의 어깨를 스치면서 뒤로 사라졌다. 바람이 테스의 흰 모슬린 옷 속으로 스며들고 조금 전에 감은 머리가 바람에 날렸다. 그녀는 두려움을 애써 감추려 했지만 자신도 모르게 더버빌의 팔에 매달렸다.

"팔보다는 허리를 잡아야 해. 그렇지 않으면 둘 다 바람에 날아가 버린다고."

테스는 할 수 없이 그의 허리를 잡았고, 마차가 곧 산기슭에 도착하자마자 그녀의 얼굴은 불처럼 뜨겁게 달아올라 있었다.

"당신의 무모한 짓 때문에 큰일날 뻔했잖아요!"

"무슨 소리야? 내가 그나마 침착하게 몰았기 때문에 아무런 사고도 없었던 거라고. 그런데 테스, 위험한 고비를 넘겼다고 해서 그렇게 매정하게 손을 놓을 것 까진 없잖소."

테스는 자기가 어떤 행동을 하는지 생각해 볼 겨를도 없이 두려움 때문에 상대가 누구라는 것도 의식하지 못한 채 그의 허리를 붙잡은 것뿐이었다. 다시 제정신이 들자 테스는 그의 말에 한마디 대꾸도 없이 입을 다물고 있었다. 잠시 후 마차는 다시 경사진 언덕길에 이르렀다.

"다시 내 허리를 잡아요."

더버빌이 말했다. 테스는 고개를 저었다.

"싫어요. 제발 천천히 좀 몰아 주세요."

"오르막길이 있으면 내리막길이 있는 건 당연한 거야."

그는 테스에게 쏘아붙이고 나서 말고삐를 죄었다. 마차는 두 번째 비탈길 아래로 쏜살같이 구르기 시작했다. 흔들리는 마차 속에서 그는 빈정대듯 말했다.

"귀여운 아가씨, 아까처럼 내 허리를 또 잡으시지."

"싫어요."

테스는 그에게 떨어져 앉으면서 냉정하게 말했다.

"테스, 동백꽃처럼 예쁜 그 입술에 키스할 것을 허락해 준다면 말을 천천히 몰게. 따뜻한 그 뺨에라도 괜찮아."

테스는 깜짝 놀라 몸을 움츠리며 그에게서 좀더 떨어져 앉았다. 그러자 알렉은 더욱 난폭하게 채찍질을 했다. 테스의 몸이 심하게 흔들렸고, 그녀는 원망스런 시선으로 야수 같은 청년을 쏘아보았다.

"꼭 이렇게 하셔야 돼요?"

엄마가 자기를 아름답게 치장해 준 것이 도리어 화근이 된 것 같아 후회스러웠다.

"귀여운 테스, 다른 방법이 없다고."

"난 뭐가 뭔지 모르겠어요. 마음대로 하세요."

그녀는 가쁜 숨을 몰아쉬며 처량하게 말했다.

그는 고삐를 늦추었고, 마차의 속도가 느려졌다. 그토록 갈망하던 키스를 하기 위해 그가 몸을 구부렸을 때, 문득 자신의 경솔함을 깨달은 테스는 얼른 몸을 옆으로 피했다.

"빌어먹을! 우리들 목이 부러진다 해도 난 끝까지 해 볼 거야. 그런 여우 같은 잔꾀로 약속을 어길 수 있을 줄 알아?'

마음껏 발산하려던 욕정이 사그라들자 알렉은 으르렁거리며 욕설을 퍼부어 댔다.

"당신이 정 그런 식으로 나온다면 나도 굽히지 않겠어요. 하지만 난 당신이 친척으로서 내게 좀더 친절하게 대해 주리라고 믿고 있었어요."

"친척은 무슨 빌어먹을 친척이야. 자, 어서!'

"난 아무하고나 키스하는 그런 여자가 아니에요."

테스의 큰 눈에 가득 고인 눈물이 뺨을 타고 흘러내렸다. 그녀는 소리 내어 울지 않으려고 입술을 깨물었다. 그녀가 무슨 말을 해도 청년에게는 '쇠귀에 경 읽기'였으므로 테스는 체념한 듯 꼼짝도 않고 앉아 있었다. 이윽고 더버빌 은 테스의 뺨에 승리의 키스를 하게 되었다.

"이럴 줄 알았다면 난 절대 오지 않았을 거예요."

테스의 얼굴이 수치심으로 빨갛게 물들었다. 그녀는 황급히 손수건을 꺼내 청년의 입술이 닿은 뺨을 닦았다. 그것은 무의식적인 행동이었으나 그것이 청 년의 욕정을 한층 자극했다.

"시골 여자답지 않게 까다롭군그래."

자신의 행위가 그에게 모욕감을 느끼게 했다는 것을 전혀 눈치채지 못한 테스는 앞만 바라보고 있었다. 얼마쯤 더 가서야 테스는 자기의 행동이 더버빌의 기분을 상하게 했음을 알게 되었다. 잠시 후 또 다른 내리막길에 이르자 테스는 소스라치게 놀랐다. 청년은 분이 가시지 않은 듯 거칠게 채찍을 휘둘러 말을 몰았다.

"후회하도록 해 주겠어. 하지만 다시 한 번 자진해서 키스를 허락한다면, 그리고 손수건으로 닦아 내는 따위의 짓을 하지 않는다면 문제가 달라지겠지만."

테스는 가만히 한숨을 내쉬었다.

"알았어요. 당신 말대로 할게요. 어머, 내 모자!"

그들이 말하는 사이에 테스의 모자가 바람에 날려 저만치 뒤로 떨어졌다. 마차를 멈춘 더버빌이 모자를 집어 오려고 하자 테스가 먼저 마차에서 뛰어내렸다. 그녀는 오던 길을 되돌아가 모자를 집었다. 더버빌이 뒤돌아보며 소리쳤다.

"모자를 벗은 모습이 더 매력적이군. 그렇게 서 있지만 말고 빨리 타!"

모자를 다시 쓴 테스는 꼼짝 않고 서 있었다. 그녀의 커다란 두 눈은 승리의 기쁨으로 반짝거렸다.

"난 타지 않을 거예요."

"뭐라고? 왜 타지 않겠다는 거지?"

"난 걸어서 가겠어요."

"트랜트리지까지는 걸어서 가기엔 너무 멀어."

"상관없어요. 뒤에 짐 마차도 따라오니까 그걸 타고 가겠어요."

"앙큼한 계집애 같으니. 모자도 일부러 날려 버린 거지?"

테스의 침묵이 그의 의혹을 부채질했다. 그는 테스가 자기를 속인 데 대해 욕설을 퍼부었다. 그는 갑자기 말머리를 돌려 테스에게로 마차를 몰았다. 마차가 다가오자 테스는 길옆 울타리로 기어올라 가서 그에게 소리치며 말했다.

"창피한 줄 아세요. 그렇게 욕지거리를 함부로 내뱉다니! 난 당신이라면 이제 지긋지긋해요. 집으로 돌아가 버리고 말겠어요."

화가 머리끝까지 나 있던 더버빌은 그녀의 아름다운 모습에 마음이 누그러진 듯 활짝 웃었다.

"테스, 당신이 화를 내면 낼수록 더 마음에 들어. 우리 화해하기로 하지. 테스가 싫어하는 짓은 두 번 다시 않겠다고 맹세할게. 정말이야."

테스는 마차에 타고 싶은 생각은 전혀 없었지만, 그가 마차를 몰며 옆에서 따라오는 것은 굳이 거절하지 않았다. 마차와 테스는 서서히 트랜트리지로 향했다. 더버빌은 자기의 행동 때문에 테스가 터벅터벅 걸어가게 된 것을 보고 조금은 미안한 표정을 짓기도 했다. 사실 테스도 이젠 그를 믿어도 좋았을는지도 모른다. 하지만 더버빌은 이미 테스에게 신용을 잃은 것이다.

테스는 천천히 걸으면서 집으로 되돌아가는 문제에 대해 곰곰 생각하고 있었다. 알렉의 난폭한 행동을 생각하면 지금이라도 되돌아가고 싶었으나, 그녀의 마음은 이미 집으로 되돌아가서는 안 된다는 쪽으로 기울고 있었다. 그런 사소한 일 때문에 집으로 되돌아간다는 것이 쑥스럽기도 하고 어린애 장난처럼 여겨지기도 했다. 게다가 이번 기회를 놓치면 언제 돈을 모아 말을 살 수 있을지 모를 일이었다. 몇 분 후, 테스의 눈에 슬로프 저택의 굴뚝이 보였고, 그집 오른편 한구석에 잘 정돈된 양계장과 조그만 집이 보였다.

9

테스가 일하게 된 양계장은 사방을 돌담으로 쌓아 올린 울타리 안에다 이엉을 올린 농가 안에 있었다. 테스는 닭 모이를 주고 수의사 노릇 겸 닭의 친구 역할도 하면서 그 농가에 머무르게 되었다. 온통 담쟁이덩굴로 뒤덮인 농가의 아래층이 양계장이었다. 역시 담쟁이덩굴로 뒤덮인 굴뚝은 마치 황폐한 탑처럼 보였다.

아래층 방에 가득한 닭들은 마치 자기네가 주인인 양 돌아다녔다. 그것들은 마치 이 집을 지은 건 자기네들이지, 지금은 한 줌 흙이 되어 교회 묘지의 동서쪽에 묻혀 있는 옛날의 지주들이 지은 게 아니라고 하는 듯했다. 이 옛날 지주들의 후손들은 더버빌 집안이 이곳으로 이사 와서 집을 짓기 전까지, 자기네 조상들이 막대한 자금을 들여 지어 수세대에 걸쳐 살아왔고 자기들이 몹시 좋아했던 이 집이 더버빌 마나님의 손으로 아무 미련도 없이 양계장이 되어 버린 것을 보고 자기네 집안이 엉망이 되어 버린 것처럼 느끼고 있는 것 같았다.

한때 수많은 애들이 자라면서 북적거리던 방들이 이제는 햇병아리들의 모이 쪼는 소리로 시끄러웠다. 닭장 안에서 미친 듯이 날뛰는 암탉은 옛날 점잖은 농부들이 앉았던 의자를 차지하고 있었다. 한때 불이 활활 타오르던 난로 속에는 벌통이 거꾸로 가득 차 있고 거기에다 암탉들은 알을 낳고 있었다. 사방이 담으로 둘러싸인 뜰에는 단 하나의 출입문만 있을 뿐이었다.

테스는 이 농가에서 하루 저녁을 지낸 다음 다음날부터 일을 시작했다. 전에 집에서 양계를 했던 경험을 살려 한 시간 정도 이것저것 손질하고 있을 때 흰 모자를 쓰고 앞치마를 두른 하녀가 안채에서 심부름을 왔다.

"더버빌 부인이 닭을 보시겠대요."

하녀는 테스가 더버빌 집안 사정에 대해 잘 모를 거라는 것을 깨닫고는 얼른 덧붙여 말했다.

"마님은 늙고 앞을 못 보신답니다."

"앞을 못 보신다고요?"

뜻밖의 사실을 캐물을 사이도 없이 테스는 하녀가 가르쳐 주는 대로 가장 멋있는 함부르크종 닭 두 마리를 팔에 안고 역시 닭 두 마리를 팔에 안은 하녀를 따라 안채로 들어갔다. 화려하고 웅장한 안채로 들어가면서 테스는 현관에 흩어진 닭 털과 풀밭에 가져다 놓은 조그만 닭장을 유심히 보았다. 그것은 이집안의 누군가가 말 못하는 생물에게 기울이는 애정의 흔적처럼 느껴졌다.

이 저택의 소유주인 여주인이 아래층 거실의 안락의자에 해바라기처럼 햇빛이 내리쬐는 쪽을 향해 앉아 있었다. 예순 살쯤 되어 보이는 그 부인은 은발의 머리 위에 차양이 없는 큰 모자를 쓰고 있었다. 시력을 잃은 지 오래되었거나 태어날 때부터 장님인 사람의 담담한 표정과는 달리 그 부인은 안타까움과 절망스러운 표정으로 처음 듣는 테스의 발소리에 귀를 기울였다.

"오, 네가 양계장 일을 하러 온 젊은 처녀냐? 우리 집사가 그 일엔 네가 적임자라고 하더구나. 닭을 잘 돌봐 주기 바란다. 그런데 가져온 닭은 어디 있지?"

"오, 이게 스트라트구나. 오늘은 몹시 기운이 없는 것 같네. 아마 낯을 가리는 모양이군. 그리고 이건 휘너. 그래 모두들 약간씩 놀란 모양이야, 그렇지? 하지만 곧 친숙해질 거야."

노부인이 이야기를 계속하는 동안 테스와 하녀는 부인의 손짓에 따라 그녀의 무릎 위에 닭을 갖다 놓았다. 부인은 닭들의 머리에서부터 꽁지에 이르기까지, 부리며 볏이며 수탉의 목 털과 날개, 발톱까지도 세밀히 더듬어 보았다. 그녀는 만지는 것만으로도 닭의 종류를 금방 알아냈고, 깃털이 하나쯤 빠졌거나 때가 묻어 있는 것까지도 금방 알아차리곤 했다. 그리고 그녀의 얼굴에는 머리 속에 그려지는 나름대로의 판단이 말없이 그려지곤 했다. 테스와 하녀가 처음에 가져왔던 닭들은 모두 닭장으로 되돌아갔다. 이처럼 가져오고 가져가기를 되풀이하여 부인이 아끼는 닭들은 모조리 부인 앞에 한 번씩 나타났다.

부인은 함부르크, 밴텀, 코친, 브라마, 도킹 등등 당시의 유행종 닭들을 무릎 위에 올려놓고 구별을 할 때 한 번도 실수 따윈 하지 않았다. 이것은 마치 테스에게 행하는 견신례(堅信禮)의 광경과 비슷했다. 이를테면 더버빌 부인은 사교(司敎)였고, 닭들은 참례한 젊은이들이며, 테스와 하녀는 그들을 이끄는 교구의 목사와 부목사 같았다. 이 예식이 끝날 무렵, 노부인은 얼굴 위에 가느다란 주름을 남기며 테스에게 물었다.

"너 휘파람 불어 본 적 있니?"

"휘파람이요, 마님?"

"그래, 휘파람으로 노래를 부르는 것 말이다."

점잖은 사람 앞에서는 한 번도 불어 본 적이 없지만 대부분의 시골 처녀들처럼 테스도 휘파람을 불 줄 알았다. 그녀는 휘파람을 불 줄 안다고 대답했다.

"그러면 매일 휘파람을 연습하거라. 전에 있던 청년은 휘파람을 아주 잘 불었단다. 지금은 다른 곳으로 가 버렸지만 말이다. 사실은 내게 방울새 한 마리가 있는데, 눈으로 볼 수 없으니까 노랫소리라도 들을 수 있도록 휘파람을 가르쳐야 하거든. 엘리자베스가 새장이 어디 있는지 가르쳐 줄 테니까 테스는 내일부터 새에게 휘파람을 가르치도록 해라. 가르치지 않으면 우는 소리가 도로아미타불이 되어 버리거든. 요즘 며칠 동안 그냥 내버려뒀겠지?"

"도련님이 가르치셨어요."

"그 녀석이? 기가 막히는구나!"

하녀의 말을 듣는 순간 부인의 얼굴은 노여움으로 찌푸려졌다. 그러나 부인은 더 이상 아무 말도 하지 않았고 테스는 닭장으로 돌아왔다.

이렇게 해서 더버빌 부인과 테스의 첫 대면이 끝났다. 이미 저택의 규모와 살림살이를 보고 그만한 일은 예상했던 터라 부인과의 대면에서 테스가 이상하게 느낀 것은 없었다. 부인이 친척 관계에 대해서는 한마디도 하지 않았다는 사실조차 깨닫지 못한 테스는 다만 부인과 아들 사이가 좋지 않을 것이라고 언뜻 짐작했을 뿐이었는데, 그것은 그릇된 생각이었다. 미워하면서도 자식이기 때문에 할 수 없이 사랑해야 하는 어머니는 단지 더버빌 부인뿐이 아니며, 어느 누구나 마찬가지일 것이다.

유쾌하지 못한 첫날을 보낸 테스는 이튿날에는 나름대로 자리를 잡았기 때문에 아침 햇살이 비쳐 올 무렵에는 새로운 자기 일이 자유롭게 느껴졌으며 신기하기까지 했다. 테스는 휘파람을 불어 보기 위해 담 옆에 있는 닭장으로 갔다. 그곳에서 부인이 요구한 휘파람 부는 것을 연습하려고 입술을 오므렸지만 한동안 불지 않았기 때문인지 제대로 소리가 나오지 않았다.

그녀가 휘파람을 불려고 애쓰고 있을 때 돌담을 덮고 있는 덩굴 가지 속에서 무언가가 움직였다. 테스가 돌담으로 얼굴을 돌리자 몸을 구부린 채 마당으로 뛰어내리는 알렉의 모습이 보였다. 전날 양계장 앞까지 안내받고 나서 처음 보는 그의 모습이었다.

"이봐, 사촌 누이."

사촌 누이라고 부르는 그의 입가에 비웃는 듯한 미소가 스쳐 갔다.

"담 너머로 누이를 지켜보고 있었는데 말이야, 자연 속에서도, 예술 속에서도 누이처럼 아름다운 여자는 한 번도 본 적이 없는 것 같아. 마치 기념비 위의 임페이션스 상(像)처럼 앉아서 그 예쁜 새빨간 입술을 내밀고 휘파람을 불다가 안 되니까 안타까워하며 투덜거리는 모습이 아주 매력적이던걸."

"난 투덜대지는 않았어요."

"아, 누이가 왜 휘파람 연습을 하는지 알았어. 우리 어머니가 방울새한테 노래를 가르쳐 주라고 하셨나 보군. 어머닌 염치도 없으셔. 닭 돌보는 일도 힘든데 말이야. 나 같으면 그런 명령은 거절해 버리겠어."

"하지만 내일 아침까지는 꼭 새에게 휘파람을 가르쳐 주어야 한다고 하셨어요."

"그렇다면 내가 가르쳐 줄까?"

"싫어요."

테스는 출입문 쪽으로 뒷걸음질쳤다.

"바보. 내가 테스한테 허튼짓을 하려는 게 아니야. 봐, 난 철망 이쪽에 서 있고 테스는 그쪽에 서 있으니 무서워할 것 없다고. 자, 내가 먼저 불어 볼 테니까 따라 해 봐. 너무 입을 오므리지 말고……."

알렉은 몸 동작과 함께 「가져가세요, 이 붉은 입술을」이라는 노래를 휘파람으로 불었다. 그러나 테스는 그 뜻을 알지 못했다.

"자, 이제 따라 해 보라고."

말을 하지 않으려고 얼굴이 창백하게 굳어진 테스에게 알렉이 재촉했다. 테스는 그를 쫓아 버리기 위해 할 수 없이 그가 시키는 대로 입술을 오므렸지만 왠지 부끄러워 멋쩍게 웃고 말았다. 테스는 그 앞에서 웃은 것이 자존심이 상해 얼굴을 붉혔다.

"다시 해 봐."

알렉이 용기를 북돋아 주었다. 테스는 긴장한 채 열심히 휘파람을 불었고 드디어 부드러운 소리가 새어 나왔다. 순간 테스는 성공했다는 기쁨으로 눈을 크게 뜨고 그를 보며 환히 웃었다.

"됐어. 아주 잘했어. 사실 난 지금 어느 때보다 심한 유혹을 느끼지만 가까이 가지 않겠다고 약속했으니까 그 약속을 지키겠어. 그런데 테스, 우리 어머니를 이상하다고 생각하지 않아?"

"아직 부인에 대해선 잘 모르겠어요."

"새에게 휘파람을 가르치라는 것부터가 사실 이상한 거지. 난 지금 어머니한테 미움을 받고 있지만 테스는 닭을 잘 돌보기만 하면 귀여움을 받을 거야. 그럼 난 이제 그만 가 보겠어. 만약 곤란한 일이 생기면 집사에게 가지 말고 날 찾아와요."

테스가 처음 일을 맡은 날 겪은 일들은 앞으로 계속될 생활의 본보기와 같은 것이었다. 그날 이후에도 알렉은 친절한 말과 유머로 테스가 낯선 환경에서 두려움을 이겨 나가도록 도와주었고, 둘만 있을 때는 유머스럽게 사촌 누이라고 불러 그녀가 자기에게 품고 있는 경계심을 없애 주기도 했다. 그러나 새로운 호감이나 정다운 마음이 생기게끔 만들지는 못했다. 어쨌든 테스는 더버빌 부인에게서는 아무런 도움도 받지 못했던 까닭에 알렉의 도움에 의지해야만 했고, 단순한 친구 입장을 떠나 그와 가깝게 지내지 않을 수 없었던 것이다.

시간이 지날수록 테스는 옛날에 불던 휘파람 솜씨를 되찾아 더버빌 부인의 방에서 새에게 노래를 가르치는 일에 익숙해졌다. 더구나 새들에게 들려줄 알맞은 곡조는 음악을 즐기는 엄마에게서 많이 들어 온 것이었다. 테스는 뜰에서 휘파람을 연습할 때보다 매일 아침 새장 앞에서 휘파람을 부는 것이 더 즐거웠다. 알렉이 옆에 있을 때도 상관하지 않고 새에게 기분 좋게 휘파람을 가르쳤다. 더버빌 부인은 무늬가 곱고 부드러운 비단 커튼이 쳐져 있는 커다란 네 발 침대에서 잠을 자곤 했다. 방울새도 같은 방을 차지하여 이따금 마음대로 방안을 날아다니며 가구 위에 하얀 얼룩을 만들어 놓기도 했다.

어느 날 새장이 나란히 걸린 창가에서 테스가 여느 때와 마찬가지로 새들에게 휘파람을 가르치고 있을 때, 부인이 나가고 없는 침대 뒤쪽에서 인기척 소리가 들렸다. 그녀가 방안을 살펴보자 커튼 아래로 신발 끝이 보였다. 그녀의 휘파람 소리가 갑자기 떨리기 시작했으므로 누군가가 숨어 있었다면 자기가 들킨 것을 알았으리라. 그 다음부터 테스는 매일 아침 커튼 뒤를 살폈으나 그 곳에 숨어 있는 사람을 발견하지는 못했다. 알렉 더버빌이 그녀를 깜짝 놀라게 하려는 엉뚱한 생각을 하지 않게 된 모양이다.

모든 마을은 저마다 독특한 개성과 조직과 그 나름대로의 도덕을 지니고 있게 마련이다. 트랜트리지의 일부 젊은 여자들의 바르지 못한 행실은 이미 정평이 나 있었다. 그것은 아마 근처에 있는 슬로프 장에도 그 점에선 솜씨가 빼어난 사람이 있다는 것을 반증하는 것이리라.

이 마을의 지독한 단점이라면 사람들이 술을 너무 많이 마신다는 것을 들 수 있었다. 이 근처 농장에서 오가는 얘기들은 돈을 벌어 저축해야 아무 소용 없다는 것이었다. 이들의 이야기는 보습이나 괭이에 기대어 일평생 벌어들이는 삯에서 몇 푼 저축해 두는 돈보다는 교회에서 주는 구제금이 노후의 준비로는 오히려 더 낫다는 것이었다.

10

트랜트리지 마을 사람들의 가장 큰 즐거움은 토요일 저녁에 마을에서 가까운 체이스버러의 작은 주막에서 밤늦도록 술을 마시는 일이었다. 그것은 일종의 친목회 모임 같은 성격을 가졌는데, 테스는 오랫동안 그 모임에 참석하지 않다가 자기와 동갑인 처녀들의 권유에 못 이겨 참석하기로 했다.

한번 참석해 보니 생각했던 것보다 훨씬 재미있어 테스는 계속 그 모임에 참가했다. 떠들썩하고 들뜬 분위기에 젖어 주막에 앉아 있노라면 일주일 동안 쌓인 피로가 풀리는 듯한 기분이 들기도 했다. 가끔 혼자서 체이스버러 마을 모임에 참가하러 가기도 했지만, 밤이 늦어 트랜트리지로 돌아올 때는 언제나 친구들과 동행했다. 얌전하면서도 매력적인 여자로 성숙해 가는 테스에게 엉큼한 생각을 가지는 건달이 체이스버러에 많았기 때문에 여러 명과 함께 다니는 것이 안전했던 것이다.

이런 생활이 한두 달 이어진 후 장날과 축제일이 겹친 9월의 어느 토요일이었다. 그날 테스는 일 때문에 오후 늦게야 혼자 출발했다. 해가 저물기 시작하는 아름다운 9월의 저녁 무렵이었다. 푸른색이 어우러진 저녁 노을 속에서 셀 수 없이 많은 날벌레들이 춤을 추고 있었다. 테스는 땅거미가 지려는 어슴푸레한 대기 속을 혼자서 걸었다. 해가 기울어서야 체이스버러에 도착한 그녀는 비로소 축제일과 장날이 겹친 것을 알았다. 테스는 몇 가지 물건을 산 다음 전과 다름없이 트랜트리지에서 온 농부들을 찾아다니다가 그들이 건초를 매매하는 거래 상인의 집에서 열리는 비밀 무도회에 갔다는 사실을 알아냈다. 그녀가 그곳으로 가는 길을 찾고 있을 때 길 한 모퉁이에 서 있는 더버빌이 눈에 띄었다.

"어쩐 일이야, 이 늦은 시간에?"

테스는 친구를 찾으러 가는 길이라고 간단하게 대꾸했다.

"다음에 봐!"

뒷길로 들어가는 테스의 등 뒤에다 대고 알렉이 소리쳤다.

테스가 건초 상인의 집 가까이로 다가가자 어디선가 무도곡을 켜는 바이올린 소리가 들렸다. 테스는 열려 있는 문 안으로 들어가서 소리가 들려오는 곳을 향해 정신없이 걸었다. 좁은 길을 따라 한참을 걷자 외딴 집이 나타났다. 음악 소리는 그곳에서 흘러나오고 있었다. 그곳은 창도 없는 창고 건물인데 문이 조금 열려 있었다. 테스는 가까이 다가가 안을 들여다보았다. 안에서는 얼굴을 분간할 수 없을 정도로 뿌연 먼지 속에서 많은 사람들이 함께 어울려 춤을 추고 있었다.

토탄 가루의 찌꺼기가 바닥에 수북하게 깔려 있어 그들이 뛸 때마다 먼지가 구름처럼 일었고, 그 먼지는 촛불에 반사되어 마치 자욱한 안개 같이 보였다. 땀 냄새를 풍기며 활기 있게 춤추는 사람들에 비하면 바이올린의 저음은 너무 처량하게 느껴질 정도였다. 그들은 춤을 추다가 먼지 때문에 기침을 하고, 기침을 하고 나서는 까르르 웃어 댔다. 그들은 이따금 맑은 공기를 마시기 위해 짝을 지어 문간으로 나왔다. 그럴 때면 평범한 트랜트리지 마을 사람들의 모습으로 되돌아와 있었다. 바람을 쐬러 나온 사람 가운데 몇 명이 테스에게 아는 체했다. 테스는 그들에게 불안스럽게 물었다.

"아직 집에 돌아갈 사람이 없나요?"

"곧 끝날 거야. 이번이 끝에서 두 번째 곡이거든."

그녀는 끈기 있게 기다렸다. 곡이 다 끝나고도 사람들이 돌아가려 하지 않자 춤은 또 계속되었다. 테스는 차츰 마음이 초조해졌다. 이처럼 오래 기다렸는데 새삼 혼자 갈 수도 없었다. 오늘 같은 축제일에는 밤길의 여자를 노리는 건달이 어디엔가 숨어 있을 것만 같았다. 불안해하는 테스에게 밀짚모자를 쓴 청년이 위로의 말을 했다.

"그렇게 불안해하지 말아요. 내일은 일요일이고 할 일도 없을 테니 마음껏 놀아도 되지 않아요? 자, 나와 함께 춤이나 한번 춤시다."

춤을 싫어하는 건 아니지만 그녀는 추고 싶은 생각이 전혀 없었다. 시간이 흐를수록 춤은 한층 열기를 더해 갔다. 그들은 파트너를 바꾸는 일도 없이 계속 춤을 추고 있었다. 그때 마당의 어둠 속 어디에선가 큰 웃음소리가 들려왔다. 테스의 등 뒤에서 들려온 그 웃음소리는 창고 안에서 흘러나오는 웃음소리와 어우러졌다. 테스가 뒤를 돌아보자 빨간 담뱃불이 보였다. 알렉 더버빌이 그곳에 서 있었다.

"테스, 지금까지 여기서 뭐 하고 있는 거지?"

그녀는 집에서 하루 종일 일하고 나온 뒤, 동행할 사람들을 찾아 이리저리 다니다 보니 너무 피곤해져 알렉에게 솔직하게 모든 사정을 이야기했다.

"저 사람들은 아직도 집에 갈 생각을 하지 않아요. 하지만 이제 더 기다릴 수가 없을 것 같아요."

"그렇지, 더 기다릴 수가 없을 거야. 지금은 내가 타고 온 말밖에 없지만 저쪽 술집으로 가면 마차를 빌려서 집까지 데려다 줄 수 있어."

테스는 그의 말에 귀가 솔깃했지만 아직 그에 대한 불신감이 남아 있는 터라 동행할 사람들을 기다리기로 작정했다.

"저 사람들한테 기다리겠다고 했으니까 그들과 함께 가겠어요."

"좋아요, 도도한 아가씨. 마음대로 하시지."

그는 담뱃불을 다시 붙여 물고 저쪽으로 가 버렸다. 그리고 나서 얼마 지나지 않아 트랜트리지 마을 사람들이 함께 출발하기 위해 다른 마을 사람들과 떨어져 한곳에 모였다. 짐과 바구니를 한군데 모으고 모든 준비를 끝낸 뒤 30분쯤 지나서 교회의 종이 11시 15분을 알릴 때 그들은 언덕으로 길게 뻗은 길을 따라 트랜트리지 마을로 출발했다.

달빛을 받은 모래땅이 유난히 희게 반짝거렸다. 마을 사람들과 어울린 테스는 이런저런 이야기를 주고받으며 길을 걷고 있었다. 술 취한 남자들은 몸을 제대로 가누지 못해 비틀거렸다. 여자들 중에서도 남자들처럼 술에 취해 비틀거리는 사람이 몇 명 있었다. 얼마 전까지만 해도 더버빌과 잘 지내 왔던 카 다치—스페이드 여왕이란 별명을 가진, 살결이 검고 욕지거리를 잘 하는 여자—와 그녀의 동생인 낸시를 비롯해 몇몇 여자들의 술 취한 걸음걸이는 우스꽝스럽고 보기 흉했다. 그들은 자기 나름대로의 멋으로 주정을 하고 있었지만, 아버지의 주정을 신물이 날 정도로 경험한 테스에게는 그것이 언짢게만 느껴졌다. 오랜만에 달밤의 풍경을 즐기려던 기분마저 사라져 버렸지만 안전을 위해서는 그들과 동행하는 수밖에 없었다.

그들은 큰길에서부터 여러 명씩 짝을 지어 걷다가 맨 앞에 가던 카 다치가 농장으로 들어가는 문을 열려고 애쓰는 사이에 다시 한군데로 몰려들었다. 카 다치는 여러 가지 물건이 담긴 크고 무거운 바구니를 머리에 이고 있었는데, 그녀의 두 팔이 허리에 걸쳐져 있었기 때문에 걸음을 옮길 때마다 바구니가 심하게 흔들렸다.

"어머, 네 허리로 흘러내리는 게 뭐지, 카 다치?"

일행 중의 누군가가 소리치자 모두 카를 바라보았다. 엷은 윗옷을 입은 그녀의 등으로 새끼줄 같은 것이 흘러내리고 있어 마치 중국 사람이 머리를 땋은 것처럼 보였다.

"머리카락이 흘러내린 거야."

누군가가 말했으나 그것은 머리채가 아니었다. 바구니 안에서 무언가 검은 것이 흘러나와 싸늘하고 고요한 달빛 속에서 뱀의 비늘처럼 미끈거리고 있었다. 눈치 빠른 아낙네 하나가 "물엿 같은데." 하고 말했다.

그건 정말 물엿이었다. 카는 물엿을 좋아하는 할머니를 위해 그것을 사 가지고 가는 길이었던 것이다. 카가 허겁지겁 바구니를 내려놓고 보았을 때 물엿이 담긴 그릇은 이미 깨져 있었다. 사람들은 카의 이상야릇한 모습을 보고 웃음을 터뜨렸다. 자존심이 상한 카는 사태를 수습하기 위해, 막 가로질러 가려 했던 농장으로 들어가 풀잎에 닦기 시작했다. 웃음소리는 더 커졌고, 여태까지 잠자코 보고만 있던 테스도 웃음을 참지 못하고 크게 웃었다. 테스의 이 웃음은 여러 가지 의미에서 불행한 결과를 낳았다. 술에 취하지도 않은 테스가 여러 사람들과 함께 소리 높여 웃는 것을 본 카는 오래전부터 품어 왔던 질투심을 한꺼번에 폭발시키고 말았다. 그녀는 풀밭에서 벌떡 일어나 증오의 대상인 테스 앞으로 바짝 다가갔다.

"어떻게 네가 감히 날 비웃을 수가 있어, 이 몹쓸 계집애야."

"남들이 웃으니까 나도 참을 수가 없어서 웃은 것뿐이야."

테스는 여전히 웃음을 머금고 사과했다.

"네가 그 남자의 사랑을 받는다고 잘난 척하지만 잠깐만 기다려 봐, 내가 본 때를 보여 줄 테니까."

불안에 떨고 있는 테스 앞에서 살갗이 검은 스페이드 여왕은 윗옷을 벗어젖혔다. 토실토실하게 살이 오른 카의 풍만하고 아름다운 상체가 달빛 아래 드러났다. 건강한 시골 처녀의 탐스럽게 팽팽한 살은 달빛을 받아 마치 프락시텔레스의 조각처럼 아름답게 빛이 났다. 그녀가 미친 사람처럼 덤벼들자 테스는 위엄 있게 대꾸했다.

"난 너하고 싸우고 싶지 않아. 네가 이런 여자인 줄 알았으면 이 따위 행렬에 끼어들지도 않았을 거야."

여러 사람을 한데 묶어 비난하는 듯한 테스의 말에 다른 사람들까지도 덩달아 그녀에게 욕설을 퍼붓기 시작했다. 평소에 얌전하던 여자들도 춤추던 때의 흥분이 가시지 않은 탓인지 카의 편을 들어 장단을 맞추었다. 까닭 없이 욕을 먹는 테스를 동정한 마을의 몇몇 남자들이 싸움을 말리려고 테스를 두둔하기도 했으나 그것은 오히려 사태를 악화시킬 뿐이었다.

테스는 분하고 부끄러웠다. 이젠 동행할 사람이 없다거나 하는 것은 문제가 아니었다. 자기에게 욕설을 퍼붓던 사람 중에서도 착한 사람은 내일 아침이 되기가 무섭게 후회할 것이라는 사실을 알고 있었지만, 어쨌든 지금은 그들에게서 떠나고 싶은 마음밖에 없었다. 마을 사람들은 모두 농장의 풀밭으로 들어갔다. 테스는 그들에게서 벗어나기 위해 슬금슬금 뒷걸음질치고 있었다. 그때 길옆으로 둘러쳐진 담장 모퉁이에서 말을 탄 사람 하나가 소리도 없이 나타났다. 알렉 더버빌이었다.

"왜 그러죠?"

알렉의 물음에 대답하는 사람이 없었다. 사실 그는 대답을 듣기 위해 물어본 것이 아니었다. 그는 조금 전까지 그 소동을 얼마 떨어지지 않은 곳에서 모두 보고 있었다. 그는 일행과 떨어져 문 가까이에 서 있는 테스에게로 몸을 굽혀 낮게 속삭였다.

"자, 내 뒤에 올라타라고. 눈 깜짝할 사이에 고양이 떼처럼 앙앙거리는 소리에서 벗어날 수 있을 테니까."

그들에게서 빨리 벗어나야만 한다는 생각이 절박했으므로 테스는 다른 것을 생각할 여유가 없었다. 다른 경우였다면 아무리 밤길이 무서워도 그의 호의를 거절했을 텐데, 한 걸음 뛰어오르는 것으로 적에 대한 분노와 공포를 승리로 바꿀 수 있는 특수한 상황인지라 그녀는 순간적인 충동에 몸을 맡긴 채

말 위로 훌쩍 뛰어올랐다.

두 사람이 쏜살같이 달려 짙은 어둠 속으로 사라져 버렸을 때에야 주정꾼들은 사태가 어떻게 돌아가고 있는지 눈치챘다. 스페이드 여왕은 옷에 묻은 물엿도 잊었는지 테스가 사라진 어둠 속을 한참 바라보더니 소리 높여 웃었다. 술 취한 아낙네가 남편의 팔에 몸을 내맡기며 웃어 젖혔다. 카의 어머니는 입을 쓰다듬으며 그 웃음에 맞장구를 쳤다.

"호호호. 프라이팬에서 불 속으로 뛰어드는 꼴이군!"

드디어 일행은 밭고랑 길로 접어들었다. 걸어가고 있는 그들의 머리 그림자 둘레에는 반짝이는 이슬 위에 달빛이 비치어 생긴 우윳빛 광채가 달무리처럼 어우러져 있었다. 걸어가는 사람들은 자기의 머리 그림자의 후광(後光)밖엔 볼 수가 없었다. 이 후광은 머리의 그림자가 아무리 이상하게 흔들려도 그것을 떠나지 않고 오히려 그 그림자에 달라붙어서 한결같이 아름답게 보이게 했다. 드디어 그들이 내뿜는 입김이 밤 안개의 한 성분처럼 여겨지고, 사방의 풍경과 달빛과 대자연의 정기가 술의 정기와 조화를 이루어 하나가 되는 듯싶었다.

11

테스와 알렉은 오랫동안 말없이 말을 달리기만 했다. 테스는 아직도 승리의 감격으로 그에게 꼭 매달려 있었으나 마음 한구석으로 스며드는 불안은 떨쳐 버릴 수가 없었다. 말은 언젠가 마차를 몰았던 사나운 말은 아니었지만 이따금 그녀의 몸이 이리저리 흔들리곤 했다. 테스가 말을 천천히 몰아 달라고 부탁을 하자 알렉은 순순히 말을 들어주었다.

"어때, 테스? 멋지게 빠져나왔다고 생각하지 않아?"

"네. 정말 뭐라고 감사를 드려야 할지 모르겠어요."

"진심인가?"

테스는 아무 대꾸도 하지 않았다.

"그런데 테스는 왜 내가 키스하는 걸 그렇게 싫어하지?"

"사랑하지 않는 사람하고는 키스하고 싶지 않기 때문이에요."

"정말 그래?"

"당신이 하는 짓이 기분 나쁠 때가 한두 번이 아니었어요."

"나도 그건 알고 있었지."

알렉은 테스의 말을 인정했다. 그녀가 냉정하게 입을 다물고 있는 것보다는 무슨 말이든 하는 편이 좋았기 때문이었다.

"그럼, 내가 테스를 화나게 했을 때 왜 잠자코 있었지?"

"잘 아시잖아요, 내가 여기서 마음대로 할 수 없다는 걸."

"내가 치근거려서 당신을 곤란하게 한 적은 별로 없던 것 같은데."

"여러 번 그랬어요."

"몇 번이나?"

"너무 여러 번이라 기억조차 할 수 없어요."

"내가 집적거릴 때마다 기분이 상했던 모양이군."

테스는 잠자코 있었다. 말은 꽤 먼 길을 걸었고, 초저녁부터 퍼지기 시작한 안개가 낮은 지면 가득히 퍼져 두 사람을 온통 감싸고 있었다. 이런 환상적인 분위기와 어둠 그리고 피로 때문에 테스는 신작로에서 트랜트리지로 향하는 갈림길을 지난 지가 꽤 오래되었다는 것과, 알렉이 그 길로 접어들지 않고 일부러 먼 길을 돌아가고 있다는 사실을 전혀 눈치채지 못했다.

사실 테스는 말할 수 없이 피곤하고 지쳐 있었다. 그 주일만 해도 매일새벽 5시에 일어나서 해질 때까지 하루 종일 서서 일을 했고, 아까 저녁때에는 체이스버러까지 걸어간 데다가 저녁도 못 먹고 세 시간 동안이나 함께 동행할 사람을 기다렸었다. 또 돌아오는 길에도 한동안 걸었고 싸움 때문에 지쳐 있었다.

말이 느리게 걷고 있어 시간은 어느덧 새벽 1시가 넘었고 테스는 피곤한 나머지 깜빡 잠이 들었다. 그녀의 머리는 어느새 청년의 등에 기대어졌다. 더버빌은 말을 멈추고 발디딤에서 발을 뺀 다음 그녀의 몸을 받쳐 주려고 몸을 옆으로 돌려 그녀의 허리에 팔을 휘감았다. 테스는 몸에 배인 방어심에서 순간적으로 움찔하더니 알렉을 밀쳐 냈다. 다행히 온순한 말이라 알렉이 땅으로 굴러 떨어지지는 않았지만 그의 몸은 심하게 비틀거렸다.

"이건 너무 심하군. 다른 마음이 있어 그런 건 아니라고. 떨어지지 않게 잡아 주려던 것뿐이야."

의심스럽다는 듯 곰곰 생각하던 테스는 그의 말이 사실일는지도 모른다는 마음이 들자 부드러운 태도로 상냥하게 말했다.

"미안해요."

"당신이 내게 미안해하는 마음을 행동으로 보여 주지 않는다면 용서할 수가 없어. 내 꼴이 이게 뭐냐고. 석 달이 다 되도록 남의 마음은 알아주지도 않고 이리 피하고 저리 피하면서 약만 올리고. 이젠 더 참을 수가 없다고."

"난 내일 집에 가겠어요."

"안 돼, 내일은 못 떠나. 한 번만 더 말하겠는데, 나를 믿는다는 증거로 내게 안겨 보라고. 보는 사람이 아무도 없으니까. 테스, 내가 당신을 얼마나 사랑하는지 잘 알잖아. 난 당신이 이 세상에서 가장 예쁘다고 생각한다고. 당신을 내 애인으로 생각하면 안 될까?'

테스는 몸을 도사리며 노기 띤 숨을 내쉬었다.

"모르겠어요. 대답을 하고 싶기는 하지만 제 마음을 저도 모르겠어요."

알렉은 자기 마음대로 테스를 껴안고 옥신각신하던 다툼의 끝장을 내 버렸다. 테스는 더 이상 거부하지 않았다. 얼마쯤 더 말을 타고 가던 테스는 문득 그동안 시간이 많이 흘렀다는 사실을 깨달았다. 아무리 천천히 말을 몬다 해도 트랜트리지에 닿을 시간이 지나 있다는 것과 지금 지나는 길이 신작로가 아닌 오솔길이라는 데에 생각이 미치자 그녀는 두려움으로 몸을 떨었다.

"어머, 도대체 여기가 어디예요?"

"숲 곁을 지나는 길이야."

"숲이라니요? 어느 숲이지요? 왜 신작로로 가지 않았지요?"

"영국에서 가장 오래된 체이스 숲이야. 오늘처럼 멋진 밤에 좀 천천히 간다고 해서 나쁠 건 없잖아?"

"당신은 정말로 믿을 수 없는 사람이군요."

야유가 담긴 한편 공포에 떠는 말투로 테스가 말했다. 그녀는 말에서 떨어질 위험을 감수하면서까지 알렉의 손가락을 풀어 그에게서 벗어나려고 했다.

"아까 뿌리친 것이 미안해서 당신이 원하는 대로 이렇게 품에 안겼는데, 그런데 이게 무슨 짓이지요? 내려 주세요. 난 차라리 걸어가겠어요."

"이봐, 날씨가 아무리 좋아도 걸어가기는 힘들어. 솔직히 말하면 여기는 트랜트리지에서 멀리 떨어진 곳이라고. 게다가 안개까지 자욱해서 자칫하면 숲속에서 길을 잃고 헤매게 된다고."

"여기가 어디든 상관없으니까 그냥 내려 주기만 하면 돼요, 네?"

"그럼, 그렇게 하도록 하지. 그러나 조건이 있어. 내가 당신을 이렇게 외진 곳으로 데리고 왔으니, 당신이 어떻게 생각하든 난 당신을 무사히 집으로 데려다 줄 책임이 있어. 이런 안개 속에서 트랜트리지로 가겠다는 건 말도 안 되는 소리야. 사실 나도 여기가 어디인지 자세히 모르거든. 그러니까 내가 돌아올 때까지 말 옆에서 기다리겠다고 약속해 줘. 내가 이 숲 속을 살펴보고 큰길이나 인가를 찾아 여기가 어디인지 확실하게 알게 되면 그땐 테스를 보내 주겠어. 내가 돌아와 길을 자세하게 가르쳐 줄 테니까 그때는 걸어가든 타고 가든 상관 않겠어."

테스는 알렉의 조건을 받아들이고는 강제로 키스당하지 않으려고 서둘러 말에서 뛰어내렸다. 청년은 테스와는 반대쪽으로 뛰어내렸다.

"말고삐를 잡고 있을까요?"

"아냐, 그럴 필요 없어. 말도 오늘 밤엔 지쳤을 테니까 그냥 놔 둬도 별일 없을 거야."

그는 숨을 거칠게 내쉬는 말을 쓰다듬고는 말 머리를 수풀 쪽으로 향하게 하여 큰 나뭇가지에다 고삐를 묶었다. 그런 다음 낙엽을 긁어 모아 테스가 편안하게 쉴 수 있도록 자리를 만들어 주었다.

"자 여기 앉아. 낙엽이 아직 젖지 않아서 앉으면 따뜻할 거야. 앉아서 말이나 잘 봐 줘."

그는 몇 발자국 걸어가다가 돌아서서 말했다.

"그런데 테스, 오늘 누군가가 당신 아버지에게 조랑말을 선물했어."

"누굴까요? ……바로 당신이군요!"

더버빌은 고개를 끄덕였다. 테스는 하필 이런 때 그에게 감사를 해야 하는가 싶은 난처함에 어쩔 줄 몰라하며 소리치듯 말했다.

"정말 고마워요!"

"그리고 당신 동생들은 장난감을 선물로 받았어."

"동생들한테까지 그렇게 잘해 주실 줄은 몰랐어요."

테스는 감격 어린 음성으로 속삭였다.

"하지만 난 당신이 아무것도 해 주지 않는 것이 더 마음 편해요. 정말, 아무 것도 받지 않았다면 더 좋았을 텐데."

"왜?"

"그러면 내가 불편하거든요."

"테스, 당신은 내게 아무런 관심도 없는 건가?"

"선물을 주신 것은 감사하게 생각해요. 하지만……."

자신에 대한 알렉의 열정이 이런 결과를 가져왔다는 사실에 언뜻 생각이 미치자 테스의 두 눈에 눈물이 고였고, 마침내 그녀는 울음을 터뜨리고 말았다.

"울지 마, 테스. 자, 여기 앉아서 내가 올 때까지 기다려요."

테스는 그가 만들어 준 낙엽 더미에 가만히 앉아 몸을 심하게 떨었다.

"추워?"

"네, 조금."

그는 손가락으로 테스를 만져 보았다. 손가락이 물속에라도 빠지는 양 그녀의 몸속으로 미끄러져 들어갔다.

"이런, 얇은 모슬린 옷만 걸쳤군그래. 어떻게 된 일이야?"

"이것은 내 옷 중에서 가장 좋은 여름옷이에요. 집에서 입고 나올 땐 따뜻했 었는데……. 누가 이렇게 늦게까지 말을 타고 돌아다닐 거라고 생각을 했겠어 요."

그는 자기가 입고 있던 외투를 벗어 그녀의 떨리는 몸을 감싸 주었다.

"금방 따뜻해질 거야. 여기서 편히 쉬고 있어, 곧 돌아올 테니까."

알렉은 테스의 어깨를 덮어 준 외투 단추를 끼워 주고는 나무 사이에 너울을 두른 듯한 안개 속으로 사라졌다. 그가 바로 옆에 있는 언덕으로 올라가는지 나뭇잎이 바스락거리는 소리가 간간이 들리다가 이내 조용해졌다. 달이 기울어 감에 따라 창백한 달빛은 점점 사라지고, 이윽고 낙엽 위에서 잠든 테스와 숲이 어둠 속에 파묻혀 버리고 말았다.

그 사이에 알렉 더버빌은 자기들이 있는 곳이 체이스 숲 어디쯤인지 확인하기 위해 비탈길을 올라가고 있었다. 사실 그는 조금이라도 더 테스와 함께 있고 싶은 욕심에서 정신없이 말을 몰아 한 시간 가량 숲을 돌아다녔고, 달빛에 비친 그녀의 아름다움에 넋을 뺏겨 길가의 표지판에 신경 쓸 여유도 없었던 것이다. 그동안 쉬지 않고 걸어다닌 말에게도 휴식이 필요하다고 생각한 그는 서둘러 방향을 확인하려 하지 않고 천천히 비탈을 올라갔다. 그는 고개를 넘어 울타리가 있는 신작로까지 와서야 비로소 자신들이 있는 위치가 어디인지 확인하고는 테스가 있는 곳으로 발길을 돌렸다.

그때 달은 이미 완전히 져 버리고 안개는 아직 걷히지 않아, 동이 틀 때가 가까웠는데도 사방은 어둠 속에 휩싸여 있었다. 그는 장님처럼 손으로 나뭇가지를 더듬으며 왔던 길을 되돌아 걷기 시작했다. 테스가 잠든 곳 근처까지는 겨우 찾아왔으나 정확한 방향을 찾지 못해 이리저리 찾아다니고 있을 때 마침 가까이에서 말이 부스럭거리며 움직이는 소리가 들렸다. 그리고 뜻밖에도 자신의 외투 소매가 발에 걸렸다.

"테스!"

그는 조심스럽게 이름을 불렀다. 사방은 칠흑 같은 어둠 때문에 보이는 것이라고는 아무것도 없었다. 단지 발 밑의 희끄무레한 것이 눈에 띄었는데, 그것은 낙엽 더미 위에 누워 있는 테스의 하얀 모슬린 옷이었다. 그는 무릎을 꿇고 테스에게로 몸을 굽혔다. 그녀의 새근거리는 숨소리만이 규칙적으로 들려왔다. 그는 그녀의 숨결을 더 가까이 느끼기 위해 몸을 한층 납작하게 구부렸다. 순식간에 두 사람의 뺨이 맞닿았다. 곤히 잠든 테스의 속눈썹에는 눈물이 맺혀 있었다.

어둠이 깃든 사방은 너무나도 고요했다. 그 어둠 속에 오래전부터 내려오는 체이스 숲의 수송나무며 떡갈나무가 하늘을 찌를 듯이 높이 솟아 있고, 그 나뭇가지의 새 둥지에는 새들이 날이 새기 전의 마지막 단꿈에 잠겨 있었다. 두 사람 가까이에서 토끼들이 살금살금 뛰어다니고 있었다. 이런 상황에서 테스의 몸을 고이 지켜 줄 수호신은 어디 있으며 천진한 그녀가 믿는 하느님은 어디 계시냐고 묻는 사람이 있을는지도 모른다. 어쩌면 테스의 수호신은 이야기에 정신이 팔려 있거나 여행 중이거나 아직 잠에서 깨어나지 않은 것이 아닐까. 어째서 운명은 비단결처럼 순결한 이 처녀의 몸에 추악한 낙인을 찍어야만 했을까.

세상일이란 왜 이렇듯 탕아가 순결한 여인을 차지하고 악한 여자가 착한 남자를 뺏아 가는 식으로 어긋나야만 하는 것일까. 이 문제를 두고 철학자들이 수천 년에 걸쳐 연구해 왔으나 명쾌한 해답을 내린 사람은 아무도 없었다. 어쩌면 이 비극은 인과응보에 의한 것이라고 말하는 사람이 있을지도 모른다. 혹 갑옷 차림으로 개선한 테스 더버빌의 조상 중에 농가 처녀에게 이런 방법으로, 아니 이보다 더 잔혹한 방법으로 욕망을 채운 자가 있을는지도 모른다. 그러나 어버이가 지은 죄의 대가를 자식이 치른다는 인과응보는 천국의 도덕이 될 수 있을지는 몰라도 인간의 도덕이 되기에는 너무 비합리적이며, 또 그런 생각이 테스가 당한 비극을 보상해 줄 수 있는 것도 아니었다.

테스의 고향 사람들은 무슨 일이든지 운명의 탓으로 돌려 '그것은 그렇게 될 수밖에 없었다' 고 체념하곤 했는데, 그들의 그런 사고방식 때문에 테스와 같은 상황에 처한 여자가 겪는 불행은 한층 더 비극의 색채를 띠게 되는 것이다. 어쨌든 자신의 운명을 개척하기 위해 고향 마을을 떠나 트랜트리지 양계장으로 온 테스는 사회와 운명의 모순으로 전혀 다른 사람으로 변해 버리고 말았다.

제2부 정조를 잃고

12

테스 더베이필드가 트랜트리지에 온 지 넉 달쯤 지났고 체이스 숲에서 밤을 지낸 지 몇 주일쯤 지난 10월 하순의 어느 일요일 아침이었다. 날이 밝아 오자마자 저 멀리 지평선에 떠오른 황금빛 태양이 블랙모어 골짜기를 향해 뻗어 있는 산봉우리를 비추고 있을 무렵, 테스는 고향으로 가기 위해 트랜트리지와 블랙모어 사이에 가로놓여 있는 고갯길을 걷고 있었다. 바구니는 무겁고 보따리는 커서 불편했지만 테스는 짐의 무게에 개의치 않고 계속 걸었다. 걷다가 힘에 겨우면 길가의 문이나 울타리에 기대어 잠시 쉬다가 다시 걷곤 했다.

이 산마루는 얼마 전까지도 테스가 다른 마을 사람으로 살아온 골짜기의 경계를 이루는 곳으로 그녀가 고향으로 가기 위해선 반드시 넘어야 할 산마루였다. 그 산마루로 올라가는 길은 점점 더 높아졌고 사방의 경치 또한 블랙모어 분지와는 영 달랐다. 철도가 굽이굽이 통해 있었으므로 모든 것이 융화될 듯 보이는데도 두 마을 사람들의 성격이나 말씨는 매우 달랐다. 그래서 트랜트리지에 머물렀던 곳에서 불과 10마일밖에 떨어져 있지 않은 테스의 고향은 더욱 까마득히 먼 것처럼 느껴졌다. 테스의 마을 농사꾼들은 북쪽이나 서쪽으로는 장사 거래며 여행이며 그쪽 사람들과의 결혼에 이르기까지 일을 성사시켰으나, 산마루 이쪽은 그들의 주의와 정력을 주로 동쪽과 남쪽으로만 기울였다.

테스가 걸어가고 있는 고갯길은 지난 6월 어느 날 더버빌이 그녀를 태우고 거칠게 마차를 몰던 바로 그 언덕이었다. 꼭대기까지 얼마 남지 않았으므로 테스는 단숨에 고갯마루로 올라갔다. 그녀는 잠시 고갯마루에 서서 아침 안개에 가려진 정든 고향의 푸른 대지를 바라보았다. 언제나 변함없는 아름다운 고향 마을이었지만 오늘따라 마을은 한층 아름다워 보였다. 고향에 있을 때는 철없는 소녀였지만, 이제 그녀는 새가 아름다운 소리로 지저귀는 곳에는 독사가 숨어 있다는 삶의 쓰라린 진실을 아는 성숙한 여인으로 변해 있었다. 집에서 지낼 때의 순결했던 처녀와는 아주 다른 여인의 몸으로, 테스는 온갖 괴로움을 마음 깊숙이 간직한 채 우두커니 서 있었다.

테스는 한동안 깊은 생각에 잠겨 그곳에 서서 고향 땅을 바라보다가 고개를 돌려 올라온 길을 돌아보았다. 그때 그녀가 힘들여 올라온 비탈길 아래에서 이륜 마차가 나타났다. 한 청년이 마차를 끌고 오면서 테스에게 손을 흔들어 보였다. 그녀는 힘없이 그가 다가오는 것을 기다렸다. 잠시 후 청년이 탄 마차가 테스 옆에서 멈추어 섰다.

"왜 이렇게 도망치듯 몰래 빠져나가는 거지? 더구나 남들이 다 잠든 일요일 아침에 말이야. 나도 우연히 당신이 떠난 걸 알고 이렇게 허겁지겁 달려온 거야. 저 말이 땀 흘리는 걸 보라고. 왜 이렇게 말도 없이 가는 건지 모르겠군. 아무도 당신이 집에 가는 걸 막지 않아. 그 무거운 짐을 들고 걸어서 가다니! 당신이 정 다시 돌아가고 싶지 않다면 남은 길이라도 태워 주려고 내가 이렇게 허겁지겁 달려왔단 말이야."

더버빌은 숨을 헐떡거리며 꾸짖듯 말했다.

"난 돌아가지 않아요."

"그럴 줄 알았어. 나도 그러리라 예상은 했으니까. 좋아, 타라고. 바래다줄 테니까."

테스는 아무래도 좋다는 듯 바구니와 보따리를 마차에 실은 뒤 더버빌과 나란히 앉았다. 그녀는 이제 그를 경계하지 않게 되었는데, 그를 경계하지 않게 된 그 무엇이 그녀를 가슴 아프게 했다. 더버빌은 기계적으로 담배에 불을 붙여 물고 대수롭지 않은 화젯거리로 무미건조한 얘기를 하면서 말을 몰았다.

그는 지난여름 바로 이 길을 반대 방향으로 달릴 때 테스에게 키스하려고 안달하던 일 따위는 까맣게 잊은 듯했으나 테스에게는 그때의 기억이 아직도 뚜렷이 남아 있었다. 그녀는 착잡한 마음을 애써 누르며 조각처럼 무표정한 얼굴로 그의 이야기에 간단히 대꾸만 할 뿐이었다. 한참을 더 달리자 조그만 숲이 나타나더니 숲 저편으로 말로트 마을이 보였고 내내 표정이 없던 테스의 얼굴에 가벼운 흥분의 표정이 떠올랐다. 이윽고 그녀의 두 눈에서 눈물이 흘러나와 뺨을 타고 흘러내렸다.

"왜 우는 거지?"

"나는 저 마을에서 태어난 일을 생각했을 뿐이에요."

"사람은 어디서든 태어나기 마련이야."

"난 태어나지 말았어야 했어요."

"흥! 그런데 당신은 트랜트리지에 오고 싶어하지 않았으면서 왜 왔지?"

테스는 대답하지 않았다.

"내가 좋아서 온 건 물론 아닐 테지만."

"그건 사실이에요. 내가 만일 당신을 사랑하기 위해서 트랜트리지에 갔다거나 또 진심으로 사랑했다거나 지금도 사랑하고 있다면 이토록 나 자신을 미워하거나 싫어하지 않았을 거예요. 당신 때문에 잠시 내 눈이 어두워졌던 거라고 생각하면 돼요. 그것뿐이에요."

더버빌은 어깨를 으쓱해 보였다. 테스는 말을 계속했다.

"난 당신의 속셈을 몰랐었지요. 그걸 알았을 땐 너무 늦었고요."

"모든 여자들이 그렇게 말하지."

테스는 알렉에게로 고개를 휙 돌렸다.

"어쩌면 그렇게 뻔뻔스럽죠? 정말 기가 막히는군요. 여자들이 늘 하는 그런 말을 진심으로 하는 여자도 있다는 걸 모르고 계셨군요. 당신처럼 뻔뻔스러운 사람은 마차 밖으로 걷어차 버렸으면 속이 시원하겠어요."

그녀는 깊숙이 숨어 있던 노기가 솟아오른 듯 이글거리는 눈으로 알렉을 쏘아보며 소리쳤다.

"알았어. 기분 상하게 했다면 내가 사과하지."

그는 웃으면서 말하다가 약간 자책하는 듯한 표정으로 말을 이었다.

"더 이상 화를 낼 필요는 없지 않을까. 내 잘못에 대해선 힘닿는 데까지 보상할 생각이었어. 당신이 원한다면 밭에서나 목장에서 힘들여 일하지 않게 해 줄 수도 있고, 그런 보기 흉한 옷차림 대신 멋지게 단장해 줄 수도 있다고."

천성이 너그럽고 착해서 좀처럼 남을 우습게 보는 일이 없는 테스였지만 알렉의 말에 그녀는 입술을 조금 비죽거렸다.

"아무것도 원하지 않는다고 말했잖아요. 난 받지도 않겠거니와 받을 수도 없다고요. 당신의 욕망을 채워 주는 노리개밖에 안 되는 그런 짓은 죽어도 못 해요."

"당신이 이러는 걸 누가 본다면 분명 더버빌 가문의 후손일 뿐만 아니라 공주라고도 생각할 거야. 하하, 하여튼 당신은 귀여운 아가씨야. 사실 난 나쁜 놈이지. 난 그렇게 태어나고 그런 식으로 살아왔으니까 죽을 때도 나쁜 놈으로 죽을 테지. 하지만 테스, 하늘에 두고 맹세하겠는데 당신한테는 두 번 다시 나쁜 짓을 하지 않겠어. 만약 무슨 일이 생기면 편지로 즉시 알려 줘. 당신에게 필요한 건 뭐든지 부쳐 줄 테니까. 난 트랜트리지에 없을지도 몰라. 당분간 런던에 가 있으려고 해. 그 할머니가 귀찮게 굴어서 말이지. 하지만 내게 오는 편지는 내가 있는 곳으로 빠짐없이 보내 줄 거야."

테스는 더 이상 마차를 타고 싶지 않으니까 내려 달라고 했다. 더버빌은 늘어선 나무 아래에 마차를 세우고는 마차에서 뛰어내린 뒤 두 팔로 테스의 몸을 안아 내려 주었다. 짐도 그녀 옆에 내려놓았다. 그녀가 약간 고개를 숙여 작별 인사를 할 때 두 사람의 눈이 마주쳤다. 테스가 황급히 몸을 돌려 짐을 가지고 떠나려 하자 더버빌은 입에서 여송연을 떼고 그녀에게로 몸을 굽혀 말했다.

"설마 이렇게 서운하게 떠날 생각은 아닐 테지? 자!"

"원하신다면."

테스는 냉정하게 말하고는 그에게로 얼굴을 내밀었다. 반은 형식적으로, 반은 아쉬움으로 알렉은 테스의 뺨에 입을 맞추었다. 그녀는 그의 행동을 무감각하게 대리석 조각처럼 꼼짝도 않은 채 받아들이며 먼 숲을 멍하니 바라보고 있었다.

"옛정을 생각해서 저쪽 뺨도."

그녀는 천천히 고개를 돌렸다. 알렉은 테스의 다른 뺨에도 키스를 했다. 그녀의 뺨은 길가의 버섯처럼 축축하고 미끄럽고 차가웠다.

"당신은 내게 키스해 주지 않는군. 내게 스스로 키스한 적은 한 번도 없었어. 당신은 날 조금도 사랑하지 않는 모양이야."

"전에도 말했듯이 난 당신을 사랑하지 않아요. 앞으로도 결코 사랑할 수 없을 거예요. 사실 이럴 땐 거짓말을 하는 편이 내게 유리할지 모르지만 거짓말을 할 수 없는 자존심은 아직 남아 있어요. 만약 당신을 사랑하고 있다면 그걸 고백함으로써 큰 대가를 얻을 수 있겠지요. 그러나 나는 당신을 사랑하지 않아요."

더버빌은 테스의 말에 양심의 가책이라도 받았다는 듯 긴 한숨을 내리 쉬었다.

"테스, 무척 감상적이군. 솔직히 말하겠는데, 가문이야 어떻든 이 지방에서 테스처럼 아름다운 여자를 본 적이 없어. 세상을 아는 사람으로서, 테스를 사랑하는 사람으로서 충고하겠는데, 현명한 여자라면 그 아름다움이 시들기 전에 세상 사람들에게 자랑하려 들 거야. 지금도 늦지 않았어. 내게로 돌아오지 않겠어? 정말 이렇게 헤어지고 싶지가 않아."

"결코 돌아가지 않겠어요. 이렇게 되기 전에 진작 결심했어야 하는 건데……."

"어쨌든 난 다시는 돌아가지 않을 거예요."

"그럼 잘 가요. 넉 달 동안의 사촌 누이, 안녕!"

그는 가볍게 마차로 뛰어오르더니, 고삐를 고쳐 잡고 붉은 열매가 달린 울타리 사이로 마차를 몰았다.

테스는 곧 몸을 돌려 구불구불한 오솔길을 따라 걸었다. 이른 아침의 태양이 산봉우리에 낮게 떠 있어서 숲으로 햇살이 비쳐 들기는 했지만 따스함을 느낄 정도는 아니었다. 썰렁한 숲 근처에는 어느 한 사람도 보이지 않았다. 서글픈 처지의 테스만이 애잔한 10월의 오솔길을 걸어가고 있었다.

한참을 걸었을 때 테스는 등 뒤에서 오는 남자의 발걸음 소리를 들었다. 테스가 뒤돌아보기도 전에 남자는 빠른 걸음으로 다가와 그녀에게 "안녕하슈?"라고 인사를 했다. 직공 같아 보이는 그는 빨간 페인트가 든 통을 손에 들고 있었다. 그는 사무적인 태도로 짐을 들어 주겠다고 말했고 테스는 그에게 바구니를 부탁했다. 두 사람은 한동안 말없이 걷다가 갑자기 남자가 명랑하게 말했다.

"안식일인데 이렇게 아침 일찍 다니다니, 무척 부지런하시군요."

"네."

"모두 한 주일의 일을 마치고 쉬고 있을 텐데……."

그녀는 말없이 고개를 끄덕여 그의 말에 동의했다.

"난 다른 어느 날보다 안식일에 보람된 일을 하지요."

"그래요?"

"토요일까지는 인간의 영광을 위해 일하지만 안식일엔 신의 영광을 위해 일하지요. 그게 더 보람 있는 일 아니겠소? 아 참, 저 난간에도 잠깐 손볼 일이 있군요."

그는 길옆 목장으로 들어가는 입구 쪽으로 향하면서 덧붙여 말했다.

"잠깐만 기다려 주세요. 곧 끝난다고요."

그가 바구니를 들고 갔기 때문에 테스는 하는 수 없이 그를 바라보면서 기다렸다. 그는 목장 난간 앞에 바구니와 페인트 통을 내려놓고 붓으로 페인트를 휘저어 골고루 섞기 시작했다. 그런 다음 석 장의 널빤지로 막혀진 목장 난간의 가운데 칸에 큼직하고 네모진 글자로 무언가를 쓰기 시작했다.

저희 멸망은 자지 아니하느니라. (『베드로 후서』 제2장 3절)

  평화스러운 풍경과 나뭇잎이 시들어 가는 숲의 바랜 듯한 빛깔, 지평선 위
의 새파란 대기, 그리고 이끼 낀 목장의 난간을 배경으로 주홍빛 글씨는 불붙
는 듯 눈부시게 빛나고 있었다. 그 글씨는 테스의 가슴에 새겨져 꾸짖는 듯한
느낌을 주었다. 전혀 모르는 사람인데도 테스는 그가 최근에 자기에게 일어난
일을 알고 있는 듯한 기분마저 느꼈다. 일을 끝내고 그가 바구니를 집어든 뒤
두 사람은 다시 걷기 시작했다.
  "당신은 당신이 쓴 그 구절을 믿으세요?"
  "믿냐고요? 지금 나더러 살아 있느냐고 묻는 겁니까?"
  "하지만 자기 잘못으로 저지른 죄가 아니라면 어떨까요?"
  테스는 떨리는 목소리로 물었다. 그는 고개를 설레설레 흔들었다.
  "그런 어려운 문제는 내가 대답할 수 있는 성질의 것이 아니지요. 난 지난여
름 이 근방 곳곳을 돌아다니며 담벼락과 대문과 목장 난간마다 보이는 대로
그 계명을 써 놓았지요. 그걸 어떻게 느끼느냐는 그걸 보는 사람의 마음에 달
린 거지요."
  "그 계명은 너무 잔인해요. 심장을 짓눌러 숨통을 조이는 것 같아요."
  "그게 바로 그 계명이 목적하는 거지요. 그런데 아가씨, 내가 항구나 빈민굴
에 써 붙이려고 준비해 놓은 계명들을 한번 보시지 않으려오? 그건 정말 무서
운 거지. 보기만 해도 몸서리가 쳐질 거요. 아, 저기 헛간 벽에 빈자리가 있군.
저기다 한 줄 써야지. 당신 나이와 같은 불안스러운 아가씨들이 보면 귀중한
교훈이 될 거요. 내가 쓸 동안 기다려 주겠소?"
  "싫어요."

테스는 바구니를 들고 터벅터벅 걷다가 뒤를 돌아다보았다. 낡은 회색 벽에는 첫 번째 것과 비슷한 내용의 글이 절반쯤 씌어 있었다. 테스는 그가 쓰려는 계명이 무엇인지 깨닫고는 수치심으로 얼굴이 붉어졌다.

너희들, 간음하지······.(『출애굽기』 제20장)

명랑한 페인트공은 테스가 지켜보는 것을 알고는 붓을 놓고 큰 소리로 외쳤다.

"만약 이 귀중한 교훈에 대한 설교를 듣고 싶다면 아가씨가 가는 마을에서 오늘 저녁에 열리는 자선 예배에 나오세요. 에민스터의 클래어라고 하는 목사님이 설교를 하시는데 절망 훌륭한 분이지요. 전엔 나도 그분의 신도였는데 내가 아는 목사 중에서는 설교를 제일 잘하신다고요. 이런 일을 할 수 있도록 해 준 사람도 바로 그 목사님이지요."

테스는 아무 대꾸도 하지 않고 두근거리는 가슴으로 땅만 내려다보며 걸었다. 달아올랐던 얼굴이 식자 그녀는 비웃듯 중얼거렸다.

"쳇, 하느님이 정말 그런 말씀을 하셨을 거라고는 믿어지지 않아."

이윽고 가느다란 연기가 피어 오르는 자기 집의 굴뚝이 보이자 테스는 가슴이 아팠다. 그녀가 집안에 들어섰을 때 본 광경은 그녀의 가슴을 한층 아프게 했다. 2층에서 막 내려온 엄마는 아침 식사를 준비하기 위해 난로에다 떡갈나무 가지를 지피고 있었다. 동생들과 아버지는 일요일이라 아직 잠에서 깨어나지 않은 모양이었다.

"아니, 테스!"

난로 앞에서 테스를 돌아다본 엄마는 깜짝 놀라 딸을 껴안으며 반가움의 키스를 했다.

"어떻게 된 거야? 아무 연락도 없이 느닷없이 이렇게 나타나다니! 그래, 결혼 준비를 하러 집에 온 거니?"

"아뇨, 그런 일 때문에 온 게 아니에요."

"그럼 휴가?"

"네, 아주 긴 휴가예요."

"뭐라고? 네 사촌이 네게 잘해 주지 않았단 말이니?"

"그는 결코 친척도 아니고, 처음부터 나하고 결혼하려 했던 사람이 아니에요."

"애, 사실대로 다 얘기해 봐."

엄마는 테스를 유심히 살펴보며 말했다. 테스는 엄마의 가슴에 얼굴을 묻고 그동안 있었던 일을 빠짐없이 전부 이야기했다.

"아니, 그런 일을 당하고서도 결혼하자고 매달리지 않다니, 넌 대체 어떻게 된 아이니? 그런 일을 당하고도 순순히 물러나는 여자는 너밖에 없을 거다."

"다른 여자 같으면 그랬을 테지요. 하지만 난 그럴 수가 없었어요."

"네가 결혼을 하고 돌아왔다면 얼마나 좋았겠니."

억울한 나머지 더베이필드 부인은 금방이라도 울음을 터뜨릴 것 같았다.

"너와 그 사람에 관한 소문이 우리 마을에까지 자자하게 퍼졌는데, 이런 식으로 끝나 버리다니! 어째서 넌 네 생각만 하고 집안 식구 생각은 하지 않았지? 나는 날마다 노예처럼 일만 하고, 아버진 몸이 약한 데다가 심장이 기름으로 꽉 막혀 있단 말이다. 난 그래도 행여나 좋은 소식이 오기만을 기다렸단다. 넉 달 전에 너희 두 사람이 마차를 타고 떠날 때 정말 잘 어울리는 한 쌍이라고 생각했는데…… 그 사람이 우리한테 선물한 것을 봐. 우린 그가 친척이라서 그렇게 하는 줄 알았지. 그렇지 않다면 네게 마음이 있어서 그랬을 거고. 그런데도 넌 그 사람이 너와 결혼하도록 만들지 못하다니!'

알렉 더버빌을 자기와 결혼하도록 만들다니! 그가 자신과 결혼을 하다니! 그는 지금까지 결혼에 대해 한마디도 한 적이 없었다. 만약에 그가 청혼했더라면 어떻게 되었을까? 남의 시선 때문에 당황한 나머지 청혼에 대한 대답을 하지 않을 수 없는 절박한 상황이었더라도 자신이 어떻게 처신했을지 테스는 알 수가 없었다.

딱하게도 엄마는 알렉에 대한 테스의 복잡한 감정을 이해하지 못했다. 그것은 말로는 표현하기 어려운 어색하고 이상한 감정이었다. 그런 감정 때문에 그녀는 집으로 돌아왔고 자기 자신까지도 미워졌던 것이다. 그녀는 그에게 관심을 가진 적도 없었고 지금도 그것은 마찬가지였다. 다만 그를 두려워했을 뿐이었다. 그녀의 약점을 이용한 그의 교묘한 술수에 말려든 것뿐이었다. 한때 그의 열렬한 애정 표현에 잠시 눈이 어두워져 그가 하는 대로 굴복하기도 했지만 이제는 야비한 그가 싫어져 도망치듯 집으로 돌아온 것이었다. 이것이 그녀가 돌아온 이유였다. 그는 증오할 가치도 없는 남자였고, 테스에게 그의 존재는 먼지나 재와 다름없었다. 그녀는 자신의 이름을 더럽히지 않기 위해 그와 결혼할 생각은 추호도 없었다.

"결혼할 생각이 없었다면 몸가짐을 좀더 조심하지 그랬니?"

"아이 참, 엄마! 어떻게 내가 이런 일을 예상할 수 있었겠어요. 넉 달 전 집을 떠날 때만 해도 나는 아무것도 모르는 어린애였어요. 엄마, 내게 왜 세상 남자들이 무섭다는 사실을 가르쳐 주지 않았지요? 왜 내게 조심하라고 미리 가르쳐 주지 않았냐고요. 부잣집 딸들은 소설이라도 읽어서 남자들이 음흉하다는 걸 알고 몸을 지키는 방법도 알지만, 난 그런 것도 배우지 못했잖아요. 게다가 엄마가 가르쳐 주지도 않았고요!"

곧 심장이 터져 버릴 듯 괴로워하면서 테스는 엄마에게로 몸을 돌려 흥분된 어조로 외쳤다. 엄마는 기가 죽어 중얼거렸다.

"그 남자가 널 좋아해서 그 결과가 어떻게 된다는 걸 미리 알려 주면 네가 거만하게 굴지도 모르고, 그렇게 되면 기회를 놓쳐 버릴 거라고 생각했기 때문에 아무 말도 하지 않았다. 이젠 엎질러진 물이니 할 수 없지 않니? 이렇게 된 것도 네 팔자고, 하느님의 뜻이란다."

더베이필드 부인은 앞치마로 눈물을 닦았다.

13

테스 더베이필드가 친척도 아닌 집에서 돌아왔다는 소문은 좁은 말로트 마을에 자자하게 퍼졌다. 그날 오후에 소꿉 친구며 학교 동창들이 테스를 만나러 왔다. 풀을 빳빳하게 먹인 옷으로 단장한 그들은 테스를 가운데 놓고 방안에 둘러앉아 호기심에 가득 찬 눈으로 친구를 쳐다보았다. 그들에게는 테스가 자신들로서는 생각도 할 수 없는 큰 성공을 거두고 돌아온 것처럼 보였다. 테스의 먼 친척뻘인 더버빌은 시골에서 보기 힘든 신사인 데다가 바람둥이고, 그가 테스와 사랑하는 사이라는 소문을 들은 그들은 테스가 가난한 집 딸이라는 점에서 그 관계를 위태롭게 생각하면서도, 한편으로는 테스를 부러워하고 그녀를 굉장히 매력적인 존재로 느끼고 있었다. 그들은 어찌나 호기심에 가득 차 있던지 테스가 몸을 돌리기만 하면 서로 소곤거렸다.

"정말 예쁘지? 저 멋진 웃옷은 그 사람이 사준 건가 봐. 무척 비싼 옷일 거야. 좋은 옷을 입으니까 더 예뻐 보여."

테스는 한쪽 구석에 있는 찬장에서 찻잔을 꺼내느라고 아무 얘기도 듣지 못했다. 만약 그녀가 그 말을 들었더라면 사실대로 얘기해서 친구들의 오해를 풀어 주었으리라. 그러나 더베이필드 부인은 그 말을 듣고서도 딸이 부잣집 청년과 결혼하게 될 것이라던 희망을 잃은 대신, 그가 딸 때문에 애태웠던 것을 떠올리면서 허영심을 만족시키려 했다. 아직 결혼에 대한 희망을 완전히 버린 것이 아니었기 때문에 그런 상상이 더베이필드 부인의 마음을 다소 흡족하게 해 주었고, 그녀는 딸의 친구들에게 차를 권하며 그들의 찬사에 보답하려 했다.

친구들의 재잘거림과 허물없는 농담에 테스의 기분도 차츰 풀어져 저녁 무렵에는 그녀도 친구들처럼 명랑해졌다. 대리석처럼 굳었던 얼굴이 부드러워지고 걸음걸이도 예전의 활기를 되찾아 온몸에서 청춘의 아름다움이 넘쳐나고 있었다. 테스는 이따금 마음 한구석이 석연치 않았지만, 청년에게서 받은 사랑의 경험을 사실은 부끄러워할 이유가 없다고 인정이라도 하듯 호기심 어린 친구들의 물음에 대답을 해 주곤 했다. 그러나 테스에게 로버트 사우디의 말처럼 "흘러간 옛날을 못내 그리워한다."라는 건 있을 수 없는 일이었기 때문에, 그러한 환영도 번개처럼 사라지고 이내 차가운 이성이 되살아나 어리석은 자신의 허영심을 비웃고는 다시 침울해지는 것이었다.

이튿날 아침 그녀가 눈을 떴을 때의 절망감은 이루 형용하기 어려울 정도였다. 한가로운 일요일이 지난 월요일 아침, 입고 있던 새 옷은 헌 옷으로 바뀌었고 웃고 떠들던 친구도 가 버리고 없었다. 그녀는 항상 그랬듯이 자기 침대에서 홀로 일어나 앉았다. 옆 침대에서는 아무것도 모르는 동생들이 곤히 자고 있었다. 고향에 돌아옴으로써 일어났던 번거로운 소동과 들뜬 마음은 사라지고, 앞으로 그 누구의 도움이나 동정도 없이 혼자 헤쳐 나가야 할 숱한 고난의 가시밭길이 눈에 보이는 듯했다. 눈앞이 캄캄해진 테스는 어둠 속으로 숨어 버리고 싶은 충동마저 느꼈다.

그럭저럭 서너 주일이 지나갔다. 그동안 테스의 마음도 안정되어, 어느 일요일 아침에는 교회에 가고 싶은 생각이 들었다. 노래를 좋아하는 엄마를 닮아 그녀는 찬송가를 듣고 부르는 것을 좋아했던 것이다. 테스는 청년들의 짓궂은 시선을 피하려는 생각에서 교회 종이 울리기 전에 미리 교회에 도착했다. 그녀는 아래층 헛간 가까이에 있는 노인들만 앉는 좌석 맨 뒷줄에 앉았다. 종이 울리자 두서너 사람씩 들어와 앞자리에 앉았다. 자리를 잡고 앉은 사람들은 교회 안을 한 번씩 두리번거리곤 했다. 곧 찬송이 시작되었다. 찬송은 우연히도 테스가 좋아하는 곡으로 선정되었다. 그녀는 그 곡명이 무엇인지 몰라 몹시 알고 싶었다. 그녀는 무어라고 표현하지는 않았지만 작곡가의 신통한 능력을 마음속으로 생각했다. 무덤 속에 갇힌 듯한 테스의 영혼을 빛으로 인도하는 듯한 감동적인 선율의 노래였다.

예배가 진행될 때 몇 사람이 뒤를 돌아보다가 테스를 발견하고는 서로 소곤거리기 시작했다. 그들이 무슨 이야기를 주고받는지 잘 알고 있는 테스는 수치스러움과 절망을 동시에 느끼며 다시는 교회에 나오지 않으리라 다짐했다.

그날 이후 테스는 동생들과 함께 쓰는 침실에 틀어박혀 거의 바깥 외출을 하지 않았다. 그곳은 그녀의 도피 장소가 되어 그녀는 계절이 바뀌어도 바깥에 나오지 않았다. 두어 칸 남짓한 그 방에서 그녀는 비바람과 눈과 휘황한 노을과 훤한 보름달을 여러 차례 바라보았다. 그녀가 너무 집안에만 숨어 있어서 마을 사람들은 그녀가 어디론가 떠나 버렸다고 생각할 정도였다.

테스가 유일하게 밖에 나가는 일은 해가 진 뒤 숲 속을 거니는 것이었다. 숲을 거닐 때에는 결코 외롭지 않았다. 그녀는 빛과 어둠이 서로 어우러져, 한낮의 긴장과 밤의 불안이 화해하는 저녁 무렵을 1분 1초도 어김없이 정확하게 알아맞힐 수 있었다. 바로 그러한 순간에 그녀는 현실의 모든 고통이 먼 피안의 일처럼 느껴져 마음의 평정을 얻곤 했다. 그녀는 어둠이 조금도 무섭지 않았다. 그녀가 무서워하는 것은, 혼자 있으면 한없이 나약하고 한데 뭉치면 강한 힘을 발휘하는 인간들로 이루어진 세상이었다. 그녀는 그 세상에서 도피하려고 했다.

이 쓸쓸한 골짜기와 숲을 거니는 그녀의 조용한 걸음걸이는 주위의 사물과 일치되어 어우러졌다. 어둠에 싸여 남몰래 걸어가는 그녀의 모습은 주변 경치의 일부분인 것처럼 느껴졌다. 그녀의 부질없는 공상은 주위의 환경에 민감하게 반응하기 시작했다. 어쩌면 세상이란 심리적 형상에 불과한 것인지도 모른다. 겨울밤에 얼어붙은 나무 싹과 가지 사이로 몰아치는 돌풍은 그녀에게 책망하는 소리로 들렸다. 비가 오는 것은 마음속에 있는 막연한 도덕이란 존재가 그녀의 나약함을 깊이 슬퍼해 주는 표시 같았다. 그녀는 그 도덕이란 것이 '하느님'을 뜻하는 것인지, 아니면 또 다른 무엇을 뜻하는 것인지 알 수 없었다.

그러나 인습에 얽매어 테스가 제멋대로 만들어 낸 이런 생각은 그녀의 그릇된 공상에서 생겨난 슬프고 비뚤어진 창조물, 말하자면 그녀를 공연히 겁먹게 하는 도덕이라는 도깨비였다. 현실을 도피하는 것은 테스가 아니라 바로 도덕이라는 도깨비였다. 새들이 잠든 울타리 사이를 거닐거나 달빛이 넘실거리는 토끼 우리에서 뛰노는 토끼를 볼 때, 또는 꿩의 둥지가 있는 나뭇가지 아래 서 있을 때, 그녀는 자신을 죄 없는 짐승의 보금자리를 침입한 죄 많은 자로 여기곤 했다.

죄 없는 사람은 하나도 없는데도 그녀는 굳이 자신을 다른 사람과 같을 수 없다고 생각했다. 자신은 다른 사람과 어울릴 수 없는 존재라고 생각했지만, 사실은 누구보다도 그녀는 그 사회에 잘 어울리는 존재였다. 왜냐하면 그녀는 어쩔 수 없이 사회의 율법을 깨뜨리긴 했지만, 그것이 죄라고 인정하고 스스로를 속박하는 사회적인 통념은 깨뜨리지 못했기 때문이었다.

14

안개가 자욱하게 덮인 어느 8월의 새벽녘이었다. 밤사이 짙어진 안개는 막 떠오르고 있는 태양의 따뜻한 햇살을 받아 골짜기와 숲 속으로 스며들어 가고 있었다. 안개 속에서 떠오르는 태양은 마치 미묘한 표정을 지닌 사람의 형상처럼 보여 장엄한 느낌마저 줄 정도였다. 이 순간의 태양의 표정은 사방에 인기척 하나 없는 엄숙함 때문에 옛날의 태양 숭배가 무엇을 의미하는지를 일러주는 듯했다.

그것은 이 세상에 존재하는 그 어떤 종교보다도 확실한 종교임을 말해 주는 것 같았다. 이 불빛을 뿜어내는 물체는 금발 머리에다 자비롭고 인자한 빛나는 눈매를 가진 하느님 같은 존재로 청춘의 왕성한 혈기로 지상을 굽어보고 있었다. 드디어 안개가 완전히 걷히고 태양이 하늘 높이 떠오르자, 농가의 덧문 틈 사이로 스며든 햇살은 농가의 찬장이며 옷장이며 그 밖의 세간 위에 빨갛게 단 부젓가락 같은 무늬를 만들어 아직도 잠자고 있는 농사꾼들을 깨우기 시작했다.

이날 아침 붉게 빛나던 것 가운데서 가장 빛났던 것은 말로트 마을 바로 옆에 있는 황금빛 밀밭 한 모퉁이에 세워진 두 개의 받침목이었다. 페인트를 칠한 폭이 넓은 그 받침대는 그 밑에 다른 두 개의 받침대와 함께 오늘 추수할 때 쓰려고 간밤에 갖다 놓은 것이었다. 사람들은 그 받침대로 십자가 모양의 추수 기계를 만들었고, 거기에 칠해진 페인트가 햇빛을 받아 강렬한 색채로 빛나고 있었다.

밭은 벌써 '열려' 있었다. 다시 말하면, 맨 먼저 말과 기계를 들여보내기 위해서 밭 변두리 일대의 밀을 손으로 베어서 폭이 3~4피트 가량 되는 길을 만들어 놓았던 것이다. 밀밭 동편의 울타리 그림자가 서편 울타리 한복판에 비쳤을 때 한 무리의 남자 일꾼과 다른 한 무리의 여자 일꾼들이 오솔길을 내려왔다. 그들의 머리에는 햇빛이 비쳤으나 발 밑은 아직 어둠이 걷히지 않았다. 그들은 길에서 가장 가까운 곳의 밭 양쪽에 있는 두 개의 돌기둥 사이로 사라졌다.

잠시 후 귀뚜라미가 짝을 부르는 것 같은 소리를 내며 세 마리 말이 끄는 추수 기계가 돌아가기 시작했다. 기계를 끄는 말 위에는 한 사람이 앉아 마부 노릇을 했고, 기계 위의 자리에는 일을 돕는 사람이 타고 있었다. 수확기의 팔이 서서히 회전하면서 말과 기계가 밭의 한쪽 변두리를 따라 언덕을 내려가 아주 보이지 않다가, 잠시 후에 다른 쪽 변두리를 따라 같은 속도로 올라왔다. 맨 앞에 선 말의 양미간에서 번쩍이는 놋쇠 별이 먼저 그루터기 위로 나타나더니 뒤미처 눈부신 팔과 기계의 몸체가 보였다.

밭을 둘러싼 비좁은 그루터기 길은 기계가 한 차례씩 돌 때마다 점점 넓어지고, 낮이 가까워지면서 아직 거두어들이지 않은 밀밭의 면적은 차차 줄어들었다. 집토끼와 들 토끼와 뱀과 생쥐들은 안전한 성안에라도 숨으려는 듯이 밭 속으로 자꾸만 도망쳐 갔으나, 자기들의 피난처가 임시라는 것은 생각지도 못했고, 나중에는 어찌 될 신세인지도 모르는 모양이었다. 오후가 되어 그 피난처는 점점 더 형편없이 좁아져 동족이고 적이고 할 것 없이 한데 엉키고, 나중에는 나머지 몇 야드밖에 안 되는 밀밭도 사정없이 수확기의 이빨에 넘어갔으며, 짐승들은 추수하는 일꾼들의 막대기며 돌에 맞아 모조리 죽어 버렸다.

밀 베는 기계는 뒤에 꼭 한 단으로 묶을 만큼의 밀 단을 수북이 남겨 놓고 가는 것이었다. 뒤에서는 단을 묶는 솜씨 빠른 일꾼들이 기다렸다는 듯이 바쁘게 손을 움직였다. 주로 여인네들이었지만 사라사 셔츠를 입은 사내들도 섞여 있었다. 그들은 가죽 허리띠로 허리를 졸라매어 뒤에 붙은 두 개의 단추는 쓸모가 없었지만, 그들이 움직일 적마다 햇빛에 번쩍여 흡사 가느다란 허리에 붙은 두 눈동자가 번득이는 듯했다.

밀 단을 묶는 여자들은 평상시와는 다른 매력을 발산하고 있었다. 밭으로 나온 남자들이 한낱 밭에서 일하는 인간일 뿐인 데 비해, 여자들은 밭의 일부분이 되어 자연의 정기를 온통 빨아들인 듯 신선해 보였기 때문이다. 여자들은 햇빛을 가리기 위해 펄럭이는 커다란 헝겊을 단 무명 모자를 쓰고, 그루터기에 손을 베이지 않도록 장갑을 끼고 있었다. 그중에는 연분홍의 짧은 재킷을 입은 처녀도 있고, 크림 빛깔에 소매통이 좁은 겉옷을 입은 처녀도 있고, 밀을 베는 기계의 팔처럼 빨간 치마를 입은 처녀도 있었다. 또 갈색의 두꺼운 옷을 입은 나이 많은 처녀도 있었는데, 이런 옷은 옛날부터 밭일하는 여자들이 즐겨 입는 것으로 젊은 아가씨들은 잘 입지 않았다.

이날 아침 사람들의 시선은 유난히 날씬한 몸매와 아름다운 용모를 지닌 연분홍 무명 재킷의 아가씨에게 집중되었다. 그녀는 모자를 눈썹까지 푹 눌러썼기 때문에 밀 단을 묶을 때도 얼굴이 보이지 않았지만, 차양 밑으로 흩어진 갈색 머리카락만 보아도 대강 누구인지 짐작할 수 있었다. 다른 여자들이 사방을 두리번거릴 때도 그녀 혼자만 주위에 상관없이 일에만 몰두했기 때문에 한 층 더 남의 시선을 끌었는지도 몰랐다.

그녀는 기계처럼 단조롭고 규칙적으로 밀 단을 묶어 나갔다. 산들바람이 가끔 치마 끝을 펄럭일 때면 그녀는 손으로 살짝 치맛자락을 눌러 주곤 했다. 누런 가죽 장갑과 겉옷 사이로 드러난 팔에는 그루터기에 긁힌 상처에 피가 맺혀 있었다. 그녀는 가끔 허리를 펴고 일어나 바람에 나풀거리는 앞치마를 바로 여미고 모자를 고쳐 쓰기도 했다. 그럴 때면 무슨 말 못할 억울한 사연이 있는 것처럼 보이는, 길게 땋은 머리와 크고 까만 눈동자를 가진 그녀의 예쁜 얼굴이 보였다. 그녀의 파리한 뺨과 고르게 난 이빨, 그리고 붉은 입술은 시골 처녀들에게서는 찾아볼 수 없는 것이었다.

그녀는 테스 더버빌 또는 테스 더베이필드라고 불렸다. 그녀는 어딘가 달라진 듯하면서도 예전과 같고, 예전과 같은 듯하면서도 어딘가 달라 보였다. 그것은 어쩌면 고향에 살면서도 타향에서 온 나그네처럼 사람들과 어울리지 않고 지내 온 그녀의 생활 태도 때문인지도 몰랐다. 마침 추수기여서 집에서 하는 일보다 바깥에서 하는 일이 더 많고 수입도 좋았으므로 오랫동안 집안에 틀어박혀 있던 그녀도 밭에 나와 일하기로 마음먹었던 것이다.

다른 여자들도 테스와 마찬가지로 일을 했다. 한 단씩 묶은 밀 단이 어느 정도 쌓이면 그들은 이 지방의 풍습대로 열 단이나 열두 단씩 무더기를 지어 놓곤 했다. 그 일은 아침 식사를 하고 난 뒤에 다시 계속되었다. 11시쯤 되었을 때 테스는 언덕 쪽으로 힐끔힐끔 눈길을 주었다. 정각 11시가 되자 여섯 살에서 열네 살쯤 된 한패의 아이들이 그루터기만 남은 언덕 위로 나타났다. 테스의 얼굴이 잠시 붉어졌지만 상관없이 일을 계속했다. 나타난 아이들 중에서 제일 커 보이는 계집아이가 어깨에 두른 숄을 땅바닥에 질질 끌면서 인형 같은 것을 껴안고 왔는데, 자세히 보니 인형이 아니라 긴 옷을 입은 갓난아이였다. 다른 아이는 점심을 들고 왔다.

추수꾼들은 일손을 멈추고 쌓아 놓은 밀 단에 기대앉아 점심을 먹기 시작했다. 남자들은 서로 술잔을 주고받기도 했다. 테스 더베이필드는 맨 나중에 일손을 멈추었다. 그녀는 사람들의 눈을 피해 밀 단을 쌓아놓은 구석진 곳으로 가 앉았다. 그녀가 편하게 자리를 잡고 앉자 토끼 가죽 모자를 쓰고 허리춤에 손수건을 꽂은 남자가 낟가리 너머로 술잔을 권했으나 사양했다. 테스는 점심을 펼쳐 놓고 동생을 불러 아기를 받았다. 동생은 귀찮은 아기에게서 잠시 해방된 것이 기쁜 듯 저쪽 낟가리로 뛰어가 다른 아이들과 놀았다. 테스는 무언가를 꺼리는 듯 잠시 망설이다가 용기를 내어 단추를 끄르고 아기에게 젖을 먹이기 시작했다. 그러나 그녀는 부끄러움을 감추지 못한 채 얼굴을 붉혔다.

가까이 있던 남자들은 겸연쩍은 듯 다른 곳으로 고개를 돌렸다. 어떤 남자는 담배를 피우고, 또 어떤 남자는 빈 술병을 아쉬운 듯 기울였다. 테스 이외의 여자들은 하나같이 즐겁게 이야기를 나누기도 하고 흐트러진 머리를 매만지기도 했다. 테스는 아기가 배불리 먹고 나자 아기를 무릎 위에 곧추세우고 먼 곳에 눈을 둔 채 아무런 표정 없이 아기를 어르다가 갑자기 격렬한 입맞춤을 했다. 사랑과 미움이 복잡하게 얼크러진 어린 엄마의 입맞춤에 놀란 듯 아기는 울음을 터뜨렸다.

"아이를 미워하는 체하고 아이와 함께 죽어 버렸으면 좋겠다고 하면서도 역시 자식은 귀여운 모양이지."

빨간 치마를 입은 여자의 말에 노란 옷을 입은 여자가 대꾸했다.

"다시는 그런 말은 하지 않을 거야. 참 알 수 없는 일이야. 막상 당하고 나면 하는 수 없이 익숙해지니 말이야."

"웬만큼 치근거려서는 저렇게 되지 않았을 거야. 작년에 체이스 숲에서 한 밤중에 흐느껴 우는 소리를 들은 사람이 있대. 그럴 때 동네 사람이라도 그곳을 지나갔더라면 그 녀석을 가만 놔두지 않았을 텐데."

"글쎄, 속사정이야 잘 모르지만 하고많은 사람 중에 하필 테스가 그런 변을 당하다니. 하긴 예쁘니까 그런 거겠지."

꽃송이 같은 입과 크고 순한 눈을 가진 테스가 아기를 안고 앉아 있는 기막힌 모습을 본다면, 설사 그녀의 적이라 할지라도 그녀에게 동정을 했을 것이다. 검지도 푸르지도 그렇다고 잿빛이나 자줏빛도 아닌, 이를테면 그러한 갖가지 빛깔과 또한 그 밖에 무수히 많은 빛깔이 어우러진 듯한 테스의 눈동자를 들여다보면, 그 속에 감추어진 또 다른 빛깔, 즉 그림자 뒤에 또 그림자가 있듯이, 한 빛깔 너머로 또 다른 빛깔이 어린 그런 빛깔을 만나게 될 것이다. 조상으로부터 물려받은 얼마간의 경솔한 성품만 없었더라도 테스는 거의 모든 여인의 본보기가 되었을 것이다.

사실 테스가 여러 달 만에 처음으로 밭에 나올 수 있었던 것은 갑자기 떠오른 한 가지 생각 때문이었다. 그것은 어떤 고난이 닥칠지라도 살기 위해 새 출발을 해야겠다는 지극히 평범한 생각이었다. 몇 달 동안의 후회와 괴로움 끝에 비로소 그런 생각이 떠올라 그녀의 괴로운 마음을 환하게 밝혀 주었던 것이다. 과거는 과거일 뿐이고, 아무리 깊은 상처라도 세월이 흐르면 아물기 마련이라는 사실을 그녀는 깨달았던 것이다.

그녀는 또한 그토록 두려워하던 이웃들의 시선도 실상은 무시할 수 있다는 사실을 깨달았다. 그녀는 타인과는 상관없는 존재였다. 주위 사람들에게 그녀는 한낱 흘러가는 화제의 대상일 뿐이었다. 그녀가 밤낮으로 회한 속에서 고통스러워하더라도 사람들은 '저 애는 사서 고생을 한다' 고 대수롭지 않게 말하리라. 그녀가 모든 걸 잊고 태양과 꽃과 갓난아이에게서 삶의 기쁨을 찾으려 한다면 그들은 '저 애는 용케도 잘 참는다'고 가볍게 말하리라.

만일 그녀가 무인도에서 혼자 살았다면 자기에게 일어난 일을 비참하게 여겼을지도 모르지만 별로 슬퍼하지는 않았을 것이다. 만일 그녀가 자신의 인생이 아버지 없는 아이를 키우는 것만으로 한정되어 있음을 깨닫는다 해도 그녀는 그 사실을 냉정하게 받아들이고 거기서 삶의 즐거움을 찾았으리라. 그녀의 불행은 사회적 고정 관념에서 오는 것이지 천성적인 성격에서 온 것은 아니었다. 어쨌든 그런 마음의 변화로 테스는 밭일을 하러 나올 수 있었고, 일을 하면서도 침착한 태도를 유지할 수 있었으며, 어린애를 품에 안았을 때도 사람들의 얼굴을 초연하게 쳐다볼 수 있었던 것이다.

추수꾼들은 밀 낟가리에서 일어나 기지개를 켜고는 담뱃불을 껐다. 그들은 마구를 풀어 사료를 먹였던 말을 다시 기계에 매고 일할 준비를 했다. 테스는 서둘러 점심을 마치고 동생을 불러 아기를 데려가게 한 다음 옷매무새를 가다듬고 장갑을 꼈다. 밭에서 하는 일은 저녁 무렵까지 계속되었다. 테스는 다른 추수꾼들과 함께 어두워질 때까지 일을 했다. 일이 끝나자 그들은 동쪽 지평선에 떠오른 둥근 달을 벗삼아 큰 짐 마차를 타고 집으로 돌아갔다.

테스의 여자 친구들은 숲 속으로 들어갔다가 변을 당하고 돌아온 처녀를 비웃는 내용의 민요를 다른 노래와 뒤섞어 부르긴 했지만, 테스의 처지를 위로도 하고 함께 일하게 된 것을 기뻐하기도 했다. 인생은 잃는 것이 있으면 얻는 것도 있는 법이어서, 그 사건은 한때 마을의 경종이 되긴 했지만 그로 인해 테스는 사람들의 동정과 관심을 한 몸에 받게 되었던 것이다. 그녀는 친구들의 다정한 마음씨와 쾌활한 재잘거림 속에서 자신의 처지를 잊고 예전의 명랑함을 되찾아 가고 있었다.

그녀가 도덕적인 슬픔에서 겨우 벗어나려 할 무렵, 사회적인 법칙과는 상관 없는 새로운 슬픔이 엄마로서의 테스에게 밀어닥쳤다. 집에 돌아와 보니 아기 가 낮부터 갑자기 앓기 시작했다는 놀라운 소식이 테스를 기다리고 있었다. 아기의 체질이 워낙 허약해서 병이 날까 봐 항상 불안했었는데 막상 당하고 보니 충격이 컸다. 아기는 테스에게 죄의 대가처럼 여겨졌으나, 그녀는 가능 하면 아이가 오래 세상에 살아 주기를 소망하고 있었다. 그녀는 엄마로서의 불길한 예감으로 그 조그만 육체의 죄인이 해방될 시간이 얼마 남지 않았다는 것을 깨달을 수 있었다. 아기를 잃는다는 것도 가슴 아픈 일이었지만, 그 어린 영혼이 아직 세례를 받지 못했다는 사실이 더욱 가슴 아팠다.

테스는 자기가 저지른 죄의 대가로 화형(火刑)이라도 당해야 한다면 당할 수밖에 없으며 피할 수 없다는 강박 관념에 사로잡혀 있었다. 많은 마을 처녀 들과 마찬가지로 그녀 역시 성경에 밝았고, 아홀라와 아홀리바―불의를 저지 른 자매(『에제키엘서』 제23장)―의 전기(傳記)도 읽어서 그 이야기가 말해 주 는 결론도 잘 알고 있었다. 그러나 이 일은 아기와 연관되어 일어나고 있기 때 문에 사정이 다를 수밖에 없었다. 테스는 자기의 귀여운 아기가 지금 죽음 직 전에 처해 있어도 그의 영혼을 구제할 길이 없어 안타까웠다.

식구들이 잠자리에 들 시간이라는 것도 상관하지 않고 그녀는 아래층으로 뛰어 내려가 목사를 불러오겠다고 했다. 마침 일주일에 한 번씩 열리는 롤리 버 주막의 모임에서 돌아온 아버지는 한마디로 안 된다고 잘라 말했다. 그는 술이 취한 터라 유서 깊은 가문에 대한 생각이 어느 때보다 강렬했고, 테스가 가문에 먹칠을 했다는 사실이 유난히 못마땅했던 것이다. 아버지는 수치스러 운 집안 사정을 숨겨야 할 때이므로 목사를 불러들일 수 없다고 잘라 말하고 는 문을 잠근 다음 열쇠를 가져가 버렸다.

온 식구가 잠자리에 들었고, 테스는 가슴이 찢어지는 듯한 고통을 느끼며 자리에 들었으나 잠을 이룰 수가 없었다. 한밤중이 되자 아기의 병세는 점점 악화되었다. 아기는 고요히, 별 고통 없이 세상을 떠나려 하고 있었다. 그녀는 침대 위에서 안절부절못하며 어쩔 줄 몰라했다. 벽시계가 둔탁한 소리로 새벽 1시를 알렸다.

그녀의 머리 속을 어지럽히던 불길한 예감이 무서운 환영으로 그녀의 눈앞에 다가왔다. 세례를 안 받았다는 것과 사생아라는 두 가지 죄목으로 지옥의 밑바닥에 떨어지는 아기의 모습이 어른거렸다. 그리고 마왕이 빵을 구울 때 화덕에서 쓰는 세 갈래 갈퀴 같은 것으로 아기를 던져 버리는 상상이 머리 속에 떠올랐다. 그뿐이 아니라 그러한 상상 위에 기독교의 나라에서 젊은이들에게 교훈으로 가르치는 갖가지 끔찍한 고문 장면이 잇달아 떠올랐다. 모두들 깊은 잠 속에 빠져 있는 고요한 집안에서 이처럼 끔찍스런 장면이 테스의 상상력을 얼마나 극심하게 자극했던지, 그녀의 잠옷은 땀으로 흠뻑 젖었고 심한 심장의 고동으로 누워 있는 침대가 흔들릴 정도였다.

아기의 숨결이 점점 가빠짐에 따라 테스의 긴장도 팽팽해졌다. 불안을 감추기 위해 아기를 안고 아무리 입을 맞추어도 소용이 없었다. 견딜 수 없어진 그녀는 침대에서 내려와 정신없이 방안을 이리저리 서성거렸다.

"자비로우신 하느님! 이 가엾은 어린아이를 동정하소서. 제겐 어떤 죄를 내리셔도 달게 받겠습니다만, 제발 이 아이만은 불쌍히 여기셔서 은혜를 주시옵소서."

테스는 장롱에 기대어 한동안 간절히 애원하며 중얼거리다가 갑자기 몸을 일으켰다.

"그래, 이 애는 어쩌면 구원을 받을 수 있을지도 몰라. 틀림없이 구원받을 수 있는 방법이 있을 거야."

강렬한 희망으로 그녀의 얼굴은 어둠 속에서 촛불처럼 빛났다. 그녀는 벽 아래 침대로 다가가 자고 있는 어린 동생들을 깨웠다. 세면대를 앞으로 끌어낸 뒤 세면대가 있던 곳에 선 그녀는 주전자의 물을 세면대에 쏟아 붓고는 동생들의 손을 합장시켜 그 둘레에 무릎을 꿇게 했다. 선잠을 깬 동생들이 이상하다는 듯 어리둥절한 표정으로 누나의 행동을 지켜보고만 있는 동안, 그녀는 침대에서 아기를 안아 올렸다. 테스가 아기를 안고 세면대 곁에 우뚝 서자, 바로 아래 여동생이 교회당에서 집사가 목사에게 하는 것처럼 기도 책을 펼쳐 테스 앞에 내밀었다. 이리하여 테스는 자기 아이에게 세례를 주기 시작했다.

가물거리는 촛불이 방안을 희미하게 비추고 있었다. 그루터기에 긁힌 상처라든가 피로해 보이는 눈동자를 환히 들추어내지 않는 은은한 촛불 빛에 감싸인 테스의 모습에는 어떤 엄숙함이 깃들어 있었다. 희고 긴 잠옷을 입고 허리께까지 까만 머리채를 곱게 땋아 내린 테스의 용모에는 전날의 불행으로 성숙하게 변해 버린 한 여인의 체취 대신 순결한 아름다움이 후광처럼 깃들어 있었다. 무릎을 꿇고 둘러앉은 동생들은 새빨개진 눈을 깜빡이면서 준비가 끝나기만을 기다리고 있었다.

"정말 아기에게 세례를 주려는 거야, 테스 누나?"

동생들 중 가장 눈치가 빠른 아이가 묻자 어린 엄마는 정색을 하며 그렇다고 고개를 끄덕였다.

"그럼, 이름을 뭐라고 하지?"

미처 이름을 정하지 못했는데 세례 의식을 진행하는 도중 『창세기』 속의 한 이름이 떠올라 테스는 그 이름으로 세례를 주기로 했다.

"소로(비애), 성부와 성자와 성신의 이름으로 나는 그대에게 세례를 주노라."

테스는 아기에게 물을 뿌렸다. 방안은 쥐 죽은 듯이 고요했다.

"자, 모두들 '아멘' 해야지."

동생들은 낮은 음성으로 "아멘." 하고 순순히 합창했다.

테스는 세례 기도문을 외우다가 "우리는 이 아기를 받아 십자가의 표지를 그리노라."라는 구절에서 세면대의 물을 손에 찍어 아기의 머리 위에다 성호를 그었다. 이어 아기가 하느님의 충실한 종이 되어 생명이 다하는 날까지 세상의 죄악과 싸워 이길 수 있기를 기원하는 형식적인 기도문이 계속되었다. 테스가 주기도문을 외우자 동생들도 나직한 소리로 따라 외우기 시작했고, 기도가 마지막에 이르렀을 때는 다 같이 입을 모아 "아멘." 이라고 소리쳤다.

이 세례가 효과가 있을 거라고 확신한 테스는 정성스럽게 감사의 기도를 올렸다. 마음 깊은 곳에서 우러나온 기도는 맑고 높게 울렸으며 믿음에 도취된 그녀의 얼굴에는 밝은 빛이 감돌았다. 두 뺨은 발그레해졌고 눈동자에 거꾸로 비친 작은 촛불은 금강석처럼 반짝거렸다. 동생들은 그런 누나가 자신들과는 상관없는 거룩한 존재로 보여 존경의 눈초리로 쳐다볼 뿐이었다.

가엾게도 세상의 죄악에 대한 불쌍한 소로의 싸움은 너무나도 나약한 것이었다. 그의 출생을 생각한다면 죽음이란 오히려 다행인 것인지도 몰랐다. 먼동이 틀 무렵 하느님의 종이며 약한 병사인 소로는 마지막 숨을 거두었다. 잠에서 깨어난 동생들은 애처롭게 울어 대며 예쁜 아기를 하나만 더 낳아 달라고 졸라 댔다. 테스는 세례를 주고 나면서부터 느낀 마음의 평온은 아기가 죽은 다음에도 변함없었다.

한낮이 되었을 때, 테스는 자기가 아기의 영혼에 대해 지나치게 근심했었다는 사실을 깨달았다. 이제 그녀는 조금도 불안하지 않았다. 아기에게 준 세례가 정당하든 정당하지 않든 간에, 자기로서는 최선을 다한 그 세례로 아기가 천당에 갈 수 없다면 그런 천당은 가지 않아도 좋다고 생각했던 것이다. 이리 하여 '가엾은 소로' 는 영원히 이 세상을 떠났다. 겁없이 뛰어든 불청객, 사회 의 법도 모르는 염치없는 자연의 선물인 사생아, 며칠 동안의 삶이 전부였던 그 아기에게는 시골의 오두막 생활이 모든 삶의 경험이며, 며칠간의 기후가 온 세상의 기후였고, 젖을 빠는 본능만이 그가 가진 지혜의 전부였다.

해가 진 뒤 테스는 아기를 매장하기 전에 자기가 베푼 세례가 정말 효과가 있는지 물어 보기 위해 마을 목사를 찾아 나섰다. 이 마을로 부임해 온 지 얼마 안 되는 과묵한 목사의 집 앞에 이르자 테스는 안으로 들어갈 용기가 좀처럼 생기지 않았다. 그녀가 망설이다가 단념하고 돌아섰을 때, 마침 집으로 돌아 오던 목사와 우연히 마주쳤다. 어둠 속이었으므로 테스는 용기를 내어 사정 이야기를 했다.

"목사님, 여쭤 볼 게 있어요."

목사가 쾌히 승낙했으므로 테스는 아기가 병에 걸려 죽기 직전에 임시변통 으로 자신이 아기에게 세례를 준 사실을 모두 이야기했다.

"그래서 말인데요, 제가 그 애에게 세례를 준 것이 목사님이 하신 것과 마찬 가지의 효과가 있는 것인지 알고 싶어요."

당연히 자기에게 부탁해야 할 일을 고객이 마음대로 처리했을 때 장사꾼이 느끼는 불쾌감과 같은 묘한 감정이 치밀어 올라 목사는 아니라고 대답하고 싶 었다. 그러나 테스의 당당한 태도와 차분하리만치 부드러운 음성은 목사의 직 업적인 신앙보다 인간적인 감정에 호소했다. 잠시 성직자의 양심과 인간의 감 정이 목사의 마음속에서 싸움을 일으켰으나 결국 인간의 감정이 승리를 거두 었다.

"그것 역시 마찬가지일 거예요."

"그렇다면 그 아이를 기독교 의식으로 묻어 주실 수 있을까요?"

테스는 얼른 물었다. 목사는 난처한 표정을 지었다. 그는 어린애가 병이 났다는 소식을 듣고 어제 저녁 해가 진 뒤에 성의를 베풀어 테스의 집으로 찾아갔다가 거절당한 사실을 기억해 냈다. 자신을 집안에 들이지 못하게 한 사람은 테스가 아니고 그녀의 아버지였다는 사실을 전혀 모르는 그는, 기독교 의식으로 장례를 치러 달라는 테스의 부탁을 들어줄 수도 없었고 들어주려 하지도 않았다.

"그건 문제가 다릅니다."

"문제가 다르다니요? 어째서요?"

테스는 다소 흥분해서 물었다.

"글쎄요, 이게 우리 두 사람만의 문제라면 들어 드릴 수도 있지만, 역시 안되겠습니다. 사정이 있어서요."

"이번 한 번만 부탁드릴게요."

"정말 미안합니다."

"목사님!"

테스가 목사의 손을 잡자 목사는 고개를 가로저으며 손을 뺐다.

"그렇다면, 반드시 목사님이 치러 주시지 않아도 우리 아기에겐 마찬가지가 아닐까요? 네? 마찬가지겠지요? 제발 성자가 죄인에게 말하듯 말씀하지 마시고 인간적인 감정으로 절 불쌍하게 여겨 주세요."

목사가 이런 문제에 대해 평소에 지니고 있던 엄격한 신념과 이때 대답을 어떻게 할 것인가는 아무도 상관할 바가 아니었지만, 그러한 처리를 해 버린 목사를 용서한다는 건 마찬가지였다. 테스의 진심에 감동한 목사는 할 수 없이 고개를 끄덕였다.

"그래요, 마찬가지일 겁니다."

그날 밤, 아기는 조그만 소나무 관에 넣어져 여자의 낡은 숄에 감싸인 채 묘지로 운반되었다. 테스는 돈 몇 푼과 맥주 한 병을 묘지기에게 치르고 쐐기풀이 무성한 묘지 한구석에 아기를 묻었다. 그곳에는 지옥으로 떨어졌을, 세례받지 않은 갓난아이나 이름난 주정뱅이 그리고 자살자들의 무덤이 즐비했으므로 테스는 주변 환경이 마음에 들지 않았다.

그리고 어느 날 밤 테스는 용기를 내어 남몰래 아기의 무덤을 다시 찾았다. 손수 만든 작은 십자가에 꽃을 달아 아기의 무덤 위에 꽂았다. 그리고 꼭 같은 꽃다발 하나를 작은 물병에 꽂아 무덤 앞에 세웠다. 그 병은 비록 오렌지 잼이 담겨 있던 초라한 병이었지만, 죽은 자식을 생각하는 엄마의 눈에는 보다 아름다운 천국이 보이는 까닭에 그 어떠한 것도 아무런 문제가 되지 않았다.

"우리는 오랜 방황의 경험을 통해 마침내 첩경을 발견하게 된다."라고 로저 애스컴이 말했다. 그런데 이 오랜 방황이 앞으로의 도정(途程)에 방해가 될 수 있는 때가 가끔 있다. 그렇다면 방황이란 경험이 우리에게 무슨 소용이 있을까?

테스 더베이필드의 경험도 이처럼 방해가 되는 따위의 것인지도 모른다. 테스는 이제 비로소 어떻게 해야 하는지 깨달았으나 지금에 와서 누가 그녀의 행동을 긍정적으로 받아들일 것인가. 만약 테스가 더버빌 집안을 찾아가기 전에 널리 알려진 갖가지 경구나 속담을 좇아 엄격한 행실을 했더라면 결코 알렉의 꾐에 넘어가진 않았을 것이다. 그러나 그러한 격언이 아직 도움이 되는 동안에 그 참뜻을 깨닫는 것에는 테스도, 그 어느 누구도 미치지 못하는 것이다. 테스나 또 그 밖의 사람들은 성 아우구스티누스와 더불어 하느님께 이렇게 지껄여 댔을 것이다.

"당신은 정작 걸을 수 있는 길보다도 좋은 길을 권해 주셨습니다."

15

추수의 계절이 지나가고 겨울이 왔다. 테스는 겨우내 집안에만 틀어박혀 닭털 뽑는 일도 하고 거위를 돌보기도 했다. 또 옷장 한구석에 처박아 두었던 더버빌에게서 받은 비싼 옷들을 뜯어 동생들 옷을 만들어 주기도 했다. 항상 바쁘게 일하면서도 그녀는 가끔 두 손을 머리 뒤로 깍지 끼고 골똘히 생각에 잠기곤 했다.

그녀가 골똘히 생각하는 것은 물론 지난 한 해 동안 자신의 신변에 일어난 일들이었다. 컴컴한 체이스 숲을 배경으로 한 트랜트리지에서의 불행한 파멸의 밤과 아기가 태어나던 날과 숨을 거두던 날, 자신의 생일과 그 밖의 여러 날들이 주마등처럼 뇌리를 스쳐 가곤 했다. 그러던 그녀가 어느 날 오후 자신의 아름다운 모습을 거울에 비춰 보다가, 문득 지금까지 살아온 날들보다 훨씬 더 중요한 날들이 있을 것이라는 생각을 했다. 그것은 그녀의 아름다움이 지상에서 영원히 사라지는 죽음의 날이었다. 앞으로 언젠가는 반드시 다가올 죽음의 날이 어느 때가 될지는 모르지만, 죽음에 대한 깨달음이 그녀를 더욱더 사색에 잠기게 했다.

대관절 그날이 언제일까? 이처럼 차가운 나날과 해마다 한 번씩 얼굴을 맞대면서도 테스는 어찌하여 온몸이 오싹하지도 않았단 말인가? 테스는 제레미 테일러—영국의 성직자—와 마찬가지로 앞으로 어느 날이 되든 자기를 아는 사람들이 "오늘이 가엾게도 테스 더베이필드가 세상을 떠난 날이야." 라고 말할 때가 있을 것이라고 생각했다. 그리고 그 말은 당연한 것처럼 조금도 이상한 점은 없을 것이다. 그녀의 일생이 마지막을 고하게 될 운명의 그날이 대체 어느 해, 어느 철, 어느 달, 어느 요일이 될 것인지 테스는 알 길이 없었다.

그러한 사색으로 인해 순진한 처녀였던 테스는 성숙한 여인으로 변모했다. 깊은 사색의 흔적은 얼굴에도 나타났으며 가끔 목소리에서 서글픈 음조가 풍기기도 했다. 큰 두 눈은 더욱 커지고 표정은 한층 풍부해져 남의 시선을 끌 만한 아름다움이 온몸에서 풍겨 나왔다. 지난 한두 해 동안 겪은 고초로 성격 또한 변해, 이제는 어떠한 시련 앞에서도 쓰러지지 않는 강한 성격의 여인이 되었다. 세상 사람들의 지나친 관심과 호기심이 아니었더라면 그러한 경험이 오히려 그녀를 성숙시키는 발판이 되었을는지도 몰랐다.

아무튼 그녀가 사람들과 별로 어울리지 않았기 때문에 그녀의 불상사를 말로트 마을 사람들은 차츰 잊어 가고 있었다. 그러나 비록 잊혀져 가고 있다 할지라도 마을 사람들은 모두 그 일을 알고 있었고, 따라서 테스는 자신이 전과 다름없이 평화로운 마음으로 살아가려면 이 마을에서 떠나야 한다고 생각했다. 오랜 세월이 흘러 마을 사람들의 시선을 무시할 정도로 감정이 무뎌지지 않는 한 이 마을에서 견디기가 어려울 것 같았다.

아직도 희망에 찬 아름다운 삶이 가슴속에서 용솟음치고 있는 테스로서는 아무도 모르는 먼 마을로 가서 새로운 삶을 찾고 싶은 마음이 간절했다. 불행한 과거를 잊는 길은 그것들을 매장해 버리는 것이고, 그러기 위해서는 말로트 마을을 떠나는 수밖에 없었다. 한번 잃으면 영원히 잃는 것이라는 말이 정조에 관해서도 해당되는 말인지에 대해 테스는 곰곰 생각해 보곤 했다. 지나간 일을 완전히 잊어버릴 수만 있다면 그 말이 잘못된 것이라는 사실을 증명할 수 있을 것도 같았다. 모든 유기 물질의 공통된 특성인 재생이 유독 처녀성에만 해당되지 않는다는 것은 뭔가 잘못된 것처럼 느껴지기도 했다.

봄이 왔는데도 새로운 삶을 찾을 수 있는 기회는 좀처럼 찾아와 주지 않았다. 이번 봄은 유난히 화창해 나뭇가지에서 새 생명이 움트는 소리가 들리는 듯했다. 그러한 봄의 소리는 들짐승들의 겨울잠을 깨우고 테스의 마음까지도 설레게 만들어, 그녀는 불현듯 먼 곳으로 떠나고 싶은 충동을 느끼곤 했다. 마침내 그녀가 기다리던 날이 왔다. 그것은 이른 5월의 어느 날이었다. 한 번도 본 적이 없는 엄마의 옛 친구에게 일자리를 부탁하는 편지를 보낸 적이 있었는데 마침내 답장이 온 것이다. 답장에는 말로트 마을에서 남쪽으로 백 리쯤 떨어진 목장에서 소젖 짜는 일에 익숙한 여자를 찾고 있는데, 그곳 주인이 여름 한철 테스를 고용하기로 했다는 내용이 씌어 있었다. 그것은 테스가 바라는 만큼 먼 거리는 아니었으나, 그녀에 대한 소문은 작은 마을 안에서만 퍼져 있었으므로 그 정도면 괜찮을 것 같았다.

떠나기로 한 전날, 테스는 한 가지 굳은 결심을 했다. 즉, 앞으로는 꿈에서조차도 더버빌 식의 공중 누각을 세워서는 안 된다는 것이었다. 오직 소젖을 짜는 테스가 되면 더 바랄 것이 없었다. 엄마도 딸의 그런 심정을 알고 있는지 두 번 다시 더버빌에 대한 이야기나 기사의 가문에 대한 이야기는 꺼내지 않았다.

그러나 인간이란 어차피 알 수 없는 존재인지라 자신이 찾아가는 새 고장에 대해 테스가 느끼는 흥미는 그곳이 공교롭게도 조상이 차지했던 영지 가까운 곳에 있다는 사실이었다. 그녀가 가기로 된 텔보데이스라는 목장은 더버빌 집안의 옛 영지 근처에 있었고, 목장 부근에는 그 당시 세도가 당당했던 증조부와 증조모의 유골 안치소도 있어 마음만 내키면 언제라도 가 볼 수 있는 곳이었다. 테스는 조상의 옛 영지 가까운 곳에 있는 목장에 가 있는 동안 좋은 일이 생길 것만 같은 예감에 가슴이 물오르는 나무처럼 설ㄹ다. 그것은 한때 억제 되었다가 그 누구도 억누를 수 없는 피 끓는 젊음에서 솟아나는 희망과 기쁨 이기도 했다.

제3부 새로운 삶

16

트랜트리지에서 돌아온 후 2, 3년 동안 묵묵히 새로운 삶을 찾기 위해 고통을 겪었던 테스는 사향초 향기에 싸여 새가 알을 품는 5월 어느 날 두 번째로 집을 떠났다. 그녀는 챙겨 놓은 짐은 나중에 보내 달라고 부탁한 다음 전세 마차를 타고 스타워 캐슬이란 작은 마을을 향해 떠났다. 이번 여행은 첫 번째 여행과는 정반대 방향이었지며 스타워 캐슬은 목적지로 가는 길 중간에 위치한 작은 마을이었다.

그녀를 태운 마차가 마을의 첫 번째 언덕 모퉁이를 돌 때, 테스는 그토록 떠나고 싶어했던 고향 마을을 돌아보았다. 비록 자신이 멀리 떠나 동생들이 잠시 섭섭해할지라도 곧 자기를 잊고 예전처럼 명랑하게 뛰어놀 것이라는 생각이 들었다. 자기가 동생들 곁에 있으면 어쩐지 해를 미칠 것 같은 자격지심 때문에 그녀는 더욱 집을 떠나고 싶어했는지도 몰랐다. 마차는 스타워 캐슬을 그냥 지나쳐 큰길 네거리로 향했다. 아직 철도가 놓이지 않은 때라, 네거리에서 내린 그녀는 역마차를 기다렸다.

조금 지나자 그녀가 가는 곳과 같은 방향의 마차를 모는 농부 한 사람이 나타났다. 테스의 미모에 반해 버린 농부는 함께 타고 가자는 친절을 베풀었고, 테스는 그가 권하는 대로 마차에 올라탔다. 농부는 웨더베리로 가는 길이어서 테스는 거기서 내려 조금만 걸어가면 되었다. 긴 시간을 마차로 달려 웨더베리에 도착한 테스는 농부가 가르쳐 준 집에 가서 간단한 식사를 했다. 그런 다음 목장과 웨더베리의 중간에 가로놓인, 관목이 무성한 고지를 향해 부지런히 걸었다. 처음 와 보는 지방인데도 눈에 보이는 경치가 낯설지가 않았다.

얼마 걷지 않아 고지 왼편으로 검은 물체가 보였다. 테스는 그곳이 바로 조상들이 묻힌 교회가 있는 킹즈비어 근처라고 생각해 길 가는 사람에게 물어보았더니 역시 생각한 대로였다. 이제 테스에게 조상을 존경하는 마음이라고는 조금도 남아 있지 않았다. 조상 때문에 이런 처지가 되어 버린 자신을 생각하면 오히려 조상이 원망스러울 뿐이었다. 그들에게서 물려받은 것이란 낡아빠진 도장과 은수저뿐이었다. 그녀는 혼자 중얼거렸다.

"흥, 난 아버지에게서뿐만 아니라 엄마에게서도 피를 이어받았어. 난 엄마에게 아름다운 용모를 물려받았고, 엄만 소젖 짜는 여자였지."

테스는 예상했던 것보다 훨씬 더 시간이 지난 뒤에 높은 언덕에 도착했다. 저 아래로 널따란 목장이 내려다보였다. 그곳에서 생산되는 버터와 우유의 맛은 고향 말로트 마을의 것보다 못했으나 생산량은 더 많았고, 그곳의 토지는 강줄기가 닿아 있어 비옥하고 푸르렀다.

불행했던 트랜트리지를 제외하고는 테스가 지금까지 유일하게 가 본 곳인 소규모 낙농지인 블랙모어 분지와 이곳은 우선 그 모습부터가 너무나 달랐다. 모든 것이 고향과는 비교도 안 될 만큼 규모가 컸다. 울타리로 둘러싸인 땅은 넓이가 10에이커 정도가 아니라 50에이커나 되었고, 건물이 덧붙은 농장도 훨씬 넓고, 소 떼도 한 가족 정도의 수효밖에 안 되던 고향에 비해 여기서는 일족을 이루고 있었다. 저 멀리 동쪽에서부터 서쪽으로 여기저기 셀 수 없이 많은 암소 떼를 테스는 일찍이 본 적이 없었다. 푸른 초원에는 마치 밴 알스루트나 살러트의 그림 속에 옹기종기 그려져 있는 서민들처럼, 암소 떼가 마치 얼룩점처럼 사방으로 퍼져 있었다. 붉은색과 암갈색 암소들의 기름진 빛깔은 저녁 햇빛을 빨아들이는 듯 보였고, 흰 암소들은 빛을 반사하고 있어 언덕 위에 서 있는 테스까지도 그 빛에 눈이 부실 정도였다.

눈 아래 펼쳐진 경치는 고향의 경치만큼 아름답지 않았으나 훨씬 상쾌하게 느껴졌다. 고향 분지와 같은 포근한 대기와 비옥한 토지, 고향의 것처럼 향긋하지는 않지만 맑고 부드러운 공기가 좋았다. 이름난 목장의 풀과 젖소들에게 양분을 대 주는 강도 블랙모어의 시내와는 흐름이 달랐다. 고향의 시냇물은 소리도 없이 천천히 흐르다가 가끔 흐려지곤 했는데, 밑바닥이 개흙이라 자칫 잘못하면 빠져서 목숨을 잃기도 했다. 그러나 이곳의 강물은 『요한 계시록』에 나오는 '생명의 강' 처럼 맑고, 물줄기는 스쳐 가는 바람처럼 빠르며, 자갈이 깔린 얕은 강물은 하루 종일 하늘을 보고 재잘거렸다. 그리고 저쪽 강변에는 나리꽃이 피어 있는데 비해 이쪽 강변에는 미나리아재비가 피어 있었다.

혼탁한 공기를 마시다 맑은 공기를 마셔서인지, 아니면 따가운 시선으로 자기를 바라보는 사람이 없는 곳으로 왔기 때문인지 테스의 기분은 놀랄 만큼 유쾌해졌다. 그녀의 가슴속에서 샘솟는 새 희망은 햇빛과 한데 어우러져 가벼운 걸음걸이로 걸어가는 그녀의 얼굴을 환한 빛으로 감싸 주었다. 산들바람이 스쳐 갈 때마다 즐거운 소리가 들렸고, 지저귀는 새소리는 기쁨이 넘쳐흐르는 듯했다. 요즈음 그녀의 얼굴은 감정의 변화에 따라 달라지곤 했다. 기분이 유쾌한지 우울한지에 따라 예뻐지기도 하고 미워지기도 했다. 한 점 티 없이 보일 때도 있고 파르스름하게 비통한 기색을 띠는 날도 있었다. 그녀의 얼굴이 장밋빛으로 빛나는 날은 창백한 날보다 감정의 기폭이 적은 날이었다. 감정이 평온할수록 그녀의 모습은 아름다워졌고 기분이 침울할 때에는 창백해졌다. 지금 남쪽 바람을 맞으며 걷고 있는 그녀의 모습은 그 어느 때보다도 아름다웠다.

빈부귀천을 막론하고 누구에게나 있는 삶의 본능적인 충동, 생활 속에서 삶의 기쁨을 찾아내려는 일상적이고 자발적인 그 충동이 마침내 테스를 사로잡았다. 정신적으로나 감정적으로나 아직 성숙하지 못한 그녀가 언제까지나 비애와 회한에 빠져 있다는 것은 불가능한 일인지도 몰랐다. 그녀의 감정과 감사의 마음과 희망은 점차 커져 갔다. 그녀는 여러 가지 노래를 흥얼거리다가 철없던 어린 시절 일요일 아침이면 으레 읽곤 하던 시편이 생각나 읊기 시작했다.

오, 그대들 해와 달이여 그대 별들이여
그대 땅 위의 푸른 초목들이여
그대 하늘의 새들이여
들의 짐승과 가축들이여 사람의 자식들이여
그대들 하느님을 축복하라, 하느님을 찬송하라,
영원히 하느님을 찬미하라!

테스는 불현듯 노래를 멈추고 중얼거렸다.
"하지만 난 아직 하느님을 모르겠어."

아마 거의 무의식중에 노래한 이 시편은 일신교(一神敎)를 배경으로 하여 배물교(拜物敎)를 표현한 것인지도 모른다. 주로 자연의 갖가지 형태와 힘을 배경으로 자라 온 여자는 후세 사람들이 배운 체계적인 종교보다는 먼 조상들의 이교적인 공상을 그 영혼 속에 더 많이 간직하고 있었다. 테스는 어릴 적부터 불러 온 그 옛날의 찬송가 속에서 자기 감정에 가까운 표현을 발견하고는 그것으로 만족했다. 자립의 첫걸음을 내딛는다는 사실만으로도 이처럼 큰 만족감을 느끼는 그녀의 낙천적인 면은 어쩌면 더베이필드 집안의 기질인지도 몰랐다.

사실 아무에게도 굽히는 일 없이 떳떳하게 살고 싶은 그녀와는 달리 아버지에게는 그런 의욕이 별로 없었다. 그러나 자그마한 일에 만족하는 점이라든가, 그 옛날 영화를 누렸던 더버빌 집안만이 바랄 수 있는 사회적 명예를 얻으려고 애쓰지 않는 점에서 보면 그녀는 아버지를 닮아 있었다. 또한 체이스 숲에서 있었던 일 이후 한동안 의욕을 상실한 그녀의 가슴속에서 되살아난 정열과 활기는 엄마에게서 물려받은 것이었다. 테스의 이런 성격의 특성으로 얼마간 세월이 지난 지금 그녀가 삶에 대한 흥미를 되찾게 되었는지도 모른다. 테스 더베이필드는 삶에 대한 열정을 온몸으로 느끼면서 목장을 향해 이그돈의 비탈길을 내려갔다.

이그돈과 블랙모어 그 양쪽 분지의 현저한 차이가 이제 그 마지막 특징을 드러내기 시작했다. 블랙모어 분지는 높은 곳에 오르면 한눈에 내려다볼 수 있는 데 비해, 지금 눈앞에 펼쳐져 있는 이그돈 분지는 가운데로 내려가야만 전체를 살펴볼 수 있었다.

테스가 분지 한복판으로 내려가자, 녹색 주단을 깐 듯한 넓은 평원이 사방으로 끝없이 펼쳐져 있는 것이 보였다. 높은 지대에서 흘러 내려와 평탄한 들판의 흙이나 모래를 날라다 이 골짜기를 이루어 놓은 강물은 이제는 노쇠하여 지친 듯한 흐름으로 전날 이룩해 놓은 골짜기 한복판을 굽이굽이 흐르고 있었다.

테스는 어디로 가야 할지 몰라 산으로 둘러싸인 드넓은 들판에 홀로 서 있었다. 그녀가 나타남으로써 골짜기 가까운 곳에 내려앉은 왜가리만이 놀랐을 뿐 주위 환경에는 아무런 영향도 미치지 않았다. 갑자기 골짜기 여러 곳에서 목소리를 길게 뽑아 되풀이해 외치는 소리가 들려왔다.

"워어이! 워어이! 워어이!"

그 소리는 동쪽 끝에서 서쪽 끝으로 아득하게 메아리쳤고 가끔 뒤이어 개 짖는 소리도 들려왔다. 그것은 이 마을에 처음 도착한 테스를 반기는 소리는 물론 아니었다. 그 소리는 전과 다름없이 젖소를 몰면서 젖을 짜는 시간인 4시 반을 알리는 신호였다.

한가로이 이 신호를 기다리고 있던 붉은색과 흰색의 소들은 큼직한 젖통을 흔들거리며 뒷마당으로 다투어 들어갔다. 테스도 소 떼를 따라 남자들이 들어가면서 열어 놓은 문을 지나 안마당으로 들어갔다. 안마당 울타리에는 이엉을 입힌 외양간이 죽 늘어서 있었고, 경사진 지붕에는 새파랗게 이끼가 끼어 있었다. 오랜 옛날부터 무수한 소들이 비벼 댔던 기둥들은 반들반들 윤이 났으나, 이제는 낡아 버려 눈여겨보는 사람이 거의 없었다.

그 기둥들 사이사이마다 젖소가 한 마리씩 매어 있었는데, 저물어 가는 태양의 광선이 젖소들을 비추어 그 그림자가 안쪽 벽에 선명하게 드러났다. 태양은 저녁마다 미천한 소들에게 마치 궁전의 벽에 비친 궁중 미인의 옆얼굴처럼 선명하게 그림자를 만들어 주곤 했다. 이를테면 옛날 대리석 건물의 정면에 올림포스 신들의 모습이나 알렉산데르나 카이사르, 고대 이집트 국왕들의 모습을 그렸던 것처럼 젖소들의 그림자를 부지런히 그려 주고 있었다.

외양간 속에 가두어 놓고 젖을 짜는 소는 성질이 사나운 소들이고, 성질이 온순한 소들은 마당에서 젖을 짰다. 안마당에는 이미 온순한 젖소들이 줄을 지어 젖 짤 때를 기다리고 있었다. 그것들은 하나같이 최우량종으로 다른 지방에는 거의 없고 이 지방에서도 보기 드문 소들이었다. 또한 일년 중에서도 가장 좋은 이 계절에 비옥한 초원에서 자라는 물기 많은 풀을 먹고 자란 소들이었다. 그중에서 흰 점박이 소는 눈이 부시도록 햇빛을 반사하고 있었고, 잘 닦여져 뿔 위에 붙어 있는 놋쇠 구슬은 마치 훈장처럼 보였다. 굵은 힘줄이 튀어나온 젖통은 무거운 모래주머니처럼 아래로 축 처져 있었고 젖꼭지는 집시들이 쓰는 질항아리에 달린 꼭지 같았다. 소들이 차례를 기다리는 동안에도 젖이 저절로 흘러나와 한두 방울씩 땅으로 떨어졌다.

17

목장으로 젖소들이 돌아오자 젖 짜는 사람들이 기숙사와 낙농장에서 몰려나왔다. 여자들은 나막신을 신고 있었는데, 비가 와서가 아니라 마당에 깔린 짚에 신이 파묻히지 않게 하기 위해서였다. 세 발 의자에 걸터앉은 여자들은 얼굴을 옆으로 돌리고 오른쪽 뺨을 젖소 옆구리에 댄 채, 가까이 다가오고 있는 테스를 세심하게 바라보고 있었다. 남자 일꾼들은 차양이 달린 모자를 깊숙이 눌러쓰고 열심히 일하고 있었으므로 테스가 다가오는 것을 알지 못했다.

그들 중에서 건장해 보이는 중년 남자가 눈에 띄었는데 그가 걸친 희고 긴 작업복은 다른 사람의 것보다 깔끔해 보였으며, 안에 입은 재킷은 외출복으로도 손색이 없을 정도로 단정했다. 그는 목장의 주인으로 엿새 동안은 이곳에서 젖 짜기나 버터 만드는 일을 하다가 안식일에는 정장을 입고 가족과 함께 교회에 나가는데, 그것이 매우 다른 모습이어서 사람들은 이런 노래를 지어 부르기도 했다.

엿새 동안은 젖 짜는 딕
안식일에는 리처드 크릭 씨.

자기를 유심히 바라보고 서 있는 테스를 보고 그는 그녀에게로 갔다. 젖 짜는 남자들은 대개 젖을 짤 땐 예민해지곤 했으나 지금은 한창 바쁜 철이라 일손이 모자랐기 때문에 주인은 테스를 친절하게 맞이했다. 그는 한 번도 본 적이 없는 더베이필드 가족의 안부를 형식적으로 묻고 나서 이렇게 말했다.

"예전에 당신네 마을에 가 본 적이 있어서 그곳에 대해선 잘 알지. 그런데 이 부근에서 살다가 죽은 나이 많은 노파가 있었는데, 블랙모어 분지에 사는 더베이필드 집안의 내력에 대해 자주 얘기하곤 했었지. 그 집안이 원래 유서 깊은 집안이었다더군. 그들의 조상이 한때는 이곳에서 부귀영화를 누리다가 몰락했고 손이 거의 끊어지다시피 했다는데 말이야, 그런 얘기는 요즘 젊은 애들은 알려 하지 않을 뿐더러 나도 그런 얘기는 좋아하지 않아요."

"그럼요, 그건 아무 소용 없는 얘기예요."

"그런데 아가씨는 소젖을 완전히 짤 줄 아나? 소젖을 다 짜 주지 않으면 그 다음부터는 젖이 점점 안 나오게 된다고."

테스가 자신 있다고 대답하자 주인 남자는 테스를 아래위로 훑어보았다. 그녀는 줄곧 집안에만 있었으므로 안색이 창백했다.

"가냘픈 여자의 몸으로 할 수 있겠소? 여기 일은 힘센 사람에겐 괜찮지만 온실의 오이나 가꾸어 본 사람에겐 힘들다고."

테스는 할 수 있다고 확신했고 주인은 그녀의 적극적인 태도에 만족해하는 것 같았다.

"먼 길을 왔으니 차를 마시거나 요기를 해야 하지 않겠소? 뭐요? 아직 괜찮다고? 그럼 좋을 대로 하구려. 내가 만약 그렇게 먼 데서 왔다면 난 목이 말라 마른 나뭇가지처럼 비틀어졌을 거야."

"손에 익히도록 먼저 젖을 짜 보겠어요."

테스가 목이 말라 우유를 마시자, 우유를 가볍게 마실 수 있는 음료수라고 한 번도 생각해 본 적이 없는 주인 크릭은 깜짝 놀라며 한편으로는 은근히 무시하는 마음도 들었다. 그는 테스가 마시고 있는 우유 통을 받쳐 주면서 냉담하게 말했다.

"그걸 마실 수 있다니 됐소. 난 몇 년째 우유를 입에 대지 않았어. 마시기만 하면 납덩이처럼 뱃속에 가라앉을 것 같거든. 저걸 한번 짜 봐요. 그놈은 젖 짜기가 힘들어. 유난히 다루기 힘든 사람이 있듯이."

그는 옆에 있는 소를 턱으로 가리켰다. 테스는 모자를 벗어 수건을 머리에 두르고 젖소 배 아래쪽에 있는 의자에 앉아 젖을 짜기 시작했다. 이윽고 두 주먹 사이로 우유가 나와서 우유 통에 떨어지자, 그녀는 이제 새로운 삶을 시작했다는 사실을 실감했고 그와 함께 자신감으로 가슴이 뿌듯해졌다.

비로소 테스는 마음이 편안해져 주위를 둘러볼 여유가 생겼다. 주위에서 젖을 짜는 남자와 여자들은 작은 무리를 이룰 정도로 많은 숫자였다. 남자들은 젖꼭지가 단단한 힘든 젖소, 그리고 여자들은 다루기 쉬운 젖소의 젖을 짜고 있었다.

이곳은 규모가 큰 낙농장이었고 크릭이 기르는 소는 거의 백 마리에 가까웠다. 집에 있을 때 그는 젖 짜기가 힘든 대여섯 마리의 젖소의 젖을 혼자 힘으로 짜곤 했다. 그런 소를 임시로 고용한 남자들이나 손가락 힘이 약한 여자에게 맡기면 젖을 완전히 짜 내지 못할 것을 우려해서였다. 젖을 완전히 짜 내지 않으면 젖이 차츰 굳어져 나중에는 아예 한 방울도 나오지 않게 되는 것이다.

테스가 젖을 짜기 시작한 뒤부터 안마당에서는 얘기 소리 한마디 들리지 않았다. 가끔 소에게 몸을 돌리라든지 가만히 있으라고 외치는 소리 외에는 우유 통으로 젖이 흘러 떨어지는 소리만 들렸다. 움직이는 것이라고는 아래위로 오르내리는 손과 흔들거리는 쇠꼬리뿐이었다. 한동안 사람들은 넓은 초원을 배경으로 젖 짜는 일에만 열중하고 있었다.

"오늘은 왜 이렇게 젖이 잘 안 나올까? 이러다가는 한여름이 지나도록 젖을 짜지 못하는 건 아닌지 모르겠어."

주인은 젖을 다 짠 소 곁에서 일어나 다음 소에게 옮겨 갔다. 조너선 케일이라는 여자가 말했다.

"낯선 사람이 있으면 소젖이 안 나온대요. 왜 전에도 이런 일이 있었잖아요."

"맞아, 그럴지도 모르지. 내가 미처 그 생각은 못했어."

"그럴 땐 젖이 뿔 속으로 올라간대요."

젖을 짜던 한 여자가 말했다. 그러자 무슨 수를 쓴다 하더라도 생리적인 문제는 어쩔 수 없지 않느냐는 듯 자못 의심스런 표정으로 주인 크릭이 말했다.

"글쎄, 뿔로 올라간다는 건 아무래도 좀……. 정말 나도 모르는 일이야! 뿔이 없는 놈도 뿔이 있는 놈과 마찬가지로 젖을 안 내는 놈이 있으니까 말이야. 못 믿을 소리야. 뿔 없는 소의 수수께끼를 풀 수 있겠어, 조너선? 어떻게 뿔 없는 놈이 뿔 있는 놈보다도 일 년 동안 젖을 내는 양이 적은 거지?"

"제가 그걸 어떻게 알아요?"

"몇 마리 안 되니까 그렇겠지. 그건 그렇고, 이놈들이 오늘은 젖 짜기를 싫어하는 것 같아. 한두 곡 노래를 불러 주어야겠어."

이 근처의 낙농장에서는 젖소의 젖이 잘 나오지 않을 때는 소를 달래기 위해 노래를 불러 주곤 했다. 주인의 청에 따라 젖 짜는 패들은 노래를 부르기 시작했고, 그들의 노래는 젖을 짜기 위한 것이라 흥겨운 건 아니었지만 그들이 믿고 있는 대로 젖이 조금 많이 나오는 것 같았다.

"이렇게 구부리고 노래하다가는 숨이 끊어지겠어. 선생님의 하프를 가져오셔야겠어요. 바이올린이면 더 좋고요."

테스는 그 말이 주인에게 한 말인 줄 알았으나 그렇지 않았다. 대답 소리가 우리에 있는 젖소의 뒤쪽에서 들렸는데, 거기에 남자 한 명이 앉아 있었다.

"참 그렇지. 바이올린만큼 효과가 큰 것도 없어."

주인이 전해 내려오는 이야기—바이올린으로 크리스마스 캐럴을 켜자 그 소리를 듣고 무릎을 꿇은 황소 이야기—를 했다.

"하기야 암소보다도 수놈이 더 노래에 마음이 동하는 모양이지만, 적어도 내 경험으로 봐서 말이야. 예전에 저 건너 멜스터크란 곳에 윌리엄 듀이라는 한 노인이 있었는데, 거기서 크게 장사하던 행상인의 집안 사람이었지. 조녀선, 잘 듣고 있나? 나는 그 노인과 친동기간처럼 친했지. 그런데 하루는 달빛이 교교한 밤에 어느 혼인집에 불려가 바이올린을 켜 주고 집으로 돌아오는 길에, 가까운 길로 온답시고 거의 40에이커나 되는 들판을 가로질러 건너는데 때마침 풀을 뜯고 있던 황소 한 마리가 윌리엄을 보더니만 뿔을 땅바닥으로 수그리고 계속 쫓아오더란 말이야. 윌리엄은 걸음아 나 살려라 하고 도망쳤지. 그날은 술도 조금밖에 마시지 않았지만, 혼인 잔치인 데다 모인 사람들이 모두 잘사는 사람들이었다는 점에 비해서 말일세, 아무래도 울타리까지 달려가 뛰어넘기는 힘들더란 말이야. 그래 마지막 수를 써 보려고 그냥 달리면서 바이올린을 꺼내 황소 쪽으로 몸을 돌리고는 무곡을 한 곡조 켜면서 슬그머니 구석진 데로 뒷걸음질을 쳤단 말이지. 그랬더니 황소란 놈이 얌전히 잠자코 서서 바이올린을 켜는 윌리엄을 빤히 쳐다보더니 온 얼굴에 미소를 짓더라나. 그러다 윌리엄이 바이올린을 멈추고 울타리를 넘어서려고 하기가 무섭게 황소란 놈은 갑자기 웃음을 거두고는 윌리엄의 바지 밑으로 뿔을 겨누고 달려들더래. 그래 윌리엄은 할 수 없이 돌아서서 억지로 다시 바이올린을 켤 수밖에 없었지. 아직 새벽 3시밖에 안 됐으니 앞으로 몇 시간 동안은 그 길로 사람 그림자 하나 나타날 리 없겠고, 게다가 배는 고프고 지쳤지만 어쩔 도리가 없단 말이야. 그럭저럭 새벽 4시까지 내쳐 켜 나가다가, 이젠 정말 더 이상 못하겠다는 생각이 들어 혼잣말을 했대. '나하고 저승 사이에는 이 마지막 한 곡조가 남았을 뿐이구나. 하느님 절 도와주세요. 그렇지 않으면 전 죽어 버립니다.' 그때 그는 크리스마스 전날, 밤이 깊어서 소가 꿇어앉는 걸 본 것이 문득 머리에 떠올랐대. 그래서 그날이 크리스마스 이브는 아니었지만, 그놈의 황소를 골려 줄 양으로 크리스마스 축가를 부를 때처럼 강탄 성가(降誕聖歌)를 켜기 시작했더니, 글쎄 말이야, 정말 크리스마스 이브가 된 줄만 알고 황소란 놈이 무릎을 꿇고 엎드리더래. 이 뿔난 황소가 무릎을 꿇기가 무섭게 윌리엄은 돌아서서, 기도하는 황소가 다시 일어나서 쫓아오기 전에 있는 힘을 다해 달려서 울타리를 무사히 뛰어넘었다는 얘길세. 윌리엄은 늘 이런 말을 했었어. 여태까지 바보 같은 사람을 수도 없이 많이 봤지만, 그놈의 황소가 믿음이 깊은 나머지 크리스마스 이브도 아닌데 속아넘어가서 무릎을 꿇었다는 걸 나중에 깨달았을 때 그놈의 낯짝처럼 바보 같은 꼴은 본 적이 없었다고. 그래 윌리엄 듀이, 그게 바로 그 노인의 이름이었어. 지금 당장이라도 멜스터크 교회당 묘지의 어디에 묻혀 있는지 한 치도 안 틀리게 정확히 댈 수 있지. 바로 두 번째 수송나무와 북쪽 골마루 중간에 있다네."

"참으로 기이한 얘기군요. 신앙이 깊었던 중세기의 얘기 같네요."

"아무튼 그 얘기는 사실이에요. 그 양반은 제가 잘 아는 분이에요."

"물론이지요. 제가 그 얘기를 믿지 않는 게 아닙니다."

다갈색 소의 뒤에 있는 사람이 말했다.

테스의 관심은 주인과 이야기하고 있는 그 남자에게로 쏠렸다. 그는 다갈색 암소의 옆구리에 꼼짝 않고 붙어 앉아 있어서 잘 보이지 않았다. 무슨 이유로 주인까지도 그 남자를 '선생님'이라고 부르는지 알 수가 없었다. 그 남자는 다른 사람이 세 마리의 젖을 짤 동안 다갈색 소 곁에 눌러앉아서 무어라고 혼자 중얼거리곤 했는데, 일이 마음대로 잘되지 않는 모양이었다.

"천천히 하십시오, 선생님. 젖 짜는 건 요령으로 하는 것이지 힘으로 되는 게 아니거든요."

"그건 알고 있습니다. 하지만 이놈만은 그럭저럭 다 짰는데 손가락이 약간 아프군요."

남자는 그제야 일어나 기지개를 켰고, 테스는 그때 남자의 모습을 볼 수 있었다. 남자는 젖을 짤 때 흔히 입는 흰 작업복을 입고 가죽 장화를 신고 있었다. 옷차림은 이 고장 사람처럼 보였지만, 그에게선 어딘지 교양 있고 내성적이고 예민하고 침울한, 남들과는 다른 인상이 풍겼다. 테스는 그를 전에 어디선가 한 번 본 듯한 생각이 들었지만 잘 기억이 나지 않았다. 한참 후에 그가 말로트 마을의 무도회 때 끼여들었던 나그네였다는 사실이 문득 그녀의 머리에 떠올랐다. 그때 그는 불쑥 무도회에 뛰어들어 다른 처녀와 춤을 추다가 무심히 자기를 지나쳐 함께 온 일행과 가 버렸던 것이다.

트랜트리지에서의 사건보다 먼저 있었던 무도회 때의 일이 생각나자 테스의 마음은 다시 어두워졌다. 혹시 그 남자가 자기를 알아보고 그 사건까지도 알게 되면 어떡하나 하는 두려움으로 가슴이 두근거렸는데 다행히 남자는 테스를 알아보지 못한 것 같았다.

처음이자 마지막이었던 무도회 날의 만남 이후, 표정이 풍부했던 그의 얼굴은 전보다 의미심장한 표정으로 바뀌었고 콧수염과 턱수염이 멋있게 자라 있었다. 턱수염 맨 끝은 연한 밀짚 빛깔이었으나 끝으로 가면서 점차 갈색으로 짙어졌다. 그는 리넨 턱받이 밑에 까만 비로드 상의와 코르덴 바지, 그리고 감발, 풀 먹인 하얀 셔츠 등을 차려입고 있었다. 젖 짤 때 입는 작업복 차림이 아니었더라면 그가 무엇을 하는 사람인지 아무도 짐작하지 못했을 것이다. 어찌보면 괴팍한 지주 같기도 했고 점잖은 농부 같기도 했다. 테스는 그가 젖을 짜는 데 상당한 시간이 걸렸으므로 낙농장 일에 서툰 사람이라는 것을 알 수 있었다.

그동안 저쪽에 있는 여러 명의 젖 짜는 여자들은 새로 온 테스를 보고 "참 예쁘지?"라면서 저희들끼리 소곤거렸다. 그중에는 진정으로 부러운 듯 말한 아가씨도 있고 안 그런 사람도 있었으나, 어쨌든 남의 시선을 끄는 테스의 매력은 예쁘다는 표현으로는 부족한 것 같았다.

저녁이 되어 젖 짜는 일이 끝나자 모두 크릭 부인이 있는 집안으로 몰려 들어갔다. 거만한 성격의 부인은 젖을 짜러 나가지도 않고 젖 짜는 여자들과 같은 옷을 입는 것도 싫어했다. 오늘은 날씨가 따뜻해 젖 짜는 여자들이 얇은 옷을 입었으나 부인은 두꺼운 옷을 입고 우유 통과 그 밖의 물건을 검사하고 있었다.

테스는 이 목장에서 먹고 자는 사람은 자기말고는 겨우 두서너 명의 처녀들뿐이라는 사실을 곧 알게 되었다. 다른 일꾼들은 다 집으로 돌아간 모양이었다. 예전에 무도회에서 보았던 그 점잖은 남자도 저녁 식사 때는 보이지 않았지만 테스는 남은 시간을 이용해 짐 정리를 하느라고 바빠 그에 대해 물어 볼 겨를도 없었다.

그녀의 침실은 넓은 우유 창고 위층에 있는 큰 방이었다. 낙농장 안에 머무르는 다른 세 처녀의 침대도 한방에 놓여 있었다. 그들은 모두 생기 발랄한 젊은 처녀들이었고 그중 하나만 빼고는 모두 테스보다 나이가 많았다. 잠자리에 눕자마자 지칠 대로 지친 테스는 몹시 졸렸다. 그러나 테스만큼 피곤하지 않은 옆자리의 처녀는 테스에게 낙농장의 사정과 최근에 있었던 일들을 들려주고 싶어했다. 어둠과 뒤섞인 그 처녀의 속삭임은 몽롱해진 테스의 귀에 마치 어둠 속에서 떠오르는 꿈결 같은 환상처럼 느껴졌다.

"젖 짜는 일도 배우고 하프도 탈 줄 아는 에인절 클래어 씨 말이야. 그 남자는 목사 아들인데 우리와는 잘 어울리지 않아. 혼자서 사색에 잠길 뿐 여자들한테는 한눈을 팔지 않거든. 다른 고장에서는 양치는 일을 배웠고, 지금은 주인 어른의 제자가 되어 농사짓는 일을 배우고 있어. 그 사람 정말 좋은 사람이야. 그 사람 아버지는 여기서 꽤 멀리 떨어진 에민스터 지방의 목사님이시래. 클래어 목사님이라고 하는……."

그녀의 친구가 잠이 들려다 말고 깨어나서 끼어들었다.

"나도 그분 이름을 들은 적이 있어. 아주 훌륭한 목사님이라지?"

"응, 그분은 웨섹스 일대에서 가장 훌륭한 목사님이래. 여기서 일하는 클래어 씨만 빼고는 그분 자제들도 모두 목사가 되었대."

테스는 왜 클래어 씨가 다른 형제들처럼 목사가 되지 않았느냐고 물을 기운도 없이 다시 잠 속으로 빠져들어 갔다. 옆방에서 치즈 냄새가 풍겨 왔고, 아래층 제수기에서 규칙적으로 우유 방울이 떨어지는 소리와 옆자리의 친구들이 소곤거리는 소리가 그녀의 귀에 희미하게 들려왔다.

18

에인절 클래어는 윤곽이 뚜렷한 잘생긴 남자는 아니었다. 굵은 목소리라든가, 멍청하게 언제까지나 한군데만 바라보는 눈매라든가, 굳게 다문 입술은 결단성이 있는 것처럼 보이기도 하지만 남자치고는 지나치게 작은 입매 때문에 과감해 보이지는 않았다. 또한 무엇엔가 열중하는 것 같기도 하고, 무관심한 것 같기도 하고, 넋 나간 사람 같기도 한 그의 태도로 보면 장래를 위한 세속적인 영달에 대해서는 그리 뚜렷한 목적이나 관심이 없는 사람처럼 보였다. 그러나 세상 사람들은 그가 하고자 하는 일이면 무엇이든 해낼 수 있는 유능한 젊은이라고 말하고 있었다.

그는 이 지방 저쪽에 사는 가난한 목사의 막내아들로 여기저기 돌아다니면서 농사 기술을 배우다가 이제 낙농 기술을 배우려고 여섯 달 기한으로 이곳 텔보데이스 낙농장으로 왔던 것이다. 그의 목적은 농업에 관한 여러 가지 기술을 배워 사정이 허락한다면 식민지로 진출하고, 아니면 국내에서라도 농장을 경영하는 것이었다. 그가 농업이나 목축업에 손을 댄 것은 자기 자신이나 남들도 예상하지 못했던 이색적인 출발이었다.

그의 아버지 클래어 씨는 딸 하나만을 남기고 첫째 부인이 죽자 늘그막에

재혼을 했는데 뜻밖에도 둘째 부인에게서 아들 셋을 얻었다. 그래서 아버지와 막내아들 에인절은 부자 사이라기보다는 할아버지와 손자 같은 인상을 풍겼다. 클래어 씨가 늦게 얻은 아들 중에서 막내 에인절이 가장 총명하고 대학 교육을 받을 만한 존재로 장래가 촉망되었지만, 삼형제 가운데 학위를 받지 못한 사람은 에인절 한 사람뿐이었다.

에인절이 말로트 마을의 무도회에 모습을 나타냈던 때로부터 2, 3년 전의 어느 날이었다. 학교를 그만두고 자기 집 서재에서 공부를 계속하고 있을 때, 마을 책방에서 제임스 클래어 목사 앞으로 소포 하나가 배달된 일이 있었다. 목사가 소포를 풀어 보자 책 한 권이 나왔다. 그 책을 두서너 장 읽어 본 목사는 자리에서 벌떡 일어나 책을 가지고 곧장 책방으로 달려갔다. 그는 책방 주인에게 책을 내밀며 준엄하게 따졌다.

"왜 이 책을 내게 보내셨소?"

"이건 댁에서 주문하신 건데요?"

"미안하지만 우리 집에서 이런 책을 주문한 사람은 아무도 없소이다."

책방 주인은 주문장을 들여다보았다.

"아, 잘못 보냈군요. 주문하신 분은 목사님이 아니고 에인절 클래어 씨 입니다."

클래어 목사는 한 대 얻어맞은 사람처럼 충격을 받았다. 그는 맥이 빠진 창백한 얼굴로 집에 돌아와 에인절을 서재로 불렀다.

"이 책을 봐라. 생각나는 게 없니?"

"제가 주문한 겁니다."

에인절은 솔직하게 대답했다.

"뭐 하려고?"

"읽으려고요."

"어째서 이 따위 책을 읽어 볼 생각을 하게 됐지?"

"어째서라니요? 이건 철학책이에요. 도덕과 종교에 대한 책 중에서 이보다 좋은 책은 없어요."

"그래, 도덕에 관한 책이라고는 말할 수 있지만 말이다, 이 책이 종교적이라니! 더구나 복음 전도사가 되려는 네가 감히 이런 책을 읽다니!"

에인절은 아버지의 표정을 조심스럽게 살피며 말했다.

"아버지께서 말씀하시니까 저도 솔직하게 말씀드리고 싶어요. 저는 목사가 되지 않겠습니다. 저는 양심상 목사가 될 수 없어요. 부모님을 사랑하는 것만큼 교회를 사랑하고, 또 앞으로도 변함없이 사랑할 겁니다. 그리고 교회의 역사만큼 제가 깊이 존경하는 것도 없지만, 그러나 교회가 받아들이지 못하는 속죄주의를 고집하는 한 저는 형들처럼 목사가 될 수는 없습니다."

성직자가 되리라 믿었던 아들에게서 그런 말을 들으리라고는 상상조차 할 수 없을 만큼 마음이 곧고 단순한 목사는 눈앞이 캄캄해졌다. 가슴이 답답해지고 온몸의 힘이 죄다 빠져나가는 것 같았다. 에인절이 목사가 될 생각이 없다면 케임브리지 대학에 보낸들 무슨 소용이 있으랴! 완고한 목사에게 대학 교육이란 성직을 얻기 위한 수단으로밖에 여겨지지 않았던 것이다. 그는 단순한 목사가 아니라 열렬한 경배자요, 충실한 신자였다. 이를테면 1800년 전인 옛날에 영원하시며 신성하신 분께서 정말 생각하신 바를 진정으로 지금도 생각할 수 있느니라 하고 생각하는 사람이었다. 그는 토론과 설득과 애원으로 아들의 마음을 바꾸려 애썼다.

"안 됩니다. 다른 것은 다 그만둔다 해도 그리스도의 부활에 관한 고시문의 뜻은 그대로 받아들일 수가 없어요. 지금은 도저히 목사가 될 수 없습니다. 종교에 대한 제 소망은 그런 모순을 뜯어고치는 일이니까요. 아버지가 좋아하시는 『히브리서』의 말씀을 빌린다면 '진동치 아니하는 것을 영존하게 하기 위하여 진동할 것들, 곧 만든 것들의 변동될 것을 나타내심이라.' 란 말씀입니다."

아버지가 너무 실망했으므로 에인절은 아버지를 제대로 바라볼 수가 없었다.

"하느님의 명예와 영광을 위해 쓰이지 않는다면, 네게 대학 공부를 시키기 위해 고생한들 무슨 소용이 있겠니?"

"하지만 아버지, 인류의 영광과 기쁨을 위해서 살아갈 수도 있지 않습니까."

만일 에인절이 끝까지 우겼다면 그도 형들처럼 대학에 다닐 수 있었을지도 모른다. 그러나 대학 교육은 목사가 되기 위한 발판일 뿐이라고 생각하는 아버지의 벽을 허물 수 없었고, 또한 집안의 오랜 전통이기도 했으므로 목사가 되지 않으면서 대학에 가겠다고 고집을 부리는 것은 아버지를 더욱더 실망시키는 일이라고 생각했다. 또한 오직 세 아들을 성직자로 만들려는 일념으로 고생을 마다 않고 살아온 부모님에게 더 이상 무거운 짐을 지우고 싶지가 않았다. 드디어 에인절은 결심했다.

"전 대학에 안 가도 괜찮아요."

이 결정적인 의논이 있은 다음 에인절은 두서없는 연구와 계획과 명상으로 여러 해를 보냈다. 그가 사회적인 체면과 규범을 대수롭지 않게 여기고 지위나 재산 같은 물질적인 영달까지도 하찮게 여기게 된 것은 어쩌면 당연한 결과인지도 몰랐다. 한때 그는 세상 물정도 살피고 직업도 찾을 겸 런던으로 갔다가 자신보다 훨씬 나이가 많은 여인에게 빠져 방탕한 생활을 한 적도 있지만, 다행히 별 사고 없이 빠져나올 수 있었다.

어릴 때부터 시골 생활에 익숙해 온 그는 도시 생활에 강한 반발을 느끼고 있었으므로, 목사가 되지 않더라도 다른 직업으로 성공하리라는 생각은 아예 포기하지 않을 수 없었다. 그렇다고 놀고만 있을 수도 없었다. 사실 그는 그동안 너무 많은 시간을 낭비했던 것이다. 그때 마침 식민지 농업으로 성공한 친구가 있어 에인절도 식민지 농업에 대해 생각을 해 보게 되었다. 비록 식민지가 아닌 국내에서라도 충분한 지식을 쌓은 다음 시작한다면, 농업이야말로 풍족한 재산보다 더 귀중한 지성의 자유를 희생시키지 않고 자립할 수 있는 최상의 직업처럼 여겨졌던 것이다.

이런 사연 때문에 스물여섯 살의 에인절 클래어는 젖소 연구생으로 이곳 텔보데이스 낙농장으로 왔고, 근처에 적당한 집을 구하지 못해 낙농장 주인의 집에 머무르게 되었던 것이다. 그의 숙소는 낙농장 가옥 전체의 길이만큼 길게 뻗은 널따란 다락방이었다. 치즈가 저장된 방에서 사다리로 올라갈 수 있게 된 그 방은 그가 오기 전까지는 한동안 비어 있었다. 클래어는 그 넓은 방을 혼자 사용할 수 있었으며, 집안 사람들이 쉬는 날이면 방안을 왔다갔다하는 그의 발소리가 종종 일꾼들의 귀에까지 들리곤 했다. 방 한가운데에 커튼이 쳐져 있어 한쪽은 침실로, 다른 한쪽은 간단한 가구가 있는 거실로 사용했다.

이곳에 처음 왔을 때 그는 2층 방에만 틀어박혀 열심히 독서도 하고 경매장에서 사 온 낡은 하프를 타기도 했다. 그러다 기분이 언짢아지면, 하프를 타는 거리의 악사가 되어 처량하게 살아가게 될지도 모른다고 중얼거리기도 했다. 그러다 얼마 안 가서 주인 내외와 젖 짜는 남녀 일꾼들과 함께 아래층에서 식사를 하면서 사람들의 성격을 파악하는 데 흥미를 느끼게 되었다. 이 낙농장에 머무르는 사람은 얼마 안 되지만 식사 때에는 서너 사람이 더 어울려 화기애애한 분위기를 만들곤 했다. 이곳에 오래 머물면 머물수록 클래어는 그들을 싫어하는 마음은 점점 줄어들고 그들과 함께 살아가는 것이 마음에 들었다.

클래어 자신도 놀라운 일이었지만, 그들과 사귀면서 그는 진심에서 우러나온 기쁨을 맛보았던 것이다. 그가 여태까지 생각해 왔던 농부는 답답할 정도로 아무것도 모르는 '시골뜨기'였는데 그들과 어울려 2, 3일 지내는 동안 그런 생각은 흔적도 없이 사라지고 말았다. 가까이 사귀어 보니 처량한 '시골뜨기'는 한 사람도 없었다.

낙농장 주인과 자리를 같이 한다는 것도 애초에는 점잖지 못한 일로 여겨졌다. 그들의 사고방식이나 생활 방식 그리고 환경조차도 뒤떨어지고 무의미한 것으로 생각했었는데, 그들과 함께 지내는 동안 예민한 클래어는 날이 갈수록 새로운 면을 발견하게 되었다. 눈에 보이는 구체적인 변화가 일어난 것은 아니지만 단조로움 대신 다채로움이 클래어의 눈에 띄기 시작했다. 주인 내외와 그의 가족들과 남녀 일꾼들이 클래어와 친해짐에 따라 마치 화학 작용이라도 일으킨 듯 제각기 개성적인 모습을 드러낸 것이다.

이제 클래어는 파스칼이 했던 "슬기로운 사람일수록 개성적인 인간의 특징을 발견한다. 그러나 평범한 사람은 아무것도 발견하지 못한다."라는 말의 의미를 이해했다. 변함없는 전형적인 시골뜨기는 그의 눈앞에서 자취를 감추고, 대신 갖가지 개성을 가진 변화 있는 인간으로 변모했다. 복잡한 마음을 지닌 사람, 무한한 변화를 하는 사람, 소수의 행복자, 다수의 냉철한 자, 극소수의 침울한 사람, 간혹 천재 못지않게 슬기로운 사람, 우둔한 사람, 변덕스러운 사람, 침묵을 지키는 사람, 실력으로 보아 크롬웰적인 사람, 친구라도 대하듯이 서로 간에 상대편에 대하여 제각기 의견을 가진 사람, 서로 찬양도 하고 비난도 하고 또는 서로의 약점이나 죄악을 생각하며 즐거워하고 슬퍼할 수 있는 사람, 각자가 저마다의 길을 걷다가 죽어서 한 줌 흙이 되어 버린 사람들, 이러한 많은 사람들을 알게 된 것이 그는 만족스러웠다.

자신이 계획한 인생과는 상관없이 아름다운 자연이 주는 매력과 이곳 낙농장에서 얻어지는 만족 때문에 클래어는 낙농장에서의 생활을 좋아하게 되었다. 그는 자신의 출신에 어울리지 않게 하느님에 대한 신앙심이 줄어들었고, 더구나 지식인을 사로잡는 병적인 우울증에서도 신기하게 벗어날 수 있게 되었다.

그가 읽고 싶어했던 서너 권의 농업 입문서도 단숨에 읽어 버렸으므로, 그는 직업을 위한 지식을 쌓는다는 생각은 접어 두고 부담 없이 독서를 즐길 수도 있게 되었다. 그는 차츰 고정관념에서 벗어나 낙농장에서의 생활과 주위 사람들에게서 발견하는 인간상 속에서 새로운 무언가를 깨닫기 시작했다. 그 전에는 무심코 지나쳤던 자연 현상들, 즉 계절의 변화와 아침과 저녁, 낮과 밤, 갖가지 기후, 나무들, 시냇물과 안개, 그늘과 정적, 그리고 무생물의 여러 가지 음성들을 그는 섬세하게 느낄 수 있게 되었던 것이다.

이른 아침은 아직도 쌀쌀해서 그들이 아침 식사를 하는 넓은 식당에는 난롯불 생각이 날 만큼 찬 기운이 맴돌았다. 이 집안 사람들과 함께 식사를 하기에는 너무 점잖은 사람이라는 크릭 부인의 의견에 따라, 에인절 클래어는 따로 마련된 작은 탁자에 앉아 벽난로 앞에서 식사를 하곤 했다. 그가 앉은 맞은편에 있는 큰 창문으로 환한 빛이 비치는 데다가 굴뚝을 통해 푸르스름한 빛이 스며들어 왔기 때문에 그는 마음만 내키면 그 자리에 앉아서도 편안하게 책을 읽을 수 있었다. 클래어와 창문 중간에 모두가 앉는 식탁이 놓여 있고 식사하는 그들의 모습이 유리창 너머로 뚜렷하게 보였다. 그 뒤편에 우유 광으로 통하는 문이 있어, 아침에 짠 젖이 가득 찬 네모난 우유 통이 줄지어 있는 것이 보였다.

테스가 도착한 뒤 며칠 동안 클래어는 우편으로 막 부쳐 온 책과 잡지와 악보 등을 읽는 데 정신이 팔려 그녀가 식탁에 앉아 있는 것도 보지 못했다. 테스는 조용했고 다른 처녀들은 수다스러웠으므로 처녀들의 재잘거림 속에 낯선 목소리가 섞여 있으리라고는 생각조차 못했다. 게다가 그에게는 전체적인 인상을 중히 여기고 개별적인 것에는 신경을 쓰지 않는 버릇이 있었던 것이다.

그러던 어느 날, 그가 악보를 보며 머리 속으로 곡조를 떠올리고 그 곡조에 정신을 빼앗기고 있다가 무심코 벽난로 앞에다 악보를 떨어뜨렸다. 그의 시선은 자연스럽게 벽난로 쪽으로 향해졌다. 마침 아침을 준비하느라 불을 피운 뒤였으므로 타다 남은 장작 끝에서 한줄기 불길이 춤추듯 너울거리고 있었다. 불꽃은 마치 그의 머리 속의 곡조에 맞추어 춤을 추는 것 같았다. 벽난로 위 시렁에 가로질러 걸린 두 개의 난로 갈고리도 곡조에 맞춰 춤을 추는 것 같았고 반쯤 빈 주전자의 끓는 물조차도 반주하는 것 같았다. 식탁에서 재잘거리는 처녀들의 음성까지도 그의 머리 속에서 연주되는 관현악과 뒤섞여졌다.

처녀들의 음성을 듣던 그는 문득 이런 생각을 했다. '저 많은 음성 중에서 저토록 아름다운 음성을 내는 사람은 누구일까? 아마 새로 들어온 사람의 목소리인가 보다.' 클래어는 다른 사람과 함께 앉아 있는 아름다운 음성의 주인공을 쳐다보았다. 그녀는 그를 의식하지 못했다. 사실 그는 너무 오랫동안 말없이 앉아 있었으므로 다른 사람들은 그가 있는지조차 몰랐던 것이다. 그녀는 말을 계속했다.

"전 유령에 관한 건 몰라요. 하지만 지금도 우리의 영혼이 몸 밖으로 나갈 수 있다는 건 알고 있어요."

입에 음식을 가득 담은 주인은 의심스럽다는 시선으로 그녀를 쳐다보았다. 그는 마치 교수대의 준비라도 하는 사람처럼 커다란 나이프와 포크를 식탁 위에 곧추세우고 말했다.

"뭐라고! 정말이야? 그런 일이 요즘도 있을 수 있을까?"

주인이 물었다. 테스는 계속해서 말했다.

"증명해 보일 수 있어요. 밤에 풀밭에 누워 크고 환한 별을 똑바로 쳐다보면서 그 별에다 마음을 집중하는 거예요. 그러면 곧 자신의 영혼이 육체와 멀리 떨어진 것을 느끼게 되고, 육체 따위는 소중하지 않다는 사실을 알게 된다고요."

주인은 테스에게서 눈을 돌려 아내를 쳐다봤다.

"여보, 정말 이상한 얘기라고 생각하지 않아? 난 지난 30년 동안 연애도 하고 장사도 하고 의사나 간호원을 부르러 별이 총총한 밤길을 수없이 쏘다녔지만 내 영혼이 육체를 떠났다고 느낀 적은 한 번도 없었거든."

클래어는 물론 방안 모든 사람들의 시선이 자신에게로 쏠리자 테스는 얼굴을 붉히며 그것은 자신의 공상일 뿐이라고 변명하고는 다시 식사를 했다. 클래어는 계속해서 그녀를 유심히 지켜보고 있었다. 식사를 마친 그녀는 클래어가 자신을 지켜보고 있다는 사실을 깨닫고는 쑥스러워 손가락으로 쓸데없이 식탁에 무늬를 그렸다.

"저 아가씨는 어쩌면 저토록 맑고 순수해 보일까."

클래어는 중얼거렸다. 천국까지도 어둡다고 생각하는 현재와는 달리 모든 것을 즐겁게 생각했던 지난날로 자신을 이끌어 가는 듯한 묘한 마력이 그녀에게 있는 것처럼 느껴졌다. 장소를 확실하게 기억할 수는 없지만 전에 어디선가 본 듯한 느낌이 들었다. 시골을 돌아다니다가 어디선가 만난 적이 있겠지만 굳이 캐내고 싶은 마음은 없었다. 그러나 그가 누군가와 사귀고 싶은 마음이 생길 때는 다른 예쁜 처녀들을 제쳐 놓고 테스를 선택하리라 마음먹었다.

19

젖을 짤 때는 소의 성질과 상관없이 보이는 대로 짜는 것이 규칙으로 되어 있지만, 소가 오히려 사람을 가리는 경우가 있다. 마음에 맞지 않는 사람이 젖을 짜려 들면 말을 잘 안 듣고 버릇없이 우유 통을 걷어차 버리는 성질 나쁜 소도 있었다. 낙농장 주인 크릭은 젖 짜는 사람을 계속 바꿈으로써 못된 젖소들의 버릇을 고치려 들었다. 그래야만 일꾼들이 일을 그만두어도 곤란을 겪지 않기 때문이었다. 그러나 젖 짜는 처녀들의 생각은 주인과 달랐다. 다루기 쉬운 젖소들을 골라 젖을 짜면 별 힘을 들이지 않아도 젖을 짤 수 있었으므로 처녀들은 될 수 있으면 자기에게 길들여진 소의 젖을 짜려 했다.

테스도 친구들과 마찬가지로 자기가 젖 짜는 것을 어느 소가 좋아하는지 이내 알게 되었다. 지난 2, 3년 동안 집안에만 있었기 때문에 고운 자신의 손이 젖소들을 흡족하게 하는 것 같아 테스는 기분이 좋았다. 그녀는 아흔다섯 마리의 젖소 중에서 특히 여덟 마리의 젖소―담프링, 팬시, 로프티, 미스트, 올드 프리티, 영 프리티, 타이디, 라우드―가 일하기에 쉬웠다. 그 여덟 마리 중 한두 마리는 젖꼭지가 홍당무처럼 딱딱한 소도 있었지만, 다른 것은 손을 대기가 무섭게 젖이 쏟아져 나오곤 했다. 그러나 주인의 생각을 잘 알고 있는 그녀는 여간해서는 다루기 힘든 거친 소만 빼고는 닥치는 대로 젖을 짜려고 노력했다.

얼마 안 있어 테스는 언뜻 보기에 우연인 젖소들의 위치와, 그 위치에 대한 자신의 희망이 묘하게 일치하고 있음을 알았고 마침내는 그것이 결코 우연의 일치만은 아니라는 사실을 깨달았다. 그 무렵 낙농장 주인의 제자 클래어는 테스가 소를 줄 세울 때 그녀를 도와주고 있었는데, 그런 일이 몇 번 있고 나서 테스는 소에 기댄 채 의아스러운 눈초리로 그를 쳐다보면서 그에게 말을 걸었다.

"클래어 씨, 당신이 소를 줄 세우셨지요?"

얼굴을 붉히며 말하는 그녀는 겸연쩍은 듯 약간 미소를 지었다.

"네. 하지만 상관없습니다. 앞으로도 늘 이곳으로 우유를 짜러 오실 거지요?"

"글쎄요, 저도 잘 모르겠어요."

테스는 그가 자기의 말을 혹 오해하지나 않을까 하는 생각이 들어 기분이 상했다. 자신은 남의 눈에 띄기가 싫어 외딴 곳에서 젖을 짜는데, 마치 그를 보고 싶어 그곳에서 젖을 짠 듯 그에게 너무 점잖게 말을 걸었던 자신의 경솔함을 뉘우쳤다. 그녀는 젖 짜기가 끝난 다음 땅거미가 덮인 뜰을 거닐 때까지도 후회스러운 마음이 남아 있었다.

6월의 고요한 초저녁이었다. 맑은 기운이 대기를 가득 채우고 있어 무생물까지도 흥겨워하는 것처럼 느껴졌다. 멀고 가까움과 상관없이 조용히 귀를 기울이면 지평선 안의 모든 삼라만상이 뼛속 깊이 느껴졌다. 그것은 소음 없는 정적이라기보다는 만물이 하나로 소리를 합친 조화의 정적 같았다.

그때 어디선가 들려오는 하프 타는 소리가 그 정적을 깨뜨렸다. 테스는 전에도 다락방에서 흘러나오는 그 소리를 들은 적이 있었다. 그때는 꼭 닫은 방안에서 희미하게 새어 나오는 소리였으므로 지금처럼 공간을 울리는 뚜렷한 음향으로 듣기는 처음이었다. 사실 하프 타는 솜씨가 대단한 것은 아니었으나 주위의 아름다운 배경과 어우러져 테스의 마음을 편안하게 해 주었다.

그녀는 무엇에 홀린 듯 꼼짝 않고 그 자리에 서서 듣다가, 들키지 않게끔 울타리 뒤로 몸을 숨기면서 하프 타는 사람 곁으로 다가갔다. 여러 해 동안 경작도 않고 버려 두어 질척하게 습기가 차 있는 뜰에는 조금만 건드려도 꽃가루가 안개처럼 흩어지는 물기 많은 풀과 빨강, 노랑, 자주 등 갖가지 빛깔의 잡초가 마치 일부러 심어 놓은 꽃인 양 찬란하게 어우러져 있었다.

테스는 도둑고양이처럼 우거진 잡초 사이를 헤쳐 치맛자락에 벌레들이 내뿜는 거품 같은 것도 묻혀 가며 달팽이를 짓밟기도 하고, 엉겅퀴의 유액이나 민달팽이의 진으로 두 손을 더럽히기도 하고, 사과나무 줄기에서는 하얗게 보이지만 피부에 닿기만 하면 빨갛게 자국을 남기는 끈적거리는 벌레를 팔에서 털어 버리기도 하며 걸어갔다. 이처럼 테스는 조심스럽게 살금살금 클래어에게 몰래 다가가고 있었다.

테스는 시간과 공간에 대해 아무런 것도 의식하지 못하고 있었다. 별을 보며 영혼이 육체를 떠나는 것을 느낄 때 찾아오는 희열이 지금 그녀의 전신을 감싸고 있었던 것이다. 그녀는 낡은 하프의 나지막한 선율에 가슴이 설렘과 동시에 감동으로 두 눈에는 눈물이 글썽거리고 있었다. 뜰의 잡초와 꽃들도 음률에 취해 자태를 자랑하는 듯 어둠 속에서 뿌옇게 빛나고 있었다.

아직 완전히 사라지지 않은 저녁 햇살이 서쪽 구름장 사이에서 새어 나왔다. 간단한 곡을 마친 클래어는 다른 곡을 기다리는 테스의 마음은 아랑곳없이 어슬렁어슬렁 울타리 뒤를 돌아 테스의 등 뒤로 다가왔다. 그녀는 두 볼이 화끈하게 달아올라 살며시 그 자리를 빠져나가려고 했다. 그러나 에인절은 그녀의 엷은 여름옷을 보고는 말을 건넸다. 두 사람 사이에는 얼마간의 거리가 있었으나 그의 낮은 음성이 그녀의 귀에 선명하게 들렸다.

"왜 그렇게 도망가려 하지요, 테스? 내가 두려운가요?"

"아뇨, 그런 게 아녜요. 집 바깥의 것들은 아무것도 무섭지 않아요. 더구나 지금은 사과 꽃잎이 다 지고, 만물이 온통 초록색으로 물든 아름다운 6월이거든요."

"그럼 마음 한구석에 두려운 게 있는 모양이군요."

"네."

"그게 뭐지요?"

"글쎄요, 뭐라 말씀드리면 좋을지……."

"우유가 상할까 봐 걱정하는 건가요?"

"아뇨."

"그럼 살아가는 일 때문에?"

"네."

"아, 그 문제라면 나도 항상 생각하는 문제입니다. 생각 없이 되는대로 살아
간다는 건 더 곤란한 문제거든요. 당신은 그렇게 생각하지 않아요?"

"그렇게 말씀하시니까 정말 그런 것 같군요."

"그건 그렇더라도 당신처럼 젊은 여자가 그런 생각을 하다니, 정말 뜻밖이
군요. 왜 그런 생각을 하게 됐지요?"

테스는 부끄러운 듯 고개를 떨구었다.

"자, 테스, 나한테 숨김없이 말해 봐요."

사물을 어떻게 생각하느냐고 물어 보는 거라고 생각한 테스는 수줍은 듯 대
답했다.

"나무들은 무언가 캐물으려 하는 것처럼 보여요. 그런 눈으로 바라보는 것
같이 보인단 말이에요. 시냇물은 '왜 나를 괴롭히느냐' 고 말하는 것처럼 느껴
지고요. 그리고 수많은 '내일' 이 내 앞에 늘어서 있는데 맨 앞의 것이 가장 크
고 똑똑히 보이고 그 뒤로 가면서 점점 작아져 보이면서 모두 잔인하고 무서
운 얼굴을 하고 있어요. 그들은 내게 말하지요. '자 내가 간다. 조심해. 조심하

라고!' 하지만 당신은 음악으로 아름다운 꿈을 꿀 수 있으니까 그런 무서운 망상은 죄다 쫓아 버릴 수 있을 테지요."

비록 젖 짜는 여자라 할지라도 다른 처녀들이 부러워할 만한 보기 드문 미모를 가진 이 젊은 여인이 그처럼 슬픈 공상을 한다는 사실이 클래어에게는 놀랍기만 했다. 테스는 고향 사투리로 6년 동안 초등학교에서 배운 지식을 바탕으로, 어쩌면 시대적 감정이라 해도 무방할 근대 사상의 고뇌를 표현하고 있는 셈이다. 그러나 이른바 진보된 사상이란 것이 사실은 세상 사람들이 몇 세기 동안 막연히 품어 온 감정을 최신 유행의 해석에 따라 정의 내려 무슨 학(學)이니 무슨 주의니 하는 따위의 말을 사용해 한층 더 정확하게 표현한 것에 지나지 않는다고 생각하자, 그와 같은 놀람도 그다지 대단한 것은 못 되었다.

그럼에도 불구하고 테스의 감정은 놀라운 것으로 느껴졌다. 아니, 놀랍다기보다는 적잖이 감동되었고 흥미를 느끼기도 했으며 애처롭기도 했다. 인간의 성숙은 살아온 시간의 길이보다는 살아오면서 겪은 경험에 의해 좌우된다는 것을 아직 깨닫지 못한 클래어는 테스가 왜 그런 어두운 눈으로 사물을 바라보는지 알 수가 없었다. 잠시 동안이었지만 겉으로 드러난 테스의 그러한 고민은 그녀가 겪은 경험에서 얻은 정신적인 수확이었음을 그는 몰랐던 것이다.

한편 테스로서는 목사 집안에서 태어나 훌륭한 교육을 받고 경제적인 어려움도 겪은 적이 없는 클래어가 어째서 인생을 불행으로 여기는지 이해할 수가 없었다. 자신처럼 불행한 인생의 순례자는 당연히 그렇게 생각할 수 있는 일이지만, 훌륭하고 시적인 클래어가 어째서 굴욕의 골짜기에 떨어진 욥처럼 삶을 비판적으로 볼 수 있는지 의아스러웠다. 클래어가 현재 제 계층에서 이탈해 있음은 사실이다. 그러나 그건 어디까지나 조선소에 가 있었던 표트르 1세와 마찬가지로 알고 싶은 것을 배우기 위함임을 테스는 잘 알고 있었다.

그가 젖을 짜는 것은 꼭 생계를 위해서가 아니라 번영하는 낙농장의 부유한 주인이 되고, 지주가 되고, 농업가가 되고, 또 가축의 사육자가 되는 길을 배우기 위해서였다. 장차 그는 아메리카나 오스트리아에서 이스라엘 민족의 조상인 아브라함이 되어 임금처럼 양의 무리나 소 떼—얼룩소든 무늬가 없는 소든—또는 남녀 머슴들에게 호령하며 그들을 거느리게 될 것이다. 그의 목표가 목장을 경영하는 일이라 하더라도 책읽기와 음악을 좋아하고 사색을 즐기는 그가 아버지나 형들처럼 목사가 되려 하지 않고 일부러 농부가 되려 했다는 것도 테스에게는 정말 모를 일이었다.

이리하여 그들은 상대방의 비밀을 풀 만한 실마리도 잡지 못하고 표면에 나타난 현실조차도 이해하지 못했으나 굳이 서로의 과거를 알려 하지 않았다. 다만 서로의 성격이나 기질을 잘 이해하게 될 날이 오기만을 기다렸다.

날이 가고 시간이 흐르면서 그는 테스의 성격을 조금씩 파악하게 되었고, 그녀 또한 그에 대해 조금씩 알게 됐다. 에인절 클래어를 한 남자라기보다는 지성인으로 생각하는 테스는 그와 자신을 자주 비교해 보았고, 그의 풍부한 지식을 발견할 때마다 자신의 초라함이 뼈저리게 느껴졌다. 그와 자신 사이의 아득한 거리감을 느낄 때면 테스는 기가 죽어 미래를 위해 노력해 보겠다는 욕망마저 사라지는 것이었다. 어느 날 고대 그리스의 전원 생활에 대한 이야기를 할 때 그는 테스가 풀이 죽어 있음을 눈치챘다. 그가 이야기하고 있는 동안 그녀는 둑에 핀 로드 레이디의 꽃봉오리를 따고 있었다.

"왜 갑자기 그렇게 슬픈 표정을 하지요?"

"저, 제 일을 좀 생각하느라고요."

테스는 슬픈 듯한 미소를 지어 보이고 레이디의 껍질을 벗기면서 말을 계속했다.

"제가 운이 좋았으면 어땠을까 잠깐 생각해 봤어요. 난 좋은 기회를 한 번도 가져 보지 못하고 세월을 허비해 버린 것 같아요. 당신이 읽고 보고생각하고 해서 아는 게 풍부한 데 비해 난 너무 보잘것없고 초라한걸요. 난 성경 속에 나오는 가엾은 시바의 여왕이나 다름없어요."

에인절은 정색을 하고 테스를 바라보았다.

"쓸데없는 소리! 그런 일에 신경 쓰지 말아요. 이봐요 테스, 내가 당신을 도울 수 있었으면 해요. 역사 공부라도 좋고, 당신이 원하는 공부라면 뭐든지 다 돕고 싶어요."

"어머, 이번에도 레이디 꽃잎이네요."

그녀는 껍질을 벗긴 로드 레이디 꽃봉오리를 내밀며 말을 가로챘다.

"뭐라고요?"

"껍질을 벗겨 보면 로드보다는 레이디가 많이 나온다고요."

"로드건 레이디건 아무려면 어때요. 무엇이든 공부하고 싶지 않아요? 예를 들면 역사 공부 같은 거요."

"역사에 관한 거라면 지금 알고 있는 것만으로도 족해요."

"그건 왜지요?"

"나라는 인간이 이어져 내려오는 수많은 사람들 중의 한 사람에 불과하다는 사실을 안다고 해서 그게 무슨 소용이 있겠어요. 옛날 책 속에서 누군가 나와 같은 운명의 사람을 발견하고, 내 인생도 앞으로 그 사람과 똑같아질 거라고 생각하면 슬프기밖에 더하겠어요. 자신의 과거의 생활이나 행실이 이미 세상을 떠난 옛 사람들과 똑같고, 자신의 미래가 많은 사람들의 경우와 똑같다는 사실은 차라리 모르는 게 나아요."

"그럼 당신은 정말 아무것도 배우고 싶지 않은 건가요?"

테스는 울먹이는 음성으로 대답했다.

"태양이 왜 악한 사람에게나 선한 사람에게나 똑같이 빛을 비춰 주느냐 하는 문제에 대해 가르쳐 준다면 배우겠어요. 하지만 그런 것은 책에도 없잖아요."

"테스, 너무 비꼬지 말아요."

지난날 자신도 그런 의심을 가져 본 적이 있는지라 그는 의무감에서 그렇게 말했을 뿐이었다. 그는 테스의 천진한 입술을 바라보면서 나이 어린 시골 처녀가 남에게 들은 이야기를 하는 것이라고 생각했다. 그녀는 여전히 로드 레이디의 껍질을 벗기고 있었다. 클래어는 고개를 숙이고 있는 그녀의 보드라운 뺨 위로 내리 덮이는 속눈썹을 잠시 바라보다가 아쉬운 듯 발길을 돌리고 가 버렸다.

그가 가 버린 뒤에도 테스는 한동안 둑 위에 선 채 깊은 사색에 잠겨 마지막 봉오리의 껍질을 벗기다가, 문득 환상에서 깨어난 듯 여태까지 따 모은 아름다운 꽃들을 땅바닥에다 팽개쳤다. 그녀는 자신의 어리석음이 싫었고, 마음속으로부터 심한 부끄러움을 느꼈다. 그가 자신을 얼마나 어리석은 여자라고 생각할 것인가. 그에게 좋은 인상을 주고픈 마음에서, 그녀는 얼마 전까지만 해도 생각하기조차 싫었던 자신의 가문에 대해 새삼스럽게 생각해 보았다.

테스는 비록 그 사실 때문에 불행해지기는 했지만, 그녀의 조상의 이름이 킹즈비어 교회 묘지의 대리석 비석에 새겨져 있다든지, 자신은 돈이나 야심으로 이름을 산 트랜트리지의 가짜 후손과는 다른 정통 직계 후손이라는 사실을 클래어가 안다면, 꽃을 가지고 어린아이처럼 장난하던 자신을 이해하고 어쩌면 역사에 관심을 가진 지식인의 입장에서 보다 존경해 줄 것 같은 생각도 들었다. 그에게 집안의 내력을 말하기 전에 테스는 토지나 재산이 하나도 남지 않은 옛 귀족 가문의 후손에 대해 클래어가 어떻게 생각하고 있는지 낙농장 주인에게 물어 보았다. 주인은 자신 있는 음성으로 힘주어 말했다.

"클래어 씨는 집안 식구들과는 다르게 반항심이 강한 젊은이야. 그가 가장 싫어하는 것은 조상이라든가 가문 같은 거지. 그들이 온갖 영화를 다 누렸기 때문에 근래에 와서 몰락한 건 당연하다고 그는 생각하고 있어. 일찍이 빌레트 가(家)니, 드렌가드 가니, 그레이 가니, 센트 퀸틴 가니, 하다 가니, 골드 가니 하는 가문들이 있어 이곳 분지 일대에 몇 마일에 걸쳐 영지를 소유했었지만, 요즈음에는 돈만 있으면 그 따위 가문쯤은 몽땅 사들일 수 있게 됐단 말이야. 그 여자, 레티 프리들 말이야. 그 사람도 알고 보면 파리델 집안 사람이지. 지금은 킹즈 힌토크 마을 변두리의 땅을 웨섹스 백작이 소유하고 있는데, 그 백작과 그 집안 이름이 아직 세상에 알려지지 않았던 그때부터 꽤나 유명했던 유서 깊은 가문이었어. 그런데 클래어 씨가 이 사실을 알아 가지고는 그녀를 보기만 하면 멸시하듯 이렇게 말을 했대. '아, 당신은 도저히 젖 잘 짜는 색시는 못 될 거요! 당신의 솜씨는 옛날에 팔레스타인에서 죄다 써 버렸으니 앞으로 일할 기운을 북돋우려면 몇 천 년이고 기다려야 할걸!' 하고 말이야. 일전에는 애 녀석 하나가 일자릴 구하러 와서 이름이 매트라 하기에 성은 무엇이냐고 물었더니, 자기네는 성이 있단 말을 들은 적도 없다고 대답한단 말이야. 그래 웬 까닭이냐고 자꾸 물었더니, 자기네 집안은 뿌리를 박은 지가 얼마 되지 않기 때문이라는 거야. 그랬더니 '옳지! 네가 바로 내가 원하는 애로구나!' 하면서 클래어 씨가 벌떡 일어나서는 그 애와 악수를 나누며 이렇게 말하지 않겠어. '애, 난 너에게 큰 기대를 걸고 있어.' 그러고 나서 그 애한테 반 크라운을 주더란 말이야. 안 될 말이지. 아무튼 그분은 케케묵은 가문을 들춰내는 걸 굉장히 싫어하거든!'

그 말을 듣고 나서 테스는 클래어에게 끝까지 가문 이야기를 하지 않은 것을 다행스럽게 여겼다. 그녀는 앞으로도 더버빌 집안의 묘소라든가 기사 작위에 관해서는 절대로 말을 않기로 결심했다. 클래어가 자신에게 관심을 갖는 것은 자신의 가문이 전통과는 상관없는 새로운 가문일 것으로 그가 짐작했기 때문이라고 생각했던 것이다.

20

계절이 바뀌고 삼라만상은 무르익어 갔다. 해가 바뀌자 지난해에 피었던 꽃과 나뭇잎이 그 자리에 다시 피어났고, 나이팅게일과 티티새와 방울새도 다시 찾아들어 지저귀기 시작했다. 아침 햇살은 새싹들을 일깨워 길다란 줄기를 뻗게 하고 조용히 수액을 빨아 올려 꽃을 피게 하여, 보이지 않는 대기와 공기 속으로 향기로움을 사방으로 뿜어내게 했다.

낙농장 주인 크릭의 집에서 일하는 남녀 식구들은 안락하고 평온하게, 나날이 행복한 생활을 보내고 있었다. 그들의 생활은 이 세상 어느 누구보다도 행복한 것이었다. 그들은 예의범절 때문에 자연스러운 감정을 구속받는 일도 없었고, 쓸데없는 유행을 좇느라 아무리 풍족해도 만족할 줄 모르는 도시 사람들과는 달랐으므로, 여유로운 생활 속에서 그 누구보다도 만족을 느끼며 살 수 있었다.

세상을 온통 녹색으로 뒤덮은 듯하던 녹음의 계절도 지나갔다. 겉으로는 느긋해 보이지만, 언제나 위험한 정열의 끄트머리에서 불안하게 균형을 이루면서 테스와 클래어는 무의식중에 서로를 주시하고 있었다. 마치 한 골짜기를 흐르는 두 개의 물줄기처럼 그들은 불가항력의 어떤 힘에 의해 두 사람이 합쳐지는 방향으로 나아가고 있었다.

요즘 테스는 근래에는 맛본 일도 없고, 앞으로도 두 번 다시 누리지 못할 행복한 삶을 누리고 있었다. 무엇보다도 정신과 육체가 현재의 환경에 잘 어울리고 있기 때문이었다. 애초에 척박한 땅에 뿌려져 마음대로 자라지 못하던 나무가 비옥한 땅으로 옮겨져 마음껏 뿌리 내리고 자라는 것과 마찬가지였다. 게다가 클래어와 마찬가지로 테스도 단순히 좋아하는 것인지 아니면 사랑하는 것인지 모를 상태에 빠져 있었으므로 가끔 스스로에게 이렇게 반문하곤 했다. '이 새로운 물결은 나를 어디로 데려다 줄 것인가? 내 앞날에 무엇이 기다리고 있으며, 내 과거와는 어떤 관계가 있는 것일까.' 에인절 클래어에게 테스의 존재는 한갓 자연스럽게 만난 장밋빛의 따스한 환상에 지나지 않았다. 그는 철학자답게 남달리 고상하고 청순하고 정숙한 여자의 전형으로 테스를 생각하곤 했다.

그들은 계속 만났다. 만나지 않고는 견딜 수가 없었던 것이다. 그들은 신비하고 엄숙한 시간―보랏빛과 연분홍빛으로 어슴푸레하게 물든 새벽―에 만나곤 했는데, 낙농장에서는 매우 이른 새벽에 일어나야 했기 때문이었다. 새벽 3시가 조금 지나면 크림을 거두어 내는 일이 시작되고, 그리고 소젖은 새벽에 짜기로 되어 있었다. 누구든지 자명종 소리에 먼저 잠을 깬 사람이 다른 사람을 깨워 주곤 했는데, 테스는 새로 들어온 데다가 새벽에 누구보다도 일찍 일어나서 친구들을 깨우는 일은 그녀에게 맡겨져 있었다.

그녀는 3시가 되면 자명종이 울리기가 무섭게 일어나 방을 나와, 주인의 방문 앞에서 사다리를 타고 2층으로 올라가 낮은 소리로 속삭이듯 클래어를 깨우곤 했다. 그녀가 다시 자기 방으로 돌아와 친구들을 깨우고 몸단장을 끝낼 무렵에는, 클래어도 아래층으로 내려와 공기가 축축한 바깥에 나와 있었다. 그러나 친구들과 주인은 잠을 깬 후에도 뒤척이다가 15분 정도 지난 다음에야 밖으로 나오곤 했다. 어둠과 밝음이 뿌옇게 뒤섞인 새벽의 잿빛은 황혼 무렵의 잿빛과는 달랐다. 동이 틀 무렵에는 어둠이 사라지고 빛이 비쳐 오기 때문에 잿빛이 활동적인 빛깔로 보이지만, 저녁 무렵에는 어둠이 물밀듯이 밀려오는 때라 잿빛이 졸린 빛깔처럼 보이는 것이다.

두 사람은 약속이라도 한 듯 가장 먼저 일어났다. 마치 두 사람이 세상에서 가장 일찍 깨는 사람인 것 같았다. 테스는 이곳에 와서 얼마 동안은 크림 걷는 일을 하지 않았으므로 일어나자마자 얼른 바깥으로 달려나가곤 했다. 에인절은 당연히 그곳에서 테스를 기다리고 있었다. 넓은 목장을 감싸고 있는 습기를 머금은 희뿌연 새벽빛 속에 서면 두 사람은 마치 태초의 아담과 이브가 된 듯한 고독감을 느끼곤 했다.

하루가 시작되는 이 어슴푸레한 순간에 클래어의 눈에 테스는 용모로나 성품으로나 나무랄 데 없는 아름답고 위엄 있는 여왕으로 비쳤다. 그것은 '한여름의 이른 새벽녘에 테스처럼 아름다운 여인이 나의 시선이 미칠 수 있는 곳의 들녘에 이처럼 나와 있을 리가 없다. 아니, 온 영국 땅을 찾아보더라도 드물 것이다.'라고 생각했기 때문인지도 모른다. 아름다운 여인이란 한여름의 새벽녘에는 당연히 잠들어 있기 마련인데 테스는 바로 옆에 있었다.

줄지어 한두 사람씩 젖소들이 누워 있는 곳을 향해 희미하게 밝아 오는 새벽의 대기 속을 거닐 때면 클래어는 자주 예수가 부활한 시간을 생각했다. 자기 곁에 막달라 마리아가 나타나 함께 걷게 되리라고는 꿈에도 생각 못한 일이었다. 뿌연 주위의 풍경을 배경으로 테스의 얼굴은 일광이 비친 듯 빛나는 모습으로 안개 속에서 그 윤곽이 뚜렷이 드러났다. 그 모습은 마치 영혼만을 지닌 유령 같아 보였다. 사실 그녀의 얼굴은 동북쪽에서 비쳐 오는 싸늘한 빛을 받고 있었다. 자신은 잘 모르지만 클래어의 얼굴도 테스에게는 똑같은 모습으로 보였다.

그가 테스에게 가장 깊은 인상을 받는 때도 바로 이러한 때였다. 그녀는 한낱 젖 짜는 여인이 아니라, 전 여성의 표본적인 모습을 응결시킨 환상적인 요정 같은 존재였다. 그는 장난으로 그녀를 아르테미스라든가 데메테르 또는 다른 여신의 이름으로 부르기도 했으나, 그 뜻을 알지 못하는 테스는 그렇게 불리는 것을 좋아하지 않았다. 그녀가 살며시 흘겨보면서 테스라고 불러 달라고 하면 그는 묵묵히 그녀의 말에 따르곤 했다. 주위가 차츰 밝아 오면 그녀의 얼굴은 평상시의 모습으로 되돌아가, 인간을 축복하는 여신의 모습에서 축복을 갈망하는 평범한 인간의 모습으로 바뀌었다.

아직 아무도 깨지 않은 이른 시간인지라 그들은 물가의 물새 가까이 다가갈 수도 있었다. 두 사람이 자주 찾아가는 목장 한 모퉁이의 수풀 속 나뭇가지에서 문이나 덧문을 여는 소리처럼 시끄러운 소리를 내며 왜가리가 날아오르기도 했다. 왜가리가 이미 물가로 날아와 있을 때는 태엽을 감은 장난감처럼 머리를 옆으로 돌리면서 지나가는 두 사람을 경계하듯 쳐다보곤 했다.

이때 홑이불 두께만한 여름 안개가 목장 이곳저곳으로 퍼져 가는 것이 보였다. 습기 찬 잿빛 풀밭에는 밤새 젖소가 자고 간 흔적이 남아 있었다. 그 흔적은 안개의 바다 한가운데 남겨진 소의 몸집만한 마른 섬처럼 보였다. 그 흔적이 있는 자리마다 소의 발자국이 오솔길처럼 구불구불하게 여러 갈래로 뻗어 있었는데, 그것은 젖소가 자고 일어나서 풀을 뜯으러 가며 남긴 발자국이었다. 그들이 다가가면 소가 그들을 알아보고 코를 벌름거리며 숨결을 내뿜어, 이미 사방으로 퍼져 있는 안개보다 더 짙은 안개를 만들었다. 그들은 그때그

때의 상황에 따라 안마당으로 소를 몰고 가거나 그 자리에 앉아서 젖을 짰다.

가끔 여름 안개가 한결 짙게 깔릴 때면 목장은 하얀 바다처럼 보였고 여기 저기 서 있는 나무들이 위험한 암초처럼 보일 때도 있었다. 새들은 안개를 헤치고 맑은 하늘로 날아오르거나 유리처럼 반짝거리는 목장의 울타리 난간에 내려앉기도 했다. 축축한 안개는 조그만 금강석 구슬처럼 테스의 속눈썹에 맺혔고, 머리 위에도 진주 알 같은 이슬방울이 빛나고 있었다. 해가 높이 떠오름에 따라 이런 물방울들이 사라져 버리면 신비롭고 섬세하던 그녀의 아름다움도 자취를 감추곤 했다. 그녀의 얼굴과 온몸에 햇빛이 비칠 때면 그녀는 다른 여자들과 어울려 자신의 일을 해야 하는 평범한 젖 짜는 아가씨가 되곤 했다.

언제나 이맘때가 되면 집에서 다니는 일꾼들이 너무 늦게 나왔다고 꾸짖거나, 손을 씻지 않은 데보라 할멈을 꾸짖는 주인 크릭의 목소리가 들리곤 했다.

"제발 펌프에 가서 손부터 씻고 오세요. 손도 씻지 않은 할멈의 더러운 꼬락서니를 런던 신사들이 본다면 우유나 버터를 먹으려 들지 않을 테니. 그렇게 되면 큰일이라고요."

젖 짜는 일이 끝날 때쯤이면 크릭 부인이 부엌에서 무거운 식탁을 끌어내는 소리가 친구들과 함께 일하는 테스와 클래어의 귀에 시끄럽게 들리곤 했다. 그것은 끼니때마다 들려오는 전주곡이나 다름없었다. 식사가 끝나고 식탁을 치울 때에도 역시 그 시끄러운 소리가 들리곤 했다.

21

아침 식사가 끝난 뒤 우유 가공 공장에서 큰 난리가 벌어졌다. 버터 만드는 기계는 예전과 다름없이 잘 돌고 있었는데 버터가 나오지 않았다. 이런 일이 생기면 낙농장은 마비 상태에 빠지고 모두들 당황해 어쩔 줄 몰라했다. 커다란 통 속에서 우유가 출렁거리며 섞이는 소리는 들렸지만 그들이 기다리는 버터는 나오지 않았다.

주인 내외, 테스, 마리안, 레티 프리들, 이즈 휴에트, 마을에서 온 아낙네들과 클래어, 조너선 케일, 데보라 할멈, 그리고 다른 일꾼들 모두가 낙심하여 멍하니 기계만 바라보고 있었다. 밖에서 말을 몰던 소년도 사정을 안다는 듯 놀란 눈을 동그랗게 뜨고 있었다. 말 못하는 말도 마당을 한 바퀴 돌 때마다 궁금하다는 듯 창문을 기웃거리곤 했다. 주인은 씁쓸한 표정으로 말했다.

"내가 이그돈에 있는 트렌들 점쟁이 아들한테 가 본 지도 꽤 오래됐어. 그 녀석, 저희 아버지에 비하면 보잘것없는 친구지. 믿을 수 없는 녀석이라고 내가 쉰 번도 더 말했을 거야. 하지만 그 녀석이 살아 있다면 아무래도 가 봐야겠어. 이런 사고가 계속된다면 가 봐야 하고 말고."

주인이 너무 낙심했으므로 클래어도 기분이 상했다. 조너선 케일이 말문을 열었다.

"사람들이 '와이드 오'라고 부르는 케스터브리지 맞은편에 폴이란 점쟁이가 있는데 말이죠, 내가 어렸을 땐 참 잘 맞췄다고요. 지금은 썩은 고목 같지만요."

"우리 할아버님은 올스콤의 점쟁이 민턴에게 다니시곤 했는데 꽤 잘 맞췄던 모양이야. 하지만 요즘엔 그런 용한 점쟁이가 없다고."

크릭 부인은 사람들의 동정을 살피며 이렇게 말했다.

"이 집안에 연애하는 사람이 있나 봐요. 난 어릴 때부터, 집안에 연애하는 사람이 있으면 이런 일이 생긴다는 얘기를 들었다고요. 여보, 왜 몇 해 전에 일했던 그 아가씨 생각 안 나요? 그때도 버터가 나오지 않았잖아요."

"아, 생각나. 그때 정말 그랬었지. 하지만 그것 때문이 아니라고. 기계가 고장이 난 거지."

주인은 클래어를 돌아보며 말했다.

"잭 돌로프라는 아비 없는 녀석이 전에 우리 집에서 젖 짜는 일을 한 적이 있었거든요. 그 녀석이 예전에 하던 버릇대로 건넛마을에 사는 여자를 꼬셔서 제 사람을 만든 다음 차 버렸지 뭡니까요. 그때가 마침 부활 주일의 목요일이라 모든 사람들이 지금처럼 이곳에 모여 있었지요. 기계도 쉬고 있었고요. 그런데 갑자기 황소라도 때려눕힐 만한 놋쇠 손잡이가 달린 우산을 손에 들고 그 여자의 엄마가 문 앞에 나타나더니 '잭 돌로프란 작자가 여기서 일하고 있소? 그 녀석을 좀 봐야겠다고요. 정말이지 이건 예삿일이 아니라고요!' 하고 소리치지 않겠어요. 그 여자 뒤에는 딸이 고개를 숙인 채 눈물을 흘리며 따라오고요. 창 너머로 그들을 본 잭은 급한 김에 버터 기계 속으로 들어가 버렸어요. 바로 그 순간에 그 여자가 가공장 안으로 뛰어 들어왔고, 갖은 욕설을 퍼부으면서 구석구석 찾아다녔지요. 기계 통 속에 숨은 잭은 숨이 막힐 지경이고 그 불쌍한 딸은 울어서 눈이 퉁퉁 부은 채 문 밖에 서 있었지요. 참 딱한 광경이었어요. 심장이 돌로 된 사람이라도 그 모습을 보았다면 마음이 움직였을 거예요. 그런데 그 여자 엄마는 끝까지 녀석을 찾아다녔어요."

주인은 잠시 쉰 다음 다시 이야기를 계속했다.

"그런데 그 여자가 어떻게 알았는지 잭이 버터 기계 통 속에 숨은 것을 눈치채고는 기계 손잡이를 잡고 빙빙 돌리기 시작했어요. 그때는 기계가 수동식이었거든. 기계를 사정없이 돌려 대자 잭은 그 속에서 뒹굴기 시작했지요. 견딜수가 없어진 잭은 고개를 내밀고는 '제발 그만해요. 날 좀 나가게 해 달라고요. 이러다 곤죽이 되겠어요!' 하고 소리쳤지요. 바람둥이들이 항상 그렇듯 그 녀석도 속마음은 겁쟁이였어요. 여자는 딸을 책임지기 전에는 멈출 수 없다고 대꾸했고 잭도 독이 올라 '그만 돌리라고! 이 늙은 마귀 할멈아!' 하고 대들었지요. 여자는 성이 나 기계를 더 힘차게 돌려 댔고 감히 말리려는 사람도 없었으므로 잭은 마침내 책임지겠다고 약속했지요. 그래서 겨우 그날 소동이 끝났지 뭡니까."

이야기를 듣던 사람들이 싱글거리며 무언가 한마디씩 하려고 할 때 그들 뒤편에서 누군가가 재빠르게 움직이는 소리가 들렸다. 돌아보니 얼굴이 창백하게 질린 테스가 문으로 다가가고 있었다. 테스는 들릴 듯 말 듯한 소리로 중얼거렸다.

"오늘은 너무 덥군요."

사실 날씨가 무척 더웠으므로 그녀의 행동을 주인의 이야기 때문이라고 생각하는 사람은 아무도 없었다. 주인은 앞으로 가 문을 열어 주며 농담조로 "웬일이야, 숫처녀?"라고 물었다. 주인은 애칭으로 그렇게 불렀을 뿐이지 결코 그녀의 과거를 알고 빈정거린 것은 아니었다.

"우리 목장에서 제일 예쁜 아가씨가 이만한 더위를 이겨 내지 못한대서야 말이 되나. 이러다 진짜 삼복더위 때는 테스가 없어져서 큰 곤란을 당하겠는걸. 그렇지 않습니까, 클래어 씨?"

"어지러워서 그래요. 바람을 쐬면 괜찮아질 거예요."

그때 마침 고장났던 기계가 다행스럽게도 정상적으로 움직이기 시작했고, 크릭 부인이 "버터가 나와요!"라고 소리치는 바람에 테스를 주시하던 사람들의 시선이 전부 기계 쪽으로 쏠렸다. 테스는 곧 밖으로 빠져나왔다. 잠시 마음의 충격을 받았던 테스는 겉으로는 침착을 되찾은 것 같았으나 그날 하루 종일 기분이 언짢았다. 저녁에 젖 짜는 일이 끝나자 아무와도 어울리고 싶지 않아 그녀는 혼자 여기저기 싸돌아다녔다. 다른 사람들에게는 흥미롭게 들리는 주인의 이야기를 자기 혼자만 가슴 아프게 들어야 한다는 사실이 그녀를 더없이 슬프게 느껴졌다.

그 이야기가 그녀의 상처를 얼마나 아프게 건드렸는지를 아는 사람은 그녀 자신밖에 없었다. 저물어 가는 하늘의 노을까지도 쓰리고 아픈 상처처럼 느껴져 쳐다볼 수가 없었다. 강가의 갈대밭에서 들리는 목쉰 듯한 새 울음소리만이 그녀를 반겨 주었는데, 그 소리 또한 이제는 싫증난 옛 친구의 음성처럼 느껴졌다.

해가 긴 6월 한 달 동안은 일꾼과 주인 가족들 모두가 해만 지면 잠자리에 들었다. 해가 지기도 전에 잠자리에 드는 때도 있었는데, 일이 많아 피곤한 데다가 아침에 일찍 일어나야 했기 때문이었다. 테스는 늘 친구들과 함께 2층으로 올라가곤 했으나 오늘 밤은 혼자 먼저 방으로 올라갔고, 친구들이 들어왔을 때는 꾸벅꾸벅 졸고 있었다. 그녀는 온몸에 저녁놀을 받으면서 옷을 갈아입는 친구들을 바라보다가 도로 잠이 들었다. 그러다 친구들이 재잘대는 소리에 잠이 깨어 친구들을 멍하니 바라보았다. 잠옷을 입은 친구들은 맨발인 채 창가에 모여 서 있었다. 붉은 저녁놀이 그들의 얼굴과 목과 주위의 벽을 따뜻하게 비춰 주고 있었다. 그들은 얼굴을 가까이 마주 대고 정원의 누군가를 뚫어지게 지켜보고 있었다.

"밀지 마. 너도 잘 보일 텐데 왜 밀고 그래."

가장 나이 어린 빨간 갈색 머리의 레티 프리들이 창에서 눈을 떼지 않으며 말했다. 그러자 명랑하고 나이 많은 마리안이 장난스럽게 말했다.

"너나 나나 아무리 저 사람을 생각해 봤자 소용없어. 저 사람은 지금 다른 여자만 생각하고 있다고."

레티 프리들은 여전히 창 밖을 주시하고 있었고, 다른 두 명도 다시 바깥을 내다보았다.

"어머, 저기 그 사람이 또 나왔어!"

창백한 얼굴과 검은 머리에 윤곽이 뚜렷한 입술을 가진 이즈 휴에트가 말했다.

"이즈, 말 안 해도 알아. 난 네가 그 사람 그림자에 키스하는 거 봤어."

레티의 말에 마리안이 되물었다.

"뭘 봤다고?"

"그 사람이 치즈 통에서 치즈를 걸어 내고 있었는데, 그 사람 얼굴 그림자가 뒷벽에 비쳤거든. 그때 이즈도 같은 일을 하고 있다가 그 그림자 입에다 자기 입술을 갖다 대지 뭐야. 그 사람은 못 봤지만 난 봤다고."

"어쩌면, 이즈 휴에트!"

마리안이 외쳤다. 이즈 휴에트의 뺨이 장밋빛으로 물들었다. 그녀는 냉정하려 애쓰며 변명하듯 말했다.

"그 사람 생각하는 마음은 너희들도 똑같으면서 뭘 그래?"

워낙 붉은 얼굴이라 마리안의 둥근 얼굴은 더 이상 붉어지지 않았다.

"내가? 무슨 소리야! 어머, 저기 그 사람 또 나왔어. 그리운 눈동자, 그리운 모습, 그리운 클래어 씨."

"마리안, 너도 이제야 실토하는구나."

"너도 사실 그랬잖아. 우린 다 그를 좋아하고 있어. 사실 남한테 고백할 것까진 없지만, 우리끼리 서로 숨길 필요는 없잖아. 난 내일 당장이라도 그이랑 결혼하고 싶다고."

마리안이 남을 의식하지 않는 듯 솔직하게 말했다. 이즈 휴에트가 중얼거렸다.

"나도 그래. 아니 더할걸."

"나도야."

레티가 수줍게 들릴 듯 말 듯한 소리로 말했다. 듣고 있던 테스는 점점 가슴이 뛰었다. 이즈가 다시 말했다.

"우리 셋이 다 그 사람과 결혼할 수는 없잖아."

"안 될 말이야. 우리 중 누구와도 안 될 거야. 속상한 일이지만. 아, 또 나왔어!"

마리안이 말하자 세 사람은 똑같이 그에게 말없는 키스를 던졌다.

"왜 안 되지?"

레티의 물음에 마리안은 나직한 음성으로 대꾸했다.

"왜냐하면 그이는 테스 더베이필드를 가장 좋아하고 있다고. 난 매일 그 사람을 지켜보다가 그 사실을 눈치챘어."

세 사람은 잠시 무언가를 생각하는 듯 조용했다. 이윽고 레티가 소곤거렸다.

"하지만 테스는 그 사람한테 관심이 없는 것 같던데."

"나도 가끔 그렇게 생각했어."

갑자기 이즈 휴에트가 안타까운 듯 말했다.

"하지만 그게 다 무슨 소용 있어. 그 사람은 우리와는 물론 결혼하지 않을 거고 테스와도 안 할 거야. 좋은 집안 자손이고 외국에 가서 농장을 경영할 사람인걸. 우리에게는 일년에 얼마씩 품삯을 줄 테니까 자기 농장 일을 거들어 달라고 말하는 게 고작일 거라고."

하나가 한숨을 내쉬자 또 하나가 한숨을 내쉬었고, 뚱뚱한 마리안이 가장 크게 한숨을 내쉬었다. 그리고 침대에 누워 있는 테스 또한 한숨을 내쉬었다. 이 지방에서 상당한 위치를 차지하는 파리델 가문의 마지막 후손이며, 셋 중에서 가장 나이가 어리고 붉은 머리카락을 가진 레티 프리들의 눈에는 눈물이 맺혔다. 그들은 여전히 머리를 모으고 한동안 말없이 마당을 내다보고 있었다. 그들의 심정을 알 까닭이 없는 클래어가 안으로 들어가 버리자 그들은 더 이상 그를 볼 수 없었다. 어둠은 점점 짙어졌고 그들은 잠자리에 들었다. 잠시 후 위층으로 올라가는 그의 발소리가 들렸다. 마리안은 곧 잠들었으나 이즈는 한동안 모든 것을 잊을 수가 없어 잠을 이룰 수 없었다. 레티 프리들은 울다가 잠이 들었다.

누구보다도 깊은 정열을 품은 테스는 한잠도 이룰 수가 없었다. 친구들이 주고받은 대화는 그날 그녀가 참고 견뎌야 할 또 하나의 고통이었다. 질투의 감정은 손톱만큼도 일지 않았는데, 그것은 그녀가 그만큼 자신이 있었기 때문이었다. 어느 친구보다도 용모가 아름다웠고 더 많은 교육을 받았으며, 레티만 제외하면 나이가 가장 어린데도 누구보다도 성숙했으므로 조금만 노력한다면 적극적인 친구들도 제치고 그의 마음을 사로잡을 자신이 있었다. 그러나 문제는 반드시 그래야 할 이유를 찾지 못한 것이었다.

사실 진정한 의미에서 생각할 때 세 처녀에게는 애인절에게 접근할 기회조차 없었지만, 테스에게는 그의 마음속에 자기에 대한 애정을 싹트게 하고, 그가 이곳에 머무르는 동안 다정한 말을 주고받을 수 있는 기회가 얼마든지 있고 예전에도 있었던 것이다. 과거에도 신분이 다른 남녀의 사랑이 결혼으로 이루어진 예가 있지 않았던가. 게다가 크릭 부인은 클래어가 농담 삼아 자기는 넓은 농장에서 가축을 기르고 농사를 지으며 살 사람인데 귀부인과 결혼해

서 무엇 하겠느냐고 이야기하는 것을 들었다고 하지 않았던가. 그렇다면 농삿
집 딸이야말로 그에게 어울리는 아냇감이 아닐까.

그러나 클래어가 진심으로 그런 말을 했건 아니건 간에, 지금의 처지로는
양심이 허락하지 않는 한 그 어떤 남자와도 결혼할 수 없고 그런 유혹에 두 번
다시 빠지지 않겠다고 신앙에 가까운 굳은 결의를 한 테스였다. 그러한 그녀
가 낙농장에 머무르는 동안만이라도 그의 사랑을 받아 보려는 헛된 욕심을 위
해 친구들에게서 클래어의 관심을 모두 빼앗아 버릴 수는 없는 노릇이었다.

22

다음날 아침 그들이 기지개를 켜면서 아래층에 내려와, 여느 때처럼 크림
걷는 일이며 젖 짜는 일을 마치고 아침을 먹기 위해 집안으로 들어갔을 때였
다. 주인 크릭이 불안하게 방안을 서성거리고 있었다. 그가 단골 고객에게 편
지를 받았는데, 버터에서 떫은맛이 난다는 불평이 편지에 씌어 있다는 것이었
다. 주인은 나무 주걱에 버터 한 덩어리를 묻혀 맛을 보고는 말했다.

"정말 그렇구먼. 전부 맛을 좀 보라고."

대여섯 사람이 주인 곁으로 모여들었다. 먼저 클래어가 맛을 보고, 테스와
낙농장에서 기거하는 처녀들이 맛을 보고 한두 사람의 남자 일꾼과 아침 식사
를 준비해 놓고 기다리던 크릭 부인까지 와서 맛을 보았다. 버터에서 분명 떫
은맛이 났다. 다시 한 번 천천히 맛을 보면서 버터 맛이 떫어진 원인이 무엇인
지 알아내려고 곰곰 생각에 잠겨 있던 주인이 갑자기 외쳤다.

"이건 마늘이야. 우리 목장에는 마늘이라곤 전혀 없는 줄 알았는데."

그 말을 듣자 오래된 일꾼들은 며칠 전에 젖소 서너 마리가 들어갔던 마른 목초 지대를 생각해 냈다. 몇 해 전에도 젖소가 그곳에 들어가 풀을 뜯은 다음 버터 맛이 떨어진 일이 있었는데, 그때 주인은 원인을 밝혀 내지 못하고 버터에 귀신이 붙었다고만 했던 것이다.

"그 풀밭을 샅샅이 살펴봐야겠어. 이런 일이 계속되면 큰일이라고."

주인이 말했다. 그들은 모두 끝이 날카로운 헌 칼을 들고 풀밭으로 나갔다. 버터 맛을 떨어지게 한 독초는 눈에 띄지 않을 정도의 좁은 장소에만 자라고 있었으므로 눈앞에 펼쳐진 넓은 풀밭에서 독초만을 가려내기란 매우 힘든 일이었다. 그러나 반드시 찾아내야만 했기 때문에 모두 도우려는 생각에서 줄을 지어 늘어섰다. 자진해서 도우려는 클래어와 함께 주인이 앞장섰고 다음으로 테스, 마리안, 이즈 휴에트, 레티, 그리고 남자 일꾼과 마을에서 온 아낙네들의 순서로 줄을 섰다.

그들은 모두 땅을 내려다보면서 들판을 천천히 가로지른 다음 옆으로 약간 비켜서서 되돌아오곤 했으므로, 일이 끝날 무렵에는 한 치의 땅까지도 자세히 살펴보게 되는 것이다. 살펴야 할 땅은 한없이 넓은 데다가 발견되는 마늘은 고작 대여섯 뿌리밖에 되지 않았기 때문에 작업은 무척 지루했다. 그러나 그 독초는 여간 맵지가 않은지라 젖소 한 마리가 단 한 번만 뜯어먹어도 그날 하루 생산되는 우유의 맛을 변하게 하는 것이다. 성격이나 감정이 서로 다른 그들이지만 하나같이 허리를 구부린 채 이상할 정도로 기계적이고 일치단결된 모습으로 줄을 짓고 있었다. 독초를 찾으려고 천천히 나아가는 그들의 등 뒤로 대낮의 햇살이 내리쬐고 있었고, 햇살을 받지 못하는 얼굴은 미나리아재비에서 반사되는 노란빛을 받아 달빛 어린 요정의 얼굴 같았다.

무슨 일이든 남과 똑같이 행동하려고 애쓰는 에인절은 이따금 고개를 들고 사방을 돌아보았다. 그의 뒤에 테스가 선 것은 물론 우연한 일이 아니었다. 그는 테스에게 속삭였다.

"몸은 어때요?"

"아주 좋아요. 고맙습니다."

테스는 정색을 하고 대답했다. 바로 30분 전에 두 사람은 서로의 처지에 대해 이야기를 나눈 터라 새삼스럽게 인사한다는 것이 조금은 어색하게 느껴졌다. 둘은 그 이상의 대화를 나누지 않고 천천히 앞으로 나아갔다. 이따금 그녀의 치맛자락이 그의 장화에 닿기도 하고 서로의 팔꿈치가 스치기도 했다. 그들 뒤에서 따라오던 주인이 마침내 싫증이 났는지 허리를 펴고 일어서서 불평을 터뜨렸다.

"정말이지 이렇게 계속 허리를 구부리고 있다가는 허리를 영 쓰지 못하게 될지도 모르겠군. 이봐요 테스, 엊그제도 몸이 불편한 것 같던데 정 피곤하면 다른 사람에게 맡기고 가서 쉬라고."

주인 크릭이 자리를 뜨고 테스도 뒤로 처졌다. 클래어도 줄에서 빠져나와 혼자 여기저기 독초를 찾으러 다녔다. 테스는 클래어가 자기 곁에 있는 것을 알았을 때, 간밤에 들었던 친구들의 이야기가 생각나 클래어에게 먼저 말을 걸었다.

"저 애들 예쁘지요?"

"누구 말인가요?"

"이즈 휴에트와 레티 말이에요."

테스는 두 처녀 중 누구라도 좋은 농부의 아내가 될 수 있으리라고 생각했고, 그들을 내세워 자신의 불행을 그에게 감추어야 한다고 다짐했던 것이다.

"예쁘다고요? 그래요. 싱싱하고 예쁜 처녀들이라고 가끔 그렇게 생각해 봤어요."

"하지만 슬프게도 아름다움은 잠시 머무르는 것 같아요."

"정말 그래요. 유감스럽게도!"

"저 애들은 젖 짜는 솜씨도 훌륭해요."

"그렇지만 당신보다는 못해요."

"저보다 크림 걷는 솜씨는 더 나은걸요."

"그래요?"

클래어는 한동안 그들을 쳐다보았는데 그들도 몰래 클래어를 훔쳐보고 있었다. 테스는 용기를 내어 말을 계속했다.

"얼굴이 빨개졌어요."

"누가요?"

"레티 프리들 말이에요."

"그렇군요. 그런데 왜 그럴까요?"

"당신이 쳐다보니까 그렇지요."

테스는 자신이 단념해야겠다는 결심은 하고 있었지만, 한 걸음 더 나아가 이렇게 말할 용기는 없었다. '당신이 진정으로 좋은 가문의 여자가 아닌, 젖 짜는 여자와 결혼할 생각이라면 저 두 처녀 중에서 선택하세요. 나하고 결혼할 생각은 제발 하지 마세요.'

그날부터 테스는 클래어를 피하느라 무척 애를 썼다. 어쩌다 우연히 마주치는 경우일지라도 그전처럼 그와 오래 있으려고 하지 않았다. 가능하면 모든 기회를 세 친구에게 양보하고 싶었던 것이다. 테스는 이제 어엿한 여인으로 성숙해 있는 친구들의 고백을 듣고 그녀들이 클래어에게 이미 마음을 모두 빼앗기고 있음을 알았다. 또한 그녀들의 그런 순진한 마음씨에 상처를 주지 않으려고 스스로를 조심하는 클래어에 대해서도 한층 애정 어린 관심을 가지게 되었다. 테스는 이렇듯 책임감이 강한 남자를 만나리라고는 꿈에도 생각지 못했다. 만약 클래어에게 그런 책임감이 없었더라면 그와 한지붕 아래서 살고 있는 그녀들은 한평생을 울며 살아가게 되었을는지도 모르는 일이다.

23

어느덧 7월의 무더위가 기승을 부렸다. 덥고 끈끈한 공기가 낙농장을 무겁게 뒤덮고 있었고 자주 비가 쏟아졌다. 덕분에 목초는 잘 자랐지만 건초를 말리던 다른 목장에서는 애를 먹기도 했다.

작업이 모두 끝나 집에서 다니는 일꾼들이 모두 집으로 돌아간 어느 일요일 아침이었다. 낙농장에서 가까운 거리에 있는 교회에 가기로 친구들과 약속한 테스는 서둘러 외출 준비를 하고 있었다. 그것은 이곳 낙농장에 온 지 두 달 만에 테스가 처음 하는 외출이었다. 어제 오후부터 한밤중까지 거센 소나기가 퍼부어 건초가 강물로 떠내려가기도 했지만, 날이 밝자 해는 더욱 밝게 빛났고 공기도 상큼해졌다.

낙농장에서 교회가 있는 멜스톡으로 향하는 오솔길은 가장 낮은 분지를 따라 쭉 뻗어 있었다. 그 길을 따라 걸어가던 테스와 세 친구들은 가장 낮은 곳에 다다랐을 때 간밤의 폭우로 그쪽 길이 물에 잠겨 있는 것을 알았다. 평상시 작업복 차림이 아닌 그들은 분홍빛, 흰빛, 보랏빛 웃옷을 입고 흰 양말에 굽이 낮은 신을 신었기 때문에 보통 때는 쉽게 건널 수 있는 웅덩이가 여간 조심스러운 것이 아니었다. 작은 흙탕물이 튀기만 해도 금방 눈에 띄었으므로 그들은 길옆 높은 둑으로 기어올라 가서 길을 건너려고 둑 위를 조심스럽게 걷고 있었다. 아직 갈 길은 먼데 멀리서 교회 종소리가 들려오자 마리안이 말했다.

"하필 오늘 강물이 이렇게 넘칠 줄 누가 알았담."

낙심한 레티가 그 자리에 서서 대꾸했다.

"이쪽으로 건너가긴 다 틀렸어. 양말을 벗고 물을 건너든지 아니면 큰길로 돌아가든지 해야겠어. 하지만 돌아가면 늦을 텐데."

"늦게 들어가면 사람들이 쳐다보고, 그럼 난 창피해서 얼굴이 빨개진다고. 기도가 끝날 때쯤에서야 겨우 부끄러운 마음이 가라앉는단 말이야."

그들이 둑 위에서 안절부절못하고 있을 때였다. 길 한쪽에서 철벅거리는 물소리가 나더니 잠시 후 그들 쪽으로 걸어오는 에인절 클래어의 모습이 보였다. 네 처녀의 심장은 동시에 울렁거렸다. 그는 완고한 목사의 반항적인 아들들이 흔히 그러하듯, 안식일과는 상관없이 작업복 차림에 장화를 신고 있었다. 모자 밑에는 머리를 식히기 위해 양배추 잎사귀를 넣어 두었고 손에는 풀 베는 낫까지 들고 있어 분명 일하러 가는 농부의 모습이었다.

"저 사람은 교회에 안 가나 봐."

마리안이 말을 꺼내자 테스가 나직하게 중얼거렸다.

"그런가 봐. 저 사람도 같이 갔으면 좋을 텐데."

에인절은 화창한 여름날에 교회에서 설교를 듣는 것보다는 자연 속을 거닐며 자연과 함께 하는 것이 더 즐거웠으므로 오늘 아침에는 간밤의 비로 건초가 얼마나 떠내려갔는지 살펴보러 나왔던 것이다. 처녀들은 웅덩이를 건너는 일에 정신이 팔려서 그가 오는 것을 몰랐지만 그는 멀리서부터 그녀들이 둑 위에 있는 것을 보았다. 여자들이 웅덩이 때문에 건너지 못하고 있다는 것을 짐작한 그는 빠른 걸음으로 달려오면서 처녀들을, 특히 그중의 한 처녀를 도와주어야겠다고 생각했던 것이다.

　장밋빛 뺨에 빛나는 눈을 가진 네 처녀가 얇고 화사한 여름옷을 입고 둑 위에 서 있는 모습은 마치 지붕 위에 모여 앉은 비둘기처럼 아름답게 보였다. 가제와 같은 스커트 자락이 풀잎 위를 스쳐 지나 올 때 헤아릴 수 없이 많은 파리와 나비들이 놀라서 날아올랐지만, 미처 도망치지 못한 것들은 마치 새장 속에 갇히기나 한 것처럼 투명한 치마 속에 갇힌 채 맴돌고 있었다. 그는 잠시 처녀들을 쳐다보다가 맨 뒤에 서 있는 테스에게로 눈길을 돌렸다. 테스는 웅덩이 때문에 가지 못하게 된 자신들의 처지가 우스꽝스러워 웃음이 나는 걸 참으며 웃음 띤 얼굴로 클래어를 마주 보고 있었다. 장화를 신은 그는 물이 별로 깊지 않은 곳까지 걸어 들어가 처녀들이 서 있는 둑 바로 아래에 섰다.

　"교회에 가는 길이지요?"

　그는 테스의 시선을 피하면서 다른 두 처녀를 포함해 맨 앞의 마리안에게 말을 건넸다.

　"네. 그런데 늦을 것 같아요. 전 늦으면 창피해서……."

　"내가 웅덩이를 건너 드리지. 모두 말이에요."

　네 처녀의 심장이 하나가 되어 버린 듯 넷은 동시에 낯을 붉혔다.

　"힘드실 텐데요."

　마리안이 말했다. 클래어는 자신 있게 대답했다.

　"여길 건너려면 그 방법밖에 없어요. 가만히들 서 있어요. 아가씨들은 그리 무겁지 않을 테니까. 자 마리안, 팔을 내 어깨에 올려놓고 날 꽉 붙잡아요. 자, 됐어요."

　마리안이 시키는 대로 그의 팔과 어깨에 몸을 맡기자 에인절은 마리안을 안고 성큼성큼 물을 건너갔다. 그의 가느다란 몸은 마치 마리안이라는 커다란 꽃송이가 달린 꽃줄기 같았다. 두 사람이 길모퉁이를 돌자 마리안의 머리에 달린 리본만이 뒤에 남아 있는 처녀들의 시야에서 어른거렸다. 곧 에인절의 모습이 길모퉁이에 다시 나타났다. 다음 차례는 이즈 휴에트였다. 가슴이 두 근거리는 것을 진정시키며 이즈가 속삭이듯 말했다.

"저기 와. 난 저 사람의 목에다 팔을 감고 마리안이 그랬던 것처럼 그의 얼굴을 들여다볼 거야."

"그건 별 의미가 없는 일이야."

테스가 얼른 말했다. 이즈는 테스의 말에 마음 쓰지 않는다는 듯 말을 이었다.

"무슨 일에나 때는 오는 법이야. 안을 때가 있고 안는 일을 멀리할 때가 있어. 이제 내게 안길 때가 온 거야."

"이즈, 그건 성경 구절이잖아!"

"맞아. 난 설교 때 좋은 구절은 외우거든."

자신의 친절의 4분의 3은 그저 친절에서 우러난 행동일 뿐이라고 생각하는 에인절 클래어는 이즈에게로 다가왔다. 이즈가 조용하게 꿈꾸듯 그의 팔에 안기자 그는 묵묵히 걸어갔다. 그가 되돌아왔을 때 레티는 심장의 고동으로 온몸이 흔들리는 것처럼 보였다. 에인절은 붉은 머리의 레티를 안으면서 테스를 흘끗 쳐다보았다. 그는 눈으로 명백하게 '이제 곧 당신과 내 차례요.'라고 말하고 있었다. 테스의 얼굴에도 알아들었다는 표정이 나타났다. 둘은 서로의 마음을 이해하고 있었으므로 감정을 숨길 수가 없었던 것이다.

조그맣고 가엾은 레티는 가장 가벼웠으나 골치 아픈 대상이었다. 밀가루 포대처럼 육중한 마리안은 그를 비틀거리게 했고, 이즈는 침착하고 요령 있게 안긴 반면, 레티는 신경질적이어서 잠시도 가만있지를 않았던 것이다. 클래어는 레티를 무사히 데려다 놓고 테스에게로 왔다. 길 건너 언덕 위 나무 사이에 서 있는 친구들의 모습이 테스의 눈에도 보였다. 조금 전 친구들이 클래어에 게 안기면서 흥분하는 것을 보고 경멸한 테스였지만 막상 자기 차례가 다가오 자 가슴이 두근거리고 숨이 가빠지는 것은 자신도 어쩔 수가 없었다. 자신의 그런 속마음이 들킬까 두려운 나머지 그녀는 얼른 말을 했다.

"전 둑을 타고 건널 수 있어요. 저 애들보다는 잘 올라갈 수 있거든요. 그리 고 너무 지치셨어요, 클래어 씨."

"괜찮아요, 테스."

그가 급히 말했다. 테스는 자신도 모르는 사이에 그에게 안겨 그의 어깨에 몸을 기댔다.

"당신을 안기 위해 세 사람을 건네준 셈이야."

그가 속삭였다. 테스는 자신의 결심을 되새기며 너그럽게 말했다.

"저 애들이 저보다 훌륭한걸요."

"난 그렇게 생각하지 않아요."

그 말을 들은 테스의 얼굴이 빨개지는 것을 에인절은 놓치지 않고 보았다. 말없이 몇 걸음을 걸은 다음 테스가 수줍게 물었다.

"제가 꽤 무겁지요?"

"전혀 무겁지 않아요. 마리안은 정말 무거웠어요. 당신은 햇볕으로 따뜻해 진 출렁이는 물결 같아요. 그리고 이 모슬린 옷은 물거품 같고."

"정말 그렇게 예쁘게 보여요?"

"내가 세 사람을 건네주느라 고생한 것도 당신을 건네주기 위해서라는 걸 정말 몰랐어요?"

"몰랐어요."

"사실 오늘 이런 일이 생기리라고는 꿈에도 생각 못했소."

"저도 그래요. 물이 너무 갑자기 불었거든요."

테스는 그가 물이 넘친 이야기를 하는 줄 알고 그렇게 대답했는데, 그의 가쁜 숨결이 그녀의 생각이 잘못되었음을 알려 주었다. 그는 가만히 걸음을 멈추고는 테스의 얼굴 가까이 자신의 얼굴을 수그렸다.

"오, 테스!"

그는 격한 어조로 말했다. 테스의 뺨은 그의 숨결로 달아올랐다. 그녀는 가슴이 터질 듯한 흥분 때문에 에인절의 눈을 똑바로 바라보지 못했다. 그는 문득 자신이 우연한 기회를 지나치게 이용한 것 같은 기분이 들어 행동을 조심했다. 아직 두 사람은 서로 사랑한다는 말을 한 적이 없었으므로 그 정도만으로 서로의 감정을 표현하는 것이 자연스러울 것 같기도 했다.

그는 좀더 오랜 시간 그녀와 함께 있고 싶은 마음에서 천천히 걸었다. 이윽고 길모퉁이에 이르자 기다리고 있는 세 처녀의 모습이 보였다. 그는 그들이 서 있는 곳에 테스를 내려놓았다. 세 처녀들은 무언가 알고 싶다는 듯 테스와 클래어를 유심히 바라보았다. 테스는 친구들이 자기 이야기를 했다는 것을 눈치챘다. 에인절은 그들에게 서둘러 인사하고는 물에 잠긴 길을 걸어 저만치 사라졌다.

네 처녀는 아까처럼 함께 걷기 시작했다. 얼마 안 가서 마리안이 침묵을 깨뜨리고 말문을 열었다.

"안 되겠어. 우린 테스하고는 상대가 안 돼."

그녀는 시무룩한 표정으로 테스를 보았다. 테스는 놀라 물었다.

"그게 무슨 소리야?"

"그 사람은 너를 제일 좋아해. 우리들 중 누구보다도 말이야. 널 안고 오는 그 사람의 표정을 보고 알았어. 네가 조금이라도 그에게 관심을 보였다면 아마 너한테 키스했을 거야."

"아냐, 그렇지 않아."

낙농장을 떠날 때의 유쾌한 분위기는 사라져 버린 듯싶었지만 그들 사이에 미움이나 시기심이 싹튼 것은 아니었다. 그들은 마음이 착한 처녀들이었고, 모든 것을 운명에 맡기는 한적한 시골에서 자라난지라 테스를 원망하는 마음은 조금도 없었다. 설령 테스에게 좋은 기회를 빼앗긴다 할지라도 그녀들에게 그것은 피할 수 없는 운명일 뿐이었다.

테스는 마음이 아팠다. 친구들이 에인절을 사모하고 있다는 것을 알게 되면서부터 그에게로 향한 감정이 더욱 절실해지는 것은 어쩔 수 없는 일이었다. 에인절 때문에 애태우는 친구들을 애처롭게 생각하여 그에게로 향하는 자신의 마음을 억누르고자 했지만 결국 이렇게 되고 말았다. 그날 밤 테스는 침대에 누워 눈물을 흘리며 레티에게 단호하게 말했다.

"난 결코 너희들을 방해하지 않겠어. 그 사람은 그럴 생각도 없겠지만, 만약에 내게 결혼하자고 해도 난 거절할 거야. 난 누구와도 결혼하지 않을 테니까."

"어머, 정말이니? 왜?"

의아스럽다는 눈빛으로 레티가 물었다.

"아마 그런 일은 없을 거야. 솔직히 말하면 나를 제쳐 놓고 생각한다 하더라도 그 사람이 너희들 중 누구와 결혼할 것 같지는 않아."

"난 그런 걸 바란 적도 없어. 하지만 답답해서 죽고만 싶어."

레티가 절망적으로 말했다. 마침 다른 두 친구가 올라오자 걷잡을 수 없는 감정에 마음이 혼란스러워진 레티는 친구들을 돌아보며 말했다.

"우린 전처럼 다시 친구가 될 수 있어. 테스도 우리처럼 그 사람을 생각하지 않기로 결심했대."

잠시 서먹서먹했던 기분은 사라지고 그들은 예전처럼 마음을 털어놓는 정다운 사이가 되었다. 마리안이 침울한 어조로 말했다.

"난 이제 내가 어떻게 되든 상관하지 않을 거야. 사실은 나한테 두 번이나 청혼한 어떤 목장 주인과 결혼할 생각이었는데, 그 사람하고 결혼할 바에야 차라리 죽어 버리는 게 낫겠다는 생각이 들어. 그런데 왜 말이 없지, 이즈?"

"그래, 나도 고백할게. 사실은 오늘 낮에 그 사람이 나를 안고 물을 건네줄 때 내게 키스할 줄 알았어. 그래서 얌전하게 그 사람에게 안겨 숨죽여 기다렸는데, 끝내 키스해 주지 않았어. 난 이제 이곳이 싫어졌어. 난 집으로 돌아가고 싶어."

이즈는 조그만 소리로 말했다.

침실의 공기는 그녀들의 절망적인 감정과 더불어 물결치고 있는 것 같았다. 오늘 낮에 있었던 일로 그녀들의 정열은 뜨거워졌고, 똑같이 타오른 그 정열로 인해 넷의 마음은 일치가 된 것 같았다. 에인절의 사랑을 독차지하려던 희망이 사라져 버렸으므로 그들에겐 질투의 감정이란 조금도 없었다. 서로의 마음을 고백하고 서로를 가엾게 여기는 연민과, 그를 사모함으로써 느끼게 되는 황홀한 감정만이 있을 뿐이었다. 그들은 좁은 침대에서 잠을 이루지 못하고 이리저리 뒤척였다. 아래층의 치즈 짜는 기계에서 떨어지는 물소리만이 단조롭게 들려왔다. 반 시간쯤 지났을 때 이즈 휴에트가 테스에게 말을 건넸다.

"테스, 자니?"

테스가 아직 안 잔다고 대답하자 레티와 마리안도 이불을 젖히며 한숨을 내쉬었다.

"우리도 안 자."

"그 사람의 신부감으로 정해졌다는 여자, 누굴까?"

"글쎄 말이야."

이즈가 말했다. 테스는 깜짝 놀라 숨가쁘게 물었다.

"신부감이 정해졌다고? 금시초문이야."

"정말이야. 이미 소문이 난걸. 가문이 비슷한 집안 딸이래. 에인절은 그 여자를 별로 좋아하지 않는다지만, 집에서 정한 일이니까 아마 그 여자와 결혼하게 될 거야."

그들은 그 이야기를 그냥 소문으로 들었을 뿐이지만, 어둠 속에서 애태우며 공상해 보기에는 그것만으로도 축복에 넘치는 그들의 가정 생활까지 그려 보면서, 그의 뇌리에서 지워져 버릴 자신들의 처지를 생각하고는 울다가 잠이 들었다.

테스는 클래어와 결혼할 여자가 정해졌다는 사실을 안 다음부터는 자기에 대한 에인절의 태도에 어떤 의미가 숨어 있다는 덧없는 생각은 하지 않기로 마음먹었다. 그가 자신의 미모에 끌려 한때의 연정으로 자신을 사랑한다고 생각하는 것은 슬픈 일이었다. 그러나 무엇보다도 슬펐던 것은, 남들보다 아름답고 열정적이며 지혜도 간직하고 있는 그녀 자신이 윤리적이며 도덕적인 면에서는 그 누구보다도 그의 상대가 될 수 없다는 사실이었다.

24

바 분지의 습기를 머금은 비옥한 토지에서 자라나는 나무들은 땅속 깊이 뿌리를 내려 양분을 빨아올리며 무럭무럭 자라고 있었다. 계절과 어우러져 사랑을 갈망하는 이 고장 젊은이들의 가슴에도 사랑이 꽃피기 시작하는 것 같았다.

7월이 지나가고 이어 찌는 듯한 무더위가 다가왔다. 봄에서 초여름까지 그처럼 맑고 상쾌하던 낙농장의 공기가 이제는 탁하고 나른해졌다. 그 탁한 공기가 처녀들의 머리 위에 무겁게 늘어져 있었고, 한낮의 낙농장 풍경은 마치 기절해 누워 있는 듯한 느낌을 불러일으켰다. 붉게 타오르는 태양은 높은 경사지의 풀밭을 누렇게 태웠지만, 냇물이 흐르는 곳에서는 여전히 파릇파릇한 풀이 자라고 있었다. 클래어는 더위 때문에 괴로웠을 뿐만 아니라 상냥하고 말이 없는 테스에 대한 열정으로 혼자서 애를 태우고 있었다.

장마가 갠 뒤라 고원 지대는 갈라져 있었고 사람들은 주로 일사병에 관한 이야기를 했다. 버터 제조나 저장 일은 아주 절망적이었다. 낙농장 주인 크릭은 월요일부터 토요일까지 옷소매를 걷어붙이고 누구보다도 열심히 무더위 속을 뛰어다니며 일했다. 창문을 열어 놓더라도 문을 열지 않으면 환기에 아무런 효과가 없었다. 낙농장 마당에서는 검정새와 개똥지빠귀가 네발짐승처럼 나도국수나무 덤불 속을 기어다녔다. 부엌의 파리들은 방바닥이며 서랍 속이며 젖 짜는 처녀들의 손등 위를 기어다녔다. 주인을 비롯해 목장의 일꾼들 모두는 시원하고 편하게 일하기 위해 소들을 목장에 그대로 둔 채 젖을 짰다. 한낮에는 해가 움직임에 따라 나무의 그림자가 나무줄기의 둘레를 돌았고 젖소들도 그 그늘을 따라 움직였다. 젖을 짤 때도 소들은 극성스러운 파리 떼 때문에 가만히 서 있지를 못했다.

어느 날 오후였다. 아직 젖을 짜지 않은 소 너덧 마리가 소 떼에서 벗어나 산울타리 뒤쪽에 서 있었는데, 그중에는 테스의 손길을 유난히 좋아하는 덤플링과 올드 프리티도 끼여 있었다. 테스는 소젖을 다 짜고 일어났는데 한동안 그녀를 지켜보고 있던 에인절 클래어가 다음에는 덤플링과 올드 프리티의 젖을 짤 거냐고 물었다. 테스는 고개를 끄덕이고는 의자와 우유 통을 들고 올드 프리티가 있는 울타리 쪽으로 갔다. 잠시 후 소젖이 우유 통으로 쏟아지는 소리가 들려왔다. 테스가 젖을 짜는 소 옆에 다루기 힘든 소 한두 마리가 서성거리고 있었으므로 에인절은 젖을 마저 짜고 일을 끝내려는 생각으로 울타리 구석으로 다가갔다. 그도 이제는 주인 못지않게 젖 짜는 일에 익숙해져 있었던 것이다.

젖을 짤 때는 남자들이 하는 것처럼 몇몇 여자들은 소의 배 밑까지 머리를 수그리고 우유 통을 들여다보며 짜기도 했지만 대부분의 여자들은 소 옆구리에 머리를 기댄 채 젖을 짰다. 대부분의 여자들이 그러하듯 테스는 소 옆구리에 관자놀이를 기대고 명상에 잠긴 듯 먼 곳을 물끄러미 바라보면서 젖을 짜고 있었다. 햇빛이 그녀를 정면으로 비추고 있어 흰 모자를 쓰고 분홍색 옷을 입은 그녀의 옆모습은 마치 인형처럼 젖소의 암갈색 옆구리를 배경으로 아름답게 비쳤다.

테스는 클래어가 뒤로 다가와 젖소 밑에 앉아서 자신을 보고 있는지 눈치채지 못하고 있었다. 눈은 뜨고 있었지만 꿈을 꾸고 있는 듯 그녀의 눈동자는 환상에 젖어 있었다. 이 한 폭의 풍경화 속에서 움직이는 것은 젖소의 꼬리와 테스의 분홍빛 손뿐이었다. 그녀의 손은 혈액 순환에 따라 심장이 뛰듯 어떤 무의식적인 행동으로 움직이는 것 같았다.

에인절의 눈에 그녀의 모습은 한없이 아름다워 보였다. 손에 잡을 수 없는 천상의 아름다움이 아니라 바로 눈앞에서 볼 수 있는 것이었고, 가까이서 느낄 수 있는 체온이며, 생생하게 살아 있는 구체적인 아름다움이었다. 특히 그녀의 입이 사랑스러워 보였다. 표정이 풍부한 눈이라든지 활 모양의 눈썹도 그렇지만 특히 선이 고운 그녀의 입술처럼 매력적인 입술은 본 적이 없었다. 여태까지 여러 번 보아 온 그녀의 입술이 선명한 빛깔과 생기를 띠고 다시 그의 눈앞에 나타나자 그는 순간적으로 황홀감에 빠졌다. 전신에 오한이 느껴지고 가슴이 울렁거리더니 갑자기 재채기가 나왔다.

그제야 테스는 에인절이 지켜보고 있다는 것을 깨달았다. 꿈꾸는 듯한 신비로운 얼굴 표정은 사라졌으나, 그녀는 자신이 눈치챘다는 것을 클래어에게 알리지 않으려고 몸을 움직이지 않았다. 그러나 그가 유심히 살펴보았다면 그녀의 얼굴에 붉은빛이 스쳐 가는 것을 볼 수 있었으리라.

클래어는 가슴속에 이미 타오르기 시작한 정열의 불을 쉽사리 끌 수가 없었다. 결심이나 망설임, 분별심, 공포심 따위는 패잔병처럼 물러가 버리고 말았다. 그는 우유 통을 아무렇게나 놓아 둔 채 잽싸게 테스의 곁으로 달려가 그녀 앞에 무릎을 꿇고 그녀를 두 팔로 안았다. 테스는 엉겁결에 그의 품에 안겼다. 순간 자기를 안은 사람이 바로 사랑하는 클래어임을 알자 놀라움과 기쁨의 탄성이 그녀의 매혹적인 입술에서 새어 나왔다. 클래어는 그 아름다운 입술에 키스하고 싶은 유혹을 느꼈으나 마음속 깊이 그 충동을 억눌렀다.

"용서해 줘요, 귀여운 테스. 미리 허락을 받았어야 하는 건데, 난 내가 무슨 짓을 하고 있는지도 몰랐어. 하지만 이건 진심이에요. 테스, 난 진정으로 당신을 사랑해."

에인절이 속삭였다. 그때 올드 프리티가 두리번거리며 사방을 둘러보았다. 지금까지 한 사람만이 있었던 자기 배 밑에 두 사람이 쭈그리고 있는 것을 본 젖소는 심술궂게 뒷발을 들어올렸다.

"소가 화가 난 모양이에요. 우유 통을 걷어차 버릴지도 몰라요."

그의 품에서 몸을 빼려 하는 그녀의 눈길은 젖소에게로 향하고 있었지만, 마음은 온통 에인절과 그녀 자신에게로 쏠리고 있었다. 테스가 일어서자 그도 테스를 안은 채 함께 일어섰다. 먼 곳을 바라보던 테스의 뺨에 눈물이 흘러내렸다.

　"왜 울지, 테스?"

　"나도 잘 모르겠어요."

　테스는 슬픈 듯이 중얼거렸고, 자신이 처한 상황을 분명히 깨닫게 되자 불안해져서 뒤로 물러서려 했다. 에인절은 자포자기한 듯한 한숨을 내쉬었다. 그것은 자신의 감정이 이성을 앞질렀다는 사실을 증명하는 한숨이었다.

　"결국 내 감정을 드러내고 말았군요. 내가 진정으로 당신을 사랑한다는 건 새삼스럽게 말할 필요도 없는 일이지만, 당신을 괴롭히게 될지도 모르니까 이제 그만두겠어요. 사실은 나도 내 행동에 당신만큼이나 놀랐어요. 당신이 마음놓고 있을 때를 틈타서 내가 무례한 행동을 했다고 생각하진 않겠지요? 내가 너무 경솔하고 성급했다고 생각해요?"

　"아뇨. 어떻게 말해야 좋을지 모르겠어요."

　그는 포옹을 풀었다. 잠시 후 두 사람은 각기 제자리에서 젖을 짜기 시작했다. 두 사람이 굳게 포옹했던 사실을 아는 사람은 아무도 없었다. 몇 분 후 구석진 울타리 모퉁이에 낙농장 주인 크릭이 들렀을 때, 서로 떨어져 젖을 짜는 그들이 단순한 친구 이상의 사이라는 것을 말해 줄 만한 낌새조차 보이지 않았다. 그러나 그가 이곳에 들르기 몇 분 전에 두 사람의 마음속에는 폭풍이 지나간 듯한 큰 변화가 일어났던 것이다. 만약 그 변화가 어떤 것인지 알았더라면 실제적인 크릭은 그 사실을 경멸했을지도 모르지만, 그것은 이 세상의 모든 실제적인 것보다 더 확고부동한 어떤 섭리에 뿌리박고 있는 것이었다. 이제 그들의 앞을 가리고 있던 장막은 옆으로 활짝 걷히고 그들 앞에 새로운 지평선이 펼쳐졌다. 그 지평선의 끝이 어디인지는 아무도 모르지만.

제4부 결과

25

저녁 무렵이 되자 클래어는 마음을 가라앉히지 못해 바같으로 뛰쳐나갔다. 그의 마음을 온통 사로잡은 테스는 이미 자기 방으로 들어간 뒤였다. 밤은 한낮처럼 무더웠다. 해가 진 뒤에도 풀밭 위가 아니면 시원한 곳이 없었다. 난로처럼 뜨거운 큰길과 오솔길, 집 앞과 뒷마당 벽에서 다가오는 더운 열기가 멍하니 서 있는 클래어의 얼굴에 부딪쳐 왔다. 그는 낙농장 뒷마당의 동쪽 문에 가서 앉았다. 자기 자신을 어떻게 다스려야 할지 알 수가 없었다. 그날은 정말 감정이 이성을 마비시켜 버린 것 같았다.

세 시간 전 갑작스러운 포옹 이후 두 사람은 계속 떨어져 있었다. 그 일이 너무 놀라운 일이라 테스는 아무런 말도 할 수 없었고, 클래어는 자신이 저지른 일이 솔직한 감정의 표현이기는 했으나 계획적인 일이 아니어서 마음을 가라앉힐 수가 없었다. 섬세하고 명상적인 그로서는 앞으로 테스와의 관계를 어떤 식으로 이어 나가야 할지, 다른 사람들 앞에서는 어떻게 행동해야 할지 아직도 알 수가 없었다.

사실 에인절은 이곳으로 올 때 잠시 기술을 배우려는 생각으로 온 것뿐이었
다. 이곳에서의 생활은 긴 일생에서 지극히 짧은 시간이고 바람처럼 스쳐 가
쉽게 잊혀지리라고 생각했다. 이를테면 병풍을 친 방 한구석에서 흥겨운 바깥
세계를 조용히 내다보고, 월트 휘트먼과 더불어 "예사로이 차려입은 남녀들이
여, 그대들은 참으로 내 눈에 신기롭도다!"라고 노래 부르면서 새로이 그 세계
로 뛰어들어 갈 작정을 할 수 있는 바로 그런 장소를 찾아온 셈이었다.

그런데 이게 어찌 된 일인가. 그 흥겨운 장면은 벌써 이곳에서 자태를 나타
내고 있으니, 처음부터 매력을 느꼈던 세계가 이젠 아무런 흥미도 없는 외계
(外界)의 무언극이 되어 버린 반면에, 겉으로 보기에 음침하고 활기가 없는 이
곳에서 지금까지 어디서도 그의 일신상에 단 한 번도 일어나 본 적이 없는 신
기한 사건이 화산처럼 터졌던 것이다.

온 집안의 창문이 전부 열려 있었으므로 클래어는 정원 너머 방안으로 들어
가는 사람들의 나직한 소리까지도 분명하게 들을 수 있었다. 이곳에서 그는
지금까지 한 번도 겪어 본 적이 없는 새로운 사건을 겪게 되었던 것이다. 그 사
건으로 인해 임시로 머무르는 장소로밖에 여기지 않았던 초라하고 낡은 낙농
장 건물이 클래어에게는 옛 성만큼이나 근사하게 생각되었다.

이끼 긴 벽돌집 처마가 마치 "이곳에 머무르시오."라고 속삭이는 것 같았고
창문은 미소를 짓는 것 같았다. 출입문은 유혹하며 손짓하는 듯했고 담쟁이덩
굴은 비밀을 알고 있다는 듯 얼굴을 붉히는 것처럼 보였다. 이 집안에 있는 한
사람의 영향력은 벽돌과 땅과 하늘까지도 타오르는 정열로 물들일 수 있을 만
큼 큰 것이었다. 그 큰 영향력을 준 사람은 다름 아닌 한 아리따운 젖 짜는 여
인이었다.

이 외진 낙농장의 생활이 클래어에게 커다란 의미를 지니게 해 주었다는 것은 중요한 일이었다. 그 의미의 한 부분은 이제 싹트기 시작한 사랑이기도 했지만 그것이 전부는 아니었다. 이곳에 온 뒤, 민감한 그는 외부 환경의 변화에 의해서가 아니라 주관적인 경험에 의해서 어떤 환경에서든 간에 생활한다는 것 자체가 중요하다는 사실을 알게 되었고, 그로 인해 이곳에서의 생활이 다른 어느 곳에서의 생활 못지않게 소중함을 깨달았던 것이다.

그는 이단적이고 결점이 있기도 했지만 양심적인 인간이었다. 또한 테스는 즐기는 대상이나 되는 그런 하찮은 여인이 아니었다. 클래어가 볼 때 그녀는 어느 위인 못지않은 위대한 삶을 살아가는 여인이었다. 그녀에게 세계는 그녀의 느낌에 따라 변하는 것이고, 자신이 존재함으로써 남들 또한 존재했다. 우주조차도 그녀가 태어난 순간부터 그녀를 위해 비로소 존재할 뿐이었다. 그녀의 인생은 냉정한 운명이 그녀에게 베풀어 준 단 한 번의 기회였고 그만큼 소중한 것이었다. 그가 그녀를 진정한 애정으로 대하고 자신 때문에 그녀가 괴로워하거나 파멸하지 않도록 돌보는 것은 한 인간이 타인에게 베풀어야 하는 최소한의 예의인지도 몰랐다.

오랜 생각 끝에 그는 미래에 대한 아무런 확신 없이는 그녀를 만나지 않는 것이 좋겠다는 결심을 했다. 습관처럼 그녀와 매일 만난다는 것은 이제 움트기 시작한 애정의 싹을 한층 키워 주는 결과를 가져올 것이다. 가까이 지내면서 자주 만나면 감정은 더욱 격렬해지고, 그 감정의 물결이 어디로 흘러갈 것인지는 아무도 짐작할 수 없는 일이었다. 아직 그녀에게 커다란 상처를 준 것은 아니므로 당분간 둘이 만나는 일을 억제하는 것이 좋을 것 같았다. 그러나 그녀에게 가까이 가지 않겠다는 결심을 실행에 옮기기란 쉽지 않았다. 심장이 뛰고 있는 순간순간마다 그의 마음은 테스에게로 달려가고 있기 때문이었다.

그는 당면한 그 문제에 대해 친구들의 의견을 들어볼 겸 친구들을 만나 보러 가야겠다고 생각했다. 앞으로 다섯 달만 지나면 견습 기간이 끝나고, 다른 농장에 가서 두어 달 더 실습한다면 농사에 관한 충분한 지식을 얻어 자립할 수 있을 것 같았다. 농부에게는 아내가 필요한지, 필요하다면 귀여운 인형 같은 여자가 어울릴지 아니면 일을 잘하는 농촌 여자가 어울릴지 친구들에게 물어 보고 싶었다. 굳이 떠나지 않아도 알 수 있는 문제였지만 그는 떠나기로 결심을 굳혔다.

어느 날 텔보데이스 낙농장에서 아침 식사를 하고 있을 때 한 처녀가 아침부터 클래어가 통 보이지 않는다고 말하자 주인 크릭이 대답했다.

"클래어 씨는 가족들과 2, 3일 같이 지내겠다며 고향 에민스터에 갔어."

두근거리는 가슴으로 아침 상에 둘러앉아 있던 네 처녀들에게는 별안간 아침 햇살의 빛이 사라지고 새들의 지저귐도 들리지 않는 듯했다. 그러나 처녀들은 말이나 태도로 실망의 기색을 보이지 않았다. 주인은 처녀들에게 어떻게 들리든지 상관없다는 듯 냉정한 투로 계속 말했다.

"그 사람은 나하고 같이 지낼 날이 끝나 가니까 다른 곳으로 옮길 생각을 하고 있는 모양이더군."

"언제까지 여기 있게 되나요?"

슬픔에 잠긴 네 처녀 중에서 침착한 목소리로 말할 수 있다고 자신한 이즈 휴에트가 물었다. 나머지 처녀들은 자신의 생명이 주인의 대답 한마디에 달려 있기나 한 것처럼 긴장된 마음으로 대답을 기다리고 있었다. 레티는 멍청하게 입을 벌린 채 식탁보를 물끄러미 내려다보고, 마리안의 붉은 얼굴은 더욱 상기되었으며, 테스는 두근거리는 가슴으로 바깥 목장을 건너다보고 있었다.

"글쎄 수첩을 봐야지만 확실한 날짜를 알 것 같아. 그 날짜도 바뀔지 몰라.

외양간에서 소가 해산하는 걸 보고 배우려면 좀더 머무르게 될 거야. 아마 금년 말까지는 머무를 거야."

클래어와 더불어 지내며 맛보았던 쓰디쓴 사랑의 기쁨, '고뇌의 띠를 두른 쾌락'의 4개월 남짓한 세월, 그것이 지난 뒤의 형용 못할 어두운 밤.

그 시각에 클래어는 에민스터의 부친이 있는 목사관을 향해 오솔길을 따라 말을 달리고 있었다. 그의 손에는 크릭 부인이 그의 부모님에게 전하는 까만 푸딩과 벌꿀 술병이 담긴 바구니가 조심스럽게 들려져 있었다. 그의 눈은 앞으로 길게 뻗은 하얀 오솔길을 바라보고 있었지만, 사실은 길을 보고 있는 것이 아니라 앞으로의 일을 곰곰이 생각하고 있었다. 그는 테스를 사랑하고 있었다. 그렇다면 마땅히 그녀와 결혼해야 하는 것이 아닐까. 어머니와 형들은 어떻게 받아들일 것이며, 결혼을 하고 한두 해가 지나면 자기 자신은 또 어떻게 될 것인지, 우선 그녀에 대한 애정의 싹이 튼튼한 토양에서 자라고 있는 것인지, 아니면 그녀의 미모에 대한 일시적이고 감각적인 향락인지를 확실하게 알아야만 그 모든 문제에 대해 명확한 결론을 내릴 수 있을 것 같았다.

이윽고 클래어의 눈에 언덕으로 둘러싸인 아늑한 고향 마을과 벽돌로 지은 교회의 탑과 목사관 근처의 수풀이 보였다. 그는 낯익은 문이 있는 곳으로 말을 몰아 집으로 들어가려다 잠시 교회 쪽으로 시선을 돌렸다. 교회 문 옆에서 열두 살에서 열여섯 살 사이의 여자 아이들이 누군가를 기다리며 서 있었다. 조금 뒤 그들이 기다리는 사람이 나타났는데, 그녀는 여자 아이들보다 좀더 나이가 많아 보였고 차양이 넓은 모자에 풀을 빳빳하게 먹인 흰 예배복을 입고 손에는 두어 권의 책을 들고 있었다.

클래어도 그녀를 잘 알고 있었다. 그녀가 자신을 보았는지 못 보았는지 모르지만 그는 모르는 척했다. 그녀는 나무랄 데 없는 여자였으나 그는 왠지 인사하는 것이 귀찮아서 상대방이 자신을 못 본 것으로 단정 지어 버렸다. 그 젊은 처녀 머시 찬트는 이웃에 사는 아버지 친구의 외동딸이었고, 아버지는 그가 그녀와 결혼하기를 마음속으로 바라고 있었다. 그녀는 신앙심이 매우 깊었으며, 지금도 아이들에게 성경을 가르치러 들어가는 길이었다. 그러나 클래어의 마음은 바 분지의 이단자들—장밋빛 뺨에 쇠똥이 얼룩진 처녀들—특히 그 중에서도 정열적인 한 처녀에게로 향하고 있었다.

클래어는 갑자기 고향을 찾게 되어 부모님에게 연락할 겨를이 없었다. 그는 부모님이 교구 일로 외출하기 전에 집에 도착하려고 새벽부터 서둘러 말을 달려왔는데, 예정보다 조금 늦어져 가족들이 식사하고 있을 때 집에 도착하게 되었다.

그가 들어서자 가족들은 모두 놀라며 그를 반겼다. 집안에는 부모님과 이웃 마을 부목사로 일하다가 두 주일의 휴가를 얻어 돌아온 펠릭스 형, 그리고 케임브리지 대학의 특별 연구원이자 학감이며 고전어 학자이기도 한 카드버트 형이 있었다. 어머니는 차양 없는 모자와 은테 안경을 끼고 있었고, 아버지는 품위에 맞는 풍채를 갖추고 있었다. 그는 믿음이 두터운 진실한 위인이며 다소 수척한 편인데 나이는 예순다섯쯤 되어 보이고, 좀 창백한 얼굴에는 사색과 결의의 주름살이 잡혀 있었다. 한쪽 벽에는 에인절보다 여섯 살 위인, 선교사 남편을 따라 아프리카에 가 있는 누이의 사진이 걸려 있었다.

자신의 품위에 맞는 당당한 풍채를 갖추고 있는 클래어 목사는 최근 20년 동안 현대 생활과는 동떨어진 듯 살아왔다. 진실하고 신앙이 깊은 그의 생활과 사상은 개종주의 신학자들의 정통 후계자답게 순박했다. 그는 젊었을 때 심각한 문제에 대해 확고한 신념을 세우고 난 뒤부터는 한 번도 신앙에 회의를 갖지 않았는데 같은 시대, 같은 학파에 속한 목사들도 그러한 그를 극단주

의자라고 여겼다. 그러나 그의 철저한 지조라든가, 신념을 실천하는 과정에서 불의를 참지 못하는 과감한 성격에 대해서는 그의 사상을 반대하는 다른 목사들까지도 인정하지 않을 수 없었다. 그의 태도가 다 옳다고는 할 수 없을지라도 그가 성실하고 진지하다는 것은 다른 사람들도 인정하는 것이었다.

그는 탈사스의 바울을 사랑하고, 성 요한을 좋아하고, 용기가 있는 한 성 야곱을 미워하고, 디모테오와 디도와 필레몬은 애증이 뒤섞인 감정으로 보았다. 『신약 성서』는 그가 생각하기에 그리스도의 글이라기보다 바울의 글이었고, 논의라기보다는 희열의 부르짖음이었다. 그의 결정론적인 신조는 악덕에 가까웠고, 그의 부정적인 면에서는 쇼펜하우어나 레오파르디의 사상과 일맥 상통하는 절망의 철학이라 해도 무방했다. 그는 어떤 종교적인 규약이나 예배 규정을 비웃었고, 39개 신조를 농락하고 어느 모로 보나 자기는 시종일관 한결같은 태도라고 생각했다. 사실 어떤 점에서는 그럴는지도 모른다. 다만 틀림없는 한 가지는 그가 진지하다는 사실 그것이었다.

그는 아들 에인절이 바 골짜기에서 경험한 방탕한 생활이나 싱싱한 젊은 여성에게서 느끼는 탐미적이고 관능적이며 이단적인 즐거움을 연구나 상상력으로 충분히 이해한다 할지라도, 그 기질로 보아서는 꺼려할 것이 분명했다. 언젠가 에인절은 흥분한 나머지 종교의 근원이 팔레스타인이 아니고 그리스였다면 인류가 훨씬 행복해졌을 거라는 의견을 아버지에게 말한 적이 있었다. 그런 의견에도 얼마간의 진리가 있다는 사실을 한 번도 생각해 보지 못한 완고한 아버지의 분노는 대단했지만, 그는 아들에게 몇 차례 근엄한 설교만 했을 뿐 크게 꾸짖지는 않았다. 워낙 성품이 온화했기 때문에 무슨 일이든 오래 화를 내지 못했고, 지금도 그는 어린아이 같은 천진한 미소로 아들을 반갑게 맞았다.

에인절은 자리에 앉자 집에 돌아온 편안한 기분은 느꼈으나 예전처럼 가족의 한 사람이라는 유대감은 느껴지지 않았다. 사실 그는 집에 돌아올 때마다 서먹함을 느끼곤 했는데 오늘은 유난히 그런 느낌이 더했다. 천국과 지옥이 존재한다는 식의 초월적인 사고방식을 가진 식구들과 자신은 전혀 어울리지 않는 것 같았다. 요즈음 그가 몰두하는 생각은 인생 자체였고, 그 무엇으로도 막을 수 없는 생의 열정이 그의 가슴속에서 맥박 치고 있었던 것이다.

가족들도 에인절이 점점 변해 가고 있음을 눈치챘다. 특히 형들이 느낀 것은 그의 차림새와 태도가 전과 다르다는 것이었다. 그는 마치 전형적인 농사꾼 같았다. 다리를 마구 흔들어 대고 얼굴은 전보다 더 솔직하게 자신의 감정을 드러냈다. 학생답던 모습은 자취를 감추었고 사교적인 청년의 인상은 찾아보려야 찾아볼 수도 없었다. 점잔 빼는 사람들이 보면 교양이 없다고 생각하고 얌전한 숙녀들이 보면 버릇없는 남자라고 생각할 그러한 그의 태도는 텔보데이스 목장의 생활에서 자신도 모르게 얻어진 것이었다.

아침 식사를 마친 뒤 그는 형들과 함께 산책을 했다. 형들은 교양이 풍부하고 옷차림이 단정한 것만큼이나 전형적인 사고방식을 가졌다. 다시 말하면 조직적 교육이라는 틀 속에서 해마다 똑같은 모양으로 생산되는 전형적인 모범생들이었다. 다른 모범생들이 그렇듯이 그들은 안경을 쓰는 것에서부터 책을 읽는 것까지 유행에 민감하게 반응했다. 그들은 둘 다 조금 근시였는데 줄 달린 외안경이 유행하면 그런 안경을 썼고 두알박이 코안경이 유행하면 으레 그것으로 바꾸었으며, 보통 안경이 유행하면 자기들의 시력에 어떤 결함이 있든 없든 아무런 생각 없이 당장 보통 안경으로 바꿔 버렸다. 워즈워드가 계관 시인(桂冠詩人)이 되면 그의 자그마한 시집을 몸에 지니고 다녔고, 셸리가 천대를 받으면 그의 시집을 책장에 무심하게 내버려두곤 했다. 또 남들이 코레조의 「성가족(聖家族)」을 찬양하면 그들도 같이 보조를 맞추었고, 코레조를 업신여기고 그 대신 벨라스케스를 찬양하면 그들 자신도 아무 불만 없이 순순히 보조를 맞추는 것이었다.

형들이 에인절을 사교적이지 못한 인물로 변했다고 생각한 반면, 에인절은 형들의 정신력이 약해졌다고 생각했다. 펠릭스는 교회의 화신처럼, 카드버트는 대학의 화신처럼 보였다. 교회와 대학이 그들의 세계를 움직이게 하는 태엽이었다. 그들은 성직자도 아니고 대학 출신도 아닌 사람들이 무수히 많다는 것을 인정하면서도 그들을 하나의 개성으로 동등하게 존중하려는 생각은 가지고 있지 않았으며, 함께 어울릴 수 없는 다른 집단으로 취급했다.

형들은 모두 효성이 지극했으므로 정기적으로 아버지를 찾아왔다. 아버지보다 한층 새로운 종파 출신인 펠릭스는 아버지보다 희생 정신이 강하거나 청렴하지 못했다. 반대 의견에 대해서는 그 의견을 주장하는 사람에게 위험한 면이 있어도 너그럽게 용납했으나 자신의 이론을 모독하는 사람에 대해서는 아버지처럼 너그럽지 못했다. 카드버트는 형보다 관대한 편이었으나 감정만 섬세할 뿐 다감하지 못했다.

산허리를 걷고 있을 때, 에인절은 비록 형들이 자신보다 좋은 위치에 있기는 하지만 인생에 대해 자신만큼 알고 있지 못하다는 사실을 깨달았다. 그것은 아마 일정한 환경에서만 생활해 온 탓으로 인생을 경험할 기회가 많지 않았기 때문인지도 모른다. 둘 다 자신과 동료들이 몸담고 있는 맑은 흐름 바깥에서 작용하는 여러 가지 복잡한 세상살이에 대해서는 이해하지 못했다. 그들은 교회나 대학에서 배운 단편적인 진리가 바깥 세상의 보편적인 진리와는 다르다는 사실조차도 몰랐다. 여러 가지 이야기를 주고받다가 펠릭스는 슬픈 표정으로 안경 너머의 먼 들판을 바라보면서 이렇게 말했다.

"넌 이제 농사꾼이 되는 수밖에 없겠다. 우리도 그게 너한테 적합하다는 사실을 인정해. 다만 한 가지 부탁하고 싶은 것은 도덕심을 잃지 말라는 거야. 농사가 힘든 일이긴 하지만 깊은 사색과 소박한 생활은 양립할 수 있으니 말이야."

"그야 물론이지요. 그건 이미 1900년 전에 입증된 사실이거든요. 그런데 형님은 어째서 내가 도덕이나 깊은 사색을 저버릴 것처럼 말하는 거지요?"

"그건 내 짐작일 뿐이야. 네 편지를 봐도 그렇고, 네가 말하는 걸 들어도 그렇고, 어쩐지 네 지식과 교양이 무디어지는 것 같아서 말이다. 카드버트, 넌 그렇게 느끼지 않니?"

에인절은 큰형에게 무뚝뚝하게 말했다.

"형님, 우린 사이좋은 형제이긴 하지만 각자 다른 길을 걷고 있어요. 지성이라는 말이 나왔으니 말인데, 난 형님이 자기 만족에 빠진 독선가처럼 보여요. 내 지성에 대해서는 걱정 마시고 형님의 지성에 대해서나 걱정하세요."

그들은 점심을 먹기 위해 집으로 돌아왔다. 점심은 부모님이 교구에서 일을 마치고 돌아오신 다음에 함께 먹기로 되어 있었는데 아직 돌아와 계시지 않았다. 산책을 한 뒤라 그들은 모두 시장했고, 특히 야외 노동을 하며 낙농장 크릭 부인이 해 주는 소박한 음식을 배불리 먹던 에인절은 배가 많이 고팠다. 그들이 부모님을 기다리느라 지칠 대로 지쳤을 때에야 부모님이 돌아왔다. 그들은 병든 교구민을 간호하느라 늦은 것이었다.

곧 식탁에 온 가족이 모였다. 다 식은 음식이 나오자 에인절은 두리번거리며 크릭 부인이 준 까만 푸딩을 찾았다. 낙농장에서처럼 잘 구워 놓으라고 일렀으므로, 풀 냄새 풍기는 훌륭한 그 맛을 부모님과 함께 즐길 수 있으리라 생각했던 것이다. 아들이 두리번거리는 모습을 보고 어머니가 말했다.

"푸딩을 찾는 모양이구나. 네가 사정 얘기를 듣는다면 그다지 서운하게 생각하지는 않을 거다. 우리 교구에 정신병에 걸려 전혀 일을 못하는 사람이 있는데 그 집 아이들한테 그 푸딩을 갖다 주면 어떻겠느냐고 아버지께 여쭈었더니 찬성하셨어. 그래서 그 집에 갖다 줬단다."

"잘하셨어요. 그럼 벌꿀은?"

"그 벌꿀엔 알코올이 너무 많이 들어 있어. 음료로 마시는 것보다는 다쳤을 때나 기절했을 때 브랜디 대신 쓰면 좋을 것 같아서 약 상자 속에다 넣어 두었다."

"원래 우리 집에서는 술을 안 마시기로 되어 있어."

아버지가 한마디 거들었다.

"하지만 크릭 부인에게는 어떻게 말하지요?"

"솔직하게 말해야지."

"그 푸딩과 벌꿀 술을 맛있게 잘 먹었다고 얘기하고 싶었어요. 그 부인은 쾌활하고 친절한 분이라 제가 돌아가면 당장 물어 볼 거예요."

"먹지도 않고서 잘 먹었다고 할 수야 없지."

아버지는 분명하게 말했다.

"그거야 그렇지요. 하지만 그건 아주 좋은 술이에요."

"뭐라고?"

카드버트와 펠릭스가 동시에 말했다. 에인절은 얼굴을 붉히며 말했다.

"그건, 텔보데이스 목장에서 쓰는 말이에요."

부모님의 감정이 메마른 것이 불만이었지만 실천이란 면에서는 그들의 행동이 옳았으므로 그는 더 이상 아무 말도 하지 않았다.

26

가족 예배가 끝나고 난 저녁에야 겨우 에인절은 하고 싶었던 몇 가지 중요한 이야기를 아버지에게 털어놓을 기회를 얻었다. 그는 예배를 드리면서도 어떻게 이야기할 것인가 하는 문제만 곰곰이 생각했는데, 예배가 끝나고 어머니와 형들이 방으로 들어가자 저절로 아버지와 둘만 남게 되어 말을 꺼내기가 수월했다. 그는 먼저 국내에서든 식민지에서든 농장주로 성공해 보겠다는 계획을 아버지에게 털어놓았다. 에인절을 대학에 보내지 않았기 때문에 혹시 막내아들이 혼자만 천대받았다는 생각을 할까 봐 에인절 몫으로 해마다 얼마큼씩 돈을 모아 두고 있는 아버지는 이렇게 대답했다.

"경제적인 면으로 따진다면, 넌 몇 년 안에 형들보다 훨씬 처지가 좋아지게 될 거야."

아버지의 격려에 힘을 얻은 에인절은 자신의 문제로 화제를 옮겼다. 자기 나이도 이미 스물여섯이 되었고, 또 농장주가 되어 바깥에 나가 일하려면 집안일을 돌봐 줄 사람이 필요하니 결혼을 하는 것이 어떻겠느냐고 아버지의 의견을 물었다. 아버지가 자신의 말을 당연하다고 여기는 것 같았으므로 에인절은 이런 질문을 했다.

"검소하고 부지런한 농부가 되려는 사람에게는 어떤 여자가 어울릴 거라고 생각하세요?"

"항상 주위에서 널 도와주고 위로해 줄 수 있는 진실한 기독교 신자면 된다. 그 밖엔 문제될 게 없지. 그런 규수가 있는데, 실은 이웃에 사는 내 절친한 친구 찬트 박사의……."

"하지만 소젖을 짤 줄 알고 좋은 버터와 치즈를 만들 줄 알아야 하지 않을까요? 암탉이나 칠면조도 돌볼 줄 알고, 병아리도 까게 할 줄 알고, 바쁠 때는 밖에 나가 일꾼들도 감독하고 말이에요. 염소나 송아지 값도 잘 알아야 하지 않을까요?"

미처 그런 것까지는 생각 못했던 아버지는 고개를 끄덕였다.

"그래, 농부의 아내가 되려면 그런 것도 알아야 하지. 하지만 순결하고 품위 있는 여자를 원한다면 이웃의 머시 이상 가는 신붓감이 없다. 너도 전부터 관심이 있었던 것 같고, 네 어머니나 내 마음에도 드는 처녀야."

"잘 알고 있어요. 머시는 착하고 신앙심도 두터운 여자지요. 그렇지만 아버지, 찬트 양과 같은 순결함과 정숙과 종교적인 교양을 갖춘 여자보다는 시골 생활에 대해 잘 알고 있는 농촌 아가씨가 제게 더 잘 어울릴 것 같아요."

농부의 아내로서 해야 할 일보다 정신적인 신앙심이 더 중요하다고 믿는 아버지는 에인절의 말에 찬성하지 않았다. 성급한 에인절은 아버지의 기분도 상하지 않게 하고 자신의 마음도 털어놓을 겸 그럴듯하게 이야기를 했다. 사실은 아내가 될 만한 모든 자격을 갖춘 진실한 여자가 나타났는데, 그것은 운명이거나 하느님의 뜻일 거라고 말했다. 어느 교파에 속하는지는 잘 모르지만 그녀는 성실한 신자이므로 아버지의 종교도 받아들일 것이며, 감수성이 예민하고 총명하며 품위도 있고 순결한 처녀로 아름답기까지 하다고 갖가지 칭찬을 늘어놓았다.

"그럼 그 여자는 너하고 결혼할 만한 가문의 처녀냐?"

두 사람이 이야기하고 있는 동안 가만히 방으로 들어온 어머니가 놀란 표정으로 물었다.

"흔히 말하는 명문의 딸은 아니지만, 전 그 처녀가 농부의 딸이라는 사실이 오히려 자랑스러워요. 그 처녀는 명문의 딸 못지않은 성품과 교양을 지니고 있으니까요."

"머시 찬트는 정말 훌륭한 가문의 처녀란다."

"그까짓 가문이 무슨 소용이 있어요. 앞으로 거친 농사일을 해야 하는 저 같은 사람한테 가문이 무슨 소용이 있겠어요."

"머시는 교양을 갖추었단다. 교양이란 무엇보다도 중요하거든."

어머니는 은테 안경 너머로 아들을 바라보았다.

"외면적인 교양 따위가 제 장래 생활에 무슨 도움이 되겠어요? 독서에 관한 교양이라면 제가 가르칠 수 있어요. 그녀는 아주 훌륭한 제자가 될 거예요. 한 번 만나 보시면 어머니도 마음에 들어하실 거예요. 그녀는 시정이 넘쳐 마치 시 같은 존재거든요. 게다가 나무랄 데 없는 기독교 신자고요. 아마도 어머니나 아버지께서 전도하시고 싶어하는 그런 사람들 중의 한 처녀일 거예요."

"아니 에인절, 너 지금 빈정대는 거냐?"

"죄송합니다, 어머니. 하지만 그 처녀는 주일마다 빠짐없이 교회에 나가는 성실한 신자예요. 교양이 다소 부족하더라도 그 정도로 진실한 신앙심을 가졌다면 너그럽게 봐주실 수도 있지 않나요? 전 그 처녀보다 더 좋은 신붓감은 얻을 수 없을 것 같아요."

에인절은 사랑하는 테스의 신앙심에 대해 열렬하게 찬양을 늘어놓았다. 클래어 부부는 아들의 말을 믿을 수 없으면서도 그녀가 진실한 신앙심을 가졌다는 사실을 다행스럽게 생각했고, 어쩌면 에인절의 말대로 두 사람의 결합이 하느님의 뜻인지도 모른다고 생각했다. 마침내 부모님은 그 처녀를 직접 만나 보기는 하겠지만 너무 성급하게 서두르지는 말라고 아들에게 일렀다.

에인절은 테스에 대해 그 이상 자세하게 말하지 않았다. 부모님은 순진하고 희생적이면서도 중류 계급 사람답게 얼마간 편견을 갖고 있었기 때문에 완전한 동의를 얻기 위해서는 말을 가려서 해야 했다. 법률상으로 에인절은 성인이었기 때문에 마음대로 아내를 선택할 수 있고, 또 결혼 후에는 부모님과 떨어져 살게 되므로 테스와 결혼한다 해도 부모님에게 별 불편이 없을 테지만, 인생의 가장 중요한 문제를 결정하는 마당에 부모님의 마음을 상하게 하고 싶지 않았던 것이다.

에인절은 테스의 겉모습이 중대한 특징인 것처럼 중요하게 생각하는 자기의 모순을 발견했다. 그가 사랑하는 것은 테스 자신이며 그녀의 영혼이며 마음이며 본체이지, 결코 젖 짜는 솜씨나 제자로서의 능력이나 순박하고 형식적인 신앙 고백은 아니었기 때문이다. 순진하고 야생적인 테스는 그 자체로써 에인절의 마음에 들었다.

그는 가정의 행복을 좌우하는 정서나 충동에 교육이란 별다른 영향을 미치지 못한다는 견해를 가지고 있었다. 교양이란 것도 그가 아는 한, 기껏해야 정신의 껍질에나 영향을 끼칠 뿐이라고 생각했다. 이러한 신념은 여성에 관한 경험을 통해서 더욱 굳어졌고, 이 경험이 요즘 교양 있는 중류 계급에서 농촌 사회로 확대되자 한 사회의 선량하고 현명한 여인과의 본질적인 차이는 같은 사회나 계급 안의 착한 여인과 악한 여인, 현명한 여인과 무지한 여인과의 차이에 비해 본다면 얼마나 작은 것인지를 깨달았다.

에인절이 떠나는 날 아침이었다. 두 형은 이미 대학과 자신의 담당 교구로 떠나고 없었다. 에인절은 형들과 함께 떠날 수도 있었지만 그보다는 낙농장으로 돌아가 사랑하는 테스를 만나는 것이 더 행복한 일이었다. 형제 중에서 가장 앞선 인도주의자이며 이상적인 종교가요 박식한 신학자인 그는 형들과 성격이 맞지 않는 데서 오는 거리감 때문에 설령 형들과 같이 떠났다 해도 불편함을 느꼈으리라. 그래서 그는 두 형에게 테스에 대한 이야기를 하지 않았는지도 몰랐다.

어머니는 떠나는 에인절에게 간편한 식사를 준비해 주었고 아버지는 말을 타고 큰길까지 바래다주었다. 에인절은 자기가 하려고 마음먹었던 이야기를 어느 정도 했기 때문에 아버지가 교구에 관해 들려주는 여러 가지 이야기를 흡족한 마음으로 듣고 있었다. 아버지는 교구 목사로서 겪는 어려움과 자신의 성경 해석이 지나치게 엄격하다 해서 다른 동료 목사들이 냉철하게 대한다는 이야기를 했다.

"내 설교가 극단적이라는구나."

아버지는 경멸하는 듯한 말투로 말하고는 그들의 생각이 어리석다는 것을 뒷받침하는 경험담을 이야기했다. 가난하거나 부자이거나 상관없이 비뚤어진 길을 가는 사람을 옳은 길로 이끌었던 이야기를 하는 한편, 자신의 실패담도 솔직하게 털어놓았다. 그 실패의 한 예로 트랜트리지 마을에 사는 벼락부자의 아들 더버빌이라는 청년 이야기를 꺼냈을 때 에인절이 물었다.

"킹즈비어와 그 외 여러 지방에 살았던 더버빌 가문 말인가요? 이상한 전설과 괴상한 내력이 있는 그 몰락한 가문 말이지요?"

"아니야. 원래 더버빌 가문은 60년 전쯤에 완전히 몰락해 버렸어. 지금 말한 것은 그 집안의 이름만 빌려 쓰는 새로 만든 가짜 가문일 거야. 난 옛 기사의 명예를 위해서라도 그들이 가짜이기를 바란다. 그런데 네가 그런 옛 가문에 관심이 있다니 놀라운 일이구나."

"전 정치적인 의미에서는 옛 가문을 중요하게 여기지 않지만, 시적이나 연극적이나 역사적인 면에서는 무척 아끼는 편이에요."

그와 같은 구별은 그다지 이상한 것이 아니었는데도 클래어 목사에게는 이해하기가 어려웠다. 어쨌든 그는 하려던 말을 계속했다.

트랜트리지의 더버빌이라는 사람이 죽은 뒤에 그 대를 이은 아들은 눈먼 어머니를 모시고 있으므로 당연히 남보다 더 분별 있게 처신해야 할 텐데도 방탕한 생활에 빠져 있었고, 그 지방에 전도하러 갔다가 그 이야기를 들은 클래어 목사는 기회를 보아 그 청년에게 단단히 설교하리라 결심했다. 비록 다른 고장의 설교단이기는 했지만 그는 그렇게 하는 것이 자신의 의무라고 생각하여 누가복음에 있는 "어리석은 자여, 오늘 밤 네 영혼을 도로 찾으라."라는 성구로 설교를 했다. 설교가 끝난 뒤 청년과 마주 앉을 기회가 있었는데, 자신을 비난하는 설교에 화가 머리끝까지 나 있던 청년은 목사의 백발에 경의를 표하기는커녕 오히려 거칠게 모욕했다는 것이다.

에인절은 슬픈 표정으로 아버지를 바라보았다.

"아버지, 무엇 때문에 그런 어리석은 사람들 일에 나서서 고통을 당하세요?"

"고통? 내게 고통이 있다면 불쌍하고 어리석은 그 청년 때문에 느끼는 고통이 있을 뿐이야. 그 청년이 화가 나서 내게 모욕을 주었다거나 폭행했다고 해서 내가 고통을 느낄 것 같으냐? '욕을 당한즉 축복하고, 핍박을 당한즉 참고, 비방을 당한즉 권면하니, 우리가 지금까지 세상의 더러운 것과 만물의 찌꺼기같이 되었도다.' 사도 바울이 고린도 사람에게 보낸 이 귀한 말씀은 지금 이 순간에도 변함없는 진리의 말씀이야."

아버지의 주름진 얼굴은 자기 희생의 열의로 빛나고 있었다.

"아버지, 혹시 그 청년이 아버지한테 폭행까지 한 건 아닐 테지요?"

"응. 그런 일은 없었다. 그렇지만 술에 취해 반미치광이가 된 사람한테 얻어맞은 적은 있지."

"설마 그럴 리가……."

"그런 일은 여러 번 당하기도 했다만 그게 무슨 상관이냐. 내가 참음으로써 육체를 죽이는 무서운 죄에서 그들을 구해 주게 되는 거지. 그런 일이 있은 후 그들은 잘못을 뉘우치고 내게 감사하며 하느님을 찬송했어."

"그 청년도 회개했으면 좋겠군요. 그런데 아버지 말씀대로라면 그 청년은 구제불능인 것 같군요."

에인절은 정색을 하고 말했다.

"그래도 난 희망을 가지고 있어. 앞으로 그 청년과 만날 기회가 다시없을지도 모르지만 난 그를 위해 계속 기도하고 있어. 내가 말한 변변찮은 설교 중 한 마디가 그의 가슴속에서 싹이 트고 좋은 열매를 맺을지도 모르는 일이지."

아버지는 늘 그랬듯 매우 낙천적이었다. 막내아들은 부모님의 독선을 받아들이지는 않았지만 아버지의 실천력과 두터운 신앙심 속에서 엿보이는 영웅적인 모습은 존경하지 않을 수 없었다. 테스에 대한 이야기를 할 때도 그녀의 가정 형편에 대해서는 한마디도 묻지 않은 아버지의 태도에서 어느 때보다 더 큰 존경심을 느끼게 되었는지도 모른다. 물질을 중요하게 여기지 않는 아버지를 닮아 에인절은 농부의 길을 택하고 두 형은 평생 가난한 목사의 길을 택했던 것이다. 에인절은 아버지의 그러한 청렴한 성품을 숭배하고 있었다. 사실 그는 이단적인 생각을 하고 있기는 했지만 인간적인 면에서는 어느 형보다도 자신이 아버지와 닮았다는 생각을 가끔씩 했던 것이다.

27

쨍쨍한 햇볕이 내리쬐는 대낮에 산과 골짜기를 넘어 말을 달린 에인절은 오후가 되자 낙농장이 훤히 내려다보이는 어느 언덕에 다다랐다. 그 언덕에서는 습기가 풍부한 프룸 분지, 일명 바 계곡이 훤히 내려다보였다. 언덕에서 아래쪽 기름진 땅으로 내려가자 공기가 차츰 무거워졌다. 여름 과일과 안개와 건초와 꽃들의 향기가 이곳 분지에 가득 퍼져 있어, 가축과 벌과 나비들까지도 나른해 보였다.

이곳의 모든 것이 낯익은 클래어는 목장 군데군데 흩어져 있는 젖소를 먼발치에서 보고서도 젖소 이름을 알아낼 수 있었다. 이곳에 와서 학생 시절에 몰랐던 것—인생을 내부에서 관찰하는 태도—을 배웠다는 데에 생각이 미치자 그의 마음은 한층 흐뭇해졌다. 부모님을 마음 깊이 사랑하고 있기는 했지만 고향에서 잠시 머물다 이곳에 다시 오니 마치 무거운 짐에서 해방된 듯 기분이 홀가분했다.

낙농장 바깥에는 아무도 없었다. 여름철에는 모두가 새벽같이 일어나기 때문에 오후에는 반드시 낮잠을 잤고, 지금도 모두 낮잠을 자는 모양이었다. 출입문 옆에 있는 떡갈나무로 만든 우유 통 걸이에는 물에 너무 씻겨서 하얗게 불은 우유 통들이 마치 모자처럼 걸려 있었다. 그 우유 통들은 저녁에 젖을 짜 넣기 위해 물기 없이 깔끔하게 말려져 있었다.

에인절은 집안으로 들어가 조심스럽게 복도를 빠져나왔다. 뒷문께로 가서 귀를 기울이자 짐수레를 두는 헛간에서 자는 남자들의 코고는 소리가 들려왔다. 좀더 먼 곳에서는 더위에 시달리는 돼지들이 꿀꿀거리는 소리가 들려왔다. 잎이 넓은 대황과 양배추도 그 큰 잎사귀를 반쯤 편 우산처럼 늘어뜨리고 뜨거운 햇볕 아래서 잠자고 있었다. 에인절이 말안장을 풀고 말에게 먹이를 준 다음 집안으로 들어가자 시계가 3시를 쳤다. 오후 3시는 크림을 걷는 시간이므로 시계 치는 소리와 함께 위층 마룻바닥이 삐걱거리더니 계단을 내려오는 발소리가 들렸다. 그 발소리의 주인은 테스였고, 그녀는 곧 그의 눈앞에 나타났다.

테스는 클래어가 들어오는 소리를 듣지 못했기 때문에 그가 거기에 서 있으리라고는 꿈에도 생각하지 못했다. 그녀가 길게 하품을 하자 뱀처럼 새빨간 입 속이 들여다보였다. 그녀는 한쪽 팔을 땋아 올린 머리채 위까지 쭉 뻗었으므로 에인절은 그녀의 얼굴을 선명하게 볼 수 있었다. 잠에서 막 깬 그녀의 얼굴은 붉게 상기되어 있었고, 눈꺼풀은 눈동자 위로 무겁게 내리 덮여 있어 넘칠 듯한 풍만함이 온몸에서 풍기는 것 같았다. 그것은 여인의 영혼이 육체로 표현되고, 육체의 아름다움 속에서 정신이 돋보이는 순간, 다시 말하면 성 자체가 유난히 드러나는 순간이었다. 아직 잠이 덜 깬 무거운 눈꺼풀 속에서 그녀의 눈동자가 반짝 빛났다. 반가움과 수줍음과 놀라움이 야릇하게 뒤섞인 표정으로 테스는 소리쳤다.

"어머, 클래어 씨! 깜짝 놀랐어요. 정말이지 전……."

에인절이 사랑을 고백한 뒤 그들의 관계가 달라졌다는 사실을 깨달을 만한 시간적 여유가 없었지만, 계단 바로 밑까지 다가오는 그의 다정한 모습을 보는 순간 테스의 얼굴에는 모든 것을 알았다는 듯한 표정이 떠올랐다. 클래어는 얼른 그녀의 허리에 팔을 감고 상기된 뺨에 입술을 갖다 대며 속삭였다.

"보고 싶었소, 테스. 이제부터는 그놈의 '씨' 자를 붙여서 날 부르지 말아요. 당신이 보고 싶어 이렇게 빨리 돌아왔잖소."

그의 열정에 들떠서 테스의 가슴도 두근거리며 뛰었다. 창으로 비쳐 든 햇살은 테스를 꼭 안고 문가의 빨간 벽돌 바닥에 서 있는 클래어의 등과 옆으로 약간 기울어진 테스의 얼굴, 관자놀이께의 파르스름한 힘줄이며 드러난 팔뚝과 목덜미, 그녀의 풍성한 머리채 구석구석을 비추었다. 옷을 입은 채로 자다

나왔으므로 그녀의 몸은 햇볕을 쬔 고양이처럼 따뜻했다. 처음부터 그를 똑바로 쳐다볼 수 없었던 테스는 이윽고 살며시 고개를 들었다. 검은색에서 푸른색으로, 회색에서 보라색으로 햇빛에 반사되는 비단 같은 그녀의 눈동자를 에인절은 그윽하게 들여다보았다. 두 번째로 잠에서 깬 이브가 아담을 쳐다보듯 테스도 클래어를 바라보고 있었다.

"크림을 걷으러 가야 해요. 오늘은 데보라 할머니와 둘이서 일을 다 끝내야 하거든요. 크릭 부인은 주인님과 장에 가셨고 레티는 몸이 아파요. 나머지 일꾼들은 모두 외출 중이라 저녁때가 돼야만 돌아올 거예요."

그들이 우유 창고로 들어가자 데보라 할멈이 계단 위에 나타났다. 클래어는 그녀를 쳐다보며 말했다.

"데보라, 지금 막 돌아왔어요. 아주 피곤해 보이는데 굳이 내려오지 않아도 괜찮아요. 내가 테스를 돕겠어요."

아마 이날 오후 텔보데이스 낙농장의 크림은 제대로 걷히지 않았으리라. 테스는 꿈을 꾸는 듯한 기분이어서 평소에는 눈에 익숙하던 모든 것이 도무지 뚜렷하게 보이지를 않았다. 크림 걷는 국자를 식히기 위해 펌프 밑에 갖다 댈 적마다 손이 부들부들 떨렸다. 클래어의 애정이 너무나 열정적이어서 그녀는 마치 뜨거운 햇볕을 쪼인 식물처럼 오그라드는 것 같았다.

클래어는 다시 테스를 자기 쪽으로 끌어당겼다. 테스가 우유 통 가장자리에 졸아붙은 크림을 떼려고 집게손가락으로 휘젓자 그는 그녀의 손가락을 빨아 깨끗하게 해 주었다. 낙농장의 자유스러운 풍습이 지금의 경우에는 퍽 편리했다.

"언제고 해야 할 일이니까 지금 말하는 게 좋겠군. 지난 주일 우리가 풀밭에서 만난 뒤 지금까지 계속 생각한 문제인데, 내겐 아주 중요한 일이오. 난 곧 결혼할 생각이에요. 테스도 알다시피 난 농부니까 농사일을 잘하는 아내가 필요해요. 당신이 내 아내가 되어 줄 순 없을까, 테스?"

일시적인 충동이 아니라 건전한 판단 아래 그런 청혼을 한다는 것을 테스에게 알려 주기 위해 그는 이런 식으로 이야기를 꺼냈던 것이다. 테스는 당혹해하는 표정을 지었다. 결국 그를 사랑하는 자신의 마음에 굴복하기는 했지만 예상하던 일이 이렇게 갑작스럽게 닥쳐오리라고는 꿈에도 생각하지 못했다. 클래어 자신도 사실은 이처럼 성급하게 말할 생각이 없었는데 결국은 고백하고 말았던 것이다. 테스는 심장이 찢기는 듯한 고통을 느끼면서 성실한 여자로서 꼭 해야 할 답을 침착하게 말했다.

"저, 클래어 씨, 나는 당신의 아내가 될 수 없어요. 그건 불가능한 일이에요."

자신의 결심을 밝히고 나자 가슴이 에이는 듯 아파져 테스는 고개를 떨구었다. 뜻밖의 대답에 어리둥절해진 클래어는 그녀를 한층 힘껏 포옹하면서 물었다.

"테스! 싫다는 거요? 당신은 날 사랑하지 않소?"

"사랑해요, 사랑하고 말고요. 내가 만일 결혼한다면 이 세상 누구보다도 당신의 아내가 되고 싶어요. 하지만 난 당신의 아내가 될 수 없는 여자예요."

고통 가운데에서도 그녀는 침착한 음성으로 성실하게 대답했다. 클래어는 두 팔을 뻗어 그녀를 확 붙잡았다.

"테스, 약혼한 사람이 있는 거요?"

"천만에요. 그런 건 절대 아니에요."

"그럼 왜 안 된다는 거지?"

"난 결혼하고 싶지 않아요. 결혼 같은 건 생각해 본 적도 없고 할 수도 없어요. 그냥 당신을 사랑하고 싶어요."

"도대체 왜 그러지?"

무슨 말이든 해야 했으므로 그녀는 머뭇거리며 말했다.

"당신 아버님은 목사이시고, 어머님은 당신이 나 같은 여자와 결혼하는 걸 반대하실 거예요. 어머님은 당신이 가문 좋은 집안의 딸과 결혼하기를 바라실 거예요."

"바보 같은 소리! 벌써 부모님께 말씀드렸단 말이오. 난 부모님께 그 말씀도 드릴 겸 해서 집에 갔던 거요."

"아무래도 안 되겠어요. 절대로 안 돼요."

"청혼이 너무 뜻밖이어서 그러는 거요?"

"네, 그래요."

"테스, 만약 생각할 시간이 필요하다면 잠시 청혼을 미루겠소. 사실 집에서 돌아오자마자 이런 얘길 한 건 너무 성급한 짓이긴 해. 당분간은 아무 말도 않겠소."

테스는 펌프 물에 크림 걷는 주걱을 식힌 다음 다시 일을 시작했다. 그러나 전처럼 일이 잘 진전되지가 않았다. 우유의 복판을 쑤시기도 하고 헛손질을 하기도 했다. 가슴 저 밑바닥에서 치미는 슬픔 때문에 그녀의 두 눈에 눈물이 가득 고였다. 그 슬픔의 이유를 가장 친한 친구이며 사랑하는 사람인 클래어 에게조차 말할 수 없는 자신의 처지가 서글펐다.

"크림을 못 걷겠어요. 안 되는걸요."

고개를 옆으로 돌리면서 테스가 말했다. 사려 깊은 클래어는 더 이상 테스의 마음을 어지럽히거나 일을 방해하지 않으려고 부드럽게 다른 이야기를 꺼냈다.

"테스는 내 부모님을 오해하고 있어요. 그분들은 순박하고 야심도 없는, 보기 드물게 좋은 분들이에요. 그분들은 요즘 얼마 안 되는 복음주의 교인들이신데, 테스, 당신은 복음주의 교인이 아니오?"

"모르겠어요."

"교회에는 주일마다 나가지요?"

"네."

"당신이 다니는 교회 목사가 어느 종파에 속하는지 알아요?"

주일마다 설교를 들으면서도 테스는 이곳 교회 목사가 어느 교단에 속하는지 모르는 것 같았다. 그녀는 어쩌면 기독교보다 범신론에 가까운 자신의 신앙에 대해 아는 대로 솔직하게 이야기했다. 그녀의 말이 너무 진솔했으므로 그녀가 어떤 교파에 속하든 아버지가 신앙 문제로 결혼을 반대하지는 않으리라는 확신이 들었다. 어느 시인이 노래했듯이 그는 그녀의 신앙심을 들먹여서 그녀의 마음을 어지럽히고 싶은 생각은 추호도 없었다.

그대 방해하지 말라, 기도하는 누이를
어린 마음에 그리는 천국과 행복의 꿈을.
은근한 풍자로써 어지럽히지도 말라,
명랑한 하루하루를 보내는 그의 삶을.

클래어는 화제를 다른 곳으로 돌려, 집에 갔을 때 일어났던 일과 아버지의 생활 신조 등에 대해 이야기하기 시작했다. 테스의 마음도 차츰 안정되어 크림을 걷을 때도 이젠 손이 떨리지 않았다. 그녀가 크림을 떠내면 클래어는 그 뒤에서 마개를 뽑아 우유가 흘러 나가도록 했다.

"처음 들어오실 때 보니까 왠지 힘이 없어 보였어요."

테스는 자신과 관련된 화제에서 벗어나기 위해 이렇게 말했다.

"응, 실은 아버지한테 그동안 일어났던 여러 가지 얘기를 들은 것 때문에 그랬어요. 아버지는 워낙 열성적인 분이라서 당신과 사고방식이 다른 사람들한테 푸대접을 받고 모욕을 당하시기도 하거든. 그런 얘기를 들으면 마음이 우울해져요. 더구나 최근에 몸소 겪으신 불쾌한 이야기를 들었거든."

클래어는 아버지에게서 들은 트랜트리지의 더버빌 이야기를 테스에게 자세히 들려주었다.

"여기서 40마일 가량 떨어진 트랜트리지란 고장 근처로 아버지가 어떤 전도 단체의 대리로 설교를 하러 가셨다가, 그 근처에서 만난 젊은 바람둥이한테 직무상 충고를 하셨다나 봐요. 그 고장의 아무개라는 지주 아들이라는 그 젊은 녀석은 눈먼 어머니랑 산다는데, 아버지가 그 녀석한테 충고를 하자 한바탕 소동이 났었대요. 사실 아버지가 그래 봤자 아무 소용이 없다는 걸 잘 아시면서도 생판 모르는 사람한테 충고하셨다는 것 자체가 난 어리석은 일이라고 봐요. 아버지는 당신의 의무라고 생각하면 때를 가리지 않고 꼭 해내시고야 마는 성미거든. 그래서 아버지는 아주 악한 사람들 사이에서뿐만 아니라 귀찮게 구는 걸 싫어하는 게으른 사람들 사이에서도 많은 원수를 만드시지. 아버지는 욕을 당하시고도 영광이라 하고, 그것이 간접적으로나마 무슨 도움이 될 거라고 말씀하시거든. 하지만 아버지도 나날이 노쇠해 가니까 이젠 그런 일로 신경 쓰시지 않았으면 좋겠어요. 그까짓 돼지만도 못한 녀석들은 그냥 내버려 뒀으면 좋겠어요."

이야기를 듣는 동안 테스의 표정이 차츰 굳어지고 생기도 사라졌다. 빨간 입술도 괴로운 듯 일그러졌으나 떨지는 않았다. 클래어는 아버지 생각에 열중하고 있어 그녀의 변화를 눈치챌 마음의 여유가 없었다. 그들은 줄지어 늘어선 네모난 우유 통을 따라 내려가며 크림을 걷고 우유 통을 비웠다. 그들이 작업을 마쳤을 때 다른 처녀들이 와서 빈 우유 통을 씻기 위해 내려왔다. 테스가 젖소가 있는 목장으로 나가려고 하자 클래어가 조용히 말을 건넸다.

"내 청혼을 받아 주겠소?"

알렉 더버빌 이야기가 나오는 바람에 지난 과거의 어두운 기억이 되살아난 테스는 절망에 사로잡혀 소리쳤다.

"안 돼요, 그건 정말 안 돼요."

그녀는 답답한 마음을 자연 속에서 씻어 내려는 듯 친구들이 있는 목장으로 뛰어가 그녀들 사이에 섰였다. 처녀들은 파도에 몸을 맡기며 헤엄치는 사람처럼 대기에 몸을 맡긴 채 들짐승처럼 꿋꿋한 자세로 젖소들이 풀을 뜯고 있는 먼 목장으로 걸어가고 있었다.

28

테스의 거절은 상상 밖이었지만 클래어는 실망하지 않았다. 여자에 대한 그의 경험은 거절이 자주 승낙의 전주곡이 된다는 사실을 알고 있을 정도로 많았기에 테스의 거절에는 수줍음만이 아닌 다른 어떤 사정이 있다는 사실을 알지 못했다. 그는 체면이나 소문을 두려워하는 지방에서는 처녀들이 사랑보다는 결혼 자체를 원하고 있는 것과는 달리, 이곳 낙농장에서는 사랑을 고백하면 사랑 자체를 위해서 그 사랑이 받아들여진다는 사실을 깨닫지 못했으므로 테스가 자신의 사랑을 받아들인 것이 하나의 확증이라고 생각했다.

며칠 뒤 그는 테스에게 물었다.

"테스, 당신은 왜 그렇게 매정하게 한마디로 안 된다고 했소?"

테스는 흠칫 놀랐다.

"제발 묻지 마세요. 그 이유도 어느 정도 말씀드렸잖아요. 난 좋은 여자도 못 되고 그럴 만한 자격도 없는 여자예요."

"왜? 훌륭한 가문의 딸이 아니라서 그렇단 말이오?"

"네. 말하자면 그래요. 당신 가족들은 날 천시할 거예요."

"테스, 그건 오해요. 당신은 내 부모님을 오해하고 있어. 그리고 내 형님들은 전혀 상관할 게 없어요."

그는 테스가 피하지 못하도록 그녀의 등 뒤에서 두 손을 깍지 껴서 잡았다.

"진심으로 말하는 건 아니겠지? 난 그렇게 믿고 싶어. 난 당신 때문에 마음을 진정할 수가 없어. 책을 읽을 수도 없고 하프를 탈 수도 없어. 난 서두르는 게 아니오. 다만 난 당신이 언젠가는 내 아내가 돼 주겠다는 말을 당신의 부드러운 입술로 말하는 것을 듣고 싶을 뿐이오. 그것이 언제라도 괜찮소. 내 아내가 되어 줄 수 있지요?"

테스는 고개를 저으며 에인절을 외면했다. 그는 테스의 얼굴을 들여다보며 마치 상형 문자라도 읽듯 그녀의 표정을 유심히 살폈다. 그녀의 거절은 진정인 것 같았다.

"그렇다면 당신을 이렇게 안고 있어서는 안 되지. 그렇지 않소? 당신이 어디에 있든 찾아다닐 권리도 없고 같이 산책할 권리도 내겐 없단 말이오. 솔직히 말해 봐요. 다른 남자를 사랑하고 있는 것 아니오?"

그는 가까스로 감정을 억누르며 힘없이 말했다.

"그렇지 않은 줄은 나도 알아. 하지만 당신은 날 거절하지 않았소."

"난 거절하지는 않았어요. 오히려 당신이 날 사랑한다는 말을 해 주기를 바라고 있어요. 나하고 함께 있을 때에는 언제든지 그렇게 말해도 괜찮아요. 난 조금도 언짢게 생각하지 않아요."

"그러나 날 남편으로 받아들일 수는 없단 말이지?"

"네. 하지만 그것도 당신을 위해서예요. 정말이에요. 제발 내 말을 믿어 주세요. 나 혼자 행복해지기 위해서 당신의 아내가 될 수는 없어요. 난 그런 짓은 할 수가 없어요."

"날 행복하게 해 줄 사람은 당신밖에 없어."

"물론 그렇게 생각할 수도 있겠지만 당신은 아무것도 모르잖아요."

이런 달콤한 입씨름이 있은 후에, 그녀는 멀리 있는 젖소에게로 가거나 좀 한가한 시간이면 방으로 들어가 그의 진심을 받아들일 수 없는 자신의 처지를 슬퍼하곤 했다. 마음의 갈등은 가혹할 정도로 컸다. 마음이 온통 클래어에게 기울어 있었기 때문에 가련한 양심 하나로 불타오르는 두 개의 심장과 싸우지 않으면 안 되었다. 그녀는 이곳 낙농장으로 올 때의 굳은 결심을 허물고 싶지 않았다. 아무것도 모르고 자신에게 청혼한 그에게 괴로움을 안겨 주게 될 일을 시작하고 싶지가 않았다. 의식이 분명할 때 양심이 결정한 일을 지금에 와서 뒤집을 수도 없는 노릇이었다. 그녀는 괴로움에 못 이겨 혼자 중얼거렸다.

"나의 지난 얘기를 그이에게 들려줄 사람이 왜 하나도 없을까? 내 소문이 이 고장에까지 퍼지지 않았다니 이상한 일이야. 내용을 아는 사람이 있음직도 한데……."

그러나 그 일을 아는 사람은 하나도 없었고, 클래어에게 그 이야기를 해 주는 사람도 물론 없었다.

그런 얘기가 오간 후 2, 3일 동안 두 사람은 아무 말도 하지 않고 지냈다. 그녀는 같은 방 친구들이 클래어와 자신의 사이를 알고 있다는 것을 그들의 슬픈 표정으로 알 수 있었다. 그들은 또한 테스가 클래어의 마음을 받아들이지 않고 있다는 것도 알고 있었다.

테스는 자신의 생이 요즘처럼 격렬한 기쁨과 심각한 고통의 두 가지 실로 엮어졌던 때를 겪어 본 적이 없었다. 테스가 에인절과 다시 둘이서만 남게 된 것은 치즈를 만들 때였다. 처음에는 낙농장 주인도 함께 일을 했다. 그의 부인과 마찬가지로 크릭도 요즘에는 두 사람 사이에 싹튼 애정을 눈치챈 듯했다. 그러나 두 사람이 워낙 조심스럽게 행동했기 때문에 막연한 느낌으로만 알고 있을 뿐이었고, 그는 곧 그 자리를 떠났다.

그들은 굳은 우유 덩어리를 통에 넣을 수 있도록 잘게 바수었다. 마치 커다란 빵 덩어리를 바수는 것과 같았다. 흰 우유 덩어리를 만지는 테스의 손은 분홍 장미 빛깔이었다. 굳은 우유 덩어리를 큰 통에 담고 있던 에인절은 문득 일손을 멈추고 그녀의 손 위에 자신의 손을 얹었다. 테스는 소매를 팔꿈치까지 걷어 올리고 일을 하고 있었는데, 그는 몸을 굽혀 부드러운 그녀의 팔 안쪽에다 입을 맞추었다. 9월 초순의 날씨는 아직 무더웠지만 굳은 우유 덩어리 속에 잠긴 테스의 팔은 갓 따 온 버섯처럼 축축하고 차가웠으며 우유 맛이 났다. 감각이 예민한 그녀는 그의 입술이 팔에 닿자 심장의 고동이 빨라지고 팔이 화끈 달아오름을 느꼈다. 그녀는 호소하는 듯한 눈을 크게 뜨고 방긋 웃으며 에인절을 바라보았다.

"내가 왜 이러는지 알겠소, 테스?"

"절 너무 사랑하니까 그런 거지요?"

"맞았소. 그리고 다시 청혼을 하기 위해서요."

"제발 그만 하세요."

자신의 굳은 결심이 마음속의 욕망 앞에 무너질 것이 두려워진 그녀는 난처한 표정을 지었다. 클래어는 말을 계속했다.

"테스, 당신이 무엇 때문에 날 이렇게 애태우게 하는지 알 수가 없어. 왜 날 실망시키는 거요? 당신은 바람기가 있는 여자 같아. 읍내에서도 유명한 바람둥이 같다니까! 남자를 마음대로 조종하는 야비한 바람둥이. 이런 시골구석에서 그런 바람둥이를 만나리라고는……."

자신의 말이 테스의 비위를 거슬리게 했다는 것을 알자 그는 재빨리 덧붙여 말했다.

"하지만 테스, 나는 당신이 이 세상에서 누구보다도 정직하고 깨끗한 여자라고 생각하고 있어요. 그런 내가 어떻게 당신을 바람둥이라고 생각할 수가 있겠소. 테스, 당신이 왜 내 아내가 되는 걸 싫어하는지 알 수가 없어."

"싫다고 말하지는 않았어요. 난 당신을 진정으로 사랑하고 있기 때문에 결혼할 수가 없어요."

괴로움을 더 이상 견딜 수가 없어진 테스는 입술을 파르르 떨었다. 그녀는 벌떡 일어나 그에게서 달아나려 했다. 에인절 역시 큰 괴로움을 느끼며 그녀를 뒤쫓아가 복도에서 그녀를 붙잡았다. 그는 손이 우유투성이가 된 것도 잊고는 미친 듯이 그녀를 부둥켜안았다.

"말해 줘, 약속해 줘요. 나말고는 어느 누구하고도 결혼하지 않겠다고 말해 달란 말이야."

"말할게요. 지금 날 놓아주시면 솔직하게 모든 걸 다 말할게요. 내 과거, 내가 겪은 일 모두를 얘기하지요."

"당신의 과거? 좋아, 얼마든지 해 봐요. 나의 테스는 오늘 아침에 갓 피어난 나팔꽃만큼이나 많은 경험을 가지고 있을 거야. 무슨 얘기를 해도 괜찮지만 내 아내가 될 자격이 없다는 말은 제발 하지 말아요."

그는 테스의 얼굴을 들여다보며 애정 어린 말로 비꼬듯 말했다.

"네, 이제 그런 말은 하지 않도록 조심할게요. 그런데 내 얘기는 내일이나 다음 주일쯤 할게요."

"그럼 일요일이 어떻겠소?"

"네, 일요일에 하지요."

마침내 그 자리를 벗어난 그녀는 마당의 나지막한 곳에 있는 버드나무 숲에 이를 때까지 발걸음을 멈추지 않고 걸었다. 그곳에는 갈대가 무성하게 자라고 있었고, 그녀는 흔들거리는 갈대밭에 몸을 내던지고 끊임없이 밀려오는 괴로움에 몸을 떨었다. 그러나 한편으로 솟아오르는 억누를 수 없는 기쁨이 앞으로 결과가 어떻게 될까 하는 두려움을 억눌러 버리기도 했다.

사실 그녀의 마음은 클래어의 청혼을 받아들이는 쪽으로 기울고 있었다. 그녀의 숨결과 붉은 피와 고동치는 심장은 양심에 얽매어 주저하는 그녀에게 반항하는 것 같았다. '어렵게 생각할 것 없이 그의 청혼을 받아들이고 과거 따위는 고백하지 말고 결혼식을 올려라. 그가 알게 되는 건 운명에 맡기고, 고통의 이빨에 물어 뜯기기 전에 무르익은 행복을 양손에 움켜쥐어라.' '사랑'은 그녀에게 이렇게 가르쳐 주었다. 그의 청혼으로 감당하기 힘든 환희에 사로잡힌 테스는 지난 몇 달 동안 외롭게 자책해 왔고, 앞으로 혼자서 살아가겠다고 노력하고 고민하고 생각하고 계획도 세워 보겠지만 결국 자신은 사랑의 속삭임에 빠지고 말리라는 사실을 깨달았다.

오후의 시간은 자꾸만 흘러갔다. 테스는 한동안 움직이지 않고 버드나무 숲 갈대밭에 앉아 있었다. 통 걸이에 걸린 우유 통 벗기는 소리와 젖소들을 모아들이는 "워이! 워이!" 소리가 들려와도 그녀는 젖을 짜러 가지 않았다. 지금 설불리 나갔다가는 모두들 자신의 들뜬 마음을 눈치챌 것이며, 낙농장 주인은 그녀의 그런 태도가 사랑 때문이라고 지레짐작하고 장난스럽게 놀려 댈 것이 뻔했다. 테스는 그런 순간을 아무렇지 않게 받아넘길 자신이 없었다. 그런데 테스를 찾거나 부르지 않는 것으로 보아 그녀의 기분을 짐작한 에인절이 적당히 변명해 준 모양이었다.

6시 반이 되자 해가 하늘에 걸린 용광로 같은 모양으로 지평선 아래로 가라앉고 호박처럼 둥근 달이 떠올랐다. 가지를 쳐 낸 버드나무들은 달빛을 받아 머리를 산발한 괴물처럼 보였다. 그녀는 집안으로 들어와 불도 켜지 않은 채 2층으로 올라갔다. 그날은 수요일이었다.

목요일이 되자 에인절은 생각에 잠긴 표정으로 멀리서 테스를 지켜볼 뿐 가까이 다가오지는 않았다. 침실에서 친구들이 테스에게 말을 건네지 않는 것을 보면 그들도 테스와 에인절 사이에 결혼 이야기가 오갔다는 것을 알고 있는 모양이었다.

금요일도 지나고 토요일이 왔다. 그녀가 확실한 대답을 해야만 하는 일요일이 바로 내일로 닥쳐온 것이다. 그녀는 생각했다. '난 굴복하고 말 거야. 네, 하고 대답할 테지. 그이와 결혼하게 될 거야. 내 힘으로는 어쩔 수가 없어.'

그날 밤 옆에서 자는 한 처녀가 잠결에 한숨을 쉬면서 클래어의 이름을 부르는 것을 듣고 테스는 질투심으로 화끈 달아오른 두 뺨을 베개에 묻으며 중얼거렸다.

"나 아닌 다른 사람에게 그이를 빼앗길 수는 없어. 하지만 내가 그이와 결혼하게 되면 그이는 불행하게 될 거야. 만약 그이가 내 과거를 알게 되면 너무 고통스러운 나머지 죽어 버릴지도 몰라. 아, 어쩌면 좋아! 이 괴로운 마음…… 아!"

222

29

이튿날 아침이었다. 바쁘게 식사를 하고 있는 일꾼들을 수수께끼를 낼 때와 같은 눈초리로 둘러보며 주인 크릭이 말문을 열었다.

"내가 오늘 아침에 어떤 사람에 관한 소문을 들었는데, 자 그게 누구일 것 같나?"

이미 사실을 알고 있는 크릭 부인을 제외한 다른 사람들이 모두 한마디씩 했다.

"그건 말이야, 건달 잭 돌로프 얘기야. 그 녀석이 얼마 전부터 과부하고 살림을 차렸다는군."

"설마 잭 돌로프가? 그거 나쁜 놈이네요."

젖 짜는 남자 하나가 말했다.

테스는 그가 누구인지 금방 생각해 냈다. 순진한 처녀를 망쳐 놓고 나중에 그 어머니한테 쫓겨 버려 기계 속에 숨었다가 봉변을 당한 남자였다.

"그럼 그 남자는 억센 마나님의 딸하고 약속대로 결혼을 하지 않았단 말인가요?"

점잖은 신분이라 해서 크릭 부인이 따로 차려 주는 식탁에 앉은 에인절이 신문을 뒤적이며 무심히 물었다.

"글쎄, 약속을 안 지켰다지 뭡니까. 그 녀석은 처음부터 그럴 생각이 없었다고요. 그 녀석은 어느 과부하고 결혼했어요. 그 여자는 과부라 연금을 받고 있었는데 녀석이 돈을 노린 거지요. 두 사람은 서둘러 결혼식을 올렸는데, 과부가 그 녀석에게 이제부터는 남편이 생겨서 연금을 못 받게 되었다고 얘기했다는군요. 그 순간부터 그들은 개와 고양이처럼 싸우게 됐지요. 녀석이야 그래도 싸지만 그 여자는 가엾게 됐지요."

"그 여자도 정말 어리석어. 죽은 전남편 귀신이 못살게 굴 거라고 진작 말해 뒀어야 하는 건데."

크릭 부인의 말에 크릭이 들릴 듯 말 듯한 소리로 말했다.

"하지만 그 여자는 어떻게 해서든지 가정을 갖고 싶었고, 그래서 그 기회를 놓치지 않으려고 한 거겠지요. 그땐 남자도 어쩔 수 없을 테니까요."

마리안이 의견을 말하자 이즈가 맞장구를 쳤다.

"그래, 네 말이 맞아."

"그 남자의 속셈을 몰랐을 리가 없다고요. 그렇다면 처음부터 청혼을 받아들이지 말았어야 했어요."

레티가 발칵 성을 내며 외쳤다. 주인은 테스에게 물었다.

"아가씨는 어떻게 생각하지?"

"그런 사정을 여자 쪽에서 미리 얘기하든지 아니면 청혼을 거절하든지 했어야 한다고 생각해요. 전 잘 모르지만."

버터 바른 빵이 목에 걸린 듯한 목소리로 테스가 대답했다. 잔일을 도우러 이웃 농가에서 온 벡 닙스라는 부인이 한마디 거들었다.

"난 죽어도 그 따위 짓은 안 해. 사랑과 전쟁에선 수단과 방법을 가리지 않는 거예요. 나 같으면 그 여자처럼 결혼하겠어요. 그래서 하기 싫은 전남편 얘기를 미리 하지 않았다고 투덜대면, 국수 방망이로 잔뜩 두들겨 주지요 뭐. 그까짓 말라깽이 녀석쯤이야 어떤 여자라도 혼내 줄 수가 있다고요."

그녀의 농담에 모두 웃음을 터뜨렸으나 테스는 억지웃음을 지을 뿐이었다. 남들이 재미있어하는 일이 그녀에게는 고통이었고, 그들이 즐거워하는 모습은 견디기 어려운 것이었다. 그녀는 식탁에서 일어나 클래어가 으레 뒤따라오려니 생각하며 밖으로 나왔다. 꼬불꼬불한 오솔길을 따라 여러 개의 도랑을 건너 한참 만에 바 강가에 이르렀다. 강 상류에서는 남자들이 물풀을 베고 있었고, 그 물풀은 커다란 풀 더미를 이루어 강 아래로 둥실 떠내려가고 있었다. 움직이는 섬 같은 미나리아재비 풀 더미는 사람이 올라탈 수 있을 만큼 컸다. 긴 머리채 같은 그 풀 더미는 소들이 강을 건너지 못하도록 박아 놓은 말뚝에 가서 걸리곤 했다.

과거를 이야기하는 것이 그녀에게는 무거운 고뇌의 십자가를 지는 일인데 다른 사람에게는 단순히 흥밋거리에 지나지 않았다. 그것이 그녀에게 무엇보다도 큰 고통이었다. 그것은 다른 사람들의 비웃음을 받는 순교자의 고통이었다.

"테스!"

뒤에서 부르는 소리가 들리더니 클래어가 도랑을 뛰어넘어 테스 옆으로 내려섰다.

"미래의 내 아내!"

"안 돼요, 절대로 안 돼요. 당신을 위해서예요. 당신을 위해서 난 거절하는 거예요."

"테스!"

"정말 안 되겠어요."

테스는 힘주어 말했다. 거절당하리라고는 생각지도 못하고 테스의 허리에 팔을 감고 있던 클래어는 잠시 당황했다. 테스가 '네' 라고 대답했으면 키스를 했을 테지만, 그녀의 단호한 거절이 마음 약한 그의 행동을 저지시켰다. 그는 포옹을 풀었다. 이처럼 테스가 거절할 수 있는 용기를 얻은 것은 주인 크릭이 과부 이야기를 했기 때문이었다. 그것은 물론 극복할 수도 있는 일이었지만,

시간이 좀더 필요했는지도 모른다.

두 사람은 전에 비해 만나는 횟수가 줄었지만 그래도 거의 매일 만났다. 그러는 사이에 3주일이 지나갔고, 9월 하순으로 접어들었다. 테스는 클래어가 다시 청혼하려 한다는 것을 그의 눈빛으로 알았다. 자신의 청혼이 너무 급작스러워 그녀가 거절한 것이라고 짐작한 클래어는 다른 방법으로 청혼하기로 마음먹었다. 결혼 이야기가 나올 때마다 피하려 하는 그녀의 태도가 그의 생각을 뒷받침해 주어 그는 전처럼 포옹을 하거나 하는 행동을 삼가고 다정한 말로써 그녀를 설득시키려고 노력했다.

이리하여 클래어는 계속해서 졸졸 흘러나오는 우유처럼 나직한 말투로 테스에게 사랑을 속삭였다. 때로는 암소 곁에서, 때로는 크림을 걷으면서, 때로는 버터나 치즈를 만들 때, 때로는 병아리를 까는 닭이나 새끼를 낳는 돼지 옆에서 그는 그녀에게 열렬하게 구혼했다. 낙농장 안에서 일하는 처녀들 중에서 이처럼 열렬한 사랑의 고백을 들은 사람은 테스 외에는 전혀 없을 것이다.

테스는 언젠가는 자신이 굴복하고 말리라는 사실을 알고 있었다. 알렉 더버빌과의 과거에서 느끼는 도덕적 책임감이나 클래어에게 상처를 주고 싶지 않은 양심의 목소리도 그를 향한 사랑 앞에서는 허물어지기만 했다. 그녀는 그를 신처럼 우러러볼 정도로 열렬하게 사랑했다. 비록 훌륭한 교육은 받지 못했으나 착한 성품을 타고난 그녀는 클래어가 보호자처럼 자신을 감싸 주기를 간절하게 바라고 있었다. 그녀는 여전히 자신이 그의 아내가 될 자격이 없다고 수없이 다짐했지만, 그것은 약해지려는 자신을 억지로 타이르는 것일 뿐 별 소용이 없는 일이었다. 클래어의 끈질긴 구혼의 속삭임은 커다란 희열을 안겨 주어, 그녀는 자신이 은근히 두려워하는 그 말을 그가 언제까지라도 되풀이해 주기를 바라고 있었다. 다른 남자들은 어떨지 모르지만 클래어만큼은 환경의 변화나 남의 이목에 상관없이 자신이 어떤 비밀을 털어놓더라도 여전히 자기를 사랑하고 동정하며 보호해 줄 것 같은 생각이 들었으므로 테스는 그를 만나기만 하면 침울했던 마음이 가벼워지고 유쾌해졌다.

계절은 어느덧 가을로 접어들어 날씨는 청명했으나 해가 무척 짧아졌다. 낙 농장에서는 날이 밝을 때까지 촛불을 켜 놓고 작업을 해야만 했고, 새벽에도 클래어의 청혼은 계속 되풀이되었다. 그날 새벽에도 테스는 잠옷 바람으로 2층에 올라가 클래어를 깨운 다음 방으로 돌아와 옷을 갈아입고 친구들을 깨웠다. 잠시 후 그녀가 한 손에 촛불을 들고 아래층으로 내려가려는데 마침 셔츠 바람으로 내려오던 클래어가 두 팔을 벌리고 길을 막았다.

"자, 바람둥이 아가씨! 이젠 대답을 들어야겠어. 내가 그 말을 꺼낸 지도 벌써 두 주일이 지났소. 난 이제 더 이상 참을 수가 없어. 만약 대답하지 않는다면 난 여기를 떠나는 수밖에 없어. 내가 방문이 열린 틈으로 당신을 지켜봤는데 말이오, 당신의 몸을 안전하게 지켜 주기 위해서라도 내가 이곳을 떠나야 한단 말이오. 당신은 내 마음을 모를 거요. 자, 이젠 정말 '네'라고 말해 주지 않겠소?"

테스는 입술을 뾰로통하게 내밀고 대답했다.

"클래어 씨, 난 지금 막 일어났어요. 잠도 덜 깬 사람한테 그런 말을 하기는 너무 일러요. 그리고 날더러 바람둥이라는 건 당치도 않은 말이에요. 제발 조금만 더 기다려 주세요. 그 문제에 대해 다시 한 번 생각해 보겠어요. 그만 길 좀 비켜 주세요."

클래어가 진심으로 한 말을 미소로써 슬쩍 회피하면서 촛불을 들고 계단에 서 있는 테스의 모습은 아닌 게 아니라 바람둥이처럼 보이기도 했다.

"그럼, 날 클래어 씨라고 부르지 말고 에인절이라고 불러 봐요."

"에인절."

"사랑하는 에인절이라고 불러 봐요."

"그렇게 부르면 청혼을 받아들이는 셈이 되잖아요."

"그건 당신이 날 사랑한다는 뜻이 될 뿐이야. 비록 청혼은 거절하지만 날 사랑하고 있다고 했잖아."

"좋아요, 사랑하는 에인절. 꼭 그렇게 불러야 한다면."

테스는 촛불에 시선을 주며 속삭이듯 말했다. 불안해하면서도 그녀의 입가에는 엷은 미소가 번졌다. 결혼 승낙을 얻을 때까지는 그녀에게 키스하지 않으려고 결심한 클래어였으나 소매를 걸어 올린 작업복에다 미처 손질하지 않은 머리를 아무렇게나 땋아 올린 테스의 예쁜 모습을 보자 자신도 모르게 결심을 잊은 듯 그는 테스의 뺨에 가볍게 입을 맞추었다. 테스는 빠른 걸음으로 말없이 계단을 내려갔다. 다른 처녀들이 내려와 있었으므로 그 일은 거기서 중단되었다. 아침을 알리는 싸늘한 햇살과 대조를 이루는 노란 촛불 빛에 감싸여 마리안을 제외한 다른 처녀들은 모두 부러운 듯 두 사람을 뚫어지게 쳐다보았다.

가을이 다가옴에 따라 젖 짜는 양이 줄고 따라서 크림 걷는 일도 줄어들어 일이 빨리 끝나게 되자 레티와 다른 처녀들은 밖으로 나갔다. 테스와 에인절도 그들의 뒤를 따랐다.

"우리들의 가슴 설레는 생활과 저 처녀들의 생활과는 전혀 다른 것 같아. 그렇게 생각하지 않소?"

동이 트기 시작하는 아침의 싸늘한 공기 속을 앞서서 걷고 있는 세 처녀를 바라보며 클래어는 깊은 생각에 잠긴 어조로 말했다.

"다를 게 없다고 생각해요."

228

"어째서?"

"가슴 설레며 살지 않는 여자는 없어요. 당신이 알지 못하는 것이 저들의 가슴속에 있으니까요."

"그게 뭐지?"

"저 세 처녀는 모두 저보다 훌륭한 아내가 될 수 있어요. 그리고 저 애들은 나만큼이나 당신을 사랑하고 있어요."

"오, 테스!"

그녀는 너그러운 마음으로 사랑을 다른 처녀들에게 양보하기로 결심은 했으나 클래어가 안타까운 나머지 외치는 소리를 듣고는 내심 마음이 놓였다. 이제 그녀는 그들에게 한 번 양보를 했으므로 두 번 다시 자신을 희생할 필요는 없다고 생각했다. 그때 농가에서 온 일꾼 하나가 두 사람 사이에 끼였으므로 둘은 더 이상 자신들의 이야기를 나누지 못했지만 테스는 오늘 안으로 이 문제를 결론 지으리라 마음먹었다.

그날 오후 주인 가족과 일을 돕는 일꾼 몇 사람이 여느 때와 마찬가지로 집에서 멀리 떨어진 목장으로 갔다. 그곳에서는 많은 젖소를 풀어 둔 채 젖을 짜고 있었다. 새끼를 밴 소의 해산달이 가까워진 무렵이라 우유의 생산량이 많이 줄었고, 목초가 무성할 때 고용했던 임시 일꾼들은 모두 집으로 돌아갔기 때문에 정식 일꾼들만 남아 목장으로 가서 작업을 하곤 했다. 일은 천천히 진행되었다. 우유 통에 젖이 가득 차면 낙농장에서 온 짐 마차의 큰 통에다 옮겨 부었다. 젖을 다 짠 젖소들은 느린 걸음으로 돌아갔다.

낮게 드리워진 희뿌연 하늘 아래서 다른 일꾼들과 함께 일하던 주인 크릭이 갑자기 회중시계를 꺼내 들여다보더니 이렇게 말했다.

"허어, 이렇게 시간이 오래 걸릴 줄은 몰랐네. 꾸물거리다가는 기차 시간까지 우유를 제때 운반하지 못하겠는걸. 집에 들러서 남아 있는 우유와 함께 보낼 시간도 없을 것 같군. 여기서 곧장 역으로 보내야겠어. 누가 가겠나?'

자신이 할 일이 아닌데도 클래어는 자신이 하겠다고 자청하면서 테스에게 함께 가자고 권했다. 해가 졌어도 저녁 날씨가 꽤 무더웠으므로 테스는 머리에 젖 짜는 수건을 썼을 뿐 재킷도 걸치지 않은 차림새였고, 그런 차림새로는 마차를 타고 역까지 다녀오기가 싫었다. 테스가 망설이자 클래어는 다정하게 재촉했다. 하는 수 없이 그녀는 자신의 우유 통과 의자를 주인에게 부탁하고 마차에 올라 클래어 옆자리에 앉았다.

30

그들은 말을 몰아 초원을 가로지르는 평탄한 길을 저물어 가는 황혼 속에서 달렸다. 초원 저편에는 이그돈 히드의 험한 산봉우리가 우뚝 솟아 있었고, 산 꼭대기에 늘어선 전나무 숲은 높은 벼랑 위의 감시 탑처럼 보였다.

그들은 서로 가까이 앉아 있다는 것으로 인한 가슴 설렘 때문에 한동안은 아무도 말을 꺼내지 않았다. 마차 뒤에 실은 큰 통 속에서 우유가 출렁거리는 소리만이 적막을 깨뜨리고 있었다. 그들이 달리는 곳은 개암이 완전히 여물어 저절로 떨어지고 딸기는 송이째 늘어져 있을 정도로 인적이 드문 곳이었다. 에인절은 가끔 채찍 끈으로 딸기를 따서 테스에게 주곤 했다.

잔뜩 찌푸렸던 하늘에서 빗방울이 떨어지기 시작했다. 후텁지근하던 대기는 변덕스러운 산들바람이 되어 그들의 얼굴을 간지럽히며 지나갔다. 강이나 늪에 어리었던 수은 빛깔은, 마치 번쩍이던 거울이 광택 없는 우툴두툴한 납덩이로 변한 것 같았다. 테스는 주위의 이러한 변화와 상관없이 깊은 생각에 빠져 있었다. 햇빛에 그을은 그녀의 연한 갈색 얼굴은 비에 젖어 그 빛이 한층 선명해졌다. 일을 하느라 모자 밖으로 흘러내린 머리카락은 비에 젖어 마치 해초처럼 보였다. 그녀는 하늘을 쳐다보며 중얼거렸다.

"오지 말아야 할 걸 그랬나 봐요."

"비가 와서 안 됐지만 당신이 옆에 있어 난 얼마나 기쁜지 모르겠어."

멀리 보이던 이그돈 봉우리가 비에 가려 이제는 보이지 않았다. 어둠이 짙어 가는 데다 밭으로 들어가는 문이 군데군데 길을 가로막고 있어 보통 속도보다 빨리 말을 몬다는 것은 불가능했다. 공기는 차가웠다.

"웃옷을 걸치지 않아서 당신이 감기 들까 봐 걱정이야. 내게로 바짝 다가앉아요. 그럼 비를 덜 맞을 테니까."

테스는 가만히 그에게로 다가앉았다. 에인절은 가끔 햇빛을 막기 위해 큰 우유 통을 덮는 무명 천으로 두 사람의 몸을 감쌌다. 고삐를 잡고 있는 클래어를 위해 테스는 천이 흘러내리지 않도록 꼭 잡고 있었다.

"자, 이젠 됐어. 이크, 아직도 내 목으로 빗방울이 떨어지는군. 당신 쪽으로는 더 떨어지겠는걸. 옳지, 이젠 됐어. 테스, 당신 팔은 젖은 대리석 같군. 그 천으로 닦아요. 이대로 움직이지만 않으면 비가 새지 않을 거야. 그런데 테스, 내 문제 얘긴데, 오래 끌어 오던 그 문제……."

잠시 동안 축축한 길을 밟는 말발굽 소리와 큰 통 속에서 출렁거리는 우유 소리만이 에인절의 귀에 들렸다.

"당신이 한 말을 기억하고 있지?"

"알고 있어요."

"그럼 집에 돌아가기 전에 꼭 얘기해 줘요. 알겠소?"

"그렇게 해 볼게요."

그는 더 이상 그 문제에 대해 말하지 않았다. 얼마쯤 더 앞으로 나아갔을 때 옛 왕조 시대의 낡은 장원이 나타났다가 금세 마차 뒤로 사라져 버렸다. 테스를 즐겁게 해 주려고 클래어가 말했다.

"저건 아주 흥미 있는 고적이에요. 옛날에 유명했던 어떤 가문에서 소유했던 많은 저택 가운데 하나지. 더버빌이라는 가문인데, 이 지방에선 매우 높은 위치를 차지하고 있었거든. 난 그들의 저택 앞을 지날 때마다 그 집안을 생각하지. 그들이 과거에 난폭했고 자신들의 권력을 남용했다 하더라도 명문의 몰락이란 비참해."

"정말 그래요."

그들은 사방을 뒤덮는 어둠의 장막 저편에서 희뿌옇게 빛나는 불빛을 향해 말을 달렸다. 그곳은 낮이면 짙은 초록색 배경 앞에서 가끔 난데없이 한줄기 하얀 증기가 하늘에 너울거림으로써 이 동떨어진 세계와 현대 생활을 연결시키는 순간적인 모습을 보여 주는 장소였다. 현대 생활은 하루에 서너 차례 이곳으로, 증기의 촉각으로 이 고장의 생활과 접촉했다가 마치 접촉한 것이 못마땅하다는 듯이 다시 총총히 그 촉각을 거두어 물러가는 것이었다.

이윽고 그들은 그을음이 잔뜩 낀 등잔이 희미하게 빛을 비추고 있는 작은 역에 도착했다. 에인절이 비를 맞으며 실어 온 우유를 내려놓는 동안 테스는 가까이 있는 사철나무 밑에서 비를 피했다. 잠시 후 증기를 내뿜는 기차가 비에 젖은 철로 위를 천천히 미끄러져 들어와 역에 도착하자 우유 통이 재빨리 화물차에 실렸다. 기관차의 불빛이 사철나무 밑에 서 있는 테스의 모습을 잠시 비췄다. 통통하게 드러난 팔과 비에 젖은 머리카락과 얼굴, 구식 사라사 옷과 눈썹 아래까지 처진 옥양목 모자, 그것은 문명의 때가 묻지 않은 순진한 시골 처녀의 모습이었다.

　그녀는 클래어가 시키는 대로 다시 마차에 올라탔다. 둘은 온몸을 무명 천으로 감싸고 깜깜한 어둠 속을 다시 말을 몰아 달렸다.

　"런던 사람들이 내일 아침에는 이 우유를 마실 테지요. 우리가 한 번도 본 적 없는 낯선 사람들이 말이에요."

　처음 본 기차의 모습을 뇌리에 떠올리며 테스가 말했다.

　"아마 그럴 거요. 물론 우리가 보낸 걸 그대로 마시지는 않고 물에 타서 연하게 해서 마실 거예요."

　"젖소는 구경도 못한 점잖은 귀족이나 외교관, 숙녀, 상점 안주인 그리고 어린아이들이 마시겠지요."

　"그 사람들도 물론 우리를 모를 거고, 우유가 어디서 오는 건지도 모를 테지요. 우리가 기차 시간에 맞추려고 비를 맞으며 달린 건 더 더욱 상상조차 못하겠지. 그렇지만 우리가 뭐 그들을 위해서만 힘들여 온 건 아니지 않소? 얼마간은 우리를 위해, 아직 해결하지 못한 우리 문제를 해결하기 위해 마차를 몰았다고도 할 수 있으니까. 테스, 당신은 이미 내 사람이 아니오? 이렇게 말해도 괜찮겠지? 그건 당신 마음이 이미 내 것이란 뜻이오. 그렇지 않소?"

　"잘 아시잖아요. 정말 그래요."

　"그렇다면 왜 내 아내가 되기를 거부하는 거지?"

　"그건 당신을 위해서예요. 그럴 만한 사정이 있어서요. 당신한테 할 얘기가 있어요."

　"그 얘기가 내 행복을 위해서고, 내 삶에 도움이 되는 건가?"

　"정말 내 얘기가 당신을 행복하게 해 주고 당신에게 도움이 되었으면 좋겠군요. 하여튼 이곳으로 오기 전의 내 과거에 대한 이야기를 하고 싶어요."

"물론 그건 내 행복과 앞으로의 내 생활에 크게 도움이 될 거요. 내가 만약 영국이든 식민지든 어디에 농장을 가지게 된다면 당신은 그 어떤 여자보다도 내게 훌륭한 아내가 될 거요. 그러니 당신이 내 행복에 방해가 된다는 생각일랑 제발 하지 않았으면 고맙겠어."

"하지만 내 과거 얘기를 들어 주세요. 얘기를 듣고 나면 마음이 달라질 거예요."

"정 하고 싶으면 해 봐요. 어느 때 어느 곳에서 태어났다는 식의 얘기 말이오."

클래어의 농 섞인 말에 이어 테스는 이야기를 시작했다.

"난 말로트 마을에서 태어나서 그곳에서 자랐어요. 그곳에서 초등학교를 마쳤는데, 사람들은 내가 재질이 있어서 선생님이 될 거라고 했어요. 나도 그럴 생각이었는데 집안에 사고가 생겼어요. 아버지는 게으른 데다가 술까지 좋아하시고."

클래어는 그녀를 자기 옆으로 더욱 끌어당겨 꼭 안으면서 말했다.

"그랬소? 가엾게도…… 뭐 늘상 있는 일이긴 하지만."

"그런데 뜻밖의 일이 일어났어요. 내가 관계된 일인데 나는……."

테스의 숨이 가빠졌다.

"그래서? 상관없으니 어서 말해 봐요."

"난 더베이필드가 아니고 사실은 더버빌이에요. 우리가 지나 왔던 그 저택을 소유했던 가문의 후손이라고요. 지금은 다 몰락했지만."

"더버빌 가문, 아 그래, 그게 걱정이었단 말이오?"

"네."

테스는 힘없이 나직하게 대답했다.

"그런데 그 사실 때문에 내가 당신을 덜 사랑할까 봐 걱정한 거요?"

"당신이 조상이라든지 가문을 싫어한다는 얘기를 주인한테서 들은 적이 있어요."

클래어는 유쾌하게 웃었다.

"어떤 의미에선 그게 사실이지만, 난 세습적인 귀족을 싫어하는 거요. 그러나 덕이 높고 현명한 정신적인 귀족은 좋아하지. 어쨌든 당신 얘기는 무척 재미있군. 내가 그런 이야기에 얼마나 큰 흥미를 느끼는지 당신은 상상도 못할 거야. 그래, 당신은 자기가 저 유명한 집안의 한 사람이라는 사실에 대해 아무런 흥미도 느끼지 않는단 말이오?"

"네. 전 오히려 슬프게만 생각돼요. 눈에 보이는 언덕이며 밭이 한때는 우리 조상의 소유였다는 걸 알게 된 후로는 더욱 슬프게 느껴졌어요. 하긴 언덕과 밭 가운데는 레티네 조상 것도 있었고, 마리안네 조상 것도 있었는지 모르니까, 그걸 그다지 소중하게 여길 필요는 없잖아요."

"옳은 말이오. 지금 저 땅덩이를 경작하고 사는 사람들 대부분이 그전엔 그들의 소유였다는 사실을 알고 보면 참 놀랄 일이지요. 어떻게 해서 일부 정치인들이 이런 사정을 이용하지 않는지 난 가끔씩 이상하게 생각해요. 아마 그들은 그걸 모르는 모양이야……. 그건 그렇고 왜 난 여태까지 그 사실을 알아채지 못했을까? 더버빌이 변해서 더베이필드가 되었다는 걸 추측할 수도 있었을 텐데. 당신이 그토록 말 못한 비밀이 바로 그것이었소?"

그녀는 해야 할 말을 끝내 하지 못하고 말았다. 마지막 순간에 이르러 용기가 꺾이고 만 것이다. 왜 진작 말하지 않았느냐고 책망을 할까 봐 겁이 났고 자신을 보호하려는 욕망이 고백하려는 본능보다 강했다.

"물론 테스가 남의 희생 위에 군림해 온 귀족의 후손이기보다는 오랜 수난을 겪으면서도 끈기 있게 버텨 온 평민의 딸이었다면 더 좋았겠지만 난 이미 당신에 대한 사랑에 빠져 버렸소."

그 말을 하면서 클래어는 웃었다.

"사실 너무 내 위주로 생각하는 것 같지만, 난 당신의 혈통을 알게 되어 기뻐. 세상 사람들이 너무 형식적인 것을 찾으니까 말이오. 당신이 그만한 혈통의 여자이기 때문에 사람들은 더욱 당신이 내게 어울리는 아냇감이라고 생각할 거요. 사실 내 어머니부터 당신의 혈통 때문에 당신을 훨씬 좋게 볼 거예요. 테스, 오늘부터 정확하게 더버빌이라는 성을 쓰도록 해요."

"난 그냥 이대로가 좋아요."

"아니오. 꼭 그 이름을 써야 해. 놀라운 일이잖아. 많은 벼락부자들이 그런 이름을 가지려고 야단들이거든. 아 그래, 그 성을 가진 가짜 귀족이 있었어. 체이스 숲 근처라고 했지, 아마. 우리 아버지하고 다툰 바로 그 작자 말이오. 참으로 우연의 일치군."

"에인절, 난 그 성을 쓰고 싶지가 않아요. 왜 그런지 불길한 느낌이 들어요."

테스는 흥분으로 얼굴이 상기되었다.

"그럼 내가 테레사 더버빌이라고 새로 이름을 지어 주지. 내가 준 성을 쓰면 당신네 성을 안 써도 되지 않소. 이젠 그 비밀이란 것도 다 밝혀졌는데 왜 아직도 안 된다는 건지 모르겠어."

"만약 나와 결혼해서 당신이 행복해진다면, 또 진정으로 당신이 나와 결혼하고 싶다면……."

"물론 그렇고 말고."

"내 말은 당신이 꼭 나와 결혼하기를 원하고, 가령 내게 어떤 허물이 있더라도 내 곁을 떠나지 않는다면 승낙할 수밖에 없다는 뜻이에요."

"그럼 이젠 승낙하는 거지? 영원히 내 곁에 있어 주는 거지?"

그는 그녀를 꼭 안고 그녀에게 입을 맞추었다.

"네, 승낙하겠어요."

대답을 마친 테스는 목메어 울음을 터뜨렸다. 가슴이 미어지는 듯 마구 흐느끼는 그녀를 보고 클래어는 당황했다. 그녀의 그런 모습은 처음 보는 것이기 때문이었다.

"테스, 왜 그래?"

"나도 잘 모르겠어요. 다만 당신의 아내가 되는 것이, 당신을 행복하게 해 드리는 것이 너무 기뻐서……."

"하지만 그다지 기쁜 것 같지 않은걸."

"난 죽을 때까지 결혼하지 않기로 맹세했는데 그 맹세를 깨뜨린 것 때문에 울었어요."

"하지만 날 사랑한다면, 결혼하는 것이 기쁠 것 아니오?"

"정말 그래요. 그런데도 난 가끔 세상에 태어나지 않았더라면 좋았을걸 하는 생각을 해요."

"이봐요, 테스. 지금 당신은 흥분해 있고 당신이 세상 경험이 별로 없다는 걸 아니까 이해는 하겠는데, 사실 그 말은 듣기가 거북하군. 당신이 날 진정으로 사랑한다면 어떻게 그런 생각을 할 수가 있지? 당신은 정말 날 사랑하는 거요? 날 사랑한다는 증거를 보여 주었으면 좋겠어."

"벌써 보여 드렸잖아요. 이 이상 어떻게 더 보여 드릴 수가 있어요. 자, 이렇게 하면 될까요?"

여느 때보다 한층 격렬한 애정을 느끼는 테스는 클래어의 목에 매달려 그에게 열렬하게 키스했다. 클래어는 정열적인 여자가 마음과 영혼을 다 바쳐서 사랑하는 남자에게 퍼붓는 키스가 어떤 것인지를 비로소 알게 되었다.

"이젠 날 믿으시겠어요?"

"믿고 말고. 당신을 믿지 못했던 적은 한 번도 없었어. 한 번도!"

두 사람은 마차 안에서 서로 꼭 껴안고 하나가 되어 어둠 속을 달리고 있었다. 말은 사정없이 달리고 비가 두 사람에게로 몰아쳤다.

그녀는 드디어 승낙했다. 아니, 처음부터 승낙하는 편이 좋았을는지도 모른다. 거센 물결이 잡초를 휘몰아가듯 만물에게 공통되는 생명력인 '기쁨을 갈구하는 욕망'을 사회적 규약에 대한 어렴풋한 관념으로 억누를 수는 없는 노릇이었다.

"엄마한테 편지를 쓰고 싶어요. 괜찮지요?"

"물론 괜찮소, 나의 귀여운 테스. 이런 일은 당연히 집에 알려야 하고, 내가 그걸 반대한다는 건 말도 안 되는 소리야. 근데 어머니는 어디 계시지요?"

"말로트 마을이요. 블랙모어 분지 끝에 있는 마을이에요."

"아, 그래. 지난해 여름에 그곳에서 당신을 만난 적이 있지."

"네, 풀밭에서의 무도회 때요. 그때 당신은 나하고 춤추지 않았어요. 그 일이 우리 사이에서 나쁜 전조가 되지 않기를 바랄 뿐이에요."

31

바로 다음날 테스는 정이 담뿍 담긴 속달 편지를 엄마에게 부쳤다. 그리고 주말에 그녀는 서투른 옛날 필적으로 두서없이 쓴 엄마의 답장을 받았다.

사랑하는 테스 보아라.

하느님 덕택에 우리 모두는 잘 있단다. 너도 별일 없기를 바라며 네가 머지
않아 결혼한다는 소식에 집안 식구들은 기뻐서 어쩔 줄 모른단다.

네가 물었으니 답하는 것이다만, 너와 나만 아는 그 얘기는 어떤 일이 있어
도 그 사람한테 얘기하면 안 된다. 네 아버지는 가문을 가지고 큰소리치고 계
시는 양반이라 아직 네 얘기는 꺼내지 않았지만, 네 신랑 될 사람도 물론 좋은
가문의 남자일 거라고 생각한다.

테스야, 집안이 좋건 나쁘건 많은 여자들이 젊었을 때 과거를 숨기고도 잘
도 살아간다는 사실을 명심해라. 다른 여자들은 시치미를 떼는데 너만 바보같
이 얘기할 필요가 없어. 이미 지나간 일이고 네 잘못도 아니니 말이다. 네가
몇 번을 물어도 난 똑같은 대답을 할 거다. 넌 네 마음속을 너무 어린애처럼 쉽
게 털어놓아서 걱정이 된다. 너의 행복을 위해서 그 일은 말이나 행동은 물론
아예 내색도 해서는 안 된다고 이 어미가 타이른 것을 결코 잊어서는 안 된다.
어린애 같은 네 아버지가 여기저기 돌아다니면서 소문을 퍼뜨릴까 봐, 네가
편지했다는 것과 결혼 얘기는 아직 알리지도 않았다.

사랑하는 테스야, 기운을 내라. 그리고 결혼 선물로는 능금술 한 통을 보내
마. 그곳은 능금술이 귀하고 또 맛도 시다고 하더라. 그럼 이만 쓰겠다. 네 신
랑에게도 안부 전해라.

너의 사랑하는 엄마

존 더베이필드

"아, 엄마……."

편지를 다 읽은 테스는 낮은 소리로 중얼거렸다. 자신에게는 굉장한 고통이

었던 그 문제도 융통성 있는 엄마에게는 사소한 문제일 뿐이었다. 엄마는 테스처럼 인생을 심각하게 생각하지 않았다. 마음을 아프게 하는 지난날의 그 일도 엄마가 볼 때는 한낱 지나간 일일 뿐이었다. 과거야 어찌 됐건 이제부터 그녀는 엄마의 말을 잊어서는 안 되리라. 자신이 사랑하는 남자의 행복을 위해서라도 침묵이 가장 바람직한 방법인 것 같았다. 아니, 마땅히 그래야만 할 것 같았다.

엄마의 그런 충고로 테스는 마음을 안정시킬 수 있었고 침착해질 수 있었다. 마음의 부담을 덜어 버리자 그녀는 몇 주일 만에 처음으로 기분이 홀가분해졌다. 그의 청혼을 받아들인 뒤로 그녀는 지금까지 인생에서 한 번도 느껴보지 못했던 황홀한 심정으로 10월의 늦가을 날들을 보내고 있었다.

클래어에 대한 테스의 애정에는 세속적인 냄새가 조금도 풍기지 않았다. 진심으로 믿는 테스의 두 눈에는 클래어가 선량성(善良性)의 극치로 보였고, 또한 지도자나 철인이나 벗이 당연히 알아야 할 것은 전부 알고 있는 존재로 비쳤다. 클래어의 듬직한 몸집은 남성미의 극치였고, 그의 영혼은 성인의 영혼이요, 그의 지성은 예언자의 지성이라고 테스는 생각했다. 클래어에 대한 테스의 애정이 지닌 예지는 하나의 애정을 자아내어 테스에게 위엄성을 갖추게 했다. 그는 머리에 왕관을 얹은 사람인 양 보였다.

테스를 가엾게 여기는 클래어의 애정은, 테스가 그것을 느낄 적마다 그에 대한 순정을 북돋아 주었다. 클래어는 무엇인가를 숭배하는 듯한 테스의 큼직한 두 눈과 가끔 마주쳤다. 그 눈은 눈앞의 무슨 불멸의 존재라도 바라보는 양 헤아릴 수 없이 깊은 눈 속으로부터 클래어를 응시하는 것이었다. 그녀는 이제 과거가 없다. 마치 연기를 피우며 타오르는 위험한 석탄 불을 발로 밟아 끄는 것과 같았다.

남자가 여자를 사랑할 때, 클래어처럼 욕심 없이 강한 의협심으로 여자를 보호할 수 있다는 것을 테스는 미처 몰랐었다. 에인절 클래어는 이 점에서 테스가 생각했던 사람하고는 분명 달랐다. 정말 놀랄 정도로 달랐다. 그는 진정 동물적이라기보다는 정신적이었고, 자기 자신의 욕망도 스스로 억제할 줄 알았다. 그리고 이상하리만큼 야비스러운 점을 하나도 찾을 수 없었다.

　원래 냉정한 성미는 아니었으나 그는 열광적이라기보다는 쾌활한 편이었다. 이를테면 바이런보다도는 셸리에 가까운 편이었다. 생명을 내건 열렬한 사랑도 하려면 할 수 있었으나, 어딘지 환상적이고 가공적인 사랑에 쏠리는 편이었다. 워낙 감정이 깔끔한 편이어서, 사랑하는 애인을 자기 자신의 욕망의 손아귀에서 한없이 지켜 줄 수도 있었다.

　지금까지의 대수롭지 않은 경험이 모두 불행하기만 했던 테스는 클래어의 그러한 성품을 보고 놀라기도 하고, 한편 미칠 듯이 기뻐하기도 했다. 남성에 대한 노여움의 반동으로 그녀는 클래어를 보통 이상으로 존경했다.

　사랑에 빠진 그들은 항상 함께 하기를 간절히 원했다. 테스는 그를 절대적으로 믿고 있었으므로 그의 곁에 있고 싶은 마음을 감추지 않았다. 시골에서는 약혼한 사이라면 아무 거리낌 없이 바깥에서 교제할 수 있었으므로 그들은 10월 한 달 동안 자유롭게 만났다. 일이 끝난 오후가 되면 그들은 정답게 목장 이곳저곳을 돌아다녔다. 흘러가는 시냇물을 따라 뻗어 있는 좁은 오솔길을 걷기도 하고, 때로는 작은 나무다리를 건너 목장 저편으로 갔다가 되돌아오면서 풀밭 이곳저곳을 거닐기도 했다.

　두 사람이 거니는 곳 어디서나 소용돌이치며 흐르는 시냇물 소리가 들렸고, 재잘거리는 물소리는 그들의 속삭임에 맞추어 노래하는 것 같았다. 먼 초원의 지평선과 평행을 이룬 햇살은 사방의 풍경에 빛의 꽃가루를 깔아 놓은 것 같왔다. 햇살 아래의 나무와 산울타리 그늘에는 파르스름한 안개가 끼곤 했다. 오후의 햇살을 받은 두 사람의 그림자가 초원 위에 길게 뻗어 있어 마치 아득히 먼 곳을 지시하는 두 개의 손가락처럼 보였다.

일꾼들은 여기저기 흩어져서 일에 열중하고 있었다. 지금이야말로 목장을 '다듬는' 때라서, 이를테면 겨울철의 관개를 위해 조그만 수로(水路) 밑을 깨끗이 파헤치고 젖소들한테 짓밟힌 둑을 가꾸는 때였다. 한 삽 두 삽 가득히 퍼내는 흑옥같이 새까만 기름진 진흙은 분지 일대에 강물이 넘쳐흐르던 때에 그 강물을 타고 이곳까지 휩쓸려 온 것으로, 흙 가운데서도 손꼽히는 좋은 흙이었고 예로부터 빻아지고 부수어져 가루같이 만들어진 옥토였다. 그리고 물에 적셔져 다루어지고 가루처럼 부서졌기 때문에 보기 드문 비옥한 땅이 되었고, 그로 말미암아 목초도 무성하고 그 목초를 뜯어먹는 젖소들도 잘 자라는 것이었다.

클래어는 수로에서 일하는 일꾼들이 보는 데서도 버젓이 테스의 허리에 팔을 감고 있었다. 그러나 사실은 이따금씩 곁눈질로 그들의 시선을 의식하는 테스 못지않게 그도 겸연쩍어했다.

"당신은 남들이 보는 앞에서 나와 함께 있는 것을 부끄러워하지 않는군요."

테스가 기쁜 표정으로 말했다.

"무슨 소릴."

"하지만 당신이 나처럼 하찮은 젖 짜는 여자와 같이 다닌다는 걸 에민스터에 계신 가족들이 알게 되면……."

"이 세상에서 가장 아름다운 젖 짜는 아가씨라고 말할 테지."

"그분들은 체면이 깎인다고 생각하실 거예요."

"사랑스러운 테스, 더버빌의 후손이 클래어 가문의 체면을 깎는단 말이지?

당신이 그런 가문 출신이라는 것이 내겐 위안이 돼요. 우리가 결혼한 다음에 당신 가문을 밝혀서 사람들을 깜짝 놀라게 해 줄 생각이야. 그건 그렇고, 내 장래는 우리 가족과 관계가 없어. 우린 아마도 영국 땅을 떠나서 살게 될 텐데, 다른 사람들이 우릴 어떻게 생각하든 그게 무슨 상관이야. 당신, 나하고 떠나는 걸 싫다고 하지는 않겠지?'

클래어의 정다운 동반자가 되어 그와 함께 이 세상을 살아갈 생각을 하자 테스는 기쁨으로 가슴이 벅차올라 그렇게 하겠다는 대답도 겨우 할 수 있을 정도였다. 그녀의 심장의 고동은 파도 소리처럼 귀를 울렸고, 벅찬 기쁨으로 눈에는 눈물이 고였다. 두 사람은 손을 꼭 잡고 계속 걸어 강가에 이르렀고 햇빛을 받아 일렁이는 수면이 그들을 눈부시게 했다. 그들은 걸음을 멈추었다. 작은 물새의 머리가 조용한 수면 위로 불쑥 솟았다가 강가에 서 있는 두 사람을 보고는 물속으로 다시 들어가 버렸다. 그들 주위에 철 이른 저녁 안개가 깔리기 시작했다. 테스의 속눈썹과 이마와 머리카락에도 이슬이 맺혔다. 그들은 그렇게 밤이 깊어질 때까지 강가를 거닐곤 했다.

일요일이 되면 그들은 날이 완전히 어두워져서야 산책을 했다. 두 사람이 약혼을 하고 첫 번째로 맞는 일요일 저녁에 밖에 나와 있던 몇 명의 낙농장 사람들은 흥분한 나머지 띄엄띄엄 끊어지는 테스의 격정적인 목소리를 들었다. 물론 멀리 떨어져 있어 자세히 들을 수는 없었지만 클래어와 함께 걷다가 숨이 차서 발걸음을 멈추고 내쉬는 숨소리라든가 영혼에서 우러나온 듯한 유쾌한 웃음소리, 여러 명의 사랑의 경쟁자를 물리치고 당당하게 사랑에 승리한 여자만이 웃을 수 있는 특이한 웃음소리가 들려오곤 했다. 새가 땅에 내려앉을 때의 파닥거림처럼 들뜬 그녀의 발걸음 소리도 들려오곤 했다.

클래어에 대한 사랑은 이제 테스의 호흡이요, 생명이나 마찬가지였다. 그 사랑의 빛은 그녀를 둘러싼 과거의 기억하고 싶지 않은 그 모든 것을 잊게 하고 행복을 가져다주었다. 그러나 그녀에게는 정신적인 망각과 지적인 기억이 공존하고 있어 그녀가 사랑의 빛 속을 걷고 있을 때도 가끔씩 어둠의 그림자는 사라질 줄 몰랐다. 그 그림자는 어느 때는 멀리 사라지는 듯하다가도 어느 때는 아주 가까이 다가오곤 했다.

어느 날 저녁 다른 사람들이 모두 밖으로 나갔기 때문에 테스와 클래어 두 사람만이 집에 남게 되었다. 서로 이야기를 나누다가 테스가 생각에 잠긴 눈초리로 그를 보았을 때 그 또한 사랑이 담뿍 어린 시선으로 그녀를 보고 있었다.

"난 자격이 없어요. 당신에게 어울리지 않는다고요."

호의에 가득 찬 클래어의 눈길과 마주치자 테스는 갑자기 낮은 의자에서 벌떡 일어나며 외쳤다. 그녀가 보다 큰 이유로 이처럼 흥분한다고 생각한 클래어는 타이르듯 말했다.

"그런 말은 제발 좀 안 했으면 좋겠어, 테스. 남보다 훌륭한 사람은 가문 따위의 돼먹지 않은 인습을 요령껏 이용하는 사람이 아니라, 당신처럼 성실하고 정직하고 순결한 사랑스러운 사람이란 말이오."

그녀는 복받쳐 오르는 오열을 삼키느라 애썼다. 지난 몇 해 동안 교회에서 그와 같은 미덕에 대한 설교를 들을 때마다 얼마나 괴로웠던가. 그런데 지금 클래어가 그와 같은 말을 한다는 것은 참으로 우스운 일이었다.

"왜 그때 내 곁에 머무르면서 날 사랑해 주지 않았어요? 내가 동생들과 함께 살던 열여섯 살 때, 당신이 풀밭에서 춤을 추었던 바로 그때 말이에요. 왜 그렇게 못했냐고요!"

테스는 두 손을 쥐어짜면서 말했다. 클래어는 테스를 진정시키려고 애쓰면서 그녀가 감정이 변하기 쉬우므로 결혼한 뒤에 잘 돌봐 주어야겠다고 다짐했다.

"정말 그래. 왜 그때 당신 곁에 머무르지 않았을까. 그때 알기만 했더라도……. 하지만 그렇게까지 가슴 아파할 건 없잖소?"

무언가 숨기려는 본능으로 그녀는 얼른 말문을 돌렸다.

"그랬더라면 4년이라는 세월을 헛되이 보내지 않았을 테니까요. 그만큼 더 당신과 함께, 당신의 사랑 속에서 행복을 누렸을 테니까요."

테스의 괴로움은 산전수전 다 겪은 성숙한 여인의 괴로움이 아니라 한때 무서운 덫에 걸렸던 순결한 처녀의 괴로움이었다. 그녀는 마음을 가라앉히기 위해 의자에서 일어났다. 밖으로 나가는 그녀의 치맛자락에 걸려 의자가 쓰러졌다.

클래어는 장작불이 활활 타오르는 벽난로 앞에 쭈그리고 앉아 있었다. 장작은 기분 좋은 소리를 내며 타오르고 있었다. 잠시 후 침착해진 그녀가 되돌아왔다.

"테스, 당신은 자신이 변덕스럽다고 생각하지 않소?"

테스를 위해 의자 위에 방석을 펴 주고 자신은 그 옆 긴 의자에 앉으면서 클래어가 조심스럽게 말했다.

"네, 그럴지도 몰라요. 하지만 원래 타고난 성격은 그렇지 않았어요."

그녀는 옆에 앉은 클래어에게로 바싹 다가앉아 그의 팔 위에 손을 올려놓고는 나지막하게 말했다. 그러고는 자신의 말을 납득시키려는 듯 그의 어깨에 가만히 머리를 기대었다.

"사실은 테스한테 하고 싶은 말이 있었는데, 당신이 그만 나가 버렸지 뭐요."

"그게 뭐예요? 뭐든지 다 대답할게요."

"당신이 날 사랑하고 내 청혼을 받아들였으니, 이젠 결혼 날짜를 정하는 일만 남았잖소."

"난 이대로가 좋아요."

"그렇지만 난 내년 봄에 사업을 시작해야 돼. 사업을 벌이기 전에 결혼식을 올렸으면 좋겠소."

"아니, 사업이 안정된 다음에 결혼하는 게 더 낫지 않을까요? 당신 혼자 가 버리고 나 혼자 남는다면 견디기 힘들겠지만."

테스는 겁먹은 사람처럼 조심스럽게 말했다.

"물론 그래서는 안 되지. 그건 말도 안 되는 소리요. 정말이지 사업을 시작하려면 당신의 도움이 필요해. 언제로 하면 좋겠소? 2주일 후에 하면 어떨까?"

"안 돼요. 생각할 게 많아요."

"그렇지만 테스……."

클래어는 다정하게 테스를 안았다. 사실 결혼 문제가 눈앞에 닥치면 누구든지 당황하기 마련인데, 두 사람이 마음을 가다듬고 차분하게 이야기할 사이도 없이 크릭 부부와 젖 짜는 아가씨 둘이 방으로 들어왔다. 테스는 탄력 있는 공처럼 벌떡 일어났다. 그녀의 얼굴은 붉게 물들었고 장작불이 어린 두 눈은 반짝거리고 있었다. 그녀는 속상한 듯 변명했다.

"저이 옆에 앉아 있다가 사람들에게 들킬 줄 알았어요. 저이 무릎 위에 앉은 것처럼 보였겠지만 사실은 그런 게 아니에요."

결혼 문제에 당면한 여자의 예민한 감정을 전혀 이해하지 못하는 크릭은 무관심한 표정으로 아내에게 말했다.

"아가씨가 그런 말을 안 했으면 난 두 사람이 여기 앉아 있다는 것조차 몰랐을 거요."

클래어는 어색함을 감추며 짐짓 침착하게 말했다.

"우린 곧 결혼할 겁니다."

"아, 정말 반가운 소식이군. 벌써부터 그러려니 짐작은 하고 있었지만 말이지요. 테스는 이런 데서 일하기엔 아까운 아가씨지요. 난 첫눈에 그걸 알아봤지요. 남자라면 누구나 신부로 얻고 싶어할 거예요. 더구나 농부의 아내로는 제격이지요. 관리인이 잔꾀를 못 부릴 거라고요."

어느새 테스는 사라지고 없었다. 주인의 노골적인 칭찬에 부끄러웠지만, 그보다는 주인과 함께 들어온 젖 짜는 처녀들의 얼굴을 볼 수가 없었기 때문이었다.

저녁 식사를 마친 뒤 테스가 침실에 들어가자 친구들이 옹기종기 모여 있었다. 그들은 흰 잠옷을 입고 테스를 기다리고 있었다. 등불에 비친 그들의 모습은 마치 복수를 하려고 늘어앉은 유령들처럼 보였으나, 그들의 표정에 악의가 없다는 것을 테스는 금방 알아챌 수 있었다. 솔직히 그들은 꿈도 못 꾸던 일이었으므로 섭섭해하는 기색도 별로 보이지 않았다. 다만 그들은 객관적이고 사려 깊은 태도를 보일 뿐이었다.

"그 사람이 테스하고 결혼한대. 테스 얼굴에 그렇게 씌어 있어."

테스를 빤히 바라보며 레티가 중얼거렸다. 마리안이 물었다.

"너 그 사람하고 결혼할 거니?"

"응."

"언제?"

"언제든지."

그들은 그녀가 대답을 피하려고 건성으로 하는 말로 생각했다.

"그래, 그 사람과 결혼한단 말이지. 그 신사하고……."

이즈 휴에트가 뇌까렸다. 그들은 무엇에라도 홀린 듯 맨발로 침대에서 내려와 테스 주위에 둘러섰다. 기적이 일어난 친구의 몸을 살펴보기라도 하려는 듯 레티는 테스의 어깨에 두 팔을 얹고 다른 두 처녀는 테스의 허리를 팔로 감았다. 그들은 테스의 얼굴을 들여다보았다.

"기분이 어떠니? 난 상상도 못했어."

이즈 휴에트가 말했다. 마리안은 테스에게 키스했다.

"네가 좋아서 한 거니, 아니면 다른 사람의 입술이 거기에 닿아서 그런 거니?"

이즈가 쌀쌀하게 물었다. 마리안은 담담하게 말했다.

"난 그런 건 알고 싶지 않아. 다른 사람을 다 제쳐 놓고 테스가 그 사람과 결혼하는 게 신기해서 그러는 거야. 난 조금도 언짢게 생각하지 않아. 우린 그 사람을 좋아했지만 결혼 같은 건 꿈에도 생각하지 않았으니까. 다만 귀족의 딸도 아니고 갑부의 딸도 아니고, 우리하고 똑같이 젖 짜는 처녀인 테스가 그 사람하고 결혼한다는 사실이 신기할 뿐이야."

"그 때문에 날 미워하진 않겠지?"

테스가 나직하게 물었다. 처녀들은 그 대답을 테스의 표정 속에서 찾기라도 하려는 듯 테스에게로 바짝 다가섰다.

"난 잘 모르겠어. 글쎄 널 미워하고 싶은데 미워할 수가 없어."

레티가 중얼거리자 이즈와 마리안도 맞장구를 쳤다.

"나도 그래. 웬일인지 미워할 수가 없어."

"그이는 너희들 중 한 명과 결혼을 해야 하는 건데……."

테스가 소곤거렸다.

"왜?"

"너희들은 모두 나보다 훌륭해."

처녀들은 나직하고 느린 말로 속삭였다.

"우리들이 너보다 훌륭하다고? 테스, 그렇지 않아."

"아냐, 사실이야 그건!"

테스는 성급하게 말을 가로채면서 자신을 잡고 있던 친구들의 팔을 뿌리치고는 울음을 터뜨렸다. 그녀는 옷장에 기대어 미친 듯이 울부짖었다.

"정말이야, 너희들이 더 훌륭해."

그녀의 울음은 좀처럼 그칠 줄 몰랐다.

"그이는 너희들 가운데 한 명을 아내로 택해야 했어. 지금이라도 그이더러 그렇게 하라고 말해야 하는 건데! 너희들이 그이한테 더 좋은 아내가 될 수 있어. 지금 내가 무슨 말을 하고 있는 거지? 아……."

그들은 테스에게로 다가가 테스를 부둥켜안았다. 그녀는 여전히 몸부림치며 흐느껴 울었다.

"누구 물 좀 가져와. 테스가 우리 때문에 흥분했어. 가엾게도!"

친구들은 조용히 테스를 침대 곁으로 데리고 가서 다정하게 입을 맞추었다.

"그 사람한테는 네가 제일 잘 어울려. 넌 우리보다 교양이 있고 아는 것도 많잖아. 더구나 그 사람한테 많은 것을 배우고 난 다음 넌 전보다 훨씬 좋아진 것 같아. 뽐낼 만도 하지 뭐니."

"고마워. 내가 너무 소란을 피워 미안해."

테스는 가까스로 마음을 진정하고 자리에 누웠다. 그들이 다 자리에 눕고 불이 꺼지자 마리안이 테스에게 속삭였다.

"테스, 그 사람과 결혼하더라도 우릴 잊지 마. 우리가 그 사람을 그처럼 사

모한 걸 너한테 다 털어놓은 거라든가, 널 미워하지 않으려 했고, 또 미워할 수
도 없었다는 것, 우리는 그 사람의 아내가 된다는 건 꿈에서조차 생각하지 않
았다는 것, 그 모든 것을 기억해 줘."

　테스가 그 말을 들으면서 울음을 삼켜야 했다는 것을 친구들은 알지 못했
다. 자신이 비밀을 밝히지 않음으로써 친구들을 괴롭히고 클래어를 배반하는
것보다는, 엄마에게서 어리석다는 소리를 듣더라도 그에게 비밀을 고백하는
것이 현명한 처사라고 그녀는 생각했다. 가슴이 미어지는 듯한 괴로움 속에서
테스가 그런 결심을 한 것을 친구들은 아무도 눈치채지 못했다.

32

　후회가 앞을 가려 테스는 결혼 날짜를 섣불리 정할 수가 없었다. 클래어는
기회가 있을 때마다 여러 번 말을 꺼냈지만, 11월이 되어도 날짜는 여전히 정
해지지 않았다. 테스는 영원히 이런 상태이기를 바라는 것처럼 보였다.

　목장의 풍경도 많이 바뀌었다. 그러나 젖 짜기 전 오후의 햇살은 산책하기
에 따스했고, 또 일년 중 비교적 한가한 때였으므로 햇빛이 가지런히 내리쬐
는 쪽의 축축한 잔디밭을 바라보노라면 잔물결 같은 거미줄들이 마치 바다에
비친 달빛처럼 햇빛 속에 반짝이고 있었다. 자기들의 행복이 한순간에 지나지
않는다는 사실을 모르는 듯에는, 마치 몸뚱이 속에 빛이라도 감추고 있는 듯
이 휘황한 모습으로 햇빛이 쏟아지는 그 오솔길을 넘어 날아가더니 어디론가
사라지고 말았다. 그런 광경을 바라보며 클래어는 아직 결혼 날짜가 정해지지
않았음을 테스에게 깨우쳐 주곤 했다.

가끔 클래어에게 기회를 주려고 크릭 부인이 일부러 밤 심부름을 시켜 둘이 함께 갈 때도 그는 테스에게 결혼 날짜에 대해 말을 꺼내곤 했다. 크릭 부인의 심부름은 골짜기 위쪽 농가에 옮겨다 놓은 암소의 상태를 알아보고 오는 것이었다. 암소가 새끼를 낳을 때면 으레 산 위 농가에 보냈다가, 새끼를 낳고 새끼가 걸을 수 있게 되면 송아지와 함께 데리고 오곤 했기 때문이었다. 송아지가 팔릴 때까지 한동안은 젖 짜는 일이 별로 없었으나, 송아지를 떼어 놓기가 무섭게 젖 짜는 여자들은 여느 때와 같이 일을 시작해야 했다.

　어느 캄캄한 밤에 두 사람은 산 위의 농가에서 일을 끝마치고 집으로 돌아가고 있었다. 그들은 자갈이 깔린 넓은 벼랑에 이르렀을 때 발걸음을 멈추고 귀를 기울였다. 때마침 강물이 불어날 때라 물 흐르는 소리가 유난히 크게 들렸다.

　"오늘 주인이 겨울철에는 일손을 줄여야겠다는 말을 하지 않았소?"

　"아뇨."

　"젖소들의 젖이 점점 줄어들거든."

　"사실 어제도 여남은 마리 소를 농가로 보냈어요. 그저께도 세 마리 보냈고요. 그곳에 옮긴 소가 스무 마리나 돼요. 그런데 난 송아지 낳는 것을 돌보는 데 내가 필요 없다는 얘긴가요? 난 이제 여기서 할 일이 없어진 셈이군요. 그런 줄도 모르고 난······."

　"주인이 당신이 필요 없다고 잘라 말한 건 아니야. 그러나 그는 우리 사이를 알고 있기 때문에 크리스마스 때 내가 이곳을 떠날 때 당신도 함께 데려갈 거라고 생각하고 있다오. 그래서 테스 없이 어떻게 일을 꾸려 나가겠느냐고 물었더니 겨울철에는 일이 많지 않아서 되는대로 꾸려 나갈 수 있다고 하더군. 나쁜 생각인지도 모르지만, 난 주인이 그렇게 해서 당신이 어쩔 수 없이 결혼을 승낙하도록 해 줄 거라고 생각하니 오히려 기쁘다고."

"기뻐할 일만은 아니에요. 비록 이쪽에서 원한 경우라 하더라도 그만두라는 소릴 듣는 건 슬픈걸요."

"물론 우리 쪽에선 잘된 일이지. 당신도 그걸 인정하는군."

그는 손가락으로 테스의 가슴을 어루만지며 계속 말했다.

"속마음이 들켜서 얼굴이 화끈 달아올랐군. 내가 너무 실없이 군 것 같아. 이제 실없는 소리는 그만 하기로 하지. 인생은 진지한 거니까."

"그건 당신보다 내가 먼저 깨달은 사실이에요."

바로 그 순간에도 테스는 인생의 심각함 때문에 괴로웠다. 어젯밤의 기분대로 결혼을 단념하고 낙농장을 떠난다는 것은 다른 낯선 곳으로 간다는 것을 의미했다. 이제 송아지 낳는 시기가 오면 젖 짜는 처녀가 필요 없게 되기 때문이었다. 클래어처럼 좋은 사람을 만날 수 없을 것 같은 낯선 농장으로 간다는 것은 생각만 해도 싫었고, 그렇다고 고향으로 가기는 더욱 싫었다.

"그러니까 진지하게 말하려는 거요, 테스. 크리스마스 때는 당신도 이곳을 떠나야 할 판이니, 내 아내가 되어 나와 함께 떠나는 것이 가장 현명할 것 같아. 그리고 당신이 바보가 아닌 이상 우리가 이대로 질질 끌 이유가 없다는 걸 당신도 알 텐데."

"난 이대로가 좋아요. 지난여름과 가을처럼 당신이 변함없이 날 사랑하고 날 아껴 주셨으면 좋겠어요."

"난 변치 않아."

불현듯 그에 대한 강한 믿음이 솟구쳐 올라 그녀는 외치듯 말했다.

"당신이 변치 않으리라는 걸 잘 알고 있어요! 에인절, 난 영원히 당신의 아내가 되기 위해 곧 날짜를 정하겠어요."

사방에서 들려오는 물소리를 들으며 집으로 돌아오는 길에 그들은 마침내 결혼 날짜를 정했다. 목장에 돌아온 그들은 크릭 부부에게 그 사실을 알렸다. 조용히 결혼식을 올리고 싶은 마음에서 아무에게도 알리지 말라는 부탁도 했다. 크릭은 곧 보내려고 생각하고 있던 테스가 막상 떠난다고 하니까 뒷일이 걱정되는지 근심스러운 표정을 지었고, 크릭 부인은 오랫동안 끌어 왔던 일이 해결된 것을 축하하면서 테스에 대한 칭찬을 입에 침이 마르도록 늘어놓았다.

　크림 걷는 일은 어떻게 해야 할지, 앵글베리나 샌드본의 귀부인들에게 보낼 장식용 버터는 누가 만들 것인지를 걱정하며, 테스를 처음 보았을 때 보잘것없는 들판의 어느 노동자가 아닌 훌륭한 사람의 눈에 들어 결혼하게 될 것을 미리 짐작했었다는 거며, 낙농장에 도착하던 날 오후에 뜰 안을 거닐던 테스의 모습이 유달리 훌륭했었다는 거며, 테스가 점잖은 집안의 태생이라는 걸 자기는 짐작할 수 있었다는 것을 장황하게 늘어놓았다. 사실 크릭 부인은 그날 테스가 가까이 걸어오는 걸 보고 매우 예쁘다고 생각했던 것만은 사실이나 남달리 훌륭해 보였다는 것은 일이 이렇게 되고 나니까 마구 상상력을 뻗친 결과였음이 뻔했다.

　테스는 이제 별 무리 없이 시간의 날개에 따라 앞으로 나아가고 있었다. 그의 청혼을 승낙했고 결혼 날짜도 이미 정해졌다. 영리한 테스는 그 즈음 인생에는 어떤 숙명이 있다는 것을 깨닫기 시작했고, 그런 깨달음으로 그녀는 순종적인 태도를 지니게 되었다. 특히 클래어의 말이라면 무엇이든 순순히 따랐다.

　테스는 결혼 날짜를 알리는 것보다 사실은 엄마의 의견을 한 번 더 물어 보기 위해 편지를 썼다. 그녀는, 엄마는 상상도 못한 일이었겠지만 자신과 결혼할 남자는 점잖은 가문의 신사이며, 결혼 후에 고백을 하면 그 사람보다 단순한 사람이면 용서해 줄지도 모르나 그는 쉽게 용납해 줄 것 같지 않다는 내용의 편지를 썼다. 그러나 그 편지에 대한 더베이필드 부인의 답장은 끝내 오지 않았다.

클래어는 그들이 빨리 결혼해야 할 필요성을 테스에게 그럴듯하게 설명했지만, 나중에 밝혀진 바로는 서두른 감이 없지 않았다. 그는 테스가 자신을 사랑하는 만큼 정열적으로 그녀를 사랑하지는 않았지만, 다분히 이상적이고 환상적인 감정으로 그녀를 깊이 사랑하고 있었다. 그는 자기 생각대로 무지한 전원 생활을 시작했을 때, 전원시에나 나올 성싶은 처녀에게서 얻을 수 있을 매력을 이런 생활 속에서 얻게 되리라고는 꿈에도 생각 못했었다. 순결이란 한낱 화젯거리에 지나지 않는다고 생각했는데, 그것이 실제 생활에서 얼마나 사람의 마음을 감동케 하는가를 그는 이곳에 와서 비로소 알게 되었다.

그러나 그가 장차 가야 할 길을 뚜렷이 내다본다는 건 아직도 요원한 일이었다. 세상 생활의 첫걸음이나마 옮겨 놓았다고 하려면 아직도 한두 해는 더 지나야 할 것이다. 집안 사람들의 편견 때문에, 진정 더듬어야 할 운명의 길을 찾지 못했다는 생각 때문에, 그의 경력이나 성격에 싹튼 물불을 가리지 않는 성질의 정도에 따라 모든 것이 결정될 것이다.

"당신이 중부 지방의 농장에 정착할 때까지 기다리는 게 좋지 않을까요?" 하고 언젠가 테스가 물었을 때 그는 이렇게 대답했다.

"테스, 난 내 보호와 동정의 품에서 당신을 떼어 놓고 싶지가 않아."

그러나 이유는 그것만이 아니었다. 여태까지 자신의 영향을 받아 완전히 자신과 생각이 같아진 그녀를 낙농장에 놓아두고 간다면 그녀가 옛날로 되돌아가 자신과 멀어지지 않을까 걱정이 되었기 때문이고, 또 함께 살지는 않더라도 부모님이 일단 테스를 한번 보고 싶어하기 때문이었다. 부모님이 뭐라고 하든 자신의 결심을 바꿀 그는 아니었지만, 마음에 드는 농장을 찾는 동안 둘이서 하숙 생활을 하면서 이웃과도 친분을 쌓아가며 생활해 나간다면 어머니를 만날 때도 테스가 두려움 없이 인사드릴 수 있으리라 생각했던 것이다.

그런데 클래어는 밀 농사와 방앗간을 겸할 작정이었으므로 방앗간의 작업 과정을 미리 알아두어야겠다고 생각했다. 그는 웰브리지의 어느 방앗간 주인을 알고 있어, 어느 날 자세한 내용을 알기 위해 그곳 물방앗간에 갔다가 저녁 때 텔보데이스의 낙농장으로 돌아왔다. 그곳에 갔다가 그는 예전에 더버빌 가문이 저택으로 사용하던 농가에서 하숙할 수 있다는 우연한 사실을 알게 되었고, 그래서 결혼식을 마친 다음에는 마을이나 여관으로 가는 대신 곧바로 그곳으로 가서 두 주일 정도 머물기로 결정했다. 그는 늘 그렇게 당면한 문제와는 상관없는 감정만으로 일을 해결하곤 했던 것이다.

"그러고 나서 우리가 소문으로만 들었던 런던 교외에 있는 농장을 찾아가 봅시다. 그리고 3, 4월쯤에는 부모님께 인사를 드리러 갑시다."

그러는 동안 테스가 클래어와 결혼하기로 한 12월 31일이 눈앞에 닥쳐왔다. 그녀는 실감이 나지 않아 "내가 정말 그이와 결혼하는 건가?"라고 혼자 중얼거려 보기도 했다.

어느 일요일 아침, 교회에서 돌아온 이즈 휴에트가 테스에게 슬며시 말을 건넸다.

"오늘 아침 네 결혼 예고를 안 하던데."

"뭐?"

이즈는 조용히 테스를 쳐다보며 말했다.

"오늘이 첫 번째 예고일이야. 12월 31일이 네 결혼식 날이지?"

테스는 얼른 고개를 끄덕였다.

"결혼식 전에 세 번 예고를 해야 하는데 이제 주일은 두 번밖에 안 남았잖아."

테스는 얼굴에서 핏기가 사라졌다. 이즈의 말은 옳았다. 결혼식 전에 세 번 예고를 해야만 했다. 어쩌면 클래어는 그 사실을 잊고 있었는지도 모른다. 만약 그렇다면 결혼식은 일주일 연기해야 하는 것이 아닐까. 그러나 결혼식을 연기한다는 것은 어쩐지 불길하게 느껴졌다. 그에게 귀띔할 수는 없을까. 그녀는 여태까지 소극적이었으나 소중한 보물을 놓쳐서는 안 된다는 생각에 갑자기 초조해지고 가슴이 불안스럽게 뛰었다. 그러나 크릭 부인이 그녀의 근심을 해결해 주었다. 이즈가 그 사실을 크릭 부인에게 알리자 크릭 부인은 기혼 부인의 특권으로 클래어에게 자연스럽게 그 이야기를 꺼낼 수 있었다.

"클래어 씨, 결혼 예고를 잊었나요?"

"아뇨, 잊을 리가 있겠어요."

단 둘이 만났을 때 클래어는 테스에게 이렇게 말해 그녀를 안심시켰다.

"결혼 예고 때문에 괴로워할 건 없어요. 예고 절차 없이 결혼 허가장을 받는 것이 편할 것 같아서 당신한테 의논도 하지 않고 결정했어. 그래서 일요일 날 교회에 가도 당신 이름이 불리지 않았던 거요."

"뭐, 내 이름을 꼭 듣고 싶어서 걱정했던 건 아니었어요."

누군가가 결혼 예고를 듣고 자신의 과거를 들추어내어 결혼을 방해할까 두려워하던 그녀인지라 그것은 오히려 잘된 일이었다. 모든 일이 그녀에게 유리하도록 진행되는 것 같았다.

'그래도 난 아직 안심할 수가 없어. 어느 날 갑자기 불행이 닥쳐 이 모든 행복을 앗아갈 것만 같은 생각이 들어. 하느님이 하시는 일은 늘 그렇거든. 차라리 남들처럼 결혼 예고를 할걸 그랬나 봐.'

그녀의 그런 염려와는 달리 매사는 순조롭게 진행되었다. 며칠 뒤 테스가 결혼식 예복으로 자신이 갖고 있는 옷 중에서 가장 좋은 흰옷을 입을지 아니면 새 옷을 사야 할지 몰라 갈피를 못 잡고 있을 때, 몇 개의 큰 꾸러미가 배달되어 왔다. 클래어의 배려로 배달되어 온 그 꾸러미 속에는 그들의 간소한 결혼식에 사용될 물건들—결혼 예복과 모자, 구두 등 모든 것—이 들어 있었다.

소포가 배달된 지 조금 뒤에 집으로 돌아온 클래어는 2층에서 테스가 짐을 끄르는 소리를 들었다. 잠시 후 눈물이 글썽해져 계단을 내려온 테스는 클래어의 어깨에 얼굴을 파묻으며 속삭였다.

"어쩜 그렇게도 자상하세요? 장갑과 손수건까지 다 마련해 주시고. 당신은 정말 착하고 다정한 분이에요."

"아냐. 런던의 양장점에 주문했을 뿐인걸 뭐."

그녀가 너무 고마워하자 쑥스러워진 그는 그녀에게 2층으로 올라가 옷을 입어 보고 안 맞으면 마을의 재봉사에게 부탁해서 고쳐 입으라고 말했다. 테스는 2층으로 올라가 옷을 입어 보았다. 비단옷을 입은 거울 속 자신의 모습을 물끄러미 들여다보던 그녀는 엄마가 즐겨 부르던 신비로운 의상에 대한 노래를 기억해 냈다

한번 실수한 여자에게는
영원히 어울리지 않는 신비한 옷.

그 노래는 테스가 어렸을 때, 엄마가 곡조에 맞추어 요람을 흔들어 대며 부르던 노래였다. 만일 옛날 기니비어 왕비의 옷이 왕비의 비밀을 밝혔듯이 지금 테스가 걸친 이 옷의 빛깔이 변해서 테스의 과거를 드러낸다면……. 그것

은 또한 그녀가 낙농장에 온 이후에 불현듯 생각이 난 노래이기도 했다.

33

에인절은 결혼식을 올리기 전에 테스와 함께 낙농장에서 멀리 떨어진 곳으로 가서 하루를 즐기고 싶은 생각이 들었다. 그것은 다시 못 올 아름다운 연애 시절을 기념하는 낭만적인 나들이이기도 했다. 벌써 일주일 전에 그녀에게 함께 물건을 사러 가자고 귀띔해 주었으므로 그들은 드디어 날을 정하고 낙농장을 출발했다. 낙농장에서 은둔자처럼 별로 외출을 않고 지내 온 클래어인지라 자신의 마차가 없었고, 그래서 그들은 주인 크릭의 마차를 빌려 타고 낙농장을 나섰다.

그들은 세상에 태어나서 처음으로 서로 정답게 의논해 가며 물건을 샀다. 마침 크리스마스 전날 밤이라 장식용 사철나무와 겨우살이가 산처럼 쌓였고, 읍내는 성탄 전야를 위해 여러 곳에서 모여든 나그네들로 발 디딜 틈도 없이 붐볐다. 아름다운 테스는 클래어와 팔짱을 끼고 행복한 미소를 지으며 사람들 사이를 돌아다닌 대가로 뭇사람들의 짓궂은 시선을 피할 수가 없었다.

저녁때가 되어 그들은 예약해 두었던 여관으로 되돌아왔다. 클래어가 말과 마차를 살피러 간 사이에 테스는 문가에 서서 그를 기다리고 있었다. 큰 휴게실은 손님들로 북적거렸고 그들은 쉴 새 없이 들락거렸다. 손님들이 문을 열고 들락거릴 때마다 휴게실 안의 등불이 테스의 얼굴을 비추곤 했다. 그때 두 남자가 지나가다가 한 남자가 놀란 얼굴로 테스를 자세히 훑어보았다. 테스는 혹시 트랜트리지에서 온 사람이 아닌가 하는 놀라움으로 가슴이 덜컥 내려앉

왔다. 트랜트리지는 이곳에서 멀리 떨어져 있기 때문에 거기서 찾아오는 사람은 별로 없겠지만.

"거 예쁜 처녀군."

"정말 아름다운 아가씨군. 내가 잘못 본 것이 아니라면……."

그 남자는 이내 말끝을 흐렸다.

마침 마구간에서 돌아온 클래어가 그들이 말하는 것을 들었다. 테스의 겁먹은 표정을 본 그는 그녀가 모욕을 당했다고 판단하고는 깊이 생각할 틈도 없이 그 남자의 턱을 후려갈겼다. 남자는 비틀거리며 뒷걸음질쳤다. 그가 몸을 바로잡고 덤비려는 기세를 보이자 클래어도 문밖으로 나가 싸울 자세를 취했다. 그러나 상대는 생각을 달리한 모양인지 테스를 한 번 더 쳐다보고는 클래어에게 말했다.

"미안합니다. 사람을 잘못 본 것 같군요. 난 이곳에서 멀리 떨어진 마을에 살고 있는 다른 여자인 줄 알았습니다."

클래어는 자신이 너무 성급했고, 여관 복도에 테스를 세워 둔 것이 사실은 자신의 잘못이란 생각이 들자, 그런 경우에 으레 하는 사죄로 그 남자에게 약값을 지불했다. 그들은 기분 좋게 인사를 나누고 헤어졌다. 클래어가 마부에게서 고삐를 받아 들고 테스와 함께 말을 몰아 출발한 다음 그들도 반대 방향으로 말을 몰았다.

"정말 자네가 사람을 잘못 본 건가?"

"천만에. 하지만 난 그 사람의 감정을 상하게 하고 싶지가 않았어."

한편 두 연인은 계속해서 말을 달리고 있었다. 테스가 힘없는 소리로 말했다.

"결혼식을 좀 뒤로 미룰 수 없을까요? 만약 우리가 원한다면."

"테스, 진정해요. 내가 그 작자를 때렸다고 해서 고소라도 당할까 봐 걱정이 돼서 그러는 거요?"

영문을 모르는 그는 유쾌하게 말했다.

"아녜요. 내 말은 피치 못할 사정 때문에 연기해야 된다면 마땅히 그래야 하지 않을까 하는 뜻이에요."

그는 테스가 한 말의 의미를 정확하게 알아듣지 못했으므로 쓸데없는 생각은 하지 말라고 타일렀다. 테스는 순순히 그 말에 따랐으나 기분은 한없이 우울했다. 집으로 돌아가면서도 내내 수심에 잠긴 그녀는 이런 생각을 하고 있었다.

'우리 아주 먼 고장으로 떠나 버려요. 그러면 다시는 그런 일이 일어나지 않을 것이고, 과거의 유령도 거기까지는 따라오지 못할 테니까.'

그날 밤 두 사람은 계단에서 서로 다정하게 밤 인사를 나눈 후 클래어는 자기 방으로 올라갔다. 테스가 자기 방에서 며칠 남지 않은 결혼식을 위해 필요한 것을 챙기고 있을 때 머리 위의 클래어 방에서 쿵쿵거리는 요란한 소리가 들려왔다. 마룻바닥을 요란스럽게 차는 소리에 놀란 테스는 클래어가 혹시 병이라도 난 것이 아닌가 싶어 2층으로 뛰어 올라갔다. 그녀가 클래어의 방문을 두드리며 왜 그러느냐고 묻자 이런 대답이 들려왔다.

"아무것도 아니야, 테스. 놀라게 해서 미안해요. 사실은 아까 당신을 모욕한 그 작자가 또 꿈에 나타났지 뭐야. 그래서 한바탕 싸움을 했지. 당신이 들은 소리는 짐을 싸려고 내놓은 여행 가방을 마구 두들겨 대는 소리였어. 난 이따금 자다가 이런 짓을 곧잘 하거든. 너무 걱정하지 말고 가서 자요."

클래어의 그 말은 갈팡질팡하는 그녀에게 저울추와 같은 역할을 했다. 그를 마주하고 직접 다 말할 수는 없지만 다른 방법으로 고백하는 쪽으로 마음이 기울었다. 그녀는 3, 4년 전에 있었던 일을 넉 장의 편지지에다 간추려 썼다. 편지를 봉투에 넣고 클래어 이름을 적은 다음 마음이 변하기 전에 얼른 2층으로 살며시 올라가 방문 밑으로 편지를 밀어 넣었다.

그날 밤 테스는 하얗게 밤을 새웠다. 새벽에 2층에서 들려오는 소리에 다른 날보다 더 예민하게 귀를 기울였다. 소리는 여느 때와 마찬가지로 들려왔고 클래어도 평소와 다름없이 아래로 내려왔다. 테스가 아래층으로 내려가자 그는 변함없는 뜨거운 키스를 퍼부었다.

클래어는 불안하고 지쳐 보였지만 둘이 있을 때도 그녀의 편지에 대해서는 한마디도 하지 않았다. 그가 말을 꺼내지 않았으므로 그녀도 아무 말도 할 수 없었다. 그날은 별일 없이 그냥 지나갔다. 클래어는 테스의 비밀을 혼자 간직하려는 것인지도 몰랐다. 그의 태도는 여전히 솔직하고 다정했다. 그녀의 의심은 쓸데없는 것이었을까? 그는 그녀를 용서하는 것일까? 그는 그녀의 과거를 알고서도 그것을 감싸 주며 그녀의 악몽을 지워 주기라도 하려는 듯 미소로써 대해 주는 것일까? 그는 정말 그 편지를 받아 본 것일까?

그녀는 그의 방을 살펴보았으나 편지 같은 것은 그림자도 찾아볼 수가 없었다. 어쩌면 그는 그녀를 용서해 주기로 결심했는지도 모른다. 그녀는 문득, 설령 그가 편지를 읽지 못했더라도 자신을 용서해 주리라는 열렬한 신뢰감을 갖게 되었다. 하루 이틀이 지나도 그의 태도는 변함이 없는 가운데 드디어 12월 31일, 그들의 결혼식 날이 되었다.

그들이 낙농장에서 마지막으로 머문 지난 한 주일 동안 그들은 마치 손님과 같은 특별 대우를 받았고 테스는 독방까지 쓰게 되었으므로, 그날 새벽 그들은 젖 짜는 시간에 맞춰 일찍 일어나지 않아도 되었다. 그들이 아침 식사를 하기 위해 식당으로 내려왔을 때 그들은 자신들을 축하하기 위해 전날과 달리

깔끔하게 단장된 식당을 보고 깜짝 놀랐다. 새벽 일찍부터 주인은 벽난로가 있는 벽을 하얗게 칠하고 벽돌 아궁이는 붉게 칠했으며, 바람구멍을 장식했던 검푸른색 무명 바람막이를 떼어 내고 눈부신 금빛 비단 막을 그 위에 걸었다. 방의 중심인 벽난로를 이처럼 장식하니까 추운 겨울인데도 온 방안에는 봄의 미소가 퍼진 듯 화사한 분위기가 풍겼다.

"오늘의 결혼을 축하하기 위해 색다르게 꾸몄습니다. 옛날에 하던 식으로 비올라나 바이올린으로 한바탕 떠들썩하게 할까 하다가 너무 번거로울 것 같아서 이렇게 조용한 방법으로 축복하기로 했지요."

테스의 집은 너무 멀었기 때문에 말로트 마을에는 초청장을 보내지 않았다. 에인절의 집에는 결혼 날짜와 시간을 알리고 한 사람이라도 와 주었으면 좋겠다는 내용의 편지를 띄웠는데, 형들에게서는 답장이 없었고 부모님에게서는 아들의 경솔한 행동을 나무라면서 젖 짜는 처녀를 며느리로 삼을 생각은 없었지만 에인절이 올바르게 판단할 수 있는 성인이므로 모든 것을 자식에게 맡기겠다는 내용의 편지가 왔다.

클래어는 머지않아 부모님을 놀라게 해 줄 수 있는 테스의 유리한 혈통이 있었으므로 그를 탓하는 편지에도 크게 실망하지 않았다. 사실 낙농장에서 갓 나온 테스를 더버빌의 후손이니 숙녀니 하고 앞세우는 것은 어리석은 짓이었다. 그는 지금부터 몇 달 동안 그녀가 자기와 함께 여행도 하고 책도 읽어 사회 생활에 익숙해진 다음 부모님을 찾아가서 명문의 후예로서 조금도 손색이 없는 여자라고 자랑스럽게 소개할 작정이었다. 그때까지는 그녀의 가문을 숨겨두고 싶었다. 그것은 사랑하는 사람에 대한 아름다운 꿈이었고, 테스의 혈통이 그에게는 다른 어떤 명문보다 값지게 느껴졌던 것이다.

테스는 편지를 직접 전했는데도 클래어의 태도가 변함없는 것이 아무래도 이상해 그가 식사를 끝내기 전에 먼저 식탁에서 일어나 급히 2층으로 올라갔다. 방이라기보다는 둥지에 가까운 클래어의 침실을 한번 살펴봐야겠다는 생각이 들었던 것이다. 그녀는 사다리를 기어올라 가 열려 있는 클래어의 방문 앞에서 우두커니 생각에 잠긴 채 서 있었다. 그러다가 사나흘 전에 편지를 밀어 넣었던 문지방을 살펴보았다. 문지방 가까이까지 깔려 있는 융단 끝에 클래어에게 보낸 편지 봉투의 한끝이 언뜻 보였다. 바로 문 밑에 넣는다는 것이 너무 급히 서두른 나머지 융단 밑으로 넣었기 때문에 클래어가 볼 수 없었던 것이 분명했다.

그녀는 흠칫 놀라며 편지를 꺼냈다. 편지는 봉한 그대로였고 앞길을 가로막고 있는 난관은 해결되지 않았다. 이제 잔치 준비로 법석인데 새삼스럽게 클래어에게 편지를 줄 수도 없었다. 그녀는 자기 방으로 돌아가 편지를 찢어 버리고 말았다. 그들이 다시 만났을 때 클래어는 그녀의 안색이 창백한 것을 염려했다. 그녀는 편지를 잘못 넣은 사실을 발견함으로써 완전히 절망하고 있었다.

이제는 때가 너무 늦었다. 집안은 온통 그들의 결혼 준비로 어수선했다. 사람들은 쉴 새 없이 드나들었고 크릭 내외는 들러리를 서기 위해서 서둘러 옷을 갈아입고 있었다. 그런 경황 중에 신중하게 둘만이 이야기를 나눌 수 있는 시간은 주어지지 않았다. 그들이 단둘이 이야기할 수 있었던 것은 층계에서 잠시 마주쳤을 때뿐이었다. 그때 테스는 명랑한 표정으로 말했다.

"당신에게 꼭 해야 할 말이 있어요. 내 잘못과 실수를 전부 고백하고 싶어요."

"안 돼. 지금 잘못을 얘기하고 있을 시간이 없소. 오늘 하루만큼은 당신도 실수 없는 완전한 사람이 되어야 하는 거라고. 우리들의 잘못은 나중에 실컷 얘기할 시간이 있으니 그때 서로 고백하기로 합시다."

"하지만 난 지금 고백하고 싶어요. 그래야지만 나중에 당신이……."

"좋아, 테스. 정 그렇다면 우리가 하숙에 가서 여유가 있을 때 다 말해요. 그땐 내 잘못도 얘기하지. 하지만 오늘 같은 날은 그런 얘기로 마음 상하고 싶지가 않아. 그런 얘기는 한가할 때 해야 어울리는 거야."

"그럼 당신은 내 얘기를 듣고 싶지 않아요?"

"테스, 정말 듣고 싶지 않아."

급히 옷을 갈아입고 떠나야 했으므로 더 이상 길게 이야기할 시간이 없었다. 클래어의 말에 그녀는 마음이 가라앉았고 곧 다가올 결정적인 두 시간에 대한 설렘과 흥분 때문에 더 이상 다른 것을 생각할 여유가 없었다. 그녀가 오랫동안 억눌러 온 단 하나의 소망, 그의 아내가 되려는 소망, 목숨이라도 바쳐 이루고 싶은 그 간절한 소망이 막 이루어지려는 순간이었으므로 옷을 갈아입는 그녀의 마음은 오색찬란한 환상의 구름 속을 헤매고 있었다. 찬란하게 빛나는 그 환상의 구름은 온갖 불길한 것들을 가려 버렸다.

교회는 멀고 또 겨울철이라 그들은 길가 여관에서 세낸 승용 마차를 타고 출발했다. 늙은 마부가 모는 삐걱거리는 마차 안에는 신랑, 신부와 들러리를 서는 크릭 내외, 모두 네 사람이 타고 있었다.

에인절은 형들 중에서 한 사람만이라도 들러리로 참석해 주기를 바랐고, 편지에 그런 의사를 비쳤는데도 아직 형들이 오지 않은 걸 보면 그들은 아마 오지 않기로 한 모양이었다. 본래 형들은 이 결혼을 반대했으므로 와서 축하해 줄 리가 만무했다. 그러나 오히려 그들이 오지 않는 것이 더 잘된 일인지도 몰랐다. 이번 결혼에 대한 그들의 견해는 접어 두고라도, 편협한 그들이 낙농장 사람들과 어울리는 일을 불쾌하게 생각할 게 분명하기 때문이었다.

테스는 시간의 흐름에만 신경을 쓰다 보니 그런 사정은 조금도 개의치 않았다. 그녀의 눈에는 아무것도 보이지 않았고 교회로 가는 길이 어디인지도 잘 몰랐다. 그녀가 확실하게 느끼는 것은 에인절이 곁에 있다는 것뿐이었고, 다른 모든 것은 안개에 싸인 듯 어렴풋했다. 이를테면 테스는 시(詩)의 세계에서만 사는 하늘의 사람 같았다. 둘이 같이 거닐 적에 클래어가 입버릇처럼 이야기해 주던 고전 속의 한 신과도 같았다.

결혼 허가장만 받으면 되는 결혼식이어서 참석한 사람은 열두어 명 정도뿐이었다. 그러나 천 명이 모였다 하더라도 테스에게는 마찬가지였을 것이다. 지금의 테스에게 그들은 별세계만큼이나 먼 존재였다. 그녀가 클래어에게 정절을 맹세하는 모습은 너무나 엄숙해, 일상적인 성적인 감각 따위는 경박하고 하찮게 느껴질 정도였다. 그들이 함께 무릎을 꿇고 있을 때 식이 잠깐 멈추었는데 그녀는 자신도 모르게 그에게로 몸을 기댔다. 자신의 어깨가 클래어의 팔에 닿자, 그녀는 그가 옆에 있다는 사실을 확인하고는 그가 성실하기만 하다면 앞으로 어떤 일이 있어도 두려울 것이 없다는 신뢰를 한층 굳혔다.

클래어는 테스가 자신을 사랑한다는 것을 잘 알고 있었다. 그녀의 육체의 곡선 하나하나가 그것을 말해 주고 있었다. 그러나 그는 그녀의 열정과 일편단심과 부드러운 마음씨가 얼마나 깊은 것인지 헤아리지 못했으며, 또한 그 사랑이 얼마나 큰 고뇌와 정직과 인내와 진실을 밑바탕으로 하고 있는지는 몰랐다.

그들이 교회 밖으로 나오자 종지기는 종각에 있는 종을 힘껏 흔들었다. 세 박자의 종소리가 온 누리에 울려 퍼졌다. 그것은 그녀가 느끼는 감동이나 정신적 긴장과 어울리는 소리였다. 교회의 종소리가 사라지고 결혼식의 감동이 가라앉자 비로소 테스는 주위의 사물을 똑똑히 볼 수 있었다. 크릭 부부는 다

른 마차로 집으로 돌아가고 조금 전에 타고 온 마차는 젊은 부부에게 맡겨졌
는데, 테스는 그제야 마차의 구조나 특징을 자세히 살펴볼 수 있었다. 마차 안
에 앉아 오랫동안 마차를 살펴보고 있는 테스에게 클래어가 물었다.

"테스, 안색이 안 좋아 보이는군."

테스는 이마에 손을 갖다 대며 대답했다.

"네, 아직 어리둥절해서 그래요. 에인절, 모든 것이 신기해요. 그런데 이 마
차는 전에 본 일이 있는 것 같아요. 참 이상하지요? 마치 꿈속에서 본 것도 같
고……."

"아, 당신이 더버빌 집안의 마차에 관한 전설을 들은 적이 있나 보군. 당신
네 가문이 이 지방에서 당당한 권세를 누리고 있을 때 파다하게 퍼진 전설이
지. 마차를 보니까 그 전설이 생각난 모양이군."

"난 전설 얘기는 들은 적이 없어요. 그게 뭐지요?"

"글쎄, 지금은 하고 싶지 않지만, 십육칠 세기경에 더버빌 집안 사람 중 하
나가 자기 집 전용 마차 안에서 무서운 범죄를 저질렀다는 거야. 그런 일이 있
은 뒤부터 집안 사람들이 낡아 빠진 마차를 보거나 마차 소리를 듣거나 하
면…… 그 다음 얘긴 나중에 하겠소. 너무 어두운 얘기거든. 아마 이 낡은 마
차를 본 순간 그 얘기가 어렴풋이 기억난 모양이군."

"그런 얘긴 처음이에요. 그런데 에인절, 우리 가족이 마차를 보게 되는 것은
죽을 때인가요, 아니면 죄를 지을 때인가요?"

"테스, 이제 그만 합시다."

클래어는 키스로 그녀의 말을 막았다.

그들이 낙농장으로 돌아왔을 때 테스는 깊은 후회의 감정에 휩싸여 있었다.
이제 자신은 에인절 클래어 부인이었다. 그러나 그 이름에 어울릴 정도로 도

덕적 자격이 있는 것일까. 알렉 더버빌 부인이라고 불리는 것이 오히려 어울리지 않을까. 올바른 사람이라면 말도 안 된다고 생각할 죄의 눈가림을 굳센 사랑만으로 정당화할 수 있는 것인지……. 테스는 이런 경우 여자로서 어떻게 처신해야 하는지 몰랐고, 또 그것을 의논할 상대도 없었다.

잠시 방에 혼자 있게 되자 그녀는 무릎을 꿇고 기도를 드렸다. 그녀는 하느님에게보다는 자신의 남편 에인절을 향해 호소의 기도를 했다. 남편에 대한 숭배는 우상화에 가까울 정도여서 하느님의 노여움을 살 것 같은 불길한 생각이 들었다.

문득 로렌스—셰익스피어의 『로미오와 줄리엣』에 나오는 수도승—의 말이 떠올랐다.

"이처럼 불길 같은 기쁨은 불길처럼 사라지느니라."

인간의 경우 이것은 너무나 심하며, 지독하며, 무모하며, 그리고 치명적인 것인지도 모른다.

"아, 사랑하는 에인절, 저는 왜 이토록 당신을 사랑할까요?"

테스는 혼잣말로 중얼거렸다.

"당신이 사랑하는 여자는 진정한 제가 아니라 저의 허물을 감싸고 있는 여자랍니다. 지난날 저의 모습일지도 모를 여자란 말이에요."

곧 오후가 되고 떠날 시간이 되었다. 그들은 웰브리지 방앗간 부근의 농가에서 며칠 묵으려던 계획을 그대로 실행하기로 했다. 그는 그곳에 머무르면서 제분 과정을 실습할 작정이었다. 오후 2시에 그들은 모든 준비를 끝내고 출발만 기다리고 있었다. 낙농장 일꾼들이 모두 그들을 배웅하려고 빨간 벽돌로 된 입구에 서 있었고 크릭 부부도 문간까지 따라 나왔다. 함께 지내던 세 친구들도 바람벽에 나란히 기대선 채 슬픈 듯 고개를 숙이고 있었다.

테스는 친구들이 배웅하러 나올 것인지 궁금했는데 그녀들은 슬픔을 참고 그 자리에 나와 침착하게 서 있었다. 어째서 우아한 레티가 그처럼 초라해 보이고, 이즈가 한없이 슬퍼 보이며, 마리안이 넋 나간 것처럼 보이는지 그 이유를 잘 알고 있는 테스는 자신을 끈질기게 따라다니는 어두운 과거의 그림자를 잠시 잊은 채 클래어에게 이렇게 속삭였다.

"세 아가씨들에게 처음이자 마지막으로 이별의 키스를 해 주시지 않겠어요?"

클래어는 형식적인 태도로 처녀들에게 차례로 입을 맞추며 잘 있으라는 이별의 인사를 했다. 문 앞에 다다른 테스는 이별의 키스의 효과가 어떤 것인지 알고 싶은 여자다운 호기심에서 뒤돌아보았는데 그녀의 눈 속에는 승리의 빛 같은 것은 추호도 없었다. 설령 그런 기색이 있었다 해도 흥분한 친구들을 본 순간 사라지고 말았으리라. 그녀가 베푼 호의는 역효과를 가져와 그의 입맞춤이 애써 억누르려던 세 처녀들의 감정을 흥분시킨 결과를 빚었던 것이다.

클래어는 이런 일을 조금도 눈치채지 못했다. 그는 작은 결문을 나서면서 주인 내외와 악수를 나누고 그들의 호의에 감사했다. 인사가 끝나고 잠시 침묵이 흘렀다. 그때 닭 우는 소리가 침묵을 깨뜨렸다. 붉은 볏에다 온몸이 흰 수탉이 그들로부터 몇 걸음 떨어진 울타리 위에 올라앉아 있었다. 수탉의 날카로운 울음소리는 그들의 귀를 쩡쩡 울리고는 먼 산골짜기로 메아리쳐 갔다.

"대낮에 웬 닭이 울까?"

크릭 부인이 말했다. 뜰의 문 옆에서 문을 열고 기다리고 있던 남자 중 한 사람이 동료에게 하는 말이 에인절이 서 있는 곳까지 들려왔다.

"이건 좋지 않은 징조인걸."

수탉은 클래어를 똑바로 쳐다보며 다시 울었다. 주인이 고개를 갸웃거렸다.

"이상한데?"

"난 저 소리가 무서워요."

테스가 남편에게 말했다. 그녀는 서둘러 주인 내외에게 인사하고는 마부에게 빨리 떠나자고 졸랐다. 마차는 떠나고 수탉은 또 울었다.

"쉿! 저리 물러가. 빌어먹을 수탉 같으니. 안 가면 모가지를 비틀어 버릴 테다."

주인은 닭을 쫓으며 짜증스럽게 말했다.

"하필 오늘 같은 날 닭이 울다니! 저놈의 수탉이 대낮에 우는 건 오늘처음 들어 본다니까."

그는 집으로 들어가면서 아내에게 말했다.

"별일이야 있겠어요? 그냥 날씨가 바뀌려고 그러는 거라고요."

그의 부인이 말했다.

34

테스와 에인절을 태운 마차는 골짜기를 따라 길게 뻗은 길을 달려 웰브리지에 도착했다. 마을에서 왼쪽으로 돌아 옛 왕조 시대의 양식을 본뜬 다리를 건너자 그들이 머무를 집이 보였다. 프룸 분지를 지나는 여행자에게는 친숙한 그 집은 한때 더버빌 저택이었으나, 일부가 파손된 뒤에는 농가가 되고 말았다.

"조상께서 쓰시던 저택에 드디어 도착하셨습니다."

마차에서 내리는 테스의 손을 잡아 주며 그렇게 말하던 클래어는 곧 뉘우쳤다. 자신의 말이 마치 빈정거리는 것처럼 들렸기 때문이었다.

집안에 들어간 두 사람은, 주인이 그들이 머무르는 동안을 틈타서 친구들에게 새해 인사를 하기 위해 이미 집을 비웠고 그들을 도와줄 이웃 농가 여자 하나가 집에 와 있다는 사실을 알았다. 그들은 집을 독차지하게된 것과 단둘이서 한지붕 아래서 새로운 삶의 첫발을 내딛는다는 사실이 기뻤다.

그러나 클래어는 이 낡은 집이 신부를 우울하게 만든다는 사실을 깨달았다. 마차가 돌아가고 나서 그들이 손을 씻기 위해 하녀를 따라 올라갈 때였다. 계단 한가운데에서 테스가 깜짝 놀라며 뒤로 물러섰다. 클래어가 물었다.

"왜 그러지, 테스?"

"저 초상화를 보세요. 전 무서워요."

테스는 몸을 움츠리며 말했다. 클래어는 위를 쳐다보았다. 돌 벽에 끼인 화판 위에 실물과 똑같은 크기의 초상화가 그려져 있었다. 이 저택을 방문하는 사람이면 누구나 보게 되는 그 그림은 2백년 전에 그린 것인데, 인상이 강한 섬뜩한 느낌을 주는 두 여인의 모습이 그려져 있었다. 한 부인은 갸름한 얼굴과 가느다란 눈에 선웃음 짓고 있는 모습이었는데 어딘지 싸늘하고 앙칼진 느낌을 주었으며, 매부리코에 큰 이빨과 부리부리한 눈의 다른 한 부인은 흉할 정도로 거만해 보였다. 꿈에서까지 나타날 정도로 무서운 인상이었다.

에인절은 하녀에게 물었다.

"저건 누구의 초상화요?"

"이 집의 옛 주인인 더버빌 귀부인이라는군요. 벽에다 짜 넣은 그림이라 떼어 버릴 수도 없답니다."

초상화가 테스를 놀라게 한 것 외에 또 하나 불쾌한 일은, 과장되어 그려진 초상화의 얼굴 속에서 테스의 아름다운 모습을 찾아볼 수 있다는 사실이었다.

클래어는 아무 말도 안 했지만, 속으로는 하필 이 집을 첫날밤을 보낼 집으로 택한 것을 후회하고 있었다. 두 사람은 옆방으로 들어가 손을 씻었다. 급히 준비한 탓에 대야가 하나밖에 없었고, 둘이 한 대야에서 손을 씻을 때 손가락이 마주 닿았다. 그는 얼굴을 들어 테스를 보면서 말했다.

"어느 게 내 손가락이고 어느 게 당신 건지 헷갈려서 잘 모르겠어."

"전부 당신 거예요."

테스는 재치 있게 말하고는 명랑해지려 애썼다. 이런 경우에 테스가 깊은 생각에 잠겨 있는 것을 클래어는 불쾌하게 생각하지 않았다. 감정이 섬세한 여자는 으레 그렇기 마련이기 때문이었다. 그러나 테스는 가능하면 우울한 기분에서 벗어나려고 애를 썼다.

12월 마지막 날 오후의 짧은 햇살도 다 스러져 가고 있었다. 창 틈으로 새어 든 마지막 햇살이 황금빛 줄무늬처럼 테스의 치맛자락에 어른거리고 있었다. 두 사람은 차를 마시기 위해 고대풍의 응접실로 들어갔다. 비로소 둘만의 오붓한 시간을 갖게 된 클래어는 어린아이처럼 즐거워했다. 한 접시에 담긴 음식을 둘이 나누어 먹으면서 그녀의 입술에 묻은 빵 부스러기를 자신의 입술로 닦아 주기도 했다. 그는 테스가 자신처럼 즐거워하거나 부질없는 장난을 함께 즐기려 하지 않는 것이 조금 의아스럽기도 했다. 클래어는 한동안 테스를 묵묵히 바라보면서 새삼 결혼에 대한 책임감을 느꼈다. 사랑스럽고 아름다운 테스를 끝까지 잘 돌보아야겠다고 남편다운 맹세를 했다.

"이 귀여운 여인은 좋든 나쁘든 나의 신앙과 운명에 얼마나 철저하게 의존하려는 여인인가를 과연 나는 진지하게 인식하고 있는가? 아니다. 내 자신이 여인이 아닌 이상 그것은 불가능하다고 생각한다. 이 여인이 지금의 나나 마찬가지다. 내가 되는 건 이 여인도 될 것이 틀림없다. 내가 되지 못하는 건 이 여인도 될 수가 없다. 그리고 나는 이 여인을 소홀히 하거나 마음을 상하게 하거나 심지어는 돌보아 주지 않거나 할 수 있을까? 제발 그런 죄만은 저지르지 않게 해 주옵소서, 하느님!'

그들은 탁자 앞에 앉아 낙농장 주인이 해가 지기 전에 보내 주겠다고 약속한 짐을 기다리고 있었다. 그런데 해가 기울어졌어도 짐은 도착하지 않았다. 그들은 빈손으로 왔기 때문에 입은 옷밖에는 아무것도 없었다. 해가 지자 날씨가 변덕을 부리기 시작했다. 창 밖에서 스산한 바람 소리가 들리기 시작했다. 가을에 다 져 버린 낙엽들이 바람에 흩날려 덧문에 날아와 부딪치곤 했다. 이윽고 비가 내리기 시작했다.

"그놈의 수탉이 날씨가 변할 걸 미리 알고 있었던 모양이오."

클래어가 말했다. 농가에서 일을 도우러 온 여자가 식탁에다 초를 갖다 놓고 집으로 돌아가자 그들은 초에 불을 붙였다. 촛불은 벽난로 쪽으로 흔들거렸다. 흘러내리는 촛농을 바라보며 클래어가 말을 이었다.

"낡고 오래된 집이라 틈새로 바람이 스며드는 것 같군. 짐 마차는 어디쯤 오고 있을까? 솔도 빗도 아무것도 없으니 말이야."

"글쎄요."

그녀는 힘없이 대답했다.

"테스, 당신은 오늘 조금도 즐거워 보이지가 않아. 다른 때는 명랑하더니. 2층에 있는 흉측한 초상화가 마음에 걸리는가 보군. 미안해요, 이런 데로 당신을 데리고 와서. 그런데 당신은 정말 나를 사랑해?"

클래어도 테스가 자신을 사랑하고 있다는 걸 잘 알고 있었으므로 심각한 의미로 말한 것은 아니었는데 그녀는 스스로의 감정에 복받쳐 상처 입은 짐승처럼 몸을 움츠렸다. 그녀는 아무리 참으려고 애를 써도 흐르는 눈물을 막을 수가 없었다.

"진담으로 그렇게 말한 건 아니야. 짐이 안 와서 걱정이 돼서 말한 거지. 왜 조녀선 영감이 이렇게 늦는 건지 알 수가 없군. 벌써 7시가 넘었는데, 아 지금 온 모양이야."

문 두드리는 소리가 들리자 클래어가 밖으로 나가 조그만 보따리를 들고 방으로 들어왔다.

"조녀선 영감이 아니야."

"정말 큰일이네요."

테스가 말했다.

그 보따리는 에민스터에서 보낸 심부름꾼이 가지고 온 것이었다. 신혼부부가 낙농장을 출발한 뒤에 그곳에 도착한 심부름꾼은 직접 본인에게 전하라는 부탁 때문에 이곳까지 뒤쫓아온 것이었다. 클래어는 소포를 촛불 아래로 가지고 왔다. 길이 30센티미터 가량의 소포는 천막 천으로 싸여 있었고 겉에 '에인절 클래어 부인 앞'이라고 아버지의 친필로 씌어 있었다.

"테스, 부모님이 당신한테 보내는 결혼 선물이야. 정말 생각이 깊으신 분들이야."

클래어는 테스에게 보따리를 내어 주며 말했다. 의아한 표정으로 보따리를 받은 테스는 도로 클래어에게로 내밀었다.

"당신이 풀어 주세요. 너무 가슴이 벅차서 뜯을 수가 없어요."

클래어가 소포를 풀자 모로코 가죽으로 만든 상자가 나왔다. 상자 위에는 편지 한 장과 열쇠 하나가 놓여 있었다. 클래어 앞으로 보내온 그 편지에는 이렇게 씌어 있었다.

사랑하는 아들아, 네가 어렸을 때 세상을 떠난 대모 피트니 부인을 기억하는지 모르겠다. 사치스러우나 친절했던 그분은 너와 장래 네 아내가 될 사람에게 애정의 표시로 보석을 내게 맡기셨고, 네가 결혼하게 되면 네 아내에게 그 보석을 전해 주라고 내게 유언을 남기셨단다. 나는 부탁받은 그 다이아몬드를 거래하는 은행에 맡겨 두었단다. 이번 네 결혼이 다소 마음에 들지 않는 점이 있긴 하지만, 그래도 네 아내는 그 보석을 평생 사용할 권리가 있으므로 나는 이 보석을 네게 보내는 것이다. 이 보석은 너의 대모의 유언에 따라 대대로 물려주는 상속 재산이 되어야 할 것이다. 자세한 유언장을 함께 동봉한다.

"이제야 생각나는군그래. 까맣게 잊고 있었는데."

클래어가 이렇게 말하고 상자를 열어 보니 목걸이와 팔찌, 귀걸이, 그리고 몇 가지 장식품이 그 안에 들어 있었다. 테스는 처음에는 보석을 만져 보는 것도 두려워하는 것 같았으나 클래어가 보석을 한데 펼쳐 놓자 그녀의 눈도 보석처럼 반짝거렸다. 그녀는 믿을 수 없다는 듯 중얼거렸다.

"이게 모두 내 건가요?"

"물론 당신 거지."

클래어는 난로의 불을 물끄러미 들여다보다가 문득 생각나는 것이 있었다. 그가 열다섯 살 되던 해에 지주의 아내—그가 난생 처음으로 사귀어 본 부자였다—였던 대모는 그의 성공을 믿고 놀라운 출세를 예언했던 사람이었다. 이렇게 화려한 장식물을 자기의 아내와 후손들의 아내들을 위해 간직해 둔다는 것은, 그와 같은 추측적인 출세와 조금도 상극되는 행동이 아니었다.

눈앞의 보석은 어딘지 모르게 빈정대는 듯한 빛을 뿜고 있었다. '그건 무엇 때문이지?' 하고 클래어는 자기 자신에게 물어 보았다. 두말할 것도 없이 그것은 철두철미하게 허영의 문제에 지나지 않았다. 만일 허영을 부부라는 방정식의 한 편에 허용할 수 있다면 다른 한 편에도 허용해야 할 것이 아닌가? '내 아내는 더버빌 집안의 후손이다. 내 아내 이상으로 이 장식품이 잘 어울리는 사람이 어디 있으랴.' 클래어는 갑자기 힘을 주어 말했다.

"테스, 그걸 좀 껴 봐요."

클래어가 테스를 거들어 주기 위해서 불 앞에서 몸을 일으켰을 때, 테스는 무엇에 홀린 듯이 목걸이, 귀걸이, 팔찌 등 모든 장식품을 걸치고 있었다.

"그런데 테스, 그 옷하고는 안 맞는군. 다이아몬드 목걸이에는 가슴이 파인 야회복이 어울리거든."

"그래요?"

"그럼."

그는 그녀의 옷을 야회복으로 고치려면 어떻게 하면 되는지 가르쳐 주었고, 테스는 그가 가르쳐 준 대로 윗도리의 깃을 안쪽으로 집어넣었다. 목걸이에 달린 장식이 하얗게 드러난 목덜미에 제대로 드리워지자 클래어는 몇 걸음 뒤로 물러서서 찬탄의 눈초리로 테스를 바라보았다.

"아주 근사해. 정말 눈부시도록 아름답군."

흔한 말이지만 옷이 날개임에는 틀림없다. 평범한 얼굴에 평범한 옷차림을 하고 있으면 한낱 시골 처녀일 뿐이지만 인위적으로 가꾸고 꾸민다면 사교계의 부인 못지않은 미인으로 바뀔 수 있는 것이다. 그러나 아무리 아름다운 미인이라도 초라한 옷을 입고 흐린 날 무밭에 서 있다면 처량하게밖에 보이지 않을 것이다. 클래어는 테스의 자태가 이처럼 뛰어나게 아름다우리라고는 상상조차 못했었다.

"당신이 그런 모습으로 무도회에 나간다면! 아니지, 테스. 난 당신이 차양 달린 모자와 수수한 작업복을 입고 있는 모습이 더 좋아. 이 옷을 입은 것보다 그런 옷차림의 당신이 더 보기가 좋은걸. 이 옷을 입었다고 해서 품위가 떨어지는 건 물론 아니지만."

테스는 훌륭한 치장에 잠시 마음이 설레었지만 행복감을 느낄 수는 없었다.

"조녀선이 보면 웃을 거예요. 이젠 그만 풀어놓겠어요. 이런 건 내게 어울리지 않아요. 모두 팔아 버리는 게 좋겠어요."

"조금만 더 그대로 있어요. 팔아 버린다는 건 말도 안 돼요. 그건 남의 호의를 무시하는 거라고."

그녀는 마음을 고쳐먹고는 그가 시키는 대로 했다. 마침 그에게 중요한 이야기를 하려던 참이었는데 이런 차림으로 있는 것이 더 좋을지도 몰랐다. 두 사람은 다시 조녀선 노인이 어디쯤 오고 있을까 생각에 잠겼다. 노인이 오면 주려고 따라 놓았던 맥주는 오래전에 김이 다 빠져 버렸다.

조금 뒤에 그들은 식탁에 마련해 놓은 저녁을 먹었다. 식사가 끝날 무렵 벽난로에서 연기가 확 솟아오르더니 방안 가득 퍼졌다. 그것은 바깥문이 열린 탓에 바람이 불어왔기 때문이었다. 복도에서 무거운 발걸음 소리가 들려오자 에인절이 일어났다.

"아무리 두드려도 대답이 없어서 제가 문을 열고 들어왔습죠. 게다가 바깥에는 비바람이 들이치고 있어서 말이지요. 여기 짐을 가지고 왔습니다요."

복도에 나타난 조녀선이 에인절에게 말했다.

"무사히 도착해서 다행이에요. 그런데 너무 늦었군요."

"예, 그럴 일이 좀 있어서."

조녀선의 말투엔 무언가 말하기 어려운 듯한 언짢은 기색이 엿보였다. 그의 이마에는 근심스러운 주름살이 깊이 파이곤 했다. 그는 말을 계속했다.

"서방님과 아씨께서, 이젠 결혼하셨으니까 아씨라고 부르겠습니다, 오늘 낮에 떠나신 뒤에 낙농장에서 엄청난 불상사가 생길 뻔했지 뭡니까. 저희는 아주 혼이 났답니다. 서방님께서도 대낮에 수탉이 운 걸 기억하지요?"

"대체 무슨 일인데요?"

"글쎄 그걸 가지고 무슨 징조니 하면서 말이 많았는데 말입니다, 가엾게도 레티 프리들이 물에 빠져 죽으려 했지 뭡니까."

"설마 그럴 리가. 다른 사람들과 함께 우리에게 작별 인사까지 했는데……."

"네, 그랬지요. 그런데 서방님과 아씨가 떠난 다음에 레티와 마리안이 모자를 쓰고 바깥으로 나갔습죠. 연말이라 할 일도 별로 없었고 모두 얼큰하게 취해 있어서 아무도 별다른 주의를 기울이지 않았지요. 그런데 그 둘이 마을 술집에서 한잔씩 마신 다음 레티는 집으로 가는 척하면서 목장을 가로질러 다른 곳으로 갔고, 마리안은 이웃 술집으로 갔나 봐요. 그 뒤로 레티의 소식은 아무도 몰랐는데, 어느 뱃사공이 집으로 돌아가는 길에 늪 옆에서 이상한 것을 발견했습죠. 뱃사공이 가까이 가서 보니 그건 바로 레티의 모자와 숄이 똘똘 뭉쳐진 것이었고, 마침내 물속에서 그녀를 찾아냈어요. 그 뱃사공은 다른 사람의 도움을 얻어 레티를 집에 데리고 왔는데, 이제 겨우 깨어났습니다요."

에인절은 테스가 그 우울한 이야기를 들을까 염려되어 그녀가 있는 방과 복도 사이의 문을 닫으러 갔는데, 그때 이미 테스는 방문 앞에서 노인이 가져온 짐을 내려다보며 그의 이야기에 귀를 기울이고 있었다.

"게다가 또 마리안은 말입니다, 술도 마시지 못하면서 엉망으로 취해 버들숲 근처에 쓰러져 있는 걸 사람들이 발견했어요. 처녀들이 모두 제정신이 아닌 것 같았습니다요."

"이즈는 어떻게 됐나요?"

테스가 물었다.

"이즈는 보통 때와 다름없이 집에 있었는데, 왜 그런 일들이 일어났는지 안다고 하더군요. 그 애도 매우 우울한 것 같았어요. 마침 아씨의 잠옷이며 화장품들을 마차에 싣고 있을 때 그런 일들이 생겨서 이렇게 늦었습니다요."

"그랬었군요. 조녀선, 짐을 2층으로 올려다 놓고 맥주나 한잔하신 다음 어서 가 보세요. 그쪽에 또 무슨 일이 생길지도 모르니까."

테스는 2층 방으로 돌아와 괴로운 듯 물끄러미 난롯불을 바라보았다. 조녀선이 2층을 오르내리며 짐을 나르는 소리와 클래어가 대접한 맥주와 사례금에 대해 조녀선이 인사하는 소리가 들려왔다. 이윽고 조녀선의 발소리가 문쪽으로 멀어지고 이어 짐 마차가 떠나는 소리가 들렸다.

에인절은 문을 잠그고 테스가 있는 방으로 들어왔다. 그처럼 기다리던 짐이 왔는데도 테스는 명랑하게 일어나서 화장품을 꺼내 보기는커녕 힘없이 앉아 있었으므로 클래어는 테스 옆에 가서 앉았다. 식탁 위의 촛불은 거의 다 타 버려 희미했고 난로의 불빛이 두 사람을 환하게 비춰 주고 있었다.

"당신에게까지 좋지 못한 소식을 듣게 해서 미안하오. 하지만 그런 일로 마음 쓸 건 없어요. 당신도 알지만 레티는 천성이 병적이잖아."

"그럴 만한 이유도 없는데 왜들 그러는지 모르겠어요. 오히려 그럴 만한 이유가 있는 사람은 가만히 있는데……."

그 일은 테스의 마음에 심한 풍파를 일으켰다. 하나같이 소박하고 순진한 그들은 이룰 수 없는 사랑의 불행을 맛보았고, 운명의 따돌림을 받아 마땅한 자신은 오히려 호의를 입어 그와 결혼하는 행복을 누리게 되었다. 대가를 치르지 않고 그 행복을 차지한다는 것은 죄받을 일처럼 느껴졌다. 테스는 지금이 자리에서 과거를 다 고백하고 그 대가를 모두 치르고 싶었다. 클래어에게 손을 잡힌 채 난롯불을 들여다보며 마지막으로 굳게 결심하는 그녀의 모습은 난로 불빛을 받아 따스한 빛을 반사하고 있었다. 그녀의 몸에 달린 보석들은 불빛에 한층 눈부시게 빛났고 그녀의 심장이 뛸 때마다 다양한 색깔로 바뀌면서 반짝거렸다. 갑자기 꼼짝 않고 앉아 있는 그녀에게 클래어가 말했다.

"오늘 아침에 우리가 서로의 허물을 고백하자고 했던 것 기억하지? 당신은 대수롭지 않게 그런 말을 했는지 모르지만 난 진정으로 한 말이었어. 난 당신한테 고백할 것이 있소, 테스."

그가 먼저 말을 꺼낸 것이 테스에게는 마치 하느님의 도움처럼 느껴졌다. 테스는 기쁨과 안도의 빛을 띠며 이내 물었다.

"내게 고백할 것이 있다고요?"

"뜻밖이지? 당신은 날 너무 과대 평가했어. 자, 내 얘길 들어요. 내게 머리를 기대고. 난 당신의 용서를 받고 싶어."

얼마나 신기한 일인가! 그도 그녀와 똑같은 처지일는지 모른다. 그녀는 침묵을 지켰고 그는 말을 계속했다.

"내가 지금까지 고백할 수 없었던 건 당신을 잃고 싶지 않아서였소. 당신은 신이 내게 주신 최고의 행운이었으니까. 한 달 전에 당신이 내 청혼을 받아들였을 때 그 얘기를 하려 했는데, 당신이 어디론가 멀리 가 버릴 것만 같아 차마 말을 못했어. 어제 얘기를 해서 당신에게 다시 선택할 기회를 주려 했는데, 허물을 고백하자고 했을 때도 난 도저히 말할 용기가 없었어. 그런데 당신이 거기 엄숙하게 앉아 있는 모습을 보니까 말하지 않고는 못 배길 것 같소. 테스, 당신은 날 용서하겠지?"

"물론 용서하고 말고요."

"그래 주었으면 좋겠어. 처음부터 얘기하겠소. 아버진 날 잃어버린 양으로 생각하시지만, 난 테스 못지않게 도덕을 존중하고 있어. 난 결함 없는 사람을 숭배하고 비열한 인간을 미워했어. 지금도 그 마음은 마찬가지지만. 나는 사도 바울이 말한 것처럼 '말과 행실과 사랑과 믿음과 정절이 믿는 자들의 본이 되도록' 올바른 삶을 살고 싶었소. 그런데 세상살이를 하다 보면 생각과 행동이 일치하기가 참 어렵단 말이오. 누군가를 위해 훌륭한 일을 하겠다는 자신의 소망과는 달리 어쩔 수 없이 타락했을 때 느끼는 후회가 얼마나 큰지 당신은 이해해 줄 거요."

그러고 나서 그는 런던에서 한때 회의와 번민에 시달려 물위에 떠다니는 코르크 병마개와 같이 방황하다가 낯선 여자와 함께 이틀 동안 방탕한 생활에 빠졌던 것을 테스에게 고백했다.

"다행스럽게도 나는 곧 내 잘못을 뉘우치고 집으로 돌아왔소. 그 후 그런 실수는 두 번 다시 안 했지만 난 솔직하고 깨끗한 마음으로 당신을 맞이하고 싶었고, 그러기 위해서는 고백하지 않을 수가 없었던 거요. 날 용서하겠소?"

테스는 대답 대신 클래어의 손을 꼭 쥐었다.

"그럼 이제 이 얘긴 영원히 없던 걸로 합시다. 오늘처럼 좋은 날 이런 얘기를 하는 건 너무 괴로운 일이야. 이젠 좀더 밝은 얘기를 했으면 좋겠소."

"오, 에인절. 난 정말 기뻐요. 당신도 내 잘못을 용서해 주실 테니 말이에요. 난 아직 내 허물을 고백하지 않았어요. 나도 고백할 것이 있어요. 기억하시지요? 전에 그렇게 말했던 것을."

"아, 그래. 어서 말해 봐요."

"당신은 웃고 계시지만 당신 못지않은, 어쩌면 당신보다 더한 고백인지도 몰라요."

"테스, 나보다 더 심한 고백은 아니겠지?"

"네. 정말 그렇지는 않을 거예요. 그보다 더할 까닭이 없지요. 당신과 마찬가지 경우니까요. 이제 얘기할게요."

그들은 난로 앞에서 손을 마주 잡았다. 사그라져 가는 난로의 새빨간 불꽃은 마치 심판의 날의 무시무시한 불꽃처럼 보였다. 테스의 큰 그림자가 뒤쪽 벽과 천장에 떠올랐다. 그녀가 몸을 앞으로 구부리자 목에 건 다이아몬드 알이 마치 두꺼비가 눈을 끔벅이듯 불길하게 번쩍였다. 테스는 에인절의 관자놀이에 자신의 이마를 대고 알렉 더버빌을 알게 된 경위와 그 결과에 대해 이야기하기 시작했다. 눈을 내리깐 채 그녀는 서슴없이 이야기를 해 나갔다.

제5부 여인의 대가

35

드디어 테스의 이야기는 끝이 났다. 처음 시작할 때와 마찬가지의 차분한 음성으로 그녀는 설명을 덧붙이기도 하고 반복하기도 하면서 이야기를 끝마쳤다. 그녀는 울지도 않았고 어떠한 변명도 하지 않았다. 그러나 테스의 이야기가 계속됨에 따라 그들을 둘러싼 주위의 사물들이 이상하게 음산한 표정을 띠는 것처럼 느껴졌다.

난로의 불길은 그녀가 당한 곤경과는 아랑곳없다는 듯 마치 악마처럼 웃는 것같이 보였고, 벽난로 둘레도 역시 자기는 아무 상관도 없다는 듯이 이를 드러내고 쌀쌀하게 웃는 것 같았다. 물병에서 반사하는 빛은 오직 제 빛을 보이는 데만 열중할 따름이었다. 모든 사물이 그 일과는 아무 상관이 없음을 굳이 밝히고 있는 것처럼 느껴졌다. 사실 클래어가 테스에게 키스한 순간부터 지금까지 달라진 것은 아무것도 없었지만 사물의 본질은 서서히 변해 가고 있었다.

테스의 이야기가 끝나기가 무섭게 지금까지 그들 사이에 넘쳤던 사랑스런 속삭임이 어디론가 흔적도 없이 사라져 버린 듯한 느낌이 들었다. 그것은 또 어리석기 짝이 없는 장님과도 같은 지난날로부터 아득히 울려오는 메아리처럼 들려왔다.

클래어는 애꿎은 난로의 불만 뒤적이고 있었다. 그는 도대체 테스가 무슨 말을 하는지 알 수가 없었다. 타다 남은 불을 뒤적이다가 클래어가 갑자기 일어났다. 테스의 고백이 비로소 그의 마음을 울리기 시작하는 것 같았다. 그는 핏기가 사라진 얼굴로 마루 위를 서성거렸다. 그는 생각을 가다듬으려 했으나 온갖 괴로운 혼란만이 가중될 뿐이었다. 이윽고 그는 여태까지의 정감 어린 목소리와는 전혀 다른 차분하고 어색한 음성으로 테스를 불렀다.

"테스!"

"네."

"내가 그 말을 꼭 믿어야 하나? 당신의 태도로 보면 사실인 것도 같고……. 설마 당신이 미친 건 아니겠지. 미치지 않고서야 어떻게 그럴 수가! 여보, 사랑하는 테스, 그런 말도 안 되는 얘길 뒷받침할 만한 증거는 어디에도 없잖아?"

"난 맑은 정신으로 얘기한 거예요."

그는 얼빠진 사람처럼 테스를 멍하니 쳐다보았다.

"왜 좀더 일찍 얘기하지 않았지? 아 참, 생각나는군. 언젠가 당신이 얘기하려고 했을 때 내가 막았었지. 나도 기억하고 있어."

조금 전이나 지금의 클래어가 한 말은 자신과는 상관없이 수면만 잔물결을 이루고 흐르는 물줄기와 같았다. 그는 돌아서서 저쪽으로 가더니 의자에 쓰러지듯 주저앉았다. 테스는 방 한가운데 있는 그에게로 다가가 눈물조차 흐르지 않는 눈으로 그를 바라보다가 무너지듯 그의 발 아래 무릎을 꿇었다.

"우리들의 사랑을 위해서라도 용서해 주세요. 난 이미 당신을 용서했잖아요!"

테스는 메마른 음성으로 속삭였다. 클래어가 대답을 하지 않았으므로 테스는 다시 한 번 애원했다.

"내가 당신을 용서했듯 날 용서해 주세요. 전 당신을 용서했잖아요, 에인절."

"그래, 당신은 날 용서했어."

"그런데 당신은 날 용서할 수가 없나요?"

"테스, 당신은 경우가 달라. 당신은 용서받을 수가 없어. 지금의 당신은 이미 예전의 당신이 아니야. 어떻게 용서라는 말이 그 따위 괴상망측한 요술에 적용될 수가 있겠소."

그는 말을 멈추고 요술이란 말의 뜻을 골똘히 생각하더니 마치 지옥에서 울려 나오는 듯한 이상하고 음산한 웃음을 터뜨렸다.

"제발, 제발 그만 해요! 난, 난 죽을 것만 같아요. 아, 날 불쌍히 여겨 주세요."

그래도 클래어가 대답이 없자 테스는 창백한 얼굴로 벌떡 일어났다.

"에인절, 어째서 그렇게 웃지요? 그 웃음소리가 내 마음을 얼마나 아프게 하는지 생각 좀 해 주세요."

그는 고개를 설레설레 저었다.

"난 여태까지 당신을 행복하게 해 드리고 싶다는 소망으로 살아왔어요. 당신의 행복을 위해 기도하면서, 당신을 행복하게 해 드리지 못한다면 한낱 어리석은 아내가 될 뿐이라고 생각해 왔어요, 에인절."

"그건 나도 알고 있소."

"난 당신이 바로 이 자리에 있는 지금의 나를 사랑해 줄 줄 알았어요. 당신이 지금의 나를 사랑한다면 어떻게 그런 무서운 표정으로 그렇게 말할 수가 있어요? 난 당신을 사랑한 이상 어떤 일이 있더라도 변함없이 당신을 사랑해요. 난 이 이상 바라지 않아요. 그런데 당신은, 왜 날 사랑하지 않는 거지요?"

"다시 한 번 말하는데, 여태까지 내가 사랑한 여자는 당신이 아니었어."

"그럼 누구예요?"

"당신의 허울을 쓴 다른 여자였어."

그 말을 듣는 순간 테스는 전부터 두려워했던 예감이 들어맞는 것을 느꼈다. 클래어는 자신을 순진한 가면을 쓴 죄 많은 여자로, 몹쓸 여자로 보고 있는 것이다. 그녀의 창백한 얼굴에는 공포감마저 어렸다. 두 뺨은 힘없이 처지고, 반쯤 벌린 입술은 동그랗고 조그만 구멍 같아 보였다. 사랑하는 남편이 자신을 그런 여자로 본다는 생각이 들자 그녀는 절망감으로 비틀거렸다. 그가 그녀에게로 다가가 부드럽게 말했다.

"앉아요, 테스. 어지러운 모양이군. 하긴 그럴 만도 하지만."

테스는 정신없이 아무 의자에나 주저앉았다. 그녀의 얼굴은 긴장으로 굳어져 있었고 두 눈은 클래어를 섬뜩하게 할 정도로 무서워 보였다. 그녀는 절망적으로 부르짖었다.

"에인절, 그럼 이제 난 당신의 아내가 아닌가요?"

그가 사랑한 사람은 자신을 닮은 다른 여자라는 환상이 떠오르자 테스는 무시당한 듯 자신이 처량하게 느껴졌다. 지금 자신이 처한 신세를 분명이 깨닫게 되자 그녀의 두 눈에 눈물이 괴었고, 그녀는 뒤로 돌아앉아 스스로를 가엾게 여기는 눈물을 쏟으며 흐느껴 울었다. 그녀의 이런 변화에 에인절은 마음이 다소 진정되었다. 현재의 사태는 그녀의 고백 자체에 비하면 극히 작은 두

통거리일 뿐이었다. 에인절은 그녀의 격렬한 울음이 잔잔한 흐느낌으로 바뀔 때까지 끈기 있게 기다렸다. 이윽고 테스는 마음을 가라앉히고 여느 때와 같은 목소리로 말했다.

"에인절, 난 당신과 함께 지낼 자격이 없는 여자인 모양이지요?"

"나도 어떻게 하면 좋을지 모르겠소."

"굳이 당신과 함께 살게 해 달라는 말은 하지 않겠어요. 그럴 자격이 없으니까요. 사실 엄마와 동생에겐 아직 우리의 결혼을 알리지 않았어요. 언젠가는 알리겠다고 했었지만, 이젠 자격이 없으니까 당신의 아내 행세는 하지 않겠어요."

"그럼 아무것도 하지 않겠다는 말이오?"

"네, 당신이 시키지 않는 한 아무것도 하지 않겠어요. 당신이 내 곁에서 떠난다 해도 따라가지 않겠어요. 당신이 내게 아무 말을 안 해도 당신이 물어 보라고 하기 전에는 그 이유를 묻지 않겠어요."

"내가 당신에게 무엇을 시키든지 그대로 하겠소?"

"당신이 쓰러져 죽으라고 한대도 난 불쌍한 노예처럼 복종하겠어요."

"거 참 고맙군. 그러나 현재 당신의 희생 정신과 과거에 당신이 자신을 지키려던 감정과는 잘 조화가 되지 않는 것 같군."

그것은 클래어가 테스에게 처음으로 던진 빈정거림이었지만, 그녀는 그 뜻을 이해하지 못한 채 그가 노기와 분노에서 한 말로만 받아들였다. 테스는 남편이 자신에 대한 애정을 억제하고 있는 줄 몰랐으므로 잠자코 있기만 했다. 클래어의 뺨으로 보일 듯 말 듯 가느다란 눈물 줄기가 흐르고 있었지만 마음속으로 그가 절망하고 있는 것을 그녀는 알지 못했다. 그러는 동안에 클래어는 점차 테스의 고백으로 자신의 세계에 무언가 변화가 생겼다는 것을 선명하게 느끼기 시작했다. 그는 자신에게 닥친 새로운 사태를 극복해야만 했다. 그러기 위해서는 적극적인 노력이 필요했으나 아직까지 무엇을 어떻게 해야 좋을지 알 수가 없었다. 그는 애써 부드럽게 말했다

"테스, 여기선 숨이 막히는군. 밖에서 산책이나 좀 해야겠어."

그는 조용히 밖으로 나갔다. 두 사람을 위해 따라 놓은 두 잔의 술은 그대로 식탁에 놓여 있었다. 기다리고 기다렸던 사랑의 만찬은 이렇게 끝이 나 버렸다. 두세 시간 전에 차를 마실 때는 한 찻잔으로 둘이서 다정하게 마시기도 했었는데. 클래어가 바깥으로 나가면서 조심스럽게 현관문을 닫는 소리가 들려오자 그녀는 정신을 차리고 벌떡 일어났다. 그가 나가고 없는 방안에 혼자 있기는 싫었다. 그녀는 급히 외투를 걸치고 다시는 돌아오지 않을 사람처럼 촛불을 끄고는 그를 뒤쫓아 나갔다. 비가 그치고 밤하늘은 맑게 개어 있었다.

클래어는 그저 발길 닿는 대로 천천히 걷고 있었으므로 테스는 곧 그를 뒤따라갈 수 있었다. 연한 회색으로 보이는 그녀 앞에 있는 클래어의 검은 모습은 가까이 다가갈 수 없는 섬뜩한 괴물처럼 보였다. 잠시 자랑스러웠던 보석의 감촉이 이제는 그녀 자신을 비웃는 것처럼 생각되었다. 그녀의 발소리를 듣고 클래어는 뒤를 돌아보았으나 얼굴에는 아무런 표정이 없었다. 그는 집 앞에 있는 큰 다리를 성큼성큼 건너가고 있었다.

소와 말의 발굽으로 파인 길바닥에는 빗물이 가득 고여 있었다. 비는 그 발자국을 채울 만큼 왔으나 그것이 씻겨 내릴 정도로 온 것은 아니었다. 테스가 그 웅덩이를 지날 때 뭇 별들이 그곳에 반사되어 반짝거리고 있었다. 사방이 활짝 트여 있었으므로 테스는 클래어를 놓치지 않고 뒤쫓아갈 수 있었다. 집에서 멀어지자 길은 초원 사이로 꼬불꼬불 뻗어 나갔다. 테스는 그의 관심을 끌거나 그의 뒤에 가까이 다가서려는 생각 없이 그를 뒤따라갔다.

얼마를 더 걷자 저절로 그녀는 그의 옆에 서게 되었으나 클래어는 끝내 한 마디도 하지 않았다. 사람의 마음이란 속았다는 생각이 들면 한층 싸늘해지기 마련이고, 그의 마음 또한 그런 상태에 놓여 있었다. 그는 바깥의 차가운 공기에 의식이 맑아져 예전처럼 감정대로 행동할 수가 없었다. 테스는 클래어가 가식 없는 적나라한 시선으로 자신을 보고 있음을 깨달았다. 또한 '시간의 신'이 자신에게 빈정거림의 송가를 불러 주고 있다는 것도 그녀는 알고 있었다.

보라, 그대의 가면이 벗겨질 때
애인은 그대를 미워하리.
그대의 운명이 기울어질 때
아름다운 모습도 시들어지리.
이는 그대의 삶이 나뭇잎처럼 떨어지고
빗방울처럼 흩뿌려지고
그대 머리에 쓴 베일은 슬픔이 되고
머리에 얹은 관은 괴로움이 되기 때문이니라.

클래어는 여전히 깊은 생각에 잠겨 있어 테스는 말 한마디 건넬 수 없었다. 지금 클래어에게 그녀의 존재란 한낱 미물과 다름없었다. 테스는 더 이상 가만히 있을 수가 없었다.

"내가 무슨 짓을 했다고, 에인절, 도대체 내가 어쨌다는 거지요? 난 당신에 대한 내 사랑을 배반하거나 방해하는 짓은 한 적이 없어요. 내가 일부러 당신을 괴롭히려고 꾸며 낸 말이라고 생각하지 않겠지요? 에인절, 당신이 화를 내는 것은 당신 자신의 마음 때문이에요. 나 때문은 아니라고요. 난 당신이 생각하는 것처럼 남을 속이거나 하는 여자는 절대 아니에요."

"흠, 그럴 테지. 그럴 여자가 아니지. 그러나 예전과 똑같은 여자는 아니란 말이야. 이제 난 당신을 나무라지 않겠어. 그러지 않기로 결심했단 말이오."

테스는 하지 않아도 좋을 말까지 하면서 필사적으로 변명을 했다.

"에인절! 에인절! 난 어린아이였어요. 그 일이 있었을 때 난 어린아이였단 말이에요. 남자가 어떤 것인지 전혀 몰랐어요."

"당신이 스스로 지은 죄가 아니란 걸 알아."

"그렇다면 용서해 줘도 되잖아요."

"용서야 하겠지만, 용서로 일이 끝나는 건 아니오."

"그럼 전처럼 날 사랑해 주겠어요?"

그는 아무 대답도 하지 않았다.

"에인절! 이런 일은 흔히 있는 일이라고 엄마가 말했어요. 엄만 나보다 더 심한 경우를 알고 있는데, 그 여자 남편들은 크게 문제 삼지도 않고 그냥 용서해 주었대요. 그 여자들은 내가 당신을 사랑하는 것만큼 남편을 사랑하는 것도 아닌데 말이에요."

"그만둬요, 테스. 여러 말 듣고 싶지 않아. 사회가 다르면 풍습도 다른 법이오. 당신은 마치 사회의 윤리나 도덕을 전혀 모르는 무식한 시골 여자처럼 말하는군. 당신은 지금 자신이 무슨 말을 하는지도 모르고 있어!"

"난 시골 여자지만 근본 태생은 그렇지 않아요!"

테스는 순간적으로 노기를 띠고 말했는데 그 응답이 즉각 되돌아왔다.

"그러니까 더 나쁘다지 않소. 당신 집안의 족보를 들추어낸 목사가 처음부터 입을 다물고 있었더라면 좋을 뻔했소. 난 당신 집안의 몰락과 당신의 의지

박약을 결부시켜서 생각할 수밖에 없소. 노쇠한 집안은 으레 노쇠한 의지로 노쇠한 행실을 하기 마련이니까. 당신은 무엇 때문에 그 따위 족보를 들추어 내서 내게 더 경멸을 받으려 하는 거지? 난 당신이 새로 싹튼 대자연의 딸이라고 생각했는데, 결국 몰락한 가문의 때늦은 묘목일 뿐이었어."

"나 같은 가문을 가진 사람은 얼마든지 있어요. 레티와 낙농장의 빌레트 집안도 한때는 대지주였어요. 짐 마차를 끄는 데비하우스의 집도 옛날에는 드베이유 가문이었고요. 그런 예는 많다고요. 그건 그 고장의 특징이에요. 나로서도 어쩔 수 없는 일이에요."

"그래서 그 고장이 더 나쁘다는 거요."

테스는 그의 비난의 속뜻을 새겨듣지 않았다. 그녀는 그가 이제 예전처럼 자신을 사랑하지 않는다는 사실에만 온통 마음을 쏟고 있었다.

"내가 왜 당신 일생을 불행하고 비참하게 만들어야 하는지 모르겠어요. 차라리 저 아래 강물에 빠져 죽고 싶어요. 죽음은 조금도 두렵지 않아요."

"지금까지 저지른 내 어리석은 실수에다 살인까지 보태고 싶지는 않소."

"내 과거의 실수 때문에 스스로 목숨을 끊었다는 증거를 남기면 아무도 당신을 탓하지 않을 거예요."

"그런 바보 같은 소리는 하지도 마. 이런 경우에 그런 생각을 하다니 어리석기 짝이 없는 짓이야. 이 일이 세상에 알려지면 비웃음거리밖에 더 되겠소? 그러니까 내 말을 명심하고 집에 가서 잠이나 자요."

"그렇게 하겠어요."

테스는 유순하게 대답했다. 그녀가 집에 돌아와 보니 모든 것은 집을 나갈 때와 마찬가지였다. 난롯불도 마찬가지로 타고 있었다. 테스는 아래층에는 1분도 머무르지 않고 곧 짐짝을 가져다 놓은 위층 자기 방으로 올라갔다. 클래어의 마음이 가라앉을 기세가 보이지 않았으므로 더 이상 두려워하거나 희망을 가지려고 애쓸 필요가 없어진 그녀는 힘없이 자리에 누워 있었다. 슬픔 속에서 온갖 생각을 하다 지치면 으레 잠이 찾아오기 마련이었다. 세상에는 행복한 설렘 때문에 잠 못 이루는 경우가 많지만, 슬픔은 쉽게 잠을 부르곤 하는 것이다. 몇 분 지나지 않아 테스는 과거에 첫날밤을 치른 신부의 방이었을지도 모르는 그 방의 향긋한 고요 속에 묻혀 잠이 들었다.

클래어는 그날 밤이 늦어서야 집으로 돌아왔다. 미리 순서를 생각해 둔 사람처럼 그는 응접실로 들어가 불을 켜고 낡은 말 털 가죽 소파에다 담요를 깔아 대강 잠자리를 만들었다. 자리에 눕기 전에 그는 맨발로 2층에 올라가 침실 앞에서 귀를 기울였다. 고른 숨소리가 그녀가 깊이 잠들었음을 말해 주었다. "잘됐군." 하고 클래어는 중얼거렸다. 그러나 사실이야 어떻든 간에 그녀가 인생의 무거운 짐을 자신의 두 어깨에 떠맡기고 편히 잠들었다는 데에 생각이 미치자 그는 배신감마저 느끼며 고통스러워했다.

그가 아래층으로 내려가려 하다가 다시 한 번 침실을 뒤돌아보았을 때, 침실 문 바로 위에 걸린 더버빌 부인의 초상화가 눈에 띄었다. 촛불에 비친 초상화는 너무나도 불쾌했다. 음흉한 계략을 꾸미고 있는 듯한 귀부인의 얼굴이 에인절에게는 남자에 대한 원한으로 사무쳐 있는 것처럼 느껴졌다. 초상화의 귀부인은 앞이 파인 옷을 입고 있었는데, 목걸이를 걸기 위해 윗옷 깃을 안으로 집어넣었을 때의 테스의 모습과 흡사했다. 그는 테스와 초상화의 귀부인이 닮았다는 괴로운 생각을 다시 한 번 하지 않을 수 없었다.

그 생각 덕분에 그는 아래층으로 걸음을 재촉할 수 있었다. 그의 태도는 침착하고 냉정했다. 굳게 다문 작은 입은 자제력을 나타내고 있었고, 고백을 들을 때부터 그의 얼굴에 어리기 시작한 쌀쌀함은 아직도 그대로 남아 있었다.

그 표정은 정욕에 사로잡힌 노예의 표정은 아니었으나, 아직 그런 상태에서 완전히 벗어나지 못한 인간의 고뇌 어린 표정이었다.

그는 인간의 일이 얼마나 쓰라린 우연을 경험하고, 얼마나 뜻하지 않은 일에 부딪히게 되는가를 곰곰이 생각하고 있었다. 테스를 사랑한 지난 시간 내내, 아니 한 시간 전까지만 해도 이 세상에서 테스만큼 깨끗하고 사랑스럽고 순결한 여자는 없다고 생각한 그였다. 그러나 테스의 과거로 인해 모든 것이 달라져 버린 것이다. 클래어는 그녀의 천진난만한 얼굴에 그녀의 진심이 나타나 있지 않다고 혼자 중얼거렸다. 물론 그러한 생각은 잘못된 것이었으나 테스에게는 그런 생각을 바로잡아 줄 만한 변호인이 없었다. 그는 계속 생각해 보았다. 이야기할 때 전혀 거짓말을 하지 않는 그녀의 눈 속에 또 하나의 다른 세계가 숨어 있다고 상상하는 것은 올바른 생각일까.

이윽고 그는 긴 의자에 누워 불을 껐다. 밤은 냉담하고 무심하게 방안으로 스며들었다. 이미 클래어의 행복을 삼켜 버린 밤은 무심히 그것을 소화하고 있었으며, 아무렇지도 않은 듯 태연하게 또 다른 사람들의 행복을 집어삼키려 하고 있었다.

36

클래어는 몰래 나쁜 짓이라도 하려는 듯 기어드는 새벽의 희뿌연 햇살을 받으며 슬며시 자리에서 일어났다. 난로는 불이 다 타 재만 남았고, 식탁에는 김이 빠져 버린 두 잔의 포도주가 입도 대지 않은 채 그대로 놓여 있었다. 테스와 자신이 앉았던 텅 빈 자리 그리고 방의 가구들도 우리들은 어떻게 하면 좋겠느나는 듯 변함없이 그 자리에 놓여 있었다.

위층에서는 아무 소리도 들려오지 않았다. 잠시 후 문을 두드리는 소리가 들렸다. 집안일을 도와주러 온 이웃집 여자인 모양이었다. 지금 형편에서 집 안에 그들 외에 누군가가 있다는 것은 매우 어색한 일이었다. 클래어는 이미 옷을 갈아입고 있었으므로 창문을 열고 오늘은 자기들끼리 있겠다고 말했다. 여자가 들고 온 우유 통을 문 밖에 놓고 돌아가자 그는 뒤켠에서 장작을 가져 와 불을 지폈다. 선반에 달걀이며 버터며 빵이 가득 놓여 있어 그는 낙농장에 서 익힌 익숙한 솜씨로 곧 아침 식사를 준비했다. 타오르는 장작의 연기가 굴 뚝으로 피어 올랐다. 그 집 앞을 지나는 마을 사람들은 굴뚝에서 피어 오르는 연기를 보며 신혼부부의 행복을 부러워했으리라. 식사 준비가 끝나자 그는 계 단 아래로 가서 평소와 같은 목소리로 소리쳤다.

"아침 식사 준비가 다 되었소."

그는 현관문을 열고 밖으로 나가 몇 걸음 산책을 했다. 그가 돌아왔을 때 테 스는 이미 내려와 묵묵히 아침 상을 다시 차리고 있었다. 머리를 틀어 올리고 목 둘레에 흰 주름이 잡힌, 새로 맞춘 연하늘색 옷을 입고 있는 그녀의 손과 얼 굴은 차갑게 보였다. 아마 옷을 갈아입은 다음 추운 방에 오래 앉아 있어 그런 모양이었다. 클래어를 본 테스는 멈칫했다. 조금 전에 침실에서 클래어의 음 성을 들었을 때 그의 음성이 무척 부드러워 새로운 희망에 가슴이 뛰었는데, 그를 보는 순간 그녀는 그 희망이 물거품처럼 사라지는 것을 느꼈다.

지금 두 사람은 활활 타오르던 불이 꺼지고 난 뒤의 재와 같은 상태였다. 그 누구도 두 사람의 정열이 다시 타오르게 할 수는 없을 것 같았다. 클래어가 테 스에게 다정하게 말을 건네자 테스는 그에게로 다가와 윤곽이 뚜렷한 남편의 얼굴을 들여다보았다.

"에인절."

한때 애인이었던 남자가 이곳에 앉아 있다는 사실이 믿어지지 않는 듯 그녀는 손가락으로 산들바람처럼 가볍게 그를 만져 보았다. 그녀의 두 눈은 빛났고 창백한 두 뺨에는 반쯤 마른 눈물 자국이 번쩍였다. 탐스러운 붉은 입술도 마음처럼 창백해 보였다. 심장은 아직도 뛰고 있으나 심한 슬픔에 큰 타격을 받은지라 조금만 더 슬픔이 격해지면 몸이 지탱할 수 없게 되어 쓰러져 버릴 것 같았다. 그녀는 그래도 순결해 보였다. 자연이 변덕스러운 장난으로 그녀의 용모에 순결한 처녀다움을 듬뿍 부여했기 때문에 클래어는 넋 나간 사람처럼 그녀를 쳐다보았다.

"테스, 어제 했던 얘기는 거짓말이지? 그건 사실이 아닐 거야."

"그건 다 사실이에요."

"전부 다 사실이란 말이오?"

"네, 모두가 사실이에요."

그는 마치 애원하듯 테스를 바라보았다. 뻔히 알면서도 그는 그녀 입으로 거짓말이었다고 말해 주기를 바랐으나, 그리하여 어떻게 해서라도 그것을 확실한 근거가 있는 부정의 말로 바꿔 버리고 싶었지만 테스는 같은 소리만 되풀이할 뿐이었다.

"그건 사실이에요."

"그 애는 지금도 살아 있소?"

"아이는 죽었어요."

"그 남자는?"

"살아 있어요."

그의 얼굴에 마지막 절망의 그림자가 드리워졌다.

"영국 땅에 살고 있소?"

"네."

그는 초조한 듯 몇 걸음 거닐다가 불쑥 말을 꺼냈다.

"내 생각은 이렇소. 어느 남자든 마찬가지겠지만, 사회적 지위나 학식이나 재산이 있는 아내를 얻겠다는 야심을 버리면 분홍빛 뺨을 가진 순진한 시골 처녀를 아내로 얻으려니 생각했었소. 그런데…… 물론 난 당신을 책망할 자격도 없고 또 그럴 생각도 없소."

테스는 그의 처지를 잘 알고 있어서 그 다음 말은 들을 필요도 없었다. 그가 무엇 때문에 괴로워하는지도 알고 있었고, 그가 모든 것을 잃어버렸다는 것도 그녀는 알고 있었다.

"에인절, 최악의 경우에 당신이 마지막으로 빠져나갈 수 있는 길이 있다는 걸 몰랐다면 난 결혼하지 않았을 거예요. 어떤 일이 있어도 당신만은……."

테스의 목소리는 차츰 쉰 소리로 변해 갔다.

"마지막으로 빠져나갈 수 있는 길이라니?"

"나를 버리면 되잖아요. 당신은 날 버릴 수 있어요."

"어떻게?"

"나와 이혼하면 되잖아요."

"바보 같은 소리. 당신은 왜 그렇게 단순하지? 내가 어떻게 이혼을 한단 말이오?"

"이혼을 못한다고요? 다 고백했는데도요? 내 고백이 당신에겐 이혼할 만한 충분한 이유가 된다고 생각했어요."

"이봐요, 테스. 당신은 꼭 철부지 같군. 어린애 같단 말이야. 난 당신이 어떤 사람인지 도무지 알 수가 없어. 당신은 법률이라는 걸 모르는 모양이야. 정말 당신은 법률이 어떤 건지 모르는 건가?"

"그럼, 이혼을 할 수 없나요?"

"할 수 없지."

그 순간 테스의 얼굴에는 괴로움과 부끄러움이 뒤섞인 표정이 떠올랐다. 그녀는 나직한 소리로 말했다.

"난 할 수 있을 거라고 생각했어요. 아, 당신 눈에는 내가 얼마나 뻔뻔한 거짓말쟁이로 보일까. 날 믿어 주세요. 정말이지 난 당신이 이혼할 수 있을 거라고 생각했어요. 하기야 난 당신이 그러는 걸 원치 않지만, 그래도 당신이 날 조금이라도 사랑하지 않게 된다면 나와 이혼할 수 있다고 믿었어요."

"당신이 잘못 생각한 거요."

"아, 이럴 줄 알았으면 간밤에 실행에 옮겼어야 했어요. 어젯밤에……. 그러나 차마 그럴 용기가 안 났어요. 난 언제나 이래요."

"무슨 용기 말이오?"

테스가 대답을 않자 클래어는 그녀의 손을 잡았다.

"도대체 무슨 짓을 하려 했소?"

"자살하려고 했어요."

"언제?"

다그쳐 묻는 클래어의 태도에 테스는 괴로워 어쩔 줄 몰라했다.

"어젯밤에요."

"어디서?"

"2층 침실에서요."

"저런! 그래, 어떻게 하려 했소?"

그는 준엄하게 따져 물었다.

"화내지 않으면 얘기할게요. 내 옷 상자를 묶었던 끈으로 목을 매려고 했는데 결국 할 수가 없었어요. 당신한테 누가 될 것 같아서요."

스스로 하고 싶어서가 아니라 추궁에 못 이겨 테스가 한 이 고백은 너무 뜻밖이어서 클래어는 몸을 떨었다. 테스의 손을 그대로 잡은 채 그는 눈길을 아래로 떨구고 떨리는 음성으로 말했다.

"내 말 명심해요. 그런 끔찍한 생각은 두 번 다시 하면 안 돼. 어떻게 그럴 수가 있단 말이오. 다시는 그런 짓을 않겠다고 내게 약속해요."

"약속할게요. 그게 얼마나 나쁜 짓인지 깨달았으니까요."

"나쁘고 말고. 정말 당신한테는 당치도 않은 엉뚱한 생각이야."

테스는 눈을 크게 뜨고 침착하고 담담하게 그를 보며 변명했다.

"하지만 에인절. 난 당신을 위해서 그렇게 하려고 마음먹었던 거예요. 내 생각으로 우리가 틀림없이 이혼하게 될 거고, 그렇게 되면 당신이 수치를 당하게 되잖아요. 그래서 당신이 수치를 당하는 일 없이 당신을 자유롭게 해 주고 싶었어요. 그렇지만 내 손으로 목숨을 끊는다는 건 내겐 너무 힘이 들어요. 나 때문에 피해를 입은 당신이 내게 벌을 주세요. 당신이 그렇게 해 줄 수 있다면 난 당신을 더욱더 사랑할 거예요. 그래야만 당신이 자유로울 수 있잖아요. 이제 내 자신이 아주 보잘것없는 인간이 된 것 같아요. 난 당신의 장래만 방해하고 있어요."

"그만!"

"네. 그만두라고 하면 더 이상 말하지 않겠어요. 당신의 기분을 상하게 하고 싶지는 않아요."

클래어는 그녀의 말이 사실이라는 것을 알고 있었다. 그러나 간밤에 절망에 사로잡힌 뒤부터 그녀는 탈진 상태였으므로 또다시 무모한 짓을 저지를 것 같지는 않았다.

테스는 다시 서둘러 아침 식사를 준비했다. 이윽고 준비가 끝나자 그들은 서로 눈길이 마주치지 않게 식탁 같은 편에 나란히 앉았다. 서로가 먹고 마시는 소리를 듣는다는 것은 어색한 노릇이었으나 어쩔 수가 없었다. 대충 식사를 끝내고 클래어는 점심때 몇 시쯤 돌아오겠다는 말을 남기고 방앗간 견습을 하러 나갔다. 그가 밖으로 나가자 테스는 창가에 서서 방앗간으로 가는 돌다리를 건너는 그의 모습을 내다봤다. 그는 돌다리를 건너고 철길을 건너 멀리 사라졌다. 테스는 침착하게 식탁을 치우고 방을 정리하기 시작했다.

잠시 후 이웃 농가 여자가 일을 도우러 왔다. 테스는 그녀와 함께 있는 것이 처음에는 거북했으나 나중에는 위로가 되었다. 12시 반쯤에 그녀를 부엌에 혼자 남겨 두고 방으로 들어와 남편의 모습이 다리 건너편에 나타나기를 기다렸다. 1시쯤 되어 그의 모습이 다리 건너편에 다시 나타났다. 멀리 떨어져 있는데도 그의 모습을 본 순간 테스는 가슴이 두근거렸다. 그녀는 그에게 점심을 차려 주기 위해 부엌으로 달려갔다. 클래어가 어제 둘이서 손을 씻었던 방에 들렀다가 거실로 들어와 식탁에 앉자마자 테스가 얼른 식탁보를 벗겼다. 마치 에인절이 자신의 손으로 식탁보를 벗긴 듯 정확했다.

"정말 정확하군."

"네. 당신이 다리를 건너오는 걸 봤어요."

식사할 때 에인절은 방앗간에서 보고 들은 것에 대해서만 이야기했다.

한 시간쯤 집에 머물다가 다시 방앗간에 다녀온 그는 저녁 내내 계속해서 서류만 뒤적였다. 이웃 농가 여자가 돌아간 다음에도 테스는 그의 일을 방해하지 않으려고 부엌으로 들어가 한 시간이 넘도록 부지런히 일을 했다.

"무슨 일을 그렇게 힘들여 하오. 당신은 내 아내지 좋은 아니잖소."

어느새 부엌에 나타난 클래어가 말했다. 테스는 한 가닥 희망 어린 얼굴로 그를 바라보면서 농담 비슷하게 애처롭게 말했다.

"내가 그렇게 생각해도 괜찮겠지요? 형식적인 아내라 해도 상관없어요. 난 더 이상 바라지 않아요."

"그렇게 생각해도 괜찮겠느냐고? 그게 무슨 뜻이지?"

그녀는 목메인 소리로 다시 말했다.

"모르겠어요. 난 자신이 보잘것없는 여자라고 생각했을 뿐이에요. 오래전에 당신에게 그런 말을 했잖아요. 사실 그래서 난 당신과 결혼할 생각이 조금도 없었어요. 그런데 당신이 자꾸 졸라 댔기 때문에……."

테스는 울음을 터뜨리며 돌아섰다. 그 모습을 본다면 어느 남자라도 마음을 돌이켰을 테지만 에인절만은 그렇지 못했다. 그의 성격은 부드럽고 다정한 편이었으나, 그 밑바닥에는 마치 부드러운 옥토 속에 광맥이 있는 것처럼 딱딱한 논리의 광맥이 숨어 있어 아무리 날카로운 칼날도 그 광맥을 뚫지 못한 채 날이 무디어지고 말았다. 그의 이러한 성격이 교회의 논리도 받아들이지 못하게 하고 테스의 잘못도 용서하지 못하게 하는 것이었다. 그의 애정도 뜨겁게 타오르는 불이라기보다는 일종의 눈부신 광채였고, 이성에 대한 그의 태도는 여자를 믿을 수 없게 되면 교제도 끊어 버리는 정도로 결벽증이 심했다. 지성적으로는 경멸하면서도 감정이나 관능에 빠져 버리는 감수성 예민한 다른 청년과는 전혀 딴판이었다. 그는 테스의 흐느낌이 그치기를 기다렸다.

"영국 여자의 절반만이라도 당신만큼 훌륭하다면 오죽 좋겠소. 그러나 그건 훌륭하고 못하고의 문제가 아니라 원칙 문제야."

그는 여성 전체에 대해 분노를 참지 못하겠다는 듯 신랄한 비난의 말투로 말했다. 마음이 곧은 사람이 무언가에 배반당했다는 기분에 사로잡히면 다른 사람보다 더 적개심에 불타게 되는 까닭에 그런 신랄한 비난을 예사로 하게 되는 것이다. 그러나 그의 마음에는 아직도 동정이라는 조수가 흐르고 있었으므로, 세상 이치에 밝은 여자라면 남자의 그런 약점을 이용해 마음을 돌이키게 할 수도 있었을 텐데 순진한 테스는 그러지를 못했다. 모든 것을 잘못에 대한 대가로 여기며 말없이 묵묵히 받아들일 뿐이었다. 클래어에 대한 사랑의 마음은 실로 애처로울 정도였다. 본래 성격이 급한 편인 테스였지만, 이제는 그가 뭐라고 하든 흥분하지 않았고 자기 주장을 내세우지도 못했다. 그녀는 자기 본위로만 사는 현대 생활에서 되살아난 헌신적인 사랑의 사도 같았다.

그날 저녁도, 밤도, 다음날 아침도 전날과 똑같이 지나갔다. 며칠 전까지만 해도 자기 주장대로 살았던 테스가 그에게 단 한 번 말을 걸어 보려 했던 것은 아침 식사가 끝나고 그가 세 번째로 물방앗간에 가려 할 때였다. 그가 식탁에서 일어나면서 다녀오겠다는 말을 했을 때 그녀도 다녀오라는 인사를 하고는 그에게로 입술을 돌렸다. 클래어는 그녀가 청한 키스를 무시한 채 "그 시간에 돌아오겠소."라고만 말했다.

테스는 세계 얻어맞기라도 한 듯 몸을 움찔했다. 지금까지 그는 그녀에게 승낙도 받지 않고 마음대로 키스하려 하지 않았던가. 그녀의 입과 숨결에서 버터와 달걀과 우유 맛이 난다느니, 자신도 그녀의 숨결과 입술에서 자양분을 섭취하는 것이라느니 농담을 하면서 마음대로 키스하던 그가 지금은 스스로 청하는 그녀의 키스를 외면했던 것이다. 풀이 죽은 그녀에게 그는 부드럽게 말했다.

"테스, 난 앞으로 취할 길을 생각해야겠소. 우리가 당장 헤어진다면 세상 사람들이 이러쿵저러쿵하면서 당신을 욕할 테니, 그것을 막기 위해서라도 얼마 동안은 같이 있을 수밖에 없소. 그러나 함께 지낸다는 것은 어디까지나 형식일 뿐이라는 사실을 당신도 알아야 해요."

"네."

테스는 넋 나간 듯 멍청히 대답했다.

그는 밖으로 나가 물방앗간으로 걸어가다가 잠시 걸음을 멈추고, 좀더 친절하게 대해 줄걸, 적어도 한 번쯤은 다정하게 입맞춤이라도 해 줄걸 하고 생각했다.

그들은 한지붕 아래서 절망적인 상태로 이틀을 보냈고, 그래서 그들의 사이는 처음 만났을 때보다 더 서먹서먹해졌다. 클래어가 앞으로의 대책을 곰곰이 생각하고 있는 중이라는 것을 그녀도 그의 표정으로 알 수 있었다. 언뜻 보아 유순하고 부드럽기만 한 클래어에게 그런 냉정한 면이 숨어 있다는 사실이 두렵기까지 했다. 한결같은 그의 태도는 사실상 잔인할 정도였다. 그녀는 용서를 바랄 수도 없는 이 상태에서 벗어나기 위해 그가 방앗간에 간 사이에 달아나 버릴까 하는 생각도 했지만, 이 사실이 알려지면 클래어에게 도움이 되기는커녕 도리어 해가 되고 모욕을 주게 될 것이 두려워 그렇게 할 수도 없었다.

한편 클래어는 정말 심각하게 생각에 잠기곤 했다. 너무 골똘히 생각한 나머지 병에 걸릴 정도였다. 건강은 말이 아닐 정도가 되고, 매사에 의욕을 잃었으며, 즐겁고 행복한 가정 생활에 대한 지난날의 꿈은 무참하게 파괴되었다는 느낌이 들었다. 어느 날 테스는 그가 걸어가면서 "어떻게 하면 좋을까? 어떻게 해야 될까?"라고 중얼거리는 것을 우연히 엿들었다. 여태까지 장래 문제에 대해 입을 다물고 있던 그녀가 마침내 용기를 내어 말했다.

"에인절, 우리가 함께 있을 날도 이제 얼마 남지 않았지요?"

잔뜩 오므린 그녀의 입모습은 그녀의 얼굴에서 풍기는 부드럽고 의젓한 표정이 단순히 기계적인 것임을 말해 주고 있었다.

"물론 함께 살 수는 없소. 날 모욕하거나 당신을 모욕하지 않고서 일반적인 상식으로는 난 당신과 함께 살 수 없어. 지금 난 당신을 경멸하지는 않소. 좀 더 솔직히 말하겠어. 그래야 당신이 날 이해할 테니까. 그 남자가 살아 있는 한 우린 함께 살 수 없지 않을까. 이치대로 따진다면 당신 남편은 내가 아니라 그 남자니까. 그 남자가 죽었다면 문제는 다를 테지만. 게다가 문제는 그것만이 아니야. 우리에게 아이가 생길 경우를 생각해 보란 말이오. 아이가 자라 이 비밀을 알게 되면, 세상에 숨길 수 있는 비밀이란 없으니까, 우리의 핏줄을 타고난 불쌍한 아이들이 남의 비웃음을 받으며 자라게 될 거란 말이오. 나이가 들수록 그 아이들의 괴로움은 커질 테고, 그들이 부모인 우리에 대해 얼마나 실망하겠소. 이런 걸 알면서도 어떻게 같이 살 수가 있겠소. 또 다른 불행을 키우느니 차라리 우리 둘이서 그 불행을 감당하는 것이 낫지 않겠느냔 말이오."

근심으로 눈을 아래로 내리깐 그녀는 힘없이 대답했다.

"함께 살자고 하지는 않겠어요. 그렇게 말할 수도 없고요. 그렇게까지 생각해 본 적도 없어요."

솔직히 말해 테스의 여자다운 욕심으로는 두 사람이 함께 살다 보면 오해가 저절로 풀어져, 클래어의 냉정한 판단에는 어긋나는 한이 있어도 그의 마음은 돌아서지 않을까 하는 희망을 버릴 수가 없었다. 그러나 지금 막 클래어는 마지막 의사 표시를 했고, 그것은 그야말로 새로운 견해였다. 사실 그녀는 그런 문제까지 생각해 본 적은 없었다. 클래어가 장차 어린애가 생길 경우 그들이 그녀를 책망할지도 모른다는 사실을 또렷하게 말해 주었기 때문에 비로소 그 문제까지 생각하게 된 것뿐이었다. 테스는 클래어에 대한 사랑에 눈이 먼 나머지, 그 사랑의 결실로 자식을 낳으면 자식에게까지 슬픔이 형벌처럼 이어지리라는 사실을 미처 깨닫지 못했던 것이다. 그런 이유로 테스는 클래어의 말에 반박할 수가 없었다.

테스가 자신의 뛰어난 육체적인 매력을 이용하거나 "오스트레일리아나 텍사스 고원으로 간다면 누가 지나간 일로 나를 책망할 수 있겠어요?"라고 반문할까 봐 두려워하던 클래어는 그녀의 그러한 태도에 마음이 놓였다. 어쩌면 테스는 다른 여자들처럼 일시적인 암시를 피할 수 없는 일로 받아들인 것인지도 모른다. 아니, 그녀의 생각이 옳았는지도 모른다. 여자의 직감으로 그녀는 남편의 슬픔을 자신의 슬픔으로 생각했고, 남들이 남편이나 자식에게 비난을 퍼붓지 않는다 해도 남편의 민감한 두뇌가 자식들에게 그 말을 전하게 될지도 모른다고 생각했던 것이다.

그들이 서먹서먹한 생활을 한 지 사흘째 되는 날이었다. 클래어에게 본능적인 욕망이 좀더 강했더라면 사태가 나아졌을지도 모르지만, 불행하게도 그의 사랑은 결점이라고 할 수 있을 정도로 탈속적이었고 비현실적이라 할 만큼 공상적이었다. 그와 같은 성격의 사람에게는 육체가 눈앞에 보일 때보다 없을 때 더 매력을 느끼게 마련인데, 그것은 보이지 않을 때 실물의 결점을 감춘 이상적인 모습을 상상할 수 있기 때문이었다. 테스는 자신의 외모의 매력이 생각만큼 자신에게 도움이 되지 않는다는 사실을 깨달았다. 그가 말했듯이 현재의 그녀는 한때 에인절의 욕정을 자극했던 여자와는 다른 여자인 모양이었다.

"당신이 한 말을 신중히 생각해 봤어요. 당신이 한 말은 다 옳아요. 그렇게 해야겠지요. 당신은 내 곁을 떠나야만 해요."

한 손으로 식탁보를 만지작거리고, 두 사람을 비웃는 듯한 반짝이는 반지를 낀 다른 한 손으로 이마를 받치면서 테스가 말했다.

"당신은 어떻게 할 작정이오?"

"집으로 가겠어요."

클래어는 거기까지는 미처 생각하지 못했었다.

"정말이오?"

"정말이고 말고요. 우리가 헤어져야 할 바에는 깨끗이 헤어지는 게 좋아요. 언젠가 당신이 내게 말했지요? 난 남자들의 이성을 어지럽힐 염려가 있는 여자라고. 만약 내가 당신 곁에 있다면 당신의 계획과 희망을 나 때문에 망치게 될 거예요. 그렇게 되면 나중에 가서 제 슬픔과 당신의 후회는 너무나도 클 거예요."

"그래서 당신은 집으로 갈 거란 말이지?"

"네, 집으로 가겠어요."

"그럼 그렇게 합시다."

테스는 클래어를 쳐다보지는 않았으나 그의 대답에 깜짝 놀랐다. 그녀는 제안한 것과 그것을 약속한 것과는 분명 차이가 있다는 것을 재빨리 느꼈다. 그녀는 얼굴빛을 애서 진정시키며 나직하게 중얼거렸다.

"우리 사이가 이렇게 될까 봐 두려웠어요. 하지만 에인절, 난 불만 없어요. 헤어지는 것이 상책이에요. 당신이 한 말, 다 이해해요. 사실 그래요. 우리가 같이 산다고 해서 책망할 사람은 없겠지만, 살다 보면 대수롭지 않은 일로 싸울 때도 있을 거고 그땐 또 잊어버린 내 과거가 생각나 날 나무라겠지요. 그러다 우리 아이들이 듣게 될지도 모르지요. 만약에 그렇게 된다면 지금은 불쾌한 정도인 그 일이 그땐 목숨을 앗아갈 정도의 고통이 될 테지요. 난 가겠어요, 내일 당장!"

"나도 이곳을 떠날 거요. 이런 말을 하고 싶지는 않지만 헤어지는 것이 가장 좋을 것 같소. 적어도 내 마음이 진정되어 당신에게 편지를 쓸 수 있을 때까지

304

만이라도."

테스는 남편을 힐끔 쳐다보았다. 그는 테스의 표정을 살핀 후 비꼬듯 말했다.

"난 멀리 떨어져 있는 사람을 더 정답게 생각하곤 해. 수많은 사람들처럼 우리도 갖은 고난을 겪고 난 다음에 다시 만나게 될 거요."

그날로 클래어는 짐을 꾸리기 시작했다. 그녀도 2층으로 올라가 짐을 꾸렸다. 상상하기조차 괴로운 일이었으므로 두 사람은 이것이 마지막이라는 억측을 하지 않으려 애쓰면서도, 둘은 똑같이 내일 아침 헤어지면 영원히 이별하게 될지도 모른다는 생각을 하고 있었다. 서로 사랑했던 감정의 여운으로 헤어진 뒤 며칠 동안은 애타게 그리워할지 몰라도 시간이 흐르면 그런 감정조차 사그라지리라는 것을 두 사람 다 알고 있었다. 뿐만 아니라 두 사람이 한번 헤어지게 되면 그들 사이의 빈자리를 새로운 무언가가 채워 줄 것이며, 뜻밖의 일이 일어나 애초의 의도는 어긋나게 되고 그러다 보면 원래의 계획은 까맣게 잊혀져 버릴 것이다.

37

고요한 밤은 소리 없이 찾아와 깊어만 갔다. 새벽 1시가 지났을 때 한때 더버빌 저택이었던 캄캄한 농가에서 삐걱거리는 소리가 조그맣게 들렸다. 2층 침실에서 자던 테스는 그 소리에 잠을 깼다. 그 소리는 못이 느슨하게 박힌 계단 한구석에서 들리는 소리였다. 그리고 방문이 열리더니 셔츠와 바지만 걸친 에인절이 이상스러울 정도로 조심스러운 걸음걸이로 안으로 들어왔다. 순간 테스는 기쁨을 느꼈으나 그의 눈이 초점 없이 허공을 응시하는 것을 보고는 언뜻 스며든 그 기쁨이 사라져 버렸다. 그는 방 가운데로 오더니 멈춰 서서 무너져 내릴 듯한 슬픈 음성으로 중얼거렸다.

"죽었구나! 죽었어, 죽었어!"

그는 심한 괴로움에 시달릴 때면 가끔 몽유병 증세를 나타냈다. 결혼 전날 시장에서 돌아왔을 때도 그는 테스를 모욕한 남자와 격투했던 것을 잠자리에서 그대로 재현했던 것이다. 테스는 잇달은 정신적인 고통 때문에 남편이 다시금 그와 같은 몽유 상태에 빠졌음을 짐작했다. 남편에 대한 테스의 믿음은 깊었으므로 그녀는 남편이 자고 있거나 깨어 있거나 간에 신변의 위험을 느낀 적은 한 번도 없었다. 설령 그가 손에 권총을 들고 들어왔다 할지라도 남편이 자신을 지켜 줄 것이라고 믿는 그녀의 마음은 변함없었을 것이다. 클래어는 침대로 가까이 다가와 그녀에게로 몸을 굽히고는 중얼거렸다.

"죽었구나, 죽었어!"

헤아릴 수 없는 깊은 슬픔에 잠긴 눈으로 테스를 들여다보던 그는 한층 더 몸을 구부려 두 팔로 그녀를 안았다. 마치 수의로 감싸듯 홑이불로 그녀를 감싼 다음 시체를 대하듯 경건한 태도로 그녀를 팔에 안고는 방안을 이리저리 다니면서 중얼거렸다.

"가엾고 불쌍한 나의 테스, 누구보다도 귀엽고 사랑스러운 나의 테스, 그토록 착하고 성실하던 테스!"

깨어 있을 때 매정하게 억눌렀던 사랑의 속삭임이 버림받아 사랑에 주린 테스의 귀에는 더할 나위 없이 달콤하게 들렸다. 설사 그것이 생명을 구하는 방법이었다 해도 그녀는 몸을 움직이거나 해서 지금 이 순간을 놓치고 싶지가 않았다. 그녀는 숨소리마저 죽인 듯한 고요한 상태에서 남편이 자신을 어떻게 할 것인가 의아해하며 층계 한가운데로 내려갈 때까지 꼼짝도 않고 남편에게 몸을 맡기고 있었다.

"내 아내는 죽었어, 죽었다고!"

클레어는 이렇게 중얼거리더니 잠시 난간에 기대섰다. 그가 자신을 난간 아래로 던져 버릴지도 모르는데도 테스는 불안하기보다는 즐거운 마음으로 그에게 안겨 있었다. 내일 그와 이별할 것이라는 사실을 알고 있었으므로 차라리 이대로 둘이 함께 굴러 떨어져 영원히 잠들어 버렸으면 하고 바랐다.

그러나 그는 테스를 내동댕이치는 대신, 난간 받침대를 이용해 기대어 낮에는 업신여겼던 그녀의 입술에 키스를 했다. 그는 다시 그녀를 힘주어 안고는 계단 아래로 내려갔다. 삐걱거리는 계단 소리에도 그의 잠은 깨지 않았다. 아래층에서 그는 테스를 안았던 한쪽 손을 잠시 풀어 빗장 문을 열었다. 밖으로 나갈 때 그의 발이 문 모서리에 부딪쳤는데도 그는 아무렇지도 않은 모양이었다. 바깥으로 나온 그는 걷기 편하게 테스를 어깨에 걸머지고 강 쪽으로 걸어갔다. 다리 가까이에 이르자 다리를 건너지 않고 같은 방향에 있는 물방앗간 쪽으로 몇 걸음 걸어가다가 드디어 강가에 멈추어 섰다.

강물은 근처 몇 마일에 걸친 목장 지대를 유유히 흐르는 동안에 도처에서 줄기가 갈려서 제멋대로 굽이돌아 이름도 없는 작은 섬들을 감싸 돌고 흐르다가 다시 되돌아가 급기야는 넓은 원줄기와 합류되었다. 클래어가 테스를 안고 온 곳은 이런 물줄기들이 만나는 곳이어서 강이 상당히 넓고 깊었다. 보행자를 위한 좁은 다리가 있기는 했으나 가을철 홍수에 난간이 떠내려가 발판만 남아 있었고, 그 다리 바로 아래로 쏜살같은 급류가 흐르고 있어 멀쩡한 사람도 현기증이 날 정도로 아슬아슬한 길이었다. 어쨌든 테스를 안은 그는 발판만 남은 다리 위에 올라서서 성큼성큼 걷기 시작했다. 그는 테스를 물에 빠뜨리려는 것일까. 그럴는지도 모른다. 장소가 외진 곳이고 강물이 깊어서 그런 뜻을 이루기에 적합한 곳이었다. 내일 헤어져 서로 떨어져 사느니보다는 오히려 죽는 것이 나을는지도 몰랐다.

쏜살같은 물줄기가 둘의 발 밑에서 소용돌이치며 흘렀다. 물위의 달 그림자는 이지러졌고, 갈 길이 막힌 잡초는 다리 말뚝 뒤에서 너울대고 있었다. 두 사람이 지금 급류 속에 빠진다면 도저히 살아날 수 없을 것 같았다. 그리하여 두 사람은 별 고통 없이 이 세상을 등지게 될 것이고, 어느 누구에게도 결혼한 사실에 대한 비난을 듣지 않게 되리라. 클래어와 함께 죽음으로 향하는 마지막 반 시간은 죽은 뒤에도 그리운 시간이 될지 모르나, 만약 죽지 않고 살아서 그가 곧 꿈에서 깨게 된다면 낮과 같은 증오가 되살아나 지금 이 시간도 한낱 덧없는 꿈이 되고 말리라.

테스는 그와 함께 물 아래로 떨어지도록 몸을 움직여 볼까 하는 순간적인 충동에 사로잡혔으나 차마 그럴 수가 없었다. 자신의 목숨쯤은 이미 버리려 했던 것이니 상관없었지만 클래어의 목숨까지 빼앗을 권리는 그녀에게 없었다. 그녀는 클래어가 강을 다 건널 때까지 움직이지 않고 그대로 안겨 있었다.

강을 건넌 클래어는 테스를 안고 수도원 앞뜰에 다가섰다. 거기서 그녀를 고쳐 업고 서너 걸음 더 나아가 수도원 안의 황폐한 성가대석에 이르렀다. 성가대석 북쪽 벽에는 짓궂은 여행자들이 흔히 그 속에 드러누워 보기도 하는 수도원장의 빈 석관(石棺)이 놓여 있었다. 그는 테스를 그 빈 관에 눕혔다. 다시 한 번 테스에게 입을 맞추고 마치 갈망하던 소망이라도 이룬 사람처럼 안도의 숨을 내쉬었다. 이윽고 그는 석관과 나란히 땅에 눕더니 곧 깊은 잠에 빠져 통나무처럼 꼼짝도 하지 않았다. 여태까지 그의 행동을 뒷받침한 마음의 흥분이 가라앉아 지쳐 버린 모양이었다.

테스는 관 속에서 일어나 앉았다. 겨울철치고는 따뜻하고 건조한 밤이었지만 옷도 제대로 입지 않고 오래 있다가는 병이 날 정도로 차가운 밤이기도 했다. 클래어를 그대로 둔다면 아침까지 잠에서 깨어나지 않을 것 같았고 그러다 곧 얼어죽을 것 같았다. 그녀는 몽유병자가 밖에서 쓰러져 자다가 죽었다는 이야기를 들은 적이 있었다.

테스는 그를 깨우면 그가 자신의 어리석은 행동을 깨닫고는 괴로워할 것을 알고 있었으므로 어떻게 해야 좋을지 막막했다. 그녀는 잠시 생각하던 끝에 관에서 나와 클래어를 조심스럽게 흔들어 보았다. 그러나 그는 깊이 잠들어 있어 몹시 흔들지 않고서는 깨어나지 않을 것 같았다. 이제 그녀도 추위에 몸을 떨기 시작했다. 아무래도 무슨 방도를 써야만 할 것 같았다. 조금 전까지는 흥분 때문에 몸이 훈훈했으나, 그 황홀함이 사라진 지금은 시트 하나만으로는 너무 추웠다. 문득 테스의 머리에 그를 말로 설득해야겠다는 생각이 떠올랐다. 테스는 결심을 단단히 하고 그의 귀에다 속삭였다.

"여보, 이제 걸어봐요."

말과 동시에 그녀는 그의 팔을 잡아 행동을 유도했다. 그가 순순히 복종했으므로 그녀는 안심이 되었다. 테스의 말로 그가 다시 몽유 상태에 들어갔음이 분명했다. 꿈은 이제 새로운 꿈으로 바뀌어 테스의 영혼이 자신을 천국으로 인도하는 것으로 착각하는 모양이었다. 그녀는 클래어의 팔을 잡고 돌다리를 건너 집 앞까지 왔다. 클래어는 두꺼운 양말을 신고 있어 아무렇지도 않은 모양이었지만, 맨발인 테스는 돌에 발을 다쳤을 뿐만 아니라 추위로 뼛속까지 얼어 있었다. 그러나 어려운 고비를 넘겼다는 안도감으로 테스는 기쁘기만 했다. 그녀는 클래어를 그의 침대에 눕히고 이불을 덮어 준 다음 장작불을 피워 그의 젖은 몸이 마르도록 했다. 그녀는 장작불을 피우느라 부스럭거리는 소리가 그의 잠을 깨우지 않을까 걱정하면서도, 한편으로는 그가 깨어나기를 바랐다. 그러나 몸과 마음이 지칠 대로 지친 그는 깊은 잠에 빠져 꼼짝도 하지 않았다.

아침이 되었다. 간밤에 잠자리가 불편했던 것을 클래어가 어느 정도 눈치챘을지도 모르지만, 그의 몽유병적인 행동에 테스가 관련되었다는 것은 조금도 눈치채지 못했다는 것을 테스는 그를 만난 순간 알아낼 수 있었다. 사실 그는 죽음과 같은 깊은 잠에서 깨어났고, 깨어난 후 몇 분 동안 지난밤의 이상한 일들이 잠깐 머리를 스쳤으나 당장 처리해야 할 눈앞의 문제가 떠올라 그 일은 곧 잊고 말았던 것이다.

그는 자신의 마음을 다시 확인하기 위해 기다렸다. 간밤에 결심한 것이 아침 햇살에 빛이 바래지 않는다면 비록 그것이 일시적인 감정에서 나왔다 하더라도 순수한 이성이 뒷받침하고 있다는 것을 믿을 수 있기 때문이었다. 슬프게도 그의 마음은 아침 햇살 속에서도 지난밤과 변함없었고, 마침내 그는 파르스름한 아침 햇살 속에서 그녀와 헤어지려는 결심을 굳혔다. 분노에 뜨겁게 불타는 본능이 아니라, 그 본능을 새까맣게 불태워 버리게 하는 정열의 불길을 몽땅 빼앗겨 고작 해골만이 남은 꼬락서니나, 그래도 그것만으로 엄연히 존재하고 있는 본능이라고 보았던 것이다. 클래어는 더 이상 주저하지 않았다.

아침 식사 때도, 그리고 얼마 남지 않은 짐을 꾸리고 있을 때도 클래어가 간밤의 일로 인한 피로감을 역력히 드러냈으므로 테스는 간밤에 있었던 일을 말하고 싶은 충동을 느꼈다. 그러나 자기 상식이 인정하지 않는 그녀에 대한 애정을 본능적으로 나타냈다는 것과 이성이 잠자는 동안 감정이 체면을 손상시켰다는 것을 알게 되면 그가 노하고 슬퍼하고 부끄러워할 것 같아서 그녀는 말할 수가 없었다. 그것은 마치 취중에 한 행동을 술이 깬 다음에 비웃는 것과 같은 짓으로 여겨졌다. 어쩌면 클래어는 그가 간밤에 나타낸 변덕스러운 애정을 희미하게나마 기억할는지도 모른다. 그러나 그것을 계기로 테스가 다시 매달리지 않을까 하는 두려움 때문에 그가 일부러 모른 척하는 것 같은 생각이 그녀의 머리를 스쳐 갔다.

아침 식사가 끝나자 클래어가 편지로 부탁했던 마차가 이웃 마을에서 도착했다. 이별의 순간이 다가왔다. 간밤에 그의 애정을 확인했으므로 이별이 일시적인 것이 될는지도 모르지만 어쨌든 이별의 순간은 다가온 셈이었다. 짐은 마차 지붕에 실리고 그들을 태운 마차가 떠나기 시작했다. 그들의 갑작스러운 출발에 의아해하는 방앗간 주인과 일을 도와준 이웃집 여자에게 클래어는 방앗간 시설이 자기가 연구하려는 현대식 시설과 거리가 멀기 때문이라고 변명했다. 사실 그 점에 대해서는 그의 말이 옳았다. 그들이 결혼에 실패했다든가, 함께 친구를 방문하러 가는 것이 아니라는 사실을 의심할 만한 것이라고는 아무것도 없었다.

그들은 불과 며칠 전만 해도 크나큰 희망을 안고 달렸던 낙농장 근처의 길을 달리고 있었다. 클래어는 낙농장 주인과의 뒷일을 깨끗하게 정리하고 싶었고, 또 테스로서는 자신들의 지금 사정을 크릭 부인에게 말하고 싶지 않았기 때문에 함께 낙농장을 방문하기로 했던 것이다. 그들은 가능하면 남의 눈을 피해서 큰길의 낙농장으로 통하는 작은 문 앞에서 마차에서 내려 나란히 오솔길을 걸었다. 버드나무는 잘려 없어졌고 그 그루터기 너머로 클래어가 테스를 쫓아다니며 청혼하던 장소가 보였다. 그 왼쪽에는 클래어의 하프 소리에 이끌려 들어갔던 산울타리가, 그리고 외양간 뒤 저편으로 둘이 처음 포옹하던 목장이 보였다. 황금빛 여름 풍경은 이제 잿빛으로 변해 을씨년스러워 보였고 기름진 땅은 진흙으로 변하고 강물은 차가워졌다.

안마당 문 너머로 그들을 본 낙농장 주인은 신혼부부가 나타났을 때 텔보데 이스 근방 사람들이 흔히 보이곤 하는 짓궂은 웃음을 지으며 두 사람을 마중하러 나왔다. 크릭 부인과 대여섯 명의 안면이 있는 친구들도 몰려나왔으나 마리안과 레티는 보이지 않았다. 테스는 그들의 익살맞은 공격과 허물없는 농담을 겉으로 보기에 잘 받아넘기고 있었다. 사실 그러한 농담들은 그들이 상상도 못할 정도로 그녀의 마음을 아프게 했으나, 둘의 결혼이 파탄에 이른 것을 감추어야 한다는 데에 둘의 마음이 은연중에 일치했기 때문에 그들은 여느 때와 다름없이 태연하게 행동했다.

테스는 마리안과 레티 이야기만큼은 듣고 싶지 않았으나 어쩔 수 없이 그들의 이야기를 듣게 되었다. 레티는 아버지에게 돌아갔고 마리안은 다른 곳으로 일자리를 찾으러 갔는데, 그래 봤자 여기보다 못할 것이라고 그들은 말했다. 그 이야기를 듣고 나서 테스는 슬픔을 씻기 위해 정든 젖소들을 일일이 쓰다듬어 주며 작별을 고했다.

이윽고 두 사람이 함께 나란히 서서 마지막 작별 인사를 할 때 두 사람을 눈여겨본 사람이 있다면 아마도 두 사람의 얼굴에 묘한 슬픔이 잠긴 것을 발견했을 것이다. 겉으로 보기에는 두 몸에 깃든 하나의 생명처럼 보이는 두 사람은, 서로 팔짱을 끼고 낙농장 사람들에게 '우리'라는 말을 사용하면서 나란히 인사했지만 실상은 어색하게 갈라져 있었다. 어쩌면 사람들은 둘의 태도에서 신혼부부한테서 흔히 볼 수 있는 자연스러운 수줍음과는 다른, 초조한 빛이라든가 억지로 꾸민 것 같은 태도에서 무언가 이상한 점을 발견했을지도 모른다. 왜냐하면 그들이 떠난 뒤에 크릭 부인이 남편에게 이렇게 말했기 때문이었다.

"신부의 표정이 왜 그렇게 딱딱해 보일까요? 두 사람 모두 납 인형처럼 우두커니 서서 꼭 잠꼬대하는 것처럼 횡설수설하지 않았어요? 당신은 못 느꼈어요? 테스는 성질이 좀 별나긴 하지만 훌륭한 남자의 신부다운 긍지가 보이지 않더라고요."

그들은 마차를 타고 신작로를 달려 나즐베리에 다다랐다. 클래어는 마차와 마부를 돌려보내고 그곳에서 잠시 쉰 다음, 그들 사이를 모르는 낯선 마부에게 테스의 고향 쪽으로 마차를 몰게 했다. 얼마쯤 가다가 갈림길에 이르자 클래어는 마차를 세운 다음 테스가 고향으로 갈 작정이라면 자신은 이곳에서 내리겠다고 말했다. 마부가 듣는 데서 자세한 이야기를 할 수가 없어 클래어가 근처 오솔길을 걷자고 하자 테스는 고개를 끄덕였다. 마부에게 잠시만 기다려 달라고 부탁한 다음 두 사람은 걷기 시작했다. 클래어가 부드럽게 말을 꺼냈다.

"우선 서로를 이해해야 하오. 지금 나로서는 참을 수 없는 일이기는 하지만, 그렇다고 서로에게 노여워할 것까지는 없소. 나도 참도록 노력해 보겠소. 내가 자리를 잡으면 당신에게 주소를 알려 주겠소. 그리고 그 참을 수 없는 일을 참을 수 있게 되면 그땐 당신에게로 돌아가겠소. 하지만 내가 당신을 찾기 전에는 당신이 날 찾아오지 않는 것이 서로에게 좋을 것 같소."

그의 가혹한 선고는 테스에게 치명적이었다. 그가 자신을 어떻게 생각하는지 테스는 분명하게 알아차렸다. 그는 자신을 속인 여자로만 그녀를 대하고 있는 것이다. 그러나 자신이 아무리 실수를 저질렀다 해도 그에게 이처럼 매정한 대접을 받는 것이 당연한 일일까. 테스는 그 문제에 대해 클래어와 언쟁하고 싶지 않았으므로 그가 한 말을 측은하게 되풀이할 뿐이었다.

"당신이 돌아올 때까지 난 당신을 찾아가면 안 되겠군요."

"그렇소."

"편지는 해도 괜찮을까요?"

"그건 괜찮소. 당신이 아프다거나 뭐 필요한 게 있으면 말이오. 하기야 그런 일이 없었으면 좋겠지만. 그렇지만 아마도 내가 먼저 당신에게 편지를 쓰게 될 거요."

"당신의 뜻에 따르겠어요. 에인절, 내가 어떤 벌을 받아야 하는지는 당신이 더 잘 알고 있겠지만, 다만 내가 견딜 수 없을 정도의 가혹한 벌을 주지는 마세요."

그것이 그 문제에 대해 테스가 한 말의 전부였다. 만약에 테스가 수단이 좋은 여자라서 한적한 이 길에서 연극을 꾸며 발악을 하며 울어 대고 기절이라도 했다면, 아무리 클래어의 결벽증이 확고부동한 것이라 해도 그녀를 당해 내지는 못했을 것이다. 그러나 가엾게도 테스는 오랫동안의 괴로움으로 지쳐 있었기 때문에 클래어로서는 일이 순조로웠다. 사실 그녀 자신만이 클래어에 대해 둘도 없는 변호인이 될 수 있었는데 자존심마저도 굴종 속에 파묻혀 버리고 말았다. 그런 성질은 그때그때의 운명에 따라 모든 것을 맡겨 버리는 더버빌 특유의 자포자기적인 태도였는지도 모른다. 그 때문에 테스는 몇 마디 하소연만으로도 사태를 호전시킬 수 있는 절호의 기회를 잃고 만 것이다.

그 다음에 그들이 주고받은 이야기는 헤어지고 난 뒤의 실제적인 문제에 관한 것들이었다. 클래어는 은행에서 미리 찾아 놓은 상당한 액수의 돈이 든 꾸러미를 그녀에게 주었다. 대모의 유언으로는, 보석에 관한 권한은 테스의 일생 동안만으로 한정되어 있었으므로 그는 안전을 위해 은행에 맡기겠다고 했다. 테스는 묵묵히 고개만 끄덕였다.

이 문제에 대한 합의가 끝나자 그는 테스와 함께 마차로 돌아가 그녀가 마차에 오르는 것을 도와주었다. 마부에게 마차 삯을 지불하고 그녀가 내리는 곳도 알려 주었다. 그리고 자신의 가방과 우산을 챙기고 나서 그곳에서 마지막 작별 인사를 나누었다.

마차는 천천히 움직여 언덕길을 올라갔다. 클래어는 마차를 바라보며 테스가 잠깐만이라도 마차 밖으로 얼굴을 내밀었으면 하는 덧없는 생각에 잠겼다. 그러나 테스는 기절한 사람처럼 의자에 누워 있었기 때문에 그런 생각조차 할 수 없었고, 또 그럴 기력도 없었다. 클래어는 멀어져 가는 마차를 바라보다가 속상한 나머지 어느 시인의 시 한 구절을 마음대로 바꾸어 읊조렸다.

하느님은 천국에 계시지 않고
세상은 모두 잘못투성이로다!

테스를 태운 마차가 언덕을 넘어 멀리 사라지자 그는 자신이 갈 곳으로 발걸음을 옮겼으나, 자신이 아직도 테스를 사랑하고 있다는 사실을 끝내 깨닫지 못했다.

38

블랙모어 골짜기로 마차가 들어서면서 어렸을 때부터 눈에 익은 풍경이 펼쳐지자 테스는 정신을 차렸다. 그녀의 머리에 맨 먼저 떠오른 것은 부모님을 어떻게 대할 것인가 하는 걱정이었다. 마을 어귀에 있는 통행세를 징수하는 곳 앞에 마차가 이르렀다. 몇 해 동안 이곳에서 문지기 노릇을 하던, 테스와 낮이 익은 문지기 노인이 아닌 전혀 모르는 사람이 문을 열어 주었다. 근래에는 집에서 아무런 소식도 받지 못했으므로 그녀는 문지기에게 마을 소식을 물었다.

"네 아가씨, 별다른 소식은 없습죠. 말로트 마을은 변함없지요 뭐. 누가 죽었다느니 하는 소식뿐이지요. 그리고 존 더베이필드네가 이번 주일에 어떤 점잖은 농부에게 딸을 시집보냈답니다. 존의 집안에서 신랑을 고른 건 아니고, 이 고장이 아닌 다른 고장에서 잔치를 치렀나 봅다. 신랑이 워낙 지체가 높아 존의 집안이 잔치에 참석하지 못할 정도로 궁핍한 집안이라고 생각한 모양이에요. 존의 집안이 유서 깊은 귀족의 집이고, 가산은 이미 탕진했지만 아직도 존 경은, 요즘엔 이렇게들 부르지요, 딸의 결혼식 날 마을 사람들에게 한턱 단단히 썼지요. 존의 마누라도 밤 11시가 넘도록 퓨어 드롭 주막에서 노래를 불렀답니다."

문지기의 이야기에 테스는 마음이 혼란스러워져 짐과 소지품을 들고 집으로 당당하게 들어갈 용기가 나지 않았다. 그래서 문지기에게 잠시 짐을 보관해 달라고 부탁했다. 문지기는 쾌히 승낙했고 테스는 마차를 돌려보낸 다음 뒷길을 따라서 마을로 들어갔다. 저만치 자기 집의 굴뚝이 보이자 도대체 무슨 면목으로 집에 들어갈 것인가 하고 그녀는 스스로에게 물어 보았다. 집에서는 부모와 형제들이 테스가 자신을 호강시켜 줄 남편과 함께 신혼여행을 떠났다고 달콤한 상상을 하고 있으리라. 그러나 그녀는 지금 이 세상에서 갈 곳은 여기밖에 없다는 듯 정든 고향 집 문을 향해 쓸쓸히 다가갔다.

테스는 집에 채 닿기도 전에 남의 눈에 띄게 되었다. 마당 울타리 옆에서 학교 다닐 때 친했던 한 친구와 만난 것이다. 친구는 어떻게 돌아왔느냐고 몇 마디 묻다가 테스의 슬픈 표정을 눈치채지 못하고 "그런데 네 남편은 안 왔니,

테스?' 하고 물었다. 당황한 테스는 남편이 사업 때문에 함께 오지 못했다고 말하고는 친구와 헤어져 울타리를 지나 마당으로 들어갔다.

마당의 좁은 길을 따라 안채로 걸어 들어가자 뒷문에서 엄마의 노랫소리가 들려왔고, 곧 문턱에서 홑이불을 짜고 있는 엄마의 모습이 보였다. 엄마는 테스가 온 것도 모르고 집안으로 들어가 버렸다. 테스도 따라 들어갔다. 빨래통은 예전과 다름없는 곳에 놓여 있었고, 홑이불을 옆으로 던져 놓은 엄마는 다시 빨래통에 손을 넣으려 하고 있었다.

"아니, 테스가 아니니? 난 네가 결혼한 줄 알았는데! 이번에야말로 네가 정말 결혼하는 줄 알고 능금술을 보냈는데…….'

"네 엄마, 결혼했어요."

"앞으로 하겠다는 거니?'

"아뇨, 벌써 결혼했어요."

"결혼했다고! 그럼 네 남편은 어디 있지?'

"그이는 잠시 다른 곳으로 갔어요."

"갔다고? 그럼 언제 식을 올렸니? 네가 말한 그날 했니?'

"네, 화요일에 했어요."

"오늘이 토요일인데 네 남편이 벌써 갔다고?'

"네, 그이는 가 버렸어요."

"그게 무슨 소리니? 네가 아무 때라도 얻을 수 있는 그 따위 남편이라면 차라리 지옥으로나 가라고 해!'

테스는 엄마에게로 달려가서 가슴에 얼굴을 파묻고 흐느껴 울기 시작했다.

"엄마, 엄마, 난 어떻게 말하면 좋을지 모르겠어요. 엄마는 그이에게 아무 말도 하지 말라고 편지하셨지만, 난 그 사실을…… 그이에게 그렇게밖에는 할 수가 없었어요. 그랬더니 그이가 가 버렸어요."

"아이구 이 바보 같은 것아, 이 바보야. 나 참, 기가 막혀서! 그렇게 아무 말 하지 말라고 신신당부했건만, 이 어리석은 것아."

흥분한 나머지 더베이필드 부인은 테스와 자신에게 침을 튀기며 한껏 소리를 질렀다. 여러 날 동안의 긴장이 한꺼번에 풀리는 바람에 테스는 몸부림치며 흐느껴 울었다.

"알아요, 엄마. 나도 내가 잘못한 줄 알고 있어요. 하지만 어쩔 수 없었어요. 그이가 너무 선량한 사람이기 때문에 그이에게 과거를 숨기는 건 차마 하지 못할 야비한 짓처럼 느껴졌어요. 만약 다시 한 번 더 기회가 온다 해도 난 역시 고백하고 말 거예요. 그이한테 차마 죄를 지을 수가 없었어요!'

"하지만 네가 그 사람하고 결혼한 것부터가 애당초 죄를 지은 것이 아니니!'

"그래요, 내가 그이와 결혼했기 때문에 불행하게 된 거예요. 하지만 그이가 날 용서하지 않는다면, 법률대로 나와 이혼할 수 있을 거라고 생각했어요. 아, 엄마, 내가 그이를 얼마나 사랑하고, 그이와 결혼하고 싶어 얼마나 마음 졸였는지 엄마가 알아주셨으면 해요! 그이에 대한 사랑과 그이를 속이지 않으려는 양심 사이에서 내가 얼마나 괴로워했는지 엄마가 알아주신다면!'

테스는 몸을 가누지 못할 정도로 흥분한 나머지 의자 위에 털썩 쓰러지고 말았다.

"알았다, 알았어. 이왕 엎지른 물, 어떻게 하겠니. 참 넌 남의 집 애들처럼 영리하지 못하고 왜 그렇게 멍텅구리인지 모르겠다. 남편이 알게 되더라도 입을 꾹 다물고 단념할 때까지 숨기면 될 일을 제 입으로 떠벌리다니! 네 아버지가 뭐라고 하실지 모르겠다. 아버진 날마다 롤리버네 집으로, 퓨어 드롭 주막으로 다니면서 네 결혼을 자랑하셨지 뭐냐. 네 덕으로 우리 집안도 옛날처럼 지

318

체 높은 가문이 된다고 좋아하셨는데…… 주책없는 양반이지 뭐니. 그런데 네가 일을 모두 망쳐 놓고 말았으니 이 일을 어쩌면 좋단 말이니!'

더베이필드 부인은 자신이야말로 팔자가 사나운 사람이라는 듯 눈물을 흘리기 시작했다. 공교롭게도 바로 그때 아버지가 돌아왔다. 아버지가 곧장 집 안으로 들어오지 않았으므로, 엄마는 자기가 아버지에게 말할 테니 아버지 눈에 띄지 않는 곳에 가 있으라고 테스에게 일렀다. 더베이필드 부인은 처음에는 딸의 이야기에 실망했으나, 첫 번째와 마찬가지로 이번에도 하나의 액운에 지나지 않는다고 생각했다. 일요일에 비가 오거나 감자 농사가 신통치 않은 경우와 마찬가지의 재난 정도로 생각한 그녀는, 이번에 테스가 당한 불행도 그것이 정당한 대가이건 어리석은 잘못이건 누구나 겪을 수 있는 재난일 뿐이라고만 생각했다. 그녀는 그 일에서 인생의 어떤 교훈을 깨닫지는 못했던 것이다.

테스는 2층으로 올라갔다. 침대가 놓인 자리가 바뀐 것이 언뜻 눈에 띄었다. 전에 자신이 쓰던 침대는 동생들이 차지해 버려 그녀는 잠자리마저 없었다. 아래층 방은 천장에 널빤지를 대지 않아 그곳에서 하는 말을 대강 다 들을 수 있었다. 곧 아버지가 들어오는 소리가 들렸는데 아버지는 암탉 한 마리를 들고 있는 것 같았다. 사실 아버지는 두 번째 말도 팔아 버리지 않을 수 없는 형편이었으므로 요즘은 바구니를 팔에 걸치고 다니면서 행상을 했다. 그는 마을 사람들에게 일하는 시늉을 보이려고 걸핏하면 닭을 안고 다녔으나, 오늘 아침에도 닭은 거의 한 시간 동안이나 롤리버 술집 탁자 다리에 묶여 있었던 것이다.

"이제 막 얘기하고 오는 길인데……."

존 더베이필드는 테스가 목사 집 며느리로 들어갔다는 이야기가 실마리가 되어 목사에 관해 주막에서 주고받은 이야기를 부인에게 자세하게 들려주었다.

"요즘은 그저 목사라고 불리지만, 옛날에는 그 집안도 우리처럼 '경'이라고 불렸다는군그래."

테스가 너무 여기저기 알리지 말라고 했기 때문에 자세한 이야기는 하지 않았다고 말하면서, 그는 아무쪼록 이제는 마음대로 이야기할 수 있게 되었으면 좋겠다고 했다. 이어서 그는 더버빌이라는 성이 남편 성보다 훌륭하니까 그 성을 쓰는 것이 나을 거라고 떠벌리고 나서 딸애한테 편지가 오지 않았느냐고 물었다. 그러자 더베이필드 부인은 편지 대신 불행하게도 테스가 돌아와 있다는 사실을 알려 주었다. 딸의 불행한 이야기가 끝나자 더베이필드의 얼굴에는 평소의 그답지 않은 침울하고 괴로운 기색이 떠올랐다. 거나한 술기운도 가신 듯 그는 다른 사람의 이목에 대해 걱정하기 시작했다.

"아니, 그럼 이걸로 끝났다는 말이야? 우리 가문, 킹즈비어에 큰 납골당이 있는 우리 가문이 이게 무슨 꼴이지? 롤리버나 퓨어 드롭 술집에 모인 친구들이 힐끔힐끔 곁눈질하면서 손가락질할 걸 생각해 보라고. 그 치들은 이렇게 떠들어 댈 거야. '그것 참 굉장한 혼인이군. 덕분에 자네도 옛날의 지위와 체통을 되찾게 될 걸세.' 하고 말이야. 여보, 가문이고 뭐고 창피해서 죽어 버렸으면 좋겠어. 한데 결혼을 했다니까 언제까지나 여편네로 데리고는 있겠지?"

"그야 물론이지요. 그런데 그 애는 그럴 생각이 없나 봅디다."

"여보, 그 애가 정말 결혼은 한 것 같습디까? 그렇지 않으면 저번처럼 된 거나 아닌지 몰라."

가엾게도 테스는 더 이상 부모의 말을 들을 수가 없었다. 자기의 말이 부모에게서까지 의심을 받는다고 생각하자 지금껏 느껴 본 적이 없는 분노가 끓어

오르는 것이었다. 이 얼마나 기막힌 운명인가. 아버지마저 자기를 의심하는데 하물며 이웃 사람과 친구들은 오죽할 것인가. 그녀는 자신이 더 이상 이 집에도 머무르지 못할 처지임을 깨달았다.

테스는 사흘 동안만 집에 머무르리라고 결심했다. 사흘이 지났을 때 마침 클래어에게서 짤막한 편지가 왔다. 북부 지방으로 농장을 보러 간다는 간단한 내용이었다. 클래어의 아내로서의 참다운 위치가 그리웠고, 또 두 사람 사이의 엄청난 틈을 부모에게 알리고 싶지 않은 마음도 있어서, 그녀는 그 편지를 구실로 집을 떠나겠다는 말을 쉽게 할 수가 있었다. 식구들에게 남편을 만나러 가는 듯한 인상을 줄 수 있었기 때문이었다. 또한 테스는 남편이 자신에게 무심하다는 비난으로부터 그를 감싸 주기 위해 그에게서 받은 돈의 절반을 가족들에게 선선히 떼어 주며 지난 몇 해 동안 부모님에게 끼친 근심에 대한 약소한 보답이라고 말했다. 이렇게 해서 테스는 자신의 위신을 세운 다음 가족들과 헤어졌다.

그 뒤 더베이필드 집안은 테스가 주고 간 선물 덕분에 얼마 동안 활기를 띠었다. 더베이필드 부인은 젊은 부부 사이에서 생긴 불화가 헤어져서는 살 수 없는 둘 사이의 지극한 애정으로 다시 회복되었노라고 사람들에게 이야기했고, 실제로 그녀는 그렇게 믿었다.

39

결혼식을 올린 지 3주일이 지난 후 클래어는 아버지의 목사관으로 이르는 낯익은 언덕길을 내려가고 있었다. 아래쪽에 보이는 교회의 탑은 마치 클래어에게 왜 돌아왔느냐고 묻기라도 하듯 저녁 하늘에 우뚝 솟아 있었다. 노을이 깃든 길에는 그를 알아보는 사람 하나 없었고, 그가 올 것을 알고 기다리는 사람은 더구나 없었다. 그는 유령처럼 살며시 걸어갔는데 자신의 발소리조차 없애 버리고 싶은 충동을 느낄 정도였다.

지난 몇 주일 동안 그의 인생에는 큰 변화가 일어났다. 이전에는 사색을 통해서만 인생을 알았던 그였으나 이제는 경험으로 깨닫고 있었다. 이제 그의 눈앞에 보이는 인생은 아름답기만 한 것이 아니라 괴롭고 견디기 힘든 무서운 것이었다. 그런 모든 슬픔과 괴로움이 결국은 테스가 더버빌 가문의 후손이라는 우연한 사실 때문에 비롯된 것이라는 깨달음이 그를 더욱 괴롭게 했다. 테스가 몰락한 낡은 가문의 후손이고 자신이 바라던 새로운 집안의 딸이 아니라는 사실을 알았을 때 왜 일찍 자기 주장대로 테스를 저버리지 않았던가. 그것은 자신이 변절했기 때문이고, 그러므로 고통을 당하는 건 당연한 일인지도 몰랐다.

그는 고통으로 지치고 불안해졌으며 날로 근심만 더해 갔다. 그녀에게 너무 가혹하게 대하지 않았나 하는 걱정도 되었다. 그는 무엇을 먹는지도 모르고 음식을 먹었고 맛도 모르면서 술을 마셨다. 시간이 흐름에 따라, 지나간 그리운 날들이 하나하나 되살아났다. 자신이 얼마나 테스를 사랑하고 그녀를 소유하고 싶어했는지 확실하게 깨달았다.

그는 고통을 잊기 위해 여기저기 떠돌아다니다가 어느 조그만 마을 어귀에 붙여 놓은 알록달록한 광고를 보게 되었다. 그것은 브라질 제국이 이민해 오는 농업가에게 유리한 활동 무대를 제공해 준다는 것으로, 그곳에 가면 엄청나게 넓은 땅을 유리한 조건으로 나누어준다는 것이었다. 클래어에게 브라질은 새로운 희망으로 다가왔다. 풍토와 사상과 습관과 법률이 다른 그곳에서 테스와 함께 살아간다면 아무런 방해도 받지 않을 것 같았다. 출발 날짜가 눈 앞에 다가와 있었으므로 그는 브라질 이민에 마음이 끌렸다.

이러한 계획을 부모에게 알리고, 동시에 테스를 함께 데려오지 않은 이유를, 별거를 알리지 않으면서 적당히 설명할 작정으로 그는 에민스터로 돌아오는 길이었다. 집에 도착했을 때 달빛이 그의 얼굴을 밝게 비추었다. 그것은 그가 아내를 안고 강을 건너 수도원 묘지로 갈 때 그를 비춰 주던 달빛과 같았는데 그의 얼굴은 그때보다 훨씬 초췌해 있었다.

클래어가 아무 연락도 없이 방문했기 때문에 마치 물총새가 고요한 웅덩이에 뛰어들어 잔물결을 일으키듯, 그의 갑작스러운 방문은 목사관의 고요한 공기를 온통 뒤흔들어 놓았다. 부모님은 마침 응접실에 계셨으나 형들은 집에 없었다. 에인절이 응접실로 들어가 조용히 문을 닫자 어머니가 소리쳤다

"에인절! 네 처는 어디 있니? 어쩌면 이렇게 소식도 없이 왔니?"

"그 사람은 잠시 친정에 다니러 갔어요. 브라질로 떠날 작정으로 황급히 돌아온 겁니다."

"브라질이라니? 그곳 사람들은 모두 천주교를 믿을 텐데."

"그래요? 그것까지는 미처 몰랐어요."

그러나 아들이 브라질로 가는 데 대한 호기심이나 불안보다는 아들의 결혼에 대한 이야기가 부모에게는 더 궁금했다.

"3주일 전에 네가 결혼했다는 짤막한 편지를 받고서 네 아버지가, 네 대모가 맡겨 둔 선물을 보내신 거란다. 우리가 결혼식에 참석하지 않은 건 잘한 일 같아. 네 처의 친정이 어딘지는 모르지만 네가 그 집에서가 아니라 낙농장에서 식을 올리고 싶어했으니까, 우리가 갔더라면 너도 당황했을 테고 우리도 유쾌하지는 않았을 테니 말이야. 네 형들도 그래서 참석하지 않은 모양이더라. 다

지난 일이니 우린 더 이상 불만은 없다. 게다가 네가 목사가 되지 않고 농장 일을 하는 데에 그 여자가 안성맞춤이라니 말이다. 하지만 나는 미리 그 애를 만나 보고 가정 환경도 알아보고 싶었단다. 그 애가 뭘 좋아할지 몰라서 따로 선물을 보내지는 않았지만, 그저 조금 늦어지는 거라고만 생각해 다오. 나나 네아버지는 네 결혼에 대해 불만은 없단 말이다. 다만 네 처를 볼 때까지는 그 애에게 별다른 관심을 갖지 않으려 했을 뿐이란다. 그런데 왜 네 처를 데리고 오지 않았니? 무슨 일이라도 있었니?'

"사실은 어머니 마음에 들게 될 때까지 집에 데리고 오지 않는 게 좋겠다고 생각했어요. 그런데 브라질로 가는 문제는 최근에 갑자기 정한 것이라 이번에 아내를 데리고 가기가 힘들 것 같아서요. 제가 돌아올 때까지 그 사람은 친정에 있기로 했어요."

"그럼 네가 떠나기 전에 난 며느리를 만날 수 없단 말이니?'

아마 그렇게 될 거라고 클래어는 대답했다. 그의 당초 계획은 부모님의 편견이나 감정을 건드리지 않기 위해 당분간 테스를 대면시키지 않겠다는 것이었고, 또 그 밖에 다른 사정도 있어 그는 그 생각을 고집하기로 했다. 그는 자신이 곧 출발하더라도 일년 내에 돌아올 것이므로, 두 번째로 아내와 함께 브라질로 떠나기 전에는 꼭 인사를 드리겠다고 말했다.

급히 차린 저녁 식사가 들어왔고, 클래어는 자신의 계획을 좀더 자세하게 설명했다. 어머니는 며느리를 만나지 못한 것이 못내 서운한 모양이었다. 클래어의 결혼에 반대하기는 했지만, 결혼할 무렵 아들이 테스에 대해 열정적으로 칭찬했으므로 어머니는 나사렛의 작은 마을에서 예수가 나듯, 텔보데이스 낙농장에 아름다운 여자가 있을 수 있으리라고 어머니다운 동정심으로 생각했던 것이다. 어머니는 식사하는 아들을 유심히 보다가 말했다.

"그 애가 어떻게 생겼는지 설명 좀 해 주겠니? 물론 아주 예쁘겠지, 에인절?"

클래어는 괴로운 심정을 얼버무리듯 열성적으로 대답했다.

"그야 물론이지요."

"그리고 말할 것도 없이 순결하고 정숙하겠지?"

"네, 순결하고 정숙합니다."

"그 애 모습이 눈앞에 보이는 듯하구나. 언젠가 네가 이렇게 말한 적이 있어. 몸매가 아름답고 입술은 큐피드의 활처럼 빨갛고 속눈썹과 눈썹은 까맣다고. 그리고 배의 굵은 닻줄처럼 탐스러운 머릿단하며 푸른빛과 보랏빛이 도는 검은 눈을 가지고 있다고 했지."

"네 그랬어요, 어머니."

"그 애 모습이 눈에 보이는 듯하구나. 그렇게 외딴 마을에서 살고 있었으니 널 만나기 전까지는 다른 남자를 만날 기회도 없었겠구나."

"물론 없었지요."

"그럼 네가 그 애의 첫사랑이겠구나."

"네."

"세상에는 그런 순진하고 착한 시골 아가씨보다 못한 여자들이 얼마든지 있단다. 내가 이렇게 바라는 것도 당연한 일인지 몰라. 사실 아들이 농업가가 되려고 하니까 며느리가 농사일을 잘 알아야 하는 것은 당연한 일이야."

아버지는 별로 캐묻지는 않았으나 저녁 기도에 앞서 성경을 낭독할 시간이 되자 어머니에게 말했다.

"오늘은 에인절이 왔으니까 계속해서 읽던 구절은 그만두고 잠언 31장을 읽기로 합시다."

"그래 그게 좋겠어요. 르무엘 왕의 말씀 말이지요?"

남편 못지않게 성경을 인용하는 실력이 훌륭한 목사 부인이 말했다.

"애, 아버지가 잠언에 있는 정숙한 여인을 찬양한 대목을 읽어 주시겠단다. 그건 이 자리에 없는 네 처에게 알맞은 구절이란다. 주여, 무슨 일에서나 그 애를 지켜 주시옵소서."

클래어는 가슴이 뭉클해졌다. 방구석에 있는 작은 설교대를 난로가 있는 방 한가운데로 옮겨다 놓고 두 사람의 늙은 하인이 들어와 앉자 아버지는 잠언 제31장의 10절을 읽기 시작했다.

"누가 정숙한 여인을 찾아 얻겠느냐? 그 값은 진주보다 더하니라. 밤이 새기 전에 일어나서 그 집 사람에게 양식을 나누어 주며, 허리띠를 졸라매고 그 팔의 힘을 강하게 하며, 자기의 무역하는 것이 이로운 줄 깨닫고 밤에 등불을 끄지 아니하느니라. 그 자식들은 일어나 사례하며 그 남편은 칭찬하기를, 덕행 있는 여자가 많으나 그대는 여러 여자보다 뛰어나다 하느니라."

기도가 끝나자 어머니가 말했다.

"네 아버지가 읽으신 구절들이 마치 네 아내를 두고 한 얘기 같구나. 완전한 여자란 게으른 여자도 아름다운 여자도 아닌 부지런한 여자를 가리키는 말이거든. 자신의 머리와 손으로 남에게 봉사하는 여자 말이야. '그 자식들은 일어나 사례하며 그 남편은 칭찬하기를, 덕행 있는 여자가 많으나 그대는 여러 여자보다 뛰어나다 하느니라.' 빨리 네 처를 보고 싶구나. 순결하고 정숙하다니 난 더 이상 바랄 게 없다."

클래어는 더 이상 참을 수가 없었다. 그의 두 눈에 커다란 방울 같은 눈물이 괴었다. 그는 진심으로 사랑하는 선량한 부모님에게 인사를 하고 방에서 나왔다. 그들은 속된 세상도, 욕정도, 자신들의 마음속에 숨어 있는 악마까지도 모르고 있었다. 그런 것들은 그들에게 그저 희미하고 막연한, 생소한 존재일 따름이었다. 그는 얼른 자기 방으로 돌아왔다. 어머니가 뒤따라와 그의 방문을 두드렸다. 에인절이 문을 열자 근심스런 표정으로 어머니가 문 앞에 서 있었다.

"에인절, 무슨 기분 나쁜 일이라도 있니? 그렇게 빨리 자리를 뜨니 말이야. 아무래도 네가 여느 때와는 다른 것 같구나."

"아니에요, 어머니. 아무 일도 없어요."

"네 처 때문에 그러니? 난 다 알고 있다. 네 처 때문이라는 걸 말이야. 3주일도 안 됐는데 벌써 싸우기라도 했단 말이니?"

"싸운 일은 없어요. 다만 의견이 맞지 않아서요."

"에인절, 그 애한테 과거가 있다든지 하는 건 아니겠지?"

어머니의 직감으로 클래어 부인은 아들의 고민의 급소를 찔렀다.

"그 사람은 순결해요."

에인절이 대답했다. 그 거짓말로 그 자리에서 지옥에 떨어진다 할지라도 그는 끝까지 거짓말을 할 수밖에 없었다.

"그렇다면 다른 건 걱정할 게 없다. 이 세상에 때 묻지 않은 시골 처녀보다 깨끗한 사람은 없으니 말이다. 교양이라든가 학식 같은 것 때문에 다소 네 처의 행동이 널 화나게 하더라도 함께 살면서 가르치면 차차 나아질 거야."

어머니의 관대한 말을 듣는 순간 자신이 완전히 파멸했다는 생각이 그의 뇌리에 떠올랐다. 그것은 테스가 고백을 할 때도 느끼지 못했던 것이었다. 사실 그는 주위 사람들의 이목에 크게 신경을 쓰는 편이 아니었지만 부모와 형들을 위해 최소한의 체면은 지켜야겠다는 생각이 들었다. 어른거리는 촛불까지도, 자신은 분별 있는 사람을 비추는 것이지 속아넘어가는 사람이나 패배자는 비추기 싫다고 무언중에 말하는 것 같아 그는 괴로웠다.

어머니가 방으로 돌아간 다음 흥분이 가라앉자 부모님에게까지 거짓말을 하게 만든 아내가 원망스러웠다. 그녀가 마치 곁에 있기라도 하듯 화를 내는 그의 귀에 속삭이는 듯한 그녀의 음성이 들렸다. 어둠 속에서 그녀의 부드러운 입술이 자신의 이마를 스쳐 가는 듯한 기분이 들었다. 그녀의 따뜻한 숨결까지도 방안에 가득 차는 것 같았다.

그날 밤 에인절이 원망하는 테스는 자신의 남편이 얼마나 착하고 훌륭한 사람인가에 대해 새삼스럽게 생각하고 있었다. 그러나 이 두 사람의 머리 위에는 에인절 클래어가 느끼는 것보다 더 짙은 그림자가 드리워져있었다. 그것은 뿌리 깊은 습관과 인습에 그가 사로잡히고 말았다는 것이었다. 모든 일을 훌륭한 의지와 독자적인 판단으로 처리하면서 진보적으로 살아 나가려 했던 그도, 일단 실질적인 어려움에 부딪히자 고집을 꺾고 어린 시절의 단순한 생각으로 돌아가고 만 것이다.

사실 도덕의 가치는 행위 자체에 있는 것이 아니라 정신에 있기 때문에 죄악을 싫어하는 다른 여자와 마찬가지로 테스도 르무엘 왕의 찬사를 받을 값어치가 있는 여자라는 것을 테스에게 가르쳐 준 사람도 없었고, 클래어 자신도 그것을 깨닫지 못했다. 게다가 이런 경우 좋은 면보다는 나쁜 면이 더 확실하게 느껴지는 까닭에, 그는 자신이 테스의 결점만 너무 생각한 나머지 그녀의 참모습을 놓치고, 흠 있는 것이 완전한 것을 능가할 수도 있다는 생의 진리마저도 놓치고 있다는 사실을 깨닫지 못했던 것이다.

40

아침 식사 때는 브라질이 화제에 올랐다. 그곳에 이민 갔다가 일년이 채 못 되어 돌아온 농부들의 비관적인 소문을 듣긴 했으나 에인절의 계획을 모두 애써 낙관적인 것으로 보려고 노력했다. 식사 후 클래어는 마을에서 자신과 관계되는 사소한 일들을 모두 정리하고 은행에 예금했던 돈을 모두 찾아 가지고 오는 길에 교회 옆에서 머시 챈트를 만났다. 교회 벽에서 갑자기 나타난 듯한 그녀는 자기가 가르치는 학생들에게 나누어 줄 성경책을 한아름 안고 있었다. 에인절이 영국을 떠난다는 사실을 알고 있던 머시는 훌륭하고 희망적인 일이라고 말했다.

"네, 상업적인 면에서 본다면 좋은 사업이지요. 하지만 머시, 그것은 삶의 연속성이 단절되는 것이나 마찬가지예요. 차라리 수도원이 나을는지도 모르지요."

"수도원이라고요? 아이, 에인절 클래어 씨."

"왜요?"

"수도원을 택한다는 건 수도사를 뜻하는 거잖아요. 수도사는 로마 가톨릭 아니에요?"

"그렇다면 로마 가톨릭은 죄악이고 죄악은 벌을 의미하니, 에인절 클래어여, 그대는 위험한 지경에 이르렀도다. 지금 그런 뜻으로 말한 겁니까?"

"나는 신교를 자랑스럽게 생각해요."

머시는 딱 잘라서 퉁명스럽게 말했다. 자신의 불행으로 모든 것을 비웃고 싶은 악마 같은 감정에 사로잡혀 있는 가엾은 에인절은 머시를 가까이 불러 그녀의 귀에다 대고 모든 이단적인 이론들을 악마처럼 속삭였다. 아름다운 머시의 얼굴에 나타난 공포의 표정을 보고 그는 웃음을 터뜨렸으나 자신의 일에 생각이 미치자 도로 웃음을 거두었다.

"머시, 용서해요. 난 미쳐 버릴 것만 같아요."

머시도 그런가 보다고 생각하는 모양이었다. 이렇게 둘의 우연한 상봉이 끝나자 클래어는 목사관으로 돌아왔다. 그는 앞으로 다가올지도 모르는 행복한 그날을 위해 보석을 은행에 맡겼으며, 테스가 필요하면 찾아 쓸 수 있게 하기 위해 얼마간의 돈을 예금한 사실을 블랙모어에 있는 그녀에게 편지로 알렸다. 그 예금과 그녀에게 준 돈을 합치면 당분간은 걱정 없이 살아가리라 생각했고, 또 급한 일이 생길 때는 아버지에게 연락하도록 일러 놓았다.

그는 테스와 부모님이 편지 연락을 하지 않는 것이 좋을 것이라 생각해서 부모님에게 테스의 주소를 알리지 않았다. 또한 부모님도 아들이 며느리와 사이가 벌어진 이유를 잘 모르기 때문에 굳이 주소를 알려고 하지 않았다. 매듭지을 일은 빨리 마무리 짓는 것이 좋다고 생각한 그는 그날 중으로 목사관을 떠났다.

클래어는 영국을 떠나기 전에 테스와 사흘 동안의 신혼 생활을 보낸 웰브리지 농가를 찾아보아야만 했다. 약간의 방세도 치르고 열쇠도 돌려주어야 했으며, 그곳에 남겨 두고 온 여러 가지 사소한 물건도 가져와야 했기 때문이었다. 그곳은 클래어의 생애에 가장 어두운 그림자를 던져 준 어두운 기억의 장소이기도 했다. 그러나 그가 그곳에 도착해 응접실 안을 들여다봤을 때, 그의 머리에 맨 처음 떠오른 것은 결혼식을 마친 오후에 이곳에 도착해서 느꼈던 행복감이었다. 한지붕 아래 처음으로 함께 살게 되었다는 신선한 감각과 처음으로 함께 나눈 식사와, 난로 가에서 손을 마주 잡고 다정하게 속삭이던 일들이 연이어 머리에 떠올랐다.

클래어가 도착했을 때 주인 농부 내외는 밭에 나가고 없었다. 얼마 동안 혼자 방안을 둘러보던 그는 전혀 예기치 않았던 새로운 감정이 솟구쳐 오르자 자신도 모르게 테스가 썼던 2층 침실로 올라갔다. 침대는 테스가 떠나던 날 손질해 둔 대로 깨끗하게 정돈되어 있었다. 그는 테스가 침실에서 혼자 죽으려 했다는 사실을 기억해 내고는 비로소 이번에 자신이 취한 태도에 대해 생각해 보았다. 혹시 자신이 지나칠 정도로 무자비했던 것은 아닐까. 갈피를 잡을 수 없는 여러 가지 복잡한 감정이 가슴을 메우자 그는 눈물을 흘리며 침대 옆에 무릎을 꿇었다.

"테스, 당신이 좀더 일찍 말했더라면 난 당신을 용서했을 텐데."

그는 탄식했다. 그때 아래층에서 발걸음 소리가 들려 클래어는 일어나서 층계 쪽으로 갔다. 층계 아래에서 파리하게 여윈 여자가 고개를 들었다. 그 여자는 까만 눈동자의 이즈 휴에트였다.

"클래어 선생님, 전 선생님과 부인을 만나 인사나 드리려고 왔어요. 혹시 다시 돌아오시지 않나 해서요."

클래어는 그녀의 마음의 비밀을 대강 알고 있었으나 그녀는 아직 그의 사정을 모르고 있었다. 그녀는 클래어를 진심으로 사랑했고, 테스만큼이나 훌륭하게 농부의 아내 노릇을 할 수 있는 여자였다.

"난 지금 여기 혼자 있어요. 우리는 이제 여기 살지 않아요."

그는 이곳에 왜 왔는지 간단하게 설명하고는 그녀에게 집이 어느 쪽이냐고 물었다.

"전 지금 텔보데이스 낙농장에 있지 않아요."

"왜요?"

이즈는 고개를 숙였다.

"거긴 너무 외로워서 떠났어요. 지금은 이 근처에서 살아요."

그녀는 낙농장과 정반대 방향을 가리켰다. 그 길은 바로 클래어가 가려는 방향이었다.

"그럼 그쪽으로 가는 거예요? 같은 방향이니 괜찮다면 태워다 주지요."

올리브 빛깔의 이즈의 얼굴이 상기되었다.

"고맙습니다."

클래어는 농부를 만나 방세를 지불하고 급히 떠나느라 해결 못했던 일도 다 해결 지었다. 그가 마차 있는 곳으로 돌아오자 이즈는 마차에 뛰어올라 그의 옆에 앉았다.

"난 영국을 떠나게 돼요, 이즈. 브라질로 갈 작정이에요."

"테스도 함께 가나요?"

"그 사람은 함께 가지 않아요. 일년 정도 살피러 가는 거니까."

그들은 동쪽으로 꽤 한참 동안 달렸다. 이즈는 아무 말도 하지 않았다. 클래어가 물었다.

"다른 아가씨들은 잘 지내고 있지요? 레티는 어떻게 지내지요?"

"요전에 제가 만났을 땐 신경쇠약 같았어요. 광대뼈가 드러날 정도로 여위어서 꼭 폐병 환자 같았어요. 그 애를 좋아하는 남자는 이제 없을 거예요."

이즈는 기운 없이 말했다.

"마리안은?"

이즈는 갑자기 말소리를 낮추었다.

"마리안은 매일 술을 마셔요."

"저런!"

"그래서 낙농장에서 쫓겨났어요."

"그럼 당신은?"

"전 술도 안 마시고 다 죽어 가지도 않아요. 하지만 이제는 아침 식사 전에 노래를 부르지 않아요."

"왜 그렇게 됐지요? 아침에 우유를 짤 때 당신은 멋지게 노래를 부르곤 했는데."

"그래요, 선생님이 처음 오셨을 때는 그랬지요. 하지만 좀 지난 다음부터는 부를 수가 없었어요."

"어째서?"

대답 대신 그녀의 까만 눈이 클래어를 쳐다보며 반짝거렸다.

"이즈는 왜 그렇게 마음이 약해요? 나 같은 사람 때문에 그렇단 말이에요? 만약 내가 당신한테 청혼했다면 어떻게 할 작정이었지요?"

무언가 곰곰 생각하고 난 뒤에 클래어가 물었다.

"만약에 그랬다면 '네' 라고 대답했을 거예요. 그러면 선생님도 선생님을 사랑하는 여자와 결혼하셨을 테고요."

"정말이오?"

"정말이다 뿐이겠어요. 아니, 여태 그걸 눈치 못 채셨어요?"

이즈는 힘주어 속삭였다. 마차는 계속 달려 어느 마을로 통하는 갈림길에 이르렀다. 클래어에게 사랑을 고백한 뒤로 아무 말도 하지 않던 이즈가 불쑥 말했다.

"여기서 내리겠어요. 전 저기 살아요."

클래어는 말의 속도를 늦추었다. 그는 지금 사회 법칙에 심한 반감을 품고 있었고 자신의 운명을 저주하고 있었다. 사회 법칙이라는 것 때문에 빠져나갈 수 없는 막다른 궁지에 빠져 있다고 생각한 그는 선생의 회초리 같은 사회적 관습에 얽매이기보다는 아무렇게나 가정 생활을 해버림으로써 사회 질서에 복수하고픈 욕망이 문득 솟구쳤다.

"이즈, 난 혼자서 브라질로 가는 거요. 단순히 브라질로 가는 것 때문이 아니라 일신상의 문제로 우린 헤어졌어. 난 결코 그녀와 함께 살 수는 없을 거요. 나로선 당신을 사랑할 수 없을지도 모르지만, 이즈, 테스 대신 나하고 함께 가지 않겠소?"

"정말이세요?"

"물론이오. 난 그동안 너무 지쳤기 때문에 이젠 편안히 살고 싶소. 그리고 당신은 이해 관계를 떠나서 날 사랑해 주니까."

"좋아요, 따라가겠어요."

잠시 생각하다가 이즈가 대답했다.

"따라가겠다고? 내가 무슨 말을 하는 건지 알고나 있소, 이즈?"

"알아요. 그곳에 머무는 동안만 함께 산다는 거, 그것만으로도 전 만족해요."

"한 가지 명심할 게 있어요. 난 도덕적인 면에서 믿을 만한 사람이 못 돼요. 문명인의 눈에서 본다면 말이오. 즉 서구 문명인의 눈으로 본다면 당신과 함께 떠나는 내 행동은 죄악이란 말이오."

"전 그런 것에 관심이 없어요. 여자가 사랑 때문에 극도의 괴로움에 이르면 누구든 그런 길을 택하게 돼요."

"그럼 내리지 말고 그대로 앉아 있어요."

클래어는 갈림길을 지나 한참 더 달렸다. 아무런 애정 표시도 하지 않은 채 사뭇 마차만 달리던 그가 문득 물었다.

"정말로 날 사랑하고 있소, 이즈?"

"네, 아까도 말씀드렸듯이 전 선생님을 사랑했어요. 낙농장에 있을 때부터 내내 선생님을 사랑했어요."

"테스보다 더?"

이즈는 고개를 좌우로 흔들고는 조그만 목소리로 중얼거렸다.

"아뇨, 테스만큼은 사랑하지 못했어요."

"어째서?"

"이 세상 어느 누구도 테스만큼 선생님을 사랑하진 못해요. 테스는 당신을 위해서라면 목숨도 버릴 거예요. 전 도저히 그렇게까지는 할 수가 없어요."

이즈 휴에트는 이런 경우 심술궂은 말을 할 수도 있었지만, 테스가 지닌 매력적인 성격이 털털하고 거친 이즈의 성격에도 감동을 주었으므로 그녀를 칭찬하지 않을 수 없었던 것이다.

클래어는 아무 말도 할 수가 없었다. 천만뜻밖에 믿을 수 있는 사람에게서 그런 솔직한 말을 듣자 그의 가슴은 꽉 메고 말았다. 복받치던 울음이 목에 걸려 굳어져 버린 듯한 기분이 들었다. 이즈가 한 말이 자꾸 귓가에서 맴돌았다.

'테스는 당신을 위해서라면 목숨도 버릴 거예요. 전 도저히 그렇게까지는 할 수가 없어요.'

그는 갑자기 말 머리를 돌리면서 이렇게 말했다.

"이즈, 우리가 했던 쓸데없는 얘기들은 없었던 걸로 합시다. 도대체 내가 무슨 말을 했는지 나도 잘 모르겠어. 당신을 마을 길목까지 데려다 주겠소."

자신의 경솔한 행동을 깨달은 이즈는 민망해져서 두 손으로 얼굴을 가리며 울음을 터뜨렸다.

"모든 것을 거짓 없이 말했는데 이렇게 되다니……. 어떻게 그냥 가란 말이에요?"

"이즈, 이 자리에 없는 사람을 위해 베푼 선행을 뉘우치는 건 아니겠지? 후회로 착한 일에 흠이 가게 하지는 말아요."

이즈는 차츰 진정이 되었다.

"잘 알겠어요. 저 역시 제가 무슨 말을 하는지 몰랐었나 봐요. 전 생각조차 할 수 없는 일을 꿈꾸고 있었으니까요."

"내겐 이미 사랑하는 아내가 있소."

"네, 그래요. 선생님에게는 아내가 있지요."

그들은 반 시간 전에 지나쳤던 갈림길로 되돌아왔다. 이즈는 마차에서 뛰어내렸다.

"이즈, 부디 나의 순간적인 경솔함을 잊어 줘요. 내가 잠시 판단이 흐려져 어리석은 말을 했던 거요."

"잊어버리라고요? 아, 저로선 결코 경솔한 짓이 아니었어요."

상심한 그녀의 부르짖음 속에 담긴 비난을 얼마든지 받아 마땅하다고 클래어는 생각했다. 그는 무어라 형용할 수 없는 슬픔이 울컥 치받쳐 올라 마차에서 훌쩍 뛰어내렸다. 이즈의 손을 잡고 그는 간곡하게 말했다.

"그렇지만 이즈, 어쨌든 웃는 낯으로 헤어지고 싶소. 내가 지금 얼마나 심한 가책을 받고 있는지 당신은 모를 거요."

이즈는 마음이 너그러운 처녀였으므로 더 이상 화를 내어 두 사람의 작별을 망치고 싶지 않았다.

"모든 걸 용서하겠어요, 클래어 선생님."

클래어는 본심은 아니지만 교훈자의 입장을 자신에게 강요하면서 이즈에게 말했다.

"이즈, 마리안을 만나면 술만 마시지 말고 진정 착한 여자가 돼 달라고 말

좀 전해 줘요. 그리고 레티에게는 세상에는 나보다 훌륭한 남자가 많으니 나를 생각해서라도 성실하고 착한 여자가 돼 달라고 하더라고 전해 줘요. 두 번 다시 그들을 만날 수 없을지도 모르지만, 죽어 가는 사람이 죽어 가는 사람에게 부탁하는 기분으로 이 말을 하더라고 전해 줘요. 그리고 이즈는 내 아내에 대해 정직하게 말해 줌으로써 나를 어리석고 성실치 못한 배반에서 날 구해 주었소. 그런 경우에는 남자들도 그렇게 말하기가 힘든데 말이오. 그 일 하나만으로도 난 결코 당신을 잊지 못할 거요, 이즈. 당신도 여태까지 그랬듯이 성실하고 착하게 살아가기를 바라. 그리고 난 이즈의 애인은 될 수 없지만 좋은 친구로 생각해 주기를 바라. 자, 약속해 주겠지요?"

이즈는 약속했다.

"하느님이 당신을 축복하고 보호해 주시기를 기도하겠어요. 선생님, 안녕히 가세요."

그는 마차를 몰고 멀리 사라졌다. 사라지는 마차를 지켜보던 이즈는 심한 고통을 이기지 못해 둑 위에 몸을 던졌다. 그날 밤 어머니가 사는 농가로 돌아온 이즈의 얼굴은 이상하게 보일 정도로 지쳐 있었다. 그녀가 에인절 클래어와 헤어진 뒤 집으로 돌아올 때까지의 몇 시간을 어떻게 보냈는지 한 사람도 아는 이가 없었다.

클래어도 이즈와 헤어진 뒤 고통 때문에 괴로워하고 있었다. 그러나 그의 괴로움은 물론 이즈 때문이 아니었다. 그날 저녁 그는 순간적인 변심으로, 가장 가까운 정거장으로 마차를 모는 대신 테스의 집과 자신 사이에 가로놓여 있는 남부 웨섹스의 높은 산등성이로 마차를 몰아갈 뻔했다. 그러나 그가 테스의 집을 향해 끝내 마차를 몰지 못한 것은 테스를 경멸했기 때문도 아니었고 그녀의 마음 상태를 짐작해서도 아니었다. 이즈의 말대로 테스가 자신을 사랑하는 건 사실이지만 그것으로 그녀의 과거가 없어지는 것은 아니라는 생각이 떠올랐기 때문이었다. 자신의 처음 판단이 옳았다면 이제 와서 그것을 뒤엎을 수는 없는 노릇이었다.

테스를 용서할 수 없다는 그의 굳은 결심은 오늘 오후에 들은 이즈의 말보다 더 크고 지속적이고 감동적인 그 어떤 힘에 의해서만 바뀔 수 있는 성질의 것이었다. 정말 그 이상의 감동적인 사건이 있었다면 그는 당장이라도 테스에게 돌아갔으리라.

그날 밤 클레어는 런던행 열차에 몸을 실었다. 그리고 닷새 후, 그는 브라질로 가는 배가 떠나는 항구에서 두 형들과 작별 인사를 건네고 있었다.

41

테스와 클래어가 헤어진 지 여덟 달 정도 지난 10월의 어느 날이었다. 그 사이 테스의 환경은 완전히 바뀌어 그녀는 짐이나 상자를 일꾼에게 시켜 나르게 하는 신부가 아니라 자기 손으로 보따리와 바구니를 들고 걸어가는, 결혼하기 전과 마찬가지의 고독한 여자로 돌아가 있었다. 그동안 쓰라고 남편이 준 돈도 이제는 다 떨어져 그녀의 지갑은 바닥이 드러날 정도로 비워져 있었다.

그녀는 다시 고향을 등진 뒤로 봄철과 여름철의 대부분을 포트 브레디 근방의 낙농장에서 날품팔이를 하며 하루하루를 보냈다. 그곳은 블랙모어 분지 서쪽에 있는 낙농장으로 고향과 텔보데이스에서 멀리 떨어진 곳이었다. 테스는 그곳에서의 날품팔이 생활이 클래어가 준 돈에만 의지하는 것보다는 훨씬 마음 편했다. 그녀의 정신 상태는 여전히 불안했고, 그녀가 맡아 하는 단순한 작업은 그런 불안을 막아 주기는커녕 더욱 부채질하고 있었다. 그녀는 일을 하면서도 마음은 클래어와 함께 거닐던 목장으로 달려가곤 했다.

테스는 텔보데이스에서처럼 정식으로 고용되지 못하고 임시 고용으로 일했으므로 그곳의 낙농장 일은 젖이 나올 동안만 계속되었다. 그러나 추수기가 시작되려는 무렵이어서 밭에만 나가면 추수기가 끝날 때까지는 일을 할 수 있었다. 그녀는 부모님에게 주고서도 절반은 남아 있는 클래어가 준 돈을 쓰지 않으려 했으나, 궂은 날씨가 계속되는 바람에 그 돈을 쓰지 않을 수 없었다.

테스는 그 돈을 쓰는 것이 마음 아팠다. 테스를 위해 에인절이 은행에서 찾아 준 돈, 그것은 클래어의 손에 닿아 깨끗해진 돈이었고 자신과 클래어의 경험이 이룩한 산 역사를 지닌 듯한 돈이었으므로 그것을 쓴다는 것은 그의 유물을 내버리는 것과 마찬가지로 생각되었다. 그러나 어쩔 수 없는 사정으로 테스는 자기의 거처를 부모님에게 수시로 알렸으나 자신의 형편만은 알리지 않았다.

수중에 돈이 다 떨어져 갈 때쯤 어머니에게서 편지가 왔다. 내용인즉 가을비에 지붕 이엉이 새서 몽땅 갈아야겠는데 지난번 수리 비용도 갚지 못해 손도 못 대고 있다는 것이었다. 집안 수리를 하려면 지난번 금액과 합쳐 상당한 액수의 돈이 필요하고, 지금쯤 돈 많은 남편이 돌아왔을 테니 그 돈을 마련해서 보내 줄 수 없겠느냐는 내용이었다.

테스는 에인절의 거래 은행에서 송금해 온 얼마간의 돈을 가지고 있었으므로 집안의 딱한 사정을 생각해서 요구대로 돈을 보내 주었다. 그리고 남은 돈으로 겨울옷을 샀기 때문에 당장 닥칠 장마철을 대비할 수 있는 돈은 거의 없었다. 마지막 한 푼까지 떨어졌을 때, 그녀는 돈이 필요할 때 시아버지에게 부탁하라던 에인절의 말을 생각해 내고는 어떻게 할 것인가 망설였다.

그러나 그 방법은 아무리 생각해도 자존심 상하는 일이었다. 별거 상태가 길어지는 것을 친정에 알리지 않는 것과 마찬가지의 이유에서였다. 이를테면 섬세한 감정, 자존심, 부끄러워하지 않아도 될 것을 부끄러워하는 마음씨, 결국 다시 말하면 클래어를 생각하는 마음 때문이었다. 그가 넉넉한 돈을 주고 갔는데도 궁색하다고 해서 시아버지에게 편지를 보낸다면 구걸하는 듯한 인상마저 줄 것 같았다. 가뜩이나 며느리를 마땅치 않게 생각하는 시부모님인지라 그렇게 되면 한층 멸시를 받을 것 같은 생각이 들었다. 마침내 테스는 목사 가정의 며느리가 시아버지에게 궁색한 말을 할 수는 없다는 결론을 내렸다.

시부모와 편지 왕래를 하고 싶지 않다는 테스의 마음은 시간이 흐름에 따라 차츰 수그러졌으나, 자신의 부모에 대해서는 오히려 그 반대였다. 결혼 직후 고향에 잠시 들렀다 떠날 때 부모님은 테스가 결국 남편과 함께 살게 될 것이라고 믿는 눈치였다. 테스는 부모님의 그런 기대에 실망을 주지 않으려고 노력했으므로, 그녀의 부모는 클래어가 곧 테스를 데리러 오거나 브라질로 오라는 편지를 할 것이고 머지않아 딸 내외가 가족, 친지 앞에 언젠가는 나타나리라 믿고 있었다. 그들은 테스가 마음 편하게 남편을 기다리는 줄 알고 있었다. 사실 테스도 남편이 언젠가는 돌아오리라는 희망을 버릴 수가 없었다. 그 희망은 날이 감에 따라 차츰 사라져 갔지만, 어쨌든 그런 이유들 때문에 그녀는 친정에 편지하는 일이 멀어졌고, 가능하면 혼자서 문제를 해결하려 애썼다.

한편 클래어의 생활도 그리 편안한 것만은 아니었다. 그 무렵 클래어는 브라질의 어느 진흙 땅에서 폭우를 흠뻑 맞고 갖가지 고생 끝에 열병을 얻어 앓아 누워 있었다. 당시의 브라질 정부가 약속한 조건과, 영국의 고지대에서 온갖 기후 변화와 곤란을 겪어 가면서 농업에 종사한 체질이라면 브라질의 어떤 기후와 조건에서도 능히 이겨 나가리라는 허망한 억측에 속은 모든 영국인 농부들처럼 클래어도 온갖 시련을 겪고 있었다.

　이제 테스는 수중의 마지막 금화까지 다 써 버렸고, 계절 탓으로 일자리를 구하기도 힘든 지경이었으므로 참으로 앞일이 막막했다. 자신이 지니고 있는 지혜와 정열, 건강과 일에 대한 의욕만으로도 충분히 집안에서 일하는 자리는 얻을 수 있었는데도 테스는 그럴 생각조차 하지 않았다. 도회지의 큰 저택과 재산이 있는 사교적인 사람들이나 약아빠진 사람들을 두려워하기 때문이었다. 그녀의 불행은 바로 그런 계층에 발을 잘못 디딤으로써 시작되었기 때문이었다. 그녀가 불행한 경험을 통해 알고 있는 것은 어쩌면 일부분일 뿐이고, 그 사회에도 좋은 면이 있을는지도 모르지만 그녀는 그런 사실을 믿을 수가 없었다. 또한 현재 안 좋은 환경에 처해 있는 그녀로서는 그런 인간들에게 가까이 가는 것조차 싫었다.

　봄과 여름 동안 임시로 일했던 포트 브레디 주변의 낙농장에서는 이제 일손이 필요치 않았다. 텔보데이스에 가서 사정이라도 한다면 그들이 동정심에서 일자리를 줄지도 모르지만, 테스는 거기서 아무리 편한 생활을 하게 되더라도 그곳으로 돌아가고 싶지는 않았다. 자신의 초라한 꼴을 보이고 싶지 않았거니와 사람들이 혹 클래어를 비난할까 봐 그것이 무엇보다도 두려웠다. 그들의 동정이라든가, 그녀의 묘한 처지에 대해 쑥덕대는 것을 이겨낼 수가 없을 것 같았다.

　때마침 옛 친구 마리안에게서 날아온 편지가 테스의 걱정을 다소 덜어 주었다. 이즈 휴에트에게서 우연히 테스가 별거한다는 이야기를 들은 마음씨 좋은 마리안은 옛 친구가 어려움에 처해 있으리라 짐작하고 급히 편지를 띄운 것이다. 그녀는 텔보데이스에서 나와 지금은 어느 고원 농장에서 일하고 있는데, 테스가 전처럼 일을 시작한 것이 사실이라면 자신이 있는 농장에 일자리가 있으니 한번 만나고 싶다고 편지에 씌어 있었다. 여러 곳을 헤매다가 어렵게 자신에게 온 그 편지를 읽고 테스는 11월 어느 날 오후 마리안이 있는 고원 농장을 향해 출발했다. 그녀가 올라가고 있는 오솔길은 끝없이 길게 뻗어 있었고 험난했다. 짧은 해는 어느덧 기울어 오솔길에 황혼이 깃들기 시작했다. 이윽고 그녀가 언덕 위에 이르자 저만치 아래로 뻗어 있는 오솔길이 내려다보였다. 그때 뒤에서 발걸음 소리가 들리더니 얼마 후 한 남자가 뒤따라왔다.

"안녕하세요, 아가씨!"

남자는 그녀와 나란히 발걸음을 맞추어 걸으면서 인사를 했다. 테스도 공손히 인사를 했다. 주위는 어둑해졌으나 하늘에 아직 남아 있는 빛이 그녀의 얼굴을 비춰 주었다. 남자는 고개를 돌리고 테스를 유심히 쳐다보았다.

"틀림없군. 당신은 한동안 트랜트리지에서 살았었지. 더버빌 도련님이 좋아하던 그 아가씨가 틀림없어. 난 지금은 그곳에 살지 않지만 그때는 거기서 살았었지."

그 남자는 테스에게 무례하게 굴었다 해서 여관에서 에인절에게 얻어맞았던 돈 많은 농부였다. 그녀는 감전이라도 된 듯한 고통을 느끼며 아무 대꾸도 하지 않았다.

"그때 아가씨 애인은 굉장히 화를 냈지만, 내가 한 말이 사실이라고 대답해 봐요. 그렇지? 이 앙큼한 아가씨야! 따지고 보면 그 친구가 날 때린 데 대해 당신이 사과해야 한다고."

테스는 아무 대답도 하지 않았다. 궁지에 몰렸을 땐 도망치는 것만이 유일한 방법이므로 그녀는 뒤도 돌아보지 않고 바람처럼 달려 숲으로 곧장 통하는 길가의 문 앞에 이르렀다. 그녀는 안으로 뛰어 들어가 남의 눈에 띄지 않는 초목이 무성한 곳에 몸을 숨겼다.

발 밑의 낙엽은 메말라 바스락거렸다. 그녀는 낙엽을 한 움큼 긁어모아 잠자리를 만들고 그 안에 기어 들어갔다. 그날 밤 그녀는 쉽사리 잠을 이룰 수가 없었다. 이상한 소리가 들리면 소스라치게 놀라며 바람 소리라고 스스로에게 타이르기도 했다. 에인절 클래어의 아내는 이마에 손을 대고 이마의 곡선과 부드러운 살결 밑으로 뼈라고 느껴지는 눈언저리를 더듬으며, 이 뼈가 언젠가 앙상히 드러나는 날이 오겠거니 생각하며 혼잣말로 중얼거렸다.

'언젠가는 뼈만 앙상하게 남게 되겠지. 차라리 지금 그렇게 됐으면 좋겠어.'

이런 부질없는 생각에 잠겨 있을 때 나뭇잎 사이에서 다시 이상한 소리가 들렸다. 바람 소리 같았으나 바람은 한 점도 없었다. 그 소리는 때로는 퍼덕이는 소리처럼 들렸고, 어떤 때는 숨가쁜 소리 같았으며, 물이 흐르는 소리 같기도 했다. 잠시 후 무언가 나뭇가지에서 툭 떨어지는 소리가 들렸을 때 테스는 그것이 들짐승의 소리일 거라고 짐작했다. 그러나 그녀는 죽음이라는 문제를 생각하고 있었으므로 그런 소리쯤은 조금도 두렵지 않았다.

마침내 동이 트고 밝은 해가 하늘 높이 떠올랐다. 아침 햇살이 사방에 퍼져 주위가 환해지자 테스는 잠자리에서 일어났다. 비로소 그녀는 간밤에 잠을 방해한 소리의 정체가 무엇인지 알 수 있었다. 그것은 사냥꾼의 총에 맞은 꿩들이었다. 테스 주위의 나무 아래에 총에 맞은 여러 마리의 꿩들이 고통에 몸부림치고 있었다. 지쳐서 죽어 버린 몇 마리만 빼놓고 나머지 꿩들은 가쁘게 심장을 할딱거리거나 몸을 비틀고 날개를 파닥이며 고통스러워하고 있었다.

그녀는 꿩들이 어제 사냥꾼에게 쫓겨서 이곳까지 왔다는 것을 알 수 있었다. 총에 맞아 바로 죽거나 어둡기 전에 죽은 꿩들은 사냥꾼이 찾아가고, 상처만 난 꿩들은 도망가기도 하고 울창한 나뭇가지에 숨기도 했다가 너무 피를 흘려 기력이 다하자 차례차례 땅에 떨어진 것이었다. 어젯밤 테스가 들은 소리는 바로 그 꿩들이 땅에 떨어지는 소리였다. 똑같이 고통을 당하는 생물의 처지에서 테스가 먼저 느낀 것은 아직 살아서 고통스러운 그들의 짐을 덜어 주자는 것이었다. 테스는 눈에 띄는 대로 꿩을 찾아내어 고통이 빨리 끝나도록 모조리 숨을 눌러 죽였다.

"불쌍해라. 세상에 너희들처럼 고통받는 존재가 있는데도 난 내가 세상에서 가장 불쌍한 사람이라고 생각했단다."

꿩들이 애처로운 나머지 테스는 꿩들을 죽이면서 눈물을 흘렸다.

'나는 조금도 아프지는 않아. 찢어지지도 않고 피를 흘리지도 않고, 먹고 입고 살 수 있는 두 손도 있지 않은가.'

테스는 지난밤에 우울하고 부질없는 생각에 잠겼던 자신이 부끄러워졌다. 사실 그녀는 자연을 무시한 채 인간이 멋대로 만든 사회 법칙 때문에 비난받고 있다는 생각으로 괴로웠던 것이지, 그 밖에 그녀가 우울해야 할 이유는 없었던 것이다.

42

날이 환히 밝자 테스는 조심조심 큰길로 내려가기 시작했다. 주위에는 사람의 그림자조차 보이지 않았으므로 그녀는 당당하게 걷기 시작했다. 슬픔은 상대적인 것이라 그녀는 꿩들의 고통을 보고 남들이 뭐라든 용기를 내어 살아야겠다는 교훈을 얻었지만, 클래어가 세상 사람들과 똑같은 생각을 품고 있는 것만큼은 그녀도 어쩔 수가 없었다.

테스는 초크 뉴튼에 도착하여 그곳 여인숙에서 아침 식사를 했다. 그 자리에 있던 몇몇 젊은 남자들이 귀찮을 정도로 그녀에게 치근거렸다. 그건 그녀가 아름답다는 칭찬이었고 남편도 언젠가는 그런 칭찬을 하리라는 생각이 들자 테스의 마음은 희망으로 부풀어 올랐다. 그때를 위해서라도 자신의 몸을 잘 간수하고 아울러 치근거리는 남자들을 피해야겠다는 생각이 들었다.

남자들이 치근거리는 것도 다 자신의 용모 때문이라고 생각한 그녀는 마을을 벗어나자 숲으로 들어가 바구니에서 낡은 작업복을 꺼내 갈아입었다. 그 옷은 말로트 마을에서 처음 들일을 나갈 때 입었을 뿐 낙농장에서도 입지 않았던 옷이었다. 그녀는 그 옷을 입은 뒤 문득 좋은 생각이 떠올랐다. 보따리에서 손수건을 꺼내 이앓이하는 사람처럼 모자 밑으로 머리와 뺨과 턱을 반쯤 가리게 얼굴을 감싼 뒤 그 위에 모자를 썼다. 그러고는 손거울을 보면서 조그만 가위로 눈썹을 모조리 잘라 버렸다. 엉큼한 남자들의 찬사를 피하기 위한 준비가 끝나자 그녀는 험난한 길을 계속 걸었다. 얼마쯤 갔을 때 길목에서 만난 한 남자가 동행자에게 이렇게 말했다.

"거 참, 별스런 아가씨 다 보겠군."

그 말을 듣고 테스는 자신이 가엾어져 눈물을 글썽거렸다.

"하지만 상관없어. 상관없고 말고. 에인절도 여기 없고 날 봐 줄 사람도 없을 텐데. 이제부터 난 늘 이런 꼴로 다닐 거야. 남편은 아주 가 버렸고 다시는 날 사랑해 주지 않을 테지만, 난 지금도 변함없이 그이를 사랑해. 다른 남자는 거들떠보지도 않을 거야. 그들이 날 비웃더라도 난 참을 수 있어."

그녀는 중얼거리며 계속 걸었다. 이제 그녀의 모습은 사방 경치와 한 덩어리로 어우러졌다. 회색 윗도리, 빨간 털실 목도리와 색이 다 바랜 갈색 천의 작업복에 가려진 초라한 치마의 남루한 겨울 옷차림을 한 그녀는 소박하고 순진한 시골 여자일 뿐이었다. 그녀에게서 싱싱한 여자의 젊음이란 찾아볼 수 없었다.

아가씨의 입술은 싸늘하고
......
소박하게 빗어 올린
무거운 머리.

겉으로는 그렇게 보일지도 모르지만, 그녀의 내면에는 나이에 어울리지 않을 정도의 인생에 대한 깊은 성찰이 아로새겨져 있었다. 그것은 뜬구름 같은 인생의 허무함과 정욕의 잔인함, 사랑의 나약함을 뼈저리게 깨달음으로써 얻은 생생한 생명의 체험이기도 했다.

다음날은 날씨가 좋지 않았으나 그녀는 상관없이 계속 앞으로 나아갔다. 그녀의 목적은 겨울 동안 머무르며 일할 일터와 숙소를 구하는 데 있었으므로 한시라도 머뭇거릴 수가 없었다. 임시 고용이 별로 탐탁한 일자리가 아니라는 것을 경험한 그녀는 다시는 그런 일자리는 갖지 않기로 굳게 맹세했다. 그 때문에 그녀는 마리안이 편지로 알려 준 농장을 향해 여러 농장을 지나쳐 가고 있었다. 들리는 소문으로는 그곳의 일이 몹시 고되다고 해서 처음에는 별로 마음이 내키지 않았으나, 일자리를 구하지 못한 터라 마침내 거친 밭일을 하러 그곳까지 찾아가는 것이었다.

이틀째 되는 날 저녁에 그녀는 반원형 무덤이 사방에 흩어져 있는, 마치 유방의 여신 시빌리가 반듯이 누워 있는 것 같은 기복이 심한 흰 모래로 덮인 고원에 이르렀다. 이 고원은 테스가 태어난 블랙모어 분지와 그녀의 남편 클래어가 자라난 마을 가운데 자리잡고 있었다. 이곳은 기후가 건조하고 차가워서 비가 온 후 서너 시간만 지나도 길게 뻗은 마차 길에는 뿌옇게 먼지가 일었다. 나무는 보기가 드물었고 그나마 울타리 안에서 자라야 할 나무조차도 소작인 이 함부로 울타리와 함께 베어 버려 자라나지 못했다.

그녀가 가는 길 저 멀리에 낯익은 산봉우리 두 개가 보였다. 어릴 때 블랙모 어 골짜기에서 그 산봉우리들을 보았을 때는 하늘로 우뚝 솟은 성채처럼 보였 으나, 지금 이곳 고원에서 바라보니 나직하고 겸손해 보였다. 남쪽으로는 프 랑스 쪽에 가까운 영국 해협의 해면이 닦아 놓은 강철의 표면처럼 멀어져 보 였다.

그녀의 눈앞에 어느 마을의 모퉁이가 나타났다. 드디어 그녀는 마리안이 머 무르는 플린트콤 애슈에 도착한 것이다. 이곳으로 올 수밖에 다른 방도가 없 었고, 또 그렇게 운명 지어졌는지도 모른다. 사방의 거친 땅만 보아도 테스는 이곳에서의 일이 얼마나 고될지 짐작할 수 있었다. 그러나 새삼 다른 곳으로 가는 것도 마땅치 않았으므로 이곳에 머무르기로 작정했다. 하늘에서 비가 뿌 리기 시작했다. 그녀는 마을 입구의 농가 추녀 밑에서 비를 피하면서 마을에 어둠이 내리는 모습을 지켜보고 있었다.

"내가 한때 에인절 클래어 부인이었다고 누가 생각할까."

테스는 혼자 중얼거렸다. 그녀가 어깨와 등을 기대고 있는 벽이 따뜻했는데 그것은 벽 안쪽에 벽난로가 있기 때문이었다. 그녀는 벽에다 손을 녹이고 빗 방울을 맞아 차디차게 젖은 뺨도 갖다 댔다. 그 바람벽만이 유일한 친구처럼 느껴져 밤새도록 이 자리에 이대로 있고 싶어졌다. 그렇게 서 있는 테스의 귀 에 하루 일을 마치고 모여 앉아 도란도란 이야기를 나누는 말소리와 저녁 식 사를 하는 소리가 들렸다.

길에는 사람의 인적이 끊어져 사방이 적막했다. 그 적막은 잠시 후 들려온 여자의 발걸음 소리로 깨졌다. 여자는 저녁 바람이 차가운데도 여름옷에다 햇볕을 가리는 모자를 쓰고 있었다. 테스는 직감적으로 그녀가 마리안일지도 모른다고 생각했다.

여자가 어둠 속에서도 얼굴을 알아볼 수 있을 만큼 가까이 다가왔다. 틀림없는 마리안이었다. 그녀는 전보다 건강해 보이고 혈색도 좋아 보였으나, 옷차림은 전보다 더 초라해 보였다. 예전 같으면 테스는 이런 형편으로 친구를 만나고 싶지 않았겠지만 너무 외로웠던 터라 마리안의 인사에 기다렸다는 듯이 대답했다. 마리안은 무척 조심스럽게 물었고, 테스의 별거 소식에 대해서는 대강 들었지만 옛날보다 사정이 별로 나아지지 않은 것을 알자 퍽 동정하는 눈치였다.

"테스, 클래어 부인, 그이의 귀여운 아내! 그런데 이렇게 딱한 처지가 되다니. 얼굴은 왜 그렇게 싸매고 있지? 누가 때렸어? 설마 그이가 때린 건 아니겠지?"

"아냐, 그럴 리가. 남자들이 집적거리는 게 싫어서 그랬을 뿐이야."

그처럼 터무니없는 생각을 하게 한 손수건이 갑자기 싫어져 그녀는 얼굴을 가렸던 손수건을 풀었다. 마리안은 낙농장에 있을 때 테스가 흰 칼라를 달곤 하던 것을 기억해 내고는 이렇게 물었다.

"칼라도 안 달았네."

"그래, 마리안."

"도중에서 잃어버렸니?"

"아니. 사실은 몸단장하기 싫어서 달지 않았어."

"그런데 결혼반지는 왜 안 끼었지?"

"리본에 달아 목에 걸고 있어. 난 결혼해서 이런 처지가 되었다는 것은 물론 결혼한 사실조차도 남에게 알리고 싶지 않아. 지금과 같은 경우에는 남들에게 알려지면 부자연스러울 테니까."

마리안은 잠시 말이 없었다.

"하지만 넌 점잖은 분의 아내잖아. 이런 생활을 한다는 건 아무래도 너무 어울리지 않는 일이야."

"아냐, 아주 당연한 일이야. 불행한 일이긴 하지만."

"아이, 기가 막혀라. 그이와 결혼했는데 불행하다니!"

"아내라는 건 때때로 불행할 때가 있어. 남편의 잘못 때문이 아니라 자신의 허물 때문에 말이지."

"너에겐 아무 잘못이 없다고 난 장담할 수 있어. 그이도 마찬가지일 테고. 그렇다면 너희 두 사람의 잘못이 아닌 남의 잘못 때문에 그러는 모양이구나."

"마리안, 그런 건 묻지 말고 날 좀 도와주지 않겠니? 그인 외국에 갔고, 난 그이가 주고 간 돈을 다 써 버렸기 때문에 얼마 동안은 돈을 벌어야 해. 이젠 날 클래어 부인이라고 부르지 말고, 그전처럼 테스라고 불러 줘. 그런데 여기 일자리가 있을까?"

"그럼 있고 말고. 여기는 오려는 사람이 적어서 늘 일손이 모자라. 땅이 거칠어서 밀하고 순무밖에 심지 못해. 그래도 난 여기서 견뎌 내지만 넌 너무 힘들어서 어려울 거야."

"그렇지만 우린 이전에 착실한 젖 짜는 아가씨들이었잖아."

"하긴 그래. 하지만 술을 입에 댄 다음부터는 그 일을 그만두었어. 지금은 술만이 나의 낙이야. 네가 일자릴 얻게 되면 나처럼 순무 캐는 일을 하게 될 거야. 넌 곧 싫증을 낼 텐데……."

"무슨 일이라도 괜찮아. 네가 좀 부탁해 줄래?"

"네가 직접 말하는 게 나을 거야."

"알았어. 그런데 마리안, 내가 여기서 일하게 되더라도 그이 이름을 입 밖에 내지 말아 줘. 그이의 이름을 욕되게 하고 싶지가 않아."

테스보다 성질이 괴곽하긴 하지만 믿을 수 있는 처녀인 마리안은 테스의 말대로 하겠다고 약속했다.

"오늘이 품삯을 받는 날이야. 날 따라오면 곧 사정을 알게 돼. 네가 불행하다니 나도 마음이 언짢아. 하지만 그 사람이 없으니까 그렇지 뭐, 그 사람만 돌아오면 불행할 게 하나도 없을 거야. 설령 돈을 안 주거나 노예처럼 부려 먹는다 해도 말이야."

둘은 함께 걷기 시작했다. 얼마 뒤 그들은 스산한 농가에 이르렀다. 사방에는 나무 한 그루 눈에 띄지 않았고, 한결같이 단조롭게 구부려 만든 울타리를 두른 넓은 들판에는 푸른 풀밭은 찾아볼 수 없고 황무지와 순무 밭만 있을 뿐이었다.

테스는 다른 사람들이 품삯을 받고 있을 동안 문 밖에서 기다렸다. 일꾼들이 다 돌아간 뒤에 마리안이 테스를 소개하자, 농장 주인을 대신해서 일꾼들에게 품삯을 주던 그의 아내가 성신 강림절까지 있겠다는 테스의 동의를 받고 고용하기로 결정했다. 요즘은 밭일을 하겠다는 여자가 드물었고, 또 남자보다 품삯이 싼 편이어서 여자를 고용하는 편이 훨씬 유리했던 것이다.

계약서에 서명을 마친 테스는 아까 몸을 녹이던 마을 어귀의 농가에 숙소를 정했다. 그녀가 얻은 일자리는 마음에 들지 않았지만 어쨌든 겨울 동안 지낼 거처는 마련한 셈이었다. 그날 밤 테스는 남편의 편지가 말로트 마을로 갈지도 모른다는 생각에 집에다 자신의 거처를 알리는 편지를 썼다. 그러나 부모님이 혹시 남편을 책망이라도 하지 않을까 하는 염려에서 자신의 딱한 처지는 알리지 않았다.

43

마리안의 말대로 플린트콤 애슈 농장은 메마른 땅이었다. 이 고장에서 기름진 것은 마리안 하나뿐이었는데 그나마 그녀는 이곳 사람이 아니었다. 어쨌든 테스는 이 메마른 고장에서 일을 시작했다. 육체적인 수줍음과 정신적인 용기가 뒤섞인 인내력은 이제는 클래어 부인의 단순한 특징이 아니라 그녀를 지탱해 주는 원동력이었다.

테스가 마리안과 함께 작업하는 무밭은 돌이 많고 비탈길이 농장에서도 가장 높은 지대에 있는 드넓은 땅이었다. 구근같이 둥글거나 끝이 뾰족한 것 또는 음경 모양의 차돌이 여기저기 솟아나 있는 그 밭에서 두 여자는 가축들이 잎을 모두 갉아 먹어 버린 순무를 뿌리까지 캐내어 나머지 부분도 먹을 수 있도록, 해커라고 하는 갈고리가 달린 막대기로 뽑아내는 일을 했다. 잎이 모두 뜯겨진 순무 밭은 온통 을씨년스러운 황갈색 천지였고, 그것은 마치 턱에서 이마까지 별 굴곡이 없이 살가죽만 덮인 얼굴처럼 보였다. 빛깔은 달랐지만 하늘도 아무런 윤곽이나 표정 없는 얼굴처럼 희뿌옇고 공허해 보였다. 그 하늘과 땅은 종일토록 서로 마주 보고 있었다. 희멀건 얼굴이 황갈색 얼굴을 내려다보고 황갈색 얼굴이 희멀건 얼굴을 올려다보는 두 얼굴 사이에는 파리처럼 기어가고 있는 두 여자 외에는 아무것도 없었다.

아무도 그들 가까이 오지 않았다. 볕을 가리는 헝겊이 달린 머릿수건은 수

그린 머리에 너무나 쓸쓸한 인상을 주어, 보는 사람들로 하여금 어느 초기 이탈리아 화가가 그렸던 두 사람의 마리아를 방불케 했다. 그들은 사방의 풍경 속에서 자신들이 한 폭의 쓸쓸한 그림이 되었다는 사실도 깨닫지 못하고, 자신들의 운명이 공평한 것인지 아닌지 따지려 들지도 않은 채 묵묵히 일에 몰두했다.

어느 날 오후에 비가 내렸다. 그들은 품삯 때문에 비를 맞으면서 일을 계속하지 않을 수 없었다. 그들이 일하는 밭은 지대가 높은 곳에 있었으므로 빗방울이 곧바로 떨어지지 않고 휘몰아치는 바람과 함께 옆으로 비스듬히 떨어졌다. 비는 마치 유리 파편처럼 대지에 선 그들의 몸으로 파고들었다. 처음에는 발과 어깨가, 다음에는 머리와 허리, 등과 가슴과 옆구리가 빗물에 젖기 시작했다.

그들은 비에 젖는 것도 상관없이 일을 계속하면서 두 사람이 함께 일하고, 함께 한 사람을 사랑했던 텔보데이스의 여름을, 풍요롭고 아름다웠던 그 시절을 이야기했다. 사실 테스는 실제로는 부부가 아니지만 법률상의 남편인 클래어에 대한 이야기를 마리안과 하고 싶지 않았지만, 화제 자체의 가눌 수 없는 매력에 이끌려 이야기를 하게 되었다. 그래서 그들은 그날 오후, 비에 젖은 모자의 차양이 귀찮게 얼굴에 철썩거리고 겉옷이 몸에 착 달라붙어 불편하기는 했지만, 푸르고 화창한 꿈으로 가슴 부풀었던 텔보데이스의 추억에 잠겨 기분이 좋았다.

"날씨가 갠 날은 푸름 분지에서 가까운 산이 희미하게 보여."

마리안의 말에 테스는 이 고장의 새로운 가치나 발견한 듯 좋아했다.

"어머, 정말?"

이곳에서도 다른 어느 곳과 마찬가지로 인생을 향락하려는 의지와 향락을 방해하려는 환경의 의지라는 두 힘이 서로 맞물려 작용하고 있었다. 오후의 햇살이 기울어 가면 마리안은 호주머니에서 작은 술병을 꺼내 술을 한 모금 마심으로써 생기를 찾고 인생을 즐기려 했다. 그날도 마리안은 술을 마신 뒤 테스에게도 권했다. 그러나 테스의 상상력은 술기운을 빌리지 않아도 아름다운 세계를 꿈꾸기에 충분했으므로 입에 대기만 하고 마시지는 않았다. 마리안은 도로 술병을 받아 단숨에 죽 들이켰다.

"이젠 버릇이 돼서 끊으려고 해도 끊을 수가 없어. 낙이라곤 이것뿐이야. 난 그이를 잃었거든. 하지만 넌 그렇지 않으니까 술 없이도 살 수 있을 거야."

테스는 자신을 마리안과 다름없는 처지라고 생각했으나 그래도 명색이나마 에인절의 아내라는 데 생각에 미치자 마리안의 말을 그대로 받아들였다.

이런 환경에서 테스는 아침 서리와 저녁 비를 맞으며 쉴 새 없이 일했다. 그녀는 순무 캐는 일을 하지 않을 때는 순무를 다듬는 일을 하곤 했는데, 그것은 순무를 저장하기 위해 순무에 붙은 흙과 잔털을 호미로 긁어 내는 일이었다. 그 일을 할 때 비가 오면 울타리 밑에서 비를 피하며 할 수도 있었으나, 된서리가 심하게 내린 아침에 얼어붙은 순무를 다듬을 때는 두꺼운 가죽 장갑을 끼어도 손가락이 얼어붙는 것 같았다. 이런 고생을 하면서도 테스는 희망을 잃지 않았다. 테스가 알고 있는 한 클래어는 너그러운 사람이었으므로 언젠가는 자신에게로 돌아오리라 믿고 있었던 것이다. 마리안과 테스는 일을 하다 말고 가끔 푸른 분지가 가로놓여 있을지도 모르는 아득한 곳에 시선을 둔 채 즐거웠던 그날의 추억에 잠기기도 했다.

"아, 옛 친구들이 한두 사람만 더 이곳으로 온다면 얼마나 좋을까. 텔보데이스를 이곳에 옮겨 놓고 그 사람 얘기도 하고 옛 추억을 되새기기도 하면서 즐겁게 지낸다면 모든 것을 되찾을 수도 있을 텐데."

겨울이 가까워진 어느 날 마리안이 말했다. 지난날에 대한 회상으로 그녀의 눈에는 눈물이 맺혔고 음성도 흐려졌다. 그녀는 문득 좋은 생각이 떠올랐다는 듯 이렇게 말했다.

"이즈 휴에트한테 편지를 써야겠어. 이즈는 지금 집에서 놀고 있으니까 우리가 여기 같이 있다는 걸 얘기하면 곧 올 거야. 그리고 레티도 이젠 건강해졌대."

테스는 마리안의 의견에 반대하지 않았다. 그리고 2, 3일이 지난 뒤 마리안은 이즈에게서 가능하면 이곳에 오겠다는 내용의 답장이 왔다는 것을 테스에게 알려 주었다.

곧 겨울이 장기 두는 사람의 동작처럼 슬며시 다가왔다. 몇 그루 안 되는 나무와 산울타리가 꽁꽁 얼어붙었고, 검게 흐린 하늘과 지평선의 음산한 회색은 사방에 있는 덤불숲과 나무의 배경을 이루었다. 여태까지 눈에 보이지 않던 거미줄이 하얗게 얼어 헛간이나 벽면에 그 모습을 드러냈으며 기둥이나 문 따위에 흰 털실 뭉치처럼 걸려 있기도 했다. 그리고 어느 날 넓게 트인 이 고장의 대기 속에 이상한 것이 스며 왔다. 비를 머금지 않은 습기와 서리를 내리게 할 정도는 아닌 냉기가 내습했다. 그것은 두 여자의 눈알을 맵도록 시리게 하고, 이마가 쑤시도록 뼛속까지 파고들고, 피부 안의 더 깊숙한 곳으로 쑤시고 들어왔다.

그들은 곧 눈이 올 거라고 예감했다. 정말 그날 밤부터 눈이 내리기 시작했다. 그날 밤 테스는 지붕이 덜컹거리는 소리에 놀라 눈을 떴다. 지붕은 사정없이 불어 대는 바람에 요란스럽게 덜컹거렸다. 새벽에 테스가 일어났을 때도 눈은 하염없이 내리고 있었다. 눈이 굴뚝으로 날아들어 구두 밑창에 묻을 정도로 방바닥에 쌓여 있어 테스가 걸을 때마다 발자국이 생겼다. 밖에서 휘몰아치는 눈보라로 부엌 안은 뿌옇게 서리가 낄 정도였고 밖은 아직 캄캄해서 앞을 볼 수가 없었다.

테스가 순무 밭에서는 일은 할 수 없을 거라고 생각하면서 작은 등불 아래서 아침 식사를 마쳤을 때, 마리안이 와서 눈이 오지 않을 때까지는 다른 여자들과 함께 헛간에서 밀을 훑은 작업을 하게 되었다고 전해 주었다. 둘은 가장 두꺼운 겉옷을 입고 털목도리를 목에 둘러 가슴을 여민 다음 등불을 끄고 바깥으로 나왔다. 캄캄하던 밖은 희끄무레한 잿빛으로 변해 가고 있었다. 그들은 되도록 눈보라를 피하기 위해 몸을 웅크린 채 산울타리를 방패 삼아 얼어붙은 땅을 밟고 가려 했으나, 산울타리는 바람을 걸러줄 뿐 바람을 막는 병풍 역할은 하지 못했다. 난무하는 눈보라로 하늘은 하얗게 질린 듯했고 만물은 무색 혼돈의 세계에 잠겨 버린 듯했다. 그러나 두 사람의 마음은 매우 상쾌했다. 건조한 고원 지대에서 이런 날씨를 맞는다는 것은 한편으로는 매우 즐거운 일이었던 것이다.

"테스, 넌 이런 날씨에도 아랑곳없이 예뻐지기만 하는구나. 그 사람이 너의 아름다운 모습을 본다면!"

"마리안, 그이 얘기는 제발 하지 말았으면 좋겠어."

"하지만 속으로는 보고 싶은 거지? 안 그래?"

대답 대신 테스는 눈물을 글썽이며 어렴풋이 짐작되는 남미 쪽으로 급히 얼굴을 돌렸다. 그러고는 입술을 뾰족이 내밀어 브라질의 남편에게로 키스를 눈보라에 실어 보내는 것이었다.

"그래, 네 심정도 알 만해. 하지만 아무리 생각해도 너희 부부는 이상해. 이젠 아무 말도 않겠어. 그건 그렇고 날씨가 왜 이 모양이지? 밀 헛간에 들어가 있으면 추위쯤이야 참을 수 있겠지만, 밀 훑는 일은 순무 캐는 일보다 더 힘들거든. 나야 몸이 튼튼하니까 견뎌 내겠지만 몸이 약한 넌 힘들 거야. 주인이 왜 너한테까지 이런 일을 시키는지 모르겠어."

그들은 헛간에 이르러 안으로 들어갔다. 길다란 헛간 한쪽 구석에 곡식이 쌓여 있었고, 가운데 작업 장소에는 오늘 중에 해치워야 할 분량의 밀 단이 기계 앞에 쌓여 있었다.

"어머나, 이즈!"

마리안이 외쳤다. 틀림없는 이즈가 그들 앞으로 다가왔다. 그녀는 어제 오후에 집에서 출발해 줄곧 걸어왔는데, 생각보다 길이 멀어 저녁 늦게야 도착하게 되었다. 그래도 눈보라가 치기 전에 도착했기 때문에 지난밤은 주막에서 지내고 이제 막 이곳으로 왔던 것이다. 농장 주인은 어제 이즈의 어머니를 장터에서 만났을 때 그녀가 그날 저녁까지 도착한다면 고용하겠다고 약속했으므로, 이즈는 늦어서 해약이 될까 봐 걱정하고 있었다.

테스와 마리안 그리고 이즈 외에 이웃 마을에서 온 여자 둘이 더 있었다. 남자 못지않게 괄괄한 그들이 스페이드 여왕이라던 카와, 또 다이아몬드 여왕이라고 불리던 그녀의 여동생임을 알고 테스는 너무 놀랐다. 그들은 예전에 트랜트리지에서 테스에게 시비를 걸었던 바로 그 여자들이었다. 그러나 그들은 테스를 기억하지 못했다. 얼굴도 전혀 생각이 안 나는 모양이었다. 그도 그럴 것이 그때 두 사람은 술에 취해 있었고, 지금처럼 그곳에 잠깐 머물렀던 것이기 때문이었다. 그들은 남자가 하는 일, 이를테면 우물을 파거나 울타리를 두르거나 도랑 파는 일도 척척 해낼 수 있는 여자들이었다. 밀 훑은 솜씨도 능숙했으므로 그들은 우쭐해서 세 사람을 둘러보았다.

모두 장갑을 끼고 밀 이삭을 훑어 내는 기계 앞에 서서 일을 시작했다. 햇살이 점점 밝아졌다. 헛간 문으로 들어오는 빛은 마당에 쌓인 눈에 반사되어 밀에서부터 위로 비쳐 들었으므로 헛간 안은 한층 밝았다. 테스와 두 친구는 밀단을 한 아름씩 잇달아 훑곤 했는데, 추잡한 이야기를 지껄여 대는 다른 두 여자 때문에 하고 싶은 옛날 이야기를 마음놓고 할 수가 없었다.

이윽고 바삭바삭 눈을 밟는 소리가 들리더니 말을 탄 농부 하나가 헛간 문 앞에 다가왔다. 농부는 말에서 내려 헛간 안에 있는 테스에게로 다가오더니 그녀의 옆모습을 뚫어지게 쳐다보았다. 테스는 처음에는 그에게 신경을 쓰지 않다가 그가 너무 유심히 쳐다보는 바람에 돌아보았다. 그녀를 고용한 농장 주인은 바로 큰길에서 과거를 들추어내어 그녀를 도망치게 한, 언젠가 에인절에게 얻어맞았던 바로 그 농부였다. 테스가 다 훑은 밀 단을 바깥 짚더미로 날라 갈 때까지 기다리던 주인이 마침내 그녀에게 말을 건넸다.

"아가씨가 바로 내 친절을 건방지게 받아들인 그 젊은 여자구먼. 젊은 여자가 고용됐다는 얘길 듣고 혹시 네가 아닐까 생각했지. 이봐, 넌 애인과 함께 여관에서 날 골탕먹였고, 길에서 만났을 때도 도망쳐서 날 골탕먹였다고 생각할지 모르지만, 이번엔 내가 버릇을 단단히 가르쳐야겠어."

그는 냉소하듯 소리 내어 웃으며 말을 마쳤다. 왈가닥 자매와 주인 사이에 끼여 마치 그물에 걸린 새처럼 된 테스는 묵묵히 일만 했다. 세상 경험을 통해 사람의 성격을 제법 판단할 수 있게 된 그녀인지라 주인의 괄괄한 성격이 무섭지는 않았다. 다만 클래어에게 당한 분풀이를 자신에게 할 것 같아 두려웠을 뿐이었다. 그녀는 이제 남자들이 자신에게 다정하게 대하는 것보다 오히려 미워해 주는 것이 마음 편했고, 그만한 것쯤은 참아 낼 용기도 있었다.

"아마 넌 내가 너한테 반했다고 생각할지도 모르는데 말이다, 세상에는 남자들이 슬쩍 쳐다보기만 해도 자기에게 반했다고 생각하는 바보 같은 여자들이 많거든. 그런 바보 같은 여자들에겐 겨우내 밭일을 시키는 게 좋다고. 너도 성신 강림절까지 일하기로 계약서에 서명한 이상 내게 용서를 비는 게 좋을 걸."

"용서는 당신이 빌어야 해요."

"좋아. 좋도록 하라고. 하지만 이 집에서 누가 주인인지 곧 알게 될 거야. 그래, 네가 오늘 턴 밀 단은 겨우 저것뿐인가?"

"네."

"형편없군. 저기 저 여자들은 너보다 훨씬 많이 한 걸 보란 말이야."

그는 왈가닥 자매를 가리키며 말했다.

"저 사람들은 손에 익은 일이지만 난 처음 해 보는 일이에요. 하지만 당신은 손해 볼 것이 없다고 생각하는데요. 저마다 맡은 몫이 있고, 또 일한 만큼 품삯을 받으니까요."

"손해 보는 게 왜 없어? 난 헛간을 빨리 치우고 싶다고."

"다른 사람이 2시에 일을 그만두어도 난 해질 때까지 일하겠어요."

주인은 기분 나쁜 표정으로 그녀를 한참 쳐다보다가 가 버렸다. 어디에 간다 해도 이곳보다는 나쁘지 않을 거라는 생각이 들었지만, 테스는 남자들이 치근대는 것보다는 이 편이 오히려 나을지도 모른다고 생각했다. 2시가 되자 솜씨가 좋은 두 여자는 일을 모두 끝마치고 밖으로 나갔다. 마리안과 이즈도 자기 몫의 일을 다 끝냈지만 테스를 도와주기 위해 밖으로 나가지 않고 헛간에 계속 남았다.

"이제야 겨우 우리 셋이 남았어!"

여전히 휘몰아치는 눈보라를 보면서 마리안이 기쁜 듯 말했다. 그들은 꿈 많던 낙농장 시절의 추억에 대해 이야기하기 시작했고, 자연히 에인절 클래어에게로 화제가 쏠려 그를 사모하던 갖가지 추억들이 쏟아져 나왔다. 명색뿐이지만 그래도 에인절 클래어의 부인이라는 사실에 긍지를 느끼며 테스가 말했다.

"이즈, 그리고 마리안, 난 옛날과 같은 기분으로 너희들과 함께 그이 얘기를 할 수는 없어. 먼 곳에 있긴 하지만 그이는 내 남편이니까."

클래어를 사랑하던 네 처녀 중에서도 이즈는 가장 당돌하고 빈정대기 잘하는 편이었다.

"그 사람은 애인으로서는 정말 멋진 남자였어. 하지만 남편으로서는 좋은 사람이 아닌가 봐. 널 두고 가 버린 걸 보면."

"그인 피치 못할 사정으로 간 거야. 농장을 물색해야 했으니까."

테스는 변명했다.

"하지만 네가 겨울을 날 수 있도록 해 주고 가도 좋았을 텐데."

"아, 그건 사소한 사정 때문이야. 서로 약간씩 오해가 있었으니까. 난 그이를 위해 변명해야 할 게 많아. 그이가 나한테 알리지도 않고 가 버린 건 아니니까. 그러니까 난 그이가 어디 있는지 알고 있단 말이야."

테스는 울음 섞인 목소리로 말했다. 그들은 다시 입을 다물고 일을 계속했다. 헛간에는 밀 이삭 훑는 소리와 밀 이삭 자르는 소리만이 들렸다. 그러다가 갑자기 테스가 밀 이삭 더미 위에 주저앉았다.

"너한테는 힘겨운 일인 줄 알았어. 이 일은 나처럼 몸이 튼튼해야 한다니까."

마리안이 외쳤다. 그때 농장 주인이 헛간으로 들어왔다. 그는 테스에게 빈정댔다.

"흥, 내가 없으니 벌써 이 모양이군."

"하지만 내가 손해 보면 보았지 당신이 손해날 건 없잖아요?"

"난 빨리 끝내고 싶다고."

주인은 헛간을 가로질러 맞은편 문으로 나가면서 퉁명스럽게 말했다.

"주인 말에 마음 상할 것 없어. 난 예전에도 여기서 일한 경험이 있거든. 저쪽에 가서 쉬어. 이즈와 내가 다 해 줄 테니까."

"미안해서 어떡하지? 키는 그래도 내가 제일 큰데……."

테스는 너무 지쳤으므로 마리안의 말대로 잠시 누워 쉬기로 했다. 그녀는 알곡을 털어 내고 난 밀 단을 한 무더기 쌓아 둔 구석으로 가서 그 위에 누웠다. 그녀가 그렇게 지친 것은 피로한 탓도 있었지만 남편과의 이별이 화젯거리가 되는 바람에 흥분했기 때문이기도 했다. 아무 생각 없이 멍청히 누워 있는 그녀의 귀에 두 친구가 훑고 있는 밀짚이 스치는 소리와 이삭을 베는 소리가 유달리 크게, 날카롭게 들려오는 듯했다. 그뿐만 아니라 두 친구가 소곤거리는 소리가 들려왔다. 둘은 어떤 이야기에 열중하고 있었는데 목소리가 너무 작아 들리지가 않았다. 그럴수록 테스는 그들이 무슨 얘기를 하는지 궁금해 견딜 수가 없었으므로 억지로 일어나 피로가 회복된 듯 다시 일을 시작했다.

잠시 후에는 이즈 휴에트가 쓰러졌다. 어젯밤 먼 길을 걸어온 데다가 밤중에 겨우 자리에 들었고 또 새벽에 일찍 일어난 탓으로 피로가 겹친 모양이었다. 마리안만이 타고난 체질과 술기운 덕분으로 끄떡없었다. 테스는 이제 피로가 회복되어 혼자서 충분히 할 수 있으니까 가서 쉬라고 이즈에게 말했다. 이즈는 테스의 말을 기꺼이 받아들여 자기 숙소로 돌아갔다. 오후 이맘때면 으레 술을 마시고 달콤한 기분에 빠지곤 하는 마리안이 꿈꾸듯 말했다.

"그 사람이 그럴 줄은 정말 몰랐어. 난 정말 그 사람을 사모했지만 말이야. 그 사람이 너하고 결혼한 건 괜찮지만, 이즈한테는 정말 심했어."

테스는 그 말에 너무 놀라 하마터면 낫에 손가락을 베일 뻔했다. 테스는 더

듣거리며 물었다.

"내 남편…… 말이니?"

"응. 이즈가 너한테는 말하지 말라고 신신당부했지만, 난 말 않고는 못 배길 것 같아. 그 사람이 이즈한테 뭐라고 했는지 아니? 글쎄, 브라질로 같이 가자고 했다는 거야."

테스의 얼굴은 바깥 풍경처럼 하얗게 질렸고 부드럽던 표정도 굳어졌다.

"그래서 이즈가 그걸 거절했대?"

"글쎄, 그건 잘 모르겠는데, 어쨌든 그 사람 마음이 변했다나 봐."

"그렇다면 처음부터 진심으로 그런 건 아니겠지. 남자들이 흔히 하는 농담이었을 거야."

"아냐, 그 사람이 진지하게 말했대. 더구나 둘이서 마차를 타고 정거장으로 한참을 달렸대."

"그래도 이즈를 데려간 건 아니잖아."

둘은 다시 아무 말 없이 일을 계속했다. 그러다 갑자기 테스가 울음을 터뜨렸다.

"역시 내가 말하지 말 걸 그랬나 봐."

"아냐, 말해 줘서 고마워. 내가 여태까지 그이한테 너무 소홀했던 모양이야. 내가 부지런히 편지라도 보냈어야 했는데. 더 이상 망설이면 안 되겠어. 모든 걸 그이에게만 맡기고 그이에게 무관심했던 건 내 잘못이야. 그이는 날 데리고 가진 못하지만 편지하지 말라는 말은 하지 않았어. 그게 내 잘못이었어. 내가 너무 무심했어!"

헛간 속이 점점 어두워졌으므로 그들은 더 이상 일을 계속할 수가 없었다. 그날 밤 테스는 숙소로 돌아와 자기 방에 혼자 있게 되자 클래어에게 열심히 편지를 쓰기 시작했다. 그러다 문득 의혹이 생겨 끝까지 쓸 수가 없었다. 잠시 후 그녀는 리본에 달아 목에 소중하게 걸고 다니던 반지를 풀어 밤새 그 반지를 손가락에 끼고 있었다. 그것은 헤어진 지 얼마 되지도 않아서 다른 여자에게 마음을 쏠 정도로 믿을 수 없는 남편이지만, 그래도 자신이 틀림없는 에인절 클래어의 부인이라는 것을 새삼 확인하려는 듯이 보였다. 그러나 사실을 이미 다 알아 버린 그녀로서는 남편에게 애원하거나 애정을 고백하는 편지를 새삼스럽게 쓸 수는 없었다.

44

헛간에서 마리안이 들려준 이야기에 자극을 받아서인지, 요즘 테스는 멀리 떨어진 에민스터 목사관으로 자주 마음이 쏠리곤 했다. 남편은 어려운 일이 있을 때 목사관에 편지하거나 연락하라고 테스에게 일렀지만, 자신에게 그럴 권리가 없다고 생각한 그녀는 그런 충동을 애써 눌러 오곤 했다. 독립심이 강한 그녀는 받을 자격도 없으면서 사랑과 동정에 의해 무언가 받으려 한다는 것은 나쁜 일이라고 생각했기에 어찌 되든 모든 걸 혼자 힘으로 해결하려고 애써 왔던 것이다. 클래어의 일시적인 충동으로 결혼식을 올리고, 그것으로 남편의 식구들과도 한가족이 되었다는 사소한 사실로 순전히 명목만의 권리를 주장하는 것은 애초부터 포기하려고 결심했던 그녀였다.

그러나 이즈의 이야기를 듣고 고통으로 가슴 태우는 테스로서는 이제 더 이상 참을 수가 없었다. 왜 남편은 편지조차 하지 않는 것일까. 적어도 여행하는 지방만은 알려 주겠다고 하지 않았던가. 그런데 그는 한 번도 주소를 알려 준

적이 없었다. 그는 정말 테스를 잊은 것인지, 아니면 병이라도 난 것인지…. 자신이 먼저 남편에게 편지했어야 옳지 않았을까.

테스는 근심하다가 마침내 용기를 내어 목사관을 찾아가기로 결심했다. 그들을 방문하여 남편의 소식을 묻고, 남편에게서 아무런 소식도 받지 못하는 슬픔을 전하고 싶었다. 소문대로 남편의 부친이 선량한 분이라면 자신의 고독한 심정을 이해해 줄 것도 같았다. 생활의 궁색함을 드러내지 않고 그들을 만난다면 부끄러울 것도 없다는 생각이 들었다.

평상시에는 농장에서 나갈 기회가 없었으므로 기회는 일요일뿐이었다. 게다가 프린트콤 애슈에는 아직 철도가 놓이기 전이어서 걸어가야 했고, 가는 길만도 거리가 15마일이나 되었으므로 하루 만에 갔다 오려면 새벽 일찍 일어나 출발해야 했다.

2주일이 지난 뒤 눈이 다 녹고 된서리가 내려 길이 단단해지자 테스는 마침내 길을 떠날 채비를 차렸다. 마리안과 이즈는 테스의 이번 여행이 남편과 관계 있음을 알고 큰 관심을 보였으며, 테스의 숙소까지 와서 출발을 도와주었다. 테스는 시아버지가 믿는 엄격한 장로교 교리를 알고 있었기 때문에 복장에는 신경을 쓰지 않으려 했으나, 두 친구는 시부모님의 마음에 들기 위해 가장 예쁜 옷을 입고 가야 한다고 우겼다. 할 수 없이 테스는 결혼식 때 마련했던 옷가지 중에서 그녀의 분홍빛 얼굴과 흰 목덜미를 잘 드러나게 해 주는 주름 잡힌 흰 칼라가 달린 회색 모직 외투와 까만 비로드 재킷을 골라 입었다.

"네 남편이 네 예쁜 모습을 볼 수 없는 것이 아쉽다. 정말 아름다워."

단장을 하고 모자를 쓴 테스를 노란 촛불 빛으로 눈여겨보며 이즈 휴에트가 말했다. 테스가 같은 여자에게 미치는 영향은 유달리 따스하고 꿋꿋한 힘을 지니고 있어, 이상하게도 자기보다 하찮은 여자들의 적의라든지 시기심을 무산시켜 버렸다.

친구들은 여기저기 마지막 손질을 해 주고 솔로 먼지도 털어 준 다음 테스를 떠나보냈다. 이윽고 테스는 먼동이 트기 전의 진줏빛 대기 속으로 사라졌다. 굳은 길바닥을 터벅터벅 걸어가는 테스의 발걸음 소리가 친구들의 귀에도 들려왔다. 이즈는 테스의 소원이 이루어지기를 빌었다. 자신의 덕행을 새삼 대견스럽게 여기는 건 아니었지만, 그래도 순간적으로 클래어의 유혹을 받았을 때 친구를 배반하지 않았던 스스로가 자랑스럽게 여겨졌다.

테스는 내일로 결혼한 지 꼭 일주년이 된다는 사실을 깨달았다. 사흘만 지나면 클래어와 헤어진 지도 꼭 일년째가 되는 셈이었다. 그녀는 길고 길었던 별거를 이제는 끝내야겠다고 마음먹고 있었다. 시어머니의 마음에 들 수만 있다면, 그리하여 시부모님에게 모든 과거를 말하고 용서받을 수만 있다면 남편의 사랑을 되찾는 일도 쉬울 것 같았다. 오늘처럼 건조하고 해맑은 겨울 아침에 그런 희망을 가지고 메마른 고원 지대의 산등성이를 가벼운 걸음걸이로 떠나는 것은 결코 기분 나쁜 일이 아니었다.

얼마 후 그녀는 넓게 뻗어 있는 가파른 내리막길에 이르렀다. 발 아래에는 블랙모어 분지의 기름진 땅이 안개에 덮인 새벽 속에 고요히 누워 있었다. 고원의 대기는 무색 투명했으나 발 아래의 대기는 푸른빛으로 가득 찼고, 수없이 깔려 있는 작은 밭들이 마치 그물처럼 펼쳐져 있었다. 푸름 분지처럼 발 아래 경치도 언제나 푸른빛이었지만 이제 그녀는 예전같이 고향을 사랑할 수는 없었다. 그 분지야말로 그녀가 슬픔을 잉태한 장소였기 때문이었다. 그녀에게 아름다움은 다른 사람들이 느끼듯 물체의 외형에 있는 것이 아니라 그 물체가 상징하는 것에 있었던 것이다.

테스는 블랙모어 분지를 오른편에 끼고 서쪽을 향해 앞으로 계속 나아갔다.

목적지의 중간쯤 되는 작은 마을에서 간단히 식사를 한 다음 다시 발걸음을 재촉했다. 남은 길은 지나온 길보다 평탄했다. 그러나 목적지가 점점 다가오자 그녀의 용기도 조금씩 줄어들었고, 자신이 과연 목적을 달성할 수 있을지 의아스러워졌다. 자신의 목적이 너무 큰 것처럼 생각되는 반면, 길이 너무 희미하게 보이는 바람에 길을 잃을 뻔하기도 했다. 그녀는 정오 때쯤 되어서 에민스터 목사관이 있는 분지의 한쪽 문 앞에 이르렀다.

목사관의 네모난 탑, 그 탑 아래서 목사와 교인들이 모여 예배를 드리고 있다고 생각하자 그 탑이 엄숙해 보였다. 테스는 어떻게 해서든지 주일이 아닌 다른 날에 올걸 하는 후회가 생겼다. 신앙이 두터운 목사가 테스의 딱한 처지를 짐작 못하고 하필 주일에 찾아왔다는 사실에 편견을 가질지도 모른다는 생각이 들어서였다. 그러나 이제는 들어가 볼 수밖에 없었다. 그녀는 지금까지 신고 왔던 투박한 장화를 벗고 예쁜 에나멜 가죽 구두로 바꾸어 신었다. 장화는 나중에 찾기 쉽도록 문 기둥 옆 울타리 사이에 끼워 놓은 다음 언덕길을 내려갔다. 목사관에 가까워짐에 따라 신선한 바깥 공기에 발그레해졌던 그녀의 장밋빛 뺨이 차츰 혈색을 잃고 파리해졌다.

테스는 자신에게 도움이 될 만한 우연이 생기길 바랐으나 아무런 우연도 생기지 않았다. 목사관 정원의 나무들은 차가운 바람에 음산한 소리를 내고 있었다. 그녀는 정장을 하고 예의에 어긋나지 않게 이곳을 오기는 했지만, 여기가 그리운 시집이라는 느낌이 아무리 상상력을 발휘해도 가슴 깊이 느껴지지 않았다. 그러나 성질이니 감정이니 하는 점에서 테스와 시댁 식구들과 구분되는 본질적인 것은 아무것도 없었다. 고통과 즐거움과 생각과 태어남과 죽음과 죽은 뒤의 경우까지도 인간적인 측면에서는 마찬가지였다.

그녀는 용기를 내어 안으로 들어가 현관의 초인종을 눌렀다. 이제는 돌아설 수도 없었다. 그녀는 가슴을 조이며 안에서 인기척이 나기를 기다렸다. 먼 길을 걷느라 피곤한 데다가 정신적 긴장까지 겹쳐 테스는 잠시 쉬기 위해 현관 벽에 팔꿈치를 대고 몸을 의지했다. 차가운 바람에 시들어 잿빛으로 변한 담쟁이덩굴이 바람이 불 때마다 잎사귀가 서로 얽혀 그녀의 신경을 자극했다. 쇠고기를 쌌던 피 묻은 종이가 어느 집 쓰레기통에서 나와 길바닥에 나뒹굴고 있었다.

아무리 기다려도 안에서 대답이 없자 테스는 다시 한 번 초인종을 눌렀다. 두 번째 누른 초인종은 처음보다 훨씬 크게 울렸지만 여전히 아무런 대답이 없었다. 테스는 현관을 나와 대문을 열고 밖으로 나왔다. 다시 눌러 보고 싶은 생각이 있어 망설이기도 했지만, 밖으로 나온 순간 그녀는 안도의 한숨을 내쉬었다. 하지만 자신이 누군지 미리 알고 집안에 들이지 않으려고 문을 열어주지 않는 것 같은 생각이 자꾸 들었다. 그럴 리가 없는데도 그런 생각이 그녀의 뇌리에서 떠나지 않았다.

테스는 집 모퉁이까지 걸어갔다. 그러나 불안한 현실에서 도피하여 장래에 더 큰 불행을 가져오고 싶지는 않았으므로 그녀는 발길을 돌려 목사관으로 다가가 창문으로 안을 들여다보았다. 그녀는 비로소 아무도 나오지 않은 이유를 알았다. 그 집 식구는 한 사람도 빠짐없이 모두 교회에 간 것이다. 테스는 언젠가 남편이, 아버지는 하인까지도 예배에 참석하기를 원하셨기 때문에 일요일에는 집에 돌아오면 식은 음식을 먹는 일이 예사라고 말했던 것을 기억해냈다. 시집 식구들을 만나려면 예배가 끝날 때까지 기다려야 한다는 사실을 깨달은 테스는 그곳에서 서성이다 남의 눈에 띌까 두려워 교회 뒤쪽 오솔길에 숨어 있으려고 그곳으로 발걸음을 옮겼다.

그런데 테스가 교회 마당을 지나치려는 순간 예배가 끝난 신도들이 갑자기

한꺼번에 나오는 바람에 그들 틈에 휩쓸리고 말았다. 교인들은 길에서 우연히 마주친 낯선 사람을 쳐다보듯 테스를 무심히 대수롭지 않게 쳐다보곤 했다. 그녀는 오던 길을 되돌아 빠른 걸음으로 비탈길을 올라갔다. 목사 가족들이 점심을 끝마칠 때까지 잠시 산 위에 숨어 있다가 그들을 만나는 것이 서로에게 편할 것 같았다. 그녀는 곧 교인들과 떨어졌는데 팔짱을 긴 젊은 남자 둘이 그녀의 뒤에서 바삐 걸어오고 있었다.

그들이 가까워지자 진지한 이야기에 열중하고 있는 그들의 음성이 귀에 들렸다. 그녀와 같은 처지의 여자들만이 가지는 직감으로 그녀는 남편의 음성과 비슷한 그들의 음성에 귀를 기울였고, 즉각 그들이 남편의 형들임을 알아차렸다. 아직 그들을 만날 마음의 준비도 갖추지 않은 터라 테스는 자신의 계획을 생각할 틈도 없이 당황스럽기만 했다. 그들이 자신을 알아볼 리야 없겠지만, 테스는 본능적으로 그들이 낯선 자신을 유심히 살펴볼 것이 두려웠다. 그들의 걸음이 빨라질수록 테스의 걸음도 빨라졌다. 그들은 오랜 시간 예배를 보느라 차가워진 몸을 녹이려고 점심을 먹기 전에 잠시 가벼운 산책에 나선 것이었다.

언덕을 올라가는 테스 앞에 젊은 숙녀가 걷고 있었다. 어딘지 좀 어색하게 보일 정도로 새침하게 점잔을 빼고 있었으나 상냥해 보이는 젊은 여자였다. 테스가 그녀를 거의 뒤따라갔을 때 남편의 형들도 바로 테스 뒤까지 따라왔으므로 그들의 이야기를 분명하게 들을 수 있었다. 형들 중 하나가 앞에 가는 젊은 숙녀를 보았는지 이렇게 말했다.

"저기 머시 찬트가 있어. 우리 따라가 보자."

테스도 그 이름을 알고 있었다. 에인절의 부모가 며느릿감으로 정해 놓았던 여자로, 테스만 아니었다면 그의 아내가 되었을지도 모르는 여자였다. 설사 테스가 그런 내용을 몰랐다 해도 곧 알게 되었으리라. 왜냐하면 형들 중 하나가 이런 말을 했기 때문이었다.

"아 가엾은 에인절! 난 머시 찬트를 볼 때마다 젖 짜는 처녀인지 뭔지 하는 여자에게 쉽게 반해 버린 그 녀석의 경솔한 행동이 원망스러워진단 말이야. 아무리 생각해도 이해할 수가 없어. 그 여자가 에인절과 다시 만났는지 그건 잘 모르겠지만, 몇 달 전에 편지가 왔을 때만 하더라도 별거하고 있는 것 같았어."

"나도 잘 모르겠어. 요즘은 나한테도 소식이 없으니까. 그 앤 처음부터 유별난 의견 때문에 나하고 사이가 멀어졌는데, 이번에 그 애가 분별없는 결혼을 하는 바람에 사이가 더 나빠진 것 같아."

테스는 더 멀리 걸으려다 그렇게 되면 혹시 그들의 시선을 끌게 될 것 같아 묵묵히 걸음만 재촉했다. 드디어 그들이 테스를 앞질렀고, 앞서 가던 젊은 숙녀가 발걸음 소리를 듣고 뒤돌아보았다. 세 사람은 서로 인사를 하고 악수도 나눈 다음 한데 어울려 걸었다. 얼마 뒤 언덕 꼭대기에 이른 그들은 그곳이 산책의 마지막 지점이기나 한 듯 걸음을 늦추고는 조금 전에 테스가 멈추어 서서 마을을 내려다보던 문 쪽으로 발걸음을 옮겼다. 서로 이야기를 주고받다가 에인절의 형들 중 하나가 우산으로 산울타리를 조심스럽게 뒤적이더니 무언가를 밝은 곳으로 끄집어냈다.

"이것 봐. 낡은 장화가 한 켤레 있어. 거지나 떠돌이가 버린 모양이야."

"아마 맨발로 마을에 들어와 사람들의 동정을 얻으려는 거지의 짓인지도 몰라요. 그래요, 틀림없어요. 아직도 쓸 만한 여행 구두인걸요. 이런 구두를 버리다니 정말 나쁜 짓이에요. 가난한 사람에게나 갖다 줘야겠어요."

머시 찬트가 말하자 장화를 발견한 카드버트 클래어가 구부러진 지팡이 끝으로 장화를 걸어 올려 그녀에게 주었다. 이리하여 테스의 장화는 남의 물건이 되어 버렸다.

그들의 이야기를 듣고 있던 테스가 털실로 짠 베일로 얼굴을 가리고 그들 곁을 지나쳐 내려가다 뒤돌아보았을 때 그들은 장화를 든 채 언덕길을 내려가고 있었다. 테스는 다시 걷기 시작했다. 눈물이 자꾸만 흘러내려 뿌옇게 앞을 가렸다. 조금 전의 상황이 자신에 대한 벌이라고 생각하는 것은 감상적이고, 괜한 과민한 생각일 뿐이라는 사실을 잘 알면서도 그녀는 그런 생각을 떨쳐 버릴 수가 없었다. 마음이 나약한 그녀인지라 그것을 불행의 징조로밖에 생각할 수가 없었고, 그래서 시집을 다시 방문한다는 것이 쉽지 않은 일로 생각되었다.

에인절의 아내는 자신이 생각하기에 대단한 존재인 그 목사들에게서 쫓겨난 듯한 기분이 들었다. 물론 그들은 아무 생각 없이 한 일이지만 테스가 남편의 아버지가 아닌 형들을 만나게 된 것은 불행한 일이었다. 그의 아버지는 편협하기는 했으나 까다롭지 않고 옹졸하지도 않았으며 자비로운 사람이었기 때문이다. 테스는 장화 생각을 하게 되자 그것이 세 사람의 조롱 거리가 되었다는 사실이 서글펐고, 그 신발 주인의 인생이 얼마나 절망적인가를 뼈저리게 느끼지 않을 수 없었다. 그녀는 자기 연민에 사로잡혀 새삼 한숨을 내쉬며 중얼거렸다.

"아, 그이가 사 준 예쁜 구두를 아끼려고 험한 길을 그 장화를 신고 왔다는 사실을 그들은 모를 테지. 어림도 없어. 알 리가 없지. 이 아름다운 옷을 그이가 골라 주었다는 사실도 모를 거야. 물론 알 수조차 없을 테지. 알았다 해도 무시했을 거야. 그들은 이제 에인절을 사랑하지 않으니까. 가엾게도……."

테스는 사랑하는 남편을 위해 슬퍼했다. 낡은 인습에 젖은 남편의 고루한 생각이 그녀에게 슬픔을 준 것은 사실이지만, 그녀가 아들들을 척도로 시아버지의 성품을 판단하고 마지막 순간에 용기를 잃고 발걸음을 돌려버린 것은 그녀 인생에서 최대의 실수였다.

테스의 지금의 처지야말로 늙은 시부모의 동정을 사기에 충분한 것이었다. 독단적인 그들은 '학자'나 '위선자'들의 고민에 대해서는 냉정했지만 '세리'나 '죄 많은 사람'에 대해서는 아낌없는 동정을 베풀었으므로, 그러한 그들의 성격이 테스에게는 오히려 유리할는지도 몰랐다. '돌아온 탕자'를 용서하는 아버지와 같은 너그러움으로 그들은 분명 테스의 허물을 용서해 주었으리라.

그녀는 조금 전의 일이 자신에 대한 벌이며 불행의 징조라고 생각하는 마음이 아직 남아 있는 상태였기 때문에, 이곳에 올 때 희망에 부풀었던 것과는 반대로 어떤 위기가 올 것 같은 예감을 느끼며 힘없이 되돌아가고 있었다. 이제 시부모님을 만나려는 용기가 새로 솟아날 때까지는 고원 지대의 메마른 밭에서 일을 계속하는 수밖에 없으리라.

고원 지대의 농장으로 되돌아가는 테스는 걷고 있는 것이 아니라 헤매고 있는 것 같았다. 목적도 없이 그저 누군가에 의해 발걸음을 옮기는 것 같았다. 길은 멀고 지루해 이내 피로가 몰려왔다. 아침에 잠시 요기를 했던 작은 마을에 이르렀을 때 그녀는 교회 옆의 작은 농가에 들러 피곤한 몸을 쉬었다. 주인 아낙네가 부엌으로 우유를 가지러 갔을 때 테스는 거리를 내다보았다. 길에는 사람 하나 보이지 않았다.

"모두 낮 예배를 드리러 갔나 보지요?"

"아니야, 아가씨. 예배 시간은 아직 멀었어. 종도 울리지 않았는걸. 사람들은 저쪽 헛간에서 설교를 듣고 있을 거야. 어떤 전도사가 예배 시간이 없는 틈을 타서 전도하는 건데 훌륭하고 열성적인 신자래. 하지만 난 듣지 않을 거야.

교회에서 듣는 설교만으로도 충분한걸."

얼마 뒤 테스는 마을 안으로 걸어 들어갔다. 쥐 죽은 듯 고요한 마을의 정적을 그녀의 발소리가 깨뜨리고 있었다. 마을 중간에 이르렀을 때 또 하나의 소리가 울려왔고, 그 울림에 섞여 다른 소리도 들려왔다. 저 멀리에 있는 헛간을 본 그녀는 그것이 전도사가 설교하는 소리임을 알았다. 전도사의 음성은 고요하고 깨끗한 대기 속에 울려 퍼져, 칸이 막힌 헛간 밖에 있는 테스도 그 소리를 분명하게 들을 수 있었다. 그것은 신앙 전능주의식 설교로, 사도 바울의 신학에 설명된 것처럼 '믿으면 죄가 없다'는 주장이 설교의 내용이었다. 그런 상투적인 설교를 열광적으로 설명하는 것으로 미루어 보아 전도사는 변론가로서의 재능은 미숙한 것 같았다. 테스는 처음부터 듣진 않았지만 전도사가 같은 성경 구절을 반복해서 인용했기 때문에 내용을 짐작 할 수 있었다.

"어리석도다 갈라디아 사람들아, 예수 그리스도께서 십자가에 못 박히신 것이 너희 눈앞에 보이거늘, 누가 너희를 꾀더냐." (『갈라디아서』 제3장 1절)

설교를 듣던 테스는 전도사의 설교가 에인절 아버지의 주장을 한층 강력하게 표현한 것임을 알고 흥미를 느꼈다. 그 전도사가 자신이 어떻게 해서 그런 견해를 갖게 되었는지 자신의 경험담을 이야기하기 시작했을 때 그녀의 관심은 더욱 커졌다. 그는 많은 사람을 우롱하고 방탕한 생활을 하던 건달이었는데 어느 날 갑자기 회개하게 되었다. 그것은 어느 목사의 감화 때문이었는데 처음에는 그 목사를 모욕했다. 그러나 목사가 떠날 때 남긴 마지막 한마디가 가슴에 박혀 떠나지 않았고, 마침내 하느님의 은총으로 그 말이 그를 움직여 오늘의 전도사로 만들었다. 전도사의 그 이야기는 테스에게 큰 놀라움을 안겨 주었다.

그러나 더 놀라운 것은 그의 설교가 아니라 그의 음성이었다. 도저히 믿을 수 없는 일이었지만 그것은 알렉 더버빌의 음성이었다. 테스의 얼굴에 심한 불안의 빛이 스쳐 지나갔다. 그녀는 헛간 앞으로 가서 그 앞을 지나가 보았다. 겨울 햇살이 열린 한쪽 문으로 들어와 전도사와 청중들을 비춰 주고 있었다. 청중들은 모두 마을 사람들이었고, 그들 가운데는 테스가 언젠가 만났던 빨간 페인트 통을 들고 다니던 남자도 앉아 있었다. 그러나 테스의 시선은 곡식 포대 위에 서서 청중을 향해 설교하고 있는 전도사에게 멈췄다. 오후 3시의 햇살이 그를 정면으로 비추고 있었다. 그의 음성을 들으면서 그녀가 내내 느꼈던 불길한 예감, 자신을 유혹한 자가 눈앞에 있다는 그 불길한 확신이 기어이 거짓 없는 사실로 나타나고 만 것이었다.

제6부 알렉의 개심

45

테스는 트랜트리지를 떠난 뒤 지금까지 더버빌을 만난 적도 없고 그의 소식을 들은 적도 없었다. 그와의 뜻밖의 만남은 그녀가 조그만 자극에도 민감하게 반응하는 고통스러운 순간에 찾아온 것이었다. 기억력이란 짓궂은 것이어서 알렉이 과거의 잘못을 뉘우치고 개심자로서 마을 사람들 앞에 당당하게 서 있는데도, 테스는 지난날과 같은 공포감에 눌려 몸이 굳어져 움직일 수가 없었다.

그의 풍채는 예전처럼 훌륭했으나 테스는 다시금 불쾌감이 일었다. 그는 새까만 콧수염 대신 지금은 구식 턱수염을 기르고 있었다. 그리고 그는 목사 같은 엄숙한 복장을 하고 있었다. 그러한 복장 때문인지 표정도 달라져 보였다. 예전의 모습이 얼굴에서 흔적도 없이 사라져 버릴 정도로 표정이 변한 것 같아 테스는 한동안 그가 정말 옛날의 더버빌인지 믿기 어려웠다.

그러한 그의 입에서 엄숙한 성경 구절이 쏟아져 나온다는 사실이 테스에게는 소름 끼칠 정도로 오싹하게 느껴졌고 모순으로밖에는 여겨지지 않았다. 그녀는 4년 전에 귀에 익었던 그 음흉한 음성이 지금은 정반대의 목적을 위한 말을 하고 있다는 사실에 메스꺼움을 느꼈다.

그것은 개심이라기보다는 오히려 변모였다. 정욕적이었던 얼굴 윤곽은 신앙적인 열성의 곡선으로 바뀌었고, 유혹을 일삼던 입술은 이제 신에 대한 기원을 나타내고 있었다. 지난날 난봉기로 보였던 뺨의 광채도 이제는 경건함을 나타내는 빛으로 승화되어 있었다. 수욕은 광신으로, 이단주의는 사도주의로 변했으며, 지난날 테스 앞에서 거만하게 번뜩이던 부리부리한 눈은 광신의 정력으로 사납게 빛나고 있었다. 자신의 욕망이 방해받을 때 나타나곤 하던 심술궂은 표정은 다시금 타락 속에 빠지려 하는 배교자의 모습으로 그 얼굴에 나타나 있었다.

그러한 인상을 주는 그의 용모에는 어떤 불만이 감추어져 있는 것 같았고 어딘가 어울리지 않는 어색한 느낌을 주었다. 방탕한 그가 승화된 듯한 느낌을 주는 것부터가 잘못인 것 같았고 회개하려는 노력 자체가 위선으로만 느껴졌다.

이런 일이 정말 가능한 것일까. 테스는 그에게 더 이상 편견을 갖지 말아야겠다고 마음먹었다. 타락한 생활에서 신앙으로 자신의 영혼을 구한 사람은 더버빌만이 아니라 많이 있었다. 굳이 그의 경우만을 잘못된 것처럼 생각할 필요는 없을 것 같았다. 그가 예전의 그 음성으로 복음을 말하는 것을 들었을 때 거부 반응을 느낀 것은 어쩌면 선입관 때문인지도 몰랐다. 죄가 많은 자가 더 거룩한 자가 된다는 실례를 기독교 역사에서 얼마든지 찾아볼 수 있지 않은가.

이러한 생각들이 테스에게 다소 마음의 여유를 주었다. 뜻밖의 사실에 얼이 빠졌다가 제정신으로 돌아오자 그녀는 이곳에서 얼른 사라져 버리고 싶은 충동을 느꼈다. 그녀가 햇살을 등지고 서 있었기 때문에 그는 아직도 그녀를 알아보지 못하고 있었다. 그러나 테스가 몸을 움직인 순간 알렉은 그녀를 보고야 말았다.

그녀가 알렉에게 준 충격은 그녀가 받은 충격보다 훨씬 커서 그는 마치 감전이라도 된 듯 소스라치게 놀랐다. 열정적으로 내뱉던 설교도 어디론가 사라져 버린 것 같았다. 그는 무슨 말이든 하려고 안간힘을 쓰고 있었으나, 그녀가 눈앞에 있는 한 아무 소리도 나오지 않을 것 같았다. 그는 테스를 한 번 힐끔본 다음 얼른 다른 곳으로 시선을 돌렸으나 시선은 이내 그녀에게로 되돌아왔다. 그러나 이런 마비 상태는 오래가지 않았다. 침착함을 되찾은 테스가 서둘러 헛간을 나가 버렸기 때문이었다.

그녀는 사태를 생각할 여유가 생기자 서로의 변화에 깜짝 놀랐다. 자신에게 재앙을 준 사람은 영적으로 새 사람이 되었지만 자신은 여전히 죄 많은 사람인 듯싶었다. 성령의 불 속에서 새로이 태어나려는 알렉 앞에 자신이 다시 나타나 그 불을 꺼 버린 듯한 생각마저 들었다.

그녀는 뒤돌아보지 않고 계속 걸어갔다. 누군가가 자신의 뒷모습을 지켜보고 있지나 않을까 하는 두려움 때문에 그녀는 온몸에 눈이 달린 듯 신경이 곤두섰다. 이곳까지 걸어오는 동안에도 그녀는 참을 수 없는 슬픔에 빠져 있었는데, 이제 가슴속의 번민이 예전과는 달라졌다. 오랫동안 억눌러 왔던 애정에 대한 갈망은 잠시 자취를 감추고 여태까지 가슴속에서 떠날 줄 모르던 무자비한 과거가 마음을 억누르기 시작했다. 그 어느 때보다 과거에 대한 후회가 심해져 그녀는 완전히 절망 상태에 빠지고 말았다. 현재와 과거의 관계가 완전히 끊어지기를 그녀는 너무나 소망했는데 그 사슬은 쉽게 끊어지지 않는 것 같았다. 어쩌면 그녀가 이 세상에서 영원히 사라지지 않는 한 과거로부터 벗어나기란 불가능한 것 같았다.

그녀가 언덕을 향해 천천히 걸어 올라가고 있을 때 뒤에서 다급한 발걸음 소리가 들렸다. 뒤돌아보았더니 감리교 신자답게 괴상한 복장을 한 눈에 익은 모습의 남자가 다가오고 있었다. 이 세상에서는 두 번 다시 만나고 싶지 않았던 그 남자였다. 그러나 생각해 볼 겨를도, 몸을 피할 시간도 없었으므로 테스는 침착해지려고 애쓰면서 그가 따라오도록 내버려두었다. 그는 급하게 걸어온 것보다도 그녀를 만난 사실 때문에 더 흥분하고 있었다.

"테스!"

테스는 걸음을 늦추었으나 뒤를 돌아보지는 않았다. 그가 다시 말을 걸었다.

"테스, 나요. 알렉 더버빌이야."

테스는 그제야 뒤를 돌아보았고 알렉은 그녀 가까이 다가왔다. 그녀는 냉정하게 대답했다.

"알아요."

"인사가 그것뿐이오? 하긴 난 더 이상 바랄 자격이 없지. 내가 이런 옷차림을 하고 있는 것이 당신 눈에는 우습게 보일 테지? 하지만 난 이런 생활을 이겨내야 해. 난 당신이 아무도 모르는 곳으로 가 버렸다는 얘길 들었지. 테스, 당신은 내가 뒤쫓아온 걸 이상하게 생각하오?"

"네. 난 당신이 쫓아오지 않기를 바랐어요."

"그럴 테지."

테스와 나란히 걸으며 그가 침울하게 말했다. 테스는 마지못해 그와 나란히 걷고 있었다.

376

"하지만 날 오해하지는 말아 줘요. 당신을 처음 보았을 때 내가 당황해하는 걸 보고 당신이 오해했을까 봐 이런 소리를 하는 거요. 그건 어디까지나 순간적으로 당황한 거고, 지난 일을 생각하면 당연한 건지도 몰라. 하지만 난 의지의 힘으로 그걸 극복했어. 이런 말을 하면 당신이 날 비웃겠지만 난 곧 이런 생각을 했소. '하느님의 심판이 임하기 전에 모든 사람을 구원해야 한다.' 그중에서도 내가 몹쓸 잘못을 저지른 당신이야말로 구원해야 할 사람이라고 생각했소. 그런 이유 때문에 당신을 따라온 거요. 정말이오."

"당신 자신은 구원하셨나요? 자선은 맨 먼저 자신을 위해 베풀어야 하잖아요."

테스는 다소 경멸하는 투로 말했다. 그는 천연덕스럽게 대꾸했다.

"나 자신을 위해서는 아무것도 하지 않았소. 아까도 여러 신도들 앞에서 말했듯이 하느님이 모든 일을 하신 거요. 당신은 에민스터에 사는 목사님의 이름을 들어본 적이 있소? 물론 들었을 거요. 클래어라는 노(老) 목사님을 말하는 거요. 그분이 어떤 전도회를 위해서 2, 3년 전에 트랜트리지로 설교를 하러 온 일이 있었소. 그때만 해도 나는 참으로 형편없는 놈이라, 그분은 아무런 사감 없이 나에게 도리를 논해 주고, 올바른 길을 가르쳐 주려고 하셨는데도 나는 도리어 그분을 모욕함으로써 보복을 했단 말이오. 그러나 그분은 나의 행패에 조금도 노여워하지 않을 뿐더러, 언젠가는 당신도 성령의 첫 이삭을 받게 되리라, 조롱하러 온 사람도 때로는 머물러 기도할 때가 있으리라, 하고 말씀을 하셨소. 그분의 말씀 가운데 참으로 신기한 매력이라도 숨어 있는 듯이 그분의 말씀이 나의 가슴속 깊이 파고들었소. 하기야 그 당시에는 나도 그런 줄 몰랐었지. 사실은 어머니가 돌아가신 것이야말로 나에겐 큰 타격이었소. 그래서 나도 차차 밝은 햇빛을 우러러보게끔 되었고, 그 이후론 이 올바른 가르침을 다른 사람들에게 전하고 싶다는 것만이 나의 유일한 소원이었소. 그래서 오늘도 그것을 실행하던 참이었다오. 하긴 이 고장에서 설교를 하게 된 것은 얼마 되지 않았지만, 내가 전도를 처음 시작하고 몇 달 동안은 잉글랜드 북부 지방에서 전혀 모르는 사람들 속에 끼여서 설교했는데, 그 지방을 선택한 이유는 우선 그곳에서 초기의 서투른 연습으로 용기를 얻은 다음, 친지들이나 내가 방탕하던 시절의 많은 친구들에게 설교를 해 보겠다는 가장 엄숙한 시련을 스스로 받으려 했기 때문이오. 테스, 만약 당신이 제 손으로 제 볼을 몹시 때리는 기쁨을 이해할 수만 있다면 나는 반드시……."

"그런 얘긴 그만 하세요. 그런 엉터리 같은 얘기는 믿을 수가 없어요. 당신이 내게 그런 얘기를 하다니, 난 분해서 견딜 수가 없어요. 당신이 날 어떻게 망쳐 놓았는지 당신 자신이 더 잘 알 거예요. 당신 같은 사람들은 나 같은 여자를 마음대로 망쳐 놓고서도 실컷 이 세상의 쾌락을 즐길 수 있는 사람들이에요. 그러다가 싫증이 나면 회개했느니 새사람이 되었느니 하면서 뻔뻔하게도 천국의 낙을 누려 보려고 신자가 되고 말이에요. 정말 훌륭하시군요. 난 당신을 믿을 수가 없어요. 정말 지긋지긋하다고요, 당신이란 사람은!'

테스는 그에게서 물러나 길가의 난간에 기댄 채 노여움에 가득 찬 음성으로 소리쳤다. 알렉도 굽히지 않았다.

"테스, 너무 심하군그래. 회개한다는 것이 내겐 새로운 희망이었단 말이오. 당신은 날 믿지 않는 모양인데, 도대체 무얼 못 믿겠다는 거요?'

"당신이 회개했다는 거 말이에요. 당신이 종교로 구원받았다는 사실 말이에요."

"왜?'

"당신보다 더 훌륭한 사람도 그걸 믿지 않으니까요."

그녀는 나직하게 말했다.

"여자들이란 참! 더 훌륭한 그 사람이 대체 누구지?"

"말하고 싶지 않아요."

"좋아. 하느님 앞에서 내가 감히 착한 인간이라고 말할 수는 없지. 난 그런 말을 한 적도 없고, 이제 겨우 선이 무엇인지 깨닫기 시작했을 뿐이오. 하지만 늦게 깨달은 자가 더 많은 것을 깨달을 수도 있어."

그는 금방이라도 가슴속의 울화를 터뜨리려는 사람처럼 말했다. 테스는 슬프게 대답했다.

"네, 그건 사실이에요. 하지만 당신이 회개하고 새사람이 되었다는 사실은 믿을 수가 없어요. 당신이 가진 희망 따위는 오래가지 못할 거예요."

난간에 기대 있던 테스가 돌아서서 더버빌을 쳐다보았다. 더버빌도 눈에 익은 테스의 얼굴과 몸매를 유심히 바라보았다. 그의 비열한 성품이 지금은 그의 몸속에 얌전히 숨어 있지만 그렇다고 그것이 뿌리째 뽑혀진 것도, 완전히 사라진 것도 아니었다.

"나로선 당신 얼굴을 자주 안 보는 것이 좋을 것 같소. 무슨 위험한 일이 또 생길지도 모르니 말이오."

"듣기 싫어요."

테스는 쏘아붙였다.

"지금까지 여자의 얼굴이 큰 힘으로 날 지배해 왔기 때문에 그게 무섭다는 거요. 하긴 전도사는 여자 얼굴과 아무 상관이 없겠지만, 자꾸 잊으려는 과거가 되살아나서 말이오."

이런 이야기가 끝난 다음 대화가 끊어졌다. 둘은 생각난 듯 가끔 몇 마디씩 주고받을 뿐이었다. 테스는 그가 어디까지 따라올 것인지 궁금했지만 그렇다고 딱 잘라서 가라고 할 수도 없었다. 문이나 목장의 난간을 지나칠 때마다 거기에는 붉은색, 푸른색 페인트로 성경 구절이 적혀 있었다. 테스가 수고를 아끼지 않고 저런 일을 하고 다니는 사람이 누군지 아느냐고 묻자, 알렉은 자신과 자신의 동료들이 고용한 사람들이 썩어 빠진 정신을 가진 세상 사람들을 깨우쳐 주기 위해 그런 경구를 쓰고 있다고 대답했다.

그들은 크로스 인 핸드라는 곳에 이르렀다. 이곳은 거칠고 삭막한 이 고장에서도 유난히 음산한 곳이었다. 관광객들이나 화가들이 즐겨 찾는 풍요로운 고장과는 다른 성격의 아름다움이 이 을씨년스러운 곳에 스며 있었는데, 그것은 어떤 비장감마저 서린 서글픈 아름다움이었다. 이곳 지명은 이곳에 있는 돌기둥에서 비롯된 것인데, 험한 지층에서 캐낸 괴상한 돌로 만들어진 그 돌기둥에는 서투른 솜씨로 사람의 손이 새겨져 있었다.

그 돌기둥의 내력이나 그것이 세워진 목적에 대해 많은 이야기가 전해 오고 있었다. 처음엔 십자가 형태를 갖춘 돌기둥이었는데 지금은 받침돌만 남았다고 말하는 사람도 있고, 경계선이나 회합 장소를 알리기 위해 원래부터 지금의 형태대로 세워 놓았다고 말하는 사람도 있었다. 내력이야 어떻든 간에 들판 한가운데 돌기둥이 우뚝 서 있는 풍경은 보는 사람의 기분에 따라 불길하게도 느껴지고 엄숙하게도 느껴졌다. 아무리 둔감한 길손이라도 깊은 인상을 받지 않을 수 없었던 것이다.

"난 여기서 돌아가겠소. 저녁 6시에 저쪽 마을에서 집회가 있기 때문이오. 테스, 당신 때문에 내 마음이 몹시 혼란스러워진 듯하오. 무엇 때문인지 말할 수도 없고, 또 말하고 싶지도 않지만 말이오. 난 가서 좀 쉬고 다시 힘을 얻어야…… 그런데 당신 말이 아주 유창해졌는데 누구에게 배운 거요?"

"고생해서 배운 거예요."

테스는 대답을 회피했다.

"어떤 고생?"

그녀는 맨 처음에 겪은 고생, 즉 그와 관계 있는 일만을 이야기했다. 더버빌은 침묵만 지키고 있다가 말했다.

"난 그런 사정을 통 몰랐어. 왜 내게 연락하지 않았소?"

그녀가 아무 말도 하지 않자 알렉이 침묵을 깨뜨렸다.

"자, 그럼 다시 만나지."

"안 돼요. 다시는 만나고 싶지 않아요."

"생각해 보겠소. 그런데 헤어지기 전에 잠깐 이 돌기둥 있는 곳으로 와 봐요. 이건 옛날에 거룩한 십자가였소. 유적 같은 건 내 교리와 상관없지만 난 가끔 당신이 무서울 때가 있어. 당신이 날 두려워하는 것과는 비교도 안 될 정도로 난 당신이 두려워진단 말이오. 그러니 당신이 이 돌기둥의 손자국에 손을 대고 당신의 매력적인 몸짓으로 결코 날 유혹하지 않겠다고 맹세하란 말이오."

"정말 기가 막히는군요. 무엇 때문에 그런 어이없는 짓을 하지요? 난 꿈에도 그런 생각은 하지 않는데!"

"그야 그렇지만, 어쨌든 맹세해 달란 말이오."

테스는 그가 두렵기도 해서 그의 끈질긴 부탁대로 돌에 손을 얹고 맹세했다.

"당신이 믿음을 가지지 않은 것이 유감이군. 믿지 않는 사람이 당신을 유혹해 당신 마음을 혼란하게 할 수도 있으니까. 하지만 다른 얘기는 하지 않겠소. 집에서라면 당신을 위해 기도를 올릴 수도 있겠지. 꼭 기도하겠소. 무슨 일이 또 일어날지 누가 알겠소. 그럼 난 가겠소. 잘 가요!"

그는 울타리를 훌쩍 뛰어넘어 뒤도 돌아보지 않고 걸어갔다. 그의 걸음걸이가 비틀거리고 있어 마음이 어지럽다는 것을 드러냈다. 그는 문득 무슨 생각이 났는지 호주머니에서 작은 수첩 하나를 꺼냈다. 수첩 사이에는 낡고 때 묻은 편지 한 통이 끼워져 있었다. 그는 편지를 꺼내 펼쳐 보았다. 거기에는 5, 6개월 전의 날짜가 적혀 있었고 클래어 목사의 이름이 씌어 있었다.

그 편지는 더버빌의 개심에 목사가 진심으로 기뻐한다는 것과 그런 사실을 알려 주어 고맙다는 내용으로 시작되고 있었다. 이어 목사는 지난 날 더버빌의 무례한 행동을 기꺼이 용서하고, 그의 장래 계획에 큰 관심을 가지며, 만일 자신이 여러 해 동안 일을 보던 교회에서 함께 일하겠다면 신학 대학의 입학을 도와주겠다고 씌어 있었다. 그러나 오랜 기간이 필요한 일이므로 더버빌이 원하지 않는다면 굳이 강요하지는 않겠고, 모든 사람은 자기 성의껏 일해야 하며 성령이 가르치는 대로 행해야 한다는 말로써 편지는 끝이 났다. 더버빌은 그 편지를 몇 번이고 반복해 읽으면서 자기 자신을 비웃었다. 그러다가 수첩에 적어 놓은 성경 구절을 읽게 되자 마음이 차차 안정되어 테스의 환상이 더 이상 그의 마음을 괴롭히지 않게 되었다.

한편 알렉과 헤어진 테스는 자기 숙소로 가는 지름길이 가로놓여 있는 언덕 막바지를 따라 내려가다가 1마일도 채 못 가서 목동을 만났다. 그녀는 목동에게 물었다.

"조금 전에 돌기둥 하나를 보았는데 그게 뭐지요? 옛날에는 십자가였다면서요?"

"십자가라니요? 아니에요. 그건 아주 불길한 돌이라고요. 그건 기둥에 묶여 손바닥에 못이 박히고 나중에는 교수형을 당한 어떤 죄인을 위해 그 친척이 거기 세운 거예요. 죄인의 뼈가 그 밑에 묻혀 있대요. 그 죄인이 악마에게 영혼을 팔았기 때문에 가끔 귀신이 되어 그곳을 돌아다닌대요."

테스는 뜻밖의 말에 아찔한 현기증을 느끼면서 목동을 뒤에 남겨 두고 다시 숙소로 향했다. 그녀가 플린트콤 애슈에 이르렀을 때는 사방에 황혼이 깃들고 있을 무렵이었다. 마을 어귀에 들어서자 젊은 남녀가 나란히 앉아 그녀가 가까이 다가오는 것도 느끼지 못하고 정답게 이야기하는 모습이 보였다. 남자의 다정한 음성에 대답하는 여자의 맑은 음성이 대기 속에 부드럽게 메아리쳤다. 클래어와 처음 사랑을 속삭이던 때가 생각나 테스의 마음도 잠시 즐거워졌다.

그녀가 가까이 다가가자 처녀는 천천히 돌아보았고 남자는 겸연쩍은 듯 다른 곳으로 가 버렸다. 처녀는 이즈 휴에트였는데 테스의 여행에 대해 품었던 호기심이 새삼 일어나자 조금 전 자신의 행동은 까맣게 잊은 듯 여행의 결과에 대해 물었다. 테스는 별로 좋지가 않았다고 간단하게 대꾸했다. 그러자 눈치 빠른 이즈는 조금 전에 테스가 보았던 그 남자를 화제로 삼았다.

"그 사람은 앰비 시들링인데, 내가 텔보데이스에 있을 때 일을 도우러 왔던 사람이야. 그이는 사방에 수소문해서 내가 여기까지 온 걸 알아내고는 찾아왔지 뭐니. 지난 2년 동안 날 사랑했었대. 그렇지만 난 아직 그이에게 아무 대답도 안 했어!'

46

헛수고만 한 여행에서 돌아온 뒤로 며칠이 지난 어느 날이었다. 그날 테스는 밭에서 일을 하고 있었다. 건조한 겨울 바람은 여전히 매섭게 불어 왔지만 병풍처럼 둘러쳐진 짚단 울타리가 바람을 막아 주었다. 울타리 옆에는 새로

파랗게 칠한 순무 써는 기계가 주변의 으스스한 풍경과 좋은 대조를 이루며 놓여 있었다. 맞은편에는 초겨울부터 순무를 저장하는 길쭉한 무덤 모양의 움이 있었다.

테스는 울타리 끝에서 순무를 깨끗하게 다듬은 다음 기계 속으로 넣곤 했다. 한 남자가 기계의 손잡이를 돌리면 통에서 갓 잘린 무채가 쏟아져 나오고, 그 무채에서 풍기는 싱싱한 향기는 윙윙거리는 바람 소리와 기계에서 순무가 썰어지는 소리, 그리고 가죽 장갑을 낀 테스가 순무 다듬는 소리와 어우러져 대기 속으로 퍼져 나갔다.

순무를 남김없이 뽑아 버려 황갈색으로 변한 너른 밭에서는 두 필의 말이 끄는 쟁기로 한 남자가 밭고랑을 일구고 있었다. 황갈색 밭에는 그보다 더 짙은 갈색 이랑이 생기기 시작했고, 점차 넓어지는 이랑은 겹겹이 감은 리본처럼 보였다. 아무런 즐거움도 없는 단조롭고 지루한 이 풍경은 몇 시간 동안 그대로 계속되다가, 마침내 밭 가는 사람 저편에 나타난 하나의 까만 점 때문에 깨뜨려졌다. 그 점은 울타리를 빠져나와 비탈길을 가로질러 순무 자르는 사람들 쪽으로 다가왔다. 처음에 점처럼 작아 보이던 그것은 가까이 옴에 따라 차츰 커지더니 이윽고 까만 옷을 입은 남자의 모습이 나타났다. 순무 써는 남자는 기계를 손으로 돌리면서 눈은 가까이 오는 남자를 볼 수 있었으나, 테스는 일에 골몰해서 동료들이 알려 줄 때까지 그가 다가오는 것을 모르고 있었다.

그는 성질이 난폭한 농장 주인 그로비가 아니라 한때 방탕했던 알렉 더버빌이 목사 차림으로 변한 모습이었다. 지난번 설교할 때와는 달리 그의 얼굴에는 별로 열정적인 모습이 보이지 않았고, 또 기계 돌리는 남자가 곁에 있어서인지 어쩐지 멋쩍어하는 것 같았다. 이미 창백하게 질린 테스의 얼굴에는 고통의 표정이 떠올랐다. 그녀는 모자를 깊숙이 눌러썼다. 그는 조용히 그녀에게 다가와 말했다.

"테스, 얘기할 게 있어서 왔소."

"다시는 오지 말라고 부탁드렸는데 약속을 기어이 어기셨군요."

"그렇게 됐소. 하지만 약속을 어길 만한 이유가 있어서."

"그래요? 그럼 이유를 말해 보세요."

"당신이 짐작하는 것보다 훨씬 심각한 문제요."

누가 엿듣기라도 하듯 그는 사방을 두리번거렸다. 다른 사람들은 기계를 돌리는 남자에게서 상당히 떨어져 있었고, 또 기계 소리 때문에 무슨 소리를 해도 남들에게 들릴 염려는 없는 것 같았다. 알렉은 테스가 일꾼들 눈에 띄지 않도록 등을 그쪽으로 돌리고 그녀 앞에 막아선 다음 뉘우치는 듯한 기색으로 말을 꺼냈다.

"사실 지난번에 만났을 때 우리들의 영혼 문제에만 생각이 골몰한 나머지 당신이 어떻게 지내고 있는지 묻지 못했소. 당신이 좋은 옷을 입고 있어서 미처 거기까지는 생각 못 한 거지. 그런데 난 이제 겨우 알았소. 당신의 생활이 트랜트리지에서 만났을 때보다 더 힘겹다는 것을 말이오. 정말, 당신 고생이 심하군. 그것도 다 나 때문이지만."

그녀는 아무런 말 없이 머릿수건으로 전체를 가린 얼굴을 아래로 수그리고 순무 다듬는 일에만 열중했다. 알렉은 의아한 표정으로 그녀를 지켜보았다. 그녀는 일에 열중함으로써 그가 어떤 말을 해도 마음이 흔들리지 않게끔 자신을 방어하는 것 같았다. 알렉은 불만스럽게 한숨을 내쉬며 다시 말했다.

"테스, 당신의 경우가 내가 저지른 과오 중에서 가장 큰 과오였소. 사실 나도 결과가 이렇게 되리라고는 꿈에도 생각지 못했소. 당신처럼 순진한 사람을 망쳐 놓다니…… 난 정말 몹쓸 놈이오. 다 내 잘못이오. 트랜트리지에서 저지른 잘못은 다 내 탓이란 말이오. 당신도 어리석었지. 당신이야말로 어엿한 더 버빌 후손이고 난 천한 가짜에 불과했는데, 어쩌면 그렇게도 앞날을 내다보지 못했는지 모르겠군. 하긴 이유야 어쨌든 간에 험악한 세상에 딸자식을 그냥 내버려두는 부모에게도 잘못이 있지."

테스는 기계적으로 순무를 다듬고 던지고 하면서 그의 말을 듣고만 있었다. 그런 그녀의 모습은 시름없는 농가의 아낙네 같았다.

"하지만 그런 얘길 하려고 당신을 만나러 온 건 아니오. 내 형편을 얘기하자면 당신이 트랜트리지를 떠나고 난 뒤 어머니가 돌아가시고 그곳이 내 소유가 됐소. 난 그 집을 팔아 치우고 아프리카에 가서 전도 사업을 할 계획인데, 당신에게 한 가지 부탁할 것이 있소. 그건, 당신에게 보상해야만 하는 내 의무를 충실히 지키도록 도와 달라는 거요. 당신을 농락한 장난에 대해 죄를 갚을 수 있는 기회를 주길 바라오. 다시 말해서 내 아내가 되어 나와 함께 떠나 달라는 거요. 난 벌써 귀중한 서류까지 얻어 놓았소. 그건 또한 어머니의 유언이기도 했소."

그는 약간 주춤거리더니 주머니에서 양피지 한 장을 꺼내 테스 앞에 내놓았다.

"그게 뭐지요?"

"결혼 허가장이오."

"천만에요. 그건 안 돼요."

그녀는 깜짝 놀라 뒤로 물러서면서 급하게 말했다.

"안 된다고? 어째서?"

이렇게 되묻는 알렉의 얼굴에는 자신의 잘못을 보상하지 못하는 데 대한 실망이 아닌, 다른 실망의 빛이 스쳤다. 그것은 테스에 대한 지난날의 욕망이 되살아난 징조였다. 의무와 욕망이 서로 손을 맞잡고 줄달음치고 있는 것이다.

"틀림없이……."

그는 뜻대로 되지 않자 초조한 듯 다시 말을 꺼내려다가 언뜻 기계를 돌리고 있는 일꾼을 돌아다보았다. 테스는 그가 쉽게 물러설 것 같지 않다는 생각이 들었으므로 그 일꾼에게 손님이 찾아와서 잠시 거닐겠다고 말한 다음 앞장서서 걸었다. 새로 갈아 놓은 밭에 이르렀을 때 알렉이 그녀를 도와주려고 팔을 내밀었으나 그녀는 못 본 체하고 밭이랑을 건넜다. 밭이랑을 건넌 후 알렉이 다시 같은 말을 되풀이했다.

"나하고 정말 결혼하지 않겠다는 건가? 나더러 평생 후회 속에서 살란 말이지?"

"네. 결혼할 수가 없어요."

"왜?"

"잘 아시잖아요. 난 당신을 사랑하지 않아요."

"하지만 당신이 날 진정으로 용서한다면 저절로 사랑이 생기지 않겠소?"

"그런 일은 결코 없을 거예요."

"어째서 그렇게 확신할 수 있지?"

"난 사랑하는 사람이 있는데 당신은 아니에요."

이 말에 알렉은 깜짝 놀라는 것 같았다.

"그래? 다른 남자를? 하지만 당신은 도덕적으로 어느 것이 옳고 어느 것이 그른지 판단할 능력도 없단 말이오?"

"없어요. 조금도 없다고요. 그런 말은 아예 입 밖에도 내지 마세요."

"그렇다면 그 남자에 대한 당신의 사랑도 일시적인 감정에 지나지 않을 테고, 언젠가는 극복할 수……."

"아니에요, 결코 그렇지 않아요."

"뭐가 그렇지 않단 말이오?"

"이유는 말할 수 없어요."

"난 꼭 들어야만 하겠소."

"그럼 말하겠어요. 난 그이와 결혼했어요."

"뭐라고!"

더버빌은 탄성을 지르더니 갑자기 걸음을 멈추고 넋 나간 사람처럼 멍하니 테스를 쳐다보았다. 테스는 애원하듯 말했다.

"그런 얘기는 할 생각도 없고 하고 싶지도 않았어요. 여기선 아무도 그 사실을 몰라요. 안다 해도 어렴풋이 짐작만 할 뿐이지요. 그러니 제발 내게 아무것도 묻지 마세요. 그리고 우린 지금 아무 관계도 없다는 걸 아셔야 해요."

"아무 관계가 없다고? 우리가 남남이란 말이지?"

순간 그의 얼굴에 옛날의 짓궂은 표정이 번득였으나 그는 곧 그러한 표정을 지워 버렸다. 그는 기계 돌리는 남자를 손으로 가리키며 기계적인 말투로 물었다.

"저 남자가 당신 남편이오?"

"저 남자요? 천만에요."

그녀는 자랑스럽게 말했다.

"그럼 누구란 말이오?"

"말하고 싶지 않아요. 그러니까 자꾸 캐묻지 마세요."

그녀의 얼굴과 눈에는 간절하게 애원하는 기색이 역력했다. 당황한 더버빌은 흥분한 음성으로 대꾸했다.

"당신을 생각해서 물어 본 거요. 하늘을 두고 맹세하는데 난 당신을 위하는 마음에서 이곳까지 온 거란 말이오. 테스, 그런 눈초리로 날 쳐다보지 말아요. 난 그런 눈초리는 견딜 수가 없어. 난 이성을 잃어 가고 있단 말이오. 안 돼. 그래서는 안 된다고. 솔직히 말해서 당신을 만나는 순간 당신에 대한 애정이 되살아났소. 그렇지만 우리가 결혼한다면 우리 둘 다 정결해지리라고 생각했소. 왜 성경 구절에도 있지 않소. '믿지 아니하는 남편이 아내로 인해서 거룩하게 되고 믿지 아니하는 아내가 남편으로 인해서 거룩하게 되느니라.' (『고린도 전서』 제7장 14절) 그런데 내 계획은 수포로 돌아가고 난 실망에 잠겨야 하다니…….."

그는 침울한 표정으로 땅바닥을 내려다보다가 결혼 허가증을 찢어 버리고는 침착하게 말했다.

"결혼이 수포로 돌아간 바에야 난 당신과 당신 남편에게 좋은 일을 해서라도 내 잘못을 보상하고 싶소. 당신 남편이 뭘 하는 사람인지는 모르지만 당신이 말하기 싫어한다면 굳이 묻지 않겠소. 내가 당신 남편이 누구인지만 알아도 쉽게 당신을 도울 수 있을 것 같소. 남편은 이 농장 안에 있소?"

"아니에요. 먼 곳에 갔어요."

"먼 곳에 갔다니? 당신을 남겨 두고? 어떻게 된 남편이기에…….."

"그이를 그런 식으로 말하지 마세요. 모두 당신 때문이에요. 그이는 내 과거를 알고 나서…….."

"아, 그래? 그건 안됐군, 테스."

"그래요."

"아무리 그래도 당신을 내버려두고 가 버리다니! 당신이 이렇게 고생하도록 내버려두다니!"

테스는 바로 곁에 없는 남편일지라도 변호하고 싶었다.

"고생하라고 내버려둔 게 아니에요. 그인 이런 사실을 몰라요. 나 혼자서 이렇게 하는 것뿐이에요."

"그럼 편지는 오나?"

"그건 말할 수 없어요. 우리 사이에는 어느 누구에게도 말 못할 사정이 있으니까요."

"물론 그 말은 편지도 안 한다는 뜻이겠지. 가엾은 테스, 당신은 버림받은 거요."

그는 충동을 이기지 못해 갑자기 돌아서더니 테스의 손을 덥석 잡았다. 그녀가 물소 가죽 장갑을 끼고 있었으므로 그는 따뜻하고 부드러운 손 대신 거친 가죽 손가락만 잡았을 뿐이었다. 테스는 겁에 질려 재빨리 손을 뺐다. 장갑만이 알렉의 손에 쥐어져 있었다.

"안 돼요, 안 돼! 제발 가 주세요. 나와 내 남편을 생각해서라도 제발 가 주세요. 당신이 믿는 기독교의 이름으로 부탁하는 거예요."

"알았소, 난 이제 가겠소."

그는 테스에게 장갑을 돌려주고 돌아서 가려다가 다시 몸을 돌이켜 말했다.

"테스, 하느님께서 더 잘 아시겠지만 난 당신을 유혹하기 위해서 당신 손을 잡은 건 아니오."

그들은 여태까지 이야기에 열중하느라 멀리서부터 달려온 말발굽 소리를 듣지 못했다. 말발굽 소리는 그들 뒤에서 멈추었고, 이어 주인 그로비의 말소리가 들렸다.

"대체 지금이 몇 신데 일은 내팽개치고 여기서 이러고 있는 거야?"

주인은 멀리서 그들을 보고 도대체 그들이 무얼 하고 있는지 알아보려고 달려온 것이다.

"이 여자에게 함부로 말하지 마시오."

더버빌은 기독교인답지 않게 어두운 표정으로 말했다.

"딴은 그렇군요, 나리. 그런데 감리교 목사님께선 이 여자에게 무슨 볼일이라도 있으십니까?"

"도대체 이 작자는 누구요?"

더버빌이 테스 쪽을 돌아보며 물었다. 테스는 더버빌 옆으로 다가갔다.

"돌아가세요. 제발 부탁이에요."

"뭐라고! 당신을 저런 난폭한 작자에게 맡기고 가란 말이오? 얼굴만 봐도 얼마나 비열한 인간인지 알 수가 있소."

"날 해치지는 않아요. 내게 치근치근하게 굴지도 않고요. 난 성신 강림절이면 이곳을 떠나게 돼요."

"알았소. 당신이 하라는 대로 하리다. 내겐 아무런 권한도 없으니까. 하지만……. 좋아요, 잘 있어요."

자신을 나무라는 그로비보다 훨씬 더 무서운 알렉이 마지못해 가 버린 뒤에도 테스는 농장 주인 그로비에게 책망을 들었으나, 애정 문제와는 상관없는 책망이었으므로 냉정하게 듣고 넘길 수 있었다. 마음만 먹는다면 자신을 충분히 때릴 수도 있는 난폭한 사람이 주인이라는 사실이 테스에게는 오히려 다행스러웠다. 그녀는 말없이 아까 작업하던 곳으로 되돌아왔다.

"성신 강림절까지 일하기로 했으니 어디 두고 보자고. 네까짓 게 해낼지 두고 보자고. 여자들이란 정말 골치 아프단 말이야. 이랬다저랬다 말이 많거든. 하지만 나도 이제는 더 참지 않겠어."

주인이 다른 여자들에게는 심하게 굴지 않지만 자신에게는 한 번 무안당한 앙갚음으로 심하게 구는 것을 알고 있는 테스는 돈 많은 알렉이 아내가 되어 달라고 했을 때 받아들였다면 어떻게 되었을까 하고 잠시 생각해 보았다. 만약 그랬다면 가혹하게 구는 주인에게서뿐만 아니라 자신을 경멸하는 듯한 세상에 대한 굴종에서도 완전히 벗어날 수 있었으리라.

"하지만 그건 말도 안 되는 소리야. 난 그 남자와 결코 결혼할 수 없어. 그를 사랑하지 않으니까."

테스는 숨가쁘게 중얼거렸다.

그날 밤 그녀는 자신의 괴로운 사정을 숨긴 채 클래어에게 자신의 변함없는 애정을 맹세하는 애절한 편지를 썼다. 누구든 글귀 속에 담긴 참뜻을 짐작하는 사람이라면 테스의 깊은 애정 뒤에, 꼭 무슨 일이 일어날 듯한 불길한 두려움이, 거의 절망에 가까운 그런 두려움이 숨어 있다는 것을 눈치챘으리라. 그러나 그녀는 끝내 괴로운 심정을 전부 털어놓을 수가 없었다. 에인절이 언젠가 이즈에게 함께 가자고 한 것을 알고 있었으므로 어쩌면 남편이 자신을 잊었을지도 모른다는 생각이 들었기 때문이었다. 그녀는 이 편지가 에인절의 손에 들어갈 날이 있을까 의아해하면서 상자 속에 넣어 두었다.

이런 일이 있은 뒤 테스의 일과는 점점 힘들어졌고, 마침내 농부들에게 극히 중요한 성랍절 장날이 다가왔다. 곧 닥쳐올 성신 강림절 다음날부터 시작되는 일년간의 계약이 이날 맺어지는 것이어서 농부들 가운데 일자리를 바꾸려는 사람들은 기회를 놓치지 않기 위해서 부지런히 장이 서는 마을로 찾아가곤 했다. 플린트콤 애슈 농장의 대부분이 농부들도 일자리를 옮기려 하고 있었으므로, 그들은 장이 서는 마을을 향해 아침 일찍 출발했다. 테스를 포함한 몇 사람만이 농장에 그대로 남아 있었다. 테스는 3월에는 물론 농장을 떠날 계획이었지만 그때쯤이면 굳이 일을 하지 않아도 되는 좋은 일이 생기지나 않을까 하는 기대감 때문에 장터에 가지 않았던 것이다.

겨울이 다 지났다고 해도 좋을 정도로 포근하고 화창한 2월 1일 날이었다. 이날 테스는 혼자 농가를 지키고 있었는데 그녀가 막 점심을 끝낼 무렵, 하숙집 창문으로 더버빌의 모습이 보였다. 테스는 벌떡 일어났다. 그러나 방문객이 이미 문을 두드리고 있어서 피하기란 불가능했다. 테스는 그가 노크하는 것이나 방문으로 다가오는 발걸음 소리에서 전과는 다른 수줍음 같은 것을 느낄 수 있었다. 문을 열어 주지 않을까 생각도 했으나 굳이 그럴 필요가 없을 것 같아 그녀는 문고리를 벗겨 주고 얼른 뒤로 물러섰다. 그는 방으로 들어와 그녀를 힐끔 보더니 의자에 털썩 주저앉았다. 그의 얼굴은 흥분으로 붉게 상기되어 있었다. 그는 상기된 얼굴을 만지면서 절망적으로 말했다.

"테스, 오지 않고는 견딜 수 없었소. 당신이 어떻게 지내고 있는지 궁금해서 왔단 말이오. 정말이지 지난 일요일에 당신을 보기 전까지는 전혀 당신 생각을 하지 않았소. 그런데 이젠 아무리 잊으려고 애써도 당신이 내 머리에서 지워지지 않는단 말이오. 착한 여자가 악한 남자를 괴롭히다니 당치도 않은 말이지만 당신은 지금 날 괴롭히고 있소. 테스, 당신이 날 위해 기도만이라도 해 준다면······."

알렉은 애처로울 정도로 불만을 억누르고 있었으나 테스는 그가 가엾다는 생각이 추호도 생기지 않았다.

"난 당신을 위해서 기도할 수가 없어요. 이 세상은 움직이는 위대한 '힘' 같은 것 때문에 자신의 계획을 바꿀 거라고는 전혀 믿지 않기 때문이에요."

"정말 그렇게 생각하오?"

"네. 예전엔 나도 내 힘으로 무언가 할 수 있다고 믿었지만, 그 생각을 고쳐 준 사람이 있어요."

"고쳐 준 사람? 그가 누구지?"

"굳이 알고 싶다면 말씀드리지요. 내 남편이에요."

"아, 당신 남편이, 당신 남편 말이지! 이상한 일이군. 언젠가 당신이 이와 같은 말을 하지 않았소? 테스, 당신은 이 문제에 대해서 어떻게 생각하고 있는 거지? 당신은 종교를 믿지 않는 모양인데……. 하기야 그것도 나 때문이겠지만."

"그렇지 않아요. 내게도 믿음이 있어요. 초자연적인 것은 물론 믿지 않지만."

더버빌은 의아스러운 눈초리로 테스를 쳐다보았다.

"그렇다면 내 신앙이 잘못되었단 말이오?"

"대개는 그래요."

"흠. 하지만 난 확실하게 믿지."

더버빌은 불안한 듯 말했다.

"산상 수훈의 정신만큼은 나도 믿고 사랑하는 내 남편도 믿어요. 하지만……."

"여자들이란 으레 사랑하는 남편이 믿는 것이면 뭐든지 믿고 남편이 반대하는 것은 따라서 반대하기 마련이지만, 당신이 자신의 처지를 생각지 않고 의문도 품지 않으면서 무조건 남편의 말만 따른다면 당신은 그의 종이나 다름없소."

"그래도 좋아요. 그인 모르는 게 없으니까요."

테스는 에인절 클래어에 대한 절대적인 신뢰감을 숨기지 않고 자랑스럽게 말했다.

"그럴 테지. 하지만 남의 부정론을 그대로 받아들여서는 안 돼요. 당신에게 회의적인 생각을 심어 주다니, 그 친구도 어지간하군."

"그이가 내게 강요한 적은 한 번도 없어요. 그 문제로 다툰 적도 없고요. 하지만 나는 이렇게 판단했어요. 교리를 깊이 연구한 사람의 생각은 교리를 한 번도 생각해 본 적이 없는 나 같은 사람의 생각보다 옳을 거라고요."

"그의 주장은 어떤 거요? 평소에 늘 하던 말이 있을 텐데."

그녀는 돌이켜 생각해 보았다. 비록 남편이 평소에 한 말의 뜻은 다 이해하지 못했지만, 그가 한 말은 다 기억하고 있는 테스는 그가 자주 사용하는 냉혹한 삼단 논법을 그대로 옮겼다. 경건하고 충실하게 에인절의 말투와 손짓까지 그대로 따라 하면서.

"아하, 어떻게 그런 말들을 다 외고 있소?"

"그이가 원치 않았지만 그이가 믿는 것이면 나도 다 믿고 싶었어요. 그래서 그의 생각을 가르쳐 달라고 졸랐지요. 그의 생각을 다 이해하지는 못하지만 그게 옳다는 것은 알지요."

"흠, 이해도 못하는 것을 내게 설명해 줄 수 있다니!"

더버빌은 깊은 생각에 잠겼다. 테스가 계속 말했다.

"그래서 난 그이와 정신적인 운명을 함께 하기로 했어요. 우리의 정신이 서로 빗나가는 걸 원치 않았어요. 그이에게 좋은 건 내게도 좋은 거니까요."

"그 사람은 당신이 자신처럼 하느님을 안 믿는 불신자라는 사실을 알고 있소?"

"난 하느님을 믿느니 안 믿느니 하는 얘기는 한 적이 없어요."

"하긴 그래. 어쨌든 지금은 당신이 나보다 훨씬 행복한 사람이오. 테스, 당신이 굳이 나와 같은 교리를 설교할 필요가 있다고는 생각하지 않아. 그렇다고 해서 당신의 양심이 고통을 느끼진 않을 테니까. 하지만 난 당연히 그걸 설교해야 하오. 그렇지만 난 두려움에 떨고 있다오. 왜냐하면 난 설교를 하다가도 당신에 대한 그리움 때문에 더 이상 설교를 할 수 없게 된단 말이오."

"어째서요?"

"난 당신을 만나려고 이 먼 길을 걸어왔소. 그러나 집에서 떠날 땐 캐스터브리지의 장에 가서 설교하려던 계획이었소. 2시 반에. 지금 이 순간에도 교인들이 날 기다리고 있을 거요. 자 이게 그 광고요."

더버빌은 무뚝뚝하게 말하면서 안주머니에서 포스터를 꺼냈다. 거기에는 더버빌이 설교할 날짜와 시간과 장소가 적혀 있었다. 테스는 시계를 보았다.

"어떻게 시간에 맞춰 가려고 해요?"

"이젠 가지 못하는 거요."

"설교하기로 약속했잖아요."

"약속은 했지만 가지 않겠소. 내가 한때 모욕했던 여자를 보고 싶은 간절한 욕망 때문에 갈 수 없단 말이오. 아냐, 당신을 무시한 적은 한 번도 없었어. 한 번이라도 당신을 무시한 적이 있다면 지금 이처럼 사랑할 순 없을 테니까. 내가 당신을 무시하지 않은 것은 당신의 순결함 때문이오. 당신은 자기의 처지를 깨닫자 결단력 있게 내 곁에서 떠났소. 내가 원하는 대로 움직여 주지 않았단 말이오. 내가 무시하지 못하는 단 한 사람의 여자가 바로 당신이오. 당신이 날 경멸해도 좋소. 난 내가 산 위에서 기도를 올리고 있는 줄 알았는데 아직도 숲에서 우상을 섬기고 있었어. 하하."

"알렉 더버빌! 그게 무슨 뜻이지요? 내가 뭘 어쨌다는 거예요?"

그는 비웃는 투로 말했다.

"뭘 어쨌느냐고? 고의적이진 않았지만 당신은 나의 타락을 부채질했어. 난 정말 더러움을 피한 후에 다시 그 죄에 얽매이고 굴복하면 처음보다 더 나쁘다는 '멸망의 종' 가운데 하나가 아닐까? 내 자신이 그런 생각이 든단 말이오."

알렉은 테스의 어깨에 손을 얹고 그녀의 어깨를 호들갑스럽게 흔들며 말했다.

"테스, 당신을 만나기 전까지만 해도 난 의지가 꿋꿋한 사람이었단 말이오. 그런데 그때 왜 날 유혹한 거요? 당신을 만나기 전까지만 해도 내 의지는 꿋꿋했단 말이오. 그런데 이제는……. 당신의 그 입술, 이브를 제외하고 당신처럼 유혹적인 입을 가진 여자는 아마 없을 거요. 마녀, 아름답고 요염한 바빌론의 요부, 당신을 본 순간부터 난 당신의 포로가 되고 말았소."

그의 음성은 나직해지고 까만 두 눈에는 정욕의 빛이 번득였다. 테스는 뒷걸음질쳤다.

"당신이 날 만난 건 나로서도 어쩔 수 없는 일이었어요."

"나도 알고 있어. 난 당신을 나무라는 게 아니오. 다만 사실이 그렇다는 것뿐이오. 지난번에 농장에서 당신이 푸대접받는 것을 보았을 때, 내게 당신을 보호할 법적 권리도 없고 또 가질 수도 없다고 생각하니 정말 미칠 것 같았소."

"그이를 모욕하지 마세요. 여기 계시지도 않는 분을! 그이를 신사답게 대하세요. 그이가 당신에게 나쁘게 한 것도 없잖아요. 제발 그이의 체면을 손상시키는 추잡한 소문이 나기 전에 어서 돌아가세요."

테스가 흥분해서 소리치자 알렉은 문득 악몽에서 깬 듯 중얼거렸다.

"가지. 돌아가겠소. 장터에서 가엾은 주정뱅이에게 설교한다는 약속을 지키지 못하고 말았군. 이런 장난 같은 짓을 하다니. 한 달 전만 해도 이런 짓은 생각만 해도 소름이 끼쳤을 거요. 난 이제 정말 가겠소. 그러나 내가 정말 당신을 멀리할 수가 있을까. 테스, 한 번만 안아 보고 싶소. 옛정을 생각해서 한

번만!'

"그만두세요, 알렉! 저로선 지금 어떻게 할 수 없지만 난 남편의 명예를 지키고 싶어요. 제발 좀 부끄러워할 줄 아세요."

"좋소. 알았다고, 알았어!"

알렉은 자신의 약한 의지에 굴욕감을 느끼며 지그시 입술을 깨물었다. 그의 눈에 어렸던 세속적인 신념이나 종교적인 신앙의 빛도 이제는 사라져 버렸다. 그가 개심한 뒤 얼굴의 주름 속에 잠자고 있던 과거의 정욕이 다시 살아난 듯 보였다. 그는 맥빠진 모습으로 방을 나갔다.

오늘 설교 약속을 어긴 것은 신자의 일시적인 타락에 불과하다고 더버빌은 스스로 변명했지만, 테스가 들려준 에인절 클래어의 이단적인 사상은 그에게도 커다란 감동을 주어 테스와 헤어진 뒤에도 그 감동의 여운이 좀처럼 사라지지 않았다. 꿈에도 생각 못한 일이지만 자신의 열렬한 신앙도 언젠가는 깨어질 불안한 것일 뿐이라는 생각이 들자 온몸에 맥이 풀려 그는 터벅터벅 걸었다. 원래 그의 개심은 이성의 판단에서가 아닌 일시적인 감정에서 비롯된 것이었다. 그것은 어머니의 사망으로 인해 새로운 자극을 필요로 하는 감정적인 변화였던 것이다.

그의 열광적인 신앙의 바다에 테스가 떨어뜨린 두서너 방울의 논리의 물방울은 들끓는 거품을 식히는 역할을 했다. 그는 테스가 들려준 말을 돌이켜 생각하며 이렇게 중얼거렸다

"그 영리한 친구도 자신이 테스에게 그런 말을 가르쳐 줌으로써 내가 그녀에게 되돌아가는 길을 열어 주게 되리라고는 꿈에도 생각하지 못했을걸!"

47

플린트콤 애슈 농장의 마지막 남은 밀을 타작하는 날이 다가왔다. 3월의 새벽인데도 하늘이 유난히 흐려 있어 동쪽 지평선이 어딘지 가늠하기 어려울 정도였다. 겨우내 비바람에 시달리며 쓸쓸히 서 있던 사다리꼴의 밀 낟가리가 새벽의 어스름 속에서 그 모습을 드러냈다.

테스와 이즈 휴에트가 타작마당에 도착했을 때 벌써 누가 와 있는지 바스락거리는 소리가 들렸다. 날이 밝자 낟가리 위에 두 남자의 그림자가 희미하게 나타났다. 그들은 '짚가리 벗기기'를 하고 있었다. 그것은 밀 단을 던져 내리기 전에 그것을 덮은 이엉을 벗기는 일이었다. 그들이 그 일을 하는 동안 테스와 이즈는 추위에 떨면서 다른 여자들과 함께 서 있었다. 농장 주인은 해가 지기 전에 일을 끝낼 생각이었으므로 그들에게 새벽부터 일을 시켰던 것이다. 낟가리 옆에는 나무를 틀로 짜고 가죽 띠와 바퀴가 달린 탈곡기가 놓여 있는 것이 어렴풋이 보였다. 탈곡기는 그녀들의 근육과 신경의 인내를 요구했으므로 그녀들이 섬겨야 할 폭군과 같은 존재였다.

조금 떨어진 곳에 또 다른 한 대의 기계가 희미하게 보였다. 씩씩 소리가 나는 까만색의 물체는 굉장한 힘을 지닌 것 같았다. 발동기 옆에는 그을음과 때에 찌든 까맣고 키가 큰 기관수가 석탄 더미와 함께 나란히 서 있었다. 농촌에 와 있기는 하지만 농부가 아닌 그는 그 고장 사람들과는 꼭 필요한 만남만을 가졌을 뿐이었다. 기계의 회전축과 탈곡기를 연결하는 커다란 피대만이 농사와 그를 잇는 단 하나의 줄이었다. 그는 일꾼들이 낟가리 이엉을 벗기는 동안 동력기 옆에 멍하니 서 있었다. 그는 타작을 준비하는 일에는 아무 관심도 없어 보였다. 뜨겁게 단 까만 기계 주위에서 아침 공기가 가늘게 떨고 있었다.

날이 훤히 밝았을 때 밀 낟가리 위의 이엉이 다 벗겨졌다. 남자들이 맡은 자리에 서고 여자들이 낟가리 위로 올라가자 일이 시작되었다. 일꾼들이 '그 녀석'이라고 부르는 농장 주인 그로비는 일찌감치 나와 작업을 지켜보고 있었다. 주인의 명령대로 테스는 탈곡기 발판에 선 남자 바로 옆에 자리잡았다. 낟가리 위에서 이즈가 내려 주는 밀 단을 푸는 것이 그녀의 일이었다. 그것을 옆의 일꾼에서 넘겨주면 그는 탈곡기에 밀 단을 대고 순식간에 밀알을 털어 버리는 것이었다.

기계는 처음에 한두 번 고장이 나 평소에 기계를 싫어하던 사람들이 은근히 좋아하곤 했으나 이윽고 기계가 순조롭게 돌기 시작했다. 일은 끊임없이 계속되었고, 아침 식사를 하기 위해 30분 가량 쉬었을 뿐이었다. 식사 뒤 다시 기계가 돌기 시작하자 일손이 모조리 짚단 쌓이는 데 동원되어 짚단은 점점 높이 쌓여 갔다. 바퀴는 지칠 줄 모르는 듯 힘차게 돌아가고, 귀청을 찢는 듯한 탈곡기 소리에 옆에서 일하는 사람들은 귀가 멍멍해질 지경이었다.

높아지는 짚단 위에서 노인들은 지난 시절을 이야기했고, 낟가리 위의 사람들도 가끔씩 잡담을 했다. 그러나 테스와 탈곡기에서 일하는 일꾼들은 잠시도 쉴 틈이 없이 바빴다. 일이 너무 힘들어서 테스는 이곳에 온 것이 후회스러웠다. 낟가리 위에 있는 여자들과 특히 마리안은 이따금 일손을 멈추고 맥주나 시원한 차를 마시기도 하고 잡담도 하며 땀을 닦거나 옷에 붙은 지푸라기를 떼기도 했는데 테스에게는 조금도 쉴 틈이 없었다. 왜냐하면 기계가 계속 돌았으므로 그 앞에서 일하는 일꾼도 쉴 수가 없었고, 따라서 그에게 밀 단을 넘겨주는 테스도 쉴 수가 없었던 것이다. 그러나 주인의 반대에도 불구하고 마리안이 가끔 30분 가량 테스의 일을 도와주었기 때문에 그나마 잠깐씩 쉴 수가 있었다.

점심 시간이 가까워졌을 때 어떤 남자가 농장 문으로 들어왔다. 누구보다도 바쁜 테스는 일에 몰두하고 있어서 그가 들어오는 것을 보지 못했다. 그 남자는 낟가리 밑에 서서 테스가 일하는 모습을 유심히 지켜보았다. 그는 최신식 양복에다 화려한 단장을 휘두르고 있었다.

"저 남자 누구지?"

이즈 휴에트가 마리안에게 물었다. 처음에는 테스에게 물었는데 테스에게는 그 말이 안 들렸던 것이다.

"누구의 애인일 거야."

마리안이 간단하게 대꾸했다.

"돈을 걸고 내기해도 좋아. 틀림없이 테스를 따라다니는 남자일 거야."

"아냐, 그렇지가 않아. 요즘 테스를 따라다니는 남자는 엉터리 목사야. 저런 멋쟁이가 아니라고."

"글쎄, 저 사람이 바로 그 엉터리 목사라고!"

"그 목사가 바로 저 사람이라고? 아냐, 전혀 다른 사람인걸."

"까만 양복과 흰 타이를 벗고 수염도 깎았지만, 분명히 그 사람이야."

"정말이지? 그럼 테스에게 알려야지."

마리안이 말하자 이즈가 말렸다.

"그만둬. 곧 알게 될 텐데 뭐."

"그런데 전도한다는 사람이 유부녀 뒤나 따라다닌다는 건 말도 안 돼. 남편이 외국에 가서 과부 신세나 다름없지만 말이야."

"하지만 저 남자도 테스에게 나쁜 짓은 못할 거야. 그 애 마음은 깊은 수렁에 빠진 짐수레처럼 온통 남편에게 빠져 있으니까. 달콤한 말로 꾀거나 설교를 한다거나 해도 테스의 마음을 돌이킬 순 없을 거야. 설령 그것이 테스한테는 좋은 일이라 하더라도."

점심 시간이 되자 기계가 멎었다. 테스도 자리에서 물러났는데, 기계의 진동으로 무릎을 몹시 떨었던 까닭에 걸음을 제대로 걸을 수가 없었다. 마리안이 말했다.

"나처럼 한잔 마시면 혈색이 좀 좋아질 텐데. 정말이지 네 안색이 너무 안좋아."

피로에 지친 테스를 본 마음씨 고운 마리안은 테스가 그 남자를 보면 기분이 나빠져서 식욕을 잃을지도 모른다는 생각이 문득 들었다. 그래서 테스를 낟가리 반대편 사다리로 내려오도록 할까 생각하고 있는데 그 남자가 낟가리 있는 곳까지 와서 테스를 쳐다보았다. 그를 본 테스는 깜짝 놀라더니 재빨리 말했다.

"난 여기 낟가리 위에서 먹을 거야."

농가에서 멀리 떨어진 곳에서 일할 때는 가끔 낟가리 위에서 식사를 하기도 했지만, 오늘은 바람이 심하게 불어서 마리안과 다른 일꾼들은 모두 아래로 내려가 짚단 밑에 자리를 잡았다.

복장과 모습은 바뀌었지만 새로운 방문객은 전날의 전도사 알렉 더버빌이었다. 테스를 찬미했던 첫 번째 남자였던 그는 그녀의 사촌 오빠로 행세하던 지난 시절과 다름없이 화려하고 대담한 옷차림으로 다시 나타난 것이다. 천성인 '세속적인 정욕'이 다시 되살아난 듯 보이는 그는 나이만 몇 살 더 먹었다 뿐이지 옛날과 달라진 것이 아무것도 없는 것 같았다. 테스는 낟가리 위에서 점심을 먹을 결심을 하고는 땅에서 보이지 않도록 낟가리 한가운데 앉아 식사를 했다. 잠시 후 사다리를 올라오는 발소리가 들리더니 이어 알렉이 낟가리 위에 나타났다. 그는 평평한 밀 단 위를 성큼성큼 걸어와 테스 맞은편에 앉았다. 테스는 묵묵히 집에서 가져온 팬케이크를 먹고 있었다.

"보다시피 또 찾아왔소."

더버빌이 말하자 테스는 원망에 가득 찬 음성으로 소리쳤다.

"왜 절 괴롭히는 거예요?"

"당신을 괴롭힌다고? 그건 내가 할 소리요. 당신이야말로 날 괴롭히고 있소."

"난 한 번도 당신을 괴롭힌 적 없어요."

"괴롭힌 적이 없다고? 지금도 날 괴롭히고 있지 않소? 당신이 내 머리에서 떠나지를 않아. 조금 전에 날 노려보던 당신의 그 무서운 눈초리가 밤낮 내 머리에서 떠나질 않는단 말이오. 테스, 지난번에 당신과 얘기한 다음부터 하느님을 향해 흐르던 감정의 물결이 전부 당신 쪽을 향해 흐르기 시작했소. 그때부터 종교로 통하던 운하는 바짝 말라 버렸지. 모두 당신 때문이오."

테스는 어이가 없어 입을 벌린 채 멍하니 그를 쳐다보다가 물었다.

"이젠 설교하러 다니지 않겠다는 얘기인가요?"

"그렇소. 캐스터브리지 장터에서 주정뱅이에게 설교하기로 했던 그날 오후부터 난 모든 약속을 깨 버린 거요. 교우들이 날 어떻게 생각하건 난 관심이 없소. 테스, 당신이 내게 멋지게 복수한 거요. 4년 전에 난 순진무구한 당신을 속였는데, 이제 개심하고 열렬한 신자가 된 나를 발견한 당신이 날 파멸할지도 모르는 길로 몰아가고 있어. 날 완전히 사로잡아서 말이오. 하지만 테스, 내 사촌 누이, 그렇게 두려워할 건 없어. 난 원래 이런 놈이니까. 당신에게 죄가 있다면 예쁜 얼굴과 날씬한 몸매를 지녔다는 것뿐이겠지. 사실 난 아까부터 당신을 지켜봤는데 몸에 꼭 맞는 앞치마 때문에 당신의 몸매가 유난히 눈에 띄었거든. 그 모자도 그래. 당신 자신을 보호하려면 좀더 자신을 감추어야 할 거야."

그는 잠시 테스를 훑어보더니 비웃는 듯한 태도로 계속 말했다.

"아마 독신이었던 사도 바울도 당신처럼 아름다운 여자를 봤더라면 반드시 유혹에 빠져 나처럼 신앙을 버렸을 거요. 난 물론 한때 바울의 대변자 노릇을 하긴 했지만."

테스는 무슨 말이든 하려고 생각했으나 다른 때와는 달리 말문이 막혀 아무 말도 할 수가 없었다. 더버빌은 모르는 척하고 다시 말을 이었다.

"글쎄, 당신이 나에게 베풀어 준 이 낙원도 필시 다른 어떤 낙원에 못지않게 훌륭한 것일 거야. 그러나 테스, 진정으로 말한다면⋯⋯."

그는 테스의 마음에는 아랑곳없다는 듯 일어나 가까이 오더니 짚단에 비스듬히 기대어 팔베개를 했다.

"지난번 당신과 헤어지고 나서 당신이 한 얘기를 깊이 생각해 봤지. 당신이 이름을 가르쳐 주지는 않았지만, 어쨌든 난 당신 남편의 사상 덕분에 내 정신으로 되돌아왔어. 난 이제 신앙과는 거리가 멀어. 어쩌다 내가 가엾은 클래어 목사의 말에 넘어갔는지 모르겠어. 아무래도 좋아요, 테스. 난 옛날 그대로일 뿐이야."

"옛날과 같지 않아요. 그래서는 안 돼요. 난 처음부터 당신을 좋아하지 않았어요. 왜 신앙을 버렸지요? 내게 이렇게 치근거리려고 그랬어요?"

테스는 애원하듯 말했다.

"당신이 내 신앙을 버리게 했소. 죄는 당신에게 있는 거요. 당신 남편은 당신에게 가르친 그 사상 때문에 자신이 오히려 화를 당하리라고는 짐작도 못했을 거요. 하지만 테스, 난 당신이 날 변절자로 만들어 준 것이 오히려 기쁘단 말이오. 테스, 난 어느 때보다도 지금 당신에게 더욱 마음이 끌리고, 또한 당신을 깊이 동정하고 있어. 당신은 남편에게 버림받은 딱한 처지라는 걸 알고 있소. 당신은 끝내 숨기고 싶었겠지만."

입술이 바짝 마르고 숨이 막혀 버릴 것만 같아 테스는 음식을 넘길 수가 없었다. 낟가리 밑에서 먹고 마시는 일꾼들의 웃음소리가 먼 곳에서 들려오는 것처럼 아득하게 들려왔다.

"너무 잔인한 말이군요. 조금이라도 날 생각한다면 어떻게 그런 말을 할 수가 있지요?"

알렉은 다소 주춤했다.

"하긴 그렇군. 그렇지만 난 내 잘못을 당신에게 뒤집어씌우려고 이곳에 온 것이 아니오. 당신을 생각해서, 당신이 고생하는 것을 차마 볼 수가 없어서 왔단 말이오. 당신에게 나말고 다른 남편이 있다고 했지만 난 그를 한 번도 본 적이 없고 또 이름도 몰라. 마치 신화 속에 나오는 인물인지도 모르지. 난 그보다는 내가 당신에게 더 필요한 존재라고 생각해. 난 당신의 고생을 덜어 주려고 애쓰지만 그는 그렇지가 못해. 테스, 당신은 그의 것이 아니야, 내 귀여운 연인이지. 더 이상 말 안 해도 알 테지만."

그 말을 들은 테스의 얼굴은 분노로 빨갛게 달아올랐다. 그러나 그녀는 아무 대꾸도 하지 않았다. 그는 테스의 허리 쪽으로 두 팔을 뻗치면서 말했다.

"당신이 날 이렇게 만들었어. 당신은 기꺼이 그 책임을 져야 해. 그리고 당신이 남편이라고 부르는 그 작자와는 헤어지는 게 좋을 거야."

식사를 하기 위해 벗어 놓은 가죽 장갑이 무릎 위에 놓여 있었으므로 테스는 재빨리 장갑을 들어 그의 얼굴을 후려쳤다. 싸움하는 전사들에게나 알맞을 정도로 무겁고 두터운 그 장갑이 더버빌의 입을 정통으로 때렸다. 비스듬히 누워 있던 알렉이 벌떡 일어났다. 얻어맞은 입에서 새빨간 피가 흐르더니 순

테 스 405

식간에 낟가리 위로 뚝뚝 떨어졌다. 그러나 알렉은 마음을 가라앉히고 침착하게 주머니에서 손수건을 꺼내 입술의 피를 닦았다. 테스도 벌떡 일어났다가 도로 주저앉았다. 그녀는 목이 비틀리기 직전의 참새 같은 절망적인 눈초리로 더버빌을 노려보면서 소리쳤다.

"날 마음대로 벌주세요. 실컷 때려도 상관없어요. 아무리 심하게 맞는다 해도 소리치지 않을 테니까 낟가리 아래 있는 사람들에게 신경 쓸 필요는 없어요. 한번 희생당한 인간은 늘 그러기 마련인가 봐요."

더버빌이 부드럽게 말했다.

"아냐, 테스. 이번 일은 없던 걸로 하겠어. 다만 한 가지 기억해야 할 것은 당신이 그토록 날 미워하지 않았더라면 난 당신과 결혼했을 거라는 사실이요. 내가 당신에게 아내가 돼 달라고 청혼한 적이 있었는지 없었는지 어서 얘기해 봐요."

"있었어요."

"그런데도 안 되겠단 말이지. 자, 똑똑히 들어 둬요."

테스에게 청혼하려던 자신의 진심이 그녀에게 조금도 고맙게 받아들여지지 않았다는 것을 깨달은 그는 화가 치밀어 올라 음성이 거칠어졌다. 그는 테스에게로 바싹 다가가 그녀의 어깨를 움켜잡았다. 그녀는 어깨를 붙잡힌 채 몸을 떨고만 있었다.

"난 꼭 당신과 결혼하고 말 거요. 한때 난 당신의 주인이었지. 설령 당신이 누구의 아내라 해도 당신은 내 것이오."

아래에서는 다시 탈곡기가 움직이기 시작했다. 더버빌은 테스를 놓아주며 말했다.

"자, 이제 싸움을 끝냅시다. 지금은 돌아가지만 오후에 대답을 들으러 다시

오겠소. 당신은 아직 날 잘 모르지만, 난 당신을 잘 알고 있지."

테스는 넋이 나간 채 묵묵히 그 자리에 우두커니 서 있었다. 더버빌은 낟가리를 지나 사다리를 타고 아래로 내려갔다. 때마침 아래에 있던 일꾼들이 일어나서 기지개를 켜며 들이킨 맥주를 몸을 흔들어 내려가게 하고들 있었다. 이윽고 탈곡기가 다시 돌기 시작했다. 윙윙거리는 탈곡기 옆 자기 자리로 돌아온 테스는 꿈꾸는 사람처럼 멍하니 서서 밀 단을 한 단 한 단 풀어 나가기 시작했다.

48

오후가 되자 농장 주인은 오늘은 달이 있어 늦게까지 일할 수 있고, 또 내일이면 기관수가 다른 농장으로 일하러 가야 하기 때문에 타작을 오늘 밤 안으로 끝내야 한다고 말했다. 그 순간부터 털털거리고 윙윙거리며 부스럭거리는 소음이 한층 크게 들렸다. 오후 3시는 중간 휴식 시간이었으므로 테스는 잠시 고개를 들어 주위를 둘러보았다. 농장 문 곁에 알렉 더버빌이 돌아와 앉아 있는 것이 보였으나 그녀는 별로 놀라지 않았다. 그는 고개를 든 그녀에게 웃으면서 손을 흔들더니 키스를 보냈다. 그것은 둘 사이의 싸움이 끝났다는 신호와 같았다. 테스는 다시 땅을 내려다보면서 그가 있는 쪽에 신경 쓰지 않으려고 노력했다.

그날 오후는 지루하도록 천천히 지나갔다. 밀 낟가리가 점점 낮아지는 대신 짚단 더미는 점점 높아졌으며 알곡 자루가 수레에 실려 갔다. 오후 6시가 되자 낟가리는 어깨 높이 정도가 되었다. 그러나 기계와 사람이 어울려 그토록 열심히 일했는데도 아직 상당한 양의 밀 단이 일손을 기다리며 놓여 있었다. 아침에 흐렸던 날씨가 오후가 되자 개기 시작하여 해질 무렵에는 서쪽 하늘에서 태양이 찬란하게 빛났다. 저녁 햇살을 받아 일꾼들의 얼굴은 구릿빛으로 물들었고, 여인들의 옷자락도 새빨간 불꽃처럼 보였다.

낟가리 근처에서 고통스러워 끄덕거리는 소리가 들려오기 시작했다. 밀 단을 터는 남자도 지친 것 같았다. 그의 새빨간 목덜미에는 먼지와 거가 잔뜩 끼여 있었다. 테스의 불그레한 얼굴도 땀과 먼지와 밀 짚단에서 이는 먼지로 흠뻑 젖어 있었고, 하얀 모자는 갈색으로 변해 있었다. 그녀 혼자서만 기계 옆에서 일하고 있는 데다가 낟가리가 낮아짐에 따라 이즈와 마리안과의 거리도 점점 멀어져 이제는 교대해 주는 사람도 없었다. 기계의 진동 때문에 온몸의 세포가 끊임없이 흔들리는 까닭에 테스는 몽롱하고 너무 힘겨워 무감각하게 손만 놀리고 있었다. 자신이 어디 있는지도 의식하지 못하고, 이즈 휴에트가 머리가 흐트러졌다고 알려 주는 것도 듣지 못했다.

테스는 어디인지는 알 수 없지만 알렉 더버빌이 근처 어디에선가 자기를 지켜보고 있다는 것을 알고 있었다. 그가 이곳을 떠나지 않는 데는 좋은 구실이 있었다. 타작이 끝날 무렵에는 쥐 사냥을 하는데, 타작에 관계없는 사람들도 재미 삼아 참가하기 때문이다. 대부분 갖가지 오락을 즐기는 사람들이어서 괴상한 파이프를 물고 테리어 종 사냥개를 끌고 나오는 신사가 있는가 하면, 막대기나 돌멩이를 손에 쥔 험상궂은 건달도 있었다. 그러나 쥐 사냥을 할 수 있을 정도로 낟가리를 들어내려면 아직도 한 시간 정도는 더 일을 해야 했다.

이윽고 해가 저물고 달이 떠올랐다. 가까이 가서 말을 건넬 수는 없었지만, 이 마지막 한두 시간 동안 마리안은 테스의 일이 염려되었다. 다른 여자들은 술을 마시고 버텼지만, 어렸을 때부터 술의 뒤끝이 무섭다는 것을 눈으로 똑똑히 보면서 자라 온 테스는 술을 입에도 대지 않는다는 것을 알고 있었기 때문이다. 어쨌든 테스는 그런대로 잘 견디고 있었다. 맡은 일을 다 하지 않으면 일자리를 잃게 될지도 모른다는 두려움 때문에 그녀는 오기로 버틸 수밖에 없었다. 두 달 전이라면 테스는 실직 따위는 조금도 두려워하지 않았을 테지만, 더버빌이 자신의 곁에서 맴도는 이상 일자리를 잃는다는 것이 왠지 두렵게 여겨졌던 것이다.

밀 단을 던지는 사람과 터는 사람이 한숨 돌리고 이야기를 나눌 수 있을 정도로 낟가리가 낮아졌을 때 농장 주인 그로비가 테스에게로 다가왔다. 그는 친구를 만나고 싶으면 대신 다른 사람을 시키겠으니 일을 그만 해도 좋다고 말해 테스는 깜짝 놀라지 않을 수 없었다. 테스는 그 친구란 것이 더버빌임을 알고, 농장 주인의 선심 또한 친구인지 적인지 잘 모를 알렉의 부탁 때문이라는 것을 알고 있었으므로 고개를 가로젓고는 하던 일을 계속했다.

마침내 낟가리의 바닥이 드러났고 쥐 사냥이 시작되었다. 낟가리가 줄 어둚에 따라 밑바닥에 몰려 숨어 있던 쥐들이 마지막 밀 단을 들추자 들판 사방으로 흩어졌다. 이때 술에 반쯤 취한 마리안이 쥐가 자기에게로 덤벼들었다고 찢어지는 듯한 소리를 내며 난리를 피웠다. 그 소리를 들은 다른 여자들은 놀라서 피해 다니느라 야단이었다. 쥐들이 이제 다 내쫓기고 본격적인 사냥이 시작되었다. 개 짖는 소리, 남자들의 고함 소리, 욕지거리, 여자들의 비명 소리, 발을 구르는 소리가 한데 엉켜 수라장을 이루었다. 테스는 그 혼란 속에서 마지막 짚단을 풀었다. 바퀴의 회전이 느려지더니 윙윙 소리도 드디어 그쳤다. 드디어 그녀는 일을 끝마쳤고, 쥐 사냥을 구경하던 알렉이 재빨리 그녀에게로 다가왔다.

"왜 또 왔어요? 내가 그렇게 모욕을 주었는데."

테스는 낮은 목소리로 그를 책망했다. 너무나도 지쳐 있어서 큰 소리로 말할 기운이 없었다. 알렉은 트랜트리지에서처럼 유혹적인 목소리로 속삭였다.

"난 당신이 하는 말이나 행동에 일일이 신경 쓸 만큼 어리석은 사람은 아니야. 예쁜 몸을 그토록 떨고 있다니! 당신은 갓난 송아지처럼 연약하단 말이오. 그렇지, 테스? 그런 힘든 일은 어울리지 않아. 내가 왔을 때부터 일하지 않아도 괜찮았는데 왜 그처럼 고집을 부렸지? 난 기계 타작 일을 여자에게 맡기는 건 불법이라고 농장 주인에게 말했지. 다른 농장에선 그런 힘든 일은 여자에게 시키지 않는다고. 그 작자도 그건 알고 있더군. 내가 집까지 데려다 주지."

그녀는 지친 다리를 끌면서 대답했다.

"좋아요. 원한다면 그렇게 하세요. 난 당신이 내 입장도 모르고 나와 결혼하러 온 걸 잘 알고 있어요. 당신은 어쩌면 내가 생각했던 것보다 친절하고 좋은 사람인지도 몰라요. 뭐든지 친절한 마음에서 우러나온 거라면 고맙게 생각하겠어요. 하지만 딴 마음이 있어서 그러는 거라면 나도 가만있지 않을 거예요. 난 당신의 행동을 이해하지 못할 때가 가끔 있어요."

"우리들의 지난 관계를 결혼으로 정당하게 만들지 못한다 하더라도 당신을 돕고 싶소. 예전처럼 내 마음대로 돕겠다는 게 아니고 당신의 의사를 존중하면서 돕고 싶어. 종교적 광신자의 생활은 이제 끝났지만, 내게도 한 가닥 양심은 남아 있어. 테스, 남녀 사이의 부드럽고도 강한 힘에 맹세하여 한 번만 더 날 믿어 줘. 난 당신과 당신의 가족들을 경제적 고통에서 구해 주고 싶고, 또 구할 수 있는 능력도 있어. 당신이 날 믿어 주기만 한다면 집안 식구 모두가 편안하게 살 수 있도록 해 주겠어."

알렉은 애원하듯 말했다. 테스는 재빨리 물었다.

"요즘 우리 가족을 만난 적이 있어요?"

"그렇소. 그런데 당신 소식을 궁금해하더군. 내가 이곳에서 당신을 만난 건 정말 놀라운 우연이야."

그들은 테스가 머무르는 농가 문 밖에 이르렀다. 차디찬 달빛이 정원의 산울타리 가지 사이로 테스의 피곤한 얼굴을 비스듬히 비춰 주었다. 더버빌은 테스 옆에서 발걸음을 멈추었다.

"어린 동생들 얘기는 듣고 싶지 않아요. 내 마음이 흔들리지 않도록 도와주세요. 당신이 정말 가난한 우리 집 식구들을 돕고 싶다면 나와 상관없이 도와주세요. 하지만 싫어요. 그들을 위해서도, 나 자신을 위해서도 당신에게 아무 도움도 받고 싶지 않아요."

테스가 그 집 사람들과 함께 살고 있었으므로 더버빌은 더 이상 따라 들어갈 수가 없었다. 그녀는 혼자서 집안으로 들어가 깊은 생각에 잠겼다. 이윽고 그녀는 자그마한 책상으로 다가가 작은 등불을 벗삼아 격정적인 감정으로 편지를 썼다.

그리운 남편에게

당신을 남편이라고 부르는 것을 용서해 주세요. 하찮은 아내이긴 하지만 저는 괴로운 심정을 당신께 호소하지 않고는 견딜 수가 없군요. 아무도 의지할 사람이 없으니까요. 저는 지금 무서운 유혹을 받고 있어요. 에인절, 유혹하는 자가 누구인지 말하기도 싫고 그 내용을 말하기도 싫어요. 하지만 전 당신이 상상조차 할 수 없는 절박한 심정으로 당신에게 애원하고 있는 거예요.

제게 무서운 일이 일어나기 전에 돌아오실 수는 없나요? 물론 당신이 먼 곳에 계시니까 지금 제게 오실 수 없다는 건 잘 알고 있지만, 만약 당신이 곧 돌아오시든지 저에게 그곳으로 오라고 하지 않으면 전 죽을 수밖에 없을 거예요. 당신이 내린 벌은 당연한 것이고 제게 화를 내시는 것도 다 이해할 수 있어요. 하지만 에인절, 제가 죽을죄를 지었다 해도 제게 조금만 따뜻하게 대해 주세요. 제게 돌아와 주세요. 돌아와 주시기만 한다면 당신 품에 안겨 죽어도 좋아요. 제 잘못을 용서해 주신다면 전 편안한 마음으로 죽을 수 있어요.

에인절, 전 당신만을 사랑하고 싶어요. 당신을 너무 사랑하기 때문에 당신이 떠나신 것을 한 번도 원망해 본 적이 없어요. 농장을 구해야 한다는 것도 알아요. 부디 제 말을 원망의 말로 듣지 말고 돌아와 주세요. 당신 없이는 전 외로워서 견딜 수가 없어요. 아, 그리운 당신, 정말 이토록 큰 외로움을 어떻게 견딘단 말이에요. 일을 해야 한다는 것쯤은 아무렇지도 않아요. 그러나 당신이 '속히 돌아가겠소'라고만 적어 보내 주셔도 모든 걸 참고 기다리겠어요. 기쁜 마음으로 참고 기다리겠어요.

에인절, 결혼한 뒤부터 전 모든 생각과 행동에서 당신의 충실한 아내가 되고자 노력해 왔어요. 그래서 전 모르는 남자에게 칭찬을 받는 것조차 당신에게 미안하게 생각하곤 했어요. 낙농장에서 지내던 일을 조금이라도 기억하고 계시나요? 기억하신다면 어떻게 절 이렇게 내버려 둘 수가 있나요? 전 당신이 사랑하던 여자, 바로 그 여자예요. 당신이 싫어하거나 본 적도 없는 그런 여자가 아니에요. 당신을 만난 순간부터 제 과거는 죽었고 매장되었어요. 당신이 주신 새 생명으로 전 다른 여자가 된 거예요. 제가 어떻게 과거의 그 여자로 돌아갈 수가 있겠어요? 왜 당신은 그걸 모르시지요?

그리운 에인절, 좀더 당신의 자부심이 강하고 저를 이토록 전혀 모르는 다른 여자로 만들 수 있는 굉장한 힘을 지니고 계시다는 걸 스스로 깨달을 만큼 당신 자신을 믿는다면 당신은 제게 돌아오셔야 해요. 제발 당신의 불쌍한 아내에게로 돌아와 주세요.

언제까지나 변함없이 당신이 절 사랑해 주리라 믿고 행복에 도취되었던 제가 얼마나 어리석었던지요. 그런 행복은 제게 어울리지 않는다는 것을 진작 깨달았어야 했어요! 그러나 전 지금 지난 일 때문이 아니라 지금 눈앞에 닥친 일 때문에 고통을 받고 있어요. 생각해 보세요. 언제까지나 당신을 만나지 못한다면 제 가슴이 얼마나 아프겠나를…… 아, 당신이 저의 이런 고통을 조금이라도 느낄 수 있다면 당신도 외로운 제 심정을 이해하실 거예요.

세상 사람들은 아직도 제게 매우 아름답다고 칭찬해요. 그들이 말하는 게 사실일지도 몰라요. 하지만 얼굴 같은 건 아무래도 좋아요. 다만 전 당신만이 제게 아름답다는 칭찬을 해 주길 바랄 뿐이에요. 제 아름다움은 어디까지나 당신 것이니까요. 그런 생각이었기 때문에 남의 눈을 피하기 위해 붕대로 얼굴을 싸매고 다닌 적도 있었어요. 에인절, 자랑하려고 그런 말을 하는 건 아니에요. 당신을 만나고 싶은 마음에서 그런 거예요.

당신이 정말 오실 수가 없다면 제가 당신에게 가도록 허락해 주세요. 전 지금 마음에도 없는 일을 강요당하고 있는 형편이라 심한 고통을 당하고 있습니다. 물론 그 강요를 받아들일 생각은 추호도 없지만 무슨 일이 생길지 몰라 두려워요. 더구나 지난날의 허물 때문에 저 자신을 끝까지 지켜 나가지 못하게 될지도 몰라요. 이 일에 대해선 더 이상 말씀드리지 못하겠어요. 가슴이 너무 아파 견딜 수가 없어요. 하지만 제가 이번에도 덫에 걸리게 된다면 지난번과는 비교도 안 될 정도로 더 큰 불행에 빠질 것 같은 불길한 예감이 들어요. 오, 하느님! 그런 일은 끔찍해서 상상도 할 수가 없군요. 저를 어서 그이에게 보내 주시든지, 아니면 그이를 제게로 보내 주세요.

당신의 아내로 함께 할 수 없다면 당신의 종이라도 되고 싶어요. 그렇게 된다면 당신 곁에 있을 수 있고 당신을 바라볼 수 있을 테니, 전 행복할 수 있을 거예요. 당신이 곁에 없다면 태양도 절 비춰 주지 않고 들에 있는 갈가마귀나 찌르레기도 보기가 싫어요. 당신과 함께 그것들을 바라보던 추억이 떠오르고 가슴에 슬픔이 복받쳐 오르기 때문에 차마 바라볼 수가 없는 거예요. 하늘에서나 땅 위에서나 지옥에서라도 당신을 만나고 싶은 것이 저에게 단 하나 남은 소망입니다. 제발 돌아와 주세요. 돌아오셔서 이 무서운 유혹에서 절 건져 주세요.

슬픔에 잠긴 당신의 충실한 아내

테스 올림

테스의 애절한 편지는 곧바로 서쪽에 있는 고요한 목사관의 아침 식탁에 전해졌다. 에인절 클래어가 아버지를 통해서 서신 연락을 하도록 부탁한 것은 편지가 무사히 배달되게 하려는 의도에서였고, 또한 그는 주소가 바뀔 때마다 아버지에게 항상 연락을 하고 있었다.

"그 애가 예정대로 이 달 말경에 리오를 떠나 이곳으로 돌아온다면, 이 편지가 그 애 귀국 날짜를 앞당기게 할지도 모르겠군. 이건 분명히 그 애 처가 부친 편지일 거요."

겉봉을 보고서 클래어 목사가 말했다. 그는 테스를 생각하며 긴 한숨을 내쉬고는 그 편지가 에인절에게 전해지도록 주소를 고쳐 썼다. 클래어 부인이 중얼거렸다.

"아무쪼록 아무 일 없이 돌아왔으면 좋겠어요. 그 애한테 잘해 주지 못한 것이 죽는 순간까지 마음에 걸릴 것 같아요. 비록 그 애 믿음이 부족하더라도 그 앨 대학에 보내 형들처럼 기회를 주었더라면 좋았을 텐데. 그렇게 했으면 좋은 영향을 받아 평소의 생각을 버리고 성직자가 되었을지도 모르지요. 목사가 되건 안 되건 대학에 보냈어야 하는 건데……."

이 말은 클래어 부인이 자식 일로 남편의 마음을 어지럽힌 단 한 번의 넋두리였다. 지금까지 부인은 그런 불평을 한마디도 입 밖에 내지 않았었다. 그것은 부인이 신앙심이 깊은 만큼 분별이 있었고, 에인절에 대한 일로 남편도 괴로워한다는 사실을 알고 있었기 때문이었다. 깊은 밤에 남편이 일어나 에인절을 위해 아무도 모르게 기도하는 모습을 그녀는 종종 본 적이 있었다.

그러나 평생 자신의 믿음을 꿋꿋하게 지켜 온 목사는 지금도 목사가 될 가능성이 없는 에인절에게 두 형과 똑같은 대학 교육의 기회를 준다는 것은 정당치 못한 일이라고 생각했다. 그는 한 손으로 신앙심이 깊은 두 아들의 발판을 마련해 주고, 다른 한 손으로 신앙심 없는 또 한 아들을 똑같이 이끌어 준다는 것은 자신의 신념이나 지위나 희망에 빗나가는 일이라고 생각했던 것이다. 하지만 그는 에인절(천사)이라고 얼토당토않게 이름을 잘못 지어 준 이 막내아들을 사랑하고 있었다. 불행한 아들 이삭을 데리고 산에 오르는 아브라함이 속으로 슬퍼한 것처럼 클래어 목사는 에인절에 대한 처사를 남몰래 괴로워했고, 목사의 그런 말없는 후회는 부인의 넋두리보다 훨씬 가슴 아픈 것이었다.

아들의 불행한 결혼에 대해서도 목사 내외는 자신들을 책망하고 있었다. 에인절이 농사꾼이 되려 하지 않았다면 시골 처녀와 결혼하지도 않았을 것이기 때문이다. 그들은 아들 내외가 왜 헤어졌는지, 언제부터 헤어졌는지 아무것도 모르고 있었다. 처음에는 의견이 맞지 않아 그럴 것이라고 짐작했고, 최근의 편지에서 아들이 아내와 함께 방문하겠다고 쓴 것으로 미루어 보아 그들의 별거가 절망적인 상태가 아니라는 것만 짐작할 뿐이었다. 에인절이 아내가 친정에 가 있다고만 했고 목사 부부는 간섭할 만큼 사정을 잘 알지 못했기에 그냥 내버려두었던 것이다.

목사관으로 보낸 테스의 편지를 받지 못한 에인절은 남미 대륙에서 노새를 타고 해안으로 향하면서 광막한 대평원을 바라보고 있었다. 타국에서 그가 경험한 것은 비참함뿐이었다. 이곳에 도착하자마자 중병에 걸려 여기서 농장을 경영하려던 계획은 단념해야만 할 것 같았으나 부모님에게는 그 사실을 알리지 않았다. 이곳에 머물러 있을 때까지는 자신의 희망을 포기할 수 없었기 때문이었다.

에인절처럼, 자립할 수 있다는 선전에 현혹되어 무작정 이곳까지 건너온 많은 농업 노동자들은 병에 걸리기도 하고 죽기도 해서 인원이 점점 줄어들었다. 그는 가끔 영국인 어머니가 열병으로 죽은 아이의 시체를 안고 농장에서 힘없이 걸어나오는 광경을 목격하곤 했다. 아이 어머니는 혼자 힘으로 푸석푸석한 땅을 파 아이를 묻은 다음 눈물 젖은 얼굴로 힘없이 되돌아가곤 했다.

에인절의 본래 목적은 브라질 이민이 아니라 영국 본토의 북부나 남부에서 농장을 경영하는 것이었는데 순간적인 절망을 이기지 못해 이민을 택했던 것이다. 그 당시 영국 농민들 사이에서 성행했던 이민 열풍과 과거에서 도피하려는 그의 욕망이 우연하게 일치했던 것뿐이었다. 고국을 떠나 있는 동안 그는 정신적으로 열 살 정도 더 나이를 먹었다. 지금 그가 느끼는 인생의 가치는 겉으로 드러나는 아름다움이 아니라 그 내면에 감추어진 비애였다. 오랫동안 신비주의의 낡은 사상을 믿지 않았던 그는 이제 케케묵은 도덕적 가치 평가를 의심하게 되었다. 낡은 도덕적 관념은 마땅히 수정되어야 한다고 생각했다. 도덕적 인간이란 도대체 어떤 인간을 말하는 것인가. 다시 말해서 도덕적인 여자란 도대체 어떤 여자를 말하는 것인가. 성품의 아름다움과 추함은 그 행실 자체에만 국한되는 것이 아니라 그 목적과 동기와도 관계가 있는 것이다. 성격의 진실한 역사는 과거가 중요한 것이 아니고, 앞으로 어떤 마음가짐으로 살아 나가느냐에 달린 것이다.

그렇다면 테스는 어떤 경우인가? 이런 관점에서 테스를 다시 생각해 볼 때마다 그는 자신의 성급한 판단에 대한 후회로 마음이 억눌린 듯 무거워졌다. 그녀를 배척한 것은 일시적인 것인가, 아니면 영원한 것인가. 영원히 배척했다고 말할 수는 없었다. 그렇게 말하지 못한다는 것은 그녀를 마음으로부터 용서한다는 의미이기도 했다.

그의 마음속에 마침내 테스에 대한 그리움이 싹트기 시작한 것은 그녀가 플린트콤 애슈에서 일할 무렵이었다. 그때 테스는 자신의 슬픈 처지나 감정을 알려 남편의 마음을 괴롭히지 말아야겠다고 생각하고 있었고, 그런 사정을 모르는 에인절은 몹시 서운했다. 서운한 나머지 편지를 하지 않는 이유조차 생각하지 않았다. 테스의 착한 마음씨가 오히려 그의 오해를 사게 만든 것이다. 테스의 침묵을 그가 이해했더라면 그는 그녀의 진심을 알 수 있었으리라. 먼저 편지를 써서는 안 된다고 했던 말을 자신은 잊고 있었지만, 테스가 아직까지도 그 말을 충실하게 지키고 있다는 사실을 그는 몰랐다. 대담한 천성에도 불구하고 자신의 권리를 주장하지 않으면서 에인절의 판단만을 믿고 따르는 테스의 눈물겨운 순종조차도 짐작할 수 없었던 것이다.

지금 노새로 대륙을 횡단하고 있는 에인절 옆에는 한 사람의 길동무가 있었다. 그는 영국인으로 에인절과 같은 희망을 가지고 이곳에 온 사람이었다. 그들은 우울한 기분으로 고국 이야기를 했다. 낯선 타향을 같이 여행하는 길동무 사이에 흔히 있는 일이지만, 절친한 친구에게도 터놓고 말할 수 없는 이야기까지도 숨김없이 해 버리고 싶은 그런 기분에서 에인절은 자신의 슬픈 결혼 생활을 그에게 이야기했다. 에인절보다 더 많은 지방을 돌아다녀서 인생 경험이 풍부한 그 낯선 나그네는 세계주의자다운 넓은 마음으로 전혀 다른 시각으로 그 문제를 파악했다. 그는 테스의 과거란 그녀의 미래에 비하면 아무것도 아니라고 하면서 그녀를 버린 것은 클래어의 잘못이라고 솔직하게 말했다.

이튿날은 번개가 치고 비가 억수같이 쏟아졌다. 그들은 비에 흠뻑 젖었고, 에인절의 길동무는 열병으로 그 주말에 숨을 거두었다. 에인절은 그를 매장한 다음 다시 길을 떠났다. 이름 이외에는 아무것도 알 수 없는 마음 넓은 나그네가 무심코 한 말이 그가 죽음으로써 더욱 숭고해지고 철학자들의 어떤 윤리보다도 클래어를 감동시켰다. 그는 자신의 옹졸한 마음이 부끄러워졌다. 그녀를 용서하지 못한 자신에 대한 심한 자책감으로 괴로워했다. 문득 이즈 휴에트가 했던 말이 다시금 머리 속에 떠올랐다. 자신을 사랑하느냐고 물었을 때 그렇다고 대답했지만, 테스는 에인절을 위해 목숨이라도 버릴 여자이지만 자신은 그렇지가 못하다고 이즈는 말하지 않았던가.

결혼식 날 테스의 모습도 떠올랐다. 자신에게서 떨어질 줄 모르던 테스의 눈길, 자신의 말을 마치 하느님의 말인 양 절대적으로 믿었던 테스, 그리고 난로 옆에서 지낸 무서웠던 그날 밤, 단순한 마음에서 과거를 고백하면서 남편의 사랑과 보호가 순식간에 자신에게서 사라지리라고는 상상도 못하던 테스, 불빛에 비친 그녀의 절망적인 모습이 얼마나 측은했던가.

에인절의 마음은 그녀를 비판만 하던 것에서 차츰 그녀를 이해하는 쪽으로 바뀌어 갔다. 테스의 얼굴을 몇 번이나 머리 속에 떠올리는 동안 조상의 귀부인들에게 우아한 품위를 지니게 했던 그 위엄의 빛이 테스의 얼굴에도 엿보이고 있었다. 두 눈에 가득 찬 위엄 있는 그 모습은 그가 전에 느꼈고, 또 느낀 뒤 끝에는 으레 불쾌감을 주던 일종의 영감을 그의 혈관 속에 스며들게 했다. 비록 과거의 허물은 있을지언정 테스의 정신과 마음속에는 같은 나이 또래의 다른 처녀들의 순결보다 더 소중한 무엇이 간직되어 있는 것이다. 아브라임의 끝물 포도가 아비에셀의 만물 포도보다 낫지 않았던가? 이렇듯 가슴속에서 되살아난 정열로 인해 그는 집에서 보내 준 테스의 애정 어린 편지를 받아들일 마음의 준비를 갖추고 있었다. 테스의 편지는 이때 에인절의 아버지로부터 그에게로 회송되는 도중에 있었다. 그러나 그가 내륙에 있는 까닭에 그 편지를 받으려면 많은 시간이 걸려야 했다.

한편 남편이 자신의 호소를 받아들여 돌아오리라는 테스의 기대는 때로는 강해지기도 하고 때로는 약해지기도 했다. 기대가 약해지는 것은 그들이 헤어져야만 했던 근본적인 이유인 과거가 아직도 존재하고 있고 영원히 존재한다는 사실 때문이었다. 그들이 함께 있을 때도 해결하지 못한 그 문제가 헤어져 있는 동안 저절로 해결되리라고는 상상하기 어렵기 때문이었다.

그러면서도 테스는 만약 그가 돌아오면 어떤 방법으로 그를 기쁘게 해 줄까 하는 즐거운 공상에 잠기기도 했다. 그가 하프로 타던 곡을 귀담아들을걸 하는 생각도 들었고, 그가 가장 좋아하는 노래가 뭔지 묻지 않았던 것이 후회스럽기도 했다. 그녀는 텔보데이스에서 이즈 휴에트를 따라온 남자 앰비 시들링에게 살며시 물어 봤더니 마침 그는 에인절이 좋아하는 노래를 알고 있었다. 낙농장에서 젖이 잘 나오라고 젖소에서 불러 주던 여러 노래 중에서 클래어가 좋아했던 노래는 「큐피드의 동산」과 「내게는 사냥터도 사냥개도 있다네」와 「먼동이 틀 무렵」등이었고, 「재봉사의 바지」라든가 「나는 예쁜 미인이 되었네」 같은 것은 좋은 민요이지만 그는 별로 좋아하지 않았다고 했다. 테스의 소원은 그가 좋아하는 노래를 잘 부르는 것이었고, 그래서 여가를 이용해 「먼동이 틀 무렵」을 남몰래 연습하곤 했다.

일어나요, 일어나요, 어서 일어나세요!

정원의 예쁜 꽃 한데 엮어서
님께 바치리라, 사랑의 꽃다발을.
산비둘기, 참새들도 짝지어
가지마다 보금자리를 찾네.
이른 봄날
먼동이 틀 무렵에!

춥고 건조한 이런 계절에, 다른 처녀들과 떨어져 일할 때마다 테스가 부르는 이 노래를 듣는다면 돌 같은 심장을 가진 사람이라도 돌아서고야 말았으리라. 에인절에게 이 노래를 들려줄 수 없을지도 모른다는 생각이 들면 그녀는 노래를 부르다가도 하염없이 눈물을 흘리곤 했다. 그리고 그토록 천진한 노래 가사가 노래를 부르는 그녀의 마음을 더욱 아프게 만들곤 했다.

테스는 이런 공상에 빠져 있었기 때문에 시간이 흘러가는지도 모르고 있었다. 해는 조금씩 길어지고, 성신 강림절도 눈앞으로 다가왔으며, 곧이어 계약이 끝나는 날이 다가왔다는 것을 그녀는 모르고 있는 듯했다. 그런데 봄철 상반기의 품삯을 받는 날이 얼마 남지 않은 어느 날 그녀에게 뜻밖의 일이 일어났다.

그날 저녁에도 테스는 아래층 방에서 하숙집 가족들과 함께 앉아 있었는데 누군가가 문을 두드리며 테스를 부르는 소리가 들렸다. 테스가 나가 보았더니, 키는 어른 같았으나 몸매는 어린아이처럼 야위고 초라한 여자가 기울어가는 해를 등지고 서 있었다. 그녀가 "테스 언니!" 하고 다시 부를 때까지 테스는 저녁 어스름 속에 서 있는 그녀가 누구인지 알아볼 수가 없었다.

"아니, 너 리자 루 아니니?"

테스는 놀란 음성으로 물었다. 일년 전만 해도 어린애 같았던 동생이 어른처럼 부쩍 키가 자라 있었다. 지난해만 하더라도 길었던 원피스가 짧아져 그 아래로 비쩍 마른 두 다리가 드러나 있었으며, 어떻게 두어야 좋을지 몰라하는 긴 두 팔은 루의 젊음과 순결함을 그대로 말해 주고 있는 것 같았다. 루는 흥분한 기색도 없이 가라앉은 목소리로 말했다.

"응, 나야. 하루 종일 걸었어. 언니를 찾느라 맥이 다 빠졌어."

"집에 무슨 일이 있니?"

"엄마가 위독하셔. 의사가 곧 돌아가실 거래. 아버지도 몸이 많이 약해지셨어. 게다가 아버지는 훌륭한 가문의 자손은 천한 노동을 할 수 없다고 말씀하시거든. 우린 어떻게 살아가야 할지 모르겠어."

테스는 한동안 멍하니 서 있다가 억지로 마음을 가다듬고 동생을 불러들여 쉬게 했다. 동생이 차를 마시는 동안 그녀는 고향으로 돌아갈 결심을 했다. 계약이 끝나는 것은 음력으로 4월 6일, 성모 마리아의 날이었다. 그날 밤 안으로 떠나면 열두 시간 앞당겨 고향에 닿을 수 있었지만 먼 길을 걸어오느라 지친 동생이 내일 아침까지 계속 걸을 수 있을 것 같지가 않았다.

테스는 이즈와 마리안의 숙소로 달려가 내일 아침 주인에게 잘 말해 달라고 부탁한 다음, 다시 하숙하는 농가로 달려와 루에게 저녁을 차려 주었다. 루의 식사가 끝나자 테스는 동생을 자기 침대에 누워 쉬게 하고는 대강 짐을 꾸렸다. 그녀는 동생에게 내일 아침 뒤따라오라고 이르고 나서 홀로 고향을 향해 길을 떠났다.

49

시계가 10시를 알리는 순간 집을 나선 테스는 푸른 별빛을 받으며 어둠 속을 헤치고 걸어갔다. 쓸쓸한 지방을 혼자 여행하는 길손에게 밤은 무섭기보다 오히려 다정한 보호자가 된다는 것을 잘 알고 있는 테스는 낮 같으면 두려워할 샛길을 따라 가장 가까운 지름길로 접어들었다. 이 시간은 도둑이 나올 리도 없었고, 또 어머니의 병에 대한 염려 때문에 유령 따위를 무서워할 경황이 없었다.

그녀는 비탈길을 오르내리며 걸음을 재촉하여 자정이 가까웠을 때 벌배로의 높은 언덕에 이르렀다. 그 언덕에서 깊은 어둠에 휩싸인 골짜기를 잠시 내려다보았다. 꼬불꼬불한 내리막을 내려감에 따라 발 밑의 흙이 푸른 별빛에 희미하게 보였다. 그녀는 흙 냄새와 그 감촉으로 조금 전의 고원 지대와는 전혀 다른 땅을 걷고 있다는 사실을 알았다. 그 땅은 진흙으로 이루어진 블랙모어 분지의 맨 끝 땅이었고, 한 번도 통행세를 내는 신작로가 뚫린 적이 없어 여러 가지 미신이 전해지는 곳이었다. 한때 울창한 숲이었던 그곳은 어두운 밤이면 원근 경치가 하나로 어우러지고, 나무와 울타리들이 저마다 으스스한 모습을 아낌없이 드러내어 그 옛날의 모습이 그대로 재현되는 것 같았다.

테스가 너틀베리 마을 주막 앞을 지날 때 주막의 간판이 그녀의 발걸음 소리에 응답하듯 삐걱거렸으나 그 소리를 들은 사람은 테스밖에 없었다. 그 이엉 지붕 밑에서 포근한 이불을 덮고 있는 일꾼들이 내일 아침 해가 뜨기가 무섭게 일터로 나가야 하기 때문에 깊은 잠에 빠져 휴식을 취하고 있는 모습이 테스의 눈앞에 선하게 떠올랐다. 3시쯤에 그녀는 지금까지 걸어온 꼬불꼬불한 길모퉁이를 돌아 말로트 마을 어귀에 이르렀다. 지난날 들놀이 때 클래어를 처음 만났던 들판을 지났다. 그때 클래어가 자기와 함께 춤을 추지 않아 느꼈던 아쉬움이 아직도 그녀의 가슴에 고스란히 남아 있었다.

테스의 집이 있는 쪽으로 희미한 불빛이 보였다. 침실에서 새어 나오는 그 불빛은 창 앞의 나뭇가지에 가려져 가지가 흔들릴 때마다 그녀에게 어서 오라고 재촉하는 것 같았다. 자신이 보내 준 돈으로 새로 이어 놓은 이엉을 보자 테스의 가슴은 새삼스러운 감회로 벅차올랐다. 옛날 모습 그대로인 집이 자기 몸의 일부분인 것처럼 느껴졌다. 비스듬히 기울어진 지붕의 창문과 굴뚝 위에 드문드문 이어 붙인 빨간 벽돌, 그 모든 것이 테스의 성격과 비슷한 데가 있는 것 같았다. 그러한 집이 일종의 마비 상태에 빠진 것처럼 보이는 것은 엄마의 병 때문이라고 그녀는 생각했다.

테스는 집안 사람들이 깨지 않게 살며시 문을 열고 안으로 들어갔다. 아래층에는 아무도 없었고, 더베이필드 부인을 간호하던 이웃집 부인이 층계 위에 나타나 그녀는 금방 잠이 들었는데 병세가 여전히 나쁘다고 말해 주었다. 테스는 아침을 준비한 다음 엄마의 방에서 병시중을 들기로 했다.

아침이 되어 동생들을 보니 몰라보게 자라 있었다. 그녀가 집을 비운 일년 사이에 부쩍 자란 모양이었다. 몸과 마음을 다해 동생들을 돌봐 주어야 한다는 절실한 의무감에 빠져 그녀는 잠시 자신의 근심을 잊었다. 아버지의 건강도 예전과 마찬가지로 나쁜 상태였다. 그는 언제나처럼 의자에 앉아 있었으나 테스가 도착한 이튿날은 유난히 기분이 좋아 보였다. 아버지가 앞으로 생계를 유지할 좋은 방법이 있다고 말해 테스는 그것이 무엇이냐고 물었다.

"영국에 있는 모든 고고학자들에게 내 생애 유지를 위한 기부금을 내라는 회람을 돌릴 작정이야. 그들은 틀림없이 내 요구에 찬성하면서 낭만적이고 멋지며 지극히 당연한 처사라고 말할 테지. 그들은 고적을 간수한다거나 썩은 유물을 파낸다거나 하는 따위에 돈을 물 쓰듯 하는 사람들이니, 난 살아 있는 고적인 셈이니까 내 처지를 알기만 한다면 내게 큰 관심을 기울일 거라고. 어느 누군가가 그들을 찾아다니면서 살아 있는 고적이 이 고장에 있다는 사실을 깨우쳐 줬으면 좋겠어. 우리 가문을 발견한 그 목사만 살아 있어도 분명 이 일을 맡아 할 텐데.”

테스는 자기가 돈을 보냈어도 조금도 나아진 것 같지 않은 집안에 닥친 급한 일들을 해결할 때까지 아버지의 거창한 계획에 대해서 자신의 의견을 말하지 않기로 마음먹고는 집안을 정리하기 시작했다. 그런 다음 바깥일로 주의를 돌렸다. 지금은 모내기와 파종 철이라서 마을 사람들은 채소밭과 소작지 밭의 밭갈이를 이미 끝냈는데도 더베이필드 집안은 밭일에 손도 대지 않고 있었다. 식구들이 씨를 뿌릴 감자까지 다 먹어 없앴기 때문에 그렇게 되었다는 사실을 안 테스는 기가 막혀 말이 나오지 않았다. 그것은 앞뒤 생각 없는 사람들이 저지르는 마지막 실수였고, 아무렇게나 살아가는 사람도 이보다는 더할 수 없을 듯싶었다.

테스는 서둘러 씨감자를 얻었다. 며칠 뒤에는 아버지도 딸의 설득에 못 이겨 채소밭을 돌볼 용기를 냈다. 그녀는 마을에서 얼마쯤 떨어진 곳의 소작지를 빌려 농사를 짓기 시작했다. 그녀는 한동안 엄마의 병시중을 드느라고 방에만 갇혀 있었기 때문에 밭일을 하는 것이 오히려 즐거웠다. 엄마의 병세는 상당히 좋아져서 테스가 시중을 들지 않아도 괜찮을 정도였다. 테스는 심한 육체 노동이 오히려 마음 편했다.

그녀가 소작하는 땅은 건조한 곳으로 높은 지대의 넓은 울타리로 에워싸인 밭이었는데, 그 밭에는 비슷한 소작지가 수십 개 몰려 있었다. 이곳에서는 하루의 품일이 끝날 무렵이 가장 부산하고 활기를 띠었다. 일은 아침 6시경에 시작되었지만 끝나는 시간은 일정치가 않아 달이 뜰 때까지 계속되는 경우도 있었다. 날씨가 건조해 모닥불을 놓기에 알맞은 때라 소작 밭 여기저기에서는 마른 잡초나 쓰레기를 태우는 모닥불이 타오르곤 했다.

화창한 어느 날 테스와 리자 루는 마을 사람들과 같이 저녁노을이 소작지의 흰 경계 말뚝을 비출 때까지 일을 계속하고 있었다. 해가 지고 저녁놀이 덮이자 개밀과 양배추 뿌리를 태우는 불길이 제멋대로 밭을 비춰 연기가 바람에 너울거릴 때마다 밭의 윤곽이 보였다 안 보였다 했다. 날이 어두워지자 서둘러 집으로 돌아가는 사람도 더러 있었으나 대부분의 소작인들은 남은 파종을 끝내려고 그대로 남아 있었다. 테스도 동생만 돌려보내고 그들과 함께 남아 쇠스랑으로 밭을 일구었다.

여기저기서 개밀이 타고 있었고 쇠스랑은 돌과 마른 흙에 부딪쳐 작은 소리를 냈다. 그녀의 모습은 연기에 휩싸여 이따금 안 보이기도 했고 어떤 때는 불꽃에 환히 드러나 보이기도 했다. 오늘 밤 좀 색다른 옷을 입은 그녀는 유난히 눈에 띄었다. 여러 차례 빨아서 뿌옇게 바랜 겉옷 위에다 까만 재킷을 걸쳐 입어서 전체 인상은 장례식 손님과 혼례식 손님을 하나로 섞은 듯한 느낌이었다. 그녀 뒤쪽에서 흰 앞치마를 두르고 일하는 다른 여자들은 가끔 불꽃이 그들을 비춰 줄 때를 제외하면 어둠 속에서 희미하게 드러나 보일 따름이었다.

서쪽으로 나직한 잿빛 하늘을 배경으로 둘러쳐진 가시나무 울타리가 보였다. 하늘에는 활짝 핀 노란 수선화 같은 목성이 떠 있고 조그만 별들이 두서너 개 보였다. 멀리서 개 짖는 소리가 들려오고 이따금 짐수레가 덜커덕거리며 마른땅을 지나갔다.

그다지 늦은 시간이 아니어서 쇠스랑은 연방 쨍쨍거리는 소리를 냈다. 저녁 공기는 차가웠으나 그 속에는 일하는 사람들의 기운을 북돋우는 봄의 속삭임이 스며 있었다. 이 장소, 이 시간, 탁탁 튀면서 타오르는 모닥불, 빛과 그림자, 이 모든 것에 일하는 사람들의 마음을 기쁘게 해 주는 무언가가 있었다. 찬 서리가 내리는 겨울에는 마귀처럼, 무더운 여름에는 다정한 애인처럼 느껴지는 황혼이 이 3월에는 마음을 포근하게 해 주는 어머니의 품처럼 느껴졌다.

모두 일에 몰두하여 주위에 신경 쓰는 사람은 아무도 없었다. 그들은 파헤친 흙바닥이 모닥불의 불빛에 환히 드러날 때마다 그곳으로만 신경이 쏠렸다. 땅을 일구면서 테스는 클래어를 위해 연습하곤 했던 그 노래를 불렀다. 이 노래를 클래어에게 들려줄 희망도 사라졌지만, 그녀는 노래에 열중해 바로 옆에서 웬 남자가 일하고 있는 것도 모르고 있었다. 이윽고 길다란 작업복을 입은 그 남자를 보았을 때 테스는 아버지가 일을 거들라고 보낸 사람이려니 하고 단순하게 생각했다.

그러나 남자가 땅을 파면서 자신에게 점점 다가왔으므로 그녀는 신경이 쓰였다. 이따금 연기가 두 사람을 갈라놓을 때도 있었으나 연기가 비스듬히 방향을 바꾸면 둘은 다른 사람과 떨어져 둘만이 서로 얼굴을 마주 보는 때도 있었다. 테스는 일을 거드는 남자에게 말을 건네지 않았고 그 역시 아무 말도 하지 않았다. 낮에 일을 할 때도 본 적이 없고 마을 사람도 아니어서 테스는 그가 궁금했지만 그 사이 오랫동안 마을을 떠나 있었으므로 혹 새로 온 사람일지도 모른다는 생각에서 그에게 더 이상 신경을 쓰지 않았다.

둘 사이가 가까워지자 그들의 쇠스랑이 불빛에 번쩍거려 반사되었다. 테스가 불 곁에 다가가 마른 풀 한 줌을 던졌을 때 남자도 마침 똑같은 행동을 하고 있었다. 불은 활짝 피어 올랐다. 순간 테스는 더버빌의 얼굴을 보았다. 뜻밖의 그의 출현과 요즘에는 아무도 입지 않는 주름 잡힌 노동복을 걸친 그의 괴상한 모습은 소름끼칠 정도로 우스꽝스러워서 그의 밭 가는 모습과 마찬가지로 그녀를 오싹하게 했다. 그는 나직한 음성으로 음흉하게 웃었다.

"내가 만약 농담을 한다면 이렇게 하겠어. '천국이 바로 여기군!' 하고 말이오."

그는 테스의 얼굴을 들여다보며 실없는 소리를 했다. 테스는 맥이 빠져 힘없이 물었다.

"뭐라고요?"

"농담을 잘하는 사람이면 마치 천국에 있는 기분이라고 말할 거라고 했소. 당신이 이브라면 난 천한 짐승의 탈을 쓰고 당신을 유혹하러 온 교활한 악마지. 내가 신학에 빠져 있을 때 난 밀턴이 쓴 『실낙원』에 나오는 그 장면을 곧잘 외었어. 그중에 이런 구절이 있어."

더버빌은 이렇게 말하고는 그 구절을 읊었다.

여왕이여, 길은 마련되고 멀지 않나니
소나무 줄지은 저쪽에……
……그대 내 인도 받아들이시면
곧 그곳으로 그대 모시오리다.
그럼 인도해 주세요 하고 이브는 말했노라.

"이런 대목이지. 테스, 예쁜 나의 테스. 당신이 날 엉뚱하게 생각하고 엉뚱한 말을 할 것 같아서 일부러 이런 말을 한 거요. 당신은 날 나쁘게만 생각하니까."

"난 당신을 악마라고 말한 적도 없고 그렇게 생각한 적도 없어요. 당신이 나를 모욕하지 않는 한 당신에 대한 내 감정은 냉정함뿐이에요. 그런데 당신은 날 만나기 위해 이곳에 온 건가요?"

"그렇소. 당신을 만나려는 것 외에 다른 목적은 없었소. 이 작업복은 여기 오는 도중에 사 입었소. 남의 눈에 띄지 않기 위해서. 난 당신이 이런 힘든 일을 하지 못하게 하기 위해서 왔소."

"난 일하는 게 좋아요. 아버지를 위해서 일하는 거니까."

"저쪽 농장에서의 계약은 끝났소?"

"네."

"다음엔 어디로 갈 작정이오? 사랑하는 남편을 만나러 갈 거요?"

테스는 그의 모욕적인 말투를 참을 수가 없어 쓰디쓰게 말했다.

"내겐 남편이 없어요."

"그건 맞는 말이오, 테스. 하지만 당신에겐 친구가 있어. 당신이 싫어하더라도 난 당신을 도와줄 작정이오. 집에 돌아가면 내가 당신을 위해 무얼 했는지 알게 될 거요."

"오, 알렉. 아무것도 받지 않겠다고 말했었고 지금도 정말 받고 싶지 않아요. 그건 옳지 못한 일이에요."

그는 자신에게 외쳤다.

"그렇지 않소! 내가 사랑하는 여자가 고생하는 걸 보고만 있을 수는 없으니까."

"하지만 난 조금도 고생이라고 생각하지 않아요. 내가 걱정하는 건 생계 따위가 아니란 말이에요."

그녀는 돌아서서 자포자기한 듯 다시 땅을 일구었다. 눈물이 쇠스랑 자루와 흙덩이 위로 주르륵 떨어졌다. 알렉이 말을 계속했다.

"그건 애들 때문이겠지. 당신 동생들 말이야. 나도 애들을 걱정하고 있었소."

그가 테스의 아픈 곳을 찔렀으므로 그녀는 가슴이 떨렸다. 그는 테스의 가장 큰 근심을 알아차린 것이다. 집에 돌아온 후 테스는 열정에 가까운 애정을 동생들에게 쏟았던 것이다.

"당신 어머니의 병이 완전히 낫지 않는다면 누군가가 그 애들을 돌봐 줘야만 해. 당신 아버지는 별로 힘이 될 것 같지도 않고 말이야."

"내가 도우면 아버지도 일할 수 있어요. 아버진 일을 하셔야 해요."

"내가 돕겠소."

"천만에요. 당치도 않아요!"

"정말 어리석군. 당신 아버지는 날 일가라고 생각하실 테니 무척 기뻐하실 거요!"

더버빌이 버럭 소리를 질렀다.

"그럴 리가 없어요. 아버지의 그릇된 생각을 내가 깨우쳐 드렸으니까."

"그렇다면 더 어리석군."

화가 잔뜩 난 더버빌은 산울타리 쪽으로 물러가더니 여태까지 입고 있던 길다란 작업복을 벗어서 모닥불 속에 내동댕이치고는 가 버렸다. 테스는 불안하고 겁이 나서 일이 손에 잡히지를 않았다. 알렉이 아버지에게 간 것이 아닌가 하는 걱정이 들어 테스는 쇠스랑을 들고 집으로 향했다. 집 가까이에 다다르자 그녀는 마침 자기를 데리러 오는 어린 동생과 마주쳤다.

"언니, 큰일났어. 리자 루 언니는 울고 집에 사람들이 잔뜩 모였어. 엄마는 괜찮은데 아버지가 돌아가셨대."

동생은 그것이 중대한 소식이라는 것은 알고 있으나 슬픈 소식이라는 것은 모르는 듯싶었다. 눈을 휘둥그레 뜨고 테스를 바라보던 동생은 테스의 표정이

달라지자 이렇게 말했다

"테스 언니, 우린 이제 아버지하고 얘기할 수 없게 되는 거야?"

테스는 절망적으로 부르짖었다. 그때 리자 루가 달려나왔다.

"아버지는 지금 막 돌아가셨어. 어머니를 진찰하러 왔던 의사가 그러는데, 심장이 오그라들어서 살 가망이 없대."

사실 더베이필드 내외는 운명이 뒤바뀌었다. 죽어 가던 아내는 살아 있는데 별로 대단치 않던 남편이 숨을 거두었다. 이 슬픈 소식에는 단순한 죽음 이상의 뜻이 숨어 있었다. 그의 생명에는 그가 이루어 놓은 개인적인 업적과는 상관없는 가치가 있었다. 그렇지도 못했더라면 그의 죽음은 대수롭지 않은 죽음이었으리라.

그 가치라는 것은 3대로 한정된 토지 차용 계약으로, 차용 기한이 끝나는 마지막 3대 손이 더베이필드였던 것이다. 그런데 장기로 일꾼을 둔 소작농들은 일꾼들이 거처할 집이 모자라는 까닭에 늘 더베이필드의 집을 탐내고 있었다. 더구나 마을 사람들이 소지주만큼이나 싫어하는 종신 임대자는 거만했기 때문에 일단 기한이 끝나면 좀처럼 재계약하는 경우가 없었다. 이리하여 한때 권력을 휘두르며 땅 없는 사람들에게 가혹하게 굴었던 더버빌 집안의 후손인 더베이필드 집안은 조상들과 처지가 뒤바뀌어 이제는 반대로 가혹한 처사를 감수하지 않으면 안 되는 처지에 놓이게 된 것이다. 이처럼 조수의 간만, 이를테면 변화무쌍한 우주의 리듬과 같은 현상이 삼라만상 속에서 끊임없이 되풀이되는 것이다.

50

더베이필드 집안—그 혈통은 아무도 믿어 주지 않았지만—은 마을의 풍기를 생각해서라도 토지 차용 기한이 끝나면 마땅히 마을을 떠나야 한다고, 마을 사람들은 입 밖에 내서 말하지는 않았지만 은근히 그러기를 바라는 눈치들이었다. 사실 이 집안은 금주나 절주나 절개나 그 어느 것 하나도 훌륭한 본보기가 되지 못했다. 아버지는 그렇다 하더라도 심지어 어머니도 이따금 술을 마셨고, 어린것들은 좀처럼 교회에 다니지 않았으며, 맏딸은 맏딸대로 사내하고 빈번히 망측한 관계를 맺곤 했다. 어떻게 해서라도 마을은 풍기를 바로잡아야 했다. 그래서 고지절 첫날에 더베이필드네 식구들은 마을에서 쫓겨나게 되었고, 그 집이 넓어서 식구가 많은 마차꾼이 새로 들기로 되었다. 이리하여 테스와 엄마 그리고 어린 동생들은 다른 고장으로 떠나갈 수밖에 없었다.

그들이 떠나기로 한 전날 밤, 하늘은 잔뜩 흐리고 이슬비가 내려 어느 때보다도 금방 어두워졌다. 정든 고향에서 지내는 것도 오늘 밤이 마지막이었기 때문에 더베이필드 부인과 리자 루와 에이브러햄은 친지들에게 작별 인사를 하러 갔고, 테스 혼자서 그들이 돌아올 때까지 집을 지키고 있었다. 그녀는 창문에 머리를 기댄 채 창가의 의자에 무릎을 꿇고 앉아 있었다. 그녀의 시선은 며칠 전에 굶어 죽은 거미를 향해 있었다. 파리 한 마리 걸려들지 않는 곳에 잘못 쳐진 거미줄은 창 틈으로 스며드는 약한 바람에도 하늘거리고 있었다. 테스는 가족들의 난처한 처지가 자기 때문이라고 생각하니 몹시 가슴이 아팠다. 자신이 돌아오지 않았다면 엄마와 동생들은 굳이 이 마을을 떠나야 할 이유가 없었기 때문이었다.

그녀가 마을에 돌아오자마자 성격이 까다롭고 유력한 지위에 있는 사람들의 눈에 그녀는 가시 같은 존재였다. 그들은 흔적도 없어지다시피 한 아기의 무덤을 흙손으로 가다듬고 있는 테스를 보았고, 그녀가 다시 마을로 돌아왔다는 사실은 모두에게 충격이었다. 마을 사람들이 그 사실에 대해 더베이필드 부인을 비난하자 부인은 발끈해서 되받아 넘기고는 당장 마을을 떠나겠다고 말해 버렸던 것이다. 그 결과가 곧 이런 식으로 나타난 것이었다. 테스는 혼자 쓸쓸하게 중얼거렸다.

"내가 돌아오지 말았어야 하는 건데……."

이런 생각에 골몰하고 있던 그녀는 하얀 비옷을 입은 남자가 말을 타고 오는 것을 보고도 처음에는 별로 관심을 두지 않았다. 그녀가 창에 얼굴을 바싹 대고 있었으므로 남자는 그녀를 알아보고 현관 앞까지 바싹 다가와 말을 세웠다. 그가 말채찍으로 창을 두드리자 그녀는 비로소 그를 쳐다보았다. 비는 이미 그쳐 있었다. 알렉의 손짓에 따라 테스는 창문을 열었다. 더버빌이 물었다.

"날 못 봤소?"

"다른 생각에 빠져 있었어요. 무슨 소리가 들리긴 했는데, 여러 필의 말이 끄는 마차 소리 같았어요. 아마 꿈을 꾸고 있었나 봐요."

"아, 그래! 아마 저 '더버빌 가의 마차 소리'를 들은 모양이군. 당신도 그 전설을 들었지?"

"아뇨. 네, 아니 그 전설은 어떤 사람에게 조금밖에 듣지 못했어요."

"만일 당신이 진짜 더버빌 집안 사람이라면 나도 얘기하지 않는 게 좋겠어. 나야 가짜니까 상관없지만. 무시무시한 얘기야. 사실은 눈에 보이지도 않는 마차 소리는 더버빌 가문의 후손에게만 들린다고 하는데, 그 소리를 들은 사람에게는 불행한 일이 생긴다는 거야. 그건 몇 백 년 전에 그 집안 사람이 저지른 살인 사건과 관계되는 거라지."

"이미 시작한 말이니 끝까지 얘기해 보세요."

"좋아, 그럼 말하지. 그 집안의 어떤 남자가 어느 아름다운 여자를 유괴해서 마차로 데리고 가는 도중에 여자가 도망치려 했다는군. 그래서 둘이 옥신각신 싸움이 벌어졌고 마침내 남자가 여자를 죽였다던가, 어느 쪽인지 확실치는 않지만 어쨌든 그런 얘기요. 그런데 세간들을 싸 놓은 걸 보니 내일 이사 가는 모양이지?"

"네, 내일 음력 성모 마리아의 날에."

"소문은 들었지만 너무 갑작스러운 일이라 믿을 수가 없었소. 도대체 어떻게 된 일이오?"

"아버지 대까지만 이 집에 살기로 돼 있었거든요. 아버지가 돌아가셨으니 이젠 여기서 눌러 살 권리가 없어진 셈이지요. 그래도 나만 아니었다면 주일마다 사글세를 내는 셋방살이라도 할 수 있었을 거예요."

"당신이 왜?"

"난…… 올바른 여자가 아니니까요."

더버빌의 얼굴이 붉어졌다. 그는 노여움에 차 흥분한 음성으로 빈정대듯 말했다.

"빌어먹을! 그래, 그 따위 처사가 세상에 어디 있어! 돼먹지 못하게 점잖만 빼는 녀석들, 그따위 더러운 정신머리는 불태워 없애 버리라고 해! 그래서 떠난다는 거요? 쫓겨난단 말이지?"

"쫓겨 가는 건 아니지만 빨리 비워 달라고 하니까, 계약이 끝난 일꾼들이 떠날 때 함께 떠나는 게 좋을 것 같아서요. 무슨 좋은 일이 있을지도 모르니까요."

"어디로 갈 작정이오?"

"킹즈비어요. 거기다 방을 얻어 놓았어요. 어머닌 순진하게도 아버지의 가문 얘길 믿으시는지 그곳에 가고 싶어하세요."

"하지만 그처럼 많은 가족을 거느리고 셋방살이를 하기는 어려울 거요. 더구나 그렇게 좁은 마을에서는 더 어렵지. 그러지 말고 트랜트리지의 우리 집 아래채로 가면 어떨까? 어머니가 돌아가신 뒤 닭장은 치워 버렸소. 하지만 집과 뜰은 그대로 있으니까 하루 동안만 칠을 다시 하면 새집처럼 될 거요. 그곳이라면 당신 어머니도 마음 편히 지낼 수 있어. 동생들은 좋은 학교에 보내 주겠어. 난 정말 당신을 위해서 무언가 해야 할 의무가 있단 말이오."

알렉의 애원에 테스는 딱 잘라 말했다.

"하지만 킹즈비어에 벌써 방을 얻어 놓았어요. 거기서 기다리기만 하면……."

"기다리다니, 뭘 기다린단 말이오? 아, 그 훌륭한 남편을 기다린단 말이지? 이봐요, 테스. 난 남자가 어떤지 잘 알고 있어. 당신들이 헤어진 원인을 생각하면 그 사람은 절대로 돌아오지 않을 거라는 걸 장담할 수 있다고. 예전엔 내가 당신의 원수였을지 모르지만 지금은 당신 친구야. 당신이 믿지 않겠지만. 그러니 내 집에 와서 정식으로 양계를 해 보는 것이 어떨까? 그러면 당신 어머니도 닭을 돌볼 거고, 아이들은 학교에 다닐 수 있게 될 테고."

더버빌의 간곡한 말에 테스는 숨결이 가빠졌다. 잠시 후 그녀가 말했다.

"당신을 믿을 수가 없어요. 당신이 정말 그렇게 해 줄지도 의문이고, 그러다가 당신 마음이라도 변하는 날에는…… 우린 다시 처량한 신세가 되고 말아요."

"천만에. 그런 일은 결코 없을 거요. 필요하다면 각서라도 쓰겠어. 잘 생각해 봐요."

434

테스는 고개를 혼들었으나 더버빌은 계속 우겨 댔다. 테스는 지금까지 그가 그토록 굳게 결심한 것을 한 번도 본 적이 없었다. 그는 반드시 동의를 얻으려는 듯 힘주어 말했다.

"제발 당신 어머니에게라도 말해 봐요. 이건 당신 어머니가 판단할 일이지 당신이 판단할 문제가 아니니까. 난 내일 아침에 그 집을 청소하고 칠도 새로 하고 불도 피워 놓으라고 하겠소. 그러면 저녁까지는 다 마를 테고, 당신네 식구가 그리로 오기만 하면 될 거요, 알겠소? 그럼 기다리고 있겠소."

테스는 여전히 고개를 저었다. 불현듯 착잡한 여러 가지 감정이 치밀어 올라 목이 메는 듯했다. 그녀는 더버빌을 쳐다볼 수가 없었다.

"난 당신에게 저지른 죄를 다 보상하고 싶소. 그리고 신앙에 미쳤던 나를 일깨워 준 사람도 당신이니까 난 기꺼이 당신을……."

"난 당신이 신앙에 미쳐 있는 편이 훨씬 나아요. 그랬으면 당신은 설교를 계속했을 테니까."

"난 조금이라도 내 죄를 보상할 수 있는 기회가 온 것이 기쁘오. 내일 당신이 내 집으로 와서 이삿짐을 푸는 소리를 들을 수 있으리라 기대하겠소. 자, 그런 뜻에서 악수해 줘, 사랑스런 테스!"

말을 마친 더버빌은 갑자기 음성을 낮춰 뭐라고 중얼거리더니 열린 창문으로 한 손을 내밀었다. 테스는 노여움이 가득한 눈초리로 더버빌을 쏘아보면서 얼른 창문 쇠고리를 잡아당겼다. 그 바람에 그의 팔이 창문과 돌쩌귀가 달린 문턱 사이에 끼여 버렸다. 그는 팔을 빼면서 투덜거렸다.

"빌어먹을! 이건 정말 너무한데! 아냐, 괜찮아. 당신이 일부러 그런 게 아닌 걸 아니까. 어쨌든 당신을 기다리겠소. 당신이 안 온다면 당신 어머니와 동생들이라도 기다리겠소."

"난 가지 않아요. 내겐 돈이 많으니까요!"

테스가 외쳤다.

"어디에?"

"시아버지한테 있어요. 부탁만 하면 돼요."

"부탁만 하면 된단 말이지? 하지만 테스, 난 당신을 잘 알아. 당신은 그런 부탁을 하지 않을 거야. 차라리 굶어죽을지언정 그런 부탁을 할 여자가 아니지."

말을 마친 더버빌은 말을 몰고 가 버렸다. 길모퉁이에서 마침 그는 페인트 통을 든 남자를 만났다. 그 남자가 교우들을 저버릴 셈이냐고 묻자 그는 이렇게 대꾸했다.

"악마한테나 찾아가 보게."

테스는 꼼짝 않고 그 자리에 앉아 있다가 문득 자신이 왜 부당한 대접을 받아야 하는지 반항심이 치밀어 두 눈에 눈물이 가득 괴었다. 남편인 클래어마저 남들과 마찬가지로 그녀를 괴롭혔다. 그렇다. 그건 분명 괴롭힌 것이었다. 여태껏 이런 생각은 한 번도 해 본 적이 없었지만 사실 남편은 잔인할 정도로 매정했다. 자신이 살아오는 동안 한 번도 남을 해치려 한 적이 없다는 것을 그녀는 맹세할 수 있었다. 그런데 어째서 자신이 이처럼 가혹한 형벌을 받아야 하는지 알 수가 없었다. 설령 자신이 죄를 지었다 해도 그건 결코 고의적이 아니었으며, 다만 부주의에서 생긴 결과일 뿐인데 어째서 이토록 끊임없이 벌을 받아야 하는 건지 그녀는 알 수가 없었다.

테스는 닥치는 대로 종이 한 장을 꺼내서 다음과 같은 사연을 써 내려갔다.

아, 에인절! 당신은 왜 이다지도 저를 부당하게 대하시는지요. 에인절, 전 이런 대접을 받을 만큼 나쁜 짓을 하지 않았어요. 모든 일을 다시 곰곰히 생각해

봤는데 전 도저히 당신을 이해할 수가 없군요. 전 도저히 당신을 용서할 수가 없어요. 당신을 욕되게 할 생각이 제게 조금도 없다는 걸 당신이 더 잘 아시면서 어쩌면 이처럼 가혹하게 절 괴롭히시나요. 당신은 너무 매정해요. 정말 인정이 없는 분이에요. 전 이제부터 당신을 잊으려 노력하겠어요. 제가 당신에게 받은 대접은 너무나 부당해요!

— T

쓰기를 마친 테스는 멍하니 밖을 내다보다가 우체부가 지나가는 것을 보고는 달려나가 편지를 전했다. 그러고는 다시 창가로 돌아와 맥이 풀린 듯 멍하니 앉아 있었다. 편지를 이렇게 쓰거나 다정하게 쓰거나 별 차이가 없었다. 원망하는 편지를 쓴다고 해서 에인절의 마음이 돌아설 것 같지는 않았다. 변한 건 아무것도 없었고 그의 마음을 움직일 만한 새로운 사건도 물론 없었다. 어둠이 점점 깊어지자 난로의 불빛이 방안을 밝게 비추었다. 큰 아이들 둘은 엄마를 따라갔고, 네 살부터 열한 살까지의 네 아이들은 까만 옷을 입은 채 난로가에 앉아서 두서없는 이야기를 지껄이고 있었다. 테스는 촛불을 켜지 않은 채 그 틈에 끼여 앉아 동생들에게 말했다.

"얘들아, 우리가 태어난 이 집에서 자는 것도 오늘 밤이 마지막이야. 그걸 잘 생각해야 돼. 그렇지 않니?"

아이들은 모두 조용해졌다. 새집으로 이사 간다고 들떠 있던 아이들이었지만, 모두 눈치 빠르고 예민한 나이들인지라 테스의 '마지막'이라는 말에 금방 울어 버릴 것 같았다. 테스는 얼른 화제를 바꾸었다.

"노래 좀 불러 주지 않을래?"

테스는 동생들을 돌아보았다.

"우리 어떤 노래를 할까? 너희들이 아는 노래 해 봐. 아무 노래라도 괜찮아."

잠시 침묵이 흐른 뒤 한 아이가 낮은 음성으로 노래를 부르기 시작했다. 그러자 하나 둘 합세하더니 마침내 그들은 모두 목소리를 합해 주일 학교에서 배운 노래를 불렀다.

이 세상에서 우리는 슬프고 고통을 겪고
이 세상에서 우리 만나면 이별이 온다네.
그러나 천국에서는 영원히 이별이 없다네.

가사에 나타난 문제 따위는 이미 예전에 해결된 것이므로 굳이 생각할 필요도 없다는 사람들처럼 다만 노래를 잘 부르기 위해 네 아이는 열심히 불렀다. 그들은 한 구절 한 구절 똑똑히 부르려고 긴장된 표정으로 타오르는 난롯불을 바라보며 노래를 불렀다. 다른 아이들의 노래가 끝난 뒤에도 막내 동생의 노랫소리는 여전히 방안에 길게 메아리치고 있었다.

테스는 자리에서 일어나 다시 창가로 갔다. 흐르는 눈물을 감추기 위해서 어둠 속을 응시하려는 사람처럼 그녀는 유리창에 얼굴을 바싹 갖다 댔다. 만약 동생들이 불렀던 노래의 내용대로 믿을 수 있다면, 그 가사 내용에 확신을 가질 수 있다면 모든 일이 변할 수 있지 않을까. 만약 그렇다면 마음놓고 어린 동생들을 하느님의 섭리와 내세의 천국에 맡길 수 있을 것 같았다. 그러나 그것은 불가능하기 때문에 그녀는 무엇이든 해서 어린 동생들에게 하느님 대신이 되어 주어야 했다. 얼마 후 젖어 있는 어두운 길을 걸어 엄마와 키가 큰 리자 루와 에이브러햄이 함께 돌아오는 모습이 보였다. 엄마의 나막신 소리가 현관 앞에서 들려오자 테스는 얼른 문을 열었다.

"밖에 말발굽 자국이 있던데 누가 왔었니?"

엄마의 물음에 테스는 얼른 대답했다.

"아뇨."

난로 옆에 있던 꼬마들이 정색을 하고 테스를 바라보더니 그중 한 아이가 말했다.

"테스 누나, 조금 전에 말 탄 신사가 왔었잖아!"

"그 사람은 나를 찾아온 게 아니야. 그냥 지나가다가 내게 말을 건넸을 뿐이야."

"그 신사가 누구지? 남편이 왔었니?"

엄마가 물었다. 테스는 절망적인 말투로 대답했다.

"아녜요. 그이는 결코 돌아오지 않아요."

"그럼 누구란 말이니?"

"아실 필요도 없는 사람이에요. 제발 더 이상 묻지 마세요. 엄마도 나도 전에 한 번 본 일이 있는 사람일 뿐이에요."

"그래, 그 사람이 뭐라고 했는데?"

엄마는 자못 궁금한 모양이었다.

"내일 킹즈비어에 이사한 다음 말씀드릴게요. 무엇이든 하나도 빠짐 없이……."

찾아온 사람이 남편이 아니라고 테스는 대답했으나, 육체적 의미로는 오직 알렉만이 자신의 남편이라는 생각이 그녀의 마음을 점점 무겁게 짓눌렀다.

51

이튿날 새벽에 농가에 사는 마을 사람들은 가끔씩 들려오는 시끄러운 소리에 잠을 제대로 이루지 못했다. 날이 훤히 밝을 때까지 들린 그 소리는 해마다 4월 첫 주간이면 당연히 들리는 소리로 이사하는 사람들의 짐을 실으러 가는 빈 짐 마차 소리였다. 아침이 되자 바람이 불고 날씨는 흐렸으나 다행히 비는 오지 않았다. 창 밖을 내다보던 테스는 비가 오지 않고, 또 마차가 제 시간에 닿아 있는 것을 보고 마음이 놓였다. 사실 비 오는 성모 마리아의 날에 이사한다는 것은 불길한 일이었다. 비에 젖은 가구며 이부자리, 옷가지들을 보기만 해도 마치 유령이라도 본 듯 섬뜩한 기분이 들 뿐만 아니라 갖가지 병까지 돌기 때문이었다.

어머니와 리자 루, 그리고 에이브러햄은 깨어났지만 어린 동생들은 아직 자고 있었다. 네 식구는 희미한 불빛 아래서 아침 식사를 마치고 서둘러 이삿짐을 싸기 시작했다. 친절한 이웃 사람 두어 명이 도와주어서 일은 손쉽게 진행되었다. 그들은 큼직한 세간을 요령 있게 실은 다음 더베이필드 부인과 아이들이 앉아서 갈 수 있도록 침대와 이부자리로 둥근 자리를 마련해 주었다. 오후 2시경에야 마차가 움직이기 시작했다. 냄비는 마차 굴대에 매달려 제멋대로 흔들리고, 더베이필드 부인과 가족들은 짐 꼭대기에 앉았다. 부인은 벽시계가 망가질까 봐 무릎 위에 올려놓고 소중히 다루었지만, 마차가 흔들릴 때마다 시계는 짓눌린 듯한 소리로 1시를 치기도 하고 1시 반을 치기도 했다. 테스와 리자 루는 짐 마차가 마을을 벗어날 때까지 마차와 나란히 걸었다.

그들은 어제 저녁과 오늘 아침에 몇몇 이웃들에게 작별 인사를 했으므로 출발할 때 몇 사람이 그들을 배웅하러 왔다. 이웃들은 한결같이 테스 가족의 행운을 빌었으나, 속으로는 비록 남에게 폐를 끼친 적은 없다 하더라도 더베이필드네 같은 가족에게 정말 행운이 있으리라고는 상상할 수 없었다. 이윽고 짐 마차는 비탈길을 오르기 시작했다. 땅의 높이와 토질의 변화에 따라 바람은 더욱 차가워졌다.

이날이 바로 4월 6일, 일꾼들의 이삿날이라 그들은 짐 위에 여러 명의 가족이 타고 있는 다른 짐 마차를 여러 대 만났다. 많은 이사 가족 중에는 명랑해 보이는 가족도 있었고 슬픔에 잠긴 가족도 있었다. 한 길가 주막집 문 앞에 마차를 멈춰 세우고 쉬는 가족도 있었다. 테스 가족도 말에게 먹이도 주고 쉬기도 할 겸 어느 주막집 앞에 마차를 세웠다. 그들이 쉬는 동안 테스의 눈은 약간 떨어진 짐 마차 위에서 술을 마시고 있는 여자들에게로 쏠렸다. 술병을 쥔 여자는 테스의 친구인 마리안과 이즈였다. 테스는 그쪽으로 다가가 소리쳤다.

"마리안! 이즈!"

그들은 하숙하고 있던 집이 이사 가는 바람에 함께 따라가는 중이었다. 테스가 그들에게 오늘 이사하는 거냐고 묻자, 그들은 플린트콤 애슈에서의 생활이 너무 고생스러워 농장 주인 그로비에게 알리지도 않고 따라나선 것이라고 했다. 그로비가 고소해도 걱정 없다면서 그들은 테스에게 자신들의 목적지를 알렸고, 테스도 그들에게 킹즈비어로 간다는 것을 알려 주었다. 그런 뒤에 마리안이 짐 위에서 테스에게로 몸을 굽혀 작은 소리로 말했다.

"테스, 널 귀찮게 쫓아다니던 그 남자 말이야. 누군지 알겠지? 그 남자가 네가 떠난 뒤에 플린트롬 애슈에 왔었어. 널 찾아서 말이야. 우린 네가 그 남자를 싫어하는 걸 알기 때문에 너 있는 곳을 모른다고 했어."

"그래? 그 사람은 벌써 내가 있는 곳을 알아내고 날 찾아왔어."

"그럼 네가 가는 곳도 알겠구나?"

"알고 있을 거야."

"남편은 돌아왔니?"

"아니."

마침 양쪽 마부가 주막에서 나왔으므로 테스는 친구들과 작별 인사를 했다. 두 짐 마차는 각기 반대 방향으로 길을 떠났다. 마리안과 이즈가 탄 짐 마차는 페인트칠도 깨끗했고 마구에 번쩍이는 놋쇠 장식을 단 튼튼한 세 마리의 말이 끄는 새 마차인 데 비해 테스가 탄 짐 마차는 두 마리의 늙은 말이 끌고 있었고 낡고 삐걱거리는 짐 마차여서, 번창하는 농장주를 따라가는 사람과 고용주도 없이 스스로 살길을 찾아가는 사람과의 차이를 선명하게 드러내고 있었다.

갈 길은 아직도 멀었다. 하루 여행길로는 너무 먼 길이라 말들도 지친 것 같았다. 그들이 그린힐 고원의 일부를 이루는 산허리에 도착했을 때는 꽤 늦은 오후였다. 그곳에서 말들이 오줌도 누고 잠시 휴식을 취하는 동안 테스는 그 근처 일대를 둘러보았다. 바로 눈앞 언덕 아래로 그들의 목적지인 작은 마을 킹즈비어가 죽은 듯이 가로놓여 있었다. 바로 그곳에 아버지가 입버릇처럼 이야기하고 노래하던 조상들의 묘지가 있었다. 또한 그곳은 더버빌 가문이 5백 년 이상 산 곳이라 다른 어느 곳보다 더버빌 가문의 고향이라고 할 수 있는 곳이었다.

그때 한 남자가 마을 어귀에서 그들을 향해 걸어오는 모습이 보였다. 그는 짐 마차를 발견하고는 빠른 걸음으로 다가왔다. 마침 남은 길을 걸어가기 위해 마차에서 내린 더베이필드 부인에게 그 남자가 말을 건넸다.

"더베이필드 부인이신가요?"

그녀는 고개를 끄덕였다.

"정식으로 말하면, 최근에 돌아가신 가난한 귀족 존 더버빌 경의 미망인으로 지금 조상들의 영지로 돌아가는 길입니다."

"네, 그러세요? 그 얘긴 처음 들어보는 거지만, 하여튼 더베이필드 부인이라니 말씀드리겠습니다. 실은 댁에서 빌린 셋방에 다른 사람이 들었다는 소식을 전해 달라는 부탁을 받았습죠. 오늘 아침 편지를 받고 나서 부인이 이리로 오신다는 걸 알았지만 이미 때가 늦었지요. 그래도 다른 곳에 빈방이 있을 겁니다."

이 말을 듣고 테스의 얼굴은 파랗게 질렸다. 어머니는 어이가 없는 듯 어리둥절한 표정으로 테스에게 물었다.

"테스, 이 일을 어떡하면 좋지? 조상들의 땅에 와서 이런 푸대접을 받다니! 아무튼 좀더 가 보기로 하자."

그들은 마을로 들어가 셋방을 얻으러 다니기 시작했다. 어머니와 리자 루가 방을 얻으러 다니는 동안 테스는 마차에서 어린 동생들을 돌보았다. 한 시간쯤 뒤에 헛수고만 한 어머니가 돌아오자, 마부는 말이 녹초가 된 데다가 오늘 밤 안으로 조금이라도 왔던 길을 되돌아가야 하기 때문에 짐을 내려 줘야겠다고 말했다. 더베이필드 부인은 앞뒤 생각 없이 말해 버렸다.

"좋아요, 여기다 내려놓아요. 어디 하룻밤 묵을 데가 없을라고."

마부는 남의 눈에 띄지 않는 교회 묘지의 담장 밑에 마차를 몰고 가서 잘되었다는 듯 초라한 세간들을 그곳에 내려놓았다. 짐을 다 내리고 마차 삯을 주고 나니 테스의 수중에는 동전 한 푼만 남았다. 마부는 이런 가족과 거래를 끝낸 것이 시원하다는 듯, 그들을 남겨 두고 얼른 떠나 버렸다. 날씨가 좋으니 하룻밤 이슬을 맞아도 괜찮을 거라고 마부는 생각했다. 테스는 절망적인 시선으로 세간들을 바라보았다. 쌀쌀한 봄철의 저녁 햇살은 항아리 주전자, 산들바람에 흔들리는 약초 다발, 놋쇠로 만든 찬장 손잡이, 아이들이 자랄 때 그 속에 누워 흔들렸던 버드나무로 만든 낡은 요람, 둘레가 반질반질하게 닳은 벽시계, 그 모든 세간을 골고루 비춰 주고 있었다. 세간들은 마치 자신들이 길바닥에 내동댕이쳐진 것이 억울하다는 듯 저녁 햇빛을 반사하고 있었다.

그들이 서 있는 곳 일대는 예전에는 언덕과 비탈로 이루어진 공원이었는데 이제는 말을 길들이는 목초지로 바뀌어 곳곳에 작은 울타리가 쳐져있었다. 한때 더버빌 저택이 서 있던 자리를 표시하는 주춧돌은 무성한 풀에 덮여 사방에 널려 있었다. 또한 조상의 영지에 속했던 이그돈 황야가 그곳에서부터 시작되어 멀리까지 뻗쳐 있었고, 그들 바로 곁에는 더버빌 회랑이라고 불리는 교회 회랑이 점잖게 사방을 굽어보고 있었다. 더베이필드 부인은 교회와 묘지를 살펴보고 와서 말했다.

"가족 묘지는 우리 것이나 마찬가지야. 누가 뭐래도 그건 틀림없는 사실이거든. 그러니까 우리가 집을 구할 때까지 임시로 이곳에 머물러도 괜찮아. 자, 테스, 리자, 에이브러햄, 모두들 와서 좀 도와 다오. 우선 애들 잠자리부터 만들어 주고 나서 주위를 둘러보자꾸나."

테스는 내키지 않는 마음으로 엄마를 도왔다. 그들은 이삿짐에서 낡은 네발 침대를 꺼내 교회 남쪽 벽 밑에다 세웠다. 더베이필드 부인은 침대 둘레에 커튼을 쳐서 그럴듯한 천막을 만들어 아이들을 그 안으로 들여보냈다.

"정 방을 구하지 못하면 여기서라도 하루를 넘겨야겠다. 하지만 좀더 찾아봐야지. 애들 먹을 것도 구해야 할 테니 말이다. 얘, 테스, 네가 신사와 결혼했는데도 아무 소용이 없구나. 우릴 이렇게 내버려두니……."

더베이필드 부인은 리자 루와 에이브러햄을 데리고 교회와 마을을 이어 주는 좁은 비탈길을 따라 올라갔다. 그들이 막 마을로 들어갔을 때 말을 탄 한 남자가 눈에 띄었다. 남자는 사방을 두리번거리다가 그들을 보고는 말을 몰아

444

가까이 다가왔다.

"당신들을 찾고 있었어요. 정말 역사적인 땅에서 가족끼리 모였군요. 테스는 어디 있습니까?"

남자는 알렉 더버빌이었다. 알렉을 싫어하는 더베이필드 부인은 냉정하게 교회가 있는 쪽을 가리키고는 가던 길을 묵묵히 걸어갔다. 더버빌은 방을 구하지 못했다는 이야기를 방금 들었는데, 만약 끝내 방을 구하지 못하게 되면 그때 다시 뵙겠다고 그들에게 말했다. 그들이 사라지자 더버빌은 말을 몰고 여관으로 돌아갔다가 잠시 뒤에 말을 타지 않은 채 밖으로 걸어나왔다.

테스는 어린 동생들과 이야기를 주고받다가 더 이상 아이들을 즐겁게 해 줄 수 없다는 것을 깨닫고는 밖으로 나와 황혼이 깃들어 어둑해진 교회 묘지 근처를 거닐었다. 마침 교회 묘지 문이 열려 있어 테스는 태어나서 처음으로 그 안에 들어가 보았다. 테스 가족이 침대를 놓고 천막을 만들어 놓은 곳 바로 위쪽 창문 안에 몇 세기에 걸친 조상들의 무덤이 있었다. 모두 천장으로 덮여 있는 무덤은 제단 모양으로 된 초라한 것이었다. 무덤을 장식했던 조각은 닳고 파손된 것이 많았고, 묘비명을 새긴 묘비는 사암 절벽에 있는 족제비 구멍처럼 남아 있었다. 자신의 가문이 몰락했다는 사실을 깨우쳐 주는 일들을 과거에도 여러 번 겪었지만 이 황폐한 묘지만큼 충격적인 것은 여태껏 없었다. 그녀는 다음과 같은 글이 새겨진 검은 돌 앞으로 다가갔다.

Ostium Sepulchri antiquae Familiae D Urberville(더버빌 집안 묘지 입구)

테스는 교회에서 쓰는 라틴어를 잘 몰랐지만 이것이 조상들의 묘지 문이고, 이 안에 아버지가 술에 취해 노상 흥얼거리던 건장한 기사들이 잠들어 있다는 사실을 알 수 있었다. 깊은 생각에 잠겨 있던 테스가 동생들에게 돌아가려고 오래된 제단 모양의 무덤 곁을 지나갈 때였다. 무덤 위에서 무언가가 움직였다. 교회 안이 너무 어두워서 그 위에 무언가가 있다는 사실조차 깨닫지 못했던 그녀는 이상한 생각이 들어 가까이 가 보았다. 놀랍게도 그것은 살아 있는 사람, 알렉 더버빌이었다. 지금까지 이곳에 자기 혼자만 있었던 것이 아니라는 사실에 소스라치게 놀란 데다가, 그게 바로 알렉 더버빌이라는 사실을 확인하자 그녀는 충격으로 기절할 듯 비틀거렸다. 알렉이 돌 판에서 뛰어내려 그녀를 붙들어 주었다. 그는 빙글빙글 웃으며 말했다.

"난 아까부터 당신을 지켜보고 있었소. 당신의 명상을 방해하지 않으려고 저 위에 올라가 있었지. 우리는 이제 처음으로 우리 발 밑에 있는 조상님들과 상면한 셈이로군그래. 자, 이 소릴 들어보라고!"

그는 발뒤꿈치로 바닥을 힘껏 찼다. 그러자 발 밑에서 속이 텅 빈 듯한 울림이 울려 나왔다. 그는 말을 계속했다.

"이 소리에 조상님들도 놀라서 깨어나셨을 거요. 당신은 조금 전에 날 조상의 석상 가운데 하나라고 생각했겠지만 사실은 그게 아니거든. 세상은 쉬지 않고 변하고 있어. 땅속에 묻힌 조상들의 손가락을 전부 합친 것보다는 가짜 더버빌의 손가락 하나가 지금 당신에게 더 좋은 일을 해 줄 수 있어. 자, 내게 명령만 해 봐요. 무얼 도와 드릴까요?"

"돌아가 주세요."

"가지. 가서 당신 어머니를 찾아봐야지. 하지만 잘 들어 둬요. 당신도 언젠가는 내게 상냥해질 테니까."

그가 돌아간 뒤 테스는 납골당 입구에 쭈그리고 앉아 혼자 중얼거렸다.

"난 왜 이 문 바깥에 있어야 하나."

한편 마리안과 이즈는 하숙집 농가의 가족들과 함께 '가나안 땅'을 향해 여행을 하고 있었다. 하지만 이 두 처녀는 자기들이 가는 곳 따위에는 별 관심이 없었고 에인절 클래어와 테스, 그리고 테스를 귀찮게 따라다니는 남자에 대한 이야기를 주고받았다. 그들은 테스가 과거에 그 남자와 어떤 관계가 있었다는 것을 추측으로 이미 알고 있었다.

마리안이 말했다.

"아무래도 테스가 그 남자와 전혀 모르는 사이는 아닌 것 같아. 그 남자가 과거에 그 애를 손에 넣은 적이 있다면 문제는 아주 달라질 거야. 만약 그 남자가 테스를 다시 데려간다면 일은 그야말로 돌이킬 수 없게 돼. 사실 우린 클래어 씨에게 아무것도 아니었어, 이즈. 그러니 테스에게 그이를 빼앗긴 것이 아깝다고 생각할 것이 아니라 두 사람이 다시 만날 수 있도록 도와주는 게 옳을 것 같아. 테스가 고생하고 있다는 것과 어떤 남자가 그 애를 따라다닌다는 것을 클래어 씨가 알기만 한다면 테스를 돌봐 주려고 빨리 돌아올 거야."

"그런데 클래어 씨에게 어떻게 알리지?"

그들은 목적지에 닿을 때까지 내내 그 생각에 잠겨 있었으나, 새 농장에 도착한 뒤로는 그곳에 자리잡는 일에 정신이 팔려 다른 것은 생각할 여유가 없었다. 한 달쯤 지나 완전히 자리가 잡혔을 때 그들은 머지않아 클래어가 돌아온다는 소문을 들었다. 그 소식에 그들은 새삼스럽게 가슴이 설레는 것을 느꼈지만, 지금은 아무 소식조차 없는 테스에게 조금이나마 도움이 되어 주어야겠다는 생각이 들어 클래어에게 편지를 쓰기로 했다. 마리안은 값싼 잉크 뚜껑을 열고 이즈와 상의해 가며 간략하게 편지를 썼다.

존경하는 선생님

선생님의 부인이 선생님을 사랑하는 것만큼 선생님도 부인을 사랑하신다면 부디 부인을 돌봐 주세요. 부인은 지금 친구의 탈을 쓴 원수에게 시달림을 받고 있습니다. 부인 곁에 얼씬거려서도 안 되는 사람이 도리여 부인을 치근거리며 괴롭히고 있어요. 여자에게 혼자 힘으로 견딜 수 없을 만큼 큰 시련을 주어서는 안 됩니다. 아무리 단단한 돌, 아니 금강석이라도 물방울이 끊임없이 떨어지면 닳아지기 마련이니까요.

행복을 비는 두 친구 올림

에인절 클래어 앞이라고 겉봉을 쓴 이 편지는 그들이 에인절과 관계 있다고 들은 유일한 주소인 에민스터 목사관으로 보내졌다. 그 뒤 그들은 친구를 위해 좋은 일을 했다는 흥분이 오랫동안 남아 불현듯 노래를 부르기도 하고 함께 눈물을 흘리기도 했다.

제7부 인과응보

52

에민스터 목사관에 저녁 어둠이 깔리고 있었다. 목사의 서재에는 항상 그랬던 것처럼 초록색 갓 아래 두 개의 촛불이 켜져 있었지만 목사는 방안에 앉아 있지 않았다. 목사는 가끔 방안에 들어와서 포근해져 가는 봄 날씨에 알맞은 작은 난롯불을 뒤적이고는 다시 밖으로 나가 현관에 우두커니 서 있기도 하고, 응접실과 현관 사이를 서성거리기도 했다. 집안에 어둠이 깃들었지만 서향인 현관은 아직 사물을 알아볼 수 있을 만큼 밝았다. 지금까지 응접실에 앉아 있던 부인도 목사의 뒤를 따라 현관으로 나왔다. 목사가 말했다.

"아직 시간이 많이 남았어. 기차가 제 시간에 도착한다 하더라도 6시 전에 초크 뉴튼 역에 도착하기는 힘들 거요. 게다가 거기서 우리 집 늙은 말을 타고 이곳까지 오려면 꽤 시간이 걸릴 거야."

"하지만 그 말이 전에 우리를 태우고 한 시간 만에 집에 온 적도 있잖아요."

"그건 벌써 오래전 얘기야."

그들이 해야 할 중요한 일은 기다리는 것뿐이어서 그들은 같은 이야기를 되풀이하면서 지루한 시간을 보내고 있었다. 이윽고 오솔길에서 나직한 소리가 들리더니 울타리 밖으로 조그만 망아지가 끄는 마차가 보였다. 그 마차에서 한 사람이 내리자 목사 부부는 알아보는 듯한 태도를 지었다. 오기로 한 사람이 약속한 시간에 마차에서 내렸으니 망정이지 그렇지 않고 그를 길에서 만났다면 서로 누군지 모르고 지나쳐 버렸으리라.

목사 부인은 캄캄한 복도를 따라 현관으로 달려 나가고 목사는 천천히 그녀의 뒤를 따라갔다. 이제 막 문으로 들어서는 남자는 현관 앞에서 걱정스러운 표정으로 자신을 기다리고 있는 목사 부부와 그들의 안경이 반사하는 저녁 빛을 보았다. 그러나 노부부는 빛을 등지고 있어 그가 아들임을 어렴풋이 느낄 뿐이었다.

"오, 내 아들, 드디어 돌아왔구나!"

클래어 부인이 외쳤다. 그 순간 부모와 자식 사이를 멀게 했던 이단적인 허물은 그의 옷에 묻은 먼지와 마찬가지로 그들 사이에 아무런 영향도 끼치지 않았다. 실제로 자식을 사랑하는 것만큼 깊이 하느님의 약속과 위협을 믿는 여자는 드물 것이다. 어느 어머니라도 하느님의 말씀이 자식의 행복에 방해가 된다면 결국에는 신앙을 버리지 않을 수 없으리라. 세 사람은 촛불이 켜진 방으로 들어갔다. 부인은 이내 아들의 얼굴을 유심히 들여다보다가 충격을 받고 슬픈 듯이 소리쳤다.

"오오, 내 아들 에인절이 아니야. 집을 떠날 때의 에인절과 달라요!"

아버지도 그의 모습을 보고 깜짝 놀랐다. 고국에서 겪은 불쾌한 사건에 대한 반발심으로 무작정 찾아간 타국에서 경험한 온갖 고초와 열병으로 그는 부모들이 몰라볼 정도로 모습이 변해 있었다. 쇠약해진 그의 얼굴에서는 해골이 연상되고, 그 해골 뒤에서 망령의 모습을 볼 수 있을 정도로 그는 변해 있었다. 마치 크리벨리—15세기의 이탈리아 화가—가 그린 죽은 그리스도의 모습처럼 두 눈은 움푹 파여 병적인 빛을 띠었고 눈빛은 생기를 잃었다. 그의 조상들의 형편없이 여윈 주름투성이의 모습이 20년이나 빨리 그의 얼굴에 나타나 있었다.

"그곳에서 병에 걸렸었어요. 그렇지만 지금은 다 나았어요."

에인절은 자신의 말이 거짓이라는 걸 증명이라도 하려는 듯 비틀거렸으나, 그것은 그날의 지루한 여행과 집에 도착하여 생긴 흥분으로 생긴 가벼운 현기증일 뿐이었다. 그는 쓰러지지 않기 위해 얼른 의자에 기대앉았다.

"요즘 제게 온 편지는 없나요? 지난번에 마지막으로 보내 주신 편지는 제가 내륙에 있을 때 받았기 때문에 오랜 시간이 지나서야 겨우 받아 봤어요. 그렇지 않았더라면 더 빨리 돌아왔을 겁니다."

"그 마지막 편지란 네 아내한테서 온 편지를 말하는 거지?"

"네."

최근에 에인절 앞으로 한 통의 편지가 와 있었으나 그가 곧 돌아온다는 걸 알고 있었으므로 목사 부부는 그것을 부치지 않고 있었다. 그는 부모가 내주는 편지를 얼른 뜯어보았다. 테스가 마지막으로 급히 쓴 그 편지에서 그는 테스의 절망적인 감정을 충분히 느낄 수 있었고 또 이해할 수 있었다. 그녀가 편지에 썼던 것처럼 자신은 그녀에게 부당한 대우를 했던 것이다.

"사실이야. 내가 내린 판단은 부당한 거야. 이제 테스가 오히려 나를 용서하지 않을 거야."

편지를 내던지며 중얼거리는 에인절에게 어머니가 말했다.

"애, 에인절, 그까짓 흙에서 태어난 시골 여자 때문에 그토록 마음 상할 거

없다."

"흙에서 태어났다고요! 네, 우린 모두 흙에서 태어났지요. 저도 그 여자가 어머니가 말씀하신 의미의 흙에서 난 시골 여자이기를 원했는데 사실은 가장 오래된 노르만 가문의 후손입니다. 하긴 우리 마을에도 혈통 있는 집안의 자손이면서도 남몰래 농사를 짓기 때문에 흙에서 태어난 아들이라고 불리는 농사꾼들이 많이 있지만요."

클래어는 곧 잠자리에 들었다. 이튿날 아침 그는 여전히 몸이 불편해서 잠자리에서 일어나지 않고 곰곰이 생각에 잠겼다. 자신이 내버려 둔 사이에 테스의 처지가 얼마나 곤란했는지 짐작조차 못한 그는 적도 지방에서 테스의 애절한 편지를 받았을 때 자기가 용서할 마음만 내키면 그녀에게 달려갈 수 있으리라고 생각했는데, 막상 와 보니 생각처럼 문제가 쉽게 해결될 것 같지가 않았다. 어제 읽은 편지로 미루어 정열적인 그녀의 마음이 변했다는 것을 짐작할 수 있었다. 자신이 너무 지체한 것도 사실이고, 어쩌면 당연한지도 모르는 그녀의 변화를 슬프지만 인정하지 않을 수 없었다.

별거 생활의 마지막 몇 주일 동안 그녀의 열렬한 애정이 미움으로 변한 것이 사실이라면, 연락도 없이 그녀를 만나러 간다는 것이 현명하지 못한 일로 느껴졌다. 마음의 준비 없이 갑작스럽게 대면하게 되면 서로 피상적인 얘기만 나누게 될지도 모르기 때문이었다. 그래서 클래어는 테스와 그녀의 가족에게 자신의 귀국을 알리는 편지를 썼다. 테스가 아직도 친정에 있으리라고 믿는다는 내용과 함께 말로트 마을로 편지를 부쳤다. 일주일 뒤 더베이필드 부인에게서 짤막한 답장이 왔다. 뜻밖에도 그 답장은 말로트 마을에서 온 것이 아니고 주소조차 없었으므로 그는 한층 더 궁금한 생각이 들었다.

서방님, 지금 테스는 집에 없고, 또 언제 돌아올지 확실한 날짜도 모릅니다. 만약 그 애가 돌아오면 즉시 알려 드리겠습니다. 테스가 지금 어디 있는지 나로서는 말하기가 곤란합니다. 그리고 우리 가족이 말로트 마을을 떠난 지는 꽤 오래되었습니다.

J. 더베이필드

에인절은 테스가 무사하다는 소식을 들은 것만으로도 기뻐서 그녀의 어머니가 딸이 있는 곳을 명확히 밝히지 않은 사실에 대해 별로 신경을 쓰지 않았다. 부인이 테스가 돌아오면 곧 연락한다고 했기 때문에 그는 그때까지 기다리기로 마음먹었다. 사실 그 이상을 바랄 자격도 없었다. 그는 자신의 사랑이야말로 '다른 대상을 찾으면 변하는 사랑'이 아닌가 하고 스스로 반성해 보기도 했다. 그리고 테스가 지내 온 과거보다도 그녀 내부에 간직된 본질로, 또한 그녀의 행위보다는 의지로 테스를 판단하지 못한 자신의 어리석음이 두고두고 후회가 되었다.

더베이필드 부인의 두 번째 편지가 오기를 기다리고 건강이 회복되기를 기다리면서 그가 아버지 집에 머무르는 사이에 2, 3일이 지나갔다. 건강은 차츰 회복되었으나 더베이필드 부인에게서는 아무 소식도 없었다. 초조해진 클래어는 플린트콤 애슈에서 테스가 보낸 편지를 찾아 다시 읽어 보았다. 종으로라도 남편의 곁에 있고 싶다고 썼던 테스의 뜨거운 사랑이 담긴 그 편지는 처음 읽을 때와 변함없는 감동으로 그의 가슴을 아프게 했다.

편지를 다시 읽고 나자 최근에 테스가 보낸 원망의 편지로 그녀가 변했다고 생각한 것은 잘못이라고 느껴졌다. 그는 곧 테스를 찾아 나서기로 결심하고는, 자신이 없는 사이에 그녀가 아버지에게 돈을 부탁한 적이 있었느냐고 물었다. 그런 일이 없었다는 아버지의 대답에 에인절은 비로소 테스가 자존심 때문에 돈을 부탁하지 못했다는 사실을 알았고, 그동안 그녀가 얼마나 궁핍했을 것인가 하는 데에도 생각이 미쳤다.

아들의 이야기를 모두 들은 목사 부부는 그때야 비로소 아들이 별거하게 된 진짜 이유를 알았고, 한 번도 만난 적이 없는 테스에게 깊은 동정을 느꼈다. 그녀의 유서 깊은 혈통과 소박한 성품이나 가난 같은 것에는 아무런 동정심을 나타내지 않았지만, 모든 신앙심 깊은 사람이 그러하듯 그녀의 죄에 대해서는 따뜻한 자비심을 베풀지 않을 수 없었던 것이다. 에인절은 급히 여행 준비를 하면서 최근에 마리안과 이즈에게서 온 편지를 다시 한 번 읽어보았다. '존경하는 선생님'으로 시작되는 그 편지는 '행복을 비는 두 친구 올림'이라는 글귀로 끝을 맺고 있었다.

15분 뒤에 클래어는 집을 나섰다. 집에서도 말이 필요하다는 것을 알고 있어 아버지의 늙은 암말을 타지 않고 주막으로 가서 마차를 빌린 에인절은 말을 마차에 매는 동안 마음이 초조하기만 했다. 몇 분 뒤 그는 몇 달 전에 테스가 그렇게도 부푼 가슴을 안고 찾아왔다가 깊은 실망을 안고 돌아갔던 그 언덕길을 올라가고 있었다.

그의 눈앞에 산울타리와 새싹이 돋아난 나무들을 품에 안은 넓은 평원이 펼쳐져 있었다. 그러나 그는 깊은 생각에 빠져 있었으므로 주위 경치를 살펴볼 마음의 여유가 없었다. 가끔 길을 잘못 들지 않기 위해 주위를 살펴볼 뿐이었다. 한 시간 반쯤 지난 뒤 힌토크의 왕실 소유 영지의 남쪽을 굽이돌아 괴상한 '크로스인 핸드' 돌기둥이 외로이 서 있는 비탈길로 접어들었다. 그곳에 있는 돌기둥 앞에서 테스는 한때 변덕으로 개심했던 더버빌에게 다시는 그를 유혹하지 않겠다는 해괴한 맹세를 강요당했던 것이다. 그곳에서 오른편으로 꺾어져 에인절은 플린트콤 애슈를 향해 달렸다. 이윽고 그는 생기를 돋게 해 주는 상쾌한 공기로 가득 찬 플린트콤 애슈에 이르렀다.

테스가 그에게 보낸 편지 중 한 통을 부친 그곳을 돌아다니며 에인절은 테스를 찾았다. 물론 테스는 그곳에 없었다. 그런데 테스라는 본명은 모두 잘 알고 있으나 '클래어 부인'이란 호칭은 마을 사람들이나 농장 주인이 전혀 들어본 적이 없다는 사실을 알게 되자 그의 실망은 더욱 커졌다. 별거하는 동안 그녀가 클래어라는 성을 한 번도 쓰지 않은 것이 틀림없었다. 남편에게 기대지 않겠다는 그녀의 자존심이 얼마나 꿋꿋한 것인지를 시아버지에게 돈을 달라고 하지 않고 온갖 고생을 혼자서 감당한 것으로도 충분히 짐작할 수 있었으나, 그에 못지않게 클래어란 성을 쓰지 않은 사실로도 능히 알 수 있었다.

농장 사람들은 테스가 아무 예고도 없이 블랙모어의 고향으로 돌아갔다는 사실을 클래어에게 알려 주었다. 클래어는 아무래도 더베이필드 부인을 찾아가야겠다고 생각했다. 테스의 가족이 말로트 마을에 살고 있지 않다는 사실을 알고 있었지만, 더베이필드 부인이 사는 곳의 주소를 가르쳐 주지 않았으므로 말로트 마을에 가 보는 수밖에 없었다. 테스에게 모질게 대했던 농장 주인이 클래어에게는 매우 친절해 말로트 마을까지 타고 갈 마차를 마부까지 딸려서 빌려 주었다. 클래어가 타고 온 마차는 그 말이 하루에 감당할 수 있는 거리를 다 달렸기 때문에 에민스터로 돌려보내야만 했다.

에인절은 농장 주인의 마차를 타고 블랙모어 분지의 기슭까지 와서 마차를 돌려보냈다. 그날 밤은 여인숙에게 보내고, 이튿날 아침 그리운 테스의 고향으로 그녀를 찾아 나섰다. 아직 이른봄이라 채소밭이나 나뭇잎은 짙은 녹색으로 물들어 있지 않았다. 봄이긴 했지만 이름만 봄인 계절로 연둣빛 웃옷을 걸친 겨울이나 마찬가지였다. 에인절이 가슴에 품고 있는 기대 역시 그처럼 덧없고 희미한 것이었다.

테스가 어렸을 때 살던 집에는 그녀를 전혀 모르는 사람들이 살고 있었다. 새로운 거주자들은 한때 이 집에 살았던 사람들이 그 옛날 영화를 누렸던 명문의 후손이라는 사실에 전혀 관심 없다는 듯 일에만 몰두하고 있었다. 그들의 머리 위에서는 봄 새가 아무것도 변한 것이 없다는 듯 지저귀고 있었다. 클래어는 먼저 살던 사람들의 이름조차 기억하지 못하는 순박한 새 거주자들로부터 존 더베이필드가 죽었다는 것과 그의 아내와 아이들이 킹즈비어로 이사하려다 계획이 바뀌어 다른 곳에 살고 있다는 사실을 알았다. 이야기를 다 듣고 나자 클래어는 테스가 없는 그 집이 왠지 싫어져 뒤도 한 번 돌아보지 않고 그곳을 떠났다.

얼마 걷지 않아 그는 맨 처음 테스를 만났던 야외 무도장을 지나치게 되었다. 그곳 역시 그녀의 옛 집만큼이나 있기가 싫어 급히 교회 묘지로 걸어 들어갔다. 묘지에는 사방에 몇 개의 새 비석이 들어서 있었는데 그중 하나가 유난히 눈길을 끌었다. 그 비석에는 이런 묘비명이 새겨져 있었다.

존 더베이필드, 정확히는 더버빌, 한때 유력한 세도가였던 명문의 후손이며 정복왕 윌리엄 1세 휘하의 기사 페이건 더버빌 경의 찬란한 혈통을 이어받은 직계 후손을 기념하기 위해.

18××년 3월 10일 세상을 떠나다.

오오라 용사는 마침내 쓰러졌도다.(『사무엘 하』 1장 19절)

묘지기 같아 보이는 남자가 클래어를 보고 다가왔다.

"아, 선생님. 그 사람은 이곳에 묻히는 걸 싫어하고 자기 조상들이 묻힌 킹즈비어에 묻히고 싶다고 늘 말하곤 했습죠."

"왜 그의 소원을 들어주지 않았을까요?"

"그야 돈이 없었기 때문이지요. 슬픈 얘기지요. 하긴 저도 이런 말을 함부로 하고 싶지 않습니다만, 이 비석에 이처럼 거창하게 쓰여 있어도 아직 비석 값도 치르지 못했습죠."

"그래요? 그런데 비석은 누가 세웠습니까?"

묘지기는 마을 석수의 이름을 대 주었다. 묘지를 나온 클래어는 석수를 찾아가 묘지기의 말이 사실임을 확인하고는 비석 값을 치러 주었다. 이사한 사람들을 찾아 그는 다시 발걸음을 재촉했다. 걸어가기에는 너무 먼 거리였지만 혼자 있고 싶은 생각이 간절해 그는 기차를 타고 갈 수 있는 방법이 있는데도 그냥 걸었다. 샤스톤에 이르렀을 때는 길이 나빠 마차를 세내어 타지 않을 수 없었다. 저녁 7시가 되어서야 그는 겨우 더베이필드 부인이 사는 마을에 도착했다. 말로트 마을을 떠나 20마일 남짓 되는 길을 찾아온 셈이었다.

마을은 무척 작은 곳이라 에인절은 더베이필드 부인이 사는 셋집을 금방 찾을 수 있었다. 한길에서 멀리 떨어져 있는 그 집은 사방이 담으로 둘러싸인 정원 안에 있었는데, 부인은 그곳에 낡은 세간을 잔뜩 쌓아 두고 있었다. 무슨 이유에서인지 몰라도 자신이 찾아온 것을 부인이 달가워하지 않는다는 것을 눈치챈 에인절은 못 올 데를 온 듯한 어색한 기분을 느꼈다. 그녀는 문 앞에 나와 서 있었고 저녁 햇살이 그녀의 얼굴을 비추었다. 장모를 만나는 것이 초면이었지만 에인절은 자기 생각에만 골몰해 있었기 때문에 부인이 남부끄럽지 않게 과부다운 옷차림을 한 것과 나이보다 젊어 보인다는 인상 외에는 아무것도 알아차리지 못했다. 그는 자신이 테스의 남편이며 무슨 목적으로 찾아왔는지를 서툴게 설명한 다음 덧붙여 말했다.

"전 지금 테스를 만나고 싶습니다. 장모님이 다시 편지하겠다고 하셨는데 소식이 없어서 이렇게 오게 되었습니다."

"그 애가 아직 돌아오지 않아서……"

"테스는 잘 지내고 있나요?"

"난 몰라요. 당신이 나보다 더 잘 알 텐데."

"네, 면목없습니다. 지금 어디 있을까요?"

에인절을 처음 봤을 때부터 그녀는 두 손을 만지작거리며 당황해하고 있었다.

"난 그 애가 어디 있는지 확실히 몰라요. 그전엔……"

"그전엔 어디 있었습니까?"

"지금은 그곳에 없을 거요."

더베이필드 부인은 사실을 숨기기 위해 다시 입을 다물었다. 그때 막내가 문으로 살그머니 다가와 엄마의 치맛자락을 잡아당기며 낮은 소리로 물었다.

"이 사람이 테스 언니하고 결혼하는 신사야?"

엄마 역시 낮은 소리로 대답했다.

"벌써 결혼한 사람이야. 안에 들어가 있어."

클래어는 장모가 무언가 애써 숨기려 한다는 것을 눈치챘다.

"테스는 제가 찾지 않기를 바랄까요?"

"아마 그럴 거요."

"정말 그럴까요?"

"분명히 그럴 거요."

돌아서서 나오려는 그의 뇌리에 테스의 애절한 편지가 떠올랐다.

"아닙니다. 테스는 제가 찾아가면 분명히 기뻐할 겁니다. 장모님보다 제가

458

테스를 더 잘 압니다!"

그는 흥분해서 외쳤다.

"그럴지도 모르지. 난 지금까지도 그 애 마음을 잘 모른다오."

"장모님, 제발 테스가 있는 곳을 알려 주십시오. 외롭고 불쌍한 저를 살려 주시는 셈치고……."

클래어가 괴로워하는 것을 본 더베이필드 부인은 불안스럽게 손바닥으로 뺨을 비비다가 이윽고 나직한 목소리로 말했다.

"그 애는 샌드본에 있어요."

"그래요? 샌드본 어디쯤이지요? 그곳은 요즘 꽤 큰 도시가 되었다고 하던데요."

"샌드본이란 것만 알지 어딘지는 몰라요. 그곳엔 나도 가 본 적이 없으니까."

부인이 사실대로 말해 준 것 같아 클래어는 더 이상 캐묻지 않았다.

"혹시 필요한 건 없으신지요?"

클래어는 부드럽게 물었다.

"아뇨. 우린 그럭저럭 풍족하게 지내는 편이라오."

클래어는 집안에 들어가 보지도 않고 되돌아 나왔다. 정거장까지는 더 가야 했는데 그는 마차를 돌려보내고 정거장까지 걸었다. 얼마 후 샌드본으로 향하는 기차가 그의 몸을 싣고 출발했다.

53

밤 11시에 여관에 숙소를 정한 에인절은 아버지에게 전보를 쳐 자기 주소를 알리고 나서 샌드본 거리를 산책했다. 테스를 찾으러 다니기에는 너무 늦은 시간이라 할 수 없이 내일 아침으로 미룰 수밖에 없었지만 아직 잠을 자고 싶지는 않았다.

동쪽과 서쪽에 있는 기차 정거장을 위시하여 선창과 소나무 숲 산책 길과 옥상 정원 등이 제대로 갖추어져 있는 이 새로운 해수욕장은 클래어에게 마치 마술사가 마술 지팡이를 휘둘러 순식간에 생긴 낙원, 먼지가 약간 낀 상태의 낙원처럼 느껴졌다. 광활한 이그돈 황야의 동쪽 끄트머리와 맞닿아 있는 이 도시는 황무지 한끝에서 솟아난 찬란하고 새로운 유흥 도시였다.

에인절은 한밤중의 가로등을 벗삼아 원시 세계 속에 있는 신세계의 울퉁불퉁한 길을 따라 이리저리 돌아다니며 가로수 사이의 별들을 우러러보기도 하고, 도시 곳곳에 빽빽이 늘어선 우아한 주택의 높은 지붕과 굴뚝과 발코니와 탑들을 유심히 보기도 했다. 이 도시는 영국 해협이 바로 눈앞에 보이는 지중해식 유원지로, 외진 곳에 드물게 지어진 별장들로 이루어진 도시이기도 했다. 한밤중에 보는 도시는 제 모습보다 훨씬 웅장해 보였다. 바다가 바로 앞에 가까이 있었으나 파도 소리가 마치 속삭임처럼 잔잔하고 가냘퍼서 에인절은 처음에 소나무를 스치는 바람 소리인 줄 알았다. 소나무를 스치는 바람 소리 역시 파도 소리처럼 들려 착각을 일으킬 정도였다.

이렇듯 부와 유행이 물결치는 도시에 시골 여자이며 자신의 젊은 아내이기도 한 테스가 무엇 하러 와 있는지 에인절은 이해할 수가 없었다. 그곳에는 젖을 짤 만한 젖소도 없고 경작할 밭도 없었다. 그렇다면 그녀는 이 많은 저택의 어딘가에 하녀로 있음이 분명했다. 그는 모든 집의 창문에서 하나 둘씩 꺼져 가는 불빛을 살펴보면서 어느 집에 그녀의 방이 있을까 생각해 보기도 했다.

12시가 지나서야 여관으로 돌아온 그는 잠자리에서 다시 한 번 테스의 열렬한 편지를 읽어 보았다. 이토록 그녀 가까이 와 있으면서 한없이 먼 듯한 기분을 느껴야 하다니! 잠도 오지 않아 끊임없이 커튼을 여닫으며 그는 건너편 저택을 바라보았다. 그 저택 어느 곳에선가 테스가 쉬고 있을 것 같은 생각이 자꾸 들었다. 뜬눈으로 밤을 지새다시피 한 에인절은 아침 7시에 일어나 중앙 우체국으로 향했다. 우체국 문 앞에서 그는 아침 우편물을 배달하러 나가는 친절해 보이는 배달부를 만났다.

"혹시 클래어 부인의 주소를 아십니까?"

에인절의 물음에 배달부는 고개를 저었다. 테스가 혹 결혼하기 전의 이름을 사용하고 있을지도 모른다는 생각이 들자 그는 다시 물었다.

"그럼 더베이필드 양의 주소는?"

그 역시 배달부에게는 낯선 이름이었다.

"아시다시피 이곳은 수많은 사람들이 드나들거든요. 집 주소를 모르면 사람 찾기가 아주 어렵지요."

그때 다른 배달부가 나왔다. 에인절은 그 배달부에게도 똑같은 질문을 되풀이했다.

"더베이필드라는 이름은 모르지만 백로관에 더버빌이라는 사람은 있습니다."

두 번째 배달부가 말했다.

"바로 그 사람입니다!"

테스가 본래의 성을 쓰는 것이라 생각한 클래어는 기쁜 나머지 크게 소리치고는 다시 물었다.

"그런데 백로관이 뭐 하는 곳이지요?"

"아주 멋진 하숙집입니다. 사실 이곳에 있는 집이란 집은 전부 하숙집이지요."

백로관으로 가는 길을 물어 급히 그곳을 찾아간 클래어는 우유 배달부와 동시에 그 집 앞에 이르렀다. 백로관은 여느 별장과 다름없이 하숙집이었지만 외진 곳에 떨어져 있어서 매우 한적해 보였다. 만약 테스가 짐작대로 그 집에서 하녀로 일하고 있다면 우유 배달부의 우유를 받으러 뒷문으로 나올 거라는 생각이 들어 그는 우유 배달부를 따라 뒷문으로 가려다가, 문득 그것도 확실한 것이 아니라는 생각이 들어 현관으로 갔다. 벨을 누르자 시간이 너무 이른 탓인지 그 집 안주인이 직접 문을 열어 주었다. 클래어는 테레사 더버빌이나 또는 더베이필드라는 여자가 있느냐고 물었다.

"더버빌 부인 말씀이세요?"

"네."

비록 자신의 성을 쓰지는 않았지만 테스가 유부녀로 행세하는 것이 클래어는 기뻤다.

"죄송합니다만, 친척 되는 사람이 꼭 만나고 싶어한다고 전해 주시지 않겠습니까?"

"시간이 좀 일러서……. 그런데 누구시라고 전할까요?"

"에인절이라고 전해 주십시오."

"에인절 씨란 말이지요?"

"아뇨, 그냥 에인절입니다. 제 세례명이지요."

"일어나셨는지 가 보고 오겠어요."

그는 현관 앞에 있는 식당으로 안내되었다. 식당 창 밖으로 좁은 잔디밭과 석남화와 그 밖의 관목이 보였다. 걱정했던 것만큼 테스의 처지가 나쁘지는 않은 것 같아 마음이 놓였다. 어쩌면 테스가 이런 생활을 위해 은행에 맡겨 둔 보석을 팔아 버린 것이 아닐까 하는 생각이 불현듯 스쳤지만 설령 그랬다 하더라도 그녀를 꾸짖고 싶지는 않았다. 얼마 뒤 계단을 내려오는 발소리가 에인절의 귀에 들렸다. 그는 심장이 쿵쿵 소리 내며 뛰는 바람에 가까스로 몸을 지탱하고 서 있었다.

"아, 이렇게 변해 버린 나를 보고 테스는 어떻게 생각할까?"

그가 혼자 중얼거리고 있을 때 문이 열렸다. 그리고 테스가 문간에 나타났다. 그가 상상하던 것과는 전혀 다른, 몰라보게 변한 모습으로 그녀가 거기 서 있었다. 그녀의 타고난 아름다움은 변함이 없었지만 옷차림 때문에 한층 두드러지게 눈에 띄었다. 아직도 상중임을 나타내는 검은 색실로 수놓은 연한 잿빛 캐시미어 화장복을 느슨하게 걸쳐 입고, 같은 빛깔의 슬리퍼를 신고 있는 그녀의 목이 솜털로 장식된 깃 위로 드러나 보였고, 기억에도 생생한 짙은 갈색 머리카락은 절반쯤만 위로 틀어 올려져 있었다. 나머지 머리카락은 아래로 흘러내려져 있었는데 너무 급히 서둘러 오느라 그리 된 모양이었다.

클래어는 두 팔을 벌렸으나 곧 힘없이 도로 내리고 말았다. 왜냐하면 테스가 문간에 멍하니 서 있을 뿐 달려오지 않았기 때문이었다. 이제는 누런 빛깔의 해골 같은 모습으로 변한 자신과 한층 아름다워진 테스가 묘한 대조를 이룬다는 사실을 깨달은 클래어는 자신의 변해 버린 몰골 때문에 테스가 놀라서 그런 것이라고 생각했다. 그는 잔뜩 떨리는 목소리로 말했다.

"테스, 당신을 두고 간 나를 용서해 주겠소? 내게 다시 돌아올 수는 없겠소? 당신은 어떻게 해서 이런 생활을 하고 있소?"

"너무 늦었어요!"

그녀의 말소리가 온 방에 날카롭게 울려 퍼졌고 눈은 이상스럽게 반짝이고 있었다.

"난 당신을 올바르게 대우하지 못했어. 당신의 참모습을 깨닫지 못한 거지. 이제야 겨우 난 당신의 참모습을 깨달았소, 테스!"

심한 괴로움으로 한 순간을 한 시간처럼 길게 느끼는 사람처럼 그녀는 불안하게 팔을 저으며 말했다.

"너무 늦었어요! 늦었어요! 에인절, 가까이 오지 마세요! 안 돼요. 가까이 오시면 안 돼요! 물러나세요!"

"그럼 당신은 내가 병으로 이런 몰골이 되었다고 해서 이젠 날 사랑하지 않는단 말이오? 당신은 결코 변덕스러운 사람이 아니었는데……. 난 당신이 그리워 이렇게 찾아왔소. 이젠 내 아버지와 어머니도 당신을 기꺼이 맞이하실 거요."

"네, 물론 그러실 테지요. 하지만 늦었어요. 정말이지 너무 늦었단 말이에요."

"아직 늦지 않았소."

"당신은 아무것도 몰라요. 당신 정말 모르세요? 그렇다면 어떻게 이곳을 알고 오셨지요?"

"여기저기 수소문해서 찾았소."

"전 당신을 기다리고 또 기다렸어요."

말을 계속하는 동안 그녀의 음성은 차츰 피리 소리 같았던 지난날의 애조 어린 음성으로 되돌아가고 있었다.

"하지만 당신은 돌아오지 않았어요. 그래서 난 당신에게 편지를 보냈지만 그래도 당신은 돌아오지 않았어요! 그 사람은 당신이 절대 돌아오지 않을 거라고 하면서 기다리는 내가 어리석은 여자라고 말하곤 했어요. 그 사람은 아버지가 돌아가신 뒤부터 우리 식구들에게 매우 친절하게 해 주었어요. 그 사람은……."

"난 지금 무슨 말을 하는지 알아듣지 못하겠소."

"그 사람이 날 다시 찾아왔어요."

클래어는 테스를 뚫어지게 바라보다가 그녀의 말뜻을 알아차리게 되자 무서운 병에라도 걸린 사람처럼 맥이 빠졌다. 그의 시선은 한때 장밋빛을 띠었으나 지금은 한결 부드럽고 화사해진 테스의 손에 멎었다. 그녀는 말을 계속했다.

"그 사람은 지금 2층에 있어요. 전 그 사람이 미워서 견딜 수가 없어요. 그 사람이 내게 거짓말을 했기 때문이에요. 당신이 결코 돌아오지 않을 거라고 내게 거짓말을 했으니까요. 그런데 당신은 이렇게 돌아오셨어요! 이 옷도 그 사람이 해 주었어요. 난 그 사람이 하고 싶은 대로 하게 그냥 내버려뒀어요. 하지만 에인절, 제발 부탁이니 돌아가 주세요. 이젠 다시 날 찾아오지 마세요."

둘은 꼼짝도 않고 서 있었다. 사랑에 실패한 두 사람의 절망적인 심정이 그들의 눈 속에 역력히 드러났다. 그들은 자신들을 현실에서 도피시켜 줄 그 무언가를 절실히 바라고 있는 것 같았다. 마침내 클래어가 부르짖었다.

"모두 다 내 잘못이오!"

그러나 그는 더 이상 말을 잇지 못했다. 지금 그에게 언어는 아무것도 표현하지 못하는 침묵과도 같았다. 다만 그는 그 순간 어떤 한 가지를 어렴풋이 의식하고 있었다. 그것은 테스가 자신의 육체를 정신적으로 자기 것이라고 생각

지 않고 마치 물위에 뜬 시체처럼 여겨 자신의 의지와 상관없는 곳으로 흘러
가도록 내버려두고 있다는 사실이었다. 얼마쯤 지나 그가 정신을 가다듬고 다
시 문간을 바라보았을 때 테스는 이미 그곳에 없었다. 그의 얼굴은 창백해져
더욱더 비참해 보였다. 잠시 후 그는 발길 닿는 대로 길거리를 헤매고 있었다.

54

백로관의 여주인이자 모든 값비싼 가구의 주인이기도 한 브룩스 부인은 남
달리 호기심이 강한 여자는 아니었다. 가엾게도 너무나 오랜 세월 동안 이득
과 손실이라는 숫자의 마귀에 사로잡혀 온 탓으로 물질에 대한 욕망만이 끝없
이 강한 그녀는 손님들의 호주머니와 상관없는 일에는 아예 호기심을 가지려
들지 않았다. 그러나 돈 잘 내는 하숙인인 더버빌 내외를 에인절 클래어가 찾
아온 사실은 그 시간이나 태도로 보아, 영업에 관계가 없는 한 불필요한 것이
라고 억누르고 있던 그녀의 여자다운 호기심을 부추기기에 충분했다.

테스가 식당 안으로 들어가지 않고 문턱에서 에인절과 이야기를 주고받는
동안 그녀는 반만 문을 닫게 되어 있는 자기 방에서 두 사람의 비극적인 운명
에 관한 이야기를 어렴풋이 엿들을 수 있었다. 그녀는 테스가 2층으로 올라가
는 소리를 들었다. 그 다음 2층에서 방문 닫히는 소리가 들려왔으므로 브룩스
부인은 테스가 자기 방에 들어갔음을 알았다. 그녀는 젊은 부인이 아직 옷을
갈아입지 않았으니까 얼마 동안은 방 밖으로 나오지 않으리라는 것을 알고 있
었다. 그래서 조용히 2층으로 올라가 응접실 문 앞에 섰다.

이 방은 흔히 볼 수 있는 구조로 두 짝의 문으로 칸막이가 되어 있는, 침실

바로 옆에 있는 응접실이었다. 백로관에서 가장 좋은 방이 있는 2층은 더버빌 내외가 매주 삯을 내고 빌리고 있었다. 침실은 고요했으나 응접실에서 무슨 소리가 들려왔다. 맨 처음에 브룩스 부인이 들은 소리는 마차 수레에 깔린 사람이 내는 듯한 나직한 신음 소리와 "아아, 아아!" 하는 외마디 소리였다. 잠시 침묵이 흐르다가 그 소리가 다시 이어졌다. 안주인은 열쇠 구멍으로 방안을 들여다보았다.

방안은 극히 일부분만 보였는데, 벌써 조반을 차려 놓은 식탁 위 귀퉁이와 그 옆에 있는 의자가 시야에 들어왔다. 그 의자 앞에 테스가 꿇어앉아 의자에 얼굴을 파묻은 채 흐느끼고 있었다. 그녀의 두 손은 머리를 움켜쥐고 있었고, 화장복의 옷깃과 수놓은 잠옷 자락이 방바닥에 길게 드리워졌으며, 슬리퍼가 벗겨진 맨발은 양탄자 위로 삐죽 나와 있었다. 그녀의 입에서는 신음하는 듯한 소리와 절망적인 넋두리가 새어 나오고 있었다. 그러자 옆 침실에서 남자의 음성이 들려왔다.

"왜 그래?"

테스는 아무 대답도 하지 않고 절망적인 독백을, 독백이라기보다는 장송곡 가락 같은 넋두리를 계속하고 있었다. 브룩스 부인에게는 그 소리가 띄엄띄엄 들릴 뿐이었다.

"그리운 내 남편이 돌아왔어요. 그런데 난 그것도 모르고…… 당신이 악착스럽게 날 졸라 대서…… 진절머리 나도록 쉬지 않고…… 조금의 여유도 주지 않고…… 동생과 엄마가 가엾어서 내 마음도 돌아서고 말았어요. 당신은 내 남편이 돌아오지 않는다고, 결코 돌아오지 않는다고 했어요. 날 바보라고, 남편을 기다리는 건 어리석은 짓이라고…… 난 마침내 당신 말을 곧이듣고 당신한테 모든 걸 맡겨 버렸는데…… 그이가 돌아왔어요! 그런데 이젠 또 가 버렸어요. 영영 가 버린 거라고요. 이젠 그이도 날 다시는 사랑해 주지 않을 거예요. 날 미워할 거예요. 모두가 당신 때문이라고요."

그녀가 오열을 터뜨리며 문 쪽으로 얼굴을 돌리는 바람에 브룩스 부인은 고통의 빛이 역력한 그녀의 얼굴과 깨물어서 피가 흐르는 입술과 눈을 감고 있는 그녀의 길다란 속눈썹이 눈물에 젖어 있는 것을 보았다. 테스의 중얼거림은 계속 이어졌다.

"그이는 죽을 것만 같아요. 죽어 가는 사람처럼 보였어요. 내 죄가 나를 죽이지 않고 도리어 그이를 죽이게 될 거예요. 아아, 당신은 내 인생을 산산조각 나도록 망쳐 놓았어. 두 번 다시 이런 꼴을 만들지 말아 달라고 그토록 애원했는데…… 당신은 날 또 망쳐 놓았어! 사랑하는 내 남편은 절대로 내게로 돌아오지 않아요! 아아, 하느님! 난 도저히 참을 수가 없어요. 이젠 아무것도 참을 수가 없어요."

그리고 나서 남자가 뭐라고 날카롭게 소리치자 그 소리에 그녀가 벌떡 일어나는 바람에 옷자락 스치는 소리가 들렸다. 브룩스 부인은 테스가 문으로 달려오는 줄 알고 서둘러 계단을 내려갔다. 그러나 응접실의 문은 열리지 않았고, 더 이상 엿듣는 것은 마음이 허락하지 않았으므로 브룩스 부인은 아래층 자기 방으로 들어갔다. 그녀는 혹 자기 방 천장—위층 방의 방바닥—을 통해 무슨 소리가 들리지 않을까 해서 귀를 기울였으나 아무 소리도 들리지 않았다. 그래서 부엌으로 가서 먹다 만 아침 식사를 마치고 다시 방으로 돌아와 2층에서 아침 상을 가져가라는 초인종이 울리기만을 기다렸다. 초인종이 울리면 자기가 직접 올라가 무슨 일이 생겼는지 확인할 셈이었다.

그녀는 바느질을 하면서 초인종 소리를 기다리고 있었는데 누군가가 거니는 듯 위층 마룻바닥이 삐걱거리는 소리가 들렸다. 잠시 후에는 계단 난간에 옷자락이 스치는 소리가 들렸고 현관문을 여닫는 소리가 들리더니, 거리로 나가는 테스의 모습이 창으로 보였다. 그제야 브룩스 부인은 조금 전에 삐걱거리던 소리는 테스가 위층 방에서 거닐던 발걸음 소리였음을 알았다. 테스는 이 집에 처음 나타났을 때와 마찬가지로 부유한 젊은 귀부인다운 외출복을 입고 있었으며, 얼굴을 베일로 가린 검은 모자를 쓴 것만이 그때와 달랐다.

브룩스 부인은, 일시적이든 형식적이든 간에 젊은 부인이 나가며 남편과 작별 인사를 하는 소리를 듣지 못했기에 그들이 싸웠거나 아니면 더버빌이 아직 자고 있는 모양이라고 생각했다. 더버빌은 늦잠 자는 버릇이 있었던 것이다. 브룩스 부인은 자기 방으로 돌아가 바느질을 계속했다. 그런데 시간이 아무리 지나도 외출한 젊은 부인은 돌아올 줄 몰랐고 그 남편도 초인종을 누르지 않았다. 그녀는 도대체 어찌 된 일일까 하고 생각하는 동시에 아침 일찍 찾아왔던 남자와 2층 부부와는 어떤 관계일까 궁금하게 여기면서 의자에 비스듬히 등을 기댔다. 그러자 그녀의 눈이 저절로 천장으로 향했고 흰 천장 중간에 생긴, 여태껏 본 적이 없는 얼룩무늬에 시선이 멎었다.

처음에는 동그란 과자만 하던 그 얼룩은 어느새 어른 손바닥만한 넓이로 번졌다. 그 얼룩이 붉은색임을 깨달은 브룩스 부인은 불길한 예감으로 몸이 움츠러들었다. 그녀는 곧 일어나 테이블 위에 올라서서 손가락으로 천장의 얼룩을 만져 보았다. 손가락에 끈적끈적하게 묻어난 얼룩은 아무래도 피 같았다. 그녀는 테이블에서 내려와 2층 침실로 가 보기 위해 계단을 올라갔으나 두려움 때문에 방문 손잡이를 돌릴 수가 없었다. 그래서 대신 방문에 귀를 갖다 댔다. 방안은 쥐 죽은 듯 고요했으나 무엇인가 규칙적으로 떨어지는 소리가 그 정적을 깨뜨리고 있었다.

뚝, 뚝, 뚝…….

브룩스 부인은 허둥지둥 계단을 내려가 현관문을 열고 한길로 뛰쳐나갔다. 그때 이웃 별장에 고용된 안면이 있는 일꾼 하나가 지나가는 것을 보고, 2층에 하숙을 사람들에게 무슨 변이 생긴 것 같으니 함께 올라가 봐 달라고 부탁했다. 그 남자는 부인의 뒤를 따라 2층으로 올라갔다. 부인은 2층 응접실 문을 열어젖히고 무서워서 남자를 먼저 들여보낸 다음 자기도 뒤따라 들어갔다.

응접실은 텅 비어 있었다. 아침에 갖다 놓은 식사는 손도 대지 않은 채 그대로 식탁 위에 놓여 있었는데, 다만 고기를 자르는 칼만 보이지 않을 뿐이었다. 그녀는 남자에게 옆방으로 들어가 보라고 부탁했다. 남자는 문을 열고 침실 안으로 서너 걸음 들어가더니 금방 굳어진 얼굴로 되돌아 나왔다.

"아이고 맙소사, 큰일났어요! 침대에 남자가 죽어 있어요. 칼에 찔려 죽은 것 같아요. 방바닥이 온통 피투성이예요!"

이 놀라운 사건은 곧 외부로 알려졌다. 조금 전까지만 해도 한적했던 이 집 안은 여러 사람의 말소리와 발소리로 시끄러워졌다. 그중에는 외과 의사도 끼여 있었다. 상처는 대수롭지 않았으나 칼끝이 피해자의 심장을 찌른 모양이었다.

피해자는 단 한 번 찔리고는 즉시 숨이 멎은 듯 창백한 얼굴로 침대에 뻣뻣히 누워 있었다. 15분쯤 뒤에는 이곳에 놀러 온 한 신사가 침대에서 칼에 찔려 죽었다는 소문이 이 이름난 해수욕장의 거리마다 별장마다 두루 퍼져 나갔다.

55

한편 에인절 클래어는 왔던 길을 기계적으로 걸어서 여관으로 되돌아왔다.

아침 상을 받고서도 멍하니 허공만 쳐다보다가 아침을 먹던 그는 갑자기 계산서를 가져오라고 했다. 그는 숙박비를 치른 다음 가져왔던 유일한 소지품인 작은 가방을 들고 여관을 나왔다. 그가 막 떠나려 할 때 어머니가 보낸 짤막한 전보가 도착했는데, 그의 주소를 알고 가족 모두가 기뻐했다는 것과 카드버트 형이 머시 찬트에게 구혼하여 승낙을 받았다는 내용이었다. 클래어는 전보 용지를 구겨 버리고는 역으로 향했다.

역에 도착해 보니 한 시간 내로 떠나는 기차가 없어 15분 정도 기다렸으나 나중에는 더 참을 수가 없었다. 가슴이 찢어질 듯한 고통으로 감각마저 마비된 그에게 급히 서둘러야 할 이유가 있을 리 없었지만, 그런 쓰라린 경험을 겪게 한 이 고장에서 한시바삐 벗어나고 싶은 마음뿐이었다. 그는 다음 역까지 걸어가 거기서 기차를 타기로 마음먹고는 그쪽으로 발걸음을 옮겼다.

넓게 트인 길을 따라 얼마 동안 걸어가자 길은 나지막한 골짜기로 바뀌면서 저쪽 끝으로 뻗어 나가고 있었다. 움푹한 골짜기를 가로질러 서쪽 비탈길을 오르다가 쉬기 위해 발걸음을 멈춘 그는 문득 뒤를 돌아보았다. 어떤 알 수 없는 힘에 의해 자신도 모르게 뒤를 돌아보았던 것이다. 테이프처럼 보이는 길은 눈길이 미치는 한 뒤쪽으로 길게 뻗어 있었다. 그가 길을 바라보고 있을 때 흰 빛깔의 원경 속으로 움직이는 점 하나가 보였다. 그것은 달려오는 사람의 모습이었다.

클래어는 누군가가 자신을 뒤쫓아오는 것이라 짐작하고는 조용히 그 자리에 서서 기다렸다. 비탈길을 내려오는 사람은 여자였는데 클래어는 자기 아내가 뒤따라오리라고는 상상도 못했으므로, 그 사람이 가까이 다가와도 예전과는 전혀 다른 옷차림을 한 그녀가 테스라고는 생각조차 못하고 있었다. 그녀가 아주 가까이 다가왔을 때에야 비로소 그는 아내를 알아보았다.

"내가 역에 막 도착하려 할 때 당신이 역에서 나오는 걸 봤어요. 그래서 줄 곧 뒤쫓아온 거예요."

그녀는 창백한 얼굴로 가쁜 숨을 몰아쉬며 온몸을 떨고 있었으므로 클레어는 아무것도 묻지 않고 그녀의 손을 잡아 겨드랑 밑에 넣고는 함께 걸었다. 길 가는 사람들 눈에 띄지 않는 것이 좋겠다고 생각한 그는 큰길을 벗어나 전나무가 늘어선 오솔길로 접어들었다. 바람결에 나뭇가지가 흔들리는 오솔길 깊숙이 들어섰을 때 에인절은 발걸음을 멈추고 의아한 눈초리로 테스를 쳐다보았다. 테스는 기다리기라도 한 듯 말문을 열었다.

"에인절, 왜 내가 당신을 뒤쫓아왔는지 아시겠어요? 그 남자를 죽였다는 사실을 알리러 온 거예요."

이 말을 하는 그녀의 얼굴에는 애처롭고 쓸쓸한 미소가 감돌았다.

"뭐라고?"

테스의 태도가 심상치 않았으므로 그는 그녀가 일시적인 정신착란증에 걸린 것이 아닐까 하고 생각했다.

"난 기어코 일을 저질렀어요. 어떻게 그렇게 했는지는 잘 모르겠지만요. 하지만 그래야만 했어요. 당신과 나, 우리들을 위해서요. 언젠가 장갑으로 그 사람 입을 때린 적이 있었는데 그때부터 난 그런 생각을 했어요. 철없는 날 유혹해 망쳐 놓고도 모자라 또다시 내 앞에 나타나 우리 사이를 갈라놓은 그 남자를 언젠가는 죽이게 될지도 모른다는 생각 말이에요. 그 남자는 쓸데없이 나타나 우리 사이를 망쳐 놓았지만 이제 두 번 다시 그 따위 짓은 못해요. 에인절, 난 당신을 사랑하듯 그 남자를 사랑해 본 적이 한 번도 없어요. 그건 당신도 알지요? 정말 당신도 그건 믿어 주겠지요? 당신이 돌아오지 않았기 때문에 할 수 없이 그에게 간 것뿐이에요. 당신은 왜 내 곁에서 떠났지요? 내가 그토

472

록 당신을 사랑했는데 당신이 왜 떠나 버렸는지 이해할 수가 없어요. 하지만 당신을 원망하지 않아요. 에인절, 이제 그 사람을 죽였으니 내 잘못을 용서해 주겠어요? 그를 죽였으니까 이제는 당신이 날 반드시 용서해 주리라고 생각했어요. 그렇게 해서라도 당신을 되찾아야겠다는 생각이 번개처럼 내 머리에 떠올랐던 거예요. 난 이제 당신 없이는 한순간도 살지 못해요. 당신의 사랑을 받지 못하는 것이 얼마나 괴로운 일인지 당신은 잘 모를 거예요. 여보, 한마디만 말해 주세요. 날 사랑한다고 말해 주세요. 난 이제 그 사람을 죽였으니까요."

클래어는 두 팔에 힘을 주어 테스를 포옹하면서 말했다.

"사랑하오, 테스! 물론 사랑하고 말고. 이제 우린 예전대로 돌아간 거야. 그런데 그 남자를 죽였다는 건 무슨 말이지?"

"죽여 버렸어요, 내가."

테스는 꿈꾸듯 중얼거렸다.

"아니, 정말로? 그럼 그 사람이 죽었단 말이오?"

"네. 그 사람은 내가 당신 때문에 우는 소리를 듣고 심하게 욕을 퍼붓더니 당신한테까지도 욕을 했어요. 난 도저히 참을 수가 없어 죽여 버렸어요. 그 사람은 전에도 당신 때문에 날 괴롭힌 적이 있었어요. 난 옷을 갈아입고 당신을 찾으러 뛰어나온 거예요."

그녀의 말에 의하면 몽롱한 의식 상태에서 일을 저지른 것이 틀림없는 것 같았다. 그는 처음에는 그런 일을 저지른 그녀가 두렵기도 했으나, 자신을 너무 깊이 사랑한 나머지 도덕 관념도 잃어버린 테스의 열정을 깨닫자 놀라움을 금치 못했다. 테스는 자신이 저지른 일이 얼마나 엄청난 일인가를 깨닫지 못하는지 그저 만족해하고 있었다. 자신의 어깨에 기대어 기쁨의 눈물을 흘리는 그녀를 보고 에인절은 더버빌 가문의 혈통이 지닌 그 어떤 영향이 이런 탈선을—만약 이것을 탈선이라 할 수 있다면—저지르게 하는 것일까 생각해 보았다. 더버빌 가문 사람들이 이런 일을 곧잘 저지르는 것으로 알려져 있었기 때문에 마차와 살인에 관한 전설이 생긴 것은 아닐까 하는 생각이 그의 머리를 스쳐 갔다.

그는 혼란스러운 머리로 가능한 한 냉정하게 판단한 끝에, 그녀가 미칠 듯한 슬픔에 잠겨 감정의 균형을 잃고 스스로를 무서운 함정에 몰아넣은 것이라고 짐작했다. 만약 그녀의 말이 모두 사실이라면 끔찍한 일이었고, 일시적인 환각이라면 가엾은 일이었다. 그러나 어찌 됐건 그의 눈앞에는 한때 버림받았던 아내, 지금은 그가 보호해 주리라고 굳게 믿고서 오직 사랑만을 생각하는 정열적인 여자가 있었다. 그가 보호자가 아닌 다른 사람이 되는 일은 있을 수도 없는 일이라고 생각하는 테스의 마음을 클래어는 잘 알고 있었다. 그녀의 사랑은 마침내 클래어의 마음을 사로잡았다. 그는 파리한 입술로 테스에게 끝없이 키스하고 난 뒤 그녀의 손을 잡고 말했다.

"난 결코 당신을 버리지 않겠소. 내 힘으로 할 수 있는 모든 방법을 다 동원해서 당신을 보호하겠소. 당신이 무슨 짓을 저질렀든, 그렇지 않든 간에……."

두 사람은 계속 나무 아래로 걸어갔다. 테스는 가끔 고개를 들어 에인절을 쳐다보았다. 지금은 고생으로 여위고 보기 흉한 그의 얼굴이었지만 테스에게는 변함없이 옛 모습 그대로 보였다. 그의 외모와 정신은 지난날처럼 완벽한 것으로 그녀에게 느껴졌다. 그는 옛적 테스의 안티나스요, 아폴로이기도 했다. 애정 어린 테스의 눈에 병으로 수척해진 그의 얼굴은 처음 만났을 때와 다를 바 없이 신선한 아침처럼 아름답게 보였다. 왜냐하면 에인절은 테스를 진심으로 사랑하고, 또 순결한 여자로 믿어 준 단 한 사람이었기 때문이다.

혹시 들킬지도 모른다는 본능적인 직감으로 에인절은 처음 생각했던 대로 다음 역으로 가지 않고 빽빽이 들어선 전나무 숲 속으로 깊숙이 들어갔다. 그들은 서로 허리에 팔을 감고 이제는 아무에게도 방해받지 않는 곳에 함께 있다는 행복감에 도취되어 살인 사건이 있었다는 사실조차 까맣게 잊은 채 마른 전나무 잎이 쌓인 땅 위를 헤매고 다녔다. 그렇게 한참 걷다가 문득 제정신이 든 테스는 주위를 둘러보더니 머뭇거리며 말문을 열었다.

"우리가 숨을 만한 데가 있을까요?"

"모르겠소. 그런데 왜?"

"나도 잘 모르겠어요."

"그냥 계속 걸어보는 거야. 그러다가 해가 질 무렵쯤에는 어딘가에서 숙소를 찾게 되겠지. 외딴 농가라도 좋고. 테스, 계속 걸을 수 있겠소?"

"아, 물론이에요. 당신 팔에 안겨서라면 이 세상 끝까지 영원히 걸을 수 있어요."

그들은 큰길을 피해 계속 걸어갔다. 인기척이 없는 좁은 길을 따라 걷고 있는 그들은 이성적 판단에 의한 게 아닌 막연한 충동에 의해 움직이고 있었다. 두 사람 중 누구도 재치 있게 도망친다거나 변장한다거나 또는 어느 한곳에 오래 숨어 있어야겠다는 식의 구체적인 생각을 하지 않는 것 같았다. 그들의 생각이란 철부지 어린애처럼 즉흥적이고 무계획적인 것이었다.

점심때쯤 되어서 그들은 길가 여인숙 근처에 이르렀다. 테스는 먹을 것을 구하러 클래어와 함께 가고 싶었으나, 그는 자기가 돌아올 때까지 덤불 사이에서 기다리라고 말했다. 그녀의 최신 유행의 옷차림과 이런 외딴 곳에서는 구경조차 못하는 상아 손잡이가 달린 양산이 남의 시선을 끌기에 충분했기 때문이었다. 클래어는 다섯 사람 몫으로도 충분할 정도의 음식과 포도주 두 병을 구해 가지고 곧 돌아왔다. 만약 무슨 일이 생기더라도 하루나 이틀 정도는 넉넉히 견딜 수 있을 것 같았다. 그들은 마른 나뭇가지 위에 앉아 음식을 먹었다. 1시 반쯤 되었을 때 둘은 남은 음식을 싸 들고 다시 걷기 시작했다. 그녀가 말했다.

"이젠 얼마든지 걸을 수 있을 것 같아요."

"내 생각으론 외진 시골로 가는 게 좋을 것 같소. 그곳에서는 당분간 숨을 수도 있고 해안 근처보다는 들킬 염려가 적으니까. 시간이 흐른 뒤 세상이 우리를 찾게 되면, 그때 항구로 빠져나가면 돼."

그녀는 아무 말 없이 에인절의 허리를 감은 팔에 힘을 줄 뿐이었다. 그들은 숲 속으로 계속 들어갔다. 계절은 '영국의 5월'이어서 날씨가 맑게 개었고 오후에는 한결 따스해졌다. 저녁 무렵이 되어 오솔길 모퉁이를 돌았을 때, 조그만 개울의 다리 건너편에 있는 커다란 게시판이 눈에 띄었다. 그 게시판에는 '가구가 딸린 아담한 셋집'이라고 흰 페인트 글씨로 선명하게 쓰여 있었고, 그 옆에 작은 글씨로 런던에 있는 소개소로 신청하라는 자세한 안내문이 적혀 있었다. 그들이 게시판 뒤의 문을 지나 안으로 들어서자 넓은 건물이 보였다. 흔히 볼 수 있는 구조로 지은 구식 벽돌 건물이었다.

"아! 이건 브람셔스트 영주관이오. 창문은 닫혀 있고 마당에는 풀이 무성하게 자랐군."

"창문이 열린 데도 있어요."

"방에 공기가 통하게 하려고 열어 놓았을 거요."

"저렇게 많은 방들이 비어 있는데 우리가 쉴 방이 하나 없다니!"

"지친 모양이군, 테스. 이제 조금만 참으면 될 거요."

그는 슬픈 듯한 그녀의 입에 입맞춤하고, 다시 그녀를 데리고 걷기 시작했다. 하루 종일 먼 길을 걸었는지라 에인절도 차츰 피곤해졌다. 그는 어떻게 해야 할까 하는 문제만 생각하고 있었다. 그러나 외딴 곳에 드문드문 떨어져 있는 농가와 여인숙을 먼발치에서 보고 그중 한 여인숙을 향해 다가갔으나 용기가 나지 않아 되돌아섰다. 그들은 지친 다리를 질질 끌다시피 하며 걷다가 발걸음을 멈추고 말았다.

"나무 밑에서 자면 안 될까요?"

테스가 물었다. 에인절은 그렇게 하기에는 아직 추울 거라고 생각했다.

"난 우리가 방금 지나온 그 빈 저택이 어떨까 생각 중이오. 그 집으로 다시 돌아갑시다."

그들은 30분이나 걸려서야 겨우 아까 지나쳤던 여인숙 문 앞에 이르렀다. 에인절은 테스에게 안에 누가 있는지 살펴보고 올 동안 그 자리에서 기다리고 있으라고 당부했다. 테스는 문 앞에 있는 덤불 속에 쭈그리고 앉았다. 집안으로 조심스럽게 들어간 에인절은 오래도록 나오지 않았다. 그녀가 자신을 위해서가 아니라 에인절을 위해 걱정하고 있을 때 그가 돌아왔다. 그가 어느 소년에게서 들은 바로는, 그 집을 지키는 노파가 한 사람 있는데 노파는 이웃 농가에 살고 있고 날씨가 좋을 때만 와서 집안 공기를 바꾸어 놓고 간다는 것이었다. 노파는 아마 해가 질 때쯤 창문을 닫으러 올 것 같았다.

"자, 저 아래 창문으로 들어가서 쉬기로 하지."

테스는 에인절의 부축을 받으며 천천히 현관으로 다가갔다. 장님의 눈동자처럼 덧문이 내려진 창문은 그들을 지켜보는 사람이 아무도 없음을 일러 주는 것 같았다. 그들은 몇 걸음 더 걸어가 현관문에 이르렀다. 그 옆에 있는 열린 창문으로 클래어가 먼저 기어 올라간 다음 테스를 끌어올려 주었다. 현관을 제외하고 방들은 모두 어두웠다. 2층 뒤쪽 창문 하나가 아래층 현관 옆의 창문처럼 열려 있었다. 클래어는 어느 큰 방의 문고리를 벗기고는 손으로 더듬다시피 하면서 방을 지나 덧창을 조금 열어 놓았다. 한줄기의 눈부신 저녁 햇살이 방안에 비쳐 들자 육중한 고풍스런 가구와 수가 놓여진 주홍빛 비단 커튼, 그리고 사람들이 뛰는 모습을 앞쪽에 조각한 커다란 침대가 보였다. 에인절은 가방과 음식 꾸러미를 내려놓으며 말했다.

"마침내 쉬게 됐군."

그들은 집을 지키는 노파가 창문을 닫으러 올 때까지 조용히 기다리고 있었다. 혹시 노파가 그들이 앉아 있는 방의 문을 열지도 몰랐으므로 처음대로 문고리를 걸고 깜깜한 어둠 속에 앉아 있었다. 6시에서 7시 사이에 나타난 노파는 그들이 있는 방 근처에는 얼씬도 하지 않고 창문과 현관문을 닫은 다음 돌아갔다. 클래어는 다시 창문을 조금 열어 방에 햇살이 들게 하고 나서 테스와 함께 저녁 식사를 했다. 마지막 저녁 햇살도 서서히 스러지고 그들은 이윽고 어둠의 장막에 휩싸였으나 그들에게는 어둠을 밝힐 초 한 자루도 없었다.

56

그날 밤은 이상할 정도로 엄숙하고 고요했다. 밤 2시쯤 되었을 때 테스는 언젠가 에인절이 잠결에 자신을 안고 프룸 강을 건너 매우 황폐한 사원의 석관에다 자신을 눕혔던 일을 자세하게 들려주었다. 에인절은 지금까지도 그 일에 대해서는 전혀 모르고 있었다.

"왜 그 이튿날 내게 말하지 않았소? 얘길 했다면 여러 가지 오해와 괴로움을 미리 막을 수도 있었을 텐데."

"지나간 일은 잊어버리세요! 난 지금 이 순간 외에는 아무것도 생각하고 싶지 않아요. 그럴 필요가 없잖아요. 내일 무슨 일이 생길지 누가 알아요?"

그러나 다음날에는 아무 일도 일어나지 않았다. 아침에는 비가 부슬부슬 내리고 안개가 자욱했다. 집 지키는 노파는 날씨가 좋은 날에만 온다는 말을 들었으므로 에인절은 테스가 잠자는 동안 대담하게 침실에서 빠져나와 집안을 두루 살폈다. 집안에 먹을 것은 없었지만 물은 있었다. 그래서 그는 안개가 낀 것을 기회로 생각하고 집을 빠져나와 얼마쯤 떨어진 마을 상점으로 갔다. 그가 빵과 버터, 그리고 연기를 내지 않고 불을 피울 수 있는 알코올 램프를 사가지고 돌아왔을 때 그녀는 잠에서 깨어났다. 둘은 에인절이 사 온 것으로 아침 식사를 했다.

그들은 전혀 밖에 나갈 마음이 들지 않았다. 낮이 지나자 밤이 오고 다시 해가 뜨고 해가 졌다. 그들이 의식하지 못하는 사이에 닷새란 기간이 꿈결처럼 흘러가 버렸다. 날씨의 변화만이 유일한 변화였고 지저귀는 새들만이 그들의 벗이었다. 둘은 마치 약속이라도 한 듯 결혼 이후의 지난날에 대해서는 침묵을 지켰다. 암담했던 그 시절은 혼돈 속에 가라앉아, 그런 시절은 전혀 없었던 것처럼 현재와 지난 며칠 동안만이 그 혼돈을 뒤덮어 주고 있었다. 그가 이곳 은신처를 떠나 사우덤톤이나 런던으로 가야겠다고 넌지시 비칠 때마다 테스는 이상하게도 이곳을 떠나기 싫다는 표정을 짓곤 했다.

"이렇게 즐겁고 행복한 생활을 왜 끝내야만 하지요? 올 것은 오고 말 거예요. 밖은 괴로움뿐이지만 이 안은 전부 마음에 들어요."

테스는 덧창 틈으로 밖을 내다보며 말했다. 에인절도 밖을 내다보았다. 테스의 말이 옳았다. 안에는 사랑과 화해와 용서받은 과오가 있었으나 밖에서는 차가운 바람만이 불고 있었다. 그녀는 에인절의 뺨에 자신의 뺨을 갖다 대며 말했다.

"난 나를 사랑하는 당신의 마음이 변할까 봐 두려워요. 당신의 사랑이 식은 뒤까지 살고 싶지 않아요. 오히려 그 전에 죽는 게 나아요. 당신이 날 경멸할 때는 차라리 죽어 땅속에 묻혀 있는 게 나아요. 그렇게 되면 당신이 날 경멸하는 것도 모를 테니까요."

"내가 당신을 경멸하다니! 난 결코 당신을 배반하지 않을 거요!"

"나도 그러길 바라요. 하지만 내 과거를 생각하면 어떤 남자라도 날 미워하지 않을 수 없을 것 같은 생각이 들어요. 어쩌다가 내가 그런 미친 짓을 저질렀는지 모르겠어요. 예전에 난 파리 하나, 벌레 한 마리도 죽이지 못하고, 새장에 갇힌 새를 보고서도 이따금 울곤 했어요."

그들은 그곳에서 하루를 더 지내기로 했다. 밤이 되자 하늘은 맑게 개었다. 이튿날 아침, 집 지키는 노파는 일찍 일어났다. 화창한 아침 햇살이 그녀의 원기를 북돋아 기분이 상쾌해진 노파는 오늘 같은 날은 저택의 창문을 모두 활짝 열어 저택 안을 신선한 공기로 가득 채워야겠다고 마음먹었다. 아침 6시도 안 되어 저택에 도착한 노파가 아래층 방문과 창문을 모두 열어 놓고 소리 없이 2층으로 올라가 어느 큰 방의 방문을 열려고 할 때였다. 그 방안에서 사람의 숨소리가 들려왔다. 노파는 겁이 나서 이내 달아나려고 하다가 혹시 잘못 듣지나 않았나 싶어서 다시 방문 앞으로 다가가 문의 손잡이를 돌렸다. 문고리가 망가진 데다가 문 앞에 가구 하나를 가져다 기대어 놓았는지 문이 조금밖에 열리지 않았다.

덧문 사이로 스며든 밝은 햇살이 침대에서 곤히 잠든 두 사람의 얼굴 위에 비치고 있었다. 반쯤 핀 꽃봉오리처럼 열려 있는 테스의 입술이 에인절의 뺨 가까이 있었다. 집 지키는 노파는 그들의 천진한 모습과 의자에 걸쳐 놓은 테스의 웃옷, 그 옆에 벗어 놓은 긴 명주 양말과 고운 양산, 그리고 다른 옷이 없어서 입고 왔던 서너 벌의 사치스러운 옷가지들을 보고 깜짝 놀랐다. 처음에는 그 불청객의 뻔뻔스러움에 화가 났으나 그들의 행색이 점잖은 남녀의 사랑의 도피 행각처럼 보여 노파는 잠시나마 그들에게 동정을 느꼈다. 그녀는 가만히 방문을 닫고는 자기가 발견한 이 이상한 일을 이웃에게 알리기 위해 발소리를 죽여 가며 조용히 아래로 내려갔다.

노파가 사라진 뒤 채 1분도 못 되어 테스는 잠에서 깨어났고 곧이어 클래어도 눈을 떴다. 그들은 한결같이 무언가가 자신들의 잠을 방해한 듯한 느낌이 들었으나 그것이 무엇인지 알 수가 없어 한층 더 불안해졌다. 에인절은 옷을 다 입자마자 열린 덧창 틈으로 바깥 잔디밭을 조심스럽게 살폈다.

"당장 떠나는 게 좋겠군. 날씨가 너무 좋으니까 이 집 어딘가에 누가 숨어 있는 듯한 생각이 들어. 어쨌든 오늘은 집 지키는 노파가 곧 올 테니 어서 떠납시다."

테스는 순순히 그의 말에 따랐다. 방을 깨끗하게 정돈하고 짐을 챙긴 다음 그들은 조심스럽게 밖으로 나왔다. 숲으로 들어섰을 때 테스는 발걸음을 멈추고 뒤돌아 서서 그 저택을 마지막으로 바라보았다.

"아, 행복했던 집이여, 안녕! 에인절, 내 생명은 이제 몇 주일밖에 남지 않았는데 왜 저 집에 더 머무르면 안 되나요?"

"테스, 그런 말은 하지도 마. 우린 곧 이 고장을 벗어나게 돼. 처음 가던 대로 이 길을 따라 곧장 북쪽으로 가면 그곳까지 우릴 잡으러 오는 사람은 없을 거요. 그리고 북쪽으로 가서 어느 항구에서든 배를 타고 멀리 가 버리자고."

에인절의 설득에 테스도 마침내 고개를 끄덕였다. 둘은 계획대로 북쪽을 향해 곧바로 걸었다. 저택에서 오래 휴식했으므로 그들은 잘 걸었다. 오후가 되자 에인절은 테스를 푹 쉬게 하고 저녁을 틈타서 다시 걷기로 했다. 저녁놀이 깃들 무렵 여느 때처럼 에인절이 사 온 음식을 먹고 난 뒤 다시 밤의 행진이 시작되었다. 그들이 상부 웨섹스와 중부 웨섹스의 경계를 넘은 것은 저녁 8시경이었다.

한길이 아닌 산길을 걷는 것이 테스에게는 처음 걷는 일이 아닌지라 그녀는 익숙하게 빠른 걸음걸이로 갈 길을 재촉했다. 그들 앞을 가로막은 옛 도시 멜체스터는 그곳에 있는 다리를 이용해 강을 건너야 하기 때문에 반드시 통과해야만 하는 마을이었다. 그들은 자정이 가까울 무렵 희미한 가로등이 비치는 인적이 없는 거리를 걸었다. 발걸음 소리가 날까 봐 인도를 피해 가며 걸었다. 마을 왼편에 웅장하고 화려한 사원이 우뚝 솟아 있었으나 두 사람은 그것을 돌아볼 겨를이 없었다.

마침내 그 마을을 빠져나와 큰길로 접어들어 한참 걷다가 앞이 탁 트인 넓은 들판에 이르렀다. 하늘에는 구름이 잔뜩 끼여 있었으나 그 구름 사이로 스며 나온 달빛이 다소 그들에게 도움이 되었다. 그러나 곧 달이 기울어 사방은 굴속처럼 캄캄해졌다. 그들은 발걸음 소리를 내지 않으려고 될 수 있는 대로 풀밭 위를 걸었다. 산울타리와 담장 등 거치적거리는 것이 없었으므로, 어두웠지만 걷기가 수월했다. 넓게 트여 있는 사방은 적막과 고독의 캄캄한 세계였고, 그 위로 바람이 세차게 불고 있었다. 그들이 어둠 속을 더듬어 얼마쯤 더 나아갔을 때, 눈앞의 풀밭에 거대한 건물 같은 것이 우뚝 서 있는 것이 희미하게 보였다. 둘은 하마터면 그 건물에 부딪힐 뻔했다.

"거 참 이상한 곳이군!"

에인절이 말했다.

"무슨 소리가 나요. 잘 들어봐요!"

그가 자세히 들어보니 바람이 건물에 부딪쳐 마치 거대한 한 줄짜리 하프를 타는 듯한 윙윙거리는 소리였다. 그 밖에는 아무 소리도 들려오지 않았다. 클래어는 한 팔을 뻗고는 두어 걸음 앞으로 나아갔다. 건물의 수직면이 그의 손에 닿았다. 그것은 이음새도 없고 다듬은 흔적도 없는 천연석으로, 손가락으로 위쪽을 더듬어 보니 거대한 직사각형의 돌기둥이라는 것을 알 수 있었다. 다시 왼손을 뻗자 옆의 것과 비슷한 돌기둥이 만져졌다. 머리 위의 무한히 높은 곳에 있는 캄캄한 밤하늘을 더욱 시꺼멓게 보이게 하는 것은 이 두 기둥을 수평으로 잇는 거대한 대들보 같았다. 그들은 그 대들보 밑 돌기둥 사이로 천천히 들어갔다. 그들의 옷자락이 돌기둥에 스쳐 낮은 소리가 울렸다. 그들은 안으로 들어가도 바깥에 있는 듯한 기분이 들었다. 아무 데도 지붕이 보이지 않았다. 테스는 두려워서 온몸이 뻣뻣해졌으며, 에인절은 당황하여 중얼거렸다.

"도대체 이게 뭘까?"

그는 옆으로 더듬어가다가 또 다른 돌기둥에 부딪혔다. 그것도 처음의 것과 같은 직사각형의 단단한 탑과 같은 돌기둥이었다. 돌기둥은 그렇게 줄지어 서 있었다. 그곳에는 문과 기둥만 있는 것 같았고 대들보로 기둥이 연결된 것도 있었다. 에인절이 말했다.

"이거야말로 바람의 신전이군."

다음 돌기둥은 따로 떨어져 있었다. 그 밖에 세 개의 돌기둥이 대문처럼 되어 있는 것도 있고 땅에 쓰러진 돌기둥도 있었는데, 그 옆쪽은 마차 한 대가 충분히 지나갈 수 있을 만큼 넓은 포장 길을 이루고 있었다. 그들은 이런 것들이 하나로 모여서 이 초원 일대를 돌기둥의 숲으로 만들고 있음을 알았다. 돌기둥 사이로 더 깊숙이 들어간 그들은 드디어 중간에 이르렀다.

"이건 스톤헨지야."

"이교도의 신전 말인가요?"

"맞아. 더버빌 집안보다 더 오래된 유적이지. 이제, 우린 어떻게 해야 할까? 좀더 가면 쉴 곳이 있을 것도 같은데……."

그러나 지칠 대로 지친 테스는 바로 곁에 있는 직사각형의 돌판 위에 그대로 주저앉았다. 그 옆의 돌기둥 하나가 바람을 막아 주었다. 대낮에 햇볕을 받았던 돌은 따뜻하고 습기가 없었다. 치마와 구두를 축축하게 만들었던 거칠고 싸늘한 초원과는 다르게 이곳은 다소 아늑한 느낌을 주었다. 테스는 에인절의 팔을 잡기 위해 손을 내밀며 말했다.

"에인절, 더 이상 가고 싶지 않아요. 여기서 자면 안 될까요?"

"그건 안 될 말이오. 아침이 되면 몇 마일 밖에서도 이곳은 환히 보일 거요. 지금은 그렇지 않지만."

"외가 친척 중에 누군가가 이 부근에서 양을 치던 생각이 나요. 그리고 텔보데이스에 있을 때 당신은 늘 나더러 이교도라고 했잖아요. 그러니까 난 이제 고향에 돌아온 셈이에요."

에인절은 편안하게 누워 있는 테스에게 다가가 무릎을 꿇고 그녀의 입술에 입맞춤했다.

"졸린 모양이군. 당신이 꼭 제단 위에 누운 것 같네."

"난 이곳이 무척 마음에 들어요. 정말 고요하고 아늑한 곳이에요. 벅찬 행복을 맛본 뒤라서 더 마음에 드는 것 같아요. 머리 위에는 저 넓은 하늘이 있고 이 세상에는 우리 둘만 있는 것 같아요. 정말 아무도 없었으면 좋겠어요. 리자루는 빼놓고요."

날이 밝을 무렵까지만이라도 그녀를 이곳에서 쉬게 하는 것이 좋겠다고 생각한 클래어는 외투를 벗어 그녀를 덮어 주고 그녀 곁에 앉았다. 둘은 한동안 돌기둥 사이로 부는 바람 소리에 귀를 기울였다. 문득 테스가 말했다.

"에인절, 만약 내게 무슨 일이 생기면 날 위해서라도 리자 루를 돌봐주지 않겠어요?"

"그러지."

"그 앤 정말 착하고 순진해요. 순결하기도 하고요. 에인절, 내가 만약 죽으면, 그럴 날도 얼마 남지 않았지만, 그 애와 결혼해 주세요. 당신이 그 애를 아내로 맞아 준다면 난 더 바랄 게 없어요!"

"당신이 죽으면 난 모든 것을 잃은 거나 마찬가지요. 그리고 그 애는 내 처제고……."

"그건 문제가 안 돼요. 말로트 마을에서는 처제와도 곧잘 결혼하는걸요. 리자 루는 정말 착하고 귀여운 애예요. 게다가 점점 아름답게 자라고 있어요. 아, 난 죽어서 저승에 가도 내 혼은 그 애와 함께 당신 곁에 있을 거예요! 만약 당신이 앞으로 그 애를 잘 가르치고 일깨워 준다면, 당신 마음에 맞도록 그 애를 키워 주신다면 얼마나 좋을까요! 그 애는 내 장점만 가지고 있는 애예요. 단점은 조금도 닮지 않았어요. 그 애가 당신의 아내가 된다면 난 죽음조차 우리를 갈라놓지 못한다는 걸 느끼게 될 거예요. 이제 하고 싶은 말은 다 했어요. 다시는 이런 말 하지 않을게요."

테스는 입을 다물고 깊은 생각에 잠겼다. 멀리 동북쪽 하늘에서 돌기둥 사이로 한줄기 햇살이 스며 들어왔다. 골고루 덮였던 구름장이 항아리 뚜껑을 벗길 때처럼 그대로 들려 나가고, 이제 막 솟아오르려는 태양에게 그 자리를 양보하는 듯싶었다. 희미한 아침 햇살을 받아 원으로 된 돌기둥들이 그 모습을 드러냈다.

"이곳에서도 신에게 제물을 바쳤을까요?"

"아니."

"그럼 누구에게 바쳤나요?"

"태양에게 바쳤을 거요. 저기 외따로 떨어진 높은 돌기둥은 곧 솟아오를 태양을 향하고 있으니까."

"그 말을 들으니까 생각나는 게 있어요. 우리가 결혼하기 전에, 당신이 내게 어떤 종교를 갖든 상관없다고 했던 말 기억해요? 하지만 난 당신 마음을 잘 알고 있기 때문에 당신이 믿는 대로 나도 믿었어요. 내 생각보다 당신 생각이 내겐 더 소중했으니까요. 에인절, 한 가지만 묻겠어요. 우리가 죽은 뒤에 다시 만날 수 있을까요? 가르쳐 줘요. 난 그걸 알고 싶어요."

에인절은 테스의 물음에 대한 답을 회피하려고 그녀에게 살짝 입맞춤했다.

"아, 에인절, 그건 다시 못 만난다는 뜻인가요? 그런데도 난 당신과 다시 만나게 되기를 바랐어요. 얼마나 바랐는지 몰라요. 우리가 다시 만나지 못하다니. 서로가 이처럼 사랑하는데도 만날 수 없나요?"

테스는 복받쳐 오르는 설움을 억누르며 말했다. 에인절은 보통 때의 그보다 지나치게 신중해진 나머지 이 중대한 시기에 그녀의 중대한 질문에 대답하지 못했다. 둘 사이에 다시 침묵이 흘렀다. 잠시 후 그녀의 숨결은 규칙적으로 쌔근거렸고, 그의 손을 잡았던 손이 스르르 풀어졌다. 그녀는 잠이 들었다.

동쪽 지평선을 따라 은빛으로 빛나고 있는 한줄기 광선이 대평원의 먼 곳까지도 가까이 있는 듯 희미하게 보이게 했다. 날이 밝기 직전의 풍경이 흔히 그러하듯, 광활한 사방의 경치는 어딘가 주저하고 수줍어하는 것처럼 보였다. 동쪽의 돌기둥과 대들보는 햇빛을 등지고 시꺼멓게 솟아 있었고, 그 너머에는 커다란 불꽃 모양을 한 태양석이, 그 중간에는 희생의 돌이 놓여 있었다. 잠시 바람이 잠잠해지고 움푹 파인 웅덩이의 잔물결도 가라앉았다.

마침 그때 동쪽의 경사진 언저리에서 무언가 어른거리는 것이 보였다. 마치 점처럼 보이는 그것은 태양석 저편 낮은 지대에서 그들 쪽으로 다가오는 남자의 머리였다. 클래어는 이곳에 머물지 말고 좀더 갈걸 하고 후회했으나 때는 이미 늦은지라 가만히 있었다. 그 남자는 둘을 에워싸고 있는 돌기둥을 향해 곧장 걸어오고 있었다.

등 뒤에서도 무슨 소리가 들렸는데 그건 분명 발걸음 소리였다. 클래어가 뒤를 돌아보자 땅에 쓰러진 돌기둥 저편에 또 한 사람의 그림자가 보였다. 그리고 돌기둥 세 개가 대문 모양을 이루고 있는 곳에도 한 남자가 서 있었고, 그 왼편에도 한 사람이 서 있었다. 새벽 햇살이 서쪽에 나타난 남자를 정면으로 비추었으므로 클래어는 키 큰 그 남자가 훈련된 걸음걸이로 자신들에게 다가오는 모습을 정확하게 볼 수 있었다. 그들은 모두 분명한 목적을 가지고 다가오고 있는 것 같았다. 테스가 한 말이 사실이 되고 만 것이다. 클래어는 벌떡 일어나 무기나 돌, 그 밖에 도주할 방법이 없나 하고 사방을 두리번거렸으나 가장 가까이 다가온 남자에게 이내 붙잡히고 말았다.

"그래 봐야 아무 소용 없소. 이 들판엔 무려 열여섯 명이나 되는 사람들이 깔려 있고, 게다가 그 사건 때문에 이 지방이 온통 들끓고 있으니 말이오."

"잠이 깰 때까지만이라도 저 여자를 자게 해 주십시오."

그는 모여든 남자들에게 낮은 소리로 애원했다. 그때까지 테스를 찾고 있던 그들은 그녀를 발견하자 한결같이 그녀를 지켜보면서 주위의 돌기둥처럼 그대로 서 있었다.

클래어는 테스에게로 다가가 가엾은 테스의 한쪽 손을 잡고 그 위로 몸을 굽혔다. 그녀의 숨결은 가쁘고도 가냘파 성숙한 여자의 숨결이라기보다는 작은 생물의 숨결 같았다. 모두들 그 자세로 밝아 오는 햇살을 받으며 기다리고 있었다. 그들의 얼굴과 손은 구릿빛으로 빛나고 나머지 부분은 거무스레했다. 돌은 검푸른 빛을 띠었다. 들판은 여전히 한 덩어리의 어둠처럼 보였다. 잠시 후 햇살이 한층 환해졌다. 햇살은 고이 잠든 그녀의 얼굴과 전신을 비추었다. 햇살이 눈꺼풀 밑으로 스며들어 그녀의 잠을 깨웠다.

"무슨 일이에요, 에인절? 날 잡으러 온 건가요?"

그녀는 벌떡 일어나 앉으며 물었다.

"여보, 그렇소. 당신을 데리러 왔소."

"그건 당연한 일이에요, 에인절. 난 오히려 기뻐요. 네, 정말 기뻐요. 이런 행복이 오래갈 리 없거든요. 그동안 난 마음껏 행복을 누렸어요. 과분할 정도였지요. 이제 오래 살아 당신에게 경멸받는 일도 없을 테니 정말 잘된 거예요."

그녀는 중얼거리듯 말하고 나서 몸을 털고 일어났다. 그녀를 잡으러 온 남자들은 모두 움직이지 않고 서 있었다. 테스는 그들 앞으로 나아가며 조용히 말했다

"자, 날 데려 가세요."

57

7월의 어느 날 아침, 지난날 웨섹스의 수도였으며 기복이 심한 분지 중간에 가로놓여 있는 아름다운 옛 도시 윈체스터는 상쾌하고 따사로운 대기에 감싸여 있었다. 박공 지붕이 있는 벽돌집과 기와집 또는 돌집들은 계절 탓으로 이끼가 거의 말라붙어 단정한 모습을 드러내고 있었다. 목장 가운데를 흐르는

시내도 물이 줄었고, '서쪽 문'에서 중세기의 십자가가 있는 곳까지, 또한 그 곳에서 다리에 이르기까지 경사를 이루는 큰길에서는 구식 장날이면 하게 되 는 한가로운 대청소가 진행되고 있었다.

앞서 말한 '서쪽 문'에서 시작되는 큰길은 윈체스터에 사는 사람이면 누구 나 알고 있듯이, 인가에서 벗어나 가파르고 길게 비탈을 이룬 언덕길이었다. 시가지를 벗어난 이 언덕길을 숨가쁘게 오르는 두 사람이 있었는데, 그들은 험한 비탈길 따위는 조금도 상관하지 않았다. 그것은 기쁜 일이 있어서가 아 니라 깊은 생각에 잠겨 있었기 때문이었다. 조금 전에 비탈 아래쪽의 높은 담 이 둘러진 좁은 문을 빠져나온 그들은 인가와 사람들 눈을 피해 가려고 애쓰 는 것 같았고, 그 때문에 이 비탈길을 오르고 있는 모양이었다. 젊은 두 사람이 고개를 수그린 채 걸어가는 슬픈 모습을 태양은 매정하게도 비웃는 것 같았 다.

두 사람 중 하나는 에인절 클래어였고, 다른 한 사람은 키가 크고 한창 피어 나는 꽃봉오리와 같은 처녀―반은 소녀이고 반은 여인인―였다. 테스보다 몸 매는 야위었지만 테스만큼 눈이 아름다운 그 처녀는 테스를 연상케 하는 모습 을 지닌 클래어의 처제 리자 루였다. 그들의 창백한 얼굴은 반쪽으로 수척해 져 있었다. 손을 마주 잡고 묵묵히 걷고 있는 그들이 고개를 숙인 모습은 마치 이탈리아 화가가 그린 「두 사도」와도 같았다. 그들이 언덕 꼭대기에 거의 올 라갔을 때 거리의 시계가 8시를 쳤다. 그 소리에 깜짝 놀란 두 사람은 몇 걸음 더 걸어 푸른 초원 끝에 서 있는 흰 이정표 앞에 이르렀다. 이곳에서 언덕은 한 길과 통하고 있었다. 그들은 어떤 큰 힘에 의해 걸음이 멈춰진 듯 이정표 옆에 우뚝 서서 악몽이라도 꾸는 듯한 초조한 상태로 무언가를 기다리고 있었다.

이 언덕 꼭대기에서는 사방이 아득하게 내려다보였다. 눈 아래 골짜기에는 그들이 막 떠나 온 도시가 가로놓여 있었고, 그중에서 유난히 눈에 띄는 건물은 실물 크기 그대로 보였다. 그 속에는 대사원의 탑도 있었고, 성 토마스 사원의 뾰족 탑, 조그만 뾰족 탑이 달린 대학 건물의 탑도 있었다. 오른쪽으로는 오늘도 순례자들에게 빵과 맥주를 나누어 주는 오래된 사원의 탑과 박공이 보였다. 도시 뒤쪽에는 성 캐서린 언덕의 둥근 구름이 펼쳐져 있었고, 그 뒤에 아득히 풍경과 풍경이 전개되었다. 먼 지평선은 그 위에서 내리쬐는 찬란한 햇살 속에 가려져 있었다.

이러한 시골 풍경을 배경으로 여러 건물들을 앞에 둔 큼직한 붉은 벽돌집한 채가 우뚝 서 있었다. 잿빛 지붕과 여러 개의 창살이 달린 창문으로 보아 감옥이 분명한 그 건물은, 주위에 있는 고딕식의 우아한 건물과는 색다른 대조를 이루고 있었다. 아까 두 사람이 빠져나왔던 문은 바로 그 건물의 담에 뚫린 문이었다. 그 건물 중에 꼭대기가 평평한 볼품없는 팔각형 탑이 동쪽 지평선을 등지고 우뚝 솟아 있었는데, 언덕에서 보면 그 탑의 그늘진 쪽이 보이는 까닭에 마치 도시의 미관을 더럽히는 한 점의 얼룩처럼 보였다. 그러나 언덕에선 두 사람은 도시의 아름다운 정경이 아니라 바로 그 얼룩에 시선을 모으고있었다.

탑의 뾰족한 곳 위에는 길다란 깃대가 세워져 있었다. 그들의 시선은 그 깃대에 쏠려 있었다. 거리의 시계가 8시를 알리고 나서 몇 분이 지난 뒤 무엇인가가 그 깃대 위로 천천히 올라가더니 이윽고 산들바람에 펄럭이기 시작했다. 그녀의 조상, 더버빌 가문의 기사와 귀부인들은 아무것도 모르는 채 무덤 속에서 잠자고 있을 뿐이었다.

말없이 그것을 바라보던 두 사람은 마치 기도라도 올리듯 땅에 꿇어앉아 한참 동안 움직이지 않았다. 검은 깃발은 여전히 바람에 나부끼고 있었다. 이윽고 정신을 가다듬은 두 사람은 함께 일어나 다시 손을 맞잡고 그 자리를 떠났다.

작가와 작품 해설

토머스 하디의 생애와 작품 세계

소설가와 시인으로 세계적인 명성을 떨친 토머스 하디는 1840년 영국 남부 도싯 지방 근처의 작은 마을에서 장남으로 태어났다. 선조 대에는 부유했지만 점차 집안의 가세가 기울어져 그의 아버지는 석공으로 일했으며, 하디 또한 그리 풍요로운 어린 시절을 보내지 못했다. 하지만 작은 농촌에 자리잡고 있었던 그의 집은 어린 하디의 마음을 풍요롭게 했고 상상력을 자극하기에 충분했다. 사방이 자연으로 둘러싸인 곳에서 자연의 섭리를 일찍 보아 버린 그가 후에 작가가 되어 대자연의 섭리에 대한 작품들을 남긴 것은 우연이 아니었다. 하디의 아버지는 음악에 깊은 관심이 있었고, 그의 어머니는 책읽기를 즐겼다. 이러한 부모의 영향으로 하디 또한 음악과 책에 깊은 관심을 보였다. 그의 소설에 음악이나 연주자의 이야기가 등장하는 것은 부모의 영향 때문이다.

하디는 16세가 되던 해에야 비로소 고등학교를 졸업하게 되는데, 이처럼 그가 남들보다 늦게 졸업하게 된 것은 몸이 쇠약했기 때문이었다. 그때까지 하디는 건강하지 못했기 때문에 특별한 진로를 생각할 겨를이 없었다. 그러다 건축가인 아버지의 친구 밑에서 건축 일을 배우며 일을 하게 되는데, 그 건축가의 옆집에 살았던 시인이 그에게 정신적으로 지대한 영향을 끼치게 된다. 또한 하디는 케임브리지 대학에서 고전 문학을 전공한 친구를 사귀게 되고, 이 친구도 그에게 많은 영향을 끼친다.

22세가 되었을 때 하디는 건축 수습을 마치고 런던으로 옮겨갔다. 런던에서 그는 건축가 사무실에서 설계 업무를 시작했고, 틈나는 대로 책을 많이 읽었다. 당시 그는 다윈, 헉슬리, 뉴먼, 밀 등의 작품을 읽었으며 여기서 대단한 감동을 받기도 했던 듯하다. 하지만 이 무렵 그는 어느 때보다도 시 읽기에 전념했다. 이미 꽤 많은 양의 시를 썼던 그로서는 누구보다도 시를 사랑했던 것이다. 그리하여 25세가 되던 해에 시인이 되고자 하는 자신의 신념을 확고히 하기에 이른다. 그러나 런던에서의 생활에 지쳐 가던 그는 1867년 아버지의 친구인 건축가의 권유로 다시 고향으로 내려가 그 건축가의 조수로 일하게 된다.

전원 생활, 그것은 하디에게 많은 생기를 불어넣어 주었다. 그리하여 생기를 되찾은 그는 시와 건축 일에 모두 열중하게 되었고, 이 두 가지 직업을 병행할 수 없을까 하는 모색 끝에 나온 소설이 바로 『가난한 사나이와 귀부인』이다. 이 작품은 런던의 생활을 비판하고 시골의 전원 생활을 아름답게 그린 것으로, 지나치게 솔직하고 비판적이라는 이유로 출간되지 못했다. 그리하여 그는 좀더 치밀한 기교를 사용하여 두 번째 작품인 『궁여지책』을 집필하기 시작한다. 이 작품은 1871년에 익명으로 출판되었다. 하디는 이 작품으로 사실적인 묘사에 대해 좋은 평을 받기도 했으나 부도덕한 내용 때문에 많은 혹평을 받기도 했다. 그는 이듬해인 1872년에는 소설 『녹음 아래서』를 출간하지만 역시 익명으로 출판되었다.

하디가 처음으로 자신의 이름을 밝힌 작품은 『푸른 눈동자』이다. 이 작품은 연재 소설 형식으로 게재되었던 것을 1873년에 단행본으로 묶은 것으로 이전의 작품들에 비해 호평을 받았다. 그 해 9월에 친한 친구였던 호레이스 몰이 자살했다는 소식을 전해 듣고 하디는 심한 충격에 사로잡히게 된다. 1874년 초에는 《콘힐》지에 소설 『광란의 무리를 떠나서』를 익명으로 연재하기 시작한다. 이 소설은 다른 잡지에서도 좋은 평가를 받게 되어 단행본으로 출간하기에 이른다. 이때부터 하디의 문학적인 명성이 시작되었다.

작가로서의 지위가 어느 정도 확고해진 하디는 그 해에 알고 지내던 에마와 결혼한다. 도싯 북부의 작은 도시에 신혼 살림을 차리고 정착한 그는 4편의 장편 소설을 완성하지만, 그중 『귀향』만이 명작으로 꼽히고 있다. 『귀향』은 그가 소설에서 늘 다루는 것처럼 자연 환경을 다룬 작품이지만, 이 작품에서 묘사된 자연은 평화로운 것이 아니라 폭풍우가 몰아치는, 때로는 인적이 드문 쓸쓸한 황야이다. 하디는 이러한 황량한 자연을 통해 자연 속에서 무력한 인간의 모습을 그리고자 한 것이다.

1883년 하디는 고향 부근에 자신이 살 집을 설계하여 짓기 시작한다. 당시에 그는 『캐스터브리지 시장』을 집필하기 시작하는데, 이 작품에서 그리스의 비극을 방불케 하는 비극적인 주인공을 설정하여 내용을 이끌어 갔다. 이 작품 역시 주인공의 인물에만 초점이 맞추어져 있는 것이 아니라 인간과 자연의 관계를 심도 있게 탐구하고 있다. 이듬해에는 『숲 속의 사람들』이 완성된다. 이 작품은 그의 4대 걸작에는 들지 못하지만 나름대로 성숙한 작품이라고 할 수 있다. 하디 스스로가 이 작품을 아낀다고 할 정도로 『숲 속의 사람들』은 그가 심혈을 기울인 작품이었다. 이 시기에 하디는 아내인 에마와의 사이에서 불화를 겪어야만 했다. 서로의 상반되는 지향, 그것이 그들을 그렇게 이끈 것이었다.

1887년에는 『숲 속의 사람들』이 출간되었으며, 그 해에 하디는 아내와 함께 이탈리아 여행을 다녀오면서 서로의 관계를 부드럽게 유지하고자 노력한다. 이 무렵 하디는 심한 류머티즘을 앓았고, 그리하여 그는 다시 고향으로 돌아온다. 이때 그가 고향 땅을 세심하게 답사하고 난 뒤 자연에 대한 깊은 감명 끝에 집필하기 시작한 것이 『테스』이다.

그러나 이 작품은 출판 당시부터 물의를 일으켰다. 내용이 부도덕하다는 이유로 출판을 서로 꺼려했기 때문이다. 1891년에는 많은 논란 끝에 연재 형식으로 이 작품이 게재되기 시작하자 호응과 비난이 엇갈리면서 많은 부수가 판매되었다. 이러한 엇갈린 평가는 평론가 사이에서도 마찬가지였는데, 런던 《타임스》지의 평자(評者)는 『테스』에 대해 "인습적 관념을 대담하게 다루었으며, 애틋한 비애감이 작품 속에 서려 있어 매우 감동적인 비장감까지 자아내고 있다."라고 찬사를 아끼지 않았다. 어쨌든 이러한 논란에도 불구하고 『테스』는 인기가 높았으며 그가 세계적인 작가로 발돋움하는 데 결정적인 역할을 한다.

그 뒤 『비운의 주드』는 1893~1894년에 집필을 시작한 것으로 여겨지는데, 이 작품 역시 출판 당시에는 반응이 좋지 않았다. 이 작품은 그리스도 교주로서 학문과 도덕을 동경하는 가난한 석공 주드와, 이교적이며 자유주의적인 여교사 슈가 역경 속에서 이루어 가는 자유 연애에 대한 이야기이다. 단순히 두 남녀의 부도덕한 연애를 그린 것이 아니라, 현대 사회에서 일어나는 갖가지 사회 문제에 대해 반성을 촉구하고 비판을 가하여 현실적인 해결의 실마리를 제공하고자 했다. 이 작품으로 인해 당시 교회와 독자 사이에서 격렬한 논쟁이 일어났고, 이로써 하디는 이후에 시작(詩作)에만 몰두하게 된다. 하지만 1903~1908년에는 걸작 소설『패왕들』을 3부작으로 발표하기도 한다.

이렇게 끊임없이 논란을 일으킨 하디는 1928년 1월 12일에 88세의 나이로 자신의 집에서 세상을 등지고 만다. 4대 걸작인『귀향』,『캐스터브리지 시장』,『테스』,『비운의 주드』로 우리에게 잘 알려진 토머스 하디는 제2차 세계 대전 후에 영국 독서계와 비평계에서 가장 많이 논의된 작가이기도 하다. 이들 작품에는 매우 어둡고 비관적인 인식이 내재되어 있다. 하지만 하디 자신이 스스로 염세주의자가 아니라고 주장한 것처럼, 그는 단순히 운명의 힘 때문에 좌절된 인간 세계의 비극과 불행을 그린 것이 아니라 그것들이 담고 있는 모순을 밝힘으로써 사회에 대한 비판 의식을 보여 주고 있는 것이다.

이러한 이유로 '최악을 응시하는', '비뚤어진 사상의' 작가로 불렸던 하디는 낭만주의, 고전주의, 상징주의, 사실주의, 인도주의가 총합된 작품을 남겼으며, 소설과 시와 희곡과 수필을 한데 융합시킨 치밀한 구성과 표현을 구사함으로써 오늘날까지 그의 작품들은 정신적인 자양분으로 이어져 내려오는 것이다.

작품 줄거리 및 해설

『테스』는 유혹당하고 배신당한 여인의 불행한 이야기이다. 시골 토박이인 처녀 테스는 무책임한 사내로 인해 사생아를 낳고 인생 최고의 고뇌를 맛본다. 그러나 여성으로서의 성숙에서 싹튼 진정한 사랑에 대한 열의 때문에 삶에 대한 집착을 버리지 못한다. 그리하여 테스는 진실한 애정을 바쳐 줄 것으로 굳게 믿은 클레어라는 젊은이와 사랑에 빠져 결혼하게 된다. 그러나 그녀가 자신의 과거를 고백하자마자 여자의 순결을 중시하던 남편은 태도를 달리하여 그녀를 떠나게 된다.

이렇게 되자 테스가 의지할 곳은 이제 없었다. 그러나 그녀는 어쨌든 자신의 삶은 남편의 삶과 뗄 수 없다는 사실을 인식하게 된다. 테스를 버리고 달아났던 남편이 병을 얻어 쇠약한 몸으로 다시 그녀를 찾아왔을 때, 그녀는 자신의 인생을 또다시 망쳐 버린 예전의 그 남자, 알렉 더버빌을 칼로 찌르고 남편과 한 주일 동안 같이 생활한 뒤 곧 처형당하게 된다.

이 작품은 두말할 것도 없이 정절의 비극을 말하고 있다. 그러나 가장 큰 비극은 테스가 제멋대로 행동하는 두 사내의 제물이 되었다는 사실에 있다. 자신의 욕망을 채우기 위해 한 청순한 여인의 희망과 행복을 모두 사멸시킨 첫 남자에 의해 테스의 인생은 심장의 고동이 멈춰 버린 것에 지나지 않게 된다. 테스가 다시 마음을 가다듬고 목장에서 젖을 짜는 노동자가 되어 열심히 일을 하던 중 클레어와 사랑하게 되면서 희열에 도취되어 결혼까지 하지만, 다시 버림받게 된다. 그러나 그것은 모두 테스가 최초에 받은 상처의 연장에 불과한 것이다.

이처럼 테스의 비극은 과거와 현재에 걸친 부정한 타인들이 저지른 산물일 뿐이다. 즉, 그 두 사나이가 빚어 낸 산물인 것이다. 이상주의자로, 진실한 사랑의 대상으로 그려진 두 번째 남자인 클레어가 자신이 사랑하는 테스의 삶을 구제하지 못한다는 것은 진실한 사랑에 대한 배신 행위이며 수치스런 행동이다. 이러한 이유로 이 소설을 읽는 독자들은 테스에게 연민을 느끼지 않을 수 없게 된다.

이 밖에도 테스를 불행으로 몰아붙이는 원인 중의 하나는 테스 자신에게 끊임없이 불운으로 작용하는 경제 문제이다. 가난에 허덕이는 테스에게 희망을 주었던 클레어. 만약 그녀가 풍요로운 경제적 여건에서 생활했다면 클레어에게 그토록 깊은 상처는 받지 않았을지도 모를 일이다. 개인의 노력으로 아무리 반항하려 해도, 자연과 사회적 환경이라는 것이 개인에게는 은혜를 베풀어 주지 않는다는 사실이 이 소설을 더욱 비극적으로 만든다.

이 작품에서 하디는 단순히 한 여인의 삶의 비극을 보여 주려 한 것이 아니라 상·중류 계급의 도덕에 대한 항의를 보여 주려 했던 것이다. 아름답게 보이는 사랑의 이면에 이렇듯 불합리하고 비참함이 숨어 있음을 폭로하고 비판을 촉구한 것이라 하겠다. 이렇듯 이 작품은 리얼리즘과 융합될 수 있는 요소를 지니고 있으며, 그러한 점에서 많은 독자층을 얻을 수 있었고, 러시아의 거장 톨스토이를 감탄케 할 수 있었던 것이다.

작가 연보

1840년	6월 2일, 영국 남부 도싯 주 도체스터 부근의 마을에서 석공인 토머스 하디 2세의 맏아들로 태어남.
1848년(8세)	병약해서 이 해에야 마을에 있는 학교에 입학함.
1849년(9세)	도체스터의 학교로 전학함. 셰익스피어 등의 작품을 읽음.
1856년(16세)	아버지의 직업을 잇기 위해 교회 건축가인 존 힉스 밑에서 건축 일을 시작함.
1860년(20세)	그리스 비극 작품을 탐독하고 시를 쓰기 시작함.
1862년(22세)	런던으로 가서 건축가 브룸필드의 조수가 됨. 이 시기에 디킨스, 새커리 등의 작품을 읽음.
1867년(27세)	지나친 독서로 건강을 해쳐 고향으로 돌아감. 이때 소설을 쓰기로 함.
1868년(28세)	장편 『가난한 사나이와 귀부인』을 쓰지만 출판을 포기함.
1869년(29세)	『궁여지책』을 집필하기 시작함.
1870년(30세)	『궁여지책』의 간행을 거절당함. 이 무렵 칸트와 쇼펜하우어의 철학에 열중함.
1871년(31세)	익명으로 『궁여지책』을 3권으로 간행하여 호평받았으나 비난을 받기도 함.
1872년(32세)	익명으로 『녹음 아래서』를 2권으로 출판. 《틴즐리》지에 『푸른 눈동자』를 연재하기 시작함.
1873년(33세)	『푸른 눈동자』를 3권으로 간행. 이때 처음으로 하디라는 이름

을 사용함. 친구가 자살하여 큰 충격을 받음.

1874년(34세)   《콘힐》지에『광란의 무리를 떠나서』를 연재하기 시작함. 9월
              17일, 예전에 교회 공사에 의해 알게 된 에마와 결혼을 함. 11
              월,『광란의 무리를 떠나서』를 그림을 곁들여 2권으로 출판.
              처녀 단편『운명과 푸른 외투』발표.

1876년(36세)   『에델버터의 손』출판.

1878년(38세)   《벨그리비》지에『귀향』을 연재하기 시작하여 11월에 3권으로
              출판.

1880년(40세)   이 시기에 헨리 제임스, 리처드 제퍼리스 등과 교제함.

1882년(42세)   『탑 위의 두 사람』을 3권으로 출판. 커민스 카가 각색한『광란
              의 무리를 떠나서』가 3월에 리버풀의 프린스 오브 웨일스 극
              장에서 상연됨.

1883년(43세)   고향에 땅을 사서 자신이 설계한 저택 건축에 착수함. 브라우
              닝과 사귐.

1885년(45세)   『캐스터브리지 시장』탈고함. 새로 지은 맥스 게이트로 이사
              함.

1886년(46세)   『숲 속의 사람들』을『맥밀런』에 연재하기 시작함.

1887년(47세)   『숲 속의 사람들』간행.

1888년(48세)   단편집『웨섹스 이야기』간행.

1889년(49세)   『테스』기고함.

1891년(51세)   단편집『고귀한 부인들』간행. 6월부터 《그래픽》지에 연재되
              었던『테스』를 11월에 간행하여 호평을 받았으며 각국어로 번
              역됨.

1892년(52세) 『사랑스런 사람』을《런던 뉴스》지에 10월부터 연재함.

1893년(53세) 『변덕쟁이 세 사나이』가 각색되어 극장에서 상연됨.

1894년(54세) 단편집 『생의 작은 아이러니』 간행. 『비운의 주드』를《하퍼즈 먼들리》지에 발표하고 이후 일년 동안 연재함.

1895년(55세) 11월, 『비운의 주드』 간행. 독서계로부터 비상식적이라는 비난과 중상을 받고 장편 창작을 단념함. 다시 시작 활동을 함.

1897년(57세) 『사랑스러운 사람』 간행. 『비운의 주드』가 각국어로 번역, 간행됨. 희곡 『테스』가 미국에서 상연되어 크게 성공함.

1903년(63세) 12월, 서사시극 『패왕들』 제1부 간행.

1905년(65세) 에버딘 대학에서 명예 박사 학위를 받고 스코틀랜드를 여행함.

1906년(66세) 『패왕들』 제2부 간행.

1908년(68세) 『패왕들』 제3부가 간행되어 착상에서부터 33년이 걸린 필생의 업적이 완결을 이룸.

1909년(69세) 이탈리아에서 『테스』가 상연됨. 도체스터 극단에서 『광란의 무리를 떠나서』를 상연함. 이어 런던에서도 상연됨.

1912년(72세) 아내 에마가 사망함. 이후 아내를 그리는 수많은 시를 씀.

1914년(74세) 아동 문학가이며 비서인 플로렌스 에밀리 덕데일과 재혼함. 제1차 세계 대전 발발과 함께 전쟁 시를 많이 씀.

1920년(80세) 맥밀런 사에서 간행되고 있던 호화판 『토머스 하디 전집』이 완성됨. 옥스퍼드 대학에서 명예 박사 학위를 받음.

1923년(83세) 시극 『콘월 여왕의 비극』 간행.

1927년(87세) 《타임》지에 실린 『엘딘 실의 크리스마스』가 마지막 작품이

됨. 12월, 발병함.

1928년(88세) 1월 12일 아침, 『루바이야트』 낭독을 듣고 맥스 게이트에서 일
생을 마감함. 이 해에 유고 시집 『겨울의 말』과 미망인 편저
『하디전 전반(1840~1891년)』 출간.

1930년 미망인 편저 『하디전 후반(1892~1928년)』 간행.